Alexandra Bröhm

Yrsa. Die Liebe der Wikingerin

W0350188

Alexandra Bröhm

YRSA

Die Liebe der Wikingerin

Ullstein

Besuchen Sie uns im Internet:
www.ullstein.de

Wir verpflichten uns zu Nachhaltigkeit
- Papiere aus nachhaltiger Waldwirtschaft und anderen kontrollierten Quellen
- Druckfarben auf pflanzlicher Basis
- ullstein.de/nachhaltigkeit

MIX
Papier
FSC FSC® C083411

Originalausgabe im Ullstein Paperback
© Ullstein Buchverlage GmbH, Friedrichstraße 126, 10117 Berlin 2025 /
Ullstein Verlag
Covergestaltung: bürosüd° GmbH, München
Covermotiv: (c) www.buerosued.de
Wir behalten uns die Nutzung unserer Inhalte für Text und Data Mining
im Sinne von § 44b UrhG ausdrücklich vor.
Bei Fragen zur Produktsicherheit wenden Sie sich bitte an
produktsicherheit@ullstein.de.
Gesetzt aus der Albertina by *pepyrus*
Druck und Bindearbeiten: CPI books GmbH, Leck
ISBN 978-3-86493-280-9

Für Thierry

Kapitel 1

Im Juli 834

Ihre Arme zittern, kurz löst Yrsa die Hände von dem hölzernen Riemen. Wischt sich über die Stirn, hebt den Hintern ganz leicht, zupft an den klebrigen Hosenbeinen, lässt sich zurück auf die Ruderbank fallen. Die Sonne brennt ihr auf den Nacken, die Zunge klebt ihr am Gaumen. Einen Moment will sie durchatmen, schiebt die Ärmel des Wollhemds nach hinten, streicht über die raue Haut an ihren Händen, die Schwielen, die sich gebildet haben. Sie hat keine Handschuhe, wickelt Lederstreifen um die Handflächen, dort, wo sie das Ruder umfasst.

»Yrsa, beim fünfbeinigen Troll, du störst den Takt«, ruft einer von hinten. Schnell packt sie den Riemen wieder, zieht ihn bis zur Brust. Plitsch-Stille-Platsch, dann quietscht das Ruder in seiner Aufhängung am Schiff. Diese Melodie hat sich in ihrem Kopf eingenistet, verfolgt Yrsa bis in den Schlaf. Sie hat sich gewünscht, insgeheim, dass sie nicht in einen Sturm geraten. Sie mag es nicht, wenn die Wassergeister zornig am Schiff rütteln. Aber jetzt fragt sie sich, ob sie die Flaute zu heftig herbeigesehnt hat. Und ob es vielleicht noch einen anderen Grund für die stille See gibt. Dieser Gedanke lässt sie trotz des warmen Wetters kurz frösteln.

Seit zwei Tagen hält Njórðr die Luft an. Es weht kein Lüftchen, und sie kommen nur langsam voran. Alle rudern, in Schichten, die Yrsa endlos erscheinen. Das Rahsegel haben sie eingezogen, schlaff hängt es unten am Mast. Nur ein leises Ächzen hört sie manchmal aus der Takelage. Im immer gleichen Rhythmus bewegen die Ruderer sich vor und zurück. Über den Bänken hängt eine Wolke aus Schweißgeruch. Auch Yrsa läuft schon wieder ein Tropfen über die Stirn, bleibt kurz an ihrer Nasenspitze hängen.

»Wir kriechen, anstatt zu fliegen«, ruft ihr Anführer Gunnar der Waghalsige, »los, zieht kräftiger.« Gunnar sitzt hinten rechts, das Steuer fest in der Hand, ihr Ziel und die Mannschaft immer im Blick. Das mit dem Kriechen ist übertrieben. Auch mit Muskelkraft kommt ihr Schiff auf eine gute Geschwindigkeit, ein paar Schwimmzüge pro Wimpernschlag. Die friesische Küste zieht auf der linken Seite vorüber, manchmal eine Siedlung, einzelne Höfe, sonst Dünen, Sandbänke, das Watt und die Marsch. Immer wieder dreht Yrsa den Kopf, möchte jeden Abschnitt dieser fremden Landschaft in sich aufsaugen.

Ihr Rücken schmerzt, ihr Magen knurrt, und Rudern gehört nicht zu ihren liebsten Beschäftigungen, trotzdem spürt sie tief in sich ein aufgeregtes Kribbeln. Endlich, endlich sind sie auf der Reise. Wie lange sie davon geträumt hat! Während der vielen Winter im Dorf, in denen sie für ihren kleinen Bruder Sjalfi gesorgt hat, und schon lange davor. Immer hat sie diesen starken Wunsch verspürt, als Kriegerin in die Ferne zu ziehen, nicht allein, sondern als Teil einer Gemeinschaft. Yrsa lächelt, schaut in die Takelage, lauscht dem Kreischen der Möwen, die den Mast umkreisen. Sie kann kaum glauben, dass sie nun zu dieser Gruppe von Kämpfern gehört und an einem Raubzug teilnimmt. Ihr Schiff ist auf dem Weg ins Reich der Franken. Noch wissen die Menschen in der Stadt Dorestad nicht, dass sie auf dem Weg sind. Und dass ihnen ein Überfall droht.

Ein bisschen fürchtet Yrsa sich auch. Das sagt sie keinem. Die Angst spürt sie tief unten in ihrem Bauch. Dort sitzt sie, seit sie vor einigen Tagen in ihrem Heimathafen Haithabu abgelegt haben. Sie hat noch niemals an einem Raubzug teilgenommen, sie ist die Neue, die einzige Frau auf diesem Schiff. Manchmal ist es unheimlich, wenn Träume Wirklichkeit werden. Aber sie wird beweisen, dass sie mit dem Bogen genauso gut schießt wie die Männer und sich mit ihrer Kampfaxt verteidigen kann. Vier Winter weigerte sie sich, wie die anderen Frauen im Dorf mit vierzehn Jahren zu heiraten. Abends ist sie oft mit leerem Magen eingeschlafen. Wenn Freyja ihr das Jagdglück verwehrte, gab Yrsa das Wenige, das übrig war, ihrem kleinen Bruder Sjalfi. Er war der Einzige, den sie noch hatte. Doch jetzt ist alles anders. Seit ein paar Monden gehört sie zu dieser Gemeinschaft und hat seit Langem nicht mehr so reichhaltig gegessen. Beim Rudern spürt sie ihre Kraft.

Mit zwei großen und zwei kleineren Schiffen sind sie seit einigen Tagen auf der Reise. Rund dreißig Kämpfer haben auf den großen Schiffen Platz. Sie dürfen nicht auffallen, sind deshalb mit Abstand voneinander unterwegs. Avidh, der junge Krieger, reist auf demselben Schiff wie Yrsa. Heute rudert er weiter vorne. Yrsa hat es am liebsten, wenn Avidh direkt vor ihr sitzt. Dann schaut sie dem Spiel seiner Rückenmuskeln zu und hat seinen Geruch in der Nase. Schon bei ihrem ersten Treffen vor einigen Monden war sie erstaunt, wie gern sie Avidhs Geruch mag. Ein Duft nach frischem Eichenholz, nach dem Wind, der über das Meer streicht, und dem herb-geheimnisvollen Ambra stieg ihr in die Nase, als sie dicht neben ihm in einer vollen Gaststätte saß.

Sie wusste sofort, dass er ein Krieger ist. Seine Bewegungen waren geschmeidig, mit raschen Blicken überflog er immer wieder die Umgebung, jederzeit bereit, das Schwert zu ziehen. Damals stand Avidh ihr in einer gefährlichen Situation bei, selbstlos, ohne irgendetwas dafür zu verlangen. Das war sie nicht gewohnt. Die Männer, die sie zuvor gekannt hatte, erwarteten meist eine Gegenleistung.

Aufgefallen waren ihr auch Avidhs Augen, dunkel wie der Wald in einer Neumondnacht, ihr Ausdruck meist undurchschaubar. Es dauerte eine Weile, bis sie irgendetwas in seinem Blick, in seinem Gesicht lesen konnte. Damals ahnte sie noch nicht, wie wichtig Avidh ihr werden sollte. Und sie ahnte auch nicht, wie schmerzhaft es sein würde, dass sie ihm jetzt nicht mehr nahe sein darf. Obwohl sie auf demselben Schiff reisen.

Heute sitzt Sven der Schwulstige auf der Ruderbank vor Yrsa, mit jedem Zug dampft sein Schweißgeruch bis zu ihr. Manchmal beugt Sven sich beim Rudern so weit nach hinten, dass seine strähnigen roten Haare Yrsa über die Schenkel streifen. Das macht er mit Absicht. Sie versucht ihn nicht zu beachten. Sven will ihr zeigen, dass sie nicht willkommen ist, sich mit ihr anlegen. Aber sie tut ihm diesen Gefallen nicht, dreht den Kopf, zieht die frische Meeresluft in die Nase.

Endlich ruft ihr Anführer: »Yrsa, Sven, Ulf, Birger – Pause!« Vier andere übernehmen die Riemen. Yrsa schüttelt die Hände aus, die Muskeln in ihrem Oberkörper flattern. Egal, das macht sie stärker. Sie geht nach vorne zum Bug, streicht über das Holz, wo sich der Vorsteven elegant nach oben rundet, setzt sich auf die hölzernen Planken und lehnt sich mit dem Rücken an die Bordwand. Sie wickelt die Bänder von ihren Waden, mit denen sie die weiten Hosen unten zusammenhält, schiebt die Hosenbeine bis über das Knie, um sich ein bisschen abzukühlen.

Es gibt noch einen Grund, warum die Angst in Yrsas Bauch sitzt. Etwas ist geschehen, als sie zu ihrer großen Reise aufgebrochen sind. Yrsa stand bereits neben den Ochsenkarren, die ihre Kisten zum Hafen brachten. Avidh war einen Tag vor ihr abgereist, half dabei, das Schiff startklar zu machen. Plötzlich kam die Seherin Frida angehastet. Eigentlich hatte Yrsa sich schon am Morgen von Frida verabschiedet. Yrsa sah sofort, dass etwas nicht stimmte. Frida lässt sich nicht leicht aus der Ruhe bringen, aber ihre sonst fröhlich glänzenden Augen waren voller Sorgen. Sie eilte auf Yrsa zu, umarmte sie und murmelte ihr Worte ins Ohr, die Yrsa nicht mehr aus dem Kopf gehen. »Sei wachsam, hab ein Auge auf ihn«, flüsterte Frida, »die bösen Geister zerren an Avidh.«

»Ich verstehe nicht«, antwortete Yrsa, »was ist mit Avidh?« Die Seherin Frida nahm nur ihre Hand, schloss die Augen, murmelte einen Schutzzauber. »Frida, was ist mit Avidh?«, wiederholte Yrsa.

»Es sind Dämonen, die in ihm schlummern, sie bedrängen ihn. Verbünden sich mit den bösen Geistern, die euch umgeben. Sie sind grimmig, garstig, niederträchtig.«

»Warum kommst du erst jetzt damit?«, fragte Yrsa, und ihre Hände waren trotz der Sommerwärme plötzlich kalt.

»Schon die letzten Tage war Unruhe in mir«, antwortete Frida, »aber ich war nicht sicher, was es bedeutet. Doch jetzt habe ich es viel deutlicher gespürt. Etwas ist in Aufruhr. Sei wachsam, es sind böse Geister aus fernen Tagen, Dämonen in der Tiefe. Bleib in seiner Nähe.«

Die Ochsenkarren setzten sich bereits in Bewegung. Frida zog Yrsa noch einmal an ihre Brust, flüsterte: »Nun geh, behalte es für dich, sag es keinem.«

»So kann ich nicht aufbrechen«, sagte Yrsa, aber die Ochsenkarren verschwanden bereits um die nächste Biegung.

Frida drückte ihre Hand und reichte ihr einen eisblauen Stein. Er funkelte in der Sonne und erinnerte Yrsa sofort an den Stein in Avidhs Schwertknauf.

»Gib das, Avidh«, sagte Frida. »Er soll ihn immer in seinem Beutel tragen, aber verrat ihm nichts von meinen Worten. Ich will nicht, dass meine Sorge ihn im Kampf ablenkt.«

Dann musste Yrsa losrennen, drehte sich jedoch noch einmal um. Frida stand an derselben Stelle, ihr Blick noch immer voller Kummer. Bis heute hat Yrsa nicht verstanden, was Frida mit ihren Worten gemeint haben könnte.

Sie steht auf, öffnet eine der Waffenkisten, will kurz nur ihren Bogen berühren. Es ist ein neuer Bogen, wunderschön geschwungen, aus wertvollem Eibenholz. Avidh hat ihn ihr vor der Abreise geschenkt, die Seherin Frida hat einen Schutzzauber ins Holz geritzt. Auch Yrsas Kampfaxt liegt dort und Avidhs langes Schwert. In ihm schlummert die tödliche Kraft des Eiswindes, gebündelt in dem blau schimmernden Stein, der den Knauf ziert. So hat Avidh es ihr erzählt.

Ein Sonnenstrahl fällt auf den Stein, sein frostblaues Licht blendet Yrsa einen Moment. Ein stechender Schmerz fährt ihr durch den Kopf. Sie erschrickt, Bilder blitzen auf, so kurz nur, dass sie nichts erkennen kann. Avidh dreht auf der Ruderbank den Kopf. Ihre Blicke treffen sich einen Moment.

Schnell schließt Yrsa die Kiste wieder, tritt an die Bordwand, beugt sich über das Holz und schaut in die Tiefe. Das Wasser ist so glatt, durchsichtig mattblau, kaum Gischt, keine Wellentäler. Würden die Riemen das Meer nicht aufwirbeln, sie könnte ihr Spiegelbild sehen. Sie beugt sich noch ein bisschen weiter hinab, will in die Tiefe schauen, riecht den Teer außen am Schiffsrumpf. Vielleicht bekommt sie eine Botschaft von den Wassergeistern. Mit dem Blitzen des blauen Steins ist Fridas Warnung wieder durch ihren Kopf gehallt. Wenn Yrsa nur wüsste, was die Seherin mit »bösen Geistern aus fernen Tagen« meinte. Ziehen sie schon lange über das Land, oder sind es Geister aus Avidhs Vergangenheit?

Sie schüttelt den Kopf. Ich, die Neue, soll auf Avidh, den erfahrenen Krieger, aufpassen? Das macht keinen Sinn. Aber Frida spricht mit den Göttern, den Geistern, den Elfen, deshalb haben ihre Worte Gewicht. Und ihr Blick war besorgt. Wenn Yrsa sich an Fridas Blick erinnert, fühlte es sich an, als kralle sich eine Trollhand um ihren Magen. Die Seherin Frida lässt sich nicht leicht von irgendetwas beeindrucken. Vielleicht war sie einfach besorgt, weil Avidh wieder in den Kampf zieht. Er ist wie ein Sohn für Frida. An diesen Gedanken klammert Yrsa sich, richtig beruhigen kann er sie nicht.

»He, du da vorne, pass auf, wir fischen keine Diebinnen aus dem Meer«, ruft Sven der Schwulstige. Er wühlt in einer der Kisten im Mittelgang, starrt sie an, die langen roten Haare fallen ihm ins Gesicht. Sven zieht die Oberlippe nach oben, entblößt die Vorderzähne. In vier dieser Zähne hat er Kerben gefeilt. Sven behauptet, jede dieser Kerben stehe für zehn Männer, die er im Kampf getötet habe. Ob das stimmt, weiß Yrsa nicht.

Seit der Wind ausbleibt, hört sie häufiger solche Sprüche. Vor allem von Sven. Er mag sie nicht, hat ihr nicht verziehen, dass sie seinem Freund Njáll eine Kampfaxt gestohlen hat. Aber sie war in Not, als sie das tat, musste dringend nach ihrem kleinen Bruder Sjalfi suchen, der spurlos verschwunden war. Sven ist nicht der Einzige, der ihr jetzt das Leben schwer macht. Yrsa bemüht sich, abschätzige Kommentare nicht zu beachten. Das gelingt ihr manchmal, und manchmal nicht. Sie fragt sich, wie es sein wird, wenn sie mit den Männern in den Kampf zieht und jeder sich blind auf den anderen verlassen muss.

Einige Männer behaupten, ihr Anführer Gunnar habe sie nur wegen Avidh mitgenommen. Doch das stimmt nicht. Gunnar hat sie mitgenommen, weil er sie für eine gute Bogenschützin hält. Vor einigen Monden hat Yrsa in Haithabu an einem Kriegerturnier teilgenommen, und Gunnar beobachtete sie dort. Dann lud er sie ein, mit der Gruppe auf seinem Hof zu üben. Bevor Avidh ein Wort sagte. Und ganz unerfahren ist sie nicht. Als sie in den letzten Monden verzweifelt nach ihrem verschwundenen Bruder suchte, musste sie sich in einigen Kämpfen auf Leben und Tod beweisen.

Aus einer der Vorratskisten holt Yrsa sich ein Stück Trockenfisch. Auch ihren Beutel schnappt sie sich und hockt sich wieder an die vordere Schiffswand. Die Holzplanken sind trocken, die Sonne scheint ihr ins Gesicht. Die Stimmung unter den Männern mag schlecht sein. Aber Yrsa schiebt die Sorgen beiseite. Ihr Traum, zu einer Gruppe von Kämpfern zu gehören, wird gerade Wirklichkeit. Dass es nicht einfach würde, hat sie immer gewusst. Und sie wird beweisen, dass die Männer sich auf sie verlassen können.

Von hier vorne sieht sie Avidhs muskulösen Rücken, seine lockigen dunklen Haare, die er am Hinterkopf zusammengebunden hat. Avidh zieht den Riemen mit kräftigen Schlägen durch das Wasser. Avidh, der unnahbare Krieger, ist einer von Gunnars besten Männern. Keiner kämpft wie er. Sie liebt es, Avidh zu beobachten, wenn er sich mit den anderen misst und sie alle verlieren. Zu schnell, zu unberechenbar, zu kaltblütig ist sein Kampf. Das Schwert führt Avidh mit der linken Hand, auch das macht ihn gefürchtet. Yrsa hat in den letzten Monden, wenn sie mit Avidh alleine war, Seiten an ihm kennengelernt, die andere selten erleben. Im Schlaf hält er sie manchmal ganz fest, und dann fühlt es sich so an, als brauche er ihre Nähe fast mehr als sie die seine. Sie sehnt sich danach, ihm wieder so nahe zu sein. Aber das geht nicht, und die Distanz verstärkt ihre Sorge wegen Fridas Abschiedsworten.

Yrsa dreht den Kopf, schaut in den Himmel, noch immer ist kein Wölkchen zu sehen. Über ihr an der Spitze des Vorstevens thront ein geschnitzter Bärenkopf mit weit aufgerissenem Maul. Der gleiche Bärenkopf hängt auch am Tor, durch das man Gunnars Hof in der Nähe von Haithabu betritt. Nie wird sie vergessen, wie aufgeregt sie war, als sie das erste Mal durch dieses Tor getreten ist, um mit den Männern das Kämpfen zu üben. Erst ein paar Monde sind seither vergangen. Aber auch das Gespräch, das sie mit Gunnar kurz vor der Abreise hatte, will ihr nicht aus dem Kopf. Noch hat sie keine Ahnung, wie sie mit Gunnars Forderung umgehen soll. Er will dich auf die Probe stellen, war ihr erster Gedanke. Es ist ein Test, der sie dort trifft, wo sie verwundbar ist. Und das weiß Gunnar.

Yrsa öffnet ihren Zopf, fischt ihren Kamm aus dem Beutel, kämpft sich durch ihre langen braunen Haare. Offen reichen sie ihr bis zur Taille. Das Salzwasser hat sie verklebt. Sie liebt diesen Kamm aus Hirschhorn, auch wenn schon ein paar Zacken fehlen. Er gehörte einst ihrer Mutter. Yrsa bildet sich ein, dass er noch nach ihr riecht, auch wenn das kaum möglich ist. Ihre Mutter ist vor vier Wintern gestorben. Eigentlich benutzt Yrsa den Kamm lieber, wenn sie an Land ist. Aber nun, da es so windstill ist, kann sie es wagen. Ihre Haare verfilzen.

»Komm her, Diebin, und hilf mir mal hier hinten«, ruft Sven der Schwulstige. Er schiebt die Vorratskisten hin und her, soll Platz für eine neue Ladung schaffen. Abends wollen sie am Ufer anlegen.

»Mein Name ist Yrsa«, ruft sie zurück. Sich nicht ärgern zu lassen, klappt nicht immer. Aber sie beschließt, Sven zu helfen. Sie säubert den Kamm, steht auf und stellt sich einen Moment in den Fahrtwind, lässt sich die Haare aus dem Gesicht wehen. Sie will noch einmal kurz einen Blick in die Tiefe werfen. Vielleicht haben sich die Wassergeister nach dem Blitzen in Avidhs eisblauem Stein inzwischen genähert.

»Bist du schwerhörig?«, sagt Sven plötzlich dicht an ihrem Ohr und stößt Yrsa von hinten in den Rücken. Der Stoß ist heftig, sie muss sich an der Bordwand festhalten, um nicht das Gleichgewicht zu verlieren. Dabei rutscht ihr der Kamm aus der Hand. Mit einem leisen Platschen fällt er ins Wasser und sinkt langsam ab. Yrsa will hinterherspringen. Sven packt sie am Ärmel.

»Bist du bescheuert? Ich habe dir gesagt, wir holen keine Diebinnen aus dem Wasser.«

»Du stinkender Schweineficker!« Sie rammt Sven die Faust in den Magen, taucht unter seinem Arm durch. Sven keucht einen Moment, dreht sich um und will ihr ins Gesicht schlagen.

»He, ihr zwei, sofort aufhören«, ruft ihr Anführer Gunnar von hinten, »sonst rudert ihr doppelte Schichten.«

»Das wirst du bereuen«, zischt Sven.

»Du auch«, zischt sie zurück.

Avidh dreht wieder den Kopf. Sie will nicht, dass er sie vor Sven beschützt, hastet durch den Mittelgang, bis nach hinten ans Heck. Einen Moment lang muss sie sich sammeln, schaut aufs Wasser, auf die Fahrtrinne des Schiffs. Irgendwo dort hinten sinkt der Kamm ihrer Mutter in die Tiefe, Seegräser werden sich um seine Zacken schlingen, Fische daran knabbern. Es ist nur ein Kamm, versucht Yrsa sich zu beruhigen. Nur ein Kamm, kein Grund, sich aufzuregen.

Mama, es tut mir leid, flüstert sie in ihrem Kopf und kämpft gegen den Klumpen Traurigkeit, der sie daran hindert, tief Luft zu holen. Von ihrer Mutter ist ihnen nicht viel geblieben. Und der Kamm ist außer dem Amulett um ihren Hals das Einzige, das Yrsa von ihrer Mutter auf die Reise mitgenommen hat. Auf diese Reise, auf die sie ihr Leben lang hingefiebert hat und von der sie vielleicht nicht zurückkehrt. Und jetzt hat sie den Kamm verloren, bevor sie in Dorestad angekommen sind.

»Freyja«, flüstert Yrsa, »ist das ein böses Omen?«

Kapitel 2

Jemand tippt Yrsa auf die Schulter. Sie dreht sich um und schaut in die leuchtend grünen Augen von Idun der Mittagsschwalbe. Idun ist Seherin und Heilerin und sorgt dafür, dass ihnen die Götter, Geister und Elfen auf der Reise gnädig gestimmt sind. Yrsa hat Idun erst am Tag der Abreise kennengelernt. Kaum jemand scheint Idun so richtig zu kennen. Yrsa weiß noch nicht, was sie von ihr halten soll. Einige Männer munkeln, Idun nutze dunkle Kräfte, um mit den Göttern zu sprechen. Ein Schleier scheint manchmal über ihrem Blick zu liegen. Sonst fühlt Yrsa sich meist wohl in der Gesellschaft von Seherinnen, fühlt sich an ihre Mutter erinnert, die auch Seherin und Heilerin war. Wenigstens riecht Idun nach einem besonderen Kraut, das auch Yrsas Mutter manchmal verwendet hat. Herb und doch süßlich ist sein Geruch.

»Ich habe alles gesehen«, sagt Idun mit ihrer tiefen Stimme, »reg dich nicht auf, du kannst meinen Kamm benutzen.« Idun lächelt sie an und zieht an der kleinen Tonpfeife, die sie manchmal raucht. Idun ist die Einzige auf dem Schiff, die nicht rudert. Ihren Stab hat sie an den Mast gebunden, so halten die Götter ihre schützende Hand über das Schiff.

»Der Kamm hat einst meiner …« Yrsa holt tief Luft und sagt lauter: »Ich danke dir.« Sie fährt sich mit der Hand durch die Haare und flicht sie wieder zu einem Zopf.

»Was hat Sven gegen dich?« Idun zieht die Augenbrauen in die Höhe. Ein kleiner Ring ziert ihre rechte Braue.

»Ist eine längere Geschichte. Ich wünschte, es wären mehr Kämpferinnen mit auf der Reise.«

»Gunhild die Wendige ist auf unserem zweiten Schiff, dort vorne, nur ein kleines Stück vor uns.« Idun zeigt Richtung Süden.

»Ich weiß. Aber die Männer behandeln Gunhild anders.«

»Sie ist schon lange dabei.«

»Und ich bin neu.«

»Sie sind zu allen Neuen fies. Zu den Frauen besonders.«

Yrsa zuckt mit den Schultern. »Ist nicht so wild. Viele sind auch nett zu mir. Ich bin es einfach nicht gewohnt, auf engem Raum mit so vielen Menschen eingesperrt zu sein. Fünf lange Schritte von Backbord nach Steuerbord, vielleicht zwanzig vom Heck zum Bug. Ich kenne schon jede Furche im Holz. Sonst renne ich, wenn mich etwas beschäftigt, am liebsten durch den Wald.« Yrsa scharrt mit dem Fuß über die Planken. Und sie ist es nicht gewohnt, Teil einer Gemeinschaft zu sein, hat sich so lange allein durchs Leben geschlagen. Aber jetzt wird sie beweisen, dass die Gruppe sich auf sie verlassen kann.

»Die Enge auf dem Schiff setzt so manchem zu«, sagt Idun. »Lass dich mit keinem der Männer ein. Das endet selten gut.« Kurz scheint ein Schatten über Iduns Gesicht zu huschen. »Lass dich mit vielen Männern ein, so wie ich das tue. Folge Freyjas Beispiel, und du hast Spaß.« Der Schatten verschwindet, und Iduns Augen leuchten.

»Warum sagst du das?«, fragt Yrsa. Für dich als Seherin ist das etwas anderes, denkt sie. Yrsas Mutter hat genauso gelebt.

»Du weißt, was letztes Jahr geschehen ist?«, sagt Idun.

»Ja.« Sie hat es zu spüren bekommen, bevor sie davon erfahren hat.

»Mir scheint, dass Avidh sich für dich interessiert.« Idun mustert Yrsa mit ihren grünen Augen. »Ausgerechnet er.«

Darauf gebe ich keine Antwort, denkt Yrsa, du ahnst nicht, was er mir bedeutet. Sie erinnert sich an jene furchtbare Nacht vor ein paar Monden. Als ein Sklavenhändler sie nahe der Küste angriff und beinahe ermordet hätte. Yrsa musste ihn töten, um ihr Leben zu retten. Avidh fand sie kurz darauf im dichten Wald, und ihm gelang es, das Zittern in ihr zu stoppen, das einfach nicht hatte aufhören wollen. Bis zum Morgengrauen gab er ihr ein Gefühl von Sicherheit. Obwohl sie sich damals noch kaum kannten. Sie weiß nicht, wie sie jene Nacht ohne Avidh überstanden hätte.

Yrsa schaut nach vorne zu Avidh. Neben ihm, auf der anderen Seite des Mittelgangs, rudert sein Waffenbruder Leif. Die beiden kämpfen seit zehn Wintern zusammen. Meist weiß der eine schon, was der andere tut, bevor er es tut. Vor zwei Tagen haben sie schlechtes Trinkwasser erwischt, und Leif hat viel davon getrunken. Avidh hat Leifs Ruderschichten gestern zusätzlich übernommen. Auch heute ist Leif bleich und weniger zu Scherzen aufgelegt als sonst. Seine Locken hängen ihm noch ungekämmter als an anderen Tagen ins Gesicht. »Ruh dich aus«, hat Avidh heute Morgen zu ihm gesagt, »ich übernehme deine Schichten.« Aber Leif hat nur den Kopf geschüttelt. Dabei würde Avidh noch viele Tage für ihn rudern.

»Hoffentlich bessert sich die Stimmung auf dem Schiff bald«, sagt Yrsa. Sie schaut auf das schlaff herabhängende Segel und die schwitzenden Ruderer.

Idun nickt. »Alles wird leichter, wenn die Götter den Wind wieder anfachen. Ich werde heute Abend tanzen und Freyja und Njórðr um Hilfe anflehen. Manche Männer fürchten die ruhige See, fürchten sich vor dem, was sich in der Tiefe verbirgt. Wenn der Wind das Wasser aufwühlt, bleiben die Monster in der Tiefe.

Der Weg an die Oberfläche ist dann zu beschwerlich. Ist das Wasser aber glatt, haben sie freie Bahn. Sei vorsichtig, wenn du Blasen siehst, die langsam an die Wasseroberfläche steigen.« Idun streicht sich mit beiden Händen über die Backen und macht eine Bewegung, als würde sie jemanden wegstoßen.

Ich hoffe auf eine Botschaft der Wassergeister, will Yrsa sagen. Tut es aber nicht. Sie hat Idun nichts von Fridas Warnung erzählt. Sie hat bisher niemandem davon erzählt. Auch Avidh nicht. Zuerst muss sie verstehen, was Frida beunruhigt hat und warum sie wollte, dass Yrsa die Warnung für sich behält. Und sie muss Idun besser kennenlernen.

»Wie oft warst du schon mit den Männern auf der Reise?«, sagt Yrsa.

»Ist das erste Mal. Ich reise sonst mit einer anderen Gruppe.« Idun schaut einen Moment aufs Wasser, streicht über ihr langes dunkelblaues Kleid, das eng an ihrem kurvigen Körper sitzt, zwirbelt ihre Perlenketten um die Finger und blickt zu ihrem Anführer Gunnar. Er lächelt Idun an, und Gunnar lächelt selten jemanden an. »Man kann sich auf Gunnar verlassen«, sagt Idun. »Die Götter haben ihm diese besondere Ausstrahlung geschenkt. Er muss nicht laut werden, und trotzdem hören alle auf ihn.« Idun kneift die Augen zusammen, scheint nach Worten zu suchen, blickt wieder aufs Wasser. »Und er kümmert sich um die, für die er sich verantwortlich fühlt.«

Yrsa nickt. Sie erinnert sich daran, wie sie Gunnar das erste Mal gesehen hat. Mühelos glitt er damals beim Turnier durch die Menge, weil alle, ohne nachzudenken, einen Schritt zur Seite traten.

»Aber Angantýr«, Idun zeigt in Richtung der Ruderbänke, »ist scharf auf die Rolle seines älteren Bruders.« Idun lacht, ein lautes, leicht höhnisches Lachen, das tief aus ihrem Bauch zu kommen scheint. Angantýr blickt auf, als hätte er seinen Namen gehört, hebt die Augenbrauen und grinst Idun an. Die Haare hat Angantýr abrasiert, unter seinen hohen Wangenknochen wächst ein buschiger hellbrauner Bart. Yrsa hat auch Angantýr erst kurz vor der Abreise kennengelernt und war überrascht zu hören, dass er Gunnars Bruder ist.

»Es ist viel passiert im letzten Sommer. Und wenn ich so durch die Reihen schaue«, Idun macht eine kurze Pause, »ausgestanden ist das nicht. Weißt du, auf was du dich eingelassen hast?«

Ich hoffe es, denkt Yrsa. Sie spürt die Spannungen an Bord schon, seit sie Haithabu verlassen haben. Trotzdem hat sie sich vorgenommen, im Moment nur an zwei Dinge zu denken: Ihr Traum wird gerade wahr. Und sie muss wachsam bleiben, damit sie merkt, wenn die bösen Geister an Avidh zerren.

»Ich habe deine Mutter gekannt«, sagt Idun.

»Wirklich?«

»Natürlich. Sie war etwas Besonderes. Alle in der nahen und fernen Umgebung von Haithabu haben Katla die Großherzige gekannt. Und du wolltest ihr Werk nicht fortsetzen?« Idun legt Yrsa die Hand auf den Arm. »Lass mich deine Kraft spüren.«

Yrsa schüttelt den Kopf, zieht ihren Arm weg. »Ich bin keine Seherin. Ich wollte immer schon kämpfen. Ihre magischen Fähigkeiten hat meine Mutter an meinen kleinen Bruder Sjalfi weitergegeben. Ich bin wie mein Vater. Er war, ich meine, er ist ein großer Krieger.«

»Wo kämpft dein Vater?«

Yrsa seufzt. »Ich habe seit Langem nichts mehr von ihm gehört. Ich weiß nicht, ob er noch lebt.« Als sie klein war, hat ihr Vater viel mit ihr geübt, das Bogenschießen und den Kampf mit der Axt. Sie war immer stolz, dass er ihr alles zeigte, was Väter sonst ihren Söhnen beibringen. Leider war ihr Vater selten zu Hause, und seit sieben Wintern hat sie nichts mehr von ihm gehört. Sie wollte immer so gut kämpfen wie er, um ihn auf seinen Reisen zu begleiten. Aber jetzt ist sie alt genug, um diesen Wunsch ohne ihn zu verwirklichen.

»Ich kann die Götter für dich um Rat fragen«, sagt Idun.

»Nein. Ich danke dir. Meine Mutter hat das getan, aber keine Antwort bekommen. Vielleicht hat mein Vater uns gesucht.« Zumindest hoffe ich das, denkt Yrsa. »Wir mussten unsere Heimat vor sechs Wintern fluchtartig verlassen. Da war er gerade wieder einmal auf Reisen. Er hat mehr Zeit auf Reisen verbracht als bei uns.«

Yrsa schaut in die Ferne, eine Brandseeschwalbe fliegt krächzend über ihr Langschiff. Obwohl es schon so lange her ist, erinnert Yrsa sich noch gut daran, wie sie mit ihrem Vater als Kind das Bogenschießen übte. Er rannte ihr hinterher, versuchte sie zu kitzeln, erzählte Geschichten, und dann rief er plötzlich: »Schuss, dort vorne, oben rechts, in die Astgabel!« So lernte sie schon früh, wenn sie den Pfeil in die Sehne spannt, folgen ihre Gedanken nur seinem Weg ins Ziel. Egal was um sie geschieht.

Avidhs Schicht ist vorüber. Er steht auf, wischt sich mit dem Ärmel über das Gesicht, den kurzen schwarzen Bart, streckt sich und geht zu einem der Wasserfässer. Yrsa weiß nicht, wie es sein wird, ihn im Ernstfall, im Kampf zu erleben. Vielleicht wird sie Seiten an ihm entdecken, die ihr fremd sind. Aber sie fürchtet sich nicht davor. Sie möchte all seine Gesichter kennenlernen.

Er kommt nach hinten ans Heck. Seine dunklen Augen verraten nicht, was in ihm vorgeht. Wie so oft. In Momenten wie diesen ist es besonders schwierig, dass sie Avidh nicht mehr nahe sein kann. Der Verlust des Kamms schmerzt Yrsa. Sie verschränkt die Hände hinter dem Rücken und lehnt sich gegen die Schiffswand, fährt mit dem Finger immer wieder über einen Nagelkopf in den Planken.

»Wie geht es Leif?«, sagt sie.

»Er stinkt wie eine Kloake. Aber wird schon wieder. Was war da vorhin los mit Sven?«, fragt Avidh.

»Nur eine kleine Meinungsverschiedenheit, nichts Ernstes«, sagt Yrsa und bemüht sich, den Klumpen Traurigkeit in ihrem Bauch nicht zu beachten.

Kapitel 3

Sie hört es von Weitem, als eine der Ersten. Gerade haben sie für den Abend angelegt. Yrsa rennt zur Waffentruhe, wirft den Deckel nach hinten, wühlt, reißt ihren Bogen an sich. In wenigen Schritten ist sie bei der Bordwand, stützt sich auf das raue Holz und springt. Die Landung ist weich, Schlamm spritzt an ihre Waden. Sie stößt sich gleich wieder ab, das Watt federt unter ihren Füssen. In langen Schritten fliegt Yrsa über den Schlick, rennt in die Richtung, aus der das Geschnatter kommt.

Am Strand herrscht Unruhe. Nicht nur Yrsa, auch einige der Männer hetzen zu ihren Bögen. Die Waffe in der einen, den Köcher in der anderen Hand, klettert Yrsa auf eine Düne. Der Sand rieselt unter ihren Füßen weg, sie findet nur schlecht Halt. Dort hinten kommen sie in Sicht, nähern sich schnell, mit kräftigen Flügelschlägen. Es rumpelt in Yrsas Magen. Nicht nur vor Hunger. Sie hat das schon oft geschafft. Da war sie aber meist allein. Jetzt muss sie vergessen, wie viele Augen ihren Bewegungen folgen.

Fast scheint es, als würde ein Drache über den Himmel ziehen, grau-schwarz geschuppt füllt er das Blau, wirft seinen Schatten über den Strand. Aber über ihren Köpfen ist kein Drache, ein riesengroßer Schwarm Wildgänse fliegt in Richtung der offenen See. Sie schnattern und flattern, fliegen heute besonders tief, in Zacken, Linien und Haufen.

Gunnar ruft: »Wer trifft, muss nicht rupfen.«

Yrsas Füße finden Halt. Sie hat einen Vogel im Visier, legt einen Pfeil auf, wartet, ankert die Sehne neben dem Mund, spürt die Spannung im ganzen Körper, folgt den Flügelschlägen mit der Pfeilspitze, lässt die Sehne dann schnellen. Der Pfeil steigt hoch, streift nur Schwanzfedern. Yrsa schaut ihm nicht nach, legt den nächsten auf, zielt wieder, schießt und trifft. Steil stürzt die Gans vom Himmel, schlägt weiter vorne auf, ein dumpfes Platschen. Yrsa bleibt ruhig stehen, nimmt den nächsten Pfeil aus dem Köcher, schießt wieder, trifft erneut. Ein satter Plumps weiter vorne im Sand. Weitere Vögel stürzen aus dem Himmel. Und dann sind die Gänse schon vorbeigezogen.

»Ich habe zwei geschossen«, ruft Ulf der Schmatzer und rennt in Richtung des Strands. Sein Bauch schwabbelt bei jedem Schritt, trotzdem ist Ulf erstaunlich schnell. Wie bei Yrsa ist der Bogen Ulfs bevorzugte Waffe.

»Ich habe auch zweimal getroffen«, sagt Yrsa. Sie streicht über Fridas Schutzzauber und bedankt sich bei Freyja.

Sechs andere Männer rufen: »Ich habe getroffen.«

»Macht zehn«, sagt Idun. Zusammen mit zwei Männern sammelt sie die Vögel ein.

»Es sind nur neun«, sagt Gunnars Bruder Angantýr. Er steht neben dem Gänsehaufen, die Hände in die Seiten gestützt, als würden alle Vögel ihm gehören. Angantýr ist fast einen Kopf größer als Gunnar. Sogar Avidh überragt er um ein ganz kleines Stück. Er zwinkert Yrsa zu.

»Ich habe zwei getroffen«, sagt Ulf noch einmal.

»Ich auch«, sagt Yrsa. Sie stellt sich neben Ulf. Ulf stützt sich mit dem Kinn auf seinen Langbogen, kneift die wässrig blauen Augen zusammen, wirft ihr einen bösen Blick zu. Um die toten Vögel bildet sich ein Kreis. Erst jetzt fällt Yrsa auf, wie hungrig sie ist. Sie hat den ganzen Tag gerudert und zwischendurch nur Trockenfisch gegessen. Wahrscheinlich geht es den meisten so. Alle sind gierig auf ein üppiges Abendessen.

Zwei Männer sind kreuz und quer über die Dünen gelaufen. »Wir haben keine Gänse mehr gefunden«, ruft der eine.

»Also nicht zehn, sondern neun«, sagt Angantýr.

»Sie lügt«, sagt Ulf, spuckt auf den Boden und zeigt auf Yrsa. »Ich glaube nicht, dass sie überhaupt eine Gans getroffen hat.«

Avidhs Freund Leif nähert sich, er hat sich eine Decke über die Schulter gelegt, sieht blass und müde aus. »Yrsa ist eine gute Schützin«, sagt Leif und stellt sich neben sie.

Das Gedränge um die Beute wird dichter. Ein Mann stößt Yrsa in den Rücken, will einen Blick auf das Abendessen werfen, auf das alle hoffen. Ulf tritt vor, versucht zwei Gänse an sich zu nehmen. Angantýr baut sich vor ihm auf. »Erst klären wir das«, sagt er. »Alle bleiben, wo sie sind.«

Idun und Angantýr ziehen die Pfeile aus den Gänsen. Blut tropft ihnen über die Hände.

»Meine Pfeile sind markiert«, sagt Yrsa. »Hinten neben den Federn ist ›Ka‹ eingeritzt. Der Name meiner Mutter war Katla.« Meine Mutter beschützt mich, denkt sie.

»Idun überprüft das«, sagt Angantýr.

Leif flüstert Yrsa ins Ohr: »Ich glaube nicht, dass Angantýr die Runen kennt. Ich kenn sie auch nicht.«

Kurz leuchtet auf Leifs Gesicht trotz der Erschöpfung das freche, charmante Grinsen auf, das die Frauen so an ihm schätzen. Leif gähnt und reibt sich die Augen. Yrsa mochte Leif vom ersten Tag an. Er ist Avidhs Waffenbruder und hat sie immer zuvorkommend behandelt. Die beiden könnten kaum unterschiedlicher wirken, Avidh mit seiner geheimnisvoll-unnahbaren Ausstrahlung und Leif mit seinem lockeren Charme. »Doch lass dich nicht von

Leifs Schalk täuschen«, hat Avidh sie schon früh gewarnt, »dahinter verbirgt sich ein harter Kämpfer.«

Idun hält jetzt alle Pfeile in der Hand und mustert sie, gibt ein leises brummendes Geräusch von sich.

»Meiner ist der mit den schwarzen Federn«, sagt ein Mann weiter hinten.

Alle Pfeile finden ihre Besitzer. Drei bleiben übrig. Idun hält sie nahe an die Augen. Dann nickt sie. »Zweimal einer mit K- und A-Rune. Yrsa hat die Wahrheit gesagt. Sie bekommt das größte Stück.«

»Ich teile mit allen«, sagt Yrsa.

»Ist doch gelogen«, sagt Ulf. »Ich habe auch zweimal getroffen! Und ich habe schlimme Dinge über Yrsas Mutter Katla gehört, deren Namen die Pfeile ziert.« Er schaut in die Runde, zeigt auf Yrsa. »Sie wird uns Unglück bringen, ihre verstorbene Mutter hat dunkle Magie betrieben.«

»Das ist eine Lüge«, sagt Yrsa mit fester Stimme. »Meine Mutter hat nie jemandem mit ihren Kräften geschadet. Sie hat immer nur Gutes getan.« Sie kennt diese Anschuldigungen, hat sie nach dem Tod ihrer Mutter mehrere Winter lang in ihrem Dorf hören müssen. Sie ist es leid, sich dagegen zu wehren. Aber niemand zieht das Vermächtnis ihrer Mutter unwidersprochen in den Dreck.

»Da habe ich in der Methalle in Haithabu etwas anderes gehört«, sagt Ulf. »Mit Wiedergängern hat sich Yrsas Mutter zusammengetan. Nachts hat sie dunkle Mächte beschworen, dann sind die Wiedergänger aus ihren Gräbern gekrochen, haben Unheil über jene gebracht, die in ihren Bann geraten sind.«

»Und du glaubst alles, was man in der Methalle erzählt?«, sagt Yrsa. »Meine Mutter hat allen beigestanden, die Hilfe brauchten, hat Fiebertrolle aus ihren Körpern gezogen, böse Geister vertrieben. Sie hätte sogar dir geholfen, wenn dein kurzer Stummel wieder mal seinen Dienst verweigert.«

Sie beißt sich auf die Lippe, hört einige Männer lachen. Das ist ihr jetzt rausgerutscht. Dabei hat sie sich vor der Reise vorgenommen, sich zurückzuhalten. Der dicke Ulf schaut Yrsa an, verzieht das Gesicht und spuckt auf den Boden. Sie hat sich gerade einen Feind gemacht. Noch einen. Aber wenn jemand ihre Mutter beleidigt, fällt es ihr schwer zu schweigen, und sie sagt Dinge, die sie besser nur gedacht hätte. Sie hört zwei Männer tuscheln: »Eine Seherin, das wusste ich nicht«, und: »Was haben wir uns da eingehandelt?«

»Beruhigt euch wieder«, sagt Angantýr. »Ihr dort drüben.« Angantýr zeigt auf eine kleine Gruppe. »Helft dem Koch beim Rupfen.«

Zwischen den Dünen richten sie sich für die Nacht ein. Der Küstenabschnitt ist nicht bewohnt, das Meer liegt wie eine glatt gestrichene Decke vor ihnen. Yrsa ist erleichtert, heute nicht an Bord schlafen zu müssen, eingeklemmt zwischen den Männern, Kisten und Fässern. Die ersten Nächte haben sie auf den Holzplanken verbracht. Neben den zwei Langschiffen haben sie ein kürzeres Handelsschiff und ein kleineres Boot dabei. Das Handelsschiff dient als Tarnung. Mit ihm werden sie Dorestad vor dem Angriff auskundschaften und auf dem Heimweg hoffentlich viel Wertvolles zurückbringen.

Leif zieht sich mit der Decke in eine windgeschützte Kuhle zurück. Yrsa bringt ihm Wasser und ein Stück Fladenbrot. Leif zittert, obwohl es nicht kalt ist. Sie holt eine zweite Decke, schiebt sie auf allen Seiten unter seinen Körper, bis er aussieht wie eine verpuppte Raupe. So wie sie das früher oft bei ihrem kleinen Bruder Sjalfi gemacht hat.

»Jetzt fehlt nur noch der Gutenachtkuss«, murmelt Leif und schließt die Augen.

Yrsa lacht und sagt: »Ich bring dir später ein fettes Stück Gans.«

Mit den Blicken sucht sie den Strand nach Avidh ab. Selbst wenn sie ihn nicht berühren darf, hält sie die Angst wegen Fridas Warnung leichter aus, wenn sie ihn im Auge hat. So lange war für Yrsa klar, dass sie sich niemals auf einen Mann einlassen würde. Sie hat immer geglaubt, dass sie sich zwischen ihrem Wunsch, Kämpferin zu sein, und einer Liebesbeziehung entscheiden muss. Doch Avidh hat ihr gezeigt, dass das nicht stimmt. Ihre heftigen Gefühle für ihn haben Yrsa völlig überrumpelt, und sie wird die Zeit, die sie mit ihm verbracht hat, niemals vergessen. Viele Momente haben sich tief in ihr eingegraben: wie sie Avidh zum allerersten Mal sah und staunte, wie liebevoll er seinen nervösen Hengst behandelte, mit dem niemand sonst zurechtkam. Wie er sie zu einer Heilerin brachte, als sie selbst nicht merkte, in welcher Gefahr sie schwebte. Wie er seine Arme um sie schlang, als die Sorge um ihren kleinen Bruder sie aufzufressen drohte. Und wie sie Avidh dann endlich ganz nah spürte und sich noch niemals etwas so gut angefühlt hatte.

Yrsa macht sich auf den Weg zum Strand und hilft beim Treibholzsammeln. Weiter westlich wird es nicht mehr viele Sandstrände geben. Einen ausgebleichten Stamm schlägt sie mit der Axt in Stücke. Weil kein Dorf in der Nähe ist, können sie Lagerfeuer anzünden. Damit das Feuer trotzdem nicht allzu weit sichtbar ist, verteilen sie das Holz auf kleine Haufen.

Plötzlich reißt sie jemand von hinten am Zopf. Yrsa wirbelt herum, die Axt erhoben. Sven steht vor ihr, starrt sie an. Yrsa senkt die Axt, aber Sven schlägt ihr die Faust gegen den Arm, trifft ihren müden Muskel. Der Schmerz fährt Yrsa bis in die Schulter. Sie lässt die Axt beinahe in den Sand fallen.

»Du hast noch was gut bei mir, verlauste Schlampe! Du brauchst dich nicht umzuschauen«, sagt Sven. »Avidh ist mit einigen Männern auf Robbenjagd. Er hilft dir nicht.« Sven holt aus, will sie ohrfeigen. Yrsa blockt seinen Schlag ab und rammt ihm das Knie zwischen die Beine. Nicht allzu heftig, aber so dass es schmerzt. Jaulend sinkt Sven in die Knie.

»Ich brauche Avidhs Hilfe nicht«, sagt Yrsa. »Ich kann mich gut selbst verteidigen.«

»Das wird dir noch leidtun, dreckige Hure«, zischt Sven zwischen seinen gefeilten Zähnen hindurch.

Sie gibt keine Antwort, dreht sich um, packt ein dickes Stück Treibholz und zieht den ausgebleichten Stamm zu einem der Lagerfeuer. Über dem Feuer hängt an einem eisernen Gestell ein Topf. Einige Männer haben Muscheln und Strandkrabben gesammelt, der Duft der Fischsuppe steigt Yrsa in die Nase. Sie sucht den Strand weiter nach Holz ab. Sven scheint verschwunden, aber der Konflikt ist nicht ausgestanden. Sie fragt sich, wie sie der Feindseligkeit begegnen soll. An Gunnar will sie sich nicht wenden, das würde ihre Position in der Gemeinschaft nur schwächen. Ich schaffe das schon, denkt sie und zerkleinert ein weiteres Stück Treibholz mit heftigen Schlägen.

Eine andere Kämpfergemeinschaft sitzt ihnen im Nacken. Gesehen hat Yrsa deren Schiffe bisher nicht. Aber der Name des Anführers geistert durch ihr Lager. Valì der Schlangenbändiger ist sein Name, viele scheinen ihn zu fürchten und vielleicht auch ein bisschen zu bewundern. Auch Avidh hat immer mit Bewunderung von Valì gesprochen.

Vor der Abreise hat Yrsa manchmal beobachtet, wie fremde Männer auf Gunnars Hof kamen. Sie schienen eine weite Reise hinter sich zu haben und zogen sich mit Gunnar in eine stille Ecke des weiträumigen Langhauses zurück. Manchmal rief Gunnar Avidh dazu. Es ist nicht leicht, gute Kundschafter an sich zu binden, erzählte ihr Avidh. Die Männer seien umworben, und Gunnar hatte bei den Vorbereitungen ihres Raubzugs ein Problem. Letzten Sommer hat die Kämpferin Signe die Gruppe an die Franken verraten. Ein großer Teil der Beute ging verloren, und mehrere Männer starben. Gunnar fehlte deshalb bei den Vorbereitungen das Silber für die Dienste der besten Kundschafter. Der Verrat hat zudem alle tief verunsichert, am meisten Avidh. Denn Signe war damals ausgerechnet seine Partnerin.

In ihrem langen blauen Kleid steht Idun abseits am Strand. Sie hat die Augen geschlossen, murmelt Verse, zieht an einer glühenden Rolle, die sie gedreht hat, und trinkt aus einem mit Silber verzierten Horn. Die Männer und Yrsa sitzen auf Fässern, Kisten und im Sand, bilden einen Halbkreis. Der Duft des Gänsebratens zieht Yrsa in die Nase. Aber Idun will tanzen, bevor sich das Wasser zu weit zurückzieht. Die Wassergeister sollen aus der Nähe lauschen. Yrsa hört die Gespräche der Männer, die hinter ihr kauern.

»Sie zieht mit den Vögeln, sie tanzt mit den Trollen«, sagt einer mit leiser Stimme.

»Was? Mit den Trollen? Das wusste ich nicht. Nehmt euch in Acht«, sagt ein zweiter.

»Sie ist eine Gestaltwandlerin«, sagt ein dritter. »Wenn die Staubwinde über die Ebene peitschen, rennt sie mit den Wölfen. Sie soll ein Wolfsjunges geboren und schreckliche Schreie dabei ausgestoßen haben. Jemand hat das Junge gesehen, es war verschrumpelt, winzig klein und mit Flaum bedeckt. Sie hat es im Moor versenkt.«

Yrsa denkt an ihren kleinen Bruder Sjalfi. Sie vermisst ihn. Dass er die Gabe ihrer Mutter geerbt hat, war schon früh deutlich. Aber in ihrem Dorf bemühte sich Sjalfi stets, seine magischen

Kräfte zu verstecken. Er fürchtete sich vor den Reaktionen der Dorfbewohner. Nicht weit von ihrer Hütte bauten sie im Schutz der Bäume einen kleinen Schrein auf. Dort sprach Sjalfi im Geheimen mit den Elfen und den Geistern, bat um Schutz, wenn Yrsa nach dem Tod ihrer Mutter allein losziehen musste, um für sie beide zu jagen. Doch jetzt ist alles anders. Sie hofft, dass es Sjalfi gut geht.

Idun nähert sich, schreitet langsam durch die Reihen der Männer. Yrsa dreht den Kopf. Idun ist vor dem Mann stehen geblieben, der von dem Wolfsjungen gesprochen hat, starrt ihm regungslos in die Augen. Der Mann knetet seine Finger, räuspert sich. Als sich Idun schließlich in der Mitte des Halbkreises aufstellt, flüstert der Mann seinem Sitznachbar zu: »Beim Atem Odins, das kann sie nicht gehört haben.«

Avidh setzt sich neben sie auf die Kiste. »Yrsa«, sagt er mit heiserer Stimme. Er sagt nicht mehr, nur ihren Namen, aber sein Tonfall lässt ihre Haut kribbeln. In diesem einen Wort liegt so viel Sehnsucht, dass ihr Herz schneller schlägt und sie sich daran erinnert, wie Avidh ihren Namen vor nicht allzu langer Zeit nahe an ihrem Ohr gestöhnt hat. Ihr Blick fällt auf seine Lippen, umrandet von dem kurzen schwarzen Bart. Wie sehr sie sich wünscht, diese Lippen wieder zu küssen. Sie spürt Avidhs Körper, seine Wärme, dort wo ihre Beine sich beinahe berühren. Avidhs Hand liegt auf seinem Oberschenkel. Es wäre nur eine kleine Bewegung, ihn zu berühren, über die Narbe an seinem Handgelenk, die dunklen Haare auf seinem Unterarm zu streicheln. Sie schließt die Augen. Doch das macht es nicht besser, sie spürt ihn so fast noch stärker.

Einige Tage vor der Abreise lagen sie abends außerhalb der Stadt zusammen im Gras und schauten in den sternenklaren Himmel. Avidh drehte sich zu ihr, nahm ihre Hand, legte sie sich aufs

Herz, und während Yrsa das kräftige, gleichmäßige Pochen spürte, flüsterte er: »Dass wir zusammen ins Frankenland ziehen, du und ich, Seite an Seite, das bedeutet mir sehr viel.«

Avidh sagt solche Dinge nicht oft, und wenn er es tut, berührt es sie besonders. Daran werde ich denken, wenn es schwierig wird auf der Reise, nahm sie sich damals vor. Sie ahnte noch nicht, was Gunnar kurz vor der Abreise fordern würde. Und wie groß sich die Distanz zwischen ihnen plötzlich anfühlen könnte, selbst wenn Avidh neben ihr sitzt. Wenn nur dieses elende Prickeln in ihrem Körper nicht wäre, das Gefühl, ihn am liebsten ständig zu berühren.

»Böse Geister aus der Vergangenheit«, hat die Seherin Frida gesagt. Yrsa hat einen Verdacht, was Frida gemeint haben könnte. Und fleht zu Freyja, dass sie sich täuscht.

Als wüsste Avidh, woran sie denkt, dreht er kurz den Kopf und schaut sie an. Sie könnte ihm ins Ohr flüstern: »Treffen wir uns nachher dort hinten in den Dünen, ich möchte dich in mir spüren.« Aber das geht nicht.

Idun breitet die Arme aus und streckt sie in Richtung Himmel. Auf dem Kopf trägt sie eine Haube aus Federn. Langsam wiegt sie den Oberkörper hin und her, um ihren Hals klimpern Ketten aus glasigen Perlen. Um die Fesseln trägt sie Bänder mit kleinen Schellen. Sie rasseln, wenn Idun in den Sand stampft, dazu schlägt sie auf eine Trommel. Zwischen den Schlägen wiegt sie das Instrument im Arm, gibt dann mit dem Klöppel einen schnellen Takt vor.

Manche Männer halten Fackeln. Das Licht der Flammen bricht sich in den vielen Glasperlen, die Idun um den Hals trägt. Sie beginnt zu singen, stößt schrille Schreie aus, trommelt, dreht sich, bleibt kurz stehen, lässt die Glöckchen erklingen und tanzt nahe an den Männern vorüber. Ihr Rock, ihre langen schwarzen Haare wirbeln, streifen manche an den Beinen, den Armen. Die Männer müssten nur die Hand ausstrecken, um Idun zu berühren. Doch das wagt keiner. Dann singt sie:

»Njórðr, ich rufe dich,
Njórðr, ich bitte dich,
lass die Winde wehen,
zerzause das Wasser
mit deinem kostbaren Atem,
blase Wellentäler für uns.«

Aus einer kleinen Truhe nimmt Idun einen Beutel, wirft Pulver in die Luft, atmet tief ein, hebt den Stab in den Himmel, klemmt ihn dann zwischen die Beine, als würde sie auf ihm reiten.

»Njórðr, Freyja, Odin,
weit in der Ferne
wühlt ihr im Wasser,
lauscht meiner Bitte,
und lasst die Wellen
bis zu uns schwappen.«

Mit den Blicken folgen die Männer jeder Bewegung Iduns. Yrsa schaut sich ab und zu um, ob sich niemand dem Lager nähert. Ihr sind solche Zeremonien vertraut, und doch spürt auch sie den Sog im Innern. Die Wassergeister drängen an die Oberfläche, sprechen mit Idun. Yrsa fühlt es, und sie weiß, dass Avidh es auch spürt. Er besonders.

Plötzlich fährt Yrsa ein stechender Schmerz in die Rippen, einen Moment kann sie fast nicht atmen und spürt heftige Angst. Yrsa sucht Avidhs Blick, aber Avidh folgt mit den Augen Iduns

Tanz und den Bewegungen des Stabs, auf dem sie reitet. Angantýr ist aufgestanden, macht einige Schritte auf Idun zu. Gunnar packt ihn am Arm, zwingt ihn, sich wieder hinzusetzen. Yrsas Herz rast. Irgendetwas ist nicht in Ordnung. Auch die Wassergeister sind in Aufruhr.

Idun läuft bedächtig in Richtung des Wassers. Am Ufer zieht sie ihr langes, schweres Kleid aus. Darunter trägt sie ein leichtes Leinenhemd. Sie ist weit entfernt, eine kleine Figur am Horizont. Als ihr das Wasser endlich bis zu den Oberschenkeln reicht, taucht sie unter. Ein Vogel mit mächtigen Schwingen fliegt tief über den Strand und lässt dort, wo Idun verschwunden ist, einen lauten Schrei erklingen.

Irgendwann taucht Idun wieder auf, wischt sich die triefnassen Haare aus dem Gesicht. Das Leinenhemd klebt an ihrem Körper. Als sie näher kommt, bleibt sie kurz vor Angantýr stehen, fährt ihm mit den Fingerspitzen über die Wange. Dann geht sie weiter zu Gunnar.

»Ich bringe dir eine Nachricht von den Göttern, Gunnar. Komm mit mir in die Dünen, und du wirst sie hören. Du darfst mich jetzt berühren und ihre Anwesenheit spüren.«

Gunnar steht auf, streicht Idun über den nassen Körper, folgt ihren Rundungen. Dann nimmt Idun seine Hand, und die beiden verschwinden. Angantýr schaut ihnen nach, die Stirn gerunzelt, die Augen zugekniffen.

Langsam beginnen die Männer wieder miteinander zu sprechen. Yrsa hört Fetzen: »Morgen wird der Wind wehen«, »Anführer sollte man sein«, »Ich hol mir in Dorestad eine junge Frau«.

Yrsa steht auf, klopft den Sand aus den Hosen. Als sie sich umdreht, sitzt Avidh nicht mehr auf der Kiste.

Kapitel 4

Von der Düne hat Yrsa einen guten Blick über das Watt und die fast endlose Dämmerung. Langsam zieht sich das Wasser weit zurück. Der Abend ist warm und windstill. Barfuß scharrt Yrsa eine Kuhle, bis die Sandkörner sie zwischen den Zehen kitzeln. Sie isst ein Stück Gänsefleisch, kann sich nicht entscheiden, an welchem Lagerfeuer sie sitzen will. Leif schläft. Idun ist mit Gunnar beschäftigt und Avidh vermutlich im Wasser.

Abends verschwindet Avidh oft in den Fluten. Im Reich der Wassergeister kommt er zur Ruhe, lässt sich herabsinken in die Schwerelosigkeit, treibt dort regungslos, solang er kann. Vor der Abreise hat Yrsa Avidh einmal auf einen Tauchgang begleitet, hielt es aber nicht halb solang aus wie er. Die Wassergeister und sie, das ist keine innige Beziehung. Avidh hingegen schien mit der Unterwasserwelt zu verschmelzen. Als ihr die Lungen fast platzten, ging sein Blick noch immer entspannt ins milchige Nichts.

Schon als Kind habe er sich so beruhigt, hat er gesagt. Mit sieben war Avidh in den Gassen Haithabus auf sich allein gestellt. Sein Vater starb im Kampf, an seine Mutter hat er keine Erinnerung. Er hat Yrsa nicht viel aus dieser Zeit erzählt, aber sie nimmt an, dass die Düsternis in ihm, das Unnahbare, spätestens damals entstand. Mit zehn kam Avidh zu den königlichen Truppen, lernte dort kämpfen. Als er dreizehn war, nahm die Seherin Frida ihn schwer verletzt auf. Wieder denkt Yrsa an Fridas Abschiedsworte, und ein Schauder läuft ihr über den Körper. Frida verlässt sich auf sie, hat ihr diesen besonderen Auftrag gegeben, und Yrsa wird sie nicht enttäuschen. Seit der Abreise ist sie fast jede Nacht aufgeschreckt und erst wieder eingeschlafen, als sie sich versichert hatte, wo Avidh war und dass es ihm gutging. Dass sie nicht neben ihm schlafen darf, macht es schwieriger. Und heute beschäftigt Yrsa das besonders.

Sie ist viele Winter allein mit allem klargekommen und weiß, wie das geht. Aber sie wünscht sich die wenigen Monde zurück, in denen es anders war. Morgens wachte sie auf, kuschelte sich als Erstes an Avidhs warmen Körper, oder er zog sie an sich, als sie noch halb schlief. Ginge es nach ihr, wäre das noch immer so. Doch kurz vor der Abreise lud Gunnar Yrsa zu einem Gespräch auf seinen Hof ein. Gunnar hat einen weitläufigen Hof nicht weit von Haithabu entfernt. Nicht eines, sogar zwei Langhäuser stehen auf seinem Land. Yrsas Nerven flatterten vor dem Gespräch. Sie bat Freyja um Beistand, verzichtete auf ihr Essen und legte es den Elfen auf den Stein. Sie wusste, jetzt entscheidet sich, ob sie mitreisen darf. Rund zwei Monde hatte sie da bereits mit Gunnars Gruppe das Kämpfen geübt. Am Runenstein, der an Gunnars Vater erinnert, war der Treffpunkt. »Er floh nicht, sondern kämpfte, solange er eine Waffe halten konnte«, steht auf dem Stein.

Yrsa lief auf und ab, bis Gunnar kam und sie anwies, sich neben dem Stein auf den Boden zu setzen. Er nahm neben ihr Platz, zeigte auf die Worte für seinen Vater und sagte: »Das erwarte ich von allen, die für mich kämpfen.« Yrsa nickte, nickte zu allem, was Gunnar fragte: »Ja, ich bin mehr als bereit«, »ja, ich weiß, dass es schwierig ist«, »ja, ich bin eine gute Bogenschützin, und ja, natürlich werde ich immer tun, was du befiehlst«. Bis Gunnar etwas vorbrachte, zu dem sie nicht einfach Ja sagen konnte. Er schaute sie an, der Blick aus seinen blauen Augen war hart.

»Ich habe beobachtet, dass Avidh und du sehr vertraut miteinander umgeht«, sagte Gunnar. »Ist da etwas zwischen euch?«

Die meisten anderen Kämpfer leben auf Gunnars weitläufigem Hof. Doch Avidh wohnt, wenn er nicht unterwegs ist, in Haithabu bei Frida. Und Yrsa in letzter Zeit auch. Sie hatten sich nicht besonders bemüht, ihre Vertrautheit bei den täglichen Zusammenkünften auf dem Hof zu verbergen, aber sich dort auch nicht wie ein Liebespaar verhalten.

Sie wusste zuerst nicht, was sie Gunnar antworten sollte. Die Wahrheit wollte sie nicht aussprechen. Was ich für Avidh empfinde, habe ich noch nie für einen Mann empfunden, hätte sie sagen müssen. Am liebsten möchte ich jeden Tag, mit ihm verbringen, ihn ständig berühren, küssen, ganz nahe spüren, und das alles verwirrt mich, bei Freyjas Zauber, doch ziemlich stark. Stattdessen antwortete sie: »Avidh hat mir geholfen. Warum fragst du?«

»Ich hasse es, wenn man mich anlügt«, sagte Gunnar, »habe ich das schon erwähnt?« Er zwirbelte die Spitze seines Barts zwischen zwei Fingern, kratzte sich in seinen blonden Haaren, zog eine Pfeife aus dem kleinen Beutel an seinem Gürtel und stocherte in dem Kraut, das er rauchte.

»Ich … wir … nein, ja, wir sind uns nähergekommen.« Ungeschickter hätte sie es wohl nicht ausdrücken können. Die Hitze schoss ihr ins Gesicht.

Er nickte. »Ich sage dir jetzt, was passieren wird, wenn du mit uns reist.« Dann machte Gunnar eine Pause und blies Pfeifenrauch in den Himmel. Yrsa starrte auf einen Punkt zwischen Gunnars Augen, oberhalb des Nasenrückens, ein paar einzelne Härchen wuchsen dort. Um gegen das elende Gefühl in ihrem Bauch anzukämpfen, versuchte sie die Härchen zu zählen, gab aber bei acht auf, als Gunnar sagte: »Du wirst Abstand halten von Avidh, mindestens bis nach dem Überfall.«

»Warum? Was für ein … Ich verstehe nicht.«

»Ich will keine Liebesdramen, das bringt nur Unruhe. Ich muss dich nicht daran erinnern, was letzten Sommer geschehen ist. Und jetzt brauchen wir alles, was wir haben, damit diese Reise ein Erfolg wird.«

»Das weiß ich, aber es wird kein Drama geben. Und Avidh konnte damals nichts dafür, dass …«

Gunnar hob die Hand. »Mir brauchst du nichts zu erklären. Ich war dabei, du nicht. Ich muss wohl nicht annehmen, dass du ohne Avidh aufgeschmissen bist. Sonst bleibst du besser zu Hause.«

Yrsa schüttelte den Kopf. Es machte sie wütend, wie Gunnar mit ihr sprach. Natürlich war sie nicht aufgeschmissen ohne Avidh. Gunnar schien alles zu verdrehen, aber sie durfte ihn nicht verärgern. Ein Wort von ihm, und ihr Traum platzte. Sie würde in Haithabu sitzen, sich ausmalen, wie alles hätte sein können, und sich sorgen, ob Avidh den Kampf überlebte. Ich erkläre Avidh das, dachte sie, wir stehen das gemeinsam durch. Doch Gunnar war noch nicht fertig.

»Du sagst kein Wort zu Avidh, dass ich dir Abstand befohlen habe.«

»Aber …«

»Kein Aber.« Gunnar schüttelte den Kopf.

»Avidh wird es nicht verstehen, wenn ich mich plötzlich zurückziehe.«

»Du wirst es ihm erklären, und ich sage dir wie: Du sagst, du willst dich trennen, dich auf den Kampf konzentrieren und nicht durch Gefühle abgelenkt sein. Das sollte nicht schwierig sein.«

»Ja, ich werde mich auf den Kampf konzentrieren, aber …«

»Gut, dann sind wir uns einig«, sagte Gunnar. »Es geht jetzt um unsere Gruppe, unser gemeinsames Ziel. Es ist wichtig, dass du lernst, deine Bedürfnisse zurückzustellen.« Gunnar stand auf, blies noch eine Wolke Pfeifenrauch in den Himmel und sagte über die Schulter. »Enttäusche mich nicht. Wenn ich herausfinde, dass du dich nicht an die Abmachung hältst, wirst du nach Hause zurückreisen. Allein.«

Sie blieb sitzen, fuhr sich mit der Hand immer wieder über den Magen, als könnte sie so den Ärger in Schach halten. Er will dich testen, war ihr erster Gedanke. Er will wissen, wo deine Loyalität liegt. Der Troll soll ihn holen. Was für eine unnötige Vorgabe. Sie haben sich bisher vor den anderen zurückgehalten und hätten das auch auf der Reise getan. Mit wenigen Worten hatte Gunnar sie in eine Situation zurückgeworfen, in der sie nicht mehr sein wollte. Sie wollte sich nicht entscheiden, ob sie ihre Liebe lebte oder Kämpferin war. Es gibt keinen Grund, diese Wahl zu treffen, die letzten Monde hatten sie das gelehrt. Und doch forderte Gunnar das von ihr.

Je länger sie darüber nachdachte, umso mehr verstand sie, warum Gunnar von ihr Stillschweigen forderte. Das elende Gefühl in ihrem Magen verschwand trotzdem nicht. Avidh ist einer seiner besten Männer. Gunnar will nicht, dass Avidh zornig auf ihn ist. Er braucht Avidh, und deshalb muss Yrsa Avidh anlügen. Außerdem ist es vermutlich ein Test. Und sie kann nicht einmal sicher sein, ob Gunnar Avidh nicht hinter ihrem Rücken eingeweiht hat. Dann würde sie gleich zweifach versagen, wenn sie sich nicht an Gunnars Vorgaben hält. Das ist wohl der Preis dafür, dass sie zur Gruppe gehören will. Sie muss Dinge tun, die ihr widerstreben. Es fühlt sich an wie eine seltsame Umkehrung ihres bisherigen Lebens. In ihrem Dorf schlossen die Menschen sie aus, weil sie sich weigerte, mit einem Mann zu leben. Und jetzt soll sie sich von ihrem Geliebten fernhalten, um zur Gemeinschaft zu gehören.

Yrsa zögerte das Gespräch mit Avidh bis kurz vor der Abreise heraus, wollte alles noch mit ihm genießen. Als sie am letzten Abend eng aneinander geschmiegt auf der Hochburg lagen und Avidh eingeschlafen war, schnürte sich ihr die Kehle zu beim Gedanken, dass dies das letzte Mal gewesen sein könnte. Vielleicht, dachte sie, sterbe ich im Kampf, oder er überlebt die Reise nicht. Aber sie würde alles dafür tun, dass das nicht geschah und sie ihm nach dem Überfall alles erklären konnte. Sie hoffte, dass er dann verstehen würde und es nicht zu spät war.

An das Gespräch mit Avidh kurz vor der Abreise erinnert sie sich nicht gern. Es war ein großer Fehler, das Ganze so lange hinauszuschieben. Im Tumult des Abschieds konnte sie so auch zu wenig darauf achten, warum Frida sich um Avidh sorgte.

»Ich will, dass die Männer mich ernst nehmen«, sagte sie schließlich zu Avidh, kurz bevor sie an Bord gingen. »Das gelingt besser, wenn wir uns für die Reise trennen.« Er trug gerade eine schwere Kiste, lief vor ihr. Sie murmelte die Worte zuerst nur, als wäre es etwas vollkommen Unwichtiges. Doch Avidh schien zu spüren, dass etwas nicht in Ordnung war.

Er blieb stehen, stellte die Kiste ab, schüttelte den Kopf. »Wie kommst du denn darauf?«, sagte er. »Sie wissen doch sowieso, dass wir das Bett geteilt haben. Das verstehe ich nicht.«

Sie kann nicht vergessen, wie er sie dabei anschaute. Die Verbindung zwischen ihnen schien von einem Moment auf den anderen verpufft, sein Gesicht so unbeweglich wie sonst in schwierigen Situationen, die nichts mit ihr zu tun haben. Aber in seinen Augen sah sie, wie sehr es ihn traf. Was alles noch schlimmer machte. Sie versuchte es besser zu erklären, doch fand nicht die richtigen Worte, stammelte irgendwas zwischen Kisten und Seilen. Sagte: »All diese Gefühle sind neu für mich. Und ich fürchte, sie könnten mich ablenken. Jetzt, wo mein Traum vom Kämpfen so nahe ist, darf nichts mich ablenken. Deshalb sollten wir uns trennen.«

Er schüttelte wieder den Kopf, sagte aber kaum etwas. Es fühlte sich schrecklich an, ihre Worte klangen, als würde er ihr nicht viel bedeuten.

Und was fast am schlimmsten ist: In den letzten Monden war zwischen ihnen eine zarte Vertrautheit entstanden. Es braucht lange, bis Avidh vertraut, und es geht schnell, dass er jemandem misstraut. Erst recht, nachdem seine letzte Liebe ihn mit ihrem Verrat in tödliche Gefahr gebracht hatte. Und jetzt fürchtet Yrsa, dass Avidh Gunnars dumme Vorschrift völlig falsch versteht und sich eine Kluft zwischen ihnen öffnet, die sich auch nach der Reise nicht mehr schließen lässt. Womöglich kann er ihr nicht mehr vertrauen. Auch weil sie es so ungeschickt erklärt hat. Wenn sie überhaupt beide überleben. Vielleicht, daran hat sie schon manchmal gedacht, könnten sie sich irgendwo heimlich treffen. Das wäre aufregend. Vielleicht schlägt sie ihm das bald vor.

Avidh kommt von seinem Bad zurück. Aufrecht läuft er durchs Watt, ein wunderschöner stolzer Krieger. Das Wasser rinnt in kleinen Bächen an seinem Körper herunter. Er streicht sich über den kurzen Bart, lässt die Tropfen spritzen. Sie stellt sich vor, wie es wäre, seine salzigen Lippen zu küssen, ihm die dunklen nassen Haare aus dem Gesicht zu streichen, die Muskelstränge auf seinem Körper mit den Händen nachzuzeichnen, mit dem Mund der Haarlinie zu folgen, die von seinem Bauchnabel nach unten führt.

Sie weiß nicht, ob Avidh sie gesehen hat. Kurz scheint er einen Blick in ihre Richtung zu werfen. Dann schnappt er sich am Ufer seine Kleider und verschwindet, noch immer nackt, in Richtung der Lagerfeuer. Er achtet ihren Wunsch nach körperlichem Abstand, und sie sehnt sich noch stärker nach ihm. Aber es hilft nichts, sie ist eine Kämpferin, möchte zur Gruppe gehören und macht sich auf den Weg zu den anderen.

Sie wünschte, ihr Vater könnte sie sehen. Als sie noch klein war, hat er immer gesagt: »Irgendwann kämpfen wir Seite an Seite.« Ohne ihn wäre sie nicht hier. Ohne ihn könnte sie nicht so gut mit dem Bogen schießen und die Axt werfen. Nur mit dem Schwert hat sie noch nicht viel Erfahrung. Aber irgendwann wird sie ein eigenes Schwert besitzen, am Anfang vielleicht keine so wertvolle Waffe, wie Avidh sie hat. Aber sie wird ihr Schwert lieben und ehren, so wie er es tut. Ich habe es geschafft, möchte sie ihrem Vater erzählen. Doch das Gefühl, dass ihr Vater vielleicht nicht mehr am Leben ist, beschleicht sie immer häufiger. Dann wird sie sein Erbe würdig fortsetzen.

»He, Yrsa«, ruft eine Stimme von einem Feuer hinten links. Im Augenwinkel sieht Yrsa einen von Svens Kumpeln.

»Komm und setz dich zu uns ans Feuer«, sagt er.

Sie zögert einen Moment, hat keine Lust, mit Sven oder Ulf zu streiten. Doch sie beschließt, sich den Männern zu stellen, auch wenn sie ein schlechtes Gefühl dabei hat. Sie folgt Svens Kumpel zu einem kleinen Lagerfeuer ein bisschen abseits in einer windgeschützten Kuhle. Dort sitzen Sven, Ulf und zwei weitere Männer. Die letzten beiden Sommer war Sven nicht mit auf der Reise, hat Avidh erzählt. Doch jetzt brauche er vermutlich neues Silber. Was für ein Pech.

Sven grinst sie an, fährt mit der Zungenspitze über seine gefeilten Zähne. »Trink mit uns. Schließen wir Frieden.«

Wieder zögert sie. Aber es soll nicht wirken, als habe sie Angst vor Sven. Sie setzt sich neben den dicken Ulf und nimmt den Becher, den er ihr hinstreckt. Er ist randvoll mit Met.

»Los, wer am schnellsten leer hat«, sagt Sven.

Die Männer setzen an und schütten den Met in die Kehle. Yrsa trinkt die Hälfte, setzt kurz ab und leert den Becher dann. Der Met brennt ihr im Hals.

»Du bist langsam«, sagt Ulf.

»Sie ist eine Frau«, sagt Sven.

»Ich würde jedes Wettrennen gegen dich gewinnen«, sagt Yrsa. Und besser geschossen als Ulf habe ich auch, denkt sie. Und so viel trinken wie ihr Hohlköpfe kann ich auch. Das Letzte stimmt vermutlich nicht.

»Wir reden nicht vom Rennen. Los, trink.« Ulf schenkt ihr nach, der Met läuft ihr über die Hand.

»Wir versuchen es noch einmal«, sagt Sven. Er prostet ihr zu. »Auf den Frieden. Jetzt in einem Zug.«

Sie setzt den Becher an, verschluckt sich beinahe, trinkt alles leer.

»Schon besser«, sagt Ulf.

Sie ist das Trinken nicht gewohnt. Wenn sie den Kopf schnell dreht, fühlt er sich ein bisschen schwer an.

»Noch einen«, sagt Sven. Er schiebt Ulf zur Seite und setzt sich neben Yrsa.

»Ich mach Pause«, sagt sie. Die Flammen zerfließen vor ihren Augen.

»Nichts da«, sagt Sven. »Wer mit uns reist, der trinkt.«

Er füllt ihren Becher randvoll. Wieder trinken alle den Met in einem Zug. Auch Yrsa. Dann hustet sie. Das Zeug brennt ihr in der Kehle. Sven klopft ihr auf den Rücken.

»Jetzt erzähl mal. Was hast du eigentlich mit meinem Freund Njáll immer so angestellt?«

»Nichts.« Und du bist der Letzte, dem ich davon erzählen würde. Ihr ist schwindlig.

»Das glauben wir nicht«, sagt Ulf. »Sven hat von Njáll wilde Sachen gehört. Jetzt wollen wir von dir wissen, was du so draufhast.«

»Haha«, sagt sie. »In eurem Hirn schwappt schon zu viel Met, wenn ihr glaubt, ich falle auf so was rein.«

»Na hör mal. Du gehörst jetzt zu unserer Gruppe. Also machen wir mit dir, was wir sonst auch machen. Saufen und über Weiber reden.«

Einen Moment weiß sie nicht, was antworten. Die Flammen scheinen immer heißer zu lodern. Sie fasst sich an die Backen. Sie glühen.

»Ist warm hier», sagt Sven.

»Ja, viel zu warm«, sagt Ulf. Sven zieht sein Hemd aus. Im Schein des Feuers sieht Yrsa eine lange Narbe, sie zieht sich von der Schulter bis zu den Rippen. Auch Ulf und die anderen Männer haben schon einen nackten Oberkörper.

»Das ist besser», sagt Sven. »Na los, zieh dein Hemd auch aus.«

In ihrem Kopf dreht sich alles.

»Du willst zu uns gehören, also musst du dich verhalten wie wir«, sagt Ulf.

»Wir haben schon viele nackte Brüste gesehen«, sagt Sven. »Ist kein Problem für uns.« Er lacht.

»Vielleicht ist sie keine Frau«, sagt Ulf.

»Ja, habe ich auch gedacht, vielleicht ist sie ein Junge, aber was sie unter dem Hemd versteckt, sieht nicht nach einem Jungen aus.« Sven zeichnet eine Kurve mit der Hand in die Luft und lacht höhnisch. Dann zupft er an ihrem Ärmel. »Jetzt hab dich nicht so.« Er zieht auch seine Hose ein Stück tiefer. Auf seiner Leiste ist ein Bild in die Haut gestochen. Es zeigt eine nackte Frau, die von einem Schwert durchbohrt wird.

»Ihr seid blöde Schweineficker«, sagt Yrsa und will aufstehen.

Sven packt sie am Handgelenk. »He, wir wollten zusammen trinken. Jetzt zieh das Hemd aus. Dann gehörst du zu uns.« Er versucht ihr Hemd nach oben zu schieben.

Ulf steht auf, kommt näher. »Ich prüf das mal«, sagt er.

Sie reißt sich los und springt auf. Dabei taumelt sie, verliert fast das Gleichgewicht. Sie rennt davon und hört die Männer hinter sich lachen. Sven ruft ihr nach: »Ich habe von Njáll gehört, du machst es auch gegen Entschädigung. Komm doch mit mir hinter den Stein.« Noch einmal lautes Gelächter.

Wie unglaublich dumm von mir, denkt sie, ich hätte es wissen sollen. Viel wütender noch als auf Sven und Ulf ist sie auf sich selbst. Warum hat sie nicht auf ihr schlechtes Gefühl gehört? Sie geht über die Dünen in Richtung des Wassers, ihr Gang ist unsicher, ihre Wangen brennen. Sie muss sich abkühlen.

Auf dem Weg zum Strand kommt Avidh ihr entgegen.

Er bleibt dicht vor ihr stehen. »Was ist los? Du glühst. Und riechst nach Met.«

Dieses Mal schafft sie es nicht zu schweigen. Ihr Kopf ist schummrig, und sie erzählt Avidh, was geschehen ist.

»Sven bekommt was zu hören von mir«, sagt Avidh.

»Nein. Ich muss das selbst regeln. Sie haben mich nicht angefasst.« Sie riecht das Salzwasser in Avidhs Haaren, so nahe ist er ihr. Sie muss alle Kraft zusammennehmen, um nicht ihren Kopf auf seine Brust zu legen, die Arme um ihn zu schlingen, seinen Duft tief einzuatmen. Sie könnte … Nein … Aber der Wunsch, ihn zu berühren, überwältigt sie fast. Abstand von ihm zu halten, fühlt sich so falsch an. Vielleicht könnte sie ihn doch ganz kurz … irgendwo heimlich küssen. Sie will seine Lippen schmecken, seine Zunge spüren. Was für eine dumme Regel Gunnar sich ausgedacht hat. Aber wenn Gunnar sie erwischt, muss sie nach Hause. Das will sie nicht. Alles dreht sich, sie setzt sich in den Sand, starrt auf Avidhs Füße, murmelt: »Ich will nicht, dass du meinetwegen mit den Männern Streit bekommst. Du gehörst schon länger zu ihnen als zu mir.«

»Zu mir« hat sie gesagt, gleich wird er antworten: Ich gehöre nicht mehr zu dir. Es tut mir so leid, Avidh, ich möchte das nicht, denkt sie. Was ist das alles für ein Blödsinn!

Aber er reagiert nicht auf ihr »zu mir«, korrigiert sie nicht, sagt nur: »Das spielt keine Rolle«, und: »Ab und zu mal eine Faust auf den Kiefer ist heilsam.« Er geht in die Knie, sieht Yrsa aus seinen dunklen Augen an. Seine Hand ist so nah. Wie soll sie ihn anschauen, ohne nach seiner Hand zu greifen?

»Ich muss morgen mit Leif allein los«, sagt Avidh mit rauer Stimme. »Gunnar hat uns einen Auftrag gegeben, wir sind ein paar Tage zu zweit unterwegs.«

Ist es gefährlich? Warum müsst ausgerechnet ihr beide gehen? Das will sie fragen, aber sie kennt die Antworten schon. Natürlich ist es gefährlich, und die beiden gehen, weil sie die Besten sind. Wie soll ich so Fridas Auftrag ausführen? Auf diese Frage findet sie keine Antwort.

»Wenn es irgendwelche Probleme gibt, wende dich an Gunnar. Oder an Idun«, sagt Avidh.

Yrsa nickt und weiß nicht, was schrecklicher ist, sich nicht richtig von ihm verabschieden zu können oder ihn anlügen zu müssen. Und wenn er die Mission nicht überlebt? »Pass auf dich auf«, flüstert sie.

»Werde ich«, sagt er und rührt sich nicht. »Du auch auf dich.«

»Vertraust du Idun?«, fragt Yrsa, weil sie sich noch über irgendetwas mit ihm unterhalten möchte. »Die Männer scheinen sie zu fürchten.«

»Ich kenne sie nicht wirklich«, sagt Avidh. »Und ich weiß nicht, was Frida von ihr hält. Angantýr und Gunnar scheinen überzeugt von ihr. Und ja, die Männer fürchten sie. Sei wachsam.«

»Warum? Glaubst du auch, dass sie mit dunklen Mächten arbeitet?«

»Das meine ich nicht. Die Männer fürchten sich vor Idun, getrauen sich aber nicht, sich gegen sie auszusprechen. Doch bei dir trauen sie sich, und anstatt von ihrer Angst vor Idun zu sprechen, hetzen sie gegen deine Mutter, behaupten, sie habe sich mit dunklen Mächten eingelassen. Für dich und mich ist das alles etwas anders. Wir sind es gewohnt, mit Seherinnen zu leben.«

Yrsa schaut ihn an und nickt. »Ich …«, sagt sie. Der Strand dreht sich vor ihren Augen. »Frida hat …« Nein, sie darf das nicht aussprechen. Im letzten Moment beißt sie sich auf die Zunge.

»Was hat Frida?« Avidh nimmt ihre Hand. Yrsa schließt die Augen, will nur noch dieses Gefühl spüren. Sie streichelt über die Schwielen zwischen Daumen und Zeigefinger, wo der Schwertknauf bei ihm aufliegt. »Yrsa, was ist eigentlich los?«, sagt er.

Sie schüttelt den Kopf. »Nichts. Ich habe zu viel getrunken.« Einen Moment denkt sie, vielleicht sieht uns hier keiner. Alle sind beschäftigt. Vielleicht kann ich ihn wirklich küssen. Sie beugt sich etwas nach vorne.

»Das rieche ich«, sagt Avidh. »Frida beschützt mich. Mach dir keine Sorgen.« Er schaut sie noch immer an, scheint sich jetzt auch nach vorn zu beugen.

Bitte küss mich, ohne dich wird es noch schwieriger, ich wünsche mir im Moment so sehr, dir nahe zu sein, denkt Yrsa und sagt: »Ich komm schon klar.« Gunnar, der Troll soll ihn fressen. Aber sie ist stark, sie wird diese Prüfung bestehen. Sie wendet den Blick ab und starrt in den Sand. Sie möchte einfach dazugehören, ein Teil der Gemeinschaft sein. Das kann doch nicht so schwierig sein. Sie hat zu lang allein gekämpft.

»Ich sag Sven die Meinung«, sagt Avidh und richtet sich auf.

Nein, Avidh, möchte sie rufen, aber er ist schon in Richtung der Feuer verschwunden.

»Ich will dich«, murmelt sie, stolpert, stützt sich mit den Händen in den Sand, kommt auf die Beine, taumelt zum Fass mit dem Wasser, füllt die Schöpfkelle, leert sich das kühle Nass mehrmals über den Kopf, wischt sich über das Gesicht, trinkt einen Becher Wasser. Und noch einen. Ihr Bauch gluckert. So geht es nicht weiter, denkt sie und folgt Avidh.

Als sie sich den Lagerfeuern nähert, umkreisen Sven und Avidh sich bereits. Die Männer haben ein Halbrund um die beiden gebildet. Auch Avidh hat sein Hemd ausgezogen. Yrsas Herz schlägt schnell, der Boden schwankt unter ihren Füßen. Im Schein des Feuers zeichnen sich Avidhs Muskeln ab, die Linie von der Brust bis zum Bauchnabel, die klar definierten Stränge rechts und links davon. Sie liebt es, mit dem Finger durch diese Wellentäler zu streichen. Avidh tänzelt, Sven macht langsame, stampfende Schritte. Sven holt aus zu einem Schlag. Avidh beugt seinen Körper nach hinten, weicht mühelos aus, springt zurück wie eine Feder und landet dabei einen Treffer. Seine Faust kracht in Svens Schulter. Ein Teil der Männer jubelt, der junge Krieger Roar besonders laut. Roar ist zum zweiten Mal dabei, der dunkelbraune Bart in seinem Gesicht besteht aus Flaum am Kinn und über der Lippe. Er ist erst sechzehn Winter alt, meldet sich gern für gefährliche Missionen, trifft mit der Wurfaxt auf den Punkt und hält sich am liebsten in Avidhs Nähe auf. Als Leif ihn kürzlich darauf angesprochen hat, sagte Roar mit leuchtenden Augen, wie Avidh wolle er einst werden.

Sven schwankt einen Moment, will nach Avidh greifen, doch der ist längst weggesprungen. Sven ist mindestens zehn Winter älter als Avidh, zäh und hager, aber auch sein Kopf muss schwer sein vom Met.

»Was hat Avidh zu Sven gesagt?«, fragt Yrsa den Mann neben ihr.

»Er solle dich in Ruhe lassen, und Sven hat geantwortet, er würde dich das nächste Mal flachlegen.«

Sie schüttelt den Kopf, die Flammen verschwimmen vor ihren Augen. Was ist das für eine Scheiße. Sie will nicht, dass die beiden ihretwegen kämpfen.

»Hört sofort auf«, ruft sie. Aber keiner nimmt sie wahr, es ist zu laut. Zwei Männer neben ihr johlen, als Sven versucht, nach Avidh zu treten. Niemand beachtet Yrsa. Ein Teil der Männer ruft Avidhs Namen, andere Svens.

Sie ruft noch lauter: »Hört auf!«

Sven dreht den Kopf kurz in ihre Richtung. Avidh trifft ihn im gleichen Moment mit einem harten Schlag am Unterkiefer.

Sven verliert fast das Gleichgewicht, dann spuckt er auf den Boden und grinst. »Lassen wir das.« Er hält Avidh die Hand hin. »Trink was mit uns, Kumpel. Weißt du noch, vor drei Sommern, als du den massigen Franken mit zwei Schlägen ins Gras befördert hast? Der hat nicht mehr viel gesagt.«

Avidh zögert einen Moment, dann nickt er, schlägt bei Sven ein und nimmt den Becher, den Ulf ihm hinhält. Avidh schaut kurz zu Yrsa. Ein Zeichen von ihr, und er würde ihr vielleicht folgen. Aber sie dreht sich um, läuft davon in Richtung der anderen Feuer.

Als sie noch einmal über die Schulter schaut, sitzt Avidh dort, wo sie zuvor gesessen hat, und trinkt mit Sven und seinen Freunden Met. Ich hatte recht, denkt Yrsa, er gehört zu den Männern. Zu mir zwar auch, aber eben auch nicht. Es tut weh, dass er dort sitzt, und gleichzeitig weiß sie, das hat er seit vielen Wintern getan. Und es ist richtig so. Sie will nicht, dass er sich von den Männern entfernt, mit denen er seit Langem kämpft.

Sie schüttelt ihren schweren Kopf, stolpert beinahe und beschließt, nach Leif zu schauen, will ihm ein Stück Braten bringen. Aber Leif schläft tief. Sie zieht ihm die Decke wieder bis unters

Kinn, setzt sich neben ihn und schaut in die halbdunkle Nacht. Sie wird sich bei dem Überfall bewähren, und alles wird besser. Doch vorher muss sie herausfinden, was Fridas warnende Worte bedeuten. War der stechende Schmerz, den sie während Iduns Tanz in den Rippen gespürt hat, eine Botschaft der Wassergeister? Bei dem Gedanken läuft es ihr kalt den Rücken herunter. Was sind es für böse Geister aus der Vergangenheit, die Avidh bedrohen?

Kapitel 5

Das Wasser schwappt ins Boot, dringt durch Avidhs lederne Stiefel, Kälte kriecht seine Waden hinauf. »Endlich«, murmelt er, »endlich geht's vorwärts.« Er packt die Schot hinten am Rahsegel, wickelt sie straff um seine Hand, zieht das Segel enger zum Achtersteven. Die Taue graben sich in seine Haut. In der anderen Hand hält er das Steuer, lenkt ihr kleines Boot durch die Wellentäler. Sie segeln entlang der friesischen Küste, kreuzen gegen den Wind, den ihnen Njórðr hier weiter westlich endlich schickt. Avidh liebt es, wenn Njórðr am Segel reißt, am Mast rüttelt, das Meer aufpeitscht. Die Böen zerren an seinem Hemd, rauschen ihm in den Ohren. Wasser spritzt ihm ins Gesicht, er schmeckt das Salz auf den Lippen, wischt die Tropfen am Oberarm ab. Auch sein Hemd, seine Haare sind nass.

»Dort vorne«, ruft er Leif zu, »drehen wir ab.« Leif sitzt am Bug, hält die Vorderkante des Segels straff gespannt, Avidh sieht nur seine zerzausten Locken. Seit heute sehr früh am Morgen sind sie allein unterwegs, haben die anderen hinter sich gelassen. Leif ist wie ein Bruder für ihn. Mit niemandem geht Avidh lieber zu schwierigen Einsätzen, niemandem vertraut er wie Leif, noch nie hat Leif ihn im Stich gelassen. Und es gibt kaum jemanden, von dem er das sonst behaupten kann. Wird es gefährlich, wissen sie beide genau, was der andere tut.

Und gefährlich wird es vermutlich: Entlang der Küste haben die Franken Türme errichtet. Dort beobachten sie, wer sich nähert. Avidh soll mit Leif herausfinden, welche Beobachtungsposten mit Soldaten besetzt sind. Ist das Netz zu dicht, müssen sie sich anschleichen und den einen oder anderen Posten ausschalten. Wenn nicht mehr alle Türme besetzt sind, können die Franken Verdächtiges nicht mit Alarmfeuern weitermelden, und Gunnars Schiffe gleiten unbemerkt vorüber. Gunnar verlässt sich auf sie. Und Avidh wird ihn nicht enttäuschen, wird sich selbst beweisen, dass niemand, auch er nicht, hätte ahnen können, dass Signe ihn, die ganze Gruppe und ihre Reise im letzten Sommer verraten würde.

Er atmet die frische Meeresluft tief ein. Ein Druck sitzt auf seiner Brust. Das Bild, wie Yrsa gestern Abend im Sand saß, das Gesicht gerötet, kaum in der Lage, ihn anzuschauen, hat sich ihm eingebrannt. Sie schien verzweifelt und auch irgendwie trotzig. In den letzten Monden ist ihr gelungen, etwas tief in ihm zu berühren. Nach Signes Verrat wollte er sein Inneres für lange Zeit verschließen, keine Frau mehr auf diese Art an sich heranlassen. Aber wie Yrsa ihn manchmal anschaute, irgendwie herausfordernd, mit Augen, die mal grün, mal braun schimmern, das hat ihn sofort fasziniert. Und es beeindruckte ihn, wie sie sich trotz der harten Zeiten in ihrem Dorf eine Unbeschwertheit bewahrte. Schon nach ihrem ersten Kuss am Noor in Haithabu war für ihn klar, dass er mehr wollte. Er liebt es, wie sie ihn küsst. Alles, was sie im Moment gerade fühlt, spürt er, wenn sich ihre Lippen, ihre Zungen berühren. Und sie genießt es, ihn im Vorbeigehen kurz und scheinbar zufällig so anzufassen, dass er sie sofort an sich ziehen will. Aber es ist viel mehr als nur das Körperliche. Irgendetwas in ihr hat sofort zu ihm gesprochen. Er hat das noch niemals so erlebt, auch nicht mit Signe. Vielleicht hätte er Yrsa gestern Abend einfach küssen sollen, dort am Strand.

Der Gedanke, dass sie jetzt allein ist mit den Männern, gefällt ihm nicht. Sie scheint nicht zu merken, was für eine Wirkung sie hat, meint, wenn sie das weite Hemd und die Hosen trägt, würde das ihren Körper verbergen. Er hat dafür gesorgt, dass sie in den letzten Wochen endlich richtig gegessen hat, nachdem sie in ihrem Dorf manchmal hatte hungern müssen. Aber was jetzt geschieht mit ihnen, das versteht er nicht. Vielleicht war es doch ein Fehler, ihr zu vertrauen.

Sie haben ihr Ziel fast erreicht. Leif holt das Segel ein und greift nach den Riemen. Der Wind weht hier nicht mehr so heftig.

»Angantýr hat sich nicht gefreut, dass Gunnar uns losschickt«, sagt Leif und lacht. Er sitzt Avidh jetzt gegenüber und zieht die Riemen durch das seichte Wasser.

»Gut, dass du nicht mehr wie ein alter Mann herumliegst«, sagt Avidh. »Sonst hätte ich Angantýr mitnehmen müssen.«

»War letzten Sommer kaum zu übersehen, wie gut ihr euch versteht.« Leif zieht die Augenbrauen in die Höhe.

»Dass Angantýr es auf Signe abgesehen hatte, war auch kaum zu übersehen«, sagt Avidh.

»Du warst Angantýr ein bisschen im Weg«, sagt Leif. »Und bist es immer noch, auf andere Art. Ich glaube, jetzt fürchtet Angantýr, dass Gunnar dich als seinen Nachfolger aufbauen will.«

»Was für ein Haufen Ochsenscheiße.«

»Ich weiß nicht«, sagt Leif. »Angantýr will diese Position für sich, er glaubt, ein Anrecht darauf zu haben, deshalb hasst er dich. Und er spielt sich bei Yrsa auf. Was ist los mit ihr?«

Avidh brummt. »Seit wir abgereist sind, benimmt sie sich seltsam. Sie wolle sich trennen, hat sie gesagt, kurz bevor wir an Bord sind. Sie müsse sich auf den Kampf konzentrieren. Dabei konnte sie mir kaum in die Augen schauen. Und seither ertappe ich sie dabei, wie sie mich beobachtet und eigenartig mustert.« Er hat es sich nicht anmerken lassen, aber ihre Worte, sie wolle sich trennen, haben ihn tief getroffen und kamen völlig unerwartet.

»Und was steckt dahinter?«, fragt Leif.

»Ich weiß auch nicht. Etwas anderes, als sie behauptet.«

Ich sollte es herausfinden, denkt er. Ihm droht zu entgleiten, was in den letzten Monden in ihm entstanden ist. Yrsa hat die Dämonen in ihm zum Verstummen gebracht. Das geschieht sonst nur, wenn er sein Schwert schwingt. Er sehnt sich zwar nach ihrer Nähe, aber mit jedem Tag, der vergeht, verliert er einen Teil ihrer Verbindung. Was sie in ihm geweckt hat, scheint Schritt für Schritt zurück in die Tiefe zu gleiten, wo er es nicht erreichen kann. Vielleicht ist es besser so. Altbekanntes drängt sich in den Vordergrund. Deine einzig wahre Freundin ist dein Schwert, flüstert es in ihm. Du brauchst keine Frau. Es ist der Kampf zusammen mit Leif, der zählt. Sonst nichts.

»Sie ist nicht wie Signe«, sagt Leif, als hätte er Avidhs Gedanken gelesen.

»Ich weiß«, sagt Avidh. Er zuckt mit den Schultern. »Eigentlich wollte ich mich nicht mehr mit einer Kämpferin einlassen.«

»Klappt bei mir auch nie, wenn ich mir vornehme, mit weniger Frauen das Bett zu teilen«, sagt Leif.

»Haha. Ich habe mir letzten Sommer Sorgen um Signe gemacht, als sie uns einsperrten. Ich wollte mir nicht vorstellen, was ihr die fränkischen Soldaten antun würden. Ich hatte keine Ahnung, dass sie es war, die uns verraten hatte. Aber genug. Wir haben anderes zu tun.«

Leif nickt. »Hat was Gutes, dass du als Kind bei dem friesischen Wirt in Haithabu schuften musstest«, sagt er und zeigt in Fahrtrichtung. »Dort vorne ist das Warftdorf.«

»Ich habe ihn gehasst, den geizigen Gerwic«, sagt Avidh. Nie hat er den Moment vergessen, als Gerwic sein Holzschwert ins

Feuer warf. Avidhs Vater hatte es vor seinem Tod für ihn geschnitzt. Es war damals Avidhs wertvollster Besitz. »Aber Gerwics Friesisch habe ich schnell verstanden. Er hat abends mit seiner Frau die Schmuggelgeschäfte auf Friesisch besprochen. Ich habe gelauscht, während ich die Methalle wischen musste. Am Schluss des Abends hat Gerwic die Reste des Eintopfs in den Schweinetrog geleert, anstatt sie mir zu geben. Ich habe dafür aus seiner Speisekammer gestohlen.«

Avidh hängt die Riemen seitlich am Boot ein und fängt auch an zu rudern.

»Ja, er war ein liebenswürdiger Mann«, sagt Leif. »Was ist aus ihm geworden?«

»Er ist ein paar Winter später gestorben, da waren wir schon bei den königlichen Truppen in Sliesthorp. Irgendein Troll hat sich in ihm eingenistet. Er war zu häufig bei den Frauen vom Hafen. Wir sind fast da. Soll ich das Reden übernehmen?«

»Ich kann auf Friesisch nur fluchen.«

Avidh steuert das Boot in einen Wasserlauf, der bei Flut fast bis zum Warftdorf führt. »Wir ziehen das Boot …«

»… dort vorne ein bisschen abseits an Land und verstecken es in den Dünen, falls wir schnell verschwinden müssen«, sagt Leif.

»Genau«, sagt Avidh und lächelt kurz.

Kurz darauf nähern sie sich dem Dorf von der Landseite her. Der Pfad steigt leicht an, Seegras streift Avidhs Beine. Die Warft scheint seit ihrer letzten Reise noch gewachsen, der aufgeschüttete Hügel erhebt sich wie ein riesengroßer gestrandeter Wal aus der Marsch. Eine Möwe segelt tief über Avidhs Kopf, ihr Kreischen erfüllt die Luft und vermischt sich mit dem Blöken der Schafe. Der Wind lässt Avidhs Umhang flattern. Auf der Warft stehen mehrere Langhäuser, umgeben von Scheunen und Grubenhäusern. Die Langhäuser sind niedriger als zu Hause, als würden sie sich vor dem Wind und den Wellen wegducken. Avidh steuert auf das größte Langhaus zu, das Eingangstor steht offen. Neben dem Eingang räuchert eine Magd Fische. Der Duft lässt seinen Magen knurren. Aus dem Innern des Hauses dringen laute Stimmen.

Avidh tritt ein, hebt die Hände, ruft: »Wir kommen in Frieden« und: »Seid gegrüßt, Albdag.« Ein Mann, der auf einer Bank nahe der Türe hockt, springt auf, das Schwert in der Hand. Du wärst längst tot, wenn wir euch Böses wollten, denkt Avidh und zeigt auf Albdag. »Wir kennen uns.«

Albdag hat hier das Sagen. Er sitzt in der Mitte des Hauses in einem breiten Stuhl am Feuer. Kurz dreht er den Kopf, nickt Avidh zu, dann reibt er sich die Stirn und schaut angestrengt auf zwei Bauern, die vor ihm stehen und streiten.

»Ich zahl das nicht«, sagt der eine, schneidet eine Grimasse und stößt den anderen gegen die Brust.

»Du hast meine Kühe vergiftet«, sagt der Gestoßene. Seine Hosen sind dreckverschmiert.

»Hab ich nicht, du verrottete Sumpfnase!«

»Du lügst, wenn du nur den Mund aufmachst!«

Die beiden Männer gehen aufeinander los.

»Was ist passiert?«, fragt Avidh einen hageren alten Mann, der an einem der langen Tische sitzt.

»Die Jurryt-Brüder, sie streiten mal wieder. Kommt ständig vor. Albdag soll schlichten.« Der Mann zieht an seiner Pfeife. »Sie bringen sich eines Tages noch um.«

»Wir suchen Rorik aus Haithabu«, sagt Avidh, »habt Ihr den vielleicht gesehen?«

»Versucht es heute Nachmittag in der Schenke.«

»Ihr habt jetzt eine Schenke?«

»Kleiner, schiefer Bau, dort wo die Warft in Richtung Wasser abfällt. Folgt den Stimmen, sobald die Schiffe hereingekommen sind.«

Einige Zeit später sitzt Rorik ihnen an einem Tisch in der Schenke gegenüber. In dem kleinen Raum riecht es nach Bier, Fisch und Schweiß. Im Stimmengewirr müssen sie sich weit nach vorne beugen, um einander zu verstehen.

Tiefe Falten haben sich seit ihrem letzten Treffen in Roriks Gesicht gegraben, er zwirbelt seinen grauen Bart zwischen den Fingern. Sie unterhalten sich über die Route, die sie mit den Schiffen nehmen sollten, um möglichst unbemerkt zu bleiben. Rorik weiß, welche Beobachtungsposten an der Küste diesen Sommer besetzt sind. Im Moment folgen ihre Schiffe der nordfriesischen Küste in Richtung Westen, bis sie dann irgendwann in den nächsten Tagen die Einfahrt in den Binnensee Almere erreichen. Leif und er sind die Vorhut.

»Folgt bei der Einfahrt ins Almere dem westlichen Ufer«, sagt Rorik. »Die Mündung also am besten erst mal umschiffen. Im Osten haben die Franken mehr Posten zur Bewachung der Küste eingerichtet.«

»Sind sie noch immer mit ihren eigenen Kämpfen beschäftigt?« Avidh lässt sein Messer auf dem Tisch um die eigene Achse wirbeln.

»Ludwig der Fromme sitzt wieder auf dem Thron. Ist aber ein wackliger Thron. Ich weiß nicht, ob seine Söhne aufgegeben haben.« Rorik wischt sich den Bierschaum aus dem Bart. »Entlang der Küste gibt es ein Signalsystem zwischen den einzelnen Posten. Die Warnfeuer brennen schnell, wenn sie denken, dass ihr keine Händler seid.«

»Natürlich sind wir Händler«, sagt Leif, »sieht man uns das nicht an?«

Rorik räuspert sich. »Mit den ganzen Waffen würde ich nicht auf Erkundung nach Dorestad gehen.«

»Aber die Händler sind auch bewaffnet.«

»Jaja, aber ein solches Schwert, wie dein Freund trägt, hab ich noch an keinem Händler gesehen. Dafür haben sie teurere Kleidung als ihr. Wenn ich bei euch das Kommando hätte, würde ich dafür sorgen, dass mindestens jeder zweite Signalposten ausgeschaltet ist, bevor ihr in die Mündung des Almere einfahrt.«

Avidh lässt sich nicht anmerken, was er von diesem Vorschlag hält. »Welche Türme sind im Moment besetzt?«, fragt er mit leiser Stimme.

»Das ändert sich ständig. Wegen der internen Rangeleien sind mal mehr, mal weniger Truppen in der Gegend. Gut, dass ihr mich habt.«

Rorik nimmt das kleine Salzfass, das auf dem Tisch steht, streut etwas Salz auf den Tisch und zeichnet die Küste nach. Dann tupft er mit dem Finger auf Stellen, wo Türme stehen, und wischt die weg, die nicht besetzt sind.

Avidh prägt sich das Bild ein und weiß, dass Leif das Gleiche tut. Vermutlich sind es mehrere Türme, denen sie einen Besuch abstatten müssen. Dann verwischt er das Salz und fragt: »Wie ist die Stimmung in der Stadt? Läuft der Markt? Sind viele Händler aus dem Norden dort?«

Rorik nickt. »Der Markt ist seit letztem Sommer noch gewachsen, und es sind viele Händler dort, die eure Sprache sprechen.«

»Wie gut ist der Markt bewacht?«

»Er ist schwierig zu bewachen, zieht sich endlos entlang des Flusses.«

»Aber es gibt Wachen?« Avidh senkt seine Stimme noch weiter, lässt den Blick über die Gesichter in dem engen Raum schweifen.

»Manche Händler haben eigene Männer, die alles bewachen.

Die fränkischen Soldaten haben sich in dem römischen Castrum eingerichtet, im Süden der Stadt. Aber es sind nicht viele. Dort residiert auch der Procurator, wenn er in der Stadt ist. Er vertritt Ludwig den Frommen und zieht mit seinen Wachen die Abgaben der Händler ein.«

Avidh wirft Leif einen Seitenblick zu. »Der Mann dort drüben«, sagt Avidh leise zu Rorik, »blondes Haar, blaue Mütze, Pfeife im Mundwinkel. Nicht rüberschauen. Kennst du den?«

»Ja, der alte Hidde hat in den letzten Monden viele Kühe verloren. Ein Dämon hat ihnen schlechte Luft eingehaucht.«

»Er starrt die ganze Zeit zu uns.«

»Es ist laut hier drinnen. Er wird nicht hören, was wir reden.«

»Hm.« Avidh beschließt, nicht über das letzte Lager zu sprechen, in dem sie sich in der Nähe von Dorestad einrichten wollen.

Rorik trinkt seinen Becher leer. »Letzten Sommer war doch eine Frau bei euch, groß gewachsen, elegant, sie ist mir aufgefallen«, sagt er und schiebt einen Mann zur Seite, der ihn von hinten angerempelt hat.

Avidh kneift die Augen zusammen. Rorik spricht von Signe, aber er hat heute schon zu viel über sie nachgedacht.

»Ich habe sie kürzlich gesehen«, sagt Rorik.

»Was?!« Avidh verschluckt sich an seinem Bier, stellt den Krug so heftig ab, dass ihm Schaum über die Finger läuft. »Wo?«

»In Dorestad. Ich weiß nicht, was sie dort gemacht hat. Aber sie trug ein schönes Schwert. Nicht so schön wie deines, aber gute Fertigung, Ulfberht schätzungsweise. Also reist sie nicht mehr mit euch?«

»Nein. Bist du sicher, dass sie es war? Hast du sie schon öfter gesehen?«, sagt Leif.

Die Hitze steigt Avidh in den Kopf, der Druck auf seiner Brust nimmt zu. Er will nicht an Signe denken, und doch will er kaum etwas dringender wissen, als wo sie ist, was sie tut, warum sie ihn verraten hat.

»Klar bin ich sicher«, sagt Rorik, »so eine Frau vergisst man nicht. Sie war es bestimmt. Ich habe sie in den letzten Monden zwei-, dreimal in der Stadt gesehen.«

»Allein? In Begleitung?«, fragt Leif.

»Lasst mich nachdenken. Hab ich nicht so drauf geachtet, ich habe vor allem sie angeschaut. So eine Frau hätte ich nicht ziehen lassen.«

»Wo in der Stadt hast du sie gesehen? Auf dem Markt?«, fragt Leif.

Rorik nimmt einen langen Schluck Bier. »Ich glaube, es war auf dem Markt. Hat sie dich für einen anderen verlassen?«

Das Rauschen in Avidhs Ohren schwillt an. Er tastet nach seinem Schwert, beschwört den Eistroll.

»Spielt keine Rolle«, sagt Leif.

»Ich geh raus«, sagt Avidh, steht auf und stößt einen Mann neben ihrem Tisch zur Seite. Der Mann ruft »Hey« und rempelt Avidh an. Avidh will ausholen, dem Mann die Faust ins Gesicht rammen. Leif hält seinen Arm fest.

»Wir gehen«, sagt Leif, steckt Rorik einige Silbermünzen zu und schiebt Avidh bis zur Türe.

Draußen sagt Leif: »Wir wollten nicht auffallen, schon vergessen? Vielleicht war es nicht Signe, die Rorik gesehen hat.«

Avidh schüttelt den Kopf. Es fällt ihm im Moment nichts ein, was er Leif antworten kann.

»Hören wir uns noch in Albdags Langhaus um«, sagt Leif.

»Nein, ich kann nicht stillsitzen. Ich schau mich im Dorf um.«

»Wir können bei Albdag übernachten.«

»Das ist zu riskant. Lieber hier irgendwo in der Nähe.«

»In Ordnung«, sagt Leif. »Aber lass mir noch ein bisschen Zeit. Mir ist vorhin eine der Mägde aufgefallen.«

»Frag sie dieses Mal bitte, ob sie einen Ehemann hat. Ich will nicht wieder bei Nacht und Nebel davonrennen, damit du kein Strafgeld zahlen musst.«

»Ach komm, das hält dich beweglich.«

Die Stimmen dringen nur noch gedämpft bis zu Avidh. Nach seinem Rundgang durchs Dorf hat er kurz in Albdags Langhaus vorbeigeschaut, wo viele Menschen an langen Tischen sitzen, Leif mittendrin, ins Gespräch vertieft mit einer jungen Bediensteten. Avidh braucht einen Moment Ruhe. Seit dem Treffen mit Rorik in der Schenke ist zwar schon eine Weile vergangen, aber er bringt die Nachricht, dass Rorik Signe in Dorestad gesehen hat, nicht aus dem Kopf. Die Erinnerungen bedrängen ihn. Wie konnte er so dumm sein, Signe zu vertrauen? Er kämpft gegen den Zorn, der ihn überflutet. Die Verzweiflung, die ihm den Atem raubt. Alte Bilder, die sich in seinen Kopf drängen, obwohl er sie längst verbannen wollte. Er muss sie verbannen, denn sie wecken Dämonen in ihm, die schon sehr lange in der Tiefe schlummern.

Avidh läuft in Richtung der Küste und schaut dem Wasser zu, wie es sich langsam zurückzieht. Vielleicht, denkt er, ist es nicht schlecht, wenn Signe in der Gegend ist. Lange gab es für ihn nichts Dringenderes, als sie mit ihrem Verrat zu konfrontieren. Als seine Kraft letzten Herbst nach und nach zurückkehrte, wollte er zurück ins Frankenland reisen und Signe suchen. Er wollte nicht ruhen, bis sie vor ihm stand. Die Wut brannte so heftig in ihm, dass sie ihn manchmal fast erdrückte. Die Dämonen würden nur schweigen, wenn er Signe tötete.

Die Seherin Frida und Leif hielten ihn davon ab, überredeten ihn, nicht loszuziehen, solange er geschwächt war. Frida ist wie eine Mutter für ihn, auch wenn er sie erst traf, als er eigentlich keine Mutter mehr brauchte. Sie schaffte es irgendwie, nicht nur seinen Körper zu heilen, sondern auch dafür zu sorgen, dass der Zorn nicht mehr allzu heftig in ihm loderte. In jenen ersten Monden hätte er Signe sofort getötet, hätte sie vor ihm gestanden, so unbändig war sein Hass, so tief die Wunde, dass sie alles verraten hatte, was er meinte, mit ihr aufgebaut zu haben. So groß sein Ärger auf sich selbst, dass er sich derart hatte überrumpeln lassen. Und fast am schwierigsten auszuhalten war noch ein anderes Gefühl: Er fühlte sich schuldig, dass er, der ihr am nächsten war, den Verrat nicht hatte kommen sehen.

Frida spürte all das, und sie nutzte es, um ihn aufzuhalten. »Zuerst musst du wissen, warum sie getan hat, was sie getan hat, Avidh. Es wird dich sonst dein Leben lang beschäftigen«, sagt sie. Und Frida hatte recht. Wie fast immer.

Signes Verrat traf letzten Sommer nicht nur ihn, sondern die ganze Gruppe. Mehrere Männer starben ihretwegen. Auch er überlebte nur knapp. Er fragt sich, was er jetzt tun würde, wenn sie plötzlich vor ihm stünde. Er müsste noch immer die eisige Ruhe seines Schwertes mit aller Macht beschwören, um nicht sofort auf Signe loszugehen. Aber heute wäre er in der Lage, zuerst Antworten zu fordern. Hofft er zumindest. Dann würde er Signe zu einem Duell auf den Tod herausfordern. Signe ist eine gute Kämpferin, aber die Götter wären auf seiner Seite. Unzählige Male hat er den Kampf vor seinem inneren Auge gesehen, jede Bewegung, bis sie vor ihm im Staub liegt, entwaffnet. Dann brechen die inneren Bilder inzwischen ab. Er weiß nicht mehr, ob er ihr das Schwert in die Brust rammen wird. Vermutlich schon.

Noch mehr Erinnerungen an letzten Sommer drängen sich in seinen Kopf. Vor der Reise hatte er mit Signe in einem Grubenhaus auf Gunnars Land gewohnt, ein bisschen abseits, nur sie beide.

Er hatte noch nie so eng mit einer Frau, die er liebte, zusammengelebt, immer nur mit seinen Waffenbrüdern oder mit der Seherin Frida. Nachdem Gunnar ihn letzten Sommer freigekauft hatte, kehrte Avidh nach Haithabu zurück, geschwächt und verletzt. Die Gefangenschaft im muffigen Verlies der Franken hatte ihm zugesetzt. Auf Gunnars Hof hockte er sich vor das Grubenhaus, das er mit Signe geteilt hatte, und brachte es nicht fertig, die Türe zu öffnen. Die Franken hatten ihm die linke Hand, seine Schwerthand, gebrochen. Doch das war nicht der Grund. Er wusste, Frida würde den Knochen wieder heil machen. Er saß vor der Hütte und fühlte sich nicht imstande, die Türe in die gemeinsame Zeit mit Signe aufzustoßen.

In Gefangenschaft hatte er sich bemüht, alle Gedanken an sie zu verbannen. Auch um die Dämonen in Schach zu halten. Denn er hatte seine Kraft gebraucht, um im Kerker zu überleben. Aber er wusste nicht, ob die Schutzmauern in seinem Innern halten würden, wenn er das Grubenhaus betrat. Es fühlte sich an, als würde gerade alles in ihm einstürzen, nicht nur die Schutzmauern. Leif setzte sich damals irgendwann neben ihn, stellte einen großen Krug Bier vor ihn. »Trink das leer«, sagt er. »Und dann gehen wir was essen. Du siehst mies aus.« Leif packte ihn an der Schulter. »Hier müssen die Muskeln wieder wachsen, die Kleider schlottern an dir.«

Avidh nickte, blieb aber sitzen, rührte das Bier nicht an.

»Jetzt trink, eine von Gunnars Bediensteten bringt bald Nachschub«, sagte Leif nach einiger Zeit. »Ich bleib hier, bis du aufhörst vor dich hinzustarren, und dann gehen wir zu den Frauen am Hafen.«

Avidh schüttelte den Kopf. Leif blieb neben ihm sitzen.

»Ich brauch ein paar Sachen aus dem Haus«, sagte Avidh irgendwann.

Leif drückte die Türe auf, muffige Luft drang bis zu Avidh. Leif räumte alles raus. Avidhs Sachen packte er in eine Truhe und trug sie in Gunnars Langhaus. Was Signe gehört hatte, warf er hinter das Haus. Dann schichtete Leif Holz auf, zündete ein Feuer an.

»Ich verbrenn jetzt alles, in Ordnung?«, sagte er.

»Nein«, sagte Avidh. »Bring ihre Sachen den Frauen am Hafen. Sie können vielleicht etwas damit anfangen. Ihre Waffen hat sie alle bei sich.«

»Das ist keine gute Idee«, sagte Leif. »Wenn du zu einer der Frauen willst, und sie trägt Signes Kleid …« Leif verzog das Gesicht.

»Mach, was du willst«, sagte Avidh und schaute wieder auf dieselbe Stelle auf dem Boden, die er schon zuvor angestarrt hatte, einen kleinen Erdhaufen zwischen den Grashalmen.

Die ganze Nacht saß er vor dem leeren Haus, der Schmerz pochte in seinem Handgelenk, aber noch viel stärker in seinem Innern. Leif schlief neben ihm im Gras ein. Irgendwann war alles an Avidh so kalt, dass er nur noch spürte, wie er vor Kälte zitterte. Das half, die Bilder von Signe wegzuschieben. Und dass Leif nicht von seiner Seite wich, half auch. Avidh stand auf, weckte Leif, schickte ihn ins Langhaus, um sich aufzuwärmen, und ging zu Frida. Sie würde ihn wieder gesund machen, zumindest so weit, dass er kämpfen konnte. Frida hatte ihn schon geheilt, als er als Dreizehnjähriger nach einer Verletzung im Kampf fast gestorben wäre.

Ein panisches Wiehern holt Avidh in die Gegenwart zurück. Ein Mann brüllt etwas. Avidh folgt dem Lärm. Die Geräusche kommen aus einer Scheune hinter Albdags Langhaus. Es ist düster in der Scheune, der vertraute Geruch von Pferden steigt Avidh in die Nase.

»Scheiß Gaul«, ruft ein Knecht, schlägt mit einem Lederriemen nach dem Hals einer Stute. »Ein Dämon hat sich in dem Viech breitgemacht. Ich muss ihn herausprügeln.« Wieder schlägt er nach dem Pferd, das in dem engen Stall kaum ausweichen kann, in Panik aufsteigt, mit den Hufen gegen die Holzplanken donnert.

»Lass mich helfen«, sagt Avidh.

Der Knecht hält ihm das Lederstück hin. »Du musst heftig schlagen, sonst weicht der Dämon nicht. Mein Herr hat das Vieh gekauft. Niemand kommt mit ihm zurecht, es ist besessen. Sei wachsam.« Der Knecht fährt sich mit der Hand über die verschwitzte Stirn.

Avidh schüttelt den Kopf. Das Pferd steigt wieder in die Höhe, schlägt mit den Hufen um sich, wirft den Kopf nach hinten, wiehert laut. »Warte draußen«, sagt Avidh. »Es beruhigt sich nicht, solange es den Riemen sieht.«

»Ich muss sowieso Holz hacken«, brummt der Knecht und verlässt die Scheune. Die Stute scharrt aufregt mit den Hufen, wirft den Kopf hoch. Avidh bleibt ruhig stehen und beginnt in einem leisen Singsang mit ihr zu sprechen. Als Junge hat er in Haithabu oft im Stall übernachtet und den krummbeinigen Knutsen beobachtet. Er versorgte die Pferde der reichen Händler und steckte Avidh manchmal etwas zu essen zu. Während er die Pferde striegelte, nuschelte er Verse im immer gleichen Tonfall. Was er sagte, verstand Avidh nie, aber die Pferde mochten den Singsang.

Auch die Stute hört nach einer Weile auf zu scharren, steht jetzt zitternd in dem kleinen Holzverschlag, in den der Knecht sie gesperrt hat. Avidh macht einen langsamen Schritt auf sie zu. Wieder wirft das Pferd den Kopf in den Nacken. Er singt leise, streckt irgendwann die Hand aus, streicht der Stute über das braune Fell, lockert das Seil um ihren Hals, murmelt ihr Verse ins Ohr. So beruhigt er auch den nervösen Hengst, den er in Haithabu oft ausleiht. Das Pferd wirft den Kopf noch einmal in die Höhe, schnaubt. Erneut streicht er der Stute über den Hals, lehnt irgendwann die Stirn gegen ihr Fell, spürt, wie das Zittern verebbt. Schließlich streichelt er das Pferd oberhalb der Nüstern in langsamen Bewegungen, bis es sich beruhigt hat. Auch in ihn strömt so ein bisschen mehr Ruhe. Avidh setzt sich nicht weit von der Stute entfernt ins Stroh.

»Noch ein Überfall, dann sind wir reich und züchten Pferde, lassen das Kriegerleben hinter uns«, sagte Signe letzten Sommer zu ihm, bevor sie aufbrachen. Zusammen malten sie sich aus, auf einem Hof zu leben mit vielen Pferden, die sie großziehen und verkaufen würden. Es war alles eine Lüge.

Er holt tief Luft, steht auf, streichelt die Stute am Hals und verbannt die Gedanken an Signe. Er sehnt sich danach, Yrsa zu berühren. Vielleicht findet er heraus, was los ist, wenn sie wieder bei der Gruppe sind. Mit dem Finger fährt Avidh über die Windungen an dem Armring, den er eng ums Handgelenk trägt. Mehrere dicke Drähte sind mit filigraneren verdreht und zu einem offenen Ring geschmiedet, der auf beiden Seiten in einem Drachenkopf endet. Zwischen den beiden Drachenköpfen ist die Öffnung, um den Armring seitlich über das Handgelenk zu schieben. Yrsa hat ihm den kräftigen Ring wenige Tage vor der Abreise in Haithabu geschenkt. Sie passte ihn ab, ganz aufgeregt, als er in Fridas Hütte durch den Vorhang kam, müde von einem Tag Arbeit am Schiff.

»Ich muss dir etwas geben«, sagte sie, zog einen Gegenstand hinter dem Rücken hervor. Er war in Stoff eingeschlagen, und ihre Hand zitterte ein bisschen. Dabei zittert Yrsas Hand nie, wenn sie mit dem Bogen auf Ziele schießt. »Ich habe diese Ringe um das Handgelenk schon manchmal bei Kriegern gesehen«, sagte sie, »er soll dich beschützen.«

Sie nahm ihm die Lederschiene vom Unterarm und begann ihn zu küssen, noch bevor er den Ring richtig über sein Handgelenk geschoben hatte. Seither sind erst rund vierzehn Tage vergangen, und doch fühlt es sich an, als wäre es sehr lange her.

Irgendwann treibt der Hunger Avidh ins Langhaus zurück. Leif ist verschwunden. Suchen muss er ihn vermutlich in einem der Grubenhäuser, in dem die Bediensteten wohnen. Avidh nimmt sich eine Schale Eintopf und setzt sich vors Haus auf eine Bank. Von dort hat er einen guten Blick auf den Weg, der von Süden die Warft hinaufführt.

Die Sonne ist ein gutes Stück weitergezogen, als Avidh eine Gruppe bewaffneter Männer entdeckt, die sich von der Landseite nähert. Avidh schleicht hinter eine der Scheunen. Als die Gruppe näher kommt, erkennt er: Es sind fränkische Soldaten, mit Lanzen und Schilden bewaffnet, sechs Männer. Warum tauchen sie plötzlich hier auf? Und wo ist Leif? Sie müssen schnell von hier verschwinden. Vielleicht hat er sich doch nicht getäuscht, und der Mann in der Schenke hat sie beobachtet.

Geduckt eilt Avidh hinter die nächste Hütte. Die Grubenhäuser stehen auf der anderen Seite des Langhauses. Doch wo zum aufgeblähten Troll steckt Leif? Leise klopft Avidh an der ersten Türe. Niemand antwortet. Er drückt die Türe auf. Das Haus ist leer. Beim zweiten Haus wartet er nicht, öffnet die Türe. Eine Magd kreischt, als sie ihn sieht. Er legt den Finger auf die Lippen und schließt die Türe schnell wieder. Aus dem dritten Haus dringt lautes Schnarchen. Das vierte Haus ist leer. Keine Spur von Leif. Avidh flucht leise. Sie müssen dringend fort von hier. Doch zuerst muss er Leif finden.

Kapitel 6

»Ich brauche drei Freiwillige«, sagt Gunnar und hebt seine große Kampfaxt in die Höhe. Gunnar steht im Watt, Schlammspritzer überziehen seine Hosen. Die abendlichen Sonnenstrahlen tauchen ihn in ein goldenes Licht. Er ist gerade von Bord gesprungen, neben ihm laden Männer Fässer aus, andere sind damit beschäftigt, das Schiff zu vertäuen. Auch Yrsa macht sich daran, eine schwere Kiste über die Planken zu schieben. Sie will sich eben für die Mission melden, als Gunnar ruft: »Nein, eigentlich zwei Freiwillige. Yrsa, du kommst mit. Vielleicht brauchen wir eine gute Bogenschützin.« Er hebt den Kopf, lächelt sie kurz an. Für einen Moment spürt sie den Stolz in sich aufblitzen, den sie damals vor einigen Monden gefühlt hat, als Gunnar auf sie aufmerksam wurde und sie zum Kämpfen auf seinen Hof einlud.

Die Flut hat sie nahe ans Ufer getragen. Yrsa klettert von Bord. Wieder mussten sie einen Teil des Tages rudern. Die Götter haben Iduns Bitten noch nicht erhört. Auch Angantýr springt von Bord und sagt laut: »Idun hätte besser mir die Botschaft der Götter überbracht. Vielleicht würde der Wind dann wehen.«

Gunnar schaut Angantýr nicht an, streckt seine Kampfaxt noch einmal in die Höhe und sagt laut: »Angantýr ist einer der Freiwilligen. Ich brauche nur noch einen.«

Kurz frischt eine schwache Brise auf, weht Gunnars tiefe

Stimme über das Watt. Als wollte sich Njórðr einen Moment einschalten, um klarzumachen, wer hier das Sagen hat. Sie haben heute abgedreht. Zuvor sind sie in Richtung Süden gerudert. Jetzt folgen sie der friesischen Küste Richtung Westen, mehr Höfe und Siedlungen sind vorbeigezogen. Ihre Schiffe legen getrennt voneinander am Ufer an. Niemand soll sich fragen, was die Schiffe aus dem Norden vorhaben, die nicht wie Handelsfahrer wirken.

Avidh ist vor dem Morgengrauen mit Leif aufgebrochen. Eine geheime Mission mit Leif, sie will sich nicht vorstellen, was alles schiefgehen kann. Yrsa versucht tief Luft zu holen, in die Enge in ihrem Bauch. Sie stellt sich neben Gunnar. Es scheint, als schwanke der Boden unter ihren Füßen, aber sie ist erleichtert, ihn zu spüren.

Björn der Schwarzbart meldet sich freiwillig. Yrsa hat ihn schon vor einigen Monden kennengelernt. Er war damals mit Avidh und Leif unterwegs. Björn spricht nicht viel, isst dafür aber umso mehr und schaut meist zufrieden in die Welt. Zumindest hat sie es noch nie anders erlebt. Zusammen mit Angantýr sind sie jetzt zu viert.

»Wer mit mir kommt, der hat eine kurze Nacht«, sagt Gunnar, »wir machen uns auf den Weg ins Landesinnere, um unseren Kundschafter zu treffen. Es wird anspruchsvoll. Nebel zieht auf.«

Yrsa fragt sich, warum Gunnar sie dabeihaben möchte. Sie ist nicht die Einzige, die gut mit dem Bogen schießt. Will er sie testen? Will er sie nicht allein bei den Männern lassen? Oder glaubt er, dass sie die Sache entscheidend voranbringen wird? Ihre Kampfaxt steckt schon im Gürtel, den Bogen trägt sie über der Schulter.

»Troels«, ruft Angantýr, »du kümmerst dich um meine Sachen.« Troels ist ein kleiner, breiter Mann, den Angantýr gerne herumkommandiert. Vermutlich weil Gunnar seinen Gehilfen Trygve hat, will Angantýr auch jemanden, dem er Befehle erteilen kann.

»Ihr dort drüben.« Gunnar zeigt auf eine Gruppe Männer. »Geht auf Robbenjagd, jetzt sofort, ihr habt sie ja gesehen auf den Sandbänken vorhin. Faul rumliegen könnt ihr nachher.« Die Männer schauen sich etwas erstaunt an. Aber Gunnar fährt fort: »Und ihr dort, ihr sammelt Garnelen, Krabben, Krebse. Und ihr«, sagt er zu einigen anderen, »wir brauchen frisches Trinkwasser. Und holt die Vorräte aus dem Lager. Es ist am selben Ort wie letztes Jahr. Alle achten darauf, dass wir nicht auffallen. Wir legen morgen Vormittag ab, wenn das Wasser wieder am höchsten steht und die Tide uns auf die offene See zieht. Wer dann nicht am Schiff ist, bleibt bei den Friesen. Verstanden?«

Die Männer grölen, Yrsa stimmt ein.

Sie ziehen los, stapfen zu viert durch das Watt, sinken bei jedem Schritt ein kleines bisschen ein. Der Boden schmatzt, kalter Schlamm dringt Yrsa in die Schuhe. Vielleicht kann sie sich nach der Reise hohe Stiefel aus besonders dickem Leder kaufen, wie Avidh und viele Männer sie tragen. Ihre Schuhe reichen nur bis zum Knöchel, unter dem linken Fußballen, das spürt sie, bildet sich schon bald ein Loch.

Als sie die Dünen erreichen, flüstert Gunnar: »Wir müssen jetzt leise sein, wir wissen nicht, was uns dort hinten erwartet.« Er schleicht voraus. Auf dem Rücken trägt er seine Kampfaxt mit dem langen Stiel, in der Hand das Schwert. Es ist schon sehr spät, doch die Umrisse der Küste zeichnen sich noch schwach vor dem blauschwarzen Himmel ab. Ganz dunkel wird die Nacht in diesen Sommermonden nicht. Weite Sicht haben sie trotzdem nicht. In Schlieren zieht der Nebel jetzt über die Marsch. Irgendwo in der Nähe trillert ein Austernfischer.

»Wir laufen von hier ein Stück landeinwärts über die Salzwiesen in Richtung Geest, wo der Boden trockener ist«, flüstert Gunnar, zeigt mit der Hand nach Süden und streicht sich über den blonden Bart. »Wir kommen später an zwei Höfen vorbei. Wir halten Abstand, aber ihr müsst euch dann so leise bewegen wie eure Schatten. Ein Teil des Weges führt am Rand eines Moors entlang, bleibt dann dicht hinter mir.«

Gunnar ist zehn Winter älter als Avidh und nicht so groß wie manche der Männer, aber ein sehr erfahrener Kämpfer und trotz seines Alters erstaunlich flink. Bei den Übungsduellen auf seinem Hof hatte Yrsa nie auch nur die kleinste Chance gegen ihn. Aber die meisten anderen Männer auch nicht. Mit ein paar Ausnahmen. Avidh gelingt es meist. Yrsa ist manchmal ein bisschen unruhig, wenn Gunnar in der Nähe ist. Will alles besonders gut machen.

»Wo sind wir hier?«, fragt sie leise.

Sie kennt die friesische Küste nicht, war noch nie jenseits des Danewerks und schon gar nicht so weit südlich. Es ist zu dämmrig, zu neblig, um mehr als Schemen zu erkennen. Dabei möchte sie alles sehen, zupft die Blüte eines Strandwegerichs ab, zerreibt sie zwischen den Fingern. Es riecht nicht anders als nahe Ribe, wo sie einst mit ihrer Mutter und ihrem kleinen Bruder lebte.

»Ruhe jetzt«, zischt Gunnar.

»Wir sind in der Nähe der Altenwalder Burg«, flüstert Angantýr, der hinter ihr geht, »dort sind fränkische Soldaten stationiert. Sie sollen die Küste bewachen. Das macht meinen Bruder nervös. Sie dürfen uns nicht bemerken. Wir werden der Heerstraße folgen, sie führt auf dem Geestrücken in Richtung Süden.« Angantýr zeigt irgendwo in den Nebel.

»Warst du schon einmal hier?«

»Letzten Sommer.«

»Dann warst du auch dabei, als so vieles schiefgelaufen ist?«

Sogar in dem dämmrigen Licht, glaubt sie zu erkennen, wie Angantýr das Gesicht verzieht. Angantýr war in der Zeit, als Yrsa mit den Männern auf Gunnars Hof geübt hat, unterwegs. Genaues weiß sie nicht.

»Erinnere mich nicht daran.«

»Wie sehen die Dörfer hier aus?«

Sie springen über einen Priel. Das Wasser zieht sich langsam in Richtung Meer zurück.

»Nicht so anders als bei uns. Es leben hier auch Menschen, die unsere Sprache sprechen. Unser Kundschafter wohnt irgendwo in der Nähe und kommt von weiter aus dem Norden. Außerdem mögen nicht alle Friesen den fränkischen Herrscher, auch sie helfen uns manchmal«, sagt Angantýr und wischt sich über den kahlen Kopf. »Der Kundschafter, den wir nachher treffen, lebt in einem kleinen Dorf südlich der Burg. Er ist als Händler entlang der Küste unterwegs und verdient sich etwas dazu mit seinen Auskünften.«

»Über Dorestad?«

»Auch. Der Markt wächst in den Sommermonden stark, da ist es wichtig für uns, etwas über die nähere Umgebung und fränkische Soldaten, die sich dort vielleicht aufhalten, zu erfahren.«

»Und was machen Avidh und Leif?«

»Ach, das hat er dir nicht erzählt?«

»Nein, hat er nicht«, sagt Yrsa ein bisschen zu laut.

»Schscht«, sagt Gunnar von weiter vorne.

Yrsa steigt die Hitze ins Gesicht. Gunnar soll nicht bereuen, dass er sie mitgenommen hat. Sie schaut schnell in alle Richtungen, aber es sind keine Hütten oder Höfe in der Nähe.

»Die Franken haben an der Küste Beobachtungsposten. Manche sind an derselben Stelle wie letzten Sommer, manche nicht. Avidh und Leif überprüfen das jetzt.«

»Zu zweit?«, flüstert Yrsa, so leise sie kann. Sie will Gunnar nicht verärgern, aber sie muss hören, was Angantýr über Avidhs Mission weiß. Es klingt nach einer anspruchsvollen Aufgabe. Ihr

Herz schlägt schneller. Avidh und Leif sind erfahren, kaltblütig, schnell, versucht sie sich zu beruhigen.

»Zu zweit fällt man nicht auf, aber natürlich ist es gefährlicher«, sagt Angantýr. »Und ich weiß nicht, ob es eine gute Idee war, Avidh und Leif für die Mission auszuwählen.« In seiner Stimme schwingt Ärger mit.

»Angantýr, halt jetzt die Fresse«, zischt Gunnar und hockt sich hinter einen Busch. Es ist nicht das erste Mal, dass Yrsa ihn das sagen hört. »Wir haben den Saum des Moors erreicht. Ich gehe voraus. Der Nebel wird dichter. Die Hand auf die Schulter des Vordermanns. Ein falscher Schritt hat hier Folgen.«

Yrsa streicht mit der Hand über die langen Blütenfäden des Moor-Wollgrases, das hier überall wächst. Schon seit einer Weile hüpfen sie von Grasnarbe zu Grasnarbe. Sie hält sich an Björns Schulter fest. Angantýr ist hinter ihr, legt ihr die Hand auf die Taille. Sie dreht sich um und flüstert: »Schon mal eine Frau angefasst? Meine Schulter ist weiter oben.«

»Du bist so klein, da war ich nicht sicher.« Er fährt sich mit der Hand über seinen buschigen, hellbraunen Bart.

»Haha. Ich bin nicht klein, du bist einfach sehr groß.« Und das stimmt tatsächlich.

Angantýr grinst und legt ihr die Hand auf die Schulter. Yrsa weiß, dass er bestimmt schon viele Frauen angefasst hat. Es ist ihr aufgefallen, wie die Heilerin Idun ihn manchmal anschaut. Obwohl sie bei Idun nie sicher ist, wie sie ihre Blicke deuten soll. Wenn Angantýr grinst, funkelt der Schalk in seinen braunen Augen. Es scheint Angantýr Spaß zu machen, Gunnar zu widersprechen.

Sie erreichen den Geestrücken, und der Weg steigt an. Wenn der Nebel stellenweise kurz aufreißt, erscheinen dunkle Silhouetten von Eichen und Hainbuchen vor ihnen. Der Pfad ist nicht mehr so schlammig, und sie kommen schneller voran.

»He, Yrsa«, sagt Angantýr leise, »streck mal deine Hand aus.«

»Ich halte dich nicht an der Hand.«

Er lacht. »Du sollst sie umdrehen.« Angantýr gibt ihr eine Handvoll Heidelbeeren. »Hab ich dort vorne gesammelt.«

Sie schmecken köstlich.

Westlich des Weges stehen die Bäume jetzt weniger dicht. Auch der Nebel hat sich etwas verzogen. Eine Scheune, dann Hütten und weiter hinten ein Hof tauchen auf. In der Ferne bellt ein Hund. Den ersten Hof und auch den nächsten passieren sie ohne Probleme. Dann biegt Gunnar auf einen Trampelpfad ab, der östlich des Weges in den Wald führt.

Angantýr läuft dicht hinter Yrsa. Björn und Gunnar sind etwas weiter vorne. Angantýr hat seinen Bart mit einem Öl eingerieben, das nach Tannennadeln riecht. Immer wieder steigt Yrsa ein Schwall seines Geruchs in die Nase. Irgendetwas an Angantýr macht sie unruhig. Es ist ein anderes Gefühl als bei Gunnar. Gunnar will sie testen, verlangt Schwieriges, trotzdem vertraut Yrsa ihm. Bei Angantýr ist sie nicht sicher, woran sie ist.

»Yrsa«, sagt Angantýr. Seine Stimme ist nahe an ihrem Ohr. »Woher kennst du die Geschichten vom letzten Sommer?«

»Avidh hat mir davon erzählt.«

Angantýr atmet laut hörbar aus. »Glaub nicht alles, was er erzählt.«

»Was soll das heißen?« Sie dreht sich um, bleibt stehen.

»Schau nicht so misstrauisch«, sagt er und lächelt sie an. »Nichts soll das heißen. Hast du eine Schwäche für Avidh?«

»Wieso interessiert dich das?« Sie läuft weiter, schiebt die Zweige einer buschigen Hainbuche zur Seite, lässt sie gleich wieder los, doch weil Angantýr so groß ist, treffen sie ihn wahrscheinlich nur an der Brust.

»Was hat Avidh über Signe gesagt?«, fragt er, seine Stimme ist noch immer dicht hinter ihr.

»Warum? Er hat mir erzählt, was sie getan hat.«

»Verstehe. Und du meinst, du kannst seinen Worten vertrauen?«

Mehr als deinen, denkt Yrsa und hüpft über einen Wurzelstrang, der quer über den Trampelpfad verläuft.

»Soll ich dir etwas verraten?«, sagt Angantýr leise. Er scheint noch näher an ihrem Ohr zu sein.

»Du wirst es bestimmt tun, auch wenn ich nein sage.« Sie beschleunigt ihren Schritt, schließt zu Gunnar und Björn auf. Plötzlich öffnet sich der Wald, und sie stehen auf einer kleinen Lichtung.

»Hier warten wir auf den Kundschafter«, sagt Gunnar. »Einer von uns hält Wache. Ich fange an.«

Yrsa setzt sich neben Björn auf einen umgestürzten Baum. Für Angantýr ist kein Platz mehr. Er geht vor ihnen auf und ab, setzt sich dann auf den Boden. Es ist schon mitten in der Nacht.

Sie warten und warten, schließlich sagt Angantýr: »Sollte der Kundschafter nicht schon längst hier sein?«

Gunnar kommt gerade von einem kleinen Rundgang zurück. Seine Miene ist finster. »Doch, sollte er. Valì steckt dahinter, der Troll soll ihn holen.«

»Warum Valì?«, fragt Yrsa.

»Er führt eine andere Gruppe an. Wir wissen nicht genau, was für ein Ziel sie haben«, sagt Gunnar. »Aber falls es Dorestad ist, müssen wir ihnen zuvorkommen.«

»Und er hat früher mit uns gekämpft, bis er sich mit Gunnar zerstritten hat«, flüstert Angantýr Yrsa ins Ohr. Lauter sagt er: »Er hat vermutlich mehr Silber für die Dienste des Kundschafters geboten.«

»Ich muss nicht erklären, warum wir diesen Sommer knapp waren«, sagt Gunnar und wirft seine lange Kampfaxt von einer Hand in die andere. »Wir warten noch. Angantýr, du übernimmst.«

Yrsa kämpft gegen den Schlaf, immer wieder kippt ihr der Kopf kurz nach vorne. Dann schreckt sie auf und wackelt mit ihren eiskalten Zehen. Vorhin ist sie ausgerutscht und in einer schlammigen Pfütze gelandet. Jetzt kleben ihr die feuchten Hosen an den Beinen. Sie weiß, dass sie kein Feuer anzünden dürfen. Auch Björn ist das Kinn auf die Brust gesunken. Gunnar hat sich auf den Boden gesetzt.

Yrsa steht auf, sie will nicht einnicken, und ihre Blase drückt. Angantýr ist verschwunden. Am Rand der Lichtung schlüpft Yrsa zwischen den Ästen einer Eiche ins Unterholz. Sie schiebt die Hosen über ihre eiskalten Schenkel und hockt sich hin. Als sie wieder aufsteht, fällt ihr Blick auf einen schmalen Pfad. Sie folgt ihm und stößt auf den Trampelpfad, über den sie gekommen sind.

Plötzlich erstarrt sie. Ein Stück weiter vorne ist ein Mann durch das Unterholz gehuscht. Oder sind es Waldtrolle, die ihr etwas vorgaukeln? Und es war ihr, als habe sie Schritte gehört. Sie muss Angantýr finden. Hoffentlich hat er die anderen schon gewarnt.

Sie tritt auf, so leise sie kann, die Erde ist feucht, und folgt dem Trampelpfad in Richtung der Lichtung. Wieder meint sie Schritte und Rascheln zu hören, irgendwo ein Stück östlich. Ist es der Kundschafter? Auch wenn die Nacht nicht dunkel ist, hier im Wald sieht Yrsa nur schwarze Schemen.

Abrupt bleibt sie stehen, weiter vorne sitzt ein Mann auf einem Baumstumpf. Yrsa duckt sich hinter einen Stamm. Der Mann hat den Kopf in die Hand gestützt. Es sieht beinahe aus, als würde er dösen. Dann wird ihr klar, sie kennt diesen Mann, den kahlen Schädel. Es ist Angantýr. Leise nähert sie sich, zischt seinen Namen. Angantýr schreckt auf.

»Da hinten ist jemand«, sagt Yrsa.

Angantýr setzt sich aufrecht hin. »Ja, ich habe es auch gehört«, sagt er.

»Du bist eingenickt«, sagt sie. »Schnell, wir müssen die anderen warnen.«

Sie eilt voraus, Angantýr folgt ihr, überholt sie, als sie auf die Lichtung treten. Gunnar schaut sofort auf. Eine kurze Kopfbewegung von Angantýr, und Gunnar und Björn sind in wenigen Schritten bei ihnen.

Jetzt hören sie fremde Stimmen, zwei Männer sprechen leise miteinander. Sie nähern sich der Lichtung etwas weiter östlich. Auf ein Handzeichen Gunnars gehen Yrsa, Angantýr und Björn rechts und links des Trampelpfades in Deckung. Zwei Gestalten tauchen auf, betreten die Lichtung. Gunnar schüttelt den Kopf, legt den Zeigefinger auf die Lippen. Der Kundschafter ist es also nicht.

Yrsa wagt kaum zu atmen. Die Männer tragen Pfeil und Bogen bei sich, es sind keine Soldaten, vermutlich sind sie auf der Jagd. Sie überqueren die Lichtung und verschwinden auf der anderen Seite zwischen den Bäumen. Gunnar wartet noch eine Weile, dann gibt er ein Zeichen, und sie kommen aus der Deckung.

»Gut gemacht, Angantýr«, sagt er. »Sie hätten uns auf der Lichtung überrascht.«

Yrsa schweigt. Dann sagt Angantýr: »Es war Yrsa, die zuerst gemerkt hat, dass sich die Männer nähern.«

Gunnar nickt ihr anerkennend zu, und Yrsa staunt über Angantýr.

»Irgendetwas ist geschehen. Der Kundschafter hätte längst hier sein müssen«, sagt Gunnar. »Es sind zu viele Soldaten unterwegs heute Nacht. Vielleicht ist er deswegen nicht gekommen.« Er schüttelt den Kopf und flucht leise. »Wir kehren zum Schiff zurück, bleibt nah beieinander, immer Sichtkontakt halten, in dem Nebel verliert man sich sonst leicht.«

»Hatte der Kundschafter wichtige Informationen?«, flüstert Yrsa Angantýr zu.

Er nickt, verzieht das Gesicht. »Sie sind für einen Teil unseres Vorhabens entscheidend.«

»Warum?«

»Das erfährst du noch.«

»Ich will es jetzt wissen.«

Gunnar gibt das Zeichen zum Aufbruch.

»Später«, zischt Angantýr.

Der Nebel ist inzwischen so dicht, dass Yrsa nur Angantýr sieht, der direkt vor ihr läuft. Von hinten hat er eine ähnliche Statur wie Avidh, breite Schultern, muskulärer Oberkörper, schmale Hüften. Vielleicht sollte sie Angantýr noch einmal nach den Ereignissen des letzten Sommers fragen. Sie will nicht hören, wie er über Avidh herzieht, aber sie ist neugierig, was er über Signe zu sagen hat. Wie ein Schatten scheint sie über ihrer Reise zu schweben. Nur Avidh hat bisher nicht von ihr gesprochen. Avidh, der am meisten Grund dazu hätte.

»Hast du Signe gut gekannt?«, fragt Yrsa und bemüht sich, mit Angantýr im dichten Nebel Schritt zu halten.

Angantýr dreht sich um, zieht die Augenbrauen in die Höhe und lacht leise. »Ach, es interessiert dich doch.«

»War sie eine gute Kämpferin?«

Angantýr nickt. »Sie konnte es mit allen aufnehmen. Ich habe ihr gern zugeschaut, wie sie mit dem Schwert kämpfte, es wirkte beinahe wie ein Tanz. Anmutig, elegant, tödlich.«

»Und warum hat sie euch verraten?«

Er zuckt mit den Schultern. »Das weiß ich auch nicht. Ich würde sie mir gern vorknöpfen, um das herauszufinden.«

Das habe ich auch von Avidh schon gehört, denkt Yrsa.

»Sie hat nicht zu Avidh gepasst«, sagt Angantýr. »Signe hat Klasse. Ich habe nie verstanden, warum sie sich ausgerechnet mit Avidh abgegeben hat. Er war ihrer nicht würdig. Avidh ist noch immer der Straßenköter, der er schon als Kind war. Er spielt sich als wichtiger Krieger auf, aber im Herzen ist er noch der verlumpte Junge, der einst allein durch die Gassen von Haithabu gezogen ist. Er ist nicht der Richtige, um Männer anzuführen.«

»Und du stammst aus einer wichtigen Kriegerdynastie?«

»Du sagst es.« Er kratzt sich am Kopf. »Aber wenn ich ehrlich bin, gilt das vor allem für meinen großen Bruder.«

»Warum?«

»Trotzdem bin ich der richtige Nachfolger meines Bruders als Anführer.« Angantýrs Gesicht liegt im Schatten, doch seine Stimme klingt angespannt. »Und falls du es noch nicht bemerkt hast, im Innern ist Avidh eiskalt. Es ist kein Zufall, dass der Eiswind aus seiner Klinge spricht.«

Yrsa schüttelt den Kopf. Sie hat Avidh nie als kalt empfunden. Im Gegenteil. Von außen mag er wie ein unnahbarer Krieger wirken, doch niemand hat ihr in den letzten Monaten so viel Wärme und Hilfsbereitschaft geschenkt.

Angantýr, was soll das, will Yrsa sagen. Doch sie hört plötzlich etwas Vertrautes, den nasalen Ruf einer Hirschkuh. So manches Mal ist sie diesem Ruf gefolgt, als sie noch im Umkreis ihres Dorfes gejagt hat, um sich und ihren kleinen Bruder zu versorgen. Ein Stück weiter hinten sind ihr frische Spuren eines Rothirschs im Matsch aufgefallen, ein ovaler Kreis, in der Mitte gespalten, oben spitz zulaufend. Yrsa bleibt einen Moment stehen, versucht das

Geräusch zu orten. Ihr kommt eine Idee, sie könnte den Hirsch schießen, die Männer würden sich über das zusätzliche Fleisch freuen.

»Angantýr, hast du das auch gehört?«, flüstert sie.

Noch einmal lauscht sie in die neblige Nacht. Wieder hört sie den mahnenden Ruf einer Hirschkuh, die ihr Kalb anlocken will.

»Angantýr, wir könnten mit Fleisch zurückkehren … Angantýr?«

Sie dreht sich um die eigene Achse, der Nebel umhüllt sie. Sie weiß nicht mehr, in welche Richtung die anderen gelaufen sind.

»Angantýr? Das ist nicht lustig«, zischt sie. Soll sie rufen? Aber sie müssen leise sein. Sie spürt ihr Herz bis in den Hals. In welche Richtung muss sie weitergehen?

»Angantýr? Bist du da?«

Niemand gibt Antwort. Ein kalter Schauder fährt ihr über den Rücken. Wo sind die anderen? Sie hört und sieht sie nicht mehr. Um sie sind nur Nebelschwaden.

Plötzlich vernimmt sie Stimmen. Es sind fremde Stimmen, eine fremde Sprache.

Kapitel 7

Die fränkischen Soldaten haben sich vor Albdags Langhaus versammelt. Avidh hat aus der Ferne richtig gezählt. Es sind sechs Männer. Aus seinem Versteck hinter einem der Grubenhäuser beobachtet er sie, flucht innerlich und duckt sich tiefer. Der Strandhafer steht hoch, die Halme kitzeln ihn im Gesicht, aber sie bieten guten Schutz. Die Franken tragen Kettenhemden, Helme, sind mit Schwertern, Lanzen und Schilden bewaffnet. Avidh hat kein Kettenhemd. Das Silber hat bisher noch nicht gereicht, aber er trägt einen Brust- und Rückenpanzer aus dreißig Lagen Stoff und seine Armschienen aus Leder.

Vorsichtig schleicht er auf die andere Seite des Hauses, um besser zu sehen. Er muss Leif finden, und zwar rasch. Sie müssen dringend verschwinden. Es kann kein Zufall sein, dass die Soldaten plötzlich so zahlreich auftauchen. Ausgerechnet jetzt. Etwas ist faul, und auf seinen Instinkt kann Avidh sich verlassen.

Tatsächlich nähert sich der Mann mit der blauen Mütze den fränkischen Soldaten. Er hat sie am Nachmittag in der Schenke gemustert, Hidde war sein Name. Avidh hat ihn vorhin noch einmal in Albdags Langhaus gesehen. Und plötzlich fällt ihm ein, dass Hidde vielleicht beobachtet hat, wohin Leif verschwunden ist. Hidde unterhält sich mit einem der Franken, einem kräftigen

Mann mit zottigem Bart und wertvollem Schwert. Der Mann ist vermutlich der Anführer der Gruppe.

Innerlich flucht Avidh über seinen Freund. Warum muss sich Leif ausgerechnet jetzt mit einer Frau vergnügen? »Wir sind seit Tagen unterwegs, und wenn wir erst mal in der Nähe von Dorestad sind, wird es schwierig«, hat Leif gesagt. Ja und, wollte Avidh antworten, es geht auch mal ein paar Wochen ohne Frauen. Aber er kennt Leif. Natürlich ginge es ohne, aber Leif liebt Herausforderungen, egal welcher Art. Das war schon immer so. Und es macht ihn zum besten Waffenbruder, den Avidh sich vorstellen kann.

Einige Soldaten verschwinden mit Hidde im Langhaus. Um einen Blick durch den zweiten Eingang zu werfen, müsste sich Avidh von der anderen Seite anschleichen. Doch dann verliert er die Männer vor dem Langhaus aus den Augen. Er muss Leif unbedingt warnen. Einer der Soldaten kommt aus dem Langhaus, spricht mit den zurückgebliebenen Männern und zeigt in Richtung Westen. Dort stehen weitere kleine Häuser. Avidh ist zu weit weg, um zu hören, worüber die Soldaten sprechen, und der Wind hat aufgefrischt, rauscht jetzt über die Warft.

Auch die anderen Soldaten kehren in Begleitung Hiddes zurück, die Gruppe macht sich auf in Richtung der Häuser im Westen. Avidh hofft, dass er sich irrt und sie nicht Leif auf der Spur sind. Schnell überfliegt er die Siedlung mit seinen Blicken, sucht einen Weg, um die Männer zu verfolgen, ohne seine Deckung aufzugeben. Falls Hidde sie verraten hat, werden die Soldaten nicht nur Leif, sondern auch ihn suchen. Warum hat er nicht besser aufgepasst, wohin Leif sich verdrückt hat? Er hat sich in die alten Abgründe ziehen lassen, anstatt ein Auge auf seinen Bruder zu haben.

Gebückt schleicht Avidh hinter eine Scheune, die näher am Weg steht. Es wachsen keine hohen Bäume auf der Warft, das erschwert seine Aufgabe. Die Soldaten verlassen den Weg, der aus Süden bis zur Schenke am Nordrand führt, biegen ab zwischen die Häuser im Westen. Will er sie nicht aus den Augen verlieren, muss er über ein offenes Feld rennen. Doch die Gefahr, dass sie ihn entdecken, ist zu groß.

Avidh wartet, bis der letzte Mann um die Ecke verschwunden ist. Dann hetzt er los, gebückt, springt über eine niedrige Mauer, kauert sich hinter eine Hecke und versucht den Soldaten hinter den Häusern zu folgen. Zwischen zwei Hütten will er sich dem Weg, den die Männer nehmen, nähern. Ein Hund fängt an zu bellen. Avidh zieht sich zurück, lauscht, ein Mann ruft etwas. Eine Frau kreischt. Dann hört Avidh Leifs Stimme. Der Troll soll die Franken vierteilen, sie sind tatsächlich hinter ihnen her und haben Leif aufgespürt!

Er muss näher ran, beobachten, was vor sich geht. Einen kurzen Moment hält er inne, beschwört die eisige Ruhe seines Schwertes, schiebt alle anderen Gefühle zur Seite. Was auch geschieht, er wird seinen Bruder befreien, und sie werden ihren Auftrag zu Ende führen. Avidh umrundet eine der Hütten und hat dann freie Sicht auf den Weg, den die Soldaten genommen haben. Stimmen nähern sich. Avidh hört Leif. Leif lallt. »Was wollt ihr von mir? Lasst mich los! Ich bin Händler, ihr stört mich bei meinen Geschäften.«

Ein Soldat taucht zwischen den Hütten in Avidhs Sichtfeld auf. Dann sieht er Leif. Sein Oberkörper ist nackt, das Hemd trägt er in der Hand, die Hosen sind auf einer Seite aus dem Gürtel gerutscht. Die Waffen hat Leif nicht bei sich. Einer der Soldaten stößt ihn in den Rücken, zwingt ihn schneller zu gehen. Leif torkelt.

Sie werden ihn mitnehmen, verschleppen und foltern, um Informationen aus ihm herauszubekommen. Leif stolpert, fällt hin, flucht. Avidh muss rasch handeln. Die Soldaten brauchen einen

Moment, um ihr weiteres Vorgehen zu besprechen und Leif zum Mitgehen zu zwingen. Diese kurze Zeitspanne muss er nutzen, um Leifs Waffen zu holen. Hinter den Hütten schleicht er weiter in die Richtung, aus der die Soldaten mit Leif gekommen sind. Eine grauhaarige Frau arbeitet in einem kleinen Gemüsegarten. Avidh will zuerst einen Bogen um den Garten machen. Dann fällt ihm auf, dass die alte Frau ein Freyja-Amulett an einer Kette trägt. Er tritt an den Zaun.

»Freyja beschütze euch«, sagt Avidh.

Die Frau blickt auf, lächelt ihn an. »Euch auch, junger Mann. Ich habe euch hier noch nie gesehen.«

»Wir sind auf der Durchreise. Ihr habt die Aufregung vermutlich gehört. Wisst ihr, aus welcher Hütte die Franken den Mann geholt haben?«

»Drei Hütten weiter, auf der linken Seite. Die junge Heidrun wohnt dort, ihr Bruder ist seit vielen Monden auf See.«

Avidh bedankt sich und eilt gebückt weiter. Er wirft einen kurzen Blick zurück. Die Gruppe hat sich bereits vor Albdags Langhaus versammelt. Als er die Hütte erreicht, hört er von drinnen Schluchzen. Leise drückt er die Türe auf. Bevor die junge Frau schreien kann, ist er bei ihr, legt ihr die Hand auf den Mund. Ihr Gesicht ist tränennass, ihre langen blonden Haare zerzaust. »Keine Angst«, flüstert Avidh. »Ich will nichts von Euch. Der Mann, der gerade hier war. Wo hat er seine Waffen versteckt?«

Die Frau schüttelt den Kopf, blitzt ihn aus zornigen Augen an, schlägt auf seinen Arm. Leifs Waffen sind wertvoll. Die Frau will sie vermutlich verkaufen. Er verstärkt den Griff. »Ich verschwinde nicht, bis ich sie habe.« Die Frau zeigt auf eine Truhe. Er lockert seinen Griff.

»In der Truhe sind meine Kleider, darunter liegen sie«, sagt sie und stößt Avidh gegen die Brust. »Ich hasse die Soldaten, und deinen Freund mag ich. Du brauchst dich hier nicht derart aufzuspielen. Ich hätte dir die Waffen auch so gegeben.« Die Frau öffnet den schweren Deckel der Truhe mit dem Fuß.

»Hol sie raus.«

»Meine Güte«, stöhnt sie, zieht ein kurzes Kleid, eine Wolldecke und eine Schürze heraus. Darunter blitzen Leifs Schwert, das Messer und die Axt. Der Schild lehnt an der Wand. »Nimm sie und verschwinde. Deinen Freund kannst du zurückschicken, falls ihr noch eine Weile hier seid.«

Avidh schmunzelt. Die junge Frau erinnert ihn an Yrsa. »Das werde ich. Ich danke dir. Aber zuerst müssen wir die Soldaten loswerden. Haben sie irgendetwas gesagt?«

»Nein. Blöd rumgebrüllt haben sie und mich bei etwas unterbrochen, das mir gefallen hat.«

»Kennst du Hidde?«

»Ja. Verfluchter Schleimer. Er hat die Soldaten vermutlich gerufen. Erbärmlicher Wicht. Sie zahlen ihm etwas, damit er die Augen offen hält.«

Kurz darauf hat Avidh Albdags Langhaus wieder im Blick. Zwei alte Männer sitzen auf einer Bank vor dem Eingang, Schafe grasen auf der Wiese daneben. Doch die Soldaten sind verschwunden. Er hat zu lange gebraucht, um Leifs Waffen zu holen. Was tun? Weit können die Männer nicht gekommen sein. Sein Instinkt sagt ihm, dass die Soldaten Leif wegbringen. Der Wind weht aus Norden, auf dem Weg nach Süden würde Avidh die Gruppe rasch nicht mehr hören.

Er hastet los, folgt dem Pfad von der Warft in Richtung Süden, der Wind bläst ihm den Umhang gegen die Beine. Er wünschte, Leif könnte Zeichen auf dem Weg hinterlassen. Doch die Soldaten haben vermutlich seine Hände gefesselt. Dann bleibt Avidh abrupt stehen. Der Weg gabelt sich. Ein Pfad führt weiter in Richtung Süden, der andere folgt der Küste nach Westen. Eine falsche Entscheidung, und er verliert die Spur der Gruppe. Käme zu spät. Gut möglich, dass die Soldaten Leif töten, wenn sie nichts aus ihm herausbringen.

Avidh legt die Hand einen Moment auf den Schwertknauf. In der Ferne fällt ihm ein hölzerner Turm an der Küste auf. Letzten Sommer stand er noch nicht dort. Vielleicht sind die Soldaten dorthin unterwegs. Es ist einer der Beobachtungsposten. Also nach Westen.

Der Weg führt über die Marsch, es dämmert langsam. Der Turm zeichnet sich vor dem grauen Himmel ab. Avidh springt über Schlammlöcher. Der Wind trifft ihn seitlich, und als er kurz abflaut, glaubt Avidh leise Stimmen zu hören. Leifs Stimme erkennt er nicht. Er muss Leif befreien, bevor sich die Gruppe in dem Beobachtungsposten verschanzt und möglicherweise ein Warnfeuer entfacht. Es könnte alles gefährden.

Im Laufschritt folgt er dem schmalen Pfad. Eigentlich sollte er die Gruppe schon sehen. Er ist schnell unterwegs, schneller als die Soldaten mit einem Gefangenen. Eine ältere Frau nähert sich langsam. Er hastet ihr entgegen, fragt sie, ob sie eine Gruppe Soldaten gesehen hat. Die Frau bleibt nicht stehen, schüttelt nur den Kopf. Avidh rennt weiter.

Er hat fränkisch gesprochen mit der Frau. Keine Sprache hat er so leicht aufgeschnappt wie das Fränkische, als Einziger in ihrer Kämpfergemeinschaft, und er spricht es so, dass jene Einheimischen, die fränkisch und nicht friesisch sprechen, meinen, er wäre einer von ihnen. Warum es ihm so leichtfällt, weiß er nicht. »Vielleicht«, hat Signe letzten Sommer gesagt, »vielleicht hat es etwas mit der Geschichte über deine Mutter zu tun, die dein Vater dir erst erzählen wollte, wenn du älter bist.« Er reagierte damals nicht auf

Signes Bemerkung, aber sie traf etwas tief in seinem Innern und hat ihn seither nicht mehr losgelassen.

An einem kalten Maimorgen vor fünfzehn Wintern sah er seinen Vater zum allerletzten Mal. »Es wird dir an nichts fehlen, der Wirt weiß Bescheid, ich habe ihn großzügig bezahlt«, sagte sein Vater. Sie standen am Hafen von Haithabu. »Du bist jetzt schon sieben, Avidh, da kann man gut mal ein paar Monde allein auf sich aufpassen.«

Avidh sagte nichts, seine Kehle war wie zugeschnürt. Er umklammerte das Holzschwert, das sein Vater ihm geschnitzt hatte. Für das Silber sollte der Wirt ihn in der Speisekammer schlafen lassen und verpflegen. Das tat er allerdings nicht lange. Es war das erste Mal, dass sein Vater länger ohne ihn wegbleiben wollte. Und es sollte das letzte Mal sein, aber das ahnten sie beide beim Abschied nicht. Vielleicht war das heftige Bauchweh, das Avidh an dem Tag plagte, eine Warnung der Götter.

Sein Vater war ein großer Krieger, war viele Male übers Meer gereist, in den Kampf gezogen. Aber als Avidh klein war, traf seinen Vater eine fränkische Lanze schwer an der Schulter. Sein Vater war kein junger Mann mehr, es dauerte, bis die Verletzung heilte, und dann konnte er längere Zeit nicht kämpfen. Sein Vater und er zogen nördlich von Haithabu von Hof zu Hof, sein Vater half bei der Ernte, schlachtete Schweine, zimmerte Zäune. Aber er betonte oft: Ich bin Krieger und kein Knecht, und irgendwann gab es immer Streit, und sie mussten weiterziehen. Meist dann, wenn sich Avidh unter den Kindern auf dem Hof eine gute Stellung erarbeitet hatte.

Am schwierigsten war der Abschied auf dem letzten Hof, auf dem sie vor ihrer Rückkehr nach Haithabu gelebt hatten. Der Hof gehörte einem reichen Mann, der viele Pferde besaß. Avidh hatte sich mit einem der Knechte angefreundet und dabei geholfen, die

Pferde zu versorgen. Für zwei Fohlen war er ganz allein verantwortlich. Das machte ihn stolz, und er liebte die Pferde. Beim Abschied drückte er sein Gesicht in ihr Fell, damit sein Vater nicht merkte, dass ihm Tränen aus den Augen liefen. Am Abend zuvor hatte er seinen Vater so oft gefragt, warum er nicht auf dem Hof auf ihn warten könne, bis sein Vater ihn packte und gegen die Wand warf. »Du kommst mit, ich will das so. Ich weiß nicht, wie schnell ich in Haithabu abreisen kann.« Avidhs Schulter schmerzte noch lange, als sein Vater schon längst fort war. Und in Haithabu ging es doch recht schnell, und so standen sie schließlich am Hafen und mussten sich verabschieden.

»Wo ist meine Mutter?«, fragte Avidh, als sein Vater an Bord gehen wollte. Er hatte das schon oft gefragt, weil er keine Erinnerung an sie hatte, und rechnete nicht mit einer Antwort. Trotzdem wollte er es noch einmal versuchen. Er vermisste seine Mutter. Es war ein ziehender Schmerz tief in seiner Brust. Er war immer da, aber jetzt, da sein Vater ohne ihn abreiste, war das Ziehen so heftig wie fast noch nie.

Sein Vater blieb stehen, ein Fuß bereits auf dem Brett, das an Bord führte, und drehte sich um. »Ich habe dir schon oft gesagt, das erkläre ich dir, wenn du älter bist.«

»Du hast gerade gesagt, ich bin alt genug, um ein paar Monde allein auf mich aufzupassen. Also will ich das wissen.«

»Nein, Avidh, jetzt nicht«, sagte sein Vater, drückte ihn noch einmal gegen seine Brust und ging über das Holzbrett aufs Schiff.

Avidh rannte davon, wollte nicht zuschauen, wie das Schiff ablegte. Er lief durch die Gassen Haithabus, spähte nach einer Gelegenheit, um etwas zu essen zu stehlen. Dann vermisste er seinen Vater plötzlich so heftig, dass er zum Hafen zurückrannte, um ihm wenigstens noch einmal zu winken. Mit dem Holzschwert, das sein Vater für ihn geschnitzt hatte. Aber es war zu spät, das Schiff war nur noch ein Dreieck am Horizont.

Avidh sah seinen Vater nie wieder, viele Monde später erfuhr er von seinem Tod. Er hatte für den König gegen Harald Klaks Truppen gekämpft. Sein Vater war ehrenvoll im Kampf gestorben. Es hätte Avidh mit Stolz erfüllen sollen, aber das gelang ihm nur ab und zu. Viel stärker war ein anderes Gefühl: Er verstand nicht, warum sein Vater ihn einfach so im Stich gelassen hatte. Auch wenn das Leben mit ihm schwierig gewesen war, fühlte es sich viel schlimmer an allein in diesen fremden Gassen. Und es quälte ihn, dass sein Vater ihm nun nie mehr erzählen würde, was mit seiner Mutter geschehen war. Doch je älter er wurde, umso öfter kam ihm der Gedanke, dass es vielleicht besser war, die Geschichte nicht zu kennen. Vielleicht hatte sein Vater seine Mutter umgebracht. Er war oft gewalttätig, wenn Avidh ihm widersprach.

Nach dem Tod seines Vaters begannen für ihn die harten Jahre allein, in denen er sich in Haithabu irgendwie durchschlug. Wenn er sich in den langen Nächten besonders einsam fühlte, sehnte er sich nicht nach seinem Vater, sondern nach seiner Mutter. Sie hatte ihn, anders als sein Vater, vielleicht nicht freiwillig im Stich gelassen. Das hoffte Avidh zumindest.

Alles wurde besser, als er schließlich zu den königlichen Truppen nach Sliesthorp kam und seinen Waffenbruder Leif kennenlernte. Leif, der das Leben so viel leichter nahm, als Avidh es jemals konnte. Leif, der jetzt schon länger an seiner Seite ist, als irgendjemand in Avidhs Leben es jemals war. Leif war seine Unbeschwertheit, als in ihm nur Dunkelheit war. Ohne ihn wäre er schon lange in Valhöll. Und jetzt muss er Leif ganz dringend finden.

Der Turm ist nun schon viel größer in Avidhs Blickfeld. Mit ihm wächst auch seine Sorge. Er sollte die Soldaten sehen. Einen Moment bleibt Avidh stehen, denkt nach, ob er irgendetwas verpasst, falsch eingeschätzt hat. Wenn er jetzt zurückrennt, steht er vielleicht ohne Spuren da. Hätte er das Warftdorf gründlicher durchsuchen sollen? Der Druck auf seiner Brust nimmt zu.

Kapitel 8

Yrsa wagt nicht, sich zu bewegen, lauscht nach den fremden Stimmen. Zwei Männer. Sie folgen dem Weg, den Yrsa zuvor mit den anderen genommen hat, nähern sich. Yrsa bricht der Schweiß aus. Sie muss sich verstecken. Schnell! Doch wo? Irgendwo lauert das Moor, und in die Siedlungen darf sie nicht aus Versehen stolpern. Wenn sie jetzt vom Weg abkommt, hat sie Gunnar, Angantýr und Björn verloren. Sie hört Schritte, jemand hustet, eine Schwertscheide schlägt gegen ein Bein. Das klang viel zu nahe.

Sie tastet den Boden entlang, struppige Äste wachsen da, ein Busch, sie kauert sich im Dickicht hinter Gestrüpp, versucht ganz leise zu atmen. Aus ihrem Versteck hat sie ein kleines Stück Weg im Blick. Zwei Soldaten tauchen aus dem Nebel auf. Ein Speer, zwei Schilde, ein größerer, ein kleinerer Mann mit Schwertern am Gürtel. Dann verschluckt der Nebel die beiden wieder. Sie laufen ausgerechnet auf dem Weg, den Yrsa nehmen sollte. Irgendwo hier an der Küste ist ein Beobachtungsposten, von dort kommen die Soldaten vermutlich.

Ihr Herz schlägt schnell. Was soll sie tun? Sie muss noch auf dem Geestrücken sein. Sonst gäbe es keinen Wald. Aber in dem Nebel kann sie es nicht wagen, den Soldaten mit etwas Abstand auf dem Weg zu folgen, sie könnte anderen Soldaten in die Arme laufen. Die Franken würden sie als fremde Kriegerin erkennen, mitnehmen, einsperren. Sie würde in einem Verlies verrotten oder auf einem der Sklavenmärkte enden. Gunnar weiß vermutlich, wo die Soldaten stationiert sind, und ist ihnen auf dem Hinweg ausgewichen. Aber sie hat keine Ahnung von dieser Landschaft. Die Nacht ist nicht ganz dunkel, doch im Nebel verschwimmt alles zu einem düsteren Grauschwarz.

Warum hat sie nicht besser aufgepasst? Sie muss die anderen einholen, bevor auffällt, dass sie fehlt. Was wird Gunnar sagen, wenn sie bei der ersten wichtigen Mission verloren geht? Alle werden sie auslachen. Die Hitze steigt Yrsa ins Gesicht, obwohl der Nebel sich in kalten Tröpfchen auf ihrer Haut niederschlägt, ihr mit feuchtnassen Pfoten über die Haare streicht. Sie schlägt nach links, nach rechts, aber es hilft nichts, das milchige Nass ist überall, kriecht ihr unter die Kleider. »Weichet, ihr friesischen Nebelgeister«, murmelt sie, »ich will euch nichts Böses, verzieht euch in die Höhe, nur so weit, dass ich den Weg zum Schiff sehen kann.« Wer nicht dort ist, wenn die Flut am höchsten steht, bleibt hier, hat Gunnar gesagt. Sie will nicht an dieser Küste stranden. Ganz allein.

Warum hat Angantýr nicht auf sie gewartet? Oder hat er sie bewusst zurückgelassen? Yrsa tastet sich von Strauch zu Strauch, gerät tiefer in den Wald. Ranken greifen aus dem Nebel nach ihr, umschlingen ihre Beine. Sie beschleunigt ihren Schritt, etwas zerrt an ihren Haaren, ein Zweig reißt an ihrem Hemd. »Freyja, mächtige Göttin, beschütze mich«, murmelt sie.

Dann bleibt sie abrupt stehen. Sie hat etwas klimpern gehört. Wer kann das sein, hier im nebligen Wald? Yrsa streckt die Hände aus, versucht sich durch das Grau zu tasten, fasst in schleimiges Moos. Einen Moment reißt der Nebel vor ihr auf. Sie ist nicht mehr mitten im Wald, die Bäume lichten sich. Aber sie wagt nicht, sich zu bewegen. Ein Stück weiter vorne hat sie zwischen den Schwaden kurz eine Gestalt gesehen. Eine Frau in langen Gewändern, so schien es ihr. Das Klimpern klang nach Glasperlen, die aufeinanderprallten. Die Frau kam ihr bekannt vor. Ist das möglich?

Yrsa wartet, dass sich der Nebel wieder lüftet. Jetzt weht ihr ein vertrauter Geruch in die Nase, es riecht nach einem herb-süßlichen Kraut. Sie könnte schwören, dass es Idun ist, die dort vorne irgendwo durch den Nebel läuft. Aber sie wagt nicht, nach ihr zu rufen. Jemand könnte sie hören. Was macht Idun hier, mitten in der Nacht? Sie muss ihr folgen. Wenn sie allein hier draußen ist, weiß Idun bestimmt den Weg zum Schiff.

Yrsa macht ein paar Schritte, doch die Schwaden verdichten sich wieder. Vorsichtig tastet sie sich vorwärts, in die Richtung, in der Idun aufgetaucht ist. Und Yrsa hat Glück, noch einmal reißt der Nebel auf, und sie erkennt einen Pfad. Er scheint vom Geestrücken hinabzuführen. Es ist ein anderer Pfad als der, auf dem sie die Soldaten getroffen hat. Glaubt sie zumindest. In dem milchigen Nichts ist es schwierig, zu wissen, wo Norden, wo Süden ist.

Sie spitzt die Ohren, geht ein kleines Stück. Doch Idun ist verschwunden. Dafür hebt sich der Nebel weiter. Das muss sie nutzen. Es geht leicht bergab, sie kommt gut voran, erkennt einen Moment lang sogar die Ebene, die zwischen der Küste und dem Geestrücken liegt.

Der Weg macht eine Biegung, und Yrsa zuckt zusammen. Etwas weiter vorne erkennt sie eine Gestalt, ein Mann lehnt an einem Baum. Ein Soldat? Yrsa wäre ihm fast in die Arme gelaufen. Sie geht in die Hocke, verlässt den Pfad so leise wie möglich, schlägt sich ins Unterholz, duckt sich hinter einen breiten Stamm und kneift die Augen zusammen. Der Mann steht dort, als warte er auf jemanden, aber er schaut in Richtung Küste. Er ist groß gewachsen, hager, trägt einen Umhang. Wie ein Soldat sieht er nicht aus.

Yrsa duckt sich noch etwas tiefer. Sie ist ihm zu nahe gekommen. Aber weil sie sich wegen der Soldaten bemüht hat, sehr leise zu sein, hat er sie nicht bemerkt. Jetzt ist es das Beste zu warten, bis der Fremde weiterläuft. Auch wenn sie wertvolle Zeit verliert. Inzwischen sind die anderen bestimmt schon fast zurück am Schiff, und alle werden merken, dass sie fehlt. Sie will sich den Spott von Sven und seinen Kumpeln nicht ausmalen.

Der Mann stößt sich von dem Baum ab, hebt die Hand, winkt jemandem. Yrsa sieht nur ein kleines Stück Weg aus ihrem Versteck. Dann taucht ein zweiter Mann auf.

»Ich dachte schon, du kommst nicht mehr«, sagt der Mann im Umhang. Sie ist erstaunt, dass er ihre Sprache spricht. Aber Angantýr hat erwähnt, dass hier auch Menschen aus dem Norden leben.

»Wir mussten rudern, hat länger gedauert«, sagt der zweite Mann. Er hat lange Haare, ein Schwert am Gürtel.

»Ich habe nicht viel Zeit«, sagt der Mann im Umhang. »Wollte Valì nicht selbst kommen?«

Valì? Angantýr und Gunnar haben von Valì dem Schlangenbändiger gesprochen, einem Anführer mit einer Gruppe von Kämpfern. Ist der Mann im Umhang vielleicht Kundschafter?

»Nein, wir sind die Vorhut. Die großen Schiffe sind rund drei Tage hinter uns.«

»Ihr seid auf dem Weg nach Dorestad?«

»Ja, der Markt ist verlockend.«

»Ich komme gerade von dort.«

»Sehr gut. Das Wichtigste zuerst: Wir brauchen Informationen über den Procurator.«

Die Stimmen entfernen sich. Yrsa hört Schritte. Die Männer haben es auch gehört, sind in die Richtung verschwunden, aus der der zweite Mann gekommen war. Was für ein Pech. Sie kann ihr Versteck im Unterholz nicht verlassen.

Zwei Soldaten nähern sich, sie scheinen heute Nacht überall

zu sein. Haben sie vielleicht die Schiffe gesichtet und schwärmen deshalb aus? Yrsas Nackenmuskeln verkrampfen sich. In was ist sie hier geraten?

Sie wartet eine Zeit lang. Der Nebel zieht wieder dichter zwischen den Bäumen hindurch. Aber sie erkennt den Weg noch. Sie muss sich beeilen, will bis in die Ebene kommen, dort warten, bis der Morgen graut, und dann hoffentlich den Weg zum Schiff finden.

Yrsa folgt dem Pfad, vorsichtig, leise. Wenigstens hat sie einen Teil des Gespräches gehört. Gunnar wird das interessieren. Vielleicht war dieser Mann ihr Kundschafter. Vielleicht hatte Angantýr recht mit seiner Vermutung, dass dieser Valì mehr Silber für seine Dienste gezahlt hat und der Kundschafter deshalb nicht erschienen ist.

Ein Hund fängt wild an zu bellen, irgendwo links von ihr im Nebel. Sie hofft, dass er festgebunden ist und nicht plötzlich auf sie zuschießt. Ein Mann ruft. Sie bleibt stehen. Woher kommen die Geräusche? Wieder ruft jemand. Gelten die Rufe ihr? Suchen die Soldaten mit Hunden nach fremden Kriegern? Ihr Herz pocht heftig. Sie versteht die Worte nicht, aber sie muss verschwinden. Sofort! Doch wohin? Sie kehrt um, sieht Schemen im Nebel. Zwei Männer? Wieder bellt ein Hund. Die Angst packt sie. Sie schlägt sich rechts des Weges ins Unterholz, rennt, Äste peitschen ihr ins Gesicht.

Sie hört Stimmen, Rufe, Bellen, irgendwo hinter sich. Hetzt weiter, stürzt, rappelt sich auf. Es geht bergab, das ist ein gutes Zeichen. Die Stimmen werden leiser. Sie muss dorthin, wo es flach ist. Das Bellen kommt wieder näher. Yrsa rennt. Doch die Schritte bleiben hinter ihr. Hört sie Waffen klimpern? Der Boden schmatzt bei jedem Schritt, es wachsen keine Bäume mehr. Endlich ist es flach. Wieder eine Stimme. Nahe. Sie rennt. Der Boden federt.

Wenn sie nur wüsste, wo die Moorgebiete liegen, vor denen Gunnar sie auf dem Hinweg gewarnt hat.

Sie springt auf eine Grasnarbe, rutscht mit dem rechten Fuß ab. Wirft das linke Bein nach vorne, aber der Abstand ist zu groß. Sie findet keinen Halt, ihr Fuß steckt im Schlamm. Ruhig bleiben! Noch ist sie nicht im Moor.

Auch ihr linker Fuß gleitet tiefer. Kalter Schlamm umfasst ihre Knöchel. Sie streckt sich, versucht nach der Grasnarbe zu greifen. Streckt den Arm, so weit es geht. Ihre Füße sinken. Sie rudert mit den Armen, holt mit dem Oberkörper Schwung. Doch je mehr sie sich bewegt, umso stärker gibt der Grund unter ihren Füssen nach. Ist sie doch schon im Moor? Sie fürchtet das Moor, alle fürchten es, die Geister, die einen hier heimsuchen, den fürchterlichen, langsamen Tod.

Der Schlamm reicht ihr jetzt bis zu den Kniekehlen. Ruhig bleiben. Sie kommt hier raus! Einen Moment nachdenken. Nicht bewegen. Warum ist sie so überhastet davongerannt? Plötzlich war alles zu viel. Die Nacht. Die Dunkelheit. Der Nebel. Dass sie die anderen verloren hat. Ihr Atem ist nur noch ein heiseres Keuchen.

Sie packt ihre Hosen über dem Knie und zieht. Vielleicht kann sie so zuerst ein Bein und dann das zweite befreien. Aber sie kann den Fuß nicht befreien, findet auf der anderen Seite keinen Halt. Sinkt tiefer. Der kalte Schlamm reicht ihr jetzt bis zu den Oberschenkeln. Und es kommt ihr vor, als sinke sie noch weiter. Sie hat schreckliche Geschichten gehört von Menschen, die das Moor langsam verschlungen hat. Yrsas Herz rast, sie keucht, will um Hilfe rufen. Doch das darf sie nicht. Nein, nein, nein, das passiert ihr jetzt nicht.

Noch einmal streckt sie sich, so weit wie möglich, versucht nach Halmen zu greifen. Aber die Halme brechen, und Yrsa rutscht ein weiteres Stück tiefer. Ihr wird klar: Je heftiger sie sich bewegt, umso gieriger greifen die Moorgeister nach ihr. Ihre Brust zittert mit jedem hastigen Atemzug.

Einen Moment bleibt sie regungslos und lauscht. Die Geister tuscheln, ein Flüstern schwebt über dem schwammigen Grund. »Mama, hilf mir!« Yrsa umklammert ihr Amulett, das sie um den Hals trägt. Es hat die Form eines Kampfschildes. Ihre Mutter legte es ihr, kurz bevor sie starb, um den Hals. Es macht dich stärker, wird dich immer beschützen, war ihre Botschaft.

»Weichet, ihr Moorgeister«, flüstert Yrsa. »Ich fürchte euch nicht.« Ihre Stimme zittert, als sie das sagt. Das Wispern schwillt an, aber sie versteht die Worte nicht. Plötzlich greift jemand im kalten Schlamm nach ihrem Knie. Knochige Finger krallen sich in ihren Oberschenkel. Yrsa erstarrt, bekommt kaum Luft, will nach den Fingern treten, den Moortroll verjagen, doch sie muss still bleiben, sonst sinkt sie tief und immer tiefer.

Ruhig atmen. Ein. Aus. Aber der Atem kommt wie ein Wimmern aus ihrem Mund. Irgendwo aus dem Nebel hallt das Wimmern zurück. Haben die Menschen hier ihre Toten versenkt, greifen die Toten nach ihren Beinen? Sie beißt die Zähne zusammen, damit sie nicht aufeinanderschlagen.

Wenn sich die feuchten Schwaden nur verziehen würden! Mit besserer Sicht fiele ihr vielleicht ein Ausweg ein. Ohne Hilfe kommt sie hier nicht raus. Sie unterdrückt ein Schluchzen. Versucht wieder tief Luft zu holen. Der kalte Schlick reicht ihr jetzt bis zur Hüfte. Sie muss sich ablenken, sonst hält sie nicht durch, bis es hell wird. Tanzt dort weiter vorne über dem Moor ein Licht? Sie blinzelt, kneift die Augen zusammen. Blickt einen Moment auf den schlammigen Grund um ihre Beine. Als sie wieder aufschaut, ist das Licht verschwunden. Was war das? Die friesischen Moorgeister?

Yrsa beginnt zu summen, einen der Verse, die ihre Mutter abends manchmal aufsagte. Doch dann fällt ihr ein, sie muss leise sein. Die Soldaten könnten noch immer in der Nähe durch die neblige Nacht laufen. Das Licht blitzt wieder auf, weiter vorne, aber an einer anderen Stelle. Sie wird einen Weg zurück finden. So oft war sie allein unterwegs. Sie weiß, wie das geht. Sie kann das besser als das, was sie die letzten Tage gemacht hat. Sich auf einem Schiff voller Männer behaupten.

»Avidh«, flüstert sie, »Avidh, ich vermisse dich.« Aber Avidh ist weit fort, unterwegs mit Leif, irgendwo weiter westlich an der friesischen Küste. Sie muss sich selbst helfen, auf die Dämmerung warten, hoffen und nicht einnicken. Sie schafft das. Trotzdem sehnt sie sich heftig danach, so nahe bei Avidh zu liegen, dass nichts mehr Platz hat zwischen ihren Körpern. Er war immer für sie da, unterstützte sie, und manchmal hatte sie das Gefühl, ihm nicht alles zurückgeben zu können. Einen Teil von sich verbirgt er noch immer vor ihr. Wann immer sie das Gefühl hatte, in seinem Innern in eine geheime Kammer vorgestoßen zu sein, gab es dahinter gleich wieder eine verschlossene Pforte.

Sie zuckt zusammen. Das war ein Heulen, das war ein Wolf! Nähert sich ein Rudel Wölfe? Würden die Wölfe einsinken? Mit ihren vier Pfoten vielleicht nicht. Yrsa vergisst einen Moment zu atmen. Ihre Finger sind eiskalt. Wenigstens sind ihre Arme frei. Die Wölfe werden sie umkreisen, und sie darf sich kaum bewegen. Ihre Axt steckt noch im Gürtel. Sie muss die Axt aus dem Schlick ziehen, bevor sie tiefer sinkt. Yrsa taucht die Hand in den kalten Schlamm, tastet an ihrem Gürtel. Aber wo ist die Axt? Nicht im Gürtel? Sie tastet weiter, an der Hüfte entlang. Und stöhnt leise auf, sie spürt den Stiel. Die Axt ist verrutscht. Der Schlamm schmatzt, als es ihr gelingt, die Waffe herausziehen. Sie streicht sie an ihrem

Hemd ab. Ihre Kleider, ihre Haare, ihre Hände sind überzogen mit stinkendem Schlamm.

Yrsa umklammert den Griff, so heftig, dass es schmerzt. Doch vielleicht war das eine ganz schlechte Idee. Falls sie einnickt, könnte sie die wertvolle Waffe im Moor verlieren. Und sie hat kein Silber, um vor dem Angriff eine neue Axt zu kaufen. Vor allem nicht eine so kunstvoll geschmiedete. Soll sie versuchen, die Axt in den Gürtel zurückzustecken? Nein, auch dabei könnte sie die Waffe verlieren, und sie braucht sie, um sich verteidigen zu können.

Irgendwo hinter ihr heult wieder ein Wolf, ein zweiter antwortet dem Ruf. »Na gut«, sagt Yrsa leise und mit zitternder Stimme, »ihr haltet mich wach.«

Die Müdigkeit liegt schwer auf ihr. Sie versucht sich abzulenken, denkt zurück daran, wie sie Avidh kurz vor der Abreise in Haithabu mit einem Geschenk überraschte. Thora die Goldschmiedin half ihr dabei, sie war eine Freundin von Yrsas Mutter. Auf dem Markt hatte Yrsa einen silbernen Krieger-Armring entdeckt. Yrsa wollte ihn für Avidh kaufen, aber sie hatte nicht genügend Silber. In den Wochen vor ihrer Abreise fuhr sie manchmal über die Schlei, besuchte Thora und half ihr in der Werkstatt. Als Belohnung schmiedete Thora einen Armring für Avidh, der genauso aussah wie der, den Yrsa auf dem Markt gesehen hatte. Vielleicht sogar noch ein bisschen schöner. Seither trägt Avidh ihn am Handgelenk. Einige Männer haben ihn schon darauf angesprochen, wo er den wertvollen Schmuck herhat.

Sie zuckt zusammen, wäre beinahe eingenickt. Schnell umklammert sie den Griff der Axt fester, schaut in den Himmel. Durch den Nebel sickert ein hellerer Farbton, vielleicht das erste Licht des Morgens. Wenn sie sich bei Tageslicht nicht befreien kann, wird Gunnar ohne sie ablegen.

Ihre Finger sind inzwischen so kalt, dass Yrsa sie kaum noch spürt. Sie versucht den linken Arm zu bewegen, schließt und öffnet die Faust. Immer wieder. Aber sie darf sich nicht zu stark bewegen.

Endlich lichtet sich der Nebel etwas. Weiter vorne wachsen Büsche. Dort scheint der Grund fester zu sein. Sie hatte Pech, ist in einen Ausläufer des Moores geraten. Wenn Avidh nur hier wäre! Er würde nach ihr suchen. Er würde Gunnar daran hindern, ohne sie abzulegen. Aber so wird Gunnar nicht auf sie warten.

Kapitel 9

Irgendetwas ist nicht in Ordnung. Avidh hätte die Gruppe mit Leif längst einholen sollen. Leif hat sicher sein Bestes getan, um die Franken am schnellen Vorwärtskommen zu hindern. Er weiß, dass Avidh ihnen folgen würde. Avidh überlegt kurz, nimmt dann seinen Umhang ab, packt Leifs Waffen darin ein, kehrt um und rennt los. Dieses Mal bemüht er sich nicht, leise zu sein, sondern springt über Priele und Grasbüschel. Die Waffen klappern im Takt seiner Schritte. Braunes Wasser spritzt an seine Stiefel.

Nach kurzer Zeit steht er wieder dort, wo sich der Weg südlich der Warft gabelt. Plötzlich fällt ihm etwas ein. Avidh flucht laut. Warum hat er daran nicht früher gedacht? Wenn er sich richtig erinnert, gibt es zwei Stunden südlich von hier ein kleines Dorf mit einer Schmiede. Vielleicht sind die Soldaten dorthin unterwegs, vielleicht kamen sie nicht von dem Turm an der Küste.

Er folgt dem Weg, der landeinwärts führt, springt weiter über Schlammlöcher, rennt schnell, jetzt aber so leise wie möglich, den Blick geradeaus. Endlich tauchen ein Stück weiter vorne die Umrisse einiger Männer auf. Avidh kneift die Augen zusammen, Erleichterung durchströmt ihn. Es sind die sechs Soldaten, sie sind langsam unterwegs, er hat sie fast eingeholt. Seitlich des Wegs schlägt Avidh sich ins Gebüsch, folgt den Männern in gebückter Haltung. Die Soldaten haben Leif die Hände zusammengebunden, einer der Franken zieht ihn an einem Seil hinter sich her. Leif torkelt noch immer. Avidh fasst einen Entschluss.

Die Hecken wachsen hier dichter neben dem Weg. Er rennt gebückt in Richtung Osten, weicht moorigen Stellen aus, neben ihm flattert ein Blesshuhn auf. Als Avidh weit genug im Osten und nicht mehr im Sichtfeld der Soldaten ist, ändert er die Richtung und rennt, so schnell er kann, wieder nach Süden. Dorthin sind auch die Soldaten unterwegs. Er sieht den Pfad nicht, aber er sollte die Gruppe überholt haben. Leif braucht ihn nicht zu bemerken. Leif weiß, dass er ihn nicht im Stich lässt.

Avidh sucht eine Stelle, wo sich der Weg verengt und dichtes Gestrüpp auf beiden Seiten wächst. Dort versteckt er die Waffen am Wegrand, links seine und rechts die von Leif. Auch den Brust- und Rückenpanzer, den Helm und die Armschienen zieht er aus, bis er nur noch Hemd und Hosen trägt, und versteckt alles. Er ist jetzt verwundbar, doch das nimmt er in Kauf. Lediglich das Messer trägt er am Rücken im Gürtel.

Vom Waffenversteck läuft er ein Stück weg von den Soldaten bis zu einer windschiefen, struppigen Hecke. Dabei zählt er seine Schritte, die gleiche Anzahl Schritte macht er von der Hecke noch weiter nach Süden. Dort macht der Weg eine Biegung. Avidh kauert sich ins Gebüsch und geht seinen Plan noch einmal durch. Er ist gefährlich, doch Avidh fürchtet sich nicht. Er sehnt sich danach, zu kämpfen. Nur im Moment handeln, alles andere vergessen, der Gefahr unmittelbar ins Auge blicken. Dann fühlt er sich lebendig.

Auch als er mit Yrsa zusammen war, fühlte er sich lebendig. Vor allem wenn sie ihn küsste und sie sich liebten. Er hofft, dass es ihr gut geht. Vielleicht sollte er sie zur Rede stellen, wenn er zurück ist. Aber vielleicht ist es auch besser so. Er wünschte, er wäre wie Leif, könnte sich mit fremden Frauen vergnügen und weiterziehen. Manchmal ist ihm das schon gelungen, aber nur selten. Je stärker die Einsamkeit ihn ihm dröhnt, umso waghalsiger kämpft er, geht hohe Risiken ein und wird vermutlich nicht mehr lange leben. Er fährt über den Griff des Messers, beschwört die Kraft seines Schwerts, das weiter vorne im Gebüsch liegt, und verbannt die düsteren Gedanken. Jetzt wird er Leif befreien. Seinen Bruder. Avidh starrt um die Wegbiegung in Richtung Norden. Sobald er die Gruppe in der Ferne erkennt, muss er die Zeit gut einteilen.

Dann kommt der erste Soldat in Sicht. Avidh wartet, bis die Gruppe die windschiefe Hecke passiert hat, erhebt sich vorsichtig und läuft dann den Soldaten entgegen. Sie sollen ihn sehen. Laut ruft er: »Grifo. Griifooo!« Und dann auf Fränkisch: »Wo steckt der verdammte Hund?«

Kurz vor den Soldaten bleibt Avidh stehen und sagt: »Ich suche meinen Jagdhund. Habt Ihr einen schwarzen Rüden gesehen? Ungefähr so hoch.« Er hält die Hand in die Mitte seines Oberschenkels. »Er will den Vogel vermutlich nicht mit mir teilen. Ich muss ihn besser erziehen.«

Einer der Soldaten lacht. Avidh schaut Leif nicht an. Er weiß, dass Leif bereit ist. Für alles, was als Nächstes geschehen wird.

Noch einmal ruft Avidh laut: »Griifooo!« Zu den Franken sagt er: »Ihr habt kein Bellen gehört?«

Die Männer schütteln den Kopf. »Na dann, muss ich wohl weitersuchen. Gott sei mit Euch«, sagt Avidh und läuft an der Gruppe vorbei, bevor sie ihn fragen, womit er seine Jagdbeute erlegt, wo er seine Waffen hat. Er muss jetzt schnell sein. Ganz ist sein Plan nicht aufgegangen. Die Soldaten sind einige Schritte weiter südlich, als er gehofft hat.

Er passiert den letzten Mann. Locker, entspannt. Der Mann hält das Seil, an dem Leif hängt. Dann zieht Avidh blitzschnell sein Messer, rammt es dem Soldaten in den Hals, Blut spritzt, in derselben Bewegung schneidet er das Seil durch, an dem Leifs Hände befestigt sind. Der Soldat bricht zusammen.

»Zwanzig Schritte rechts im Gebüsch«, zischt Avidh Leif in ihrer Sprache zu. Sie rennen los, gebückt, im Zickzack. Es ist ein riskantes Unterfangen. Sie sind ohne Ausrüstung schneller als die Soldaten, aber ihren Lanzen und Pfeilen bis zum Waffenversteck ungeschützt ausgeliefert. Leif torkelt nicht mehr. Avidh wusste, dass alles nur gespielt war. Einer der Franken brüllt etwas. Avidh hört die Männer hinter sich. Eine Lanze rauscht knapp an Leifs Schulter vorbei. Sie hasten weiter.

»Hier drüben«, ruft Avidh, bleibt stehen, schneidet Leif die Fesseln durch, taucht in die Hecke, greift nach seinem Schwert und dem Schild. Leif tut das Gleiche. Sie müssen ohne zusätzlichen Schutz kämpfen. Macht nichts. Der Pfad ist schmal hier, auf beiden Seiten wächst Gestrüpp. Die Franken können sie nicht alle gleichzeitig angreifen.

Drei Männer rennen auf sie zu. Einer ist noch bei dem Verletzten. Avidhs Schwert prallt auf den Schild des fränkischen Soldaten, der sie als Erster erreicht. Etwas zischt. Avidh bückt sich im letzten Moment, eine Lanze fliegt knapp an seinem Kopf vorüber. Einer der Soldaten hat sie von weiter hinten geworfen.

»Wo ist der Vierte?«, brüllt Leif.

»Dreh dich um«, ruft Avidh zurück. Ein Soldat hat sich ins Gebüsch geschlagen, wird versuchen, sie seitlich oder von hinten anzugreifen. Avidh hat keinen Helm, sein Gegner zielt mit dem Schwert auf Avidhs Kopf, will ihm den Schädel spalten. Auch ein zweiter drängt jetzt von hinten heran. Avidh reißt den Schild nach oben, pariert gleichzeitig links einen Hieb. Die beiden Franken haben kaum Platz nebeneinander, müssen aufpassen, sich nicht gegenseitig zu behindern. Im Augenwinkel sieht er einen dritten.

»Leif, links!«, ruft Avidh. Er spürt seinen Körper kaum mehr, das Rauschen erfüllt ihn jetzt ganz. So stark wie schon lange nicht mehr. Es flimmert in seinem Kopf. Er schlägt zu, gezielt, kontrolliert, erbarmungslos. Töten, damit sie dich nicht töten, das ist sein einziger Gedanke. Schlag, Abwehr, Schild, Schwert, ein Stoß, parieren, ducken, zustechen.

Ohne hinzuschauen spürt er, wie seine Klinge die Luft durchschneidet, einem der Franken das Bein aufschlitzt. Ein kurzer Blick, Blut quillt heraus, der Mann brüllt auf und taumelt, Avidh setzt nach und zieht die Bewegung so weit, dass er den Schild eines anderen Gegners hart trifft. Er ist wendiger als die Franken, so ohne Schutz, schneller. Sein Schwert und er sind eins, alle Sorgen sind aus ihm gewichen. Er hört nur das Dröhnen, die Kälte des Eistrolls vibriert in ihm, er schlägt, wehrt ab und tötet. Aus der Ferne dringt das Klirren von Leifs Schwert an seine Ohren.

Er hat zwei Soldaten besiegt, Leif einen dritten. Die letzten beiden ergreifen die Flucht. Leif packt seine Kampfaxt, wirft sie einem der Flüchtenden an den Kopf. Der Helm schützt den Mann, doch er stolpert, und Avidh ist sofort neben ihm und rammt ihm das Schwert oberhalb der Rüstung in den Leib. Leif bekommt den letzten Mann zu packen und tötet auch ihn. Keiner darf überleben, sie dürfen nicht riskieren, dass die Franken Alarm schlagen.

Die Toten ziehen sie ins Gebüsch. Der Schweiß läuft Avidh über das Gesicht, vermischt sich mit Blutspritzern. Alles stinkt nach Blut, nach Angst, nach Tod. An einem nahen Bach waschen sie sich die Hände, die Arme, die Waffen, und Avidh taucht seinen Kopf in das eiskalte Wasser.

Dann stehen sie erschöpft nebeneinander am sumpfigen Ufer.

»Danke, Bruder«, sagt Leif und wischt sich das Wasser aus dem Gesicht.

»Beim viergeteilten Troll«, sagt Avidh. »Was sollte diese verfluchte Scheiße?« Das Dröhnen und Rauschen in seinem Kopf ebbt nicht ab. Ein unbändiger Zorn rauscht trotz des kalten Wassers durch seinen Körper.

Leif nähert sich, will ihn umarmen, ihm auf die Schulter klopfen, so wie sie das oft nach einem gelungenen Kampf tun. Avidh stößt ihn weg, heftig gegen die Brust. Leif taumelt, schüttelt überrascht den Kopf.

»Sonst passt du doch auf, wenn du weißt, dass ich beschäftigt bin. Beruhig dich, Mann«, sagt Leif mit lauter Stimme.

Avidh sieht einen Moment der Unsicherheit in Leifs Augen aufblitzen. Avidh atmet schwer, kämpft darum, die Kälte wieder durch seine Adern strömen zu lassen. Es gelingt ihm nicht.

»Ich war abgelenkt, verdammt«, sagt Leif. »Ich hab mich auf dich verlassen.« Leif macht wieder einen Schritt auf ihn zu.

Avidh schlägt ihn gegen die Schulter. Eigentlich will er Leif nicht schlagen. »Was war das für eine Scheißnummer?«, sagt er zwischen zusammengepressten Zähnen.

»Tut mir leid, Bruder.«

»Du hast unsere ganze Mission in Gefahr gebracht.«

Leif schaut ihn mit einem gewissen Erstaunen an. Dann grinst er, ein bisschen schief. »Ach komm, du liebst so was doch.«

»Komm mir nicht damit.« Er stößt Leif wieder gegen die Brust. Er kann nicht anders. Er würde sein Leben für Leif geben, aber im Moment will er nichts mehr, als auf Leif einprügeln. Seine Hände kribbeln. Kalter Schweiß steht Avidh auf der Stirn.

»Beruhig dich«, sagt Leif und packt Avidh am Unterarm.

»Bestimmt nicht«, sagt Avidh und schlägt nach Leifs Arm. Eigentlich will er ihn ins Gesicht schlagen, doch irgendetwas hält ihn zurück. »Na los, wehr dich«, sagt Avidh und schubst Leif noch heftiger als zuvor.

Leif stolpert und rammt Avidh den Oberarm gegen die Brust. »Hör auf«, sagt er.

»Ich habe noch gar nicht angefangen.«

»Du bist so blöd.«

»Ich? Wer hat sich nicht an die Abmachungen gehalten? Unseren Auftrag gefährdet?«

»Wer hat in der Schenke unnötig Aufmerksamkeit auf sich gezogen?«

»Fang nicht damit an. Los, kämpf mit mir.«

Leif stößt laut hörbar die Luft aus. Dann schlägt er Avidh die Faust in den Magen, aber so langsam und halbherzig, dass Avidh Zeit hat, die Muskeln anzuspannen, und kaum etwas spürt.

»Du musst dir schon mehr Mühe geben«, sagt Avidh.

Plötzlich rammt Leif ihm die Schulter in den Oberkörper. Dieses Mal so heftig, dass Avidh das Gleichgewicht verliert. Er lässt sich auf die Erde fallen, Leif stürzt sich auf ihn. Will ihm ins Gesicht schlagen. Avidh taucht weg, packt Leif, sie rollen über den Boden. Leif befreit sich, Avidh erwischt ihn wieder, holt aus, doch dann zögert er, sinkt zu Boden, bleibt einen Moment liegen und schaut in den Himmel. Im Augenwinkel erkennt er, dass Leif auch liegen geblieben ist. Das Dröhnen in Avidhs Kopf ist leiser, aber noch nicht verstummt.

Avidh setzt sich auf, winkelt die Beine an, stützt die Arme auf. Er atmet schwer. Auch Leif richtet sich auf, rutscht näher. Avidh beachtet ihn nicht. Leif legt ihm von hinten den Arm über die Schulter und den Brustkorb und hält ihn fest. Sein Kinn liegt auf Avidhs Schulter. Avidh wehrt sich gegen die Berührung, stößt seine Schulter nach hinten, will Leif abschütteln. Doch der packt ihn noch stärker, verschränkt beide Hände vor Avidhs Brust.

»Ich halt dich so fest, bis du dich beruhigst und normal mit mir sprichst«, sagt Leif.

»Lass mich los, wir können uns auch noch mal prügeln.«

»Können wir. Müssen wir sogar, wenn du willst, dass ich dich loslasse.«

»Du Idiot, ich will dich nicht schlagen.« Avidh drückt noch einmal mit der Schulter nach hinten. Weniger heftig als das erste Mal.

»Dann lass es sein«, sagt Leif.

»Lass mich in Ruhe«, sagt Avidh. Einen Moment bleibt er regungslos sitzen, ohne Leif abzuschütteln. Wenn er ehrlich ist, fühlt es sich gut an, Leifs Körperwärme, seine Berührungen zu spüren. Das Rauschen lässt weiter nach. Er schiebt die Schulter noch einmal leicht gegen seinen Waffenbruder. Aber Leif lässt nicht los, und Avidh wehrt sich nicht mehr gegen die Umarmung. Er lehnt sich sogar ein bisschen gegen Leif, schließt die Augen, sein Atem beruhigt sich. So bleiben sie eine Weile sitzen. Dann lacht Leif.

»Wenn du nicht mein Bruder wärst, hättest du mir jetzt Angst gemacht.«

»Scheiße, es war wirklich eine dumme Situation«, murmelt Avidh. »Aber es war auch meine Schuld. Ich habe mich ablenken lassen. Sonst wäre das nicht passiert.«

Leif stöhnt. »Signe. Wie konnte ich das vergessen? Tut mir leid.«

»Vergiss es.«

»Vielleicht war sie nur kurz zu Besuch in Dorestad und ist längst wieder weit weg.«

»Kein Wort zu den anderen. Ich will nicht, dass Yrsa davon erfährt.«

»Gunnar sollte es schon wissen.«

»Auf keinen Fall!«

»Schon in Ordnung. Du brauchst mich deshalb nicht wieder zu schlagen.«

Avidh brummt, dann sagt er: »Reden wir nicht mehr von Signe.«

»Ich hätte es wissen sollen«, sagt Leif, »dass dich das ablenkt.«

»Trollficker«, sagt Avidh.

»Ich hab dich auch lieb«, sagt Leif.

»War eine gute Idee von dir, den Betrunkenen zu spielen.«

Leif lacht. »Sie haben mich gehasst. Und jetzt kümmern wir uns wieder um unseren Auftrag. Bevor hier noch mehr fränkische Soldaten auftauchen.«

Avidh nickt. »Wir haben schon zu viel Aufmerksamkeit auf uns gezogen. Jetzt müssen wir schnell sein, bevor sich die Nachricht von unserem kleinen Scharmützel mit den Soldaten entlang der Küste verbreitet. Und wir müssen hoffen, dass sich nicht schon herumgesprochen hat, was in dem Warftdorf geschehen ist.«

Kapitel 10

Yrsa hört Schritte. Ihre Beine spürt sie kaum mehr. Noch immer steckt sie hüfttief in dem kalten Schlick, der sie fest umschließt, in die Tiefe ziehen und nie mehr freigeben will. Die Angst hat sie wach gehalten, der Kampf gegen die Verzweiflung auch. Sie lauscht. Die Schritte kommen von dort, wo sie einen Weg vermutet. Vielleicht ist es ein friesischer Bauer, der ihr helfen könnte. Oder es sind Soldaten. Sie presst die Lippen aufeinander, bewegt ihre verkrampften Finger, mit denen sie die Axt umklammert. Was tun? Die Morgendämmerung zieht übers Land und hat die Nebelgeister verscheucht. Der Klumpen Kälte in ihrem Bauch ist geblieben. Nicht weit von der Stelle, wo sie feststeckt, verläuft ein Pfad. Sogar die Küste sieht sie jetzt. Es ist noch ein gutes Stück. Sie braucht schnell eine Idee, sonst muss sie von hier aus zuschauen, wie das Schiff ohne sie ablegt.

Die Schritte nähern sich. Soll sie rufen? Irgendwann muss sie das tun, wenn sie hier im Moor nicht elendiglich verdursten will. Und eine zweite Nacht im kalten Schlamm übersteht sie nicht. Oberhalb des Gestrüpps, das den Weg säumt, taucht eine Gestalt auf, ein glatt rasierter Schädel. Ihr Herz schlägt schneller. Ist das möglich? Ihre Zähne klappern. Sie kann kaum glauben, was ihr jetzt klar wird. Der Mann auf dem Weg. Sie kennt ihn, muss ihn auf sich aufmerksam machen, ruft seinen Namen, einmal, zweimal. Er dreht den Kopf.

»Ich bin hier!« Sie winkt mit der Kampfaxt. Angantýr, es ist Angantýr, er hat sie gesehen, winkt zurück. Nähert sich, bleibt in einiger Entfernung stehen, schüttelt den Kopf.

»Ungünstiger Zeitpunkt für ein Bad im Schlamm«, sagt er und grinst.

Sie hat im Moment keinen Sinn für seinen Humor, aber sie ist so erleichtert, ihn zu sehen. »Ich bin froh, dass du da bist«, sagt sie und bemüht sich, ihre Stimme fest klingen zu lassen.

»Ja, das höre ich öfter von Frauen«, sagt er.

»Haha. Es war dunkel, neblig, ich bin vor den Soldaten geflohen und stecken geblieben.« Die Hitze schießt ihr ins Gesicht. Plötzlich ist es ihr unangenehm, dass er sie so sieht. »Kannst du mich rausholen, ohne selbst einzusinken?«

»Ich schau, was ich machen kann«, sagt Angantýr. »Ich suche oben im Wald nach einem Ast. Bleib, wo du bist.«

»Sehr lustig«, sagt sie. Und hofft, dass er möglichst bald zurückkommt.

Nach kurzer Zeit kehrt Angantýr mit einem langen, dicken Ast zurück. Sie wirft ihm ihre Kampfaxt zu. Er fängt sie mühelos am Griff. Dann kniet sich Angantýr auf ein Stück festen Grund und schiebt den Ast bis zu ihr. Sie umklammert ihn mit beiden Händen. Der Schlamm spritzt ihr an den Oberkörper und ins Gesicht. Angantýr zieht, er muss kräftig ziehen, aber dann lösen sich ihre Beine, zuerst das rechte und dann das linke, mit einem Plopp aus dem Moor. Angantýr nimmt ihre Hände und holt sie auf festen Grund. Dort bleibt Yrsa kurz liegen. Ihre Beine sind so kalt, dass sie sich kaum regen kann. Eine dicke Schicht Schlamm überzieht ihren Körper. Sie schließt einen Moment die Augen, kämpft gegen das Zittern in ihrer Brust. Erst jetzt wird ihr richtig bewusst, in welch tödlicher Gefahr sie geschwebt ist. Angantýr sitzt neben ihr und rümpft die Nase.

»Du hast schon besser gerochen«, sagt er.

»Ich danke dir«, sagt sie, »ohne dich wäre ich aufgeschmissen gewesen. Aber warum hast du mich letzte Nacht einfach zurückgelassen?«

»Habe ich nicht. Du warst plötzlich verschwunden. Ich habe dich in dem Nebel nicht mehr gefunden. Und Gunnar meinte, sie findet den Weg allein zurück, wenn sie eine Kriegerin ist.«

Der Troll soll ihn holen, denkt Yrsa. »Hat Gunnar gemerkt, dass ich noch nicht zurück bin? Hat er dich geschickt?« Ihre Beine kribbeln, langsam kehrt das Gefühl zurück.

»Nein. Er hat mir verboten, nach dir zu suchen. Aber es hat mir keine Ruhe gelassen, ich wollte dich nicht hier zurücklassen. Und vielleicht hast du schon bemerkt, dass ich gern das Gegenteil von dem tue, was Gunnar vorschreibt.«

Yrsa schaut ihn an und lächelt. »Das vergesse ich dir nicht«, sagt sie. »Und die anderen?« Sie fürchtet sich vor dem Spott.

»Die schlafen. Aber so kannst du nicht zurück. Dort vorne ist ein Bach. Du brauchst ein Bad, und deine Kleider musst du auch waschen.«

Sie nickt und bemüht sich, das Zittern in ihrem Körper zu unterdrücken. Den stinkenden Schlamm loszuwerden, ist eine angenehme Vorstellung, ihren durchgefrorenen Körper ins kalte Wasser zu tauchen weniger. Als ihre Beine sie wieder tragen, folgt sie Angantýr zu dem Bach.

»Zieh dich aus«, sagt er. »Wir haben nicht den ganzen Morgen Zeit.«

»Dreh dich um.«

»Warum?«

Sie macht einen Schritt auf ihn zu. »Du bekommt eine Ladung Schlamm von mir ab, wenn du dich nicht umdrehst.«

Angantýr lacht und dreht sich um.

Yrsa zieht die schlammigen Kleider aus, öffnet den verkrusteten Zopf. Fährt sich mit den Händen über die verdreckten Beine und macht ein paar Schritte ins Wasser. Der Bach ist kalt. Aber es hilft nichts, sie muss sich waschen. In der Mitte des Bachbetts hockt sie sich hin und schöpft das Wasser auf ihren zitternden Körper, schrubbt den Moorschlamm ab. Als sie aufschaut, sitzt Angantýr am Ufer. Er folgt ihren Bewegungen mit den Augen. Sie beschließt, ihn nicht zu beachten, dreht ihm den Rücken zu.

»Schön bist du«, ruft er vom Ufer.

»Du bist ein Idiot«, ruft sie zurück, unterdrückt ein Grinsen. Irgendwie weiß sie, dass Angantýr ihr nichts antun wird. Und dass er die Situation locker nimmt, macht es für sie einfacher.

Angantýr ruft: »Dort hinten am Rücken ist noch Schlamm. Soll ich dir helfen?«

Sie gibt keine Antwort, wäscht ihre Kleider, ihre Haare, die Waffen und ist schließlich heftig zitternd, aber sauber zurück am Ufer.

»Ich mach dir ein Angebot«, sagt Angantýr.

»Was kommt jetzt?«

»Du kannst mein Hemd anziehen. Dann musst du wenigstens nur mit nassen Hosen zurücklaufen.«

Eigentlich hat sie im Moment keine Lust, ein Hemd anzuziehen, das nach Angantýr riecht, aber sie muss sich dringend aufwärmen und nimmt sein Angebot dankend an. Angantýrs Oberkörper ist ähnlich muskulös wie der von Avidh. Sie schaut auf den Boden, und sie machen sich auf den Weg zurück. Ihr nasses Hemd hält sie in den Wind, der inzwischen ein bisschen weht. Sie ist unglaublich müde, hungrig und so erleichtert, dass sie schon bald zurück bei den anderen ist und den Moorgeistern noch einmal entkommen konnte.

Als sie sich dem Schiff nähern, kommt Sven ihnen entgegen und wirft Yrsa einen seltsamen Blick zu. Sofort wird ihr klar, was er vermutet. Angantýr halb nackt und sie in seinem Hemd. Daran hat sie nicht gedacht. Sven wird einen Weg finden, das gegen sie zu benutzen. Aber darüber wird sie sich später den Kopf zerbrechen. Jetzt will sie sich nur hinlegen und die Augen schließen, viel Zeit bis zum Ablegen des Schiffs bleibt nicht.

Ein Stück weiter vorne wartet Gunnar. Die meisten Männer schlafen noch. Zwei halten Wache beim Schiff.

»Ich habe gesagt, wir bleiben nahe beieinander.« Gunnars Stimme klingt zornig.

»Der Nebel war plötzlich so dicht.«

»Genau deshalb habe ich gesagt: zusammenbleiben. Wenn du nicht lernst, auf das zu hören, was ich sage, wird das nichts. Es kann für dich oder für einen von uns tödlich enden.«

Yrsa schaut auf den Boden, weiß nicht, was sie antworten soll.

»Leg dich jetzt noch ein paar Stunden hin. Du ruderst nachher doppelte Schichten.«

»Ich habe etwas beobachtet im Nebel«, sagt sie.

»Was?« Gunnars Ton ist noch immer unfreundlich.

»Zwei Männer, sie haben unsere Sprache gesprochen. Der eine schien Kundschafter, der andere gehört zu Valì.«

»Hast du gehört, was gesagt wurde?«

»Valìs Schiffe sind drei Tage hinter uns. Sie wollen auch nach Dorestad. Und der Mann wollte etwas über den Procurator wissen.«

Gunnar schlägt sich mit der Faust in die flache Hand. »Wusste ich es doch, der Hund! Wir müssen ihm zuvorkommen.« Er schaut sie an. »Gut gemacht. Das sind wichtige Informationen.«

Sie nickt und dreht sich um. Der Wind frischt auf. Vielleicht erledigt sich wenigstens das mit dem Rudern.

Auf der Suche nach einem Schlafplatz kommt sie an Ulf vorbei. Er unterhält sich mit Sven. Sie geht schnell weiter, hört aber, wie Ulf sagt: »Diese Kämpferinnen bringen kein Glück. Das war mit Signe so. Und es wird mit Yrsa wieder so sein.«

»Signe habe ich nicht erlebt«, sagt Sven. »Zum Glück.«

Ein Stück weiter vorne kommt Idun ihr entgegen. Sie hält einen Büschel Pflanzen im Arm und lächelt Yrsa an.

»Hast du dir mit Angantýr ein paar schöne Stunden gemacht?«, fragt Idun. »Kann ich gut verstehen. Ich genieße es auch, das Bett mit ihm zu teilen.«

Yrsa schüttelt heftig den Kopf. Sie muss unbedingt Angantýrs Hemd ausziehen, auch wenn ihr eigenes noch nass ist. Ihr Ersatzhemd liegt in der Kiste auf dem Schiff. Einen Moment überlegt sie, ob sie Idun erzählen soll, was geschehen ist. Obwohl ihr kalt ist, steigt ihr die Hitze ins Gesicht. Wie dumm es war, im Nebel verloren zu gehen!

»Du musst nicht rot werden«, sagt Idun. »Angantýr ist ein attraktiver Mann.«

»Nein, nein«, sagt Yrsa. Wie soll sie es Avidh erklären, wenn auch Idun behauptet, sie sei mit Angantýr in der Nacht verschwunden? Sie berichtet Idun von den Moorgeistern.

»Ach, er hat dir geholfen?«, sagt die Seherin und nickt anerkennend. »Ja, manchmal tut Angantýr solche Dinge.«

»Ich glaube, er hat es genossen, sich Gunnar zu widersetzen«, sagt Yrsa. »Warum mögen sich die beiden nicht?« Sie ist froh, das Gespräch weg von ihrem eigenen Missgeschick zu lenken.

Idun lacht ihr tiefes höhnisches Lachen. »Angantýr sollte sich zurücknehmen. Ich habe ihm das gesagt, aber er will nicht hören. Er bräuchte nur ein bisschen Geduld. Er ist sieben Winter jünger als Gunnar. Seine Zeit wird kommen. Aber er scheint nicht daran zu glauben, meint, Gunnar würde ihn übergehen.«

»Kennst du die beiden schon länger?«

»Ja. Ich habe Gunnar geraten, Angantýr diesen Sommer nicht mitzunehmen, aber Gunnar fühlt sich irgendwie verpflichtet.« Ein sorgenvoller Ausdruck huscht über Iduns Gesicht.

»Warum?«

»Sein Vater wollte, dass aus Angantýr ein großer Krieger wird. Meine Mutter war auch Seherin. Ich bin mit ihr als Kind übers Land gezogen. Manchmal haben wir Zeit auf dem Hof von Gunnars Vater verbracht. Angantýr war schon immer vorlaut und weniger besonnen als sein Bruder. Aber eine Zeit lang war es besonders schlimm. Er war hinterhältig, hat gelogen und gestohlen, nichts war sicher vor ihm. Ich habe ihn damals gehasst, oder nein, gefürchtet. Es war die Zeit kurz nachdem seine Mutter uns verlassen musste.«

»Ist sie gestorben?«

»Nein. Angantýr und Gunnar haben denselben Vater, aber nicht die gleiche Mutter. Gunnars Mutter war die Hauptfrau ihres Vaters und Gunnar ihr Erstgeborener. Seine Stellung war immer unbestritten. Angantýrs Mutter hingegen war Magd auf dem Hof, eine Sklavin irgendwo aus dem Osten. Gunnars Vater hatte eine Schwäche für sie, aber Gunnars Mutter hasste sie. Hat immer versucht, Angantýrs Mutter bei ihrem Mann schlechtzumachen. Als Angantýr fünf Jahre alt war, beschloss sein Vater, Angantýrs Mutter auf dem Sklavenmarkt weiterzuverkaufen. Ob er genug von den Streitereien hatte oder ob er genug von Angantýrs Mutter hatte, weiß ich nicht. Jedenfalls durfte sie Angantýr nicht mitnehmen, obwohl die beiden sehr aneinander hingen. Sein Vater war überzeugt, dass aus Angantýr ein begabter Krieger werde, und er wollte ihn auf dem Hof behalten. Angantýr musste an jenem Tag mit auf den Sklavenmarkt und zuschauen, wie ein Fremder seine Mutter kaufte. Sie hat geschrien, er hat getobt, zwei Männer mussten ihn festhalten. Er ist mehrmals abgehauen, aber nie weit gekommen, seine Mutter hat er nie wiedergesehen. Drei Winter später kam die Nachricht, dass ihr neuer Besitzer sie getötet habe. Angantýr verschwand einige Tage im Wald. Als er zurückkehrte, war er blutverschmiert, und sein Vater fragte: ›Hast du einen Wolf getötet? Dann könnte ich mal stolz auf dich sein.‹ Aber das sind alte Geschichten.«

»Das muss schlimm gewesen sein für Angantýr«, sagt Yrsa.

»Es ging ihm gut auf dem Hof seines Vaters, er hatte viel zu essen und bekam eine hervorragende Kampfausbildung. Und jetzt muss ich noch ein paar Dinge sammeln, bevor wir ablegen.«

»Hast du heute Nacht auf der Geest Kräuter gesucht?«

»Ich? Nein. Wie kommst du darauf?«

»Ich habe dich wahrscheinlich mit jemandem verwechselt«, sagt Yrsa. Aber sie könnte schwören, dass es Idun war dort oben im Nebel.

Kapitel 11

Das Feuer glimmt schwach in der Dunkelheit. Avidh stochert mit einem Stück Holz in der Glut. Der Wind streicht leise durch die Hecken, hinter denen sie ihr Nachtlager eingerichtet haben. Leif hat sich neben dem Feuer zusammengerollt, das Gesicht entspannt, die Locken hängen ihm über die Augen. Avidh kann nicht schlafen. Obwohl sie ein gutes Versteck haben und er nicht unbedingt wachen müsste. Seine Hände kribbeln, es gelingt ihm nicht, seinen Atem zu beruhigen. Das Herz hämmert in seiner Brust. Er wollte noch zu den Wassergeistern tauchen. Das hätte ihm geholfen. Aber es gab keine Möglichkeit, ohne aufzufallen.

Sie haben heute wieder einen Turm an der Küste ausgeschaltet. Ihr Auftrag war bisher schwieriger als vermutet. Die Nachricht von ihrem Scharmützel mit den Soldaten nahe dem Warftdorf hat sich wohl doch verbreitet. Sie haben sich dem Turm in der Dunkelheit genähert, bei Tageslicht war es nicht möglich. Trotzdem wären sie beinahe gescheitert. Nicht zwei, sondern drei Soldaten hielten sich in dem hölzernen Bauwerk auf. Der eine versteckte sich, während sie gegen die anderen beiden kämpften. Erst im letzten Moment entdeckten sie den Dritten, er hätte beinahe ein Signalfeuer entzündet, hielt die Fackel schon in der Hand. Avidh schaffte es gerade noch, sich auf ihn zu stürzen, mit einem Sprung aus ziemlich großer Höhe. Doch nicht das macht ihm zu schaffen. Viel schwieriger ist das, was er nach dem Kampf spürt. Wenn das Rauschen in ihm abflauen sollte und es nicht tut.

Seine Schultermuskeln sind so gespannt wie Bogensehnen. Er greift sich an die linke Schulter, gräbt die Finger in die harten Stränge, drückt, knetet, doch es bringt nicht viel. Er starrt wieder in die Glut. Es ist schon eine Weile her, dass er sich so elend gefühlt hat. Er versteht nicht, was geschieht, nimmt sein Schwert, hält den Knauf fest in der Hand. Alles droht ihm zu entgleiten. Die Dämonen zeigen ihre hässlichen Fratzen. Und es kostet viel Kraft, sie zurück in die Tiefe zu stoßen. Wie konnte er so nachlässig sein und Leif auf der Warft aus den Augen verlieren? Die Enge in seiner Brust verstärkt sich, wenn er daran zurückdenkt. Leif würde ihn auslachen, ich kann selbst auf mich aufpassen, wäre seine Antwort. Und natürlich hat er recht. Doch das ändert nichts.

Avidh fragt sich, ob ein Fluch über ihm schwebt. Warum sonst verliert er fast alle Menschen, die er liebt? Oder sie verlassen, verraten ihn. Die Nachricht von Signes Anwesenheit lässt ihm keine Ruhe. Und Yrsa … Er flüstert ihren Namen in die dunkle Nacht. Wenn er an Yrsa denkt, spürt er einen dumpfen Schmerz im Bauch. Er liebt sie. Und es hatte sich so angefühlt, als könnte er ihr vertrauen. War das ein schrecklicher Fehler? Avidh schüttelt den Kopf, er sollte sich ablenken, schlafen wird er sowieso nicht. Er zieht das Schwert aus der Scheide, den Wetzstein aus dem Beutel, fängt an, die Klinge zu schärfen.

»Was ist das für ein Lärm?«, sagt Leif schlaftrunken. Er öffnet ein Auge, wischt sich die Haare aus dem Gesicht. Er blinzelt. »Du schärfst dein Schwert? Jetzt? Ernsthaft?«

»Wollte dich nicht wecken.« Avidh steckt den Wetzstein zurück in seinen Beutel, fährt mit dem Finger sanft über die Mitte seines Schwerts. »Tut mir leid.«

»Kannst du mal schlafen?«, sagt Leif. Seine Stimme klingt heiser.

»Ja, gleich«, sagt Avidh.

Leif schließt die Augen. Nach kurzer Zeit geht sein Atem wieder regelmäßig. Avidh steht auf, läuft auf und ab, rund um das Feuer, bleibt stehen, späht in die düstere Nacht. Irgendwo in der Ferne heult ein Wolf. Er kann sich nicht hinlegen. Seine Lider sind schwer, aber wenn er die Augen schließt, steigen Bilder auf, die er tief in sich vergraben hat. Er fürchtet vor allem die Gefühle, die mit den Bildern verbunden sind, die Hilflosigkeit, die Verzweiflung. Sie haben keinen Platz in seinem Leben. Er ist ein Kämpfer, er ist stark, sein Schwert beschützt ihn, nichts kann ihm etwas anhaben. Aber die Dämonen schert das nicht. Er war ein Kind, als sie sich in ihm festsetzten. Und wenn er den Kampf gegen sie verliert, überschwemmen sie ihn mit diesen lähmenden Gefühlen, die er fast nicht aushält.

Dann sieht er sich, wie er als Kind in einer düsteren Ecke zwischen den Häusern in Haithabu auf den Morgen wartet, die Arme um die Beine geschlungen, den Kopf auf dem Kinn, damit sein Kiefer nicht zittert. Und er fühlt sich genauso wie an jenem Tag vor langer Zeit, kurz nachdem sein Vater in der Ferne gestorben war. Eigentlich war es ein Tag wie viele andere. Er hatte sich mit einem Jungen angefreundet, Torsten war sein Name. Als Avidh ihn am Hafen traf, fiel ihm als Erstes sein freches Grinsen auf. Torsten hatte eine Steinschleuder und traf damit eine Maus zwischen den Ohren. Zumindest erzählte er das allen. Jeden Tag hatte Torsten neue Ideen, die Avidh zum Lachen brachten. Das Leben schien zum ersten Mal seit der Abreise seines Vater wieder leichter, und zu zweit war es auch einfacher, Essen zu stehlen. Torsten lenkte die Marktfrauen ab, und Avidh langte blitzschnell zu. Aber sie wussten beide, dass die Nacht den finsteren Gestalten gehörte, und verkrochen sich, sobald es dunkel wurde, in eine Nische, zusammen, ganz nah, und Avidh fror nicht mehr.

Doch an jenem Abend vergaß Torsten seine Steinschleuder am Hafen. Avidh beschwor ihn, im Versteck zu bleiben, aber Torsten fürchtete, die Schleuder wäre am Morgen verschwunden. Also wagten sie es zusammen, sie hatten es fast zurückgeschafft, als zwei Sklavenhändler sie entdeckten und durch die Gassen jagten. Avidh war damals schon schnell und zwängte sich zwischen zwei Brettern in ein Versteck. Torsten hatte weniger Glück, die Männer erwischten ihn. Avidh hörte ihn schreien, ein verzweifeltes, dann ein ersticktes Kreischen. Es fuhr ihm durch den ganzen Körper. Er hätte hinauskriechen sollen, seinem Freund beistehen. Aber er tat es nicht. Er war damals klein und dünn, hätte gegen die Männer nichts ausrichten können. Stattdessen presste er die Hände auf die Ohren, versuchte seinen Atem zu beruhigen. Sein Herz klopfte so stark, dass es ihm vorkam, als dröhne das Pochen durch die Gassen. Er hatte schlimme Geschichten gehört, was geschah, wenn die Sklavenhändler dich erwischten, und fühlte sich schrecklich schuldig, dass er Torsten nicht half.

Von da an freundete er sich mit keinem der anderen Kinder mehr an. Auch wenn er sich einsamer fühlte als je zuvor. Aber die Einsamkeit war ihm vertraut und einfacher auszuhalten. Er lauschte nachts den Elfen, und manchmal kam es ihm vor, als erzählten sie ihm etwas von seiner verschollenen Mutter. Im Traum hört er Torsten noch heute manchmal schreien.

Warum müssen ihn diese alten Dämonen ausgerechnet jetzt bedrängen? In den letzten Monden sind die Bilder nicht aufgetaucht. Avidh geht wieder auf und ab neben dem Feuer, massiert sich den Nacken, die Schläfen.

Leif brummt: »Oh Mann, kannst du dich mal hinlegen? Wir müssen früh raus. Morgen wird es anspruchsvoll.«

»Ich weiß. Ja, gleich. Schlaf nur weiter.«

Leif stützt den Kopf auf den Arm. »Wie soll ich schlafen, wenn du hier einen Marsch um die Feuerstelle veranstaltest?«

»Tut mir leid, Mann.«

Leif seufzt und nimmt einen Schluck aus seinem Wasserbeutel. »Weißt du, wer auch von unserer Arbeit profitiert?«

Avidh setzt sich ans Feuer. »Valì.«

»Ja. Wir müssen ihm zuvorkommen.«

»Werden wir. Seine Schiffe lagen am Hafen, als wir los sind. Bei einem fehlte noch das Segel.«

»Ich habe Valì kurz vor unserer Abreise in der Methalle in Haithabu getroffen«, sagt Leif. »Auf einem Knie hatte er eine junge Frau, auf dem anderen einen jungen Mann.«

Avidh lacht. »Valì, wie er leibt und lebt. Hat er wieder versucht, dich zu überzeugen?«

»Ja klar, wir hätten es viel besser bei ihm, hat er beteuert. Er scheint wirklich scharf darauf zu sein, uns beide in seiner Gruppe zu haben.«

»Valì ist ein ehrenvoller Kämpfer. Ich würde mir das überlegen, wenn Gunnar irgendwann aufhört. Was denkst du?«

»Warum nicht?« Leif gähnt lange. »Wer weiß, wie lange Gunnar das noch macht.«

»Ja, er hat sich verändert, irgendwie. Ich weiß nicht so recht, was es ist.«

»Er steht unter Druck«, sagt Leif. »Wegen allem, was passiert ist. Und er versucht jetzt die Gruppe mit Befehlen und Herumkommandieren zusammenzuhalten. Ist dir das auch aufgefallen?«

»Ja. Ich finde nicht, dass das zu unserer Gemeinschaft passt. Er hat das nicht nötig. Was letzten Sommer geschehen ist, war nicht seine Schuld.«

»Genau. Deine übrigens auch nicht. Hab ich das schon mal erwähnt?«, sagt Leif.

»Haha«, sagt Avidh und holt tief Luft. »Ich frage mich auch, warum er so jemanden wie Sven noch mitreisen lässt.«

»Ja, Sven war mal ein guter Kämpfer. Aber das ist vorbei.«

»Und er hasst Frauen. Yrsa hat darunter zu leiden.«

»Sven ist ein menschenverachtender Schweineficker. Ich war bisher immer zufrieden mit Gunnar«, sagt Leif. »Es lastet viel auf seinen Schultern. Ich würde das nicht machen wollen.«

»Ich auch nicht«, sagt Avidh. »Auch wenn Angantýr das behauptet. Und Angantýr macht für Gunnar alles nur schwieriger. Nie kann er sein Maul halten.«

»Stimmt.« Leif legt den Kopf wieder auf den Arm. »Ich muss schlafen.«

»Tu das«, sagt Avidh. Er stochert in der Glut. Der Schmerz in seinem Bauch nimmt wieder zu, aber er bemüht sich, still zu sitzen.

Nach einer Weile öffnet Leif ein Auge und sagt: »Mir ziehts von hinten an den Rücken.«

»Deck dich besser zu.«

»Habe ich schon versucht. Kannst du dich mal hinter mich legen? Dann ist es wärmer.«

»Nein.«

»Willst du, dass ich wieder wie ein alter Mann rumliege, weil ein Troll in mir wütet?«

»Nein, will ich nicht.«

»Na also. Komm schon, Rücken an Rücken, das wärmt. So wie früher.«

»Gut, wenn es sein muss«, brummt Avidh. Er legt sich hinter Leif. Leif rückt so nahe, dass ihre Rücken sich berühren. Nach kurzer Zeit ist Leif wieder eingeschlafen. Avidh spürt jeden seiner tiefen Atemzüge. Er starrt in die Dunkelheit, aber dann fallen auch ihm die Augen zu.

Kapitel 12

Sie sollten längst zurück sein. Yrsa steht am Ufer, kneift die Augen zusammen und schaut über das Wasser des Binnensees Almere. Die Sicht ist gut, die Sonne scheint ihr auf den Rücken, und der Wind weht ihr die Haarsträhnen aus dem Gesicht, treibt die Wellen gegen das südliche Ufer des weitflächigen Sees. Yrsa bückt sich, hält die Finger kurz ins Wasser, als könnte ihr das verraten, warum Avidh und Leif noch nicht aufgetaucht sind. Sie hat sich durch das Schilf und die Binsen gekämpft, um direkt am Wasser zu stehen und auf den Weg zurückzuschauen, den sie heute mit den großen Schiffen genommen haben.

Eigentlich hätten Avidh und Leif vor ihnen hier eintreffen sollen. Seit mehreren Nächten sind die beiden nun schon allein unterwegs. Und niemand weiß, wo sie stecken. Yrsa hat ein ungutes Gefühl im Magen. Als sie sich mit den großen Schiffen heute Mittag dem südlichen Ufer des Almere näherten, stand Yrsa am Bug, streckte sich auf die Zehenspitzen, konnte es nicht erwarten, Avidhs Silhouette irgendwo am Ufer zu entdecken. Doch Avidh war nicht da und ist es noch immer nicht. Als sie anlegten, glaubte Yrsa kurz auch auf Gunnars Stirn Sorgenfalten zu erkennen. Beruhigt hat sie das nicht.

Vor einigen Tagen begann der Wind endlich zu wehen, und sie sind mit den großen Schiffen gut vorangekommen, sind entlang der friesischen Küste immer in Richtung Westen gesegelt. Heute Morgen haben sie schließlich wie geplant die Stelle erreicht, wo ihnen die schwierige Passage ins Almere bevorstand.

Seit Gunnar erfahren hat, dass Valì ihnen auf den Fersen ist, hat er die Gruppe angetrieben. Jeden Morgen sind sie aufgebrochen, wenn sich das erste Licht am östlichen Horizont zeigte. Dass sie unbehelligt so weit vorgestoßen sind, haben sie Avidh und Leif zu verdanken. Sie haben dafür gesorgt, dass entlang der Küste kein Signalfeuer brannte. Die Einfahrt in den Binnensee, erzählte Avidh ihr schon in Haithabu, ist ein gefährlicher Moment. Die Passage ist nicht breit, und die Franken haben dort zusätzliche Beobachtungsposten aufgestellt. Die Bogenschützen schießen mit brennenden Pfeilen, um Segel und Planken in Brand zu setzen. Manchmal durchbohre ein Pfeil den Kapitän scheinbar aus dem Nichts.

Doch niemand hielt sie bei der Einfahrt ins Almere auf, niemand schlug Alarm, als sie nach Süden abdrehten. Sie segelten einen weiten Bogen und folgten dann ungehindert dem westlichen Ufer. Aber wo sind Avidh und Leif jetzt? Yrsa will sich nicht ausmalen, was unterwegs alles passiert sein könnte. Sie hat Fridas mahnende Worte nicht vergessen: »böse Geister aus fernen Tagen« … Nicht zum ersten Mal fragt Yrsa sich, ob vielleicht ein Fluch auf ihrer Reise oder auf Avidh lastet. Vielleicht war Frida deshalb so in Sorge. Noch nie hat sie die Seherin so besorgt erlebt wie an jenem Morgen ihres Aufbruchs.

Warum hat Gunnar die beiden auch zu zweit losgeschickt? »Weniger Risiko aufzufallen, aber gefährlicher«, hat Angantýr gesagt. Sie weiß nicht, wie viele Beobachtungsposten es entlang der Küste gibt, und sie mussten vermutlich nicht alle ausschalten. Trotzdem hat es wohl unzählige Momente gegeben, in denen etwas hätte schieflaufen können. Was, wenn die Franken in einem der Türme nicht nur ein oder zwei Mann, sondern sehr viele Soldaten stationiert hatten?

Yrsa will Gunnar nicht fragen, was er tut, wenn die zwei nicht auftauchen. Vielleicht irgendwo tot im Sumpf liegen. Würde er warten, sie suchen? Oder alles ohne Avidh und Leif durchziehen? Und dann wieder nach Hause reisen, selbst wenn jede Nachricht von ihnen fehlt? Es schnürt Yrsa den Hals zu, wenn sie sich das ausmalt. Avidh wäre in dem falschen Glauben gestorben, dass sie ihn nicht mehr liebt.

Nein, er wird zurückkommen. Und sie muss sich ablenken. Vorhin hat sie geholfen, Kisten und Fässer vom Schiff zu laden, und jetzt will sie die anderen beim Aufbau des Lagers unterstützen. Yrsa schiebt die Schilfrohre auseinander, hält den Arm schützend vors Gesicht. Hier am Südufer wächst das Schilf in einem dichten Gürtel und versperrt den direkten Zugang zum Wasser. Der Boden schmatzt, als sie über die feuchte Wiese stapft, ein kleiner Frosch hüpft erschrocken zur Seite. Das Lager ist etwas weiter südlich. Gunnar hat einen guten Standort ausgesucht: versteckt, aber einfach zugänglich, keine Siedlung in der Nähe. Wieder einmal staunt Yrsa, wie sorgfältig er alles geplant hat. Nichts überlässt er dem Zufall, auch diesen Ort haben zwei Kundschafter für sie gefunden.

Die Wiese, auf der sie ihr Lager einrichten, liegt etwas höher als die matschigen Gebiete direkt am Ufer. Yrsa folgt einem Pfad, der unter ihren Füßen federt. Dann springt sie über den Bach, der in der Nähe des Lagers fließt, und durchquert einen kleinen Hain. Die Bäume, die zuerst locker und dann dichter stehen, bieten guten Schutz. Eigentlich ist es aufregend, hier zu sein. Dies ist ihr letztes Lager vor Dorestad. Sie werden in diesem Lager einige Zeit verbringen, alles noch einmal auskundschaften und dann schließlich an jenem schicksalhaften Tag von hier aus aufbrechen. Die großen Schiffe ankern, um nicht aufzufallen, in einer gewissen Entfernung. Dort, wo es zu sumpfig ist, um Zelte aufzuschlagen, im Ufergebiet des Flusses Vecht. Eine Gruppe Männer und Gunhild bewachen die Schiffe.

Kurz bevor Yrsa das Lager erreicht, hört sie Klopfen aus dem Wald im Osten. Sie brauchen viel Holz, nicht nur für die Lagerfeuer, sondern auch für die Zelte. Die Planen haben sie mitgebracht, zusammengerollt liegen sie auf der Wiese. Um Gewicht auf dem Schiff zu sparen, schlagen sie die Stangen hier vor Ort. Yrsa packt sich eine Axt und macht sich auf in Richtung der Bäume.

Einige Zeit später schleppt sie ein dickes Bündel mit langen Zweigen in die Mitte des Lagers. Dort ist eine Gruppe bereits damit beschäftigt, Rahmen für die Zelte zu bauen. Doch in welchem Zelt soll sie schlafen? Avidh und Leif sind nicht hier, und Gunnar sähe es sowieso nicht gern, wenn sie das Zelt mit Avidh teilen würde. Yrsa beschließt Idun zu fragen. Vier bis fünf Leute haben in einem Zelt Platz, und wenn Idun dabei ist, wird keiner etwas Dummes versuchen.

Yrsa findet die Seherin in der Nähe des Bachs, wo sie Kräuter sammelt. Doch Idun schüttelt den Kopf, sie werde bei Gunnar im Zelt schlafen, sagt sie und sammelt weiter. Gunnar hat ein größeres Zelt, ausgelegt mit weichen Pelzen, und als Einziger zwei Stühle mit Lehnen, die vor dem Eingang stehen.

Vielleicht kann ich ein kleines Zelt für mich allein bauen, denkt Yrsa. Auch wenn sie Teil der Gemeinschaft sein möchte, fühlt es sich falsch an, den engen Raum mit Männern zu teilen, die sie kaum kennt. Neben Gunnars Zelt liegen die Planen auf einem Haufen, der langsam schrumpft, während es ringsherum hämmert. Sie wartet, ob eine Plane übrig bleibt. Als sie gerade zwei Hölzer miteinander verbindet, schnappt sich einer der Männer die letzte Plane. Falls sie ein eigenes Zelt möchte, muss sie

Schilf, Moos, Lehm und Zweige suchen, um die Hölzer abzudecken. Das wird die Nässe nicht so gut abhalten wie die Planen aus Hanf- und Flachsfasern, die mit Wachs beschichtet sind. Am Himmel hängen dicke Regenwolken. Was tun?

Yrsa lässt den Blick über die Zeltstadt schweifen, die langsam entsteht. Ein Teil der Zelte steht zwischen den Bäumen, einige andere weiter vorne in der Nähe des Bachs. Sie könnte ein Schlaflager irgendwo am Fuß eines Baums einrichten, so wie sie das in ihrer Anfangszeit in Haithabu getan hat.

Auf der Suche nach einer geeigneten Stelle geht sie in Richtung des Waldes und kommt an einem Zelt vorüber, das bereits fertig gebaut ist. Plötzlich schießt ein Arm aus dem Zelteingang, jemand packt ihren Knöchel und bringt sie beinahe zu Fall. Sie tritt nach dem Arm, eine zweite Hand legt sich um ihren anderen Knöchel. Yrsa stürzt, zieht im Fallen die Axt aus dem Gürtel. Ihr ist sofort klar, mit wem sie es zu tun hat.

»Ihr lasst mich los, oder ich hacke euch die Hände ab«, sagt sie mit ruhiger Stimme. Der Griff um ihre Knöchel lockert sich nicht. Sie holt aus, erst im letzten Moment lassen die Männer los.

»Der Troll soll euch fressen«, sagt Yrsa, rappelt sich auf und will weiterlaufen. Sie lässt sich nicht mehr provozieren. Schneller, als sie ihm zugetraut hätte, kriecht Sven aus dem Zelt, gefolgt von Ulf. Yrsa schaut sich um. Niemand beachtet sie. Sie müsste laut schreien. Doch das wird sie nur im äußersten Notfall tun. Gunnar soll nicht glauben, dass sie nicht allein zurechtkommt. Sven packt sie am Arm, sie hebt die Axt. »Fass mich nicht an, oder du wirst es bereuen«, sagt sie noch immer ruhig.

Sven lacht höhnisch. »Dumme Schlampe, du meinst, wir fürchten uns vor deiner Axt? In welchem Zelt schläfst du heute Nacht?«

»Das geht dich nichts an.«

»Ich sage dir, wo du schläfst«, sagt Sven und fährt sich mit der Zunge über seine gefeilten Zähne. »Wir sind hier zu viert, und der fünfte Platz ist für dich. Du darfst zwischen Ulf und mir schlafen. Dann kannst du uns abwechselnd spüren.«

Yrsa lacht. »Bestimmt nicht.«

Sven baut sich vor ihr auf. »Du hast Ulf beleidigt. Du schuldest ihm etwas.«

Das stimmt, denkt Yrsa, sie hat ihn tatsächlich beleidigt, aber er hatte sie provoziert. »Ich schulde euch nichts. Ihr habt mich auch beleidigt.« Die Hitze steigt ihr jetzt noch ins Gesicht, wenn sie daran denkt, wie sie mit Svens Gruppe Met getrunken hat.

»Warum hasst du mich?«, sagt sie und fixiert Svens Blick.

Er zögert einen Moment. »Du hast auf unserer Reise nichts verloren. Du wirst uns nur aufhalten, und vor allem hast du meinen Freund Njáll betrogen.«

»Du weiß nicht, was wirklich geschehen ist.«

Sven macht noch einen Schritt auf sie zu. Sein Schweißgeruch steigt ihr in die Nase. »Es ist mir egal, was mit Njáll geschehen ist. Aber du schläfst heute Nacht bei uns im Zelt.«

Ein anderer von Svens Kumpeln nähert sich von hinten. Yrsa überlegt, in welche Richtung sie am besten davonrennt, weicht einen Schritt zurück, stößt dabei gegen den dritten Mann. Er packt sie an der Schulter. »Du lässt mich sofort los«, zischt sie. »Ich brauche nur um Hilfe zu rufen.«

»Tu das«, sagt Sven. »Dann schauen wir mal. Noch etwas: Wenn du ab jetzt nicht machst, was wir sagen, geschieht vielleicht während des Überfalls etwas. Im Getümmel fällt es nicht so auf, wer von welchem Schwert getroffen wird. Und ich habe Njáll versprochen, dass du für dein Verhalten zahlst. Wenn ich es schaffe, dass du aus der Gruppe fliegst, wird er mich großzügig belohnen. Und merk dir, im Gegensatz zu dir halte ich meine Versprechen.«

Yrsa schlägt mit der Hand nach hinten. Gleichzeitig packt Sven sie am Arm, versucht sie in Richtung des Zelts zu zerren. Sie will um sich schlagen, der Zorn treibt sie an, als sie im Augenwinkel erkennt, dass Angantýr sich nähert.

»Was ist hier los?«, ruft Angantýr.

»Nichts«, antwortet Sven und lässt Yrsa los. Dabei zischt er ihr zu: »Und du hältst den Mund. Avidh wird sich freuen, wenn er hört, was du mit Angantýr treibst.«

Kapitel 13

Njáll. Verfluchter Njáll! Yrsa sitzt auf einem Stück Holz mitten im Lager, die Feuerstellen sind nicht weit. Hier ist sie sicher vor Sven. Einen Moment muss sie sich sammeln. Njáll ist weit weg, nie mehr will sie ihn sehen, sie war so erleichtert, ihn los zu sein. Und jetzt versucht er über Sven, wieder Einfluss auf ihr Leben zu nehmen. Es wird ihr übel bei dem Gedanken, dass Njáll Sven Silber gezahlt hat. Denn Silber hat Njáll der Schmied genug. Warum hat sie daran nicht gedacht? Sie wusste, dass Sven ein alter Freund von Njáll ist.

Sie bereut sehr, dass sie sich jemals auf Njáll eingelassen hat. Aber damals war sie in großer Not. Es war der härteste Winter, den ihr kleiner Bruder Sjalfi und sie allein durchstehen mussten. Sie hatten kaum zu essen, und schließlich gab Yrsa Njálls Drängen nach. Im Austausch für Lebensmittel verbrachte sie Nächte mit ihm in einer einsamen Hütte im Wald. Sie hat die Erinnerungen daran, wie Njáll sie anfasste, wie sie die Luft anhielt, um ihn nicht riechen zu müssen, tief in sich vergraben und bemüht sich jetzt, sie wieder dorthin zu verbannen. Sjalfi hatte damals zu essen, und nur das zählte. Und sie tröstete sich mit dem Gedanken, dass es vielen jungen Frauen, deren Vater einen Mann für sie aussuchte, genauso ging. Aber jetzt schafft es Njáll aus der Ferne, ihr den Weg in die Kämpfergemeinschaft zu erschweren. Ständig muss sie auf der Hut sein, was Sven als Nächstes plant. Sie steht auf, läuft hin und her, so wütend macht sie das. Warum kann er sie nicht in Ruhe lassen?

Angantýr steht plötzlich vor ihr. »Hattest du Streit mit Sven?«, fragt er. Sein Tonfall ist freundlich.

Sie wird ihm nichts erzählen. Sven würde alles abstreiten, sie als Lügnerin darstellen. Vielleicht weiht sie Avidh ein, wenn er zurück ist. Bis dahin muss sie allein klarkommen.

»Alles in Ordnung«, sagt sie.

»Weißt du schon, wo du heute Nacht schläfst?«, fragt Angantýr.

»Ja, danke«, sagt sie. Sie will das Zelt nicht mit Angantýr teilen. Es würde zu noch mehr Missverständnissen führen, und Sven würde das ausnutzen. Lieber schläft sie am Lagerfeuer. Auch wenn es regnet. Angantýr nickt und verschwindet in Richtung der Bäume.

Vorhin war Yrsa mit Gísli und Birger auf der Jagd, sie haben Rehe und Hasen geschossen. Gísli hat ihr anerkennend zugenickt, weil sie wieder am besten getroffen hat. Jetzt brutzelt die Beute über dem Feuer. Der Duft steigt ihr in die Nase, und ihr Magen meldet sich laut. Trotzdem mag sie sich noch nicht zu den anderen setzen. Gunnar hat ein Fass Bier geöffnet, als Belohnung, dass sie es bis hierher geschafft haben. Auch Sven sitzt jetzt am Feuer.

Yrsa steht auf und macht sich auf den Weg zu dem kleinen Eichenwald östlich des Lagers. Die Eichen wachsen hier krumm und stehen nicht allzu hoch. Sie streicht mit der Hand über die Rinde eines jungen Baums und setzt sich auf den weichen Boden. Hier ist es windgeschützt, hier will sie einen Moment den friesischen Elfen lauschen.

Kurz darauf hebt sie den Kopf. Es kam ihr vor, als habe sie Stimmen gehört. Sie lauscht, wartet, bis die nächste Windböe vorüber ist. Und hört es wieder. Die Stimme eines Mannes, zweier Männer. Sie kennt die Stimmen und folgt ihnen leise. Es klingt nach einem Streit. Sie gerät tiefer ins Wäldchen, duckt sich hinter einen Stamm. Angantýrs kahler Kopf blitzt zwischen zwei Ästen hervor. Gunnar ist kleiner, ihn kann Yrsa nicht sehen. Aber sie hört ihn.

»Ich habe es satt«, sagt Gunnar mit lauter Stimme.

Sie sollte nicht lauschen. Gunnar wäre wütend, würde er sie erwischen. Aber sie ist neugierig, warum die beiden streiten.

»Meinst du, ich nicht?«, antwortet Angantýr.

»Dann hör auf.«

Der Wind fährt durch die Blätter. Gunnar sagt etwas, das Yrsa nicht versteht. Sie geht tiefer in die Hocke und schleicht noch ein Stück näher. Auch wenn es gewagt ist.

»Wir stecken seit unserer Abreise in Schwierigkeiten«, sagt Angantýr, sein Ton ist aggressiv. »Warum hast du nicht mehr Zeit in die Vorbereitungen gesteckt? Anstatt zu saufen und rumzuhuren.«

»Du weißt, dass das nicht wahr ist.« Yrsa hört den Zorn in Gunnars Stimme und wie er sich anstrengt, ihn zu zügeln. »Was letzten Sommer geschehen ist, hat alles erschwert.«

»Weil dein wichtigster Krieger darunter gelitten hat.«

»Angantýr, es sind letzten Sommer mehrere Männer gestorben, und das alles wegen Signe. Ich weiß nicht, warum du mitgekommen bist, wenn du dich so aufführst. Ich wünsche mir einen Bruder, der mich unterstützt.«

Angantýr lacht höhnisch. »Das habe ich mir auch lange gewünscht. Es geht immer nur um dich, du selbstgefälliger Dreckseber.«

»Wenn du mir noch immer die Schuld für diese alten Geschichten gibst, kann ich dir nicht helfen.«

»Alte Geschichten? Mehr ist es für dich nicht?« Angantýr stößt heftig die Luft aus. »Du hast sie gehasst, deine Mutter hat sie gehasst. Ihr habt ihn dazu getrieben. Ihr wart schuld. Aber lassen wir das. Du hast letzten Sommer Scheiße gebaut und bist kurz davor, es wieder zu tun. Weil du deinen Finger nicht aus dem Arsch bekommen hast, um die Reise vernünftig vorzubereiten.«

»Es reicht jetzt!«

Angantýrs Kopf verschwindet einen Moment. Es kommt Yrsa vor, als habe Gunnar ihn gegen die Brust gestoßen. Wie viel Hass zwischen den beiden ist. Sie müssen sich bisher zusammengerissen haben. Angantýr klingt sonst nie so verbittert. Wenig scheint von dem verschmitzten Auftreten geblieben, das er sonst an den Tag legt.

»Fass mich nicht noch einmal an«, sagt Angantýr, »ich bin nicht mehr das Kind, das du herumkommandieren kannst. Ich durchschaue, was für Mist du baust. Wer hat Signe vor zwei Wintern eingeladen? Du wolltest sie in deinem Bett, deshalb hast du sie aufgenommen.«

»Du bist ihr doch hinterhergelaufen wie ein räudiger Hund.«

»Haha. Und bekommen hat sie Avidh. Ist großartig gelaufen für uns beide.«

»Großartig ist das wohl für niemanden gelaufen. Zuletzt für Avidh.«

»Natürlich nimmst du ihn in Schutz. Ich hätte die Mission, auf der Avidh und Leif sind, auch übernehmen können. Aber du traust Avidh mehr als deinem Bruder.«

»Die beiden sind ein eingespieltes Team. Können wir uns jetzt ernsthaft unterhalten?«, sagt Gunnar. »Valì sitzt uns im Nacken.«

»Ich weiß, und ich frage mich, warum es ihm gelungen ist, uns die Kundschafter auszuspannen.«

»Wir wissen nicht, ob er dahintersteckt. Aber schieb deine Feindseligkeit mal einen Moment zur Seite. Wir müssen Valì zuvorkommen.«

Valì. Yrsa hat diesen Namen in den letzten Tagen häufig gehört.

Er ist ein Phantom, jagt sie wie ein Dämon vor sich her. Und alle sprechen mit einer Mischung aus Furcht und Bewunderung über ihn.

»Ja, wir sollten möglichst schnell zu einer ersten Erkundungsfahrt nach Dorestad aufbrechen«, sagt Angantýr.

»Ich will noch auf Avidh und Leif warten.«

»Warum? Gerade hast du gesagt, wir sollten uns beeilen.«

»Hör auf, Angantýr. Bis morgen müssen wir sowieso warten. Und jetzt überlegen wir, was wir wegen der Gerüchte tun.«

Von was für Gerüchten sprechen die beiden? Im Streit haben Gunnar und Angantýr ein paar Schritte zur Seite gemacht. Yrsa versteht sie nicht mehr. Sie nähert sich vorsichtig. Es knackt laut. Sie ist auf einen Zweig getreten. Wie dumm von ihr. Sie steht auf, läuft zwischen den Bäumen hindurch, als würde sie sich hier umschauen, und stößt beinahe mit Angantýr zusammen, der sein Schwert gezogen hat. Er brummt, als er sie sieht, und steckt das Schwert in die Scheide zurück.

»Was machst du hier?«, sagt Gunnar. Sein Blick ist zornig. »Hast du uns belauscht?«

»Wobei?«, sagt Yrsa. »Ich wollte mir die Umgebung anschauen, damit ich weiß, von wo mögliche Gefahren drohen.«

Gunnar schüttelt den Kopf und lässt sie beide stehen.

»Habe ich euch gestört?«, fragt Yrsa.

»Nein«, sagt Angantýr, »überhaupt nicht.« Er grinst sie an. »Ich habe gehört, du hast wieder gut geschossen. Hast du schon gegessen?«

»Nein.«

»Dann lass uns zurückgehen und uns ans Feuer setzen.«

Sie nickt und ärgert sich darüber, dass sie so tapsig war. Das sollte ihr nicht passieren. Jetzt weiß sie nicht, von welchen Gerüchten die beiden gesprochen haben.

Als sich der Himmel langsam verdüstert und Avidh noch immer nicht aufgetaucht ist, hält Yrsa es nicht mehr aus, am Lagerfeuer zu sitzen und Angantýrs Geschichten zuzuhören. Sie kehrt ans Almere zurück, schaut über das Wasser, das jetzt in leisen Wellen gegen das Ufer schwappt, und lauscht dem Flüstern der Wassergeister. Eine Welle rollt besonders weit, umspült ihren Fuß, das kalte Wasser dringt ihr in den Schuh, und Yrsa fährt plötzlich wieder dieser stechende Schmerz in die Rippen. Vielleicht hat sie sich bei einem Trainingskampf leicht verletzt. Aber es ist der gleiche Schmerz, den sie schon während Iduns Zeremonie gespürt hat. Das ist ein schlechtes Omen.

Sie findet Idun in der Nähe des Wassers. Die Seherin sitzt auf einem Stück Holz, vor sich ein Büschel Schilf. Aus den Halmen formt sie eine Puppe. Den Kopf und den Rumpf kann Yrsa bereits erkennen. Vorsichtig nähert sie sich. Sie ist unsicher, ob sie stören darf.

»Ist das … für eine Zeremonie?«

Idun schaut auf, nicht überrascht. »Nein, das mache ich für meine Tochter.«

»Du hast eine Tochter? Das wusste ich nicht.«

Idun streicht der Puppe über den Kopf, zupft kleine Halme heraus und steckt sie wie Haare in den Kopf. »Ja, meine Kleine. Sie ist fünf.« Idun seufzt. »Ich vermisse sie.«

»Wo ist sie?«

»Warum willst du das wissen?«

»Nein, ich …«

»Jemand passt auf sie auf. Es soll ihr nicht ergehen wie mir als Kind. Ich war oft schutzlos, wenn meine Mutter unterwegs war. Sie hat mich zu einer sehr strengen Magierin in die Ausbildung gegeben.«

»Wer ist …«, der Vater, will Yrsa fragen, doch sie kennt Idun nicht gut genug, um das zu fragen. Der Name würde ihr vermutlich sowieso nichts sagen.

»Was kann ich für dich tun?« Idun kürzt ein weiteres Büschel Halme mit dem Messer.

»Denkst du, dass Avidh und Leif in Schwierigkeiten stecken?«

Idun starrt auf den Boden, umfasst den Freyja-Anhänger, den sie um den Hals trägt, holt tief Luft, schließt die Augen. Yrsa spürt ein Pochen im Kopf, ihr Herz rast. Plötzlich hält sie die Ungewissheit kaum mehr aus.

»Die Wassergeister haben sich heute Abend weit zurückgezogen«, sagt Idun dann. »Ich dringe nicht zu ihnen durch.«

»Ich mache mir sonst nicht so viele Sorgen«, sagt Yrsa, »aber kennst du Frida?«

»Natürlich. Jeder in Haithabu kennt Frida.«

»Ich weiß nicht, wie ich es ausdrücken soll … Wenn du etwas spürst, böse Geister, die sich versammeln, Trolle, die jemand aufgewirbelt hat, sagst du dann manchmal, dass jemand diese Warnung für sich behalten soll?«

»Warum fragst du mich das? Deine Mutter war Seherin. Du weißt, wie wir mit den Geistern, Göttern und Elfen sprechen.« Idun schiebt Halme in den Rumpf der Puppe.

»Ja, schon, aber das war nie ein Thema, und meine Mutter ist schon seit mehr als vier Wintern tot. Ich kann mich nicht genau erinnern. Aber ist nicht so wichtig.« Sie hat beschlossen, Idun nicht von Fridas Warnung zu erzählen.

Idun steht auf. »Gehen wir ins Lager zurück? Ich will Zeit mit Gunnar verbringen. Er braucht mich heute Nacht.«

Zurück im Lager, meldet Yrsa sich freiwillig für eine der Schichten, um die Zelte während der Nacht zu bewachen. Als die Schicht vorüber ist, setzt sie sich an eines der Lagerfeuer. Es regnet leicht, aber sie ist zu müde, um sich darum zu kümmern. Sie will sich gerade hinlegen, als der junge Krieger Roar auftaucht und sich neben sie setzt. »Ich war letzten Sommer auch neu«, sagt er.

Sie lächelt ihn an. »War es schwierig?«

»Geht so.«

Roar beteiligt sich selten an Gesprächen am Lagerfeuer, aber er ist bei jedem Kampf mit vollem Einsatz dabei, hat Avidh ihr erzählt. Er sei eines Morgens auf Gunnars Hof aufgetaucht. Niemand kannte ihn, aber er habe Gunnar schnell von seinen Fähigkeiten überzeugt.

»Björn, Trygve und ich teilen uns ein Zelt«, sagt Roar. »Wir haben noch zwei Plätze.« Er zögert kurz. »Wir wollten auf Avidh und Leif warten. Aber sie haben ihr eigenes Zelt.«

»Ja, sie haben ein kleines dabei«, sagt Yrsa.

»Also …« Roar scheint nach Worten zu suchen. »Du bist willkommen bei uns«, sagt er dann.

»Ich danke dir, Roar. Ich weiß, dass Avidh viel von dir hält.«

Im Schein des Feuers kommt es ihr fast vor, als würde Roar leicht erröten. Er ist zwar einen Kopf größer als sie, aber zwei Winter jünger. Er streicht sich über den Flaum in seinem Gesicht. Sie packt ihre Sachen und folgt ihm, dankbar für einen trockenen Schlafplatz. Björn und Trygve schnarchen bereits, als sie hinter Roar in das Zelt kriecht.

Sie wacht auf, als jemand an ihrer Schulter rüttelt. Der Morgen dämmert, Björn schaut zum Zelteingang hinein, zeigt in Richtung des Ufers und sagt: »Das Boot von Avidh und Leif ist in Sicht.«

Yrsa springt auf und rennt in Richtung des Wassers.

Kapitel 14

Yrsa ist als eine der Ersten am Ufer. Der Wind weht, das kleine Segel bläht sich, Leif kauert vorne am Bug. Yrsas Kehle ist wie zugeschnürt. Das Boot macht eine kleine Drehung, und dann sieht sie Avidh. Er sitzt hinten am Steuer. Es scheint ihm gut zu gehen, zumindest hat sie aus der Ferne den Eindruck. Kurz muss sie gegen ein Zittern in ihrem Bauch ankämpfen, so erleichtert ist sie. Die beiden haben es geschafft, liegen nicht irgendwo tot im Sumpf.

Immer mehr Männer strömen in Richtung des Wassers. Die Nachricht hat sich schnell verbreitet. Als die beiden aus dem Boot springen und es ans Ufer ziehen, hat sich schon eine Gruppe versammelt. Yrsa steht ein bisschen abseits, folgt mit ihren Blicken Avidh. Er hat keine sichtbaren Verletzungen, aber ein Schatten liegt über seinen Augen. Es ist nicht Müdigkeit, sondern etwas Düsteres. Leif lacht, erzählt. Avidh schweigt, lässt seinen Blick über die Menge schweifen. Er bleibt an ihr hängen, und sie schauen sich an. Kurz scheint es ihr, als würde Avidh lächeln. Es flattert in Yrsas Bauch, und doch fühlt sie plötzlich auch eine tiefe Traurigkeit. Etwas ist nicht in Ordnung, und sie muss herausfinden, was es ist.

»Gute Arbeit«, sagt Birger und klopft Leif auf die Schulter.

»Auf euch ist Verlass«, ruft Björn und umarmt die beiden kurz. Auch Roar steht ganz vorne und begrüßt Avidh.

»Ist ja ein Empfang wie für Könige«, sagt Leif und lacht wieder. Alle haben sich am Strand aufgereiht. Die beiden umarmen einen nach dem anderen. Birger steht neben Yrsa. Als Avidh ihn umarmt, schlägt Yrsas Herz bis zum Hals. Nichts wünscht sie sich im Moment sehnlicher, als die Arme um Avidh zu schlingen, ihn zu küssen, festzuhalten und irgendwo Zeit mit ihm allein zu verbringen. Dann steht er vor ihr, zieht sie wie die anderen in seine Arme. Sie atmet seinen Geruch tief ein. Er drückt sie fest, einen Moment länger als alle anderen, zumindest kommt es ihr so vor. Sie fährt ihm kurz über die Muskeln am Rücken, ihr Körper erinnert sich an Avidhs Berührungen, überall kribbelt es. Ihr Herz schlägt so heftig, dass er es spüren muss. Sie flüstert ihm ins Ohr: »Ich habe dich vermisst.« Dann ist er schon beim Nächsten, den er begrüßt.

»Wie ist es gelaufen?«, ruft einer. »Was bringt ihr für Neuigkeiten?«, »Ahnen die Franken, dass wir unterwegs sind?« Die Rufe gehen durcheinander.

Avidh verharrt schweigend neben Leif, seine Hand liegt auf dem eisblauen Stein in seinem Schwertknauf. Einen Moment lang ist Yrsa stolz, dass dieser unnahbare Krieger, der da am Strand steht und wichtige Nachrichten bringt, sie liebt. Zumindest hofft sie, dass er es noch immer tut.

»Wir hatten mit Schwierigkeiten zu kämpfen«, sagt Avidh, und Leif nickt. »Es hat schon in der Warftsiedlung begonnen.« Avidh wirft Leif einen kurzen Seitenblick zu. Leif grinst. »Wir sind mit einigen fränkischen Soldaten aneinandergeraten. Jemand hat uns verraten. Es war nicht der alte Rorik, mit ihm haben wir gesprochen. Er hat uns Neuigkeiten aus Dorestad und über die Beobachtungsposten erzählt. Aber die wichtigsten Türme auszuschalten war dann schwieriger als erwartet.« Avidh schaut jetzt irgendwo in die Ferne, während er spricht.

»Ihr habt euch viel Zeit gelassen«, sagt Angantýr.

»Halt die Fresse, Angantýr«, sagt Gunnar. »Avidh, wir besprechen den Rest unter uns. Ich danke euch beiden. Großartige Arbeit. Stärkt euch und kommt dann in mein Zelt.«

Die Männer umringen Avidh und Leif, während sie auf dem Weg zu den Lagerfeuern sind. Sven drängelt sich in der Menge vor, läuft neben Avidh und redet auf ihn ein. Yrsa ahnt, dass er ihm Lügen über sie und Angantýr erzählt. Avidh wird Sven nicht glauben. Oder doch? Sie muss warten, bis sich die Aufregung im Lager etwas gelegt hat und Avidh in Gunnars Zelt war. Egal. Wenigstens weiß sie jetzt, dass Avidh lebt und nicht verletzt ist. Und sie fasst einen Entschluss.

Etwas abseits des Lagers setzt sie sich unter einen Baum. Von hier hat sie Gunnars Zelt im Blick. Bevor die beiden in Gunnars Zelt verschwunden sind, hat Yrsa Leif zugeflüstert, wo sie sein wird, und ihn gebeten, Avidh zu ihr zu schicken. Leif drückte ihre Hand und nickte. Auf Leif ist Verlass. Sie ist sehr froh, dass er an Avidhs Seite ist. Im Augenwinkel würde sie hier auch sehen, sollte Sven sich nähern. Aber er wird im Moment keinen Angriff wagen. Und sie wird später überlegen, wie sie mit seinen Drohungen wegen Dorestad umgeht.

Endlich treten Avidh und Leif wieder aus Gunnars Zelt. Leif flüstert Avidh etwas ins Ohr, zeigt in ihre Richtung. Sie kann es kaum erwarten. Und gleichzeitig fürchtet sie sich.

Avidh kommt auf sie zu. Auch wenn seine Mimik es nicht verrät, spürt Yrsa, dass er zornig ist. Wieder fallen ihr die dunklen Schatten in seinem Gesicht auf. Und sein Blick. Etwas in seinem Blick hat sich verändert, sie sieht viel mehr Düsternis in seinen Augen als vor der Reise. Das ist nicht gut. Sie will ihm alles erklären, will ihm versichern: Ich liebe dich. Es gibt keinen anderen. Trotz flackert in ihr auf. Sie lässt sich ihre Liebe von Gunnar nicht verbieten. Etwas sagt ihr, dass Avidh sie im Moment dringend braucht, und sie braucht ihn auch. Sie steht auf. Avidh bleibt in zwei Schritten Entfernung stehen.

»Ich habe mir Sorgen gemacht um dich«, sagt sie, will einen Schritt auf ihn zugehen, zögert aber.

»Alles in Ordnung«, sagt er. Und sieht dabei so aus, als ob nur sehr wenig in Ordnung ist.

»Bist du sicher? Was hat euch aufgehalten?«

Er schaut sie an und wirkt so fremd, dass Yrsa ein heftiger Schmerz in den Bauch fährt. »Nichts Besonderes, ein paar unerwartete Schwierigkeiten.« Er macht eine kurze Pause, lässt den Blick in die Birkenblätter schweifen. »Sven hat mir etwas erzählt«, sagt er dann. Seine Stimme klingt anders, vielleicht schwingt Zorn mit, vielleicht auch Schmerz. Oder beides.

»Und du glaubst Svens Geschichten?«

»Ich weiß nicht mehr, was ich glauben soll, Yrsa. Du hast dich von mir entfernt. Vielleicht war alles ein Fehler. Ich kann nicht mit jemandem zusammen sein, dem ich nicht vertraue. Du wolltest dich trennen für die Reise. Vielleicht ist es besser, wir belassen es dabei.« Sein Blick ist noch düsterer.

Er spricht von Signe, denkt Yrsa. »Er lügt«, sagt sie und macht einen Schritt auf Avidh zu.

»Wer lügt?«

Sie wünscht sich im Moment nichts sehnlicher, als Avidh zu berühren. Es war falsch, sich an Gunnars Regeln zu halten. Warum hat sie das nicht bemerkt? Sie hat sich auch früher nicht an das gehalten, was andere von ihr verlangten. Wenn es falsch schien. »Sven lügt. Was hat er gesagt?«

»Warum behauptest du, dass er lügt, bevor du weißt, was er erzählt hat?«

Sie ist sich nicht sicher, aber Avidhs Stimme scheint etwas weniger zornig zu klingen. Sie schaut in seine dunklen Augen. Er sieht so müde, so verzweifelt aus. Etwas ist aus dem Gleichgewicht. Frida, fleht sie innerlich, bitte, Frida, hilf uns, ich verstehe nicht, was geschieht. Ich fürchte mich vor den bösen Geistern, die du gespürt hast. Ich spüre sie jetzt auch. »Was hat Sven gesagt?«

»Er habe dich frühmorgens mit Angantýr aus der Marsch kommen sehen, und du hattest Angantýrs Hemd an.« Avidh zieht die Augenbrauen in die Höhe. »Schwierig, da nicht irgendetwas zu vermuten.«

»Ja, aber es war nicht so, wie du denkst. Sven mag mich nicht und legt alles zu meinen Ungunsten aus.« Sie macht einen weiteren Schritt auf Avidh zu. Nur noch eine Handbreit ist zwischen ihren Körpern. Er bewegt sich nicht.

»Wie war es dann?«, sagt Avidh.

Sie erzählt, was geschehen ist in jener Nacht im Nebel, als sie im Moor stecken geblieben ist. Avidh schüttelt immer wieder den Kopf, aber sie spricht einfach weiter. »Bitte, du musst mir glauben!« Sie greift nach seiner Hand, verschränkt ihre Finger mit seinen. Es fühlt sich so gut an. Er zieht seine Hand nicht weg. Sie umfasst sie mit beiden Händen, führt sie zum Mund, küsst seine Finger. Es ist ihr egal, ob diese Geste das überschreitet, was Gunnar ihr befohlen hat. Es ist ihr jetzt sowieso egal, was Gunnar vorgeschrieben hat. Es geht nur noch um sie beide.

»Alles ist anders, als du denkst«, sagt sie mit leiser Stimme.

»Dann erklär es mir.«

Sie holt tief Luft. Was soll ich es ihm erklären, überlegt sie, dass Gunnar mir etwas aufgetragen hat, das ich nicht verstanden habe und an das ich mich trotzdem gehalten habe. Macht mich das zu einer guten Kriegerin? Habe ich damit unsere Liebe aufs Spiel gesetzt? Ja, das spürt sie jetzt. Sollte unsere Liebe das aushalten? Vielleicht, aber Avidh scheint dazu im Moment nicht in der Lage. Während sie noch überlegt, zieht Avidh seine Hand weg, dreht sich um, lässt sie stehen.

»Avidh, warte!« Sie folgt ihm, er ist nicht besonders schnell. Nach wenigen Schritten holt sie ihn ein, nimmt wieder seine Hand. Er lässt es geschehen.

»Ich bin nicht Signe. Ich würde dich nie verraten oder betrügen.« Er schaut sie mit leerem Blick an. Es lässt Yrsa keine Ruhe, was Angantýr über Signe und Avidh erzählt hat. »Ich weiß, du sprichst nicht gern über Signe. Aber Angantýr hat sie in den letzten Tagen immer wieder erwähnt. Und sie macht es dir schwer, mir zu vertrauen, auch wenn ich nichts für das kann, was sie getan hat. Sie scheint über unserer Reise zu schweben, obwohl sie weit weg ist.«

Avidh lacht kurz, aber es ist kein fröhliches Lachen, es klingt eher, als lasse er aufgestaute Luft zwischen den Lippen entweichen. Dann atmet er laut hörbar ein, lässt Yrsa los, spreizt die Hände, als wolle er verhindern, dass sie sich zu Fäusten ballen. »Was hat Angantýr gesagt?«

»Dass ihr nicht zueinander gepasst habt.«

»Das spielt keine Rolle mehr.« Avidhs Blick geht irgendwo in die Ferne. »Lass uns nicht über Signe sprechen.«

»Mir reichts«, sagt Yrsa, so leise, dass Avidh ihre Worte nicht versteht. Sie macht einen Schritt auf ihn zu. Es ist nur eine kleine Bewegung, und doch fühlt es sich an, als würde sie über einen Abgrund springen. Ein Abgrund, der sich niemals zwischen ihnen hätte auftun dürfen. Sie will ihm endlich wieder nah sein, ihn körperlich genauso lieben, wie sie es in ihrem Innern fühlt. Sie schlingt den Arm um Avidhs schmale Hüften, streichelt seinen Rücken, drückt sich an ihn, seufzt, weil sie es so vermisst hat, ihn zu spüren.

»Avidh«, murmelt sie. »Avidh.« Sie zieht seinen Duft tief ein. Ich liebe dich, ich will nicht sein ohne dich. Erinnerungen an all die Momente, in denen ihre Körper eins waren, überschwemmen sie. Es gibt jetzt nur etwas, das sich richtig anfühlt. Sie hebt den Blick, fährt mit der Hand in Avidhs dunkle Haare, streckt sich, sucht seine Lippen.

Er erwidert ihren Kuss sofort, so heftig, dass ihre Münder aufeinanderprallen. Sie öffnet die Lippen, seine Zunge gleitet in ihren Mund. Sein Kuss ist hungrig, er drückt sie so fest an sich, dass es ihr fast den Atem verschlägt. Ein Grollen löst sich tief aus seiner Brust. Wie hat sie es geschafft, sich von ihm fernzuhalten? Sie gräbt ihre Hände in seine Haare. Saugt an seiner Zunge, seiner Lippe, mit jeder Bewegung spürt sie, wie sehr sie ihn vermisst hat, verliert sich in seinen Küssen, bis sie kurz nach Luft schnappen muss. »Ich will nur dich, ich gehöre dir«, flüstert sie. »Nur dir.«

Er packt ihren Hintern, zieht sie an sein Becken. Sie spürt, wie hart er ist, legt ein Bein um ihn. Seine Hände gleiten unter ihr Hemd. Sie schließt die Augen, will an nichts mehr denken. Alles, was sich aufgestaut hat seit ihrer Abreise, die Unsicherheit, die Blicke, kurzen Berührungen, die unausgesprochene Leidenschaft, der Schmerz, die Sehnsucht entlädt sich. Er atmet schwer, scheint ihr nicht schnell genug nahekommen zu können. Seine Hände sind in ihren Hosen, er knetet ihre Pobacken. Bewegt seine Hüften, als wäre er bereits in ihr, zerrt an ihrem Hemd. »Zieh das aus«, sagt er mit heiserer Stimme.

»Wir müssen weiter nach hinten … zwischen die Bäume«, sagt sie mit einem letzten Rest Vernunft, »Gunnar kann uns hier sehen.«

Avidh antwortet nicht. Er schaut sie an. Etwas Wildes, das sie nicht kennt, liegt in seinen Augen. Der Eistroll ist verschwunden. Sein Blick lässt ihre Haut prickeln, die Hitze schießt durch ihren

Körper. Er packt sie an ihrem Gürtel, drückt sie wieder an sich, drängt sie zwischen die Bäume. Sie prallt gegen einen Stamm.

»Ich will dich nackt«, presst er hervor, »ich will dich überall«, und sie macht einen Schritt zur Seite, rückwärts, während er versucht, ihr die Kleider vom Leib zu reißen, und sie an seinen zerrt. Er sieht so verführerisch aus, mit diesem Gesichtsausdruck, die Haare hängen ihm verschwitzt ins Gesicht. Er scheint genauso hungrig auf alles, was ihr gefehlt hat. Eng aneinandergeschmiegt taumeln sie durch die Äste, unterbrechen den Kuss nur kurz, um sich vor Zweigen zu ducken. Schließlich stößt Yrsa gegen den Stamm einer Birke. Die Bäume stehen hier dicht genug, die Blätter bieten ihnen Schutz. Avidhs Hände, seine Lippen sind überall.

Sie will ihn jetzt sofort, egal, was um sie herum passiert, morgen, nachher ist, sie muss jetzt seine Haut, seine Zunge, seine Hände, seinen Schweiß, alles von ihm an sich fühlen. Alle Regeln und Vorschriften sind ihr egal. »Ich wollte mich …«, sie keucht, »das war nicht …«, sie vergisst, was sie sagen will.

Er antwortet nicht, stöhnt und gibt Geräusche von sich, die so lustvoll klingen, dass Yrsa sie immer wieder hören will.

Sie löst sich kurz, wirft ihr Hemd neben sich, die kühle Luft streicht über ihre nackte Haut. Er zieht sie sofort wieder an sich, küsst sie tief, knabbert an ihrer Unterlippe, folgt dann mit Küssen und leichten Bissen ihrem Hals, saugt an ihrer Haut. Seine Zähne fahren über ihre Brustwarze, umschließen kurz ihren Nippel, ein leichtes Kratzen, er lässt gleich wieder los, greift ihre Brüste mit beiden Händen. Sie lässt sich in seine Berührungen fallen. »Ja, genau so«, flüstert sie, schiebt sein Hemd nach oben, »ich will deine Haut auch spüren.« Er zerrt sich das Hemd über den Kopf. Ihre Münder treffen sich wieder, sie saugt an seiner Zunge, es gibt nur noch seinen Duft, seine warme Haut an ihrer.

»Du hast mir so gefehlt«, murmelt sie, schlüpft mit ihrer Hand in seine Hosen, umfasst seinen harten Penis. Sie bewegt die Hand vor und zurück, mehrmals, immer wieder, Avidhs Atem geht schneller. Er keucht, packt ihr Handgelenk, ein Zittern geht durch seinen Körper. Sie lässt los, schiebt ihre Hosen über den Hintern, schaut ihm dabei in die Augen, sieht so viel Begehren, lässt die Hosen fallen und berührt sich zwischen den Beinen, wo es pocht und feucht ist. Avidh zieht scharf die Luft ein, schlüpft rasch auch aus seinen Hosen und legt seine Hand über ihre. Streichelt sie, schiebt einen Finger, dann zwei in sie. »Ja, ich will dich«, stöhnt sie.

Zusammen sinken sie auf den Boden. Er liegt auf ihr, sie fühlt seine Erektion gegen ihren Bauch. Sie öffnet die Beine, er gräbt die Finger in ihre Oberschenkel, knetet ihre Haut.

Ich wollte mich niemals von dir trennen, will sie sagen, war alles nicht meine Idee, aber sie weiß nicht, was sie wirklich von sich gibt, vielleicht sind es nur noch irgendwelche Laute, die keinen Sinn ergeben. Aber was sie spürt, was sie tun, ergibt dafür umso mehr Sinn. Und dass das alles verboten ist, macht es noch aufregender.

Avidh hält einen Moment inne, richtet sich auf, schaut zwischen ihre Beine, drückt sie noch weiter auseinander, spreizt ihre Schamlippen mit seinen Fingern. Sie stöhnt und seufzt, ihr Unterleib pocht. Er brummt zufrieden, verteilt ihre Feuchte, streicht mit den Fingern über ihre Klitoris, massiert sie. Immer wieder. Sie atmet schnell, legt sich eine Hand vor den Mund, um nicht zu laut zu sein.

Sie schließt die Augen, öffnet sie wieder, will ihn sehen, so wunderschön sieht er aus mit den zerzausten Haaren, wie ein junger Gott, und sie begreift noch immer nicht, wie jemand gleichzeitig so viel Düsternis und so viel Liebe in sich haben kann. Dann nimmt er statt der Finger die Spitze seines harten Penis, fährt über ihre empfindlichsten Stellen.

»Jetzt«, murmelt sie und spürt ihn zwischen ihren Schamlippen, kurz davor, in sie einzudringen. Ihre Blicke treffen sich. Sie drückt sich ihm entgegen, wölbt den Rücken. Ihr Atem geht schnell.

»Ich will sehen, wie …«, sagt er und zieht scharf die Luft ein, ein Ächzen, Seufzen ersetzt seine Worte. Dann spürt sie ihn endlich in sich. Wieder löst sich ein tiefes Grollen aus seiner Brust.

»Ich habe das so vermisst «, bringt sie heraus.

»Wie ich das brauche, Yrsa, das … Du fühlst dich unglaublich an«, presst er hervor, als er tief in ihr ist. Er stößt schnell, heftig, dann wieder langsamer.

Ein Zittern erfasst ihren Körper. Ich will das immer wieder, ich will, dass es nie aufhört, nichts anderes kann sie mehr denken. Sie bewegt die Hüften im Rhythmus mit seinen. Er bringt sie an einen Punkt, wo sie ihm alles geben, alles versprechen würde. Einen Moment hält er inne, legt ihr die Hand auf den Bauch und schaut sie nur an, mit halb geschlossenen Lidern. Es ist ein kurzer Moment, aber ein Bild, das sich ihr einbrennt.

»Lass mich spüren, wie du um mich herum kommst«, murmelt er, streichelt sie und bewegt sich in ihr, bis es nur noch die Lust gibt, die in heftigen Wellen und Kontraktionen durch sie hindurchschießt. Auch er kann sich nicht viel länger zurückhalten, lässt sich auf sie sinken, stößt mehrmals heftig, stöhnt tief in seiner Brust. Sie packt seinen Hintern, bewegt sich ihm entgegen. Sie liebt es, wenn er sich in ihr verliert, zum Höhepunkt kommt und dann erschöpft auf ihr liegt. Sie streichelt seinen verschwitzten Rücken. So liegen sie sie eine Weile. Dann küsst er sie so zärtlich, dass sie sich wünscht, auch dieses Gefühl möge nie aufhören.

Ein bisschen später liegt sie in Avidhs Arm dicht an seinem Körper, streicht ihm über die Brust, über die Rippen. Seine Miene scheint etwas entspannter, auch seine Bauchmuskeln, die sich zuvor steinhart angefühlt haben, sind etwas weicher. Sie fährt sanft über seinen Bauch. Er hält sie fest an sich gedrückt. So fest, wie er sie nachts manchmal gehalten hat, wenn er unruhig schläft. Die dunklen Ringe unter seinen Augen sind nicht verschwunden, sie hat die bösen Geister noch nicht verscheuchen können. Aber sie wird nicht aufgeben. Sie streichelt die zarte Haut neben seinen Augen, die dunklen Schatten in seinem Gesicht. Als könnte sie sie so zum Verschwinden bringen.

»Es tut mir leid, Avidh«, sagt sie. »Ich wollte mich nicht von dir fernhalten.« Ich habe das vorhin schon sagen wollen, denkt sie, aber vermutlich kam höchstens die Hälfte verständlich aus meinem Mund. Er brummt, seine Augen sind geschlossen, er spielt mit ihren langen Haaren. »Es war nicht meine Idee. Gunnar hat mir vor der Abreise gesagt, ich könne nur mitkommen, wenn ich mich von dir trenne.«

»Was?« Avidh öffnet die Augen, schaut sie an. »Was fällt ihm ein? Warum hast du mir das nicht gesagt?«

»Er hat es mir verboten.«

»Der Troll soll ihn fressen. Was ist denn das für eine dumme Vorschrift? Ich sage ihm nachher die Meinung!«

»Nein, Avidh. Tu das nicht.«

»Warum nicht? Und warum hast du auf ihn gehört?«

»Ich wollte nicht, dass er denkt, ich könnte es ohne dich nicht schaffen. Er hat gesagt, wenn ich mich nicht daran halte, müsste ich alleine nach Hause zurückreisen.«

»Seit wann hältst du dich an Regeln?«

Jetzt scheint es ihr beinahe, als unterdrücke Avidh ein Lächeln. Sie küsst seine Rippen, seine Schulter, seinen Bauch. Im Moment ist sie so erleichtert, ihm wieder nahe zu sein. Sie wird Gunnar nicht mehr erlauben, das zu zerstören. »Es war dumm von mir.

Aber ich war so lange Außenseiterin in meinem Dorf, habe mich immer nach einer Gemeinschaft gesehnt und wollte jetzt alles richtig machen, um Teil der Gruppe zu werden. Aber es hat sich gleichzeitig schrecklich falsch angefühlt. Ich habe mich so nach dir gesehnt.«

»Und ich mich nach dir.« Avidh schließt die Augen wieder.

»Wir sollten trotzdem noch ein bisschen warten, bevor wir Gunnar klarmachen, dass wir uns nicht an seine Vorschriften halten.«

»Warum? Ich fürchte mich nicht vor seiner Reaktion.«

»Ich weiß. Er braucht dich. Mich braucht er nicht. Lass uns noch warten. Bitte, Avidh. Wir treffen uns heimlich. Du kannst mir jederzeit ins Ohr flüstern, was du gerade gerne tun würdest.«

»Hm«, sagt er und zieht sie auf sich. »Das ist kein schlechter Vorschlag.«

Irgendwo zwischen den Bäumen ruft Leif nach Avidh. Avidh seufzt, antwortet: »Wir sind hier.«

Leif steckt den Kopf zwischen den Blättern hindurch und grinst. Dann kommt er näher. Dass sie beide nackt sind, scheint ihn nicht zu stören. Avidh genauso wenig. Was solls, denkt Yrsa, mir ist es auch egal.

»Tut mir leid«, sagt Leif, »Gunnar will dringend mit uns sprechen.«

Avidh küsst sie noch einmal lange, dann steht er auf und zieht sich an.

Als die beiden verschwunden sind, setzt sich Yrsa noch einen Moment an den Fuß der Birke, lehnt sich gegen die glatte Rinde. Sie fährt sich mit der Zunge über die Lippen. Sie schmecken noch immer nach Avidh. Sie wird nicht aufhören, ihm nahezukommen. Das weiß sie sicher.

Kapitel 15

Ein kühler Wind weht vom Almere über ihr Lager, treibt den Rauch der Feuer in Richtung der Bäume. Yrsa sitzt im Gras und kaut ein Stück Trockenfisch. Rechts vor ihr sitzt Avidh, dann Leif und rundherum fast alle anderen Kämpfer. Avidh ist in sich gekehrt, spielt mit seinem Messer, sein Schwert liegt in seinem Schoß. Die meisten Krieger haben eine enge Bindung an ihr Schwert, aber keiner scheint so mit seiner Waffe verbunden wie Avidh. Schon bei ihrem ersten Treffen fiel Yrsa Avidhs Schwert auf. Wenn er es auf dem Rücken trägt, reicht es ihm bis zu den Hüften. Außer beim Rudern ist es immer in Griffweite, nachts liegt es neben ihm. Die tödliche Kraft des Eiswindes schlummert in der Waffe. Nur Avidh kann sie beschwören, weil er eine besondere Verbindung zu den Wassergeistern hat.

Yrsa schaut Avidh von der Seite an. Irgendetwas wühlt in ihm, das spürt sie. Etwas, das die letzten Monde nicht da war. Auf einer solchen Reise erlebst du das wahre Gesicht der Menschen, hat ihr Vater immer gesagt. Sie fürchtet sich nicht davor, Seiten an Avidh zu entdecken, die sie nicht kennt. Im Gegenteil. Aber es ist mehr als das. Es sind böse Geister, die Avidh umflattern. Sie wird niemandem mehr erlauben, sie zu trennen, wird nicht aufgeben, bis sie versteht, was hinter Fridas Warnung steckt.

Vorne steht Gunnar, den Arm auf seine mächtige Kampfaxt gestützt, und neben ihm Angantýr, der Gunnar um einen Kopf überragt. Es gebe wichtige Neuigkeiten hieß es, und jetzt warten alle gespannt, bis Gunnar anfängt zu sprechen. Yrsa ist nicht klar, worauf die beiden warten. Dann fällt ihr auf: Idun ist nirgendwo zu sehen.

»Idun spricht noch mit den Geistern. Sobald sie ihre Botschaften bekommen hat, fangen wir an«, sagt Gunnar nach einer Weile. Angantýr nickt, ausnahmsweise ohne zu widersprechen.

Yrsa lässt den Blick über die Menge schweifen und entdeckt Gunhild etwas weiter links. Gunhild reist auf dem anderen Schiff mit. Sie ist eine erfahrene Kämpferin und rund zehn Winter älter. Yrsa hat sie vor einigen Monden bei einem Turnier kennengelernt. Gunhild hat einen drahtigen Körper, wettergegerbte Haut und trägt ihre blonden Haare in kleine Zöpfe geflochten, über ihren Unterarm zieht sich eine lange Narbe. Sie ist außer Yrsa die einzige Kämpferin auf der Reise und hat sich längst Respekt verschafft. Gunhild zwinkert ihr zu. Yrsa hofft, dass sie sich eine Stellung erarbeiten kann, wie Gunhild sie hat. Bis dahin ist es noch ein langer Weg.

Auch Harald der Kahlkopf fällt Yrsa in der Menge auf. Sein Spitzname passt nicht zu ihm, er hat lange, kräftige Haare, die er meist zusammenbindet. Mit Harald ist Yrsa am Anfang während der Kampftrainings mehrmals aneinandergeraten, doch inzwischen scheint er ihr, anders als Sven oder Ulf, mit Achtung zu begegnen. Harald steuert das zweite Schiff. Yrsa schaut in die vielen Gesichter. Sie wird mit diesen Kämpfern Seite an Seite stehen, vielleicht einem von ihnen das Leben retten, vielleicht wird ein anderer ihr aus einer brenzligen Situation helfen. So richtig kann sie sich noch nicht vorstellen, dass es bald ernst wird. Es rumpelt in ihrem Bauch, wenn sie daran denkt.

Leise Gespräche dringen bis zu Yrsa. Leif tuschelt Avidh immer wieder etwas ins Ohr und lacht dann.

»Du weißt, was im Hyndluliód steht«, raunt einer der Männer hinter Yrsa.

»Ja«, antwortet sein Sitznachbar, »aber ich bin mir nicht sicher, ob ich mich vor diesem Fluch Freyjas fürchten soll oder ob er mir gefallen würde.«

»Das ist eine Qual«, sagt der Erste, »unstillbares sexuelles Verlangen Tag und Nacht, wie willst du da kämpfen?« Er lacht nervös. »Würde mich nicht wundern, wenn Idun solche Flüche beherrscht.«

»Ich glaube, sie hat Gunnar verhext. Du schaust ihr besser nicht zu lang in die Augen.«

»Hab ich nicht vor. Ja, man weiß nie bei diesen Reiterinnen der Nacht. Ich glaube, sie ist letzte Nacht als Wölfin ums Lager gestrichen.«

Yrsa fürchtet Idun nicht, aber sie vertraut ihr noch nicht ganz. Sie versteht die Furcht der Männer. Vielleicht würde sie ähnlich denken, wäre sie nicht mit einer Seherin als Mutter aufgewachsen.

Dann taucht Idun plötzlich auf, bahnt sich einen Weg durch die Gruppe. Die meisten Männer rutschen sofort zur Seite. Idun hält den Kopf hocherhoben, blickt niemandem in die Augen, stellt sich neben Gunnar, rammt ihren Stab vor sich in die Erde. Mit ihrer lauten, tiefen Stimme sagt sie: »Ich habe meine Seele über das Wasser geschickt, über das alte Land und in die Weite des Himmels. Die Geister sind uns wohlgesinnt.« Sie dreht sich zu Gunnar, küsst ihn lange. Geht dann zu Angantýr und küsst ihn auch, etwas weniger lang. Idun stellt sich wieder hinter ihren Stab und lässt ihre Blicke über die Menge fliegen. So mancher schaut schnell auf die Wiese.

Gunnar lobt alle für ihre Leistung, dass sie es trotz widriger Umstände bis hierher, ins letzte Lager, geschafft haben. Er spricht über die Flaute, die Schwierigkeiten mit den Kundschaftern und dankt noch einmal Avidh und Leif für ihre waghalsige Unternehmung, die ihnen die unbemerkte Einfahrt ins Almere ermöglicht hat.

»Wie so oft unter Einsatz ihres Lebens«, sagt Gunnar. Die Männer schlagen mit den Fäusten auf ihre Schilde.

Yrsa runzelt die Stirn, ihre Sorge war begründet. Mehr, als Avidh ihr erzählt hat, ist unterwegs vorgefallen. Hat sich Fridas Warnung vielleicht darauf bezogen? Ist die Gefahr gebannt, sind die bösen Geister verscheucht? Es wäre zu schön. Aber ihr Gefühl sagt etwas anderes. Noch immer ist etwas nicht im Lot, sie sieht es in Avidhs Gesicht.

Gunnar spricht von den nächsten Tagen. Yrsas Herz pocht schneller beim Gedanken an den Überfall. Noch einmal schaut sie in die Runde. Überlegt, was jeden Einzelnen hierher in dieses Lager geführt hat. Manche haben kein Land und bringen es mit den Raubzügen trotzdem zu etwas. Andere stammen von Kriegern ab, sind aber selbst keine Anführer und haben sich Gunnar angeschlossen. Für Avidh hat es nie eine andere Möglichkeit gegeben, als seine Schnelligkeit, seine Kampfkunst einzusetzen, um zu überleben. Für sie schon. Doch sie hat bereits als Kind vom Kämpfen geträumt, wollte mit ihrem Vater in die Ferne ziehen. Und sie tat nichts lieber als rennen, raufen, mit dem Bogen schießen. In den Jahren allein mit ihrem kleinen Bruder Sjalfi wuchs dieser Wunsch noch, denn sie musste sich verteidigen. Und jetzt will sie das Kriegerleben mit Avidh teilen.

»Ein paar von uns werden morgen auf Erkundungstour gehen, getarnt als Händler, in kleinen Gruppen«, sagt Gunnar. »Ich bestimme, wer mitkommt.«

Unruhe bricht aus. Die Männer tuscheln. Auch Leif flüstert Avidh wieder etwas ins Ohr und grinst. Dass die beiden dabei sind, ist klar.

»Ich werde mich mit Idun als Händler-Paar ausgeben.« Gunnar nickt der Seherin kurz zu. Sie lächelt ihn an. »Harald wird das Gleiche mit Gunhild tun.« Einige Männer johlen. »Und Avidh und Leif geben sich ebenfalls als Händler aus und werden das Castrum Dorestad auskundschaften. Es liegt im Süden der Stadt, dort sind fränkische Soldaten stationiert.«

Wenn Paare eine gute Tarnung sind, könnte ich vielleicht auch mitgehen, denkt Yrsa. Aber sie hat vermutlich zu wenig Erfahrung für einen solchen Auftrag. Dass Avidh wieder eine besondere Mission mit Leif unternimmt, überrascht sie nicht. Angantýr steht regungslos neben seinem Bruder. Seine Miene hat sich verfinstert. Kann es sein, dass Gunnar ihn nicht mitnehmen will? Muss er vielleicht auf das Lager aufpassen? Auch das ist eine wichtige Aufgabe, doch Angantýrs Gesichtsausdruck verrät, dass er das nicht so sieht.

»Wir müssen rasch handeln«, sagt Gunnar. »Unser Widersacher Valì sitzt uns im Nacken. Er hat das gleiche Ziel. Roar, Trygve, ihr schaut euch in der Umgebung um, ob er schon ein Lager einrichtet. Eigentlich sollte er noch unterwegs sein. Birger, Sven, Ulf, wir brauchen zehn gute Pferde. Kauft sie auf verschiedenen Höfen. Nicht auffallen, das ist nach wie vor das oberste Gebot. Schon bald sind wir bereit!«, ruft er mit lauter Stimme und hebt dabei seine Kampfaxt in die Luft.

Gunnar bestimmt weitere Gruppen von Männern, die sich um die Schiffe und die Vorräte kümmern sollen. Dann ist die Zusammenkunft beendet, und Angantýr fängt an, wütend auf seinen Bruder einzureden. Yrsa geht zum nächsten Lagerfeuer und hilft Harald dabei, einen großen Topf Fischsuppe zu kochen. Gunhild hackt Holz für das Feuer.

Etwas später findet Yrsa Avidh abseits des Lagers und setzt sich neben ihn ins Gras. »Ich weiß, dass ich noch nicht an der Reihe bin«, sagt sie, »aber ich würde Dorestad gern sehen, bevor wir losschlagen.« Sie schaut Avidh von der Seite an, zupft an den Halmen, zerreibt einen zwischen den Fingern.

Avidhs Blick ist auf sein Schwert fixiert. Er hält es locker in der linken Hand, als würde er das Gewicht schätzen, als hätte er die Klinge nicht schon unzählige Male geführt. Seine Waffen liegen ausgebreitet vor ihm auf dem Boden, aus einem kleinen Lederbeutel zieht er verschiedene Wetzsteine.

»Vielleicht könnte ich mich auch als Händlerin ausgeben«, sagt Yrsa und rückt ein bisschen näher, streicht über seinen Oberschenkel. Avidh wirft ihr einen seitlichen Blick zu, kurz blitzt auf seinem Gesicht der Anflug eines Lächelns auf. Aber er schaut gleich wieder auf seine Waffe.

»Ich lege nicht fest, wer auf die Mission mitkommt«, sagt er. »Diesen Sommer scheint es Gunnar besonders wichtig zu sein, alles bestimmen zu können. Aber es ist sowieso gefährlich.« Avidh poliert den Griff seines Schwerts mit einem Tuch.

Yrsa zieht ihre Hand zurück, fährt sich über das Gesicht, riecht das Gras an ihren Fingern. Möchte Avidh wieder berühren, um auch seinen Geruch in der Nase zu haben.

»Warum sollte es gefährlicher sein als der Angriff, den wir planen? Das verstehe ich nicht.« Sie sitzen ein Stück vom Lager entfernt. Ein Birkenhain versperrt den Blick auf die Zelte. Der Wind übertönt die Geräusche der anderen. Es hat eine Weile gedauert, bis sie Avidh gefunden hat, abseits, hinter den Bäumen.

»Du wirst es später verstehen. Und wir sind schon zu sechst. Eine zu große Gruppe fällt auf«, sagt Avidh und wischt sich die Haare aus dem Gesicht. Sie sind nass, vermutlich war er im Wasser.

»Ich möchte es jetzt verstehen.«

»Bist du sicher, dass du den Menschen ins Gesicht schauen möchtest, bevor wir sie angreifen?« Avidh reibt mit dem Wetzstein sachte über die lange Klinge, dann hält er die Waffe gegen das Licht. Sie schaut Avidh gern dabei zu, wie er sein Schwert pflegt. Aber jetzt wünschte sie, er wäre nicht so abwesend.

»Du schaust ihnen auch ins Gesicht«, sagt sie.

»Ich habe das schon oft getan.«

»Ich will nicht, dass du mich anders behandelst, nur weil ich zum ersten Mal dabei bin.« Avidh scheint sich von ihr zu entfernen, obwohl sie sich erst vor ein paar Stunden körperlich so nah waren.

»Tue ich nicht. Ich muss mit Leif in Dorestad etwas erledigen. Die meisten bleiben im Lager. Es ist nichts Schlechtes daran.«

»Ja, ich weiß.« Sie setzt sich auf die Knie, rückt näher zu ihm. »Ist etwas geschehen bei eurem Einsatz?«

Er legt die Zunge zwischen die Lippen, schaut kurz zur Seite, so wie er es manchmal tut, wenn er etwas zu sagen hätte, es aber nicht tut.

»Warum fragst du?« Er schaut sie nicht an.

»Du bist so weit weg. Heute Mittag zwischen den Bäumen habe ich dich gespürt. Das war wunderschön.« Sie holt tief Luft. »Aber jetzt kann ich dich irgendwie nicht mehr erreichen.« Sie legt ihm die Hand in den Nacken, streicht durch seine nassen Haare. Fast fürchtet sie, er könnte ihre Hand zur Seite schieben. Doch er schließt nur kurz die Augen. Seine Lider scheinen schwer, als er sie wieder öffnet. Sonst erkennt sie keine Regung in seinem Gesicht.

»Ich habe mich nicht von dir ferngehalten auf der Reise«, sagt er. »Aber wir müssen uns jetzt auf die Vorbereitung des Angriffs konzentrieren.« Avidh zeichnet die silbernen Muster auf dem Schwertknauf mit dem Finger nach.

»Selbst als wir uns nicht nahe sein durften, warst du nicht so.

Deshalb glaube ich, dass es vielleicht mit eurem Auftrag zu tun hat.«

»Lass uns nicht jetzt darüber sprechen.« Er streicht sich mit den Fingern über den Bart zwischen Mund und Nase.

»Der Eistroll hat Mauern um dich hochgezogen. Sagst du ihm, dass er mich durchlässt?«

Avidh lächelt kurz, zieht einen anderen Wetzstein aus dem Beutel und beginnt, sein Messer zu schärfen.

»Ich kenn mich nicht aus mit der Liebe«, sagt Yrsa. »Ich hoffe, Freyja steht mir bei. Du bist der erste Mann, für den ich so starke Gefühle habe. Ich weiß, über vieles sprichst du nicht gern. Das verstehe ich. Aber was ich sagen möchte ...« Sie überlegt einen Moment. »Ich bin hier, wenn ich etwas tun kann, ich bin immer auf deiner Seite, auch wenn die Düsternis dich umgibt. Du hast mir so geholfen, als mein Bruder verschwunden war, noch niemals hat mich jemand so unterstützt wie du. Und ich ... ich möchte das gerne auch für dich tun. Wenn du mich lässt.«

Avidh legt den Wetzstein auf die Seite, nimmt ihr Gesicht in beide Hände und küsst sie. Es ist ein zarter, verhaltener Kuss. Dann nickt er und schweigt.

Kapitel 16

Yrsa findet Leif an einem der Lagerfeuer zwischen den Zelten. Das schönste Zelt gehört Gunnar, es steht in der Mitte des Lagers. Ein geschnitzter Bärenkopf ziert die Holzstreben, die sich beim vorderen Eingang kreuzen. Das Feuer, an dem Leif sitzt, ist nicht weit von Gunnars Zelt entfernt. Leif spielt mit Björn gerade eine Partie Taflkast. Leif lässt die vier kleinen Würfel zwischen den Händen klackern, zieht die Augenbrauen in die Höhe und lacht, als er sie auf das Brett wirft.

»Schon wieder kein Glück«, ruft er laut. »Yrsa, befrei mich von diesem Spiel. Die Götter sind heute auf Björns Seite.«

Sie macht eine Kopfbewegung in Richtung der Bäume.

»Yrsa und ich sammeln dort hinten Holz«, sagt Leif. »Such dir jemand anderen, den du ausnehmen kannst, Björn.« Er klopft Björn auf die Schulter und steht auf.

»Ist irgendetwas vorgefallen, als ihr zu zweit unterwegs wart?«, fragt Yrsa, als sie das Wäldchen erreichen. »Avidh ist so abwesend.« Sie bückt sich, um einen Ast aufzuheben.

»Was hat er gesagt?« Leif zerkleinert ein Stück Holz mit der Axt.

»Nichts. Ich dringe nicht zu ihm durch, aber ich spüre, dass etwas nicht in Ordnung ist. Erzählst du mir etwas, Leif?«

Leif fährt sich mit dem Ärmel über das Gesicht, streicht sich die Locken aus der Stirn. »Wenn Avidh nichts sagen will, sage ich auch nichts.«

Yrsa seufzt. »Ich habe erwartet, dass du das sagst. Aber ich habe ein ungutes Gefühl.« Sie denkt an Fridas Worte. Soll sie Leif vielleicht erklären, dass sie sich deshalb Sorgen macht? Aber Frida wollte das nicht. »Ich komme nicht hinter die Eiswände, mit denen Avidh sich umgibt. Kannst du mir vielleicht einen Hinweis geben? Nur einen kleinen. Niemand kennt ihn so gut wie du.« Sie schichtet Holzstücke auf ihre Arme.

Leif grinst. »Du bist nicht die Erste, die das von mir fordert.«

»Danke, ich will nichts über Avidhs frühere Liebschaften hören. Warum haltet ihr immer zusammen?« Sie schüttelt den Kopf. Ein Aststummel an einem der Holzstücke piekst ihr in den Bauch. Genau dort, wo die Sorgen sitzen.

Leif zuckt mit den Schultern. »War schon immer so.«

Sie hat gefürchtet, dass Leif das sagen würde. »Ich möchte, dass es Avidh gut geht.«

Er zerteilt einen umgestürzten Baum. »Ich auch.«

»Macht es dir nicht zu schaffen, wenn Avidh manchmal so abweisend ist?« Leif schichtet ihr ein weiteres Stück Holz auf die Arme. Ihr macht es zu schaffen, aber vielleicht lässt sich das nicht vergleichen.

»Warum sollte es? So ist er einfach, und früher war er noch ganz anders. Als ich damals vor elf Wintern zu den königlichen Truppen nach Sliesthorp kam, war Avidh schon einen Winter dort.«

»Ja, er hat erzählt, dass er zehn war, als er dorthin kam.«

»Er war ein einsamer Wolf, wild, furchtlos und unberechenbar. Hat gestohlen und gelogen. Die Ausbilder hatten es schwer mit ihm. Haben ihn gehasst.« Leif lacht. »Sie wollten ihn behalten, weil er Kämpfer besiegt hat, die einen Kopf größer waren als er. Aber sie wollten ihn auch loswerden, weil er unfähig war, sich in der Gruppe vernünftig zu benehmen. Das habe ich ihm beigebracht.«

»Du? Wieso?« Yrsa legt die Holzscheite auf den Boden, fährt sich über die schmerzende Stelle am Bauch, bricht einige Äste von einem toten Baum ab.

»Ich habe sechs ältere Brüder, da lernt man das.«

»Und warum hat er auf dich gehört?«

Leif kratzt sich in seinen Locken. »Weiß ich auch nicht. Ich war nett zu ihm. Das war er nicht gewohnt. Habe ihm lustige Geschichten erzählt, mein Essen mit ihm geteilt. Irgendwie haben wir uns von Anfang an gut verstanden, obwohl er zuerst sehr misstrauisch war. Aber er hat mich beschützt, schließlich war ich neu. Und alle hatten Angst vor ihm. Ich hatte unseren Hof damals verlassen, weil klar war, dass ich sowieso nie etwas erbe. Und ich wollte Krieger werden. Ein Händler hat mich auf seinem Ochsenkarren in den Süden mitgenommen. Es war aufregend, in meiner Vorstellung. Als ich dann in Sliesthorp war, habe ich mich einsam gefühlt, so ohne meine Brüder. Avidh war auch allein. Wir haben uns gegenseitig geholfen. Wir waren noch Kinder. Er hat oft im Stall geschlafen, ich dann auch. So manche Nacht lagen wir dort, eng aneinandergekuschelt, und alles war einfacher.«

Mit Leif gut auszukommen ist auch nicht schwierig, denkt Yrsa. Sie versteht, dass er Avidh viel bedeutet. Alle lieben Leif, besonders die Frauen, für jeden hat er ein freundliches Wort, einen Scherz, eine Umarmung.

»Wir haben seither immer alles geteilt«, sagt Leif. »Ich kann mir nichts anderes vorstellen.«

»Alles? Auch die Frauen?«

Leif grinst. »Ist auch schon vorgekommen. Aber mach dir keine Sorgen. Es waren keine Frauen, die wir näher gekannt haben.«

»Ich mach mir keine Sorgen.« Sie lächelt Leif an.

Er lacht wieder. »Und ich wäre nicht hier ohne Avidh«, sagt Leif und klopft sich Erde von den Hosen. »Wir haben uns im Kampf oft gegenseitig geholfen. Aber das erste Mal, damals in Sliesthorp, das habe ich nie vergessen.«

»Was war da los?«

»Wir hatten einen wichtigen Wettkampf. Der Anlass war berüchtigt, manchmal kam jemand dabei ums Leben.« Leif nimmt Anlauf, hechtet auf eine höher gelegene Astgabel, bricht weitere Zweige ab. »Und dieser Jemand wäre ich gewesen«, sagt er über die Schulter.

»Was war das für ein Wettkampf?«

Leif springt wieder auf den Boden. »Es war ein gefährliches Rennen über das Wasser, eine Art Staffellauf. Die schnellste Gruppe durfte zu einem Schmied in Haithabu und sich neue Kampfäxte fertigen lassen. Vier Jungs waren in einer Gruppe. Wer mit wem zusammen war, bestimmten die Ausbilder. Deshalb waren Avidh und ich nicht in der gleichen Gruppe.«

»Musstet ihr schwimmen?«

»Das auch. Alle wollten Avidh in der Gruppe. Niemand bewegt sich sicherer im Wasser als er.«

Yrsa nickt.

»Wir mussten zuerst ein Stück schwimmen, dann eines der Schiffe entern, dort gegen einen Ausbilder kämpfen, zurück ins Wasser, schwimmen, das nächste Schiff entern, dort von Ruderblatt zu Ruderblatt hüpfen. Wer dabei ins Wasser fiel, schied aus. An den Rudern saßen junge Kämpfer. Wenn ihnen danach war, haben sie die Ruder ruckartig bewegt. Aber sobald jemand ins Wasser stürzte, sollten sie das Ruder still halten, um einen nicht zu treffen. Wir waren an einer tiefen Stelle, das Wasser ist dort trüb. Wenn du versinkst, finden dich nur noch die Wassergeister. Ich habe auf dem letzten Ruderblatt das Gleichgewicht verloren. Sune führte das Ruder, er mochte mich nicht, ich hatte ihm ein Mädchen ausgespannt. Als ich schon im Wasser war, hat mich sein Ruder am Kopf erwischt. Ich erinnere mich nur an einen dumpfen Schmerz und wie alles schwarz wurde.«

»Oh nein«, sagt Yrsa.

»Als ich wieder zu mir kam, lag ich auf der Seite an Bord des Schiffs, Avidh schlug mir kräftig auf den Rücken. Er war der letzte Schwimmer seiner Gruppe, sie hätten haushoch gewonnen. Aber er hat mein Rennen beobachtet, ist mir sofort hinterhergesprungen und hat mich rausgezogen. Die anderen in seiner Gruppe waren unglaublich wütend auf ihn. Ihm war das egal. Und ich wäre sonst ertrunken.«

Yrsa versucht sich vorzustellen, wie Avidh vor zehn Wintern ausgesehen hat. Es gelingt ihr nicht richtig. Auch wenn sie die Augen schließt, sieht sie nur das Bild des großen, starken Kriegers vor sich, der er heute ist.

»Und hat er dir erzählt, warum wir uns jetzt verspätet haben?«

»Nein.«

»Er hat es niemandem erzählt, weil es meine Schuld war.«

»Deine Schuld?«

»Spielt keine Rolle. Ich habe Mist gebaut. Avidh hat mich rausgeholt, aber danach war alles schwieriger und gefährlicher.«

Yrsa schüttelt den Kopf. »Er hat kein Wort gesagt. Aber ich weiß, Avidh kümmert sich um die Menschen, die ihm viel bedeuten.«

»Genau, du hast gesehen, wie er Frida beschützt hat, selbst als sie es nicht für nötig hielt.« Leif grinst. »Also, was immer du ihm vorwirfst: Er macht es vermutlich, weil er dich beschützen möchte.«

Yrsa nickt, sie holt tief Luft. »Mich muss er aber nicht beschützen. Angantýr hat in den letzten Tagen immer wieder über Avidh hergezogen und betont, dass er nicht zu Signe gepasst habe.«

»Lass ihn. Angantýr war eifersüchtig, ist es noch immer. Er glaubt, dass Gunnar Avidh als seinen Nachfolger aufbaut. Und diesen Posten will Angantýr unbedingt.«

»Hast du verstanden, warum Signe euch verraten hat?«

»Nein, ich wünschte, ich wüsste es. Wir alle wüssten es gern.«

»Hat Avidhs momentane Stimmung mit dem zu tun, was letzten Sommer geschehen ist?«

Einen Moment scheint es ihr, als zögere Leif. Dann sagt er: »Der Verrat hat uns alle sehr getroffen. Avidh besonders, weil er mit Signe zusammen war und sich Vorwürfe gemacht hat, vermutlich noch immer macht, dass sie ihn so überrumpeln konnte. Avidh nimmt so was schwerer, als ich es nehmen würde. Warum, weiß ich auch nicht«, sagt Leif.

Sie sammeln das Holz ein und kehren zum Lager zurück. Als sie die Scheite neben den Feuern abgelegt haben, sagt Yrsa: »Ich wusste eigentlich, dass du mir nichts verrätst. Danke trotzdem.«

»Fragen kannst du immer. Ich unterhalte mich gern mit dir.« Leif lächelt.

Als Yrsa durch das Lager läuft, hört sie Idun ihren Namen rufen. Idun streckt den Kopf aus Gunnars Zelt und winkt Yrsa heran. »Komm herein«, sagt sie. »Du musst mir helfen.«

Zwischen den Stühlen beim Eingang betritt Yrsa den Vorraum des Zelts. Dort stehen einige Holzkisten. In einer der Kisten wühlt Idun gerade. Sie stöhnt. »Gib dir Mühe, nicht wie eine Heilerin auszusehen, hat Gunnar gesagt. Einfach ist das nicht.«

»Für euren Ausflug nach Dorestad?«

Idun nickt. »Du musst mich beraten.« Sie streift ihre Ketten über den Hals. An einer baumelt ein silberner Freyja-Anhänger. Einen ähnlichen hat auch Yrsas Mutter getragen. Auch den Gürtel, an dem mehrere kleine Beutel hängen, nimmt Idun ab. Sie zieht ein rotes Kleid aus der Kiste, schüttelt es, der Staub wirbelt im Sonnenlicht, das durch den Eingang fällt. Yrsa hustet.

Idun hält das Kleid an ihren Körper. »Das ist zu klein für mich«, sagt sie und mustert Yrsa. »Dir würde es passen. Probiere es mal an. Die Männer sehen uns hier nicht.«

»Ich weiß nicht.«

»Nun mach schon. Merkt doch keiner.«

Yrsa schlüpft aus den weiten Hosen und dem Hemd und streift das Kleid über. Es liegt eng an ihrem Körper. Sie fährt sich mit den Händen über die Brust und sagt: »Das passt nicht.« Sie will es wieder über den Kopf ziehen, doch Idun hält sie zurück.

»Das passt, als hätte es jemand nur für dich genäht. Der Schnitt ist so, dass er deine Kurven betont. Du bist das nur nicht gewohnt, weil du immer diese weiten Sachen trägst.«

»Die sind bequemer. Kämpfen kann ich so nicht.« Yrsa schaut an sich herunter. Sie hat schon lange kein Kleid mehr getragen. Zu Hause im Dorf hat sie ab und zu ein altes Kleid angezogen, das ihrer Freundin Eydris nicht mehr passte. Aber nur, wenn ihre Hosen schmutzig waren.

»Kämpfen nicht, aber die Frau eines Händlers spielen«, sagt Idun.

»Gunnar hat mich nicht aufgerufen. Es ist schon in Ordnung.«

Draußen am Eingang räuspert sich jemand. Yrsa dreht sich um. Es ist Angantýr. »Kann ich reinkommen?«, fragt er.

»Nur zu«, sagt Idun.

Angantýr tritt ein und pfeift durch die Zähne. »Wer ist das denn? Kenne ich diese schöne Frau?«

»Haha«, sagt Yrsa. »Ich ramm dir gleich eine Faust in den Magen. Dann wirst du dich erinnern.«

Er lacht. »Sieht gut aus. Was macht ihr mit den Kleidern?«

»Wir suchen uns etwas für die Erkundung von Dorestad.«

»Idun sucht etwas. Ich nicht.«

Angantýr runzelt die Stirn. »Gunnar hat nicht nachgedacht, als er bestimmt hat, wer mitkommt. Ich habe vor, auch mitzukommen.« Angantýrs Blick verengt sich.

»Das musst du mit deinem Bruder besprechen«, sagt Idun und streichelt Angantýrs Wange, als wäre er ein kleiner Junge.

Angantýr nimmt ihre Hand und küsst sie. »Ich habe eine Idee«, sagt er und lässt seinen Blick über Yrsas Körper schweifen. »Du kommst mit und gibst dich als meine Frau aus. Zwei Paar Augen mehr kann nicht schaden. Ich bespreche das mit Gunnar. Ich glaube, er hat einfach vergessen, dass wir noch eine Frau dabeihaben.«

»Ich ...« Doch bevor Yrsa antworten kann, ist Angantýr verschwunden. Ich weiß nicht, ob das eine gute Idee ist, wollte Yrsa sagen. Ja, sie will mit. Aber sie hat keine Lust, Angantýrs Frau zu spielen. Avidh wäre nicht begeistert. Und sie fühlt sich sowieso unwohl in dem Kleid. Es liegt zu eng an, passt nicht zu ihr.

»Was wird Gunnar zu Angantýrs Vorschlag sagen?«, fragt sie Idun.

Idun wiegt den Kopf hin und her: »Er könnte ihm gefallen. Angantýr hat ihn fast überzeugt, dass er ihm mit Harald zusammen das Kommando für den Überfall gibt. Gunnar will die schwierigere Mission anführen.«

»Welche schwierigere Mission?«

»Wirst du noch erfahren.«

»Manchmal kann ich kaum glauben, dass es jetzt nur noch ein paar Tage dauert, bis es losgeht.«

Idun nickt. »Die Götter sind uns wohlgesinnt«, sagt sie und fängt wieder an, in der Kiste zu wühlen.

Vielleicht, denkt Yrsa, ist es doch keine gute Idee, an der Erkundung von Dorestad teilzunehmen. Avidh hatte vermutlich recht. Vielleicht möchte sie die Stadt nicht vor dem Angriff sehen.

»Ich bleibe besser hier«, sagt sie und will sich gerade aus dem Kleid schälen, als Gunnar das Zelt betritt. Er stutzt einen Moment.

»Ich hätte dich fast nicht erkannt.«

»Steht ihr gut«, sagt Idun.

»Sehr gut«, sagt Gunnar. »Ich habe mir den Plan für morgen noch einmal durch den Kopf gehen lassen. Du kommst auch mit, in diesem Kleid. Du kannst dich als Angantýrs Frau ausgeben.«

Kapitel 17

Am nächsten Morgen ist Yrsa als Erste an Bord des kleinen Schiffs, mit dem sie nach Dorestad reisen. Alle geben sich als Händler aus. Rund zwölf Leute passen in das Boot, es gibt vier Ruderbänke. Yrsa zupft an dem Kleid, zieht den Ausschnitt höher, streicht über ihren Bauch. Sie hat sich noch nicht daran gewöhnt, ein so figurbetontes Kleid zu tragen. Es ist ein kühler Morgen, der Wind weht aus Norden. Sie fröstelt, ihre Brustwarzen zeichnen sich unter dem Stoff ab. Na toll, denkt sie. Wenigstens ist es für eine gute Sache.

Noch ist es still im Lager, nur die Wachen sind auf. Yrsa schaut über die Zeltstadt, Idun tritt aus Angantýrs Zelt. Vielleicht hat sie heute Nacht nicht bei Gunnar geschlafen. Kurz darauf kommen Gunnar und Idun an Bord. Gunnar stutzt einen Moment bei Yrsas Anblick, obwohl er sie gestern in dem Kleid gesehen hat. »Perfekte Tarnung«, sagt er und setzt sich hinten rechts ans Steuerruder.

Auch Idun ist anders gekleidet als sonst. Sie trägt das Kreuz der Christen um den Hals, lacht ihr tiefes Lachen. »Freyja hat kein Problem damit. Es ist nur ein schlecht gemachtes Schmuckstück. Ich allerdings verstehe nicht, wie man ein Folterinstrument zum Symbol seines Glaubens erklären kann.« Sie schüttelt den Kopf. »Versteh einer diese Christen. Alle Freude verbannen sie aus ihrem Leben.«

Yrsa hat Avidh heute Morgen noch nicht gesehen. Auch aus ihrem Treffen zwischen den Bäumen ist gestern Abend nichts mehr geworden. Bis lang in die Nacht haben sich Avidh, Leif und Gunnar über ihren heutigen Auftrag beraten. Sie hofft, dass Avidh schon erfahren hat, dass sie mitkommt und als wessen Frau sie sich ausgeben soll. Auch Björn der Schwarzbart steigt über die Bordwand. Er wird in Dorestad an Bord bleiben und das Schiff bewachen.

Angantýr klettert als Nächster ins Boot. »Ach, da ist ja meine Frau«, sagt er, steuert auf Yrsa zu und will ihr einen Arm um die Taille legen.

»Fass mich nicht an«, sagt sie. »Theater spielen wir erst in Dorestad.«

Auch Avidh und Leif kommen an Bord. Avidh zeigt keine Reaktion. Es ist ungewohnt, ihn in Händlerkleidern zu sehen, einem beigen Hemd und roten Hosen. Am meisten fällt ihr auf, dass er sein Schwert nicht bei sich hat. Das muss ihm schwergefallen sein. Stattdessen trägt er ein kürzeres Schwert, wie Händler es oftmals nutzen, es hat eine schöne Ziselierung am Knauf. Auch den Lederschutz um die Unterarme und den Brustpanzer hat Avidh abgelegt. Aber der Armring ist noch um sein Handgelenk. Seine welligen Haare sind heute nicht zusammengebunden. Hätte Yrsa ihn in Dorestad getroffen, sie hätte sich gefragt, ob dieser schöne dunkelhaarige Mann vom Meer kommt, an dem einst die Römer herrschten.

Sie wirft ihm einen Blick zu, der hoffentlich wie eine Erklärung wirkt. Avidh erwidert den Blick nicht, aber als er an ihr vorübergeht, sagt er so leise, dass nur sie es hört: »Du siehst sehr schön aus«, und Yrsa wünscht sich, dass Angantýr im Lager bleiben würde. Ihr Kleid scheint Avidh zu gefallen, auch wenn sie nicht vorhat, es in Zukunft noch einmal zu tragen.

Avidh und Leif setzen sich auf die Ruderbänke, Angantýr nicht, er stellt sich vorne an den Bug. Yrsa nimmt auf der Ruderbank hinter Avidh Platz, das Kleid behindert sie. Sie rafft es zusammen und zieht es bis über die Knie, auch wenn ihr der Wind um die nackten Beine weht. Schließlich treffen auch Gunhild und Harald ein. Gunhild trägt ein grünes Kleid, das um ihren drahtigen Körper schlottert. Harald setzt sich neben Yrsa auf den letzten Ruderplatz. Sie folgen der gleichen Route, die sie auch am Morgen des Überfalls nehmen werden. Rudern müssen sie nur ein kleines Stück, in der Mitte des Stroms sollte der Wind sie vorwärtstreiben.

Sie sind schon eine Weile unterwegs, rudern muss niemand mehr, als Angantýr zu Leif sagt: »Ich komme heute mit euch. Ich will mir das Castrum auch näher anschauen.«

Avidh schüttelt den Kopf. »Leif und ich gehen zu zweit. Und willst du Yrsa allein durch die Stadt laufen lassen?«

Das ist kein Problem, will Yrsa antworten. Es würde mir sogar gefallen. Aber sie schweigt. Sie weiß, dass Avidh mit dieser Bemerkung darauf abzielt, Angantýr zu ärgern. Was ihm gelingt.

»Du hast hier nichts zu bestimmen«, sagt Angantýr. »Und mit den Regeln nimmst du es auch nicht so genau, wie ich gehört habe.«

»Halt's Maul.«

»Dreckiger Gassenköter, du hast mir nichts vorzuschreiben«, sagt Angantýr mit lauter Stimme.

Normalerweise würde Avidh so etwas mit regungsloser Miene ignorieren. Doch normal ist in den letzten Tagen wenig. Avidh springt auf. Leif versucht ihn am Arm zu erwischen, greift aber daneben. Avidh stößt Angantýr gegen die Brust, so dass dieser mit dem Rücken hart gegen den Bug prallt. Das Schiff schwankt. Angantýr federt zurück und tritt nach Avidh, trifft seinen Oberschenkel. Der Schmerz muss heftig sein, Avidh knickt beinahe ein, holt aber gleichzeitig aus, landet einen harten Schlag gegen Angantýrs Magen. Die beiden verkeilen sich ineinander, rollen über die Planken, ächzen, fluchen. Das Boot schwankt noch heftiger. Angantýr versucht Avidh in den Schwitzkasten zu nehmen. Avidhs Hand ist an Angantýrs Hals. Er presst zu.

»Hört auf«, ruft Yrsa.

»Harald, übernimm das Ruder«, sagt Gunnar, steht auf, packt Angantýr an der Schulter, brüllt: »Beim fünfbeinigen Troll, hört sofort auf!« Doch die beiden beachten ihn nicht. Gunnar tritt nach ihnen, trifft Angantýrs Oberschenkel. Das Boot schwankt so stark, dass Wasser über die Bordwand schwappt. Yrsa will aufstehen, Gunhild drückt sie auf die Bank zurück und steht selbst vorsichtig auf, greift sich einen Wassereimer neben dem Mast und leert den beiden das kalte Wasser über den Kopf. Avidh prustet, Angantýr verschluckt sich und hustet.

»Wenn ihr nicht sofort Ruhe gebt«, sagt Gunnar mit zorniger Stimme, »schwimmt ihr beide. Mir reicht es! Heute ist ein wichtiger Tag. Wir wollen nicht zerlumpt und blutüberströmt in der Stadt ankommen.« Er starrt Avidh an, als hätte er von ihm mehr erwartet als von seinem Bruder.

»Trollficker«, zischt Angantýr, während ihn der Husten schüttelt. Er blutet aus der Nase, fährt sich mit der Hand über den rasierten Schädel, Tropfen spritzen, rote, durchsichtige. Angantýr wischt die Nase am Ärmel ab.

»Nächstes Mal nehmen wir das Schwert«, stößt Avidh hervor. Seine Mimik verrät keine Emotionen, aber seine Augen blitzen zornig. Wasser tropft ihm aus den Haaren, sie glänzen noch dunkler im Licht. Das wollene Hemd klebt ihm am Oberkörper. Er atmet schwer, seine Wange ist leicht geschwollen.

Yrsa schüttelt den Kopf. Frida, hilf ihm, fleht sie in Gedanken und fragt dann Gunhild mit leiser Stimme: »War das letzten Sommer auch so?«

Gunhild schneidet eine Grimasse. »Fast noch schlimmer«, sagt sie. »Jedes Mal, wenn Signe in der Nähe war. Aber mir kam es so vor, als habe Signe das genossen und manchmal absichtlich Situationen herbeigeführt, in denen die beiden aufeinanderprallten.«

»Warum?«, sagt Yrsa und fragt sich, ob die beiden wirklich wegen ihrer alten Rivalität um Signe aufeinander losgegangen sind. Sie spürt ein Brennen im Magen. Ist sie eifersüchtig auf eine Frau, die weit weg ist? Nein, Angantýr neidet Avidh seine Rolle bei Gunnar, Avidh hat Signes Verrat nicht verwunden. Und sie spürt deutlich: Die bösen Geister machen sich bemerkbar.

Gunhild zuckt mit den Schultern. »Ich hatte nicht viel mit Signe zu tun. Aber gut gekämpft hat sie. Und wenn die beiden zu blöd waren, ihr Spiel zu durchschauen, sind sie selbst schuld. Viele haben sich gewundert, als Signe mit Avidh zusammenkam.«

»Warum?«

»Signe war drei oder vier Winter älter als er. Alle dachten, Gunnar oder einer der älteren Kämpfer hätte besser zu ihr gepasst. Vielleicht sogar Angantýr. Aber sie wollte Avidh.«

Weiter vorne gabelt sich der Fluss. Gunnar steuert das Schiff in den schmäleren Arm des Rheins. Angantýr kniet an der Bordwand, ihm tropft noch immer Blut aus der Nase. Avidh sitzt wieder neben Leif. Nach kurzer Zeit und einer weiteren Biegung kommt am südlichen Ufer eine Siedlung in Sicht.

»Das ist Utrecht«, sagt Gunhild. »Hier müssen wir am Tag des Angriffs still vorübergleiten, wenn die Dunkelheit noch über den Hütten liegt. Schau dort drüben, die Römer haben dieses Castellum einst aus Tuffstein gebaut. Jetzt nutzen es die Franken, sie haben es wieder instand gesetzt und mit Holzpalisaden verstärkt.«

»Ist das eine Kirche?«, fragt Yrsa.

»Ja, sogar zwei«, sagt Gunhild. »Sankt Salvator und Sankt Martin. Der Bischof, eine Art Obermagier bei den Christen, hat da einen Wohnsitz. Und dort, wo du die Kreuze siehst, begraben sie ihre Toten. Utrecht ist aber viel kleiner als Dorestad. Hier wohnen nur ungefähr 400 Menschen, in Dorestad sind es 2500. Dazu kommen noch viele mehr, die nur zum Handeln kurz in der Stadt sind.«

Im Schatten der Palisaden stehen einige Hütten und Häuser, rundherum erstrecken sich Felder.

Als Utrecht vorbeigezogen ist, sagt Gunnar: »Alle mal hören. Wir gehen gestaffelt in Zweiergruppen in die Stadt. Nördlich des Marktes legen wir an. Zuerst gehen Avidh und Leif los, dann Harald und Gunhild, gefolgt von mir und Idun. Angantýr und Yrsa warten bis zum Schluss.«

Als Dorestad in Sichtweite kommt, steht Yrsa am Bug, kneift die Augen zusammen und versucht das Bild der Stadt in sich aufzusaugen. Schon von Weitem sieht sie, wie viele Landungsstege sich in den Flusslauf strecken. In ihrem Bauch kribbelt es. Das Boot schwankt etwas, sie spürt, dass sich jemand nähert, und weiß, ohne sich umzudrehen, dass es Avidh ist. Er steht hinter ihr, sie spürt seinen Atem im Nacken. Am liebsten würde sie sich gegen seine Brust lehnen. Aber Gunnar hat sie im Blick.

»Dort vorne«, sagt Avidh und zeigt in Richtung Süden. »Wenn du genau schaust, siehst du im Süden der Stadt das Castrum Dorestad. Es gehörte vor langer, langer Zeit zur Grenzbefestigung der Römer. Heute haben sich die Franken darin eingerichtet. Von dort haben wir am meisten Gegenwehr zu erwarten.«

Während er spricht, streicht er ihr langsam mit der Hand die Wirbelsäule entlang, streichelt sie im Kreuz und folgt dann der Linie zwischen ihren Pobacken. Sie spürt den Druck seiner Finger und bemüht sich, keinen Laut von sich zu geben. Sein breiter Rücken verdeckt, was er tut. Yrsa schließt die Augen, ihr Körper reagiert sofort auf Avidhs Berührungen. Am liebsten würde sie sich umdrehen und ihn küssen. Dafür lehnt sie sich ganz leicht nach hinten, so dass ihr Po sein Becken berührt. Sie bewegt die Hüften nur ein bisschen, schaut dabei auf den Fluss und lächelt. Sie spürt, wie er hart wird und einen kleinen Schritt zurücktritt. Vor dem Überfall will sie noch einmal mit ihm sprechen und alles klären, was im Moment zwischen ihnen zu stehen scheint. Zu schrecklich ist die Vorstellung, ihm oder ihr könnte etwas geschehen. Sie greift hinter sich, nimmt seine Hand und flüstert: »Seid vorsichtig heute.«

Er drückt ihre Hand. Die Stadt nähert sich schnell.

»Der Fluss macht zwei Kurven«, sagt Avidh. »So, als hätte ein Riese am östlichen Ufer gestanden und in der Mitte der Stadt gegen den Fluss getreten und den Flusslauf nach Westen geschoben. Die Stadt ist ein einziger Hafen. Er zieht sich von Nord nach Süd, überall landen die Schiffe, kommen die Händler miteinander ins Geschäft.«

Ihr Boot fällt nicht auf. Rechts und links von ihnen sind weitere kleine Schiffe, voll beladen mit Fracht. Sie befestigen ihren Kahn an einem der zahllosen Landungsstege. Das Wasser gurgelt leise um seine Pfosten. Björn macht es sich am Bug gemütlich, zündet sich eine Pfeife an, einen Fuß auf die Bordwand gestützt. Er wird das Schiff bewachen und den Betrieb am Hafen im Auge behalten.

Avidh schaut ihr zum Abschied lange in die Augen. Was er und Leif vorhaben, weiß Yrsa nicht genau. Was die beiden jeweils tun, wissen meist nur sie selbst und Gunnar. Schnell sind sie im Gewirr der vielen Menschen am Hafen verschwunden.

Als alle aufgebrochen sind, machen auch Angantýr und sie sich auf den Weg. Hier im Norden stehen die Hütten weiter auseinander, erst vorne beginnen die Plattformen, die am östlichen Ufer in den Fluss ragen. Yrsa würde gern allein durch die Stadt streifen, aber Angantýr würde das kaum gefallen. Er geht neben ihr, auffällig schweigsam, Sorgenfalten auf der Stirn.

»Ist alles in Ordnung, Angantýr?«, fragt Yrsa.

»Jaja«, sagt er. »Ich habe nur gerade über etwas nachgedacht.«

Vermutlich über Avidh, denkt Yrsa. Doch dann sagt Angantýr: »Ich war schon einmal in diesem Teil der Stadt. Hier war früher ein Sklavenmarkt, ist schon länger her. Jetzt ist er weiter im Süden.«

»Und was hast du dort gemacht?«

»Nichts, ist nicht wichtig. Hör zu«, sagt Angantýr, »diese Stadt erstreckt sich so weit entlang des Flusses, vielleicht ist es eine gute Idee, wenn wir uns eine Zeit lang jeder für sich umschauen.«

Yrsa bleibt stehen, sieht ihn an, kann fast nicht glauben, was sie hört.

»Natürlich nur, wenn du dich allein nicht fürchtest«, sagt Angantýr.

»Ich mich fürchten? Bestimmt nicht. Das ist eine gute Idee«, sagt Yrsa. Vielleicht will Angantýr sich irgendwo eine Frau kaufen. Vorhin hat sie einige junge Frauen gesehen, die in dünnen, kurzen Kleidern in Richtung der Landungsstege unterwegs waren. Mir solls recht sein, denkt Yrsa.

»Wunderbar«, sagt Angantýr und streicht ihr kurz über den Arm. »Wir treffen uns bei dem Brunnen, an dem wir vorhin vorbeigekommen sind. Wenn die Sonne über dieser großen Birke dort hinten steht.« Er zeigt mit dem Finger in Richtung Südwesten. »Und warte auf mich, wir gehen dann gemeinsam zurück zum Schiff. Ich will nicht, dass Gunnar sich aufregt.«

»In Ordnung«, sagt Yrsa.

Angantýr lächelt sie an und verschwindet um die nächste Ecke.

Dann ist sie allein.

Kapitel 18

Yrsa schaut südwärts. Der Markt schlängelt sich endlos am Fluss entlang. Man braucht mindestens fünftausend Schritte, um ihn zu durchqueren, hat Avidh gesagt. Ein Landungssteg reiht sich links von ihr an den nächsten. Weit ragen die Stege in den Rhein hinaus. Noch nie hat Yrsa so viele Landungsstege an einem Ufer gesehen, lange, breite Holzplattformen auf Pfählen. Manche stehen so dicht beieinander, dass es leicht wäre, von Steg zu Steg zu hüpfen, hundert bis zweihundert Schritte sind sie lang. Zwischen anderen ist genug Platz, dass Boote seitlich ankern können.

Häuser, Hütten, Marktstände haben die Menschen auf den Plattformen gebaut. Das Flusswasser plätschert gegen die Pfähle. Das Gedränge scheint noch dichter als am Hafen von Haithabu. »Frisches Fladenbrot«, ruft eine laute Stimme, weiter vorne umkreisen Möwen einen Marktstand. Ein breiter Uferweg führt von Norden nach Süden. Auch rechts des Weges setzt sich der Markt in den Häusern und Hütten fort.

Yrsa macht ein paar Schritte ins Getümmel. Auch wenn sie nicht genau weiß, wonach sie suchen muss: Wertvolles, reiche Händler, hat Gunnar gesagt. Abends will er das alles in die große Karte des Marktes, die er in den Schlamm gezeichnet hat, eintragen. Es war beeindruckend, wie genau Gunnar die Stadt schon im Kopf hatte. Yrsa hat nicht damit gerechnet, sich allein umzuschauen, jetzt ist sie, wenn sie ehrlich ist, ein bisschen überfordert.

»Achtet auf die Befestigungsanlagen«, hat Gunnar gesagt. »Sucht Orte, an denen wir gut angreifen könnten, und Wertvolles, das schlecht beschützt wird. Dorestad zu verteidigen, ist ein Albtraum«, hat er noch angefügt und gegrinst. Die Stadt ist ein einziger Hafen.

Es sind so viele Marktstände, wie soll Yrsa sich da was einprägen, und wie soll sie wissen, welcher Händler unter den Tischen Waffen versteckt hat? Vermutlich fast jeder. Vielleicht hätte sie Angantýr doch bitten sollen, gemeinsam durch die Stadt zu streifen. Er hat mehr Erfahrung als sie.

Nein. Sie schafft das allein. Sie strafft die Schultern, geht ein paar Schritte weiter. Beschließt, sich treiben zu lassen, dem Uferweg zu folgen. Irgendetwas wird ihr auffallen. Ganz im Süden steht das römische Castrum. Sie sieht die Umrisse nicht, ist geblendet von dem diffusen Licht. Sie vermutet, dass Avidh und Leif dort die Bewegungen der fränkischen Soldaten auskundschaften.

So viele Menschen sind unterwegs. Rufen, feilschen, ächzen unter schweren Lasten, eilen von da nach dort, sprechen Sprachen, die Yrsa nicht kennt. Alle paar Schritte muss sie stehen bleiben. Von links zieht ein Mann ein Fass über den Weg, von rechts eilt eine ältere Frau auf einen der Landungsstege. Jemand stößt Yrsa in den Rücken, flucht. Am Wegrand bietet eine Händlerin Badorfer Keramik an, bauchige Gefäße und Amphoren. Yrsa fährt mit dem Finger über die wellenartigen Muster. Ihre Mutter besaß einst ein ähnliches Gefäß, Yrsas Vater hatte es von seinen Reisen ins Frankenland mitgebracht. »Finger weg«, ruft die Marktfrau. Grünes, blaues, gelbes, fein ziseliertes Glas ist auf einem Tisch in einer kleinen Hütte daneben ausgestellt.

Doch all das scheint zu zerbrechlich, um es schnell fortzuschaffen. Bernstein, Gold, Silber, Waffen und die Dorestad-Münzen wären bessere Beute. Gunnar und Idun wollen das Haus auskundschaften, in dem die Franken diese Münzen prägen.

Alle paar Schritte steigt Yrsa ein anderer Geruch in die Nase. Es riecht nach Thymian, nach Minze, nach Lavendel, auf einem Landungssteg verkauft eine Marktfrau Kräuter. Dann duftet es nach frischem Fladenbrot.

Ein kleiner Junge in löchrigen Kleidern steht neben dem Stand des Bäckers. Er bückt sich, kratzt sich an seinem nackten Fuß und beobachtet die Bewegungen der Kunden. Als sich besonders viele vor dem Tisch drängeln, steht er langsam auf und steckt in einer blitzschnellen Bewegung ein Brotstück unter das Hemd. Yrsa lächelt, niemand scheint etwas bemerkt zu haben. Der Junge rennt in Richtung der Häuser, stößt beinahe mit ihr zusammen und verschwindet im Gedränge.

Sie geht weiter, links ragt eine besonders lange Plattform ins Wasser, mehrere Marktstände mit Käse, Wein, Tüchern und Wolle stehen darauf, daneben eine Hütte, an der eine Fischerrute lehnt. Am vorderen Ende schaut die Spitze eines Masts über die reetgedeckten Dächer, vermutlich ein Handelsschiff. Es duftet nach gebratenem Fisch. Eine heisere Stimme ruft: »Fisch vom Feuer, Forellen, frisch vom Feuer.«

Yrsas Magen knurrt. Sie beschließt sich auf dem Landungssteg umzuschauen, macht ein paar Schritte auf die Plattform. Weiter vorne kracht etwas auf den Boden, die hölzernen Planken zittern. Yrsa spürt die Erschütterung durch ihre dünnen Sohlen. Vielleicht lädt der Händler Waren aus dem Schiff.

»Die Kisten alle hier auf einen Stapel«, ruft jemand.

Sie erstarrt. Bleibt stehen. Kann Arme und Beine nicht bewegen. Schließt die Augen einen Moment, lauscht, wartet auf weitere Worte. Das ist nicht möglich. Sie muss sich geirrt haben, streckt den Hals, schaut nach vorn, aber ein hölzerner Verschlag versperrt ihr die Sicht.

»Nein, hier drüben. Alle aufeinander.« Wieder dieselbe tiefe Männerstimme. Yrsa schlägt die Hand vor den Mund. Wie kann das sein? Was macht er hier? Ausgerechnet er. Hier? Sie stützt sich mit einer Hand an dem Holz des Verschlags ab, versucht ruhig zu atmen, lehnt sich dann mit dem Rücken gegen die Wand, gleitet langsam an dem Brett herunter, bis sie auf dem Boden sitzt, den Kopf in beide Hände gestützt.

Eine alte Frau sagt etwas zu ihr, legt ihr die Hand aufs Knie. Yrsa versteht ihre Worte nicht, schüttelt den Kopf. Die Frau hat Friesisch gesprochen, obwohl sie hier immer wieder auch ihre Sprache hört oder ein Gemisch aus beidem. Aber die Worte vorhin, die waren in ihrer Sprache. Das ist nicht erstaunlich, doch die Stimme ist es. Sie hallt durch ihren Kopf, stößt dort Türen zu Kammern auf, die lange verschlossen waren.

»Ja, die Letzte auch noch obendrauf.«

Yrsa schließt die Augen. Mit jedem Wort, das sie hört, gleitet sie tiefer in die Vergangenheit. »Nimm mich mit«, war die Melodie jener Zeit, »nimm mich mit auf deinen Reisen, ich bin wie du, ich will kämpfen, ich bin Kämpferin wie du.« So oft hat sie das zu ihrem Vater gesagt. Zu ihrem Vater, den sie zuletzt gesehen hat, als sie fast noch ein Kind war. So lange haben sie nichts von ihm gehört. Irgendwann hat sie angenommen, dass ein Schwert ihn durchbohrt hat. Ihr Vater war ein großer Krieger. War? Ist?

Wenn sie die Zeit zusammenrechnet, die sie mit ihm verbracht hat, kommt sie nur auf wenige Winter. Er war mehr auf Reisen als zu Hause. Ihre Mutter störte das nicht. Sie war als Seherin viel unterwegs, es gab immer andere Männer, die sie traf. Aber Yrsa vermisste ihn. Ihr Traum vom Kämpfen und ihr Vater gehörten immer untrennbar zusammen, zumindest, als sie ein Kind war.

Sie erinnert sich gut an jenen Tag, an dem sie ihren Vater zum letzten Mal sah. Auch wenn seither sieben Winter vergangen sind. Es war ein Abschied wie so viele zuvor, und doch war er anders. Sie lebten damals in Ribe, und Yrsa begleitete ihren Vater immer zum Hafen, egal wie früh oder spät er aufbrach.

Vor seiner letzten Abreise war er fast den ganzen Winter zu Hause gewesen, deshalb schmerzte sie sein Fortgehen besonders. Fast jeden Tag hatten sie zusammen das Kämpfen geübt. Unter seiner Anleitung traf sie mit dem Bogen immer weiter entfernte Ziele, führte die Axt geschickter.

Am Abend vor der Abreise lag Yrsa wach im Bett. Es fühlte sich an, als würde eine Trollhand ihren Magen zusammenpressen. »Pabbi«, flüsterte sie so leise, dass niemand sie hören konnte. »Pabbi, ich will nicht, dass du fortgehst.«

Seit vielen Wintern hatte sie ihren Vater bei jedem Abschied gebeten, sie mitzunehmen. »Wenn du älter bist«, sagte er jedes Mal.

»Ist es nächsten Sommer endlich so weit?«, fragte sie, als sie am folgenden Morgen in Ribe am Flussufer standen, das Schiff schaukelte neben ihnen auf den Wellen. Es regnete in Strömen, die Tropfen liefen Yrsa über das Gesicht. »Ich bin jetzt schon bald elf«, sagte sie.

Ihr Vater strich ihr über die nassen Haare. »Vielleicht nächsten oder übernächsten Sommer«, sagte er, »und immer schön üben.« Dann drückte er ihr ein Säckchen Silber in die Hand.

»Warum gibst du mir das?«, fragte sie. »Warum hast du es nicht Mama gegeben?«

Er schloss ihre Hand über dem weichen Leder des Säckchens. »Das ist nur für dich, Yrsa«, sagte er. »Pass gut darauf auf. Du kannst dir eine wertvolle Kampfaxt damit kaufen, wenn du noch ein bisschen älter bist.«

»Aber du kommst doch bald wieder zurück, dann können wir die Axt zusammen aussuchen«, antwortete sie.

Er nickte, doch sein Gesichtsausdruck schien etwas anderes zu sagen. Dann zog er sie an seine Brust. Sein Hemd roch nach dem Öl, mit dem er seinen Bart pflegte, und nach geräuchertem Fleisch. Ihr Vater liebte geräuchertes Fleisch und hatte vor seiner Abreise noch eine große Portion zubereitet.

»Schon bald komm ich mit«, rief sie ihm nach, als sich das Schiff langsam entfernte. Er stand an der Bordwand und winkte, bewegte seinen Mund. Es sah aus, als würde er die Worte »schon bald« formen. Hören konnte sie ihn nicht mehr. Der Regen prasselte auf die Fässer und Kisten am Hafen. Aber sie war sich sicher, dass er »schon bald« sagte. Trotzdem spürte sie dieses Ziehen im Bauch, das in den ersten Tagen nach seiner Abreise am schlimmsten war.

Sie ahnte damals nicht, dass sie ihren Vater nie mehr sehen würde. Und sie ahnte nicht, dass sie sein Silber nicht für eine Kampfaxt, sondern für eine überstürzte Flucht ausgeben musste.

Ihr Vater kam in jenem Winter nicht zurück. Yrsa wartete und wartete, aber es war nicht das erste Mal, dass er nicht nur den Sommer, sondern auch den ganzen Winter fortblieb. »Er kommt zurück«, sagte ihre Mutter, und Yrsa glaubte ihr. Doch als sie dann aus Ribe fliehen mussten, machte Yrsa sich schreckliche Sorgen, dass ihr Vater sie nun nicht mehr finden konnte. Falls er noch lebte.

Yrsa rappelt sich auf. Vielleicht hat der Mann nur eine ähnliche Stimme wie ihr Vater. Eigentlich klang sie zu jung. Als wäre sie aus ihrer Erinnerung hier an den Hafen von Dorestad gesprungen. Dabei müsste ihr Vater jetzt schon bald vierzig Winter alt sein.

Sie späht um die hölzerne Hütte. Nur ein bisschen mit der Nasenspitze. Dann weicht sie zurück, legt die Hände über die Augen, ihr Herz pocht bis in die Schläfen. Sie kann nicht glauben, was sie gesehen hat. Sie schaut auf den Boden, auf ihre staubigen Schuhe, bewegt die Zehen auf und ab, als könnte sie sich damit ablenken. Ihr Bauch fängt an zu zittern. Das Zittern breitet sich über den Körper aus, kriecht bis in ihre Fingerspitzen. Sein Bauch ist runder. Die Haare sind kürzer, der braune Bart hat graue Strähnen. Aber es gibt keinen Zweifel: Dort vorne steht ihr Vater und lädt Kisten aus dem Schiff. Ihr Vater, den es nur noch in ihrer Erinnerung gab und der jetzt plötzlich so lebendig ist.

Sie will losrennen, wünscht sich nichts sehnlicher, als ihn zu umarmen. Doch plötzlich fällt ihr ein: Zuerst muss sie wissen, warum ihr Vater in Dorestad ist. Vielleicht kundschaftet er die Stadt für eine andere Gruppe aus. Vielleicht darf er nicht wissen, dass sie auch hier ist. Vielleicht sind sie plötzlich Widersacher. Was für ein verstörender Gedanke.

Aber es ist ihr Vater. Oder doch nicht? Noch einmal schielt sie um die Ecke. Blinzelt mehrmals. Jemand stolpert über ihre Füße. Natürlich ist er es. Sie würde ihn auch in fünfzig Wintern noch erkennen. Sie unterdrückt ein Schluchzen. Es kommt nur als zerdrücktes Atemgeräusch aus ihrem Mund. Ich habe dich vermisst, schrecklich vermisst, denkt sie. Aber wer weiß, vielleicht hat ihr Vater längst eine neue Familie. Er ist nie mehr aufgetaucht. Gut möglich, dass er in seinem jetzigen Leben keinen Platz für sie hat.

Sie überlegt, was sie tun soll. Ob er weiß, dass ihre Mutter nicht mehr lebt? Ob er jemals zurückgekehrt ist nach Ribe, um nach ihr zu suchen? Vielleicht hat er sie einfach vergessen.

Ein Mann mit einer breiten Schubkarre eilt an Yrsa vorüber und ruft: »Thorstein, damit geht es einfacher.« Der Mann bleibt neben ihrem Vater stehen. Thorstein. Das ist der Name ihres Vaters. Er ist es wirklich. Aber das wusste sie schon.

Ihr Vater lädt die Kisten mit zwei Gehilfen auf die Schubkarre.

Yrsa muss wissen, wohin er unterwegs ist, drückt sich gegen die Wand der Hütte. Die Männer laufen an ihr vorüber in Richtung des Uferwegs, ohne sich umzudrehen. Vielleicht würde ihr Vater sie nicht erkennen, wenn er vor ihr stünde. Sie war noch ein Mädchen. Jetzt ist sie eine Frau.

Vom Landungssteg biegt ihr Vater links auf den Uferweg ab. Er ist nicht gekleidet wie ein Krieger. Er trägt Hosen und Hemd aus einem teuren Wollstoff, am Gürtel nur ein kurzes Schwert. Sie schaut an sich herunter. In ihrem Kleid sieht sie heute auch nicht aus wie eine Kriegerin. Ist er vielleicht wie sie auf geheimer Mission? Aber warum transportiert er dann Kisten? Vielleicht Waffen?

Yrsa folgt ihm in einigen Schritten Entfernung. Es sind viele Menschen unterwegs, es ist nicht schwierig, in der Menge abzutauchen. Sie schaut nicht mehr rechts oder links, späht nicht nach Wertvollem, wie sie eigentlich sollte, schaut nur noch auf den Hinterkopf ihres Vaters, den Wirbel in seinen Haaren. Der Wirbel ist noch genau wie früher.

Nach kurzer Zeit verschwindet die Gruppe rechts zwischen zwei Häusern. Yrsa folgt ihnen, stolpert beinahe über ein Brett, das in dem schmalen Durchgang liegt. Hinter der ersten Reihe Häuser ist wieder ein Weg, der von Nord nach Süd führt. Hier ist es schon ein bisschen ruhiger, und es ist mehr Platz zwischen den Gebäuden. Hühner picken zwischen zwei Hütten im Staub.

Neben einem Lagerhaus bleibt ihr Vater stehen, zieht einen Schlüssel aus einem kleinen Beutel und stemmt eine Türe auf. Yrsa wartet in der Gasse und ist unschlüssig, was sie tun soll. Sie kann nicht weitergehen, als ob nichts geschehen wäre. Oder doch?

Ihr Vater und die Männer räumen die Kisten in das Lagerhaus. Ein, zwei scheinen besonders schwer. Plötzlich zeigt einer der Männer in ihre Richtung. Vielleicht hat sie zu auffällig gestarrt. Sie werden denken, dass sie etwas stehlen will. Schnell verschwindet Yrsa in der nächsten Gasse. Sie will ihren Vater nicht aus den Augen verlieren. Dann hört sie seine Stimme hinter sich. Er ist ihr gefolgt.

»Junge Frau, warum beobachtet Ihr uns?«, sagt er, sein Tonfall ist schroff.

Sie kehrt ihm den Rücken zu, schaut langsam über die Schulter, dreht sich um. In der schmalen Gasse zwischen den Häusern stehen sie sich gegenüber. Ihr Vater sagt: »Was wollt Ihr …?« Dann verstummt er. Starrt sie an.

Sie starrt ihn auch an, hält die Hand vor die Lippen, um das Zittern zu stoppen.

Ihr Vater öffnet den Mund, als wollte er etwas sagen. Aber er atmet einfach laut aus. Dann schluckt er, zupft an seinem Bart. »Ist das möglich?«, sagt er.

Yrsa kann sich nicht bewegen. Sie steht nur da und schaut ihn an.

»Yrsa?« Er legt die Hand auf seine Brust. »Bist du meine Tochter Yrsa?«

Sie bewegt den Kopf ganz leicht. Es ist kein Nicken. Es fühlt sich mehr wie ein Zittern ihres Kinns an. Er macht einen Schritt auf sie zu.

»Bei Odins Raben«, murmelt ihr Vater. Und plötzlich stürzt er auf sie zu und zieht sie an seine Brust, schlingt die Arme um sie. »Yrsa, meine Yrsa, du bist es wirklich!«, sagt er.

Sie findet noch immer keine Worte, atmet seinen Geruch ein. Er drückt sie an sich, und sie sucht in seinem Geruch nach etwas Vertrautem, nach Spuren seines Bartöls, dem geräucherten Fleisch, findet sie aber nicht. Ihr Vater riecht nicht mehr wie früher. Etwas hat sich verändert. Sie ist sich sicher, er ist es, und doch riecht er nicht mehr vertraut.

Er legt ihr beide Hände auf die Schultern, schaut sie an. »Du erinnerst mich an deine Mutter«, sagt er, schüttelt den Kopf und umarmt sie noch einmal. An ihrer Wange spürt sie etwas Metallenes, das sie in die Haut piekst.

»Was machst du hier, Yrsa?«, sagt ihr Vater. »Ich kann nicht glauben, dass ich dich hier treffe! Es ist so lange her. Yrsa, meine Yrsa, wie geht es dir?« Er mustert sie. »Aus dir ist eine Frau geworden.«

»Ich … Gut.«

»Du bist …« Er schüttelt den Kopf. »Ich habe dich zuerst nicht erkannt. Gut siehst du aus. Als Mädchen wolltest du nie Kleider tragen.« Er lächelt, streicht ihr über die Schulter. »Wie schön, dich zu sehen!«

»Ich …« Ich trage noch immer selten Kleider, will sie sagen. Doch plötzlich fällt ihr ein: Sie muss aufpassen, was sie sagt. Den wahren Grund ihres Besuchs darf er nicht erfahren. Aber er ist ihr Vater. Er würde sie nicht verraten. Sie überlegt einen Moment. Ganz sicher ist das nicht. Und außerdem … Ein schreckliches Gefühl breitet sich in ihrem Bauch aus. Falls er hier lebt, würde ihr Überfall ihn vielleicht gefährden. Zudem würde er sich verteidigen. Sie will nicht gegen ihren Vater kämpfen. Und sie will nicht, dass Avidh gegen ihn kämpft.

»Du bist bleich geworden«, sagt ihr Vater. »Ist etwas nicht in Ordnung, Yrsa? Was machst du hier? Lebst du in Dorestad?«

»Nein. Es ist alles in Ordnung. Ich bin auch sehr überrascht, dich zu sehen. Ich war nicht sicher … Ich habe gefürchtet, dass du nicht mehr lebst. Du warst so lange weg.«

»Ich bin zurückgekommen nach Ribe. Aber ihr wart fort«, sagt er schnell.

»Weißt du, dass Mama …?«

Er nickt. »Ja, das habe ich gehört. Es hat mich sehr traurig gemacht. Deine Mutter war eine ganz besondere Frau. Wie hast du dich allein durchgeschlagen? Ich habe so oft an dich gedacht.«

»Hast du mich gesucht?«

»Also ... Ich habe in Ribe nach dir gesucht. Aber wo hätte ich sonst suchen sollen?«

Sie zieht die Nase hoch. »Ja.« Sie zuckt mit den Schultern. »Ich hätte irgendwo sein können.« Aber du hättest trotzdem nach mir suchen können, denkt sie. Sie hat sich oft vorgestellt, wie ihr Vater über das Land zieht und sie verzweifelt sucht, so verzweifelt, wie sie ihn vermisste.

»Dort vorne ist eine Methalle«, sagt ihr Vater. »Lass uns was essen gehen. Du musst mir alles erzählen.«

Kurz darauf sitzt sie ihm an einem langen Tisch gegenüber. Es ist laut und stickig. Eine massige Frau neben Yrsa stößt immer wieder gegen ihren Arm. Es riecht nach Bier, nach Schweiß, nach Eintopf. Ihr Vater schaut sie die ganze Zeit an, als könnte er nicht glauben, dass sie es wirklich ist. Er hat noch immer diesen leicht stechenden Blick. Fremde fürchten sich deshalb vor ihm, hat sie sich als Mädchen immer vorgestellt. Viele Fältchen haben sich um seine Augen eingegraben.

Yrsa erzählt von den vier Wintern, in denen sie sich allein mit ihrem kleinen Bruder Sjalfi durchgeschlagen hat. Wenn ihren Vater etwas erstaunt, zieht er die linke Augenbraue in die Höhe. Das war schon früher so. Als sie kleiner war, haben sie viel zusammen gelacht, wenn sie versuchte, das nachzumachen.

»Es tut mir so leid, dass ich nicht da war, um euch zu beschützen«, sagt er.

»Ist schon in Ordnung«, sagt sie. »Ich habe uns beschützt.« Jedenfalls meistens, denkt sie, und schaufelt den Bohneneintopf, den ihr Vater geholt hat, in sich hinein. Sie hadert nach wie vor mit dem Gedanken, was sie ihm verraten darf und was nicht.

»Du hast mir noch immer nicht erzählt, was du hier in der Stadt machst«, sagt ihr Vater. »Bist du verheiratet?«

Wieder weiß sie nicht, was antworten. Für diese Mission ist Angantýr ihr Ehemann. Auch wenn sie ihn niemals heiraten würde. Soll sie ihn heute trotzdem als echten Ehemann ausgeben? Nein, es ist besser, wenn niemand von der Anwesenheit ihres Vaters erfährt. Soll sie ihrem Vater von Avidh erzählen? Das kann sie nicht, ohne alles zu verraten.

»Yrsa, du bist so still. Bist du noch immer geschockt, dass dein alter Vater am Leben ist und vor dir sitzt?« Er lächelt und fährt sich über den grau melierten Bart.

»Es war immer schön, wenn du zu Hause warst und wir zusammen das Kämpfen geübt haben.«

Er nickt und nimmt ihre Hand. »Ich weiß. Für mich auch. Ich erinnere mich sehr gern daran. Aber ich bin froh, dass du deinen Traum nicht verwirklicht hast. Das waren Mädchenträume. Jetzt bist du eine Frau, eine schöne junge Frau. Es macht mich stolz, dich so zu sehen.«

Obwohl der Eintopf warm ist, breitet sich Kälte in Yrsas Bauch aus. Er war es, der sie immer ermutigt hat, Kämpferin zu werden. Ohne ihn säße sie heute vielleicht nicht hier. »Warum sagst du das?«

»Ich kämpfe auch nicht mehr.«

»Was? Warum nicht? Du warst ein großer Krieger.«

Er fasst sich an die Schulter. »Zu viele Verletzungen, die schlecht geheilt sind. Und das ist kein Leben für eine Frau.«

Sie will ihm widersprechen. Es fühlt sich schrecklich an, diese Worte von ihm zu hören. Ausgerechnet von ihm. Aber alles, was sie sagt, könnte gleichzeitig eine Gefahr sein, für Avidh, für sie, die ganze Gruppe, und auch für ihren Vater. Yrsa holt tief Luft, vor ihr sitzt ihr Pabbi, den sie als Kind so geliebt hat, und vor ihr sitzt auch ein Fremder.

»Es ist warm hier drin«, sagt ihr Vater und öffnet das Band oben an seinem Hemd.

Sie starrt auf seine Brust, kann nicht glauben, was sie sieht. Jetzt weiß sie, was sie bei der Begrüßung in die Wange gestochen hat. Ihr Vater trägt das Kreuz der Christen.

»Warum hast du das um den Hals?« Yrsa runzelt die Stirn. Ist er vielleicht doch auf geheimer Mission und hat das umgelegt wie Idun? Sie zeigt auf das silberne Kreuz. »Glaubst du jetzt an den Gott der Christen?«

»Ach, meine Frau ist Christin. Ihr war das wichtig.«

»Aber … die Christen mögen keine Seherinnen. Sie verbieten, was Mama konnte. Wie kannst du alles verraten, wofür sie gelebt hat?«

»Ist doch nicht so wichtig. Was spielt es für eine Rolle, der Gott der Christen oder die alten Götter? Ich kann sie alle ehren.«

»Was meinst du mit alt? Die Christen verstehen die Welt nicht. Sie spüren die Elfen, die Trolle, die Geister, die uns umgeben, nicht. Das ist gefährlich. Ich weiß nicht, ob Mama dich dann noch beschützen kann.«

Ihr Vater schüttelt den Kopf. »Mach dir nicht so viele Gedanken, Yrsa. Wo ist dein Mann? Du bist doch nicht allein hier.«

Sie schüttelt langsam den Kopf. »Er musste etwas erledigen.« Warum spricht ihr Vater mit ihr, als wäre sie hilflos? Warum erscheint er ihr als Fremder, der sich in einem vertrauten Mantel versteckt? Neben der Traurigkeit spürt sie jetzt auch Zorn.

»Ich möchte deinen Mann kennenlernen. Erzähl mir von ihm.«

Er ist ein großer Krieger wie du, will sie sagen. Ich liebe ihn mehr, als ich mir jemals vorstellen konnte. Sein Name ist Avidh, und er ist etwas Besonderes, denkt sie und sagt das Erstbeste, was ihr einfällt: »Er handelt mit Waffen.«

»Wirklich? Dann muss ich ihn erst recht treffen. Wo lebst du? Wo hast du ihn kennengelernt?«

»In Haithabu. Wohnst du hier in der Stadt?«

»Nein. Aber ich bin oft hier, mehrere Tage, um zu handeln, so wie jetzt. Morgen Nachmittag habe ich ein wichtiges Treffen.«

»Bist du gerade angekommen?«

»Ja. Ich wohne bei einem Händler im Südwesten von Dorestad, ein bisschen abseits des Trubels. Er kommt ursprünglich aus Ribe. Du wirst dich wahrscheinlich nicht erinnern. Arne ist sein Name. Meine Familie lebt weiter östlich, auf einem Hof bei Nijmegen, meine Frau und meine Kinder, deine Geschwister.«

»Wie viele Kinder hast du?«

»Mein Ältester ist neun. Zwei Kinder sind am Fieber gestorben. Meine Töchter sind dreizehn und drei. Meine weiteren Söhne sechs und zwei.«

»Dreizehn? Dann ist sie nur fünf Winter jünger als ich. Und neun? Dann …« Ist er genauso alt wie Sjalfi, will sie sagen, doch sie verstummt.

»Warum wunderst du dich? Viele Männer haben Nebenfrauen. Und du weißt, dass deine Mutter auch immer andere Männer hatte.«

Yrsa nickt. Aber diese Nebenfrauen sind sonst im selben Haus und nicht weit jenseits des Meeres, will sie einwenden. Doch im Moment fühlt sich alles so taub an in ihr. Sie weiß gar nicht, ob sie mit ihrem Vater streiten will.

»Ich werde deine Mutter trotzdem immer lieben. Niemand ist wie Katla.«

»Ja.« Und du wirst sie mit niemandem ersetzen können, denkt Yrsa.

»Wie lange bist du in der Stadt?«, fragt ihr Vater.

»Heute bin ich nur zu Besuch. Aber wir kommen vermutlich schon bald wieder, vielleicht morgen.« Die Hitze steigt ihr ins Gesicht. Wenn sie nur erreichen könnte, dass sie den Angriff etwas hinauszögern … Vielleicht wäre ihr Vater dann abgereist. Aber Gunnar wird nicht auf sie hören. Und er will unbedingt Valìs Gruppe zuvorkommen. »Wo sind deine Waffen?«

»Zu Hause auf dem Hof. Mein Sohn wird sie einst nützen. Aber ich habe noch immer ein Schwert.« Er klopft sich an die Seite. »Wenn jemand meine Waren zu stehlen versucht, weiß ich mich zu verteidigen.«

Ein harter Klumpen sitzt in Yrsas Bauch. »Kann ich mir vorstellen.«

»Ist alles in Ordnung, Yrsa? Du wirkst nicht glücklich. Kann ich dir helfen? Du weißt, ich bin immer für dich da.«

Sie hätte fast gelacht, wenn es nicht eigentlich traurig wäre. Warst du nicht, denkt sie, und jetzt weiß ich, wieso. »Ich muss schon bald aufbrechen.«

»Nächstes Mal möchte ich deinen Mann kennenlernen. Falls ihr morgen noch einmal in der Stadt seid, dann besuch mich. Frag nach dem Haus des Händlers Arne aus Ribe.«

»Womit handelst du?«

»Mit Waffen. Aber auch mit Pelzen und Wein. Meine Geschäfte laufen gut. Und ich mache auch noch was nebenher. Das darfst du aber niemandem erzählen.« Er senkt die Stimme. »Ich helfe dabei, ein Netz mit Kundschaftern zu unterhalten. Alte Kontakte.«

»Und an wen verkaufst du die Waffen?«

»An die Franken.«

»Warum die Franken?«

»Warum nicht? Meine Frau ist auch Fränkin. Es ist mir egal, an wen ich sie verkaufe. Hauptsache, das Silber stimmt. Aber behalte das alles für dich.«

»Ich sag's niemandem.« Ihr Kopf schwirrt. Alles ist zu viel im Moment. Dann fällt ihr ein, dass wahrscheinlich Angantýr schon längst auf sie wartet. Sie muss dringend los und steht auf.

Kapitel 19

»Was sollte der Scheiß auf dem Boot?«, sagt Leif und pufft Avidh in die Seite. »Seit wann lässt du dich von Angantýr provozieren?«

Sie folgen einem Pfad im Westen von Dorestad, zwischen Häusern und Feldern. Die Hütten stehen hier nicht so dicht. Bauern bewirtschaften das Land. Eine Gans läuft schnatternd über die Wiese, neben ihnen grasen einige Kühe. Eine hebt gerade den Schwanz, und Leif rettet sich mit einem Sprung vor der stinkenden Ladung. Sie meiden den Uferweg am Markt, wo sich alle tummeln. Dort würde es sie viel mehr Zeit kosten, bis in den Süden der Stadt zu gelangen, wo das Castrum steht.

Avidh brummt: »Lass mich in Ruhe. Ich weiß, dass es dumm war. Aber er kann einfach sein Maul nicht halten.«

»Das konnte er noch nie, aber du solltest ihn ins Leere laufen lassen.« Leif rüttelt an seiner Schulter. »Wir haben Wichtigeres zu tun. Es war immer klar, dass er heute nicht mit uns kommt. Einarr ist ein alter Freund von uns und nicht von ihm.«

»Ja, weiß ich«, sagt Avidh und verschweigt, dass der Zorn noch immer in ihm brodelt. Dass er sich am liebsten gleich wieder prügeln würde. Er versteht selbst nicht, was mit ihm los ist. Es kann nicht sein, dass ihn die Nachricht von Signes möglicher Anwesenheit so durcheinanderbringt. Es darf nicht sein. Er vermisst sein Schwert. Den Eistroll zu beschwören, hätte ihm geholfen.

Hofft er zumindest. Er wünschte, er könnte Frida kurz besuchen. Die alte Seherin würde den Nebel aus seinem Kopf verscheuchen, würde alles ins Lot bringen. Sie hat immer gewusst, was zu tun ist, wenn die Dämonen in ihm hochkochen. Es sind alte Dämonen, die schon sehr lange in ihm schlummern. Signes Verrat brachte sie zurück an die Oberfläche. Es war ihm gelungen, sie wieder in die Tiefe zu stoßen, doch nun drängen sie erneut mit aller Macht nach oben.

Leif packt ihn kurz im Nacken, legt ihm dann den Arm über die Schulter. »Man sollte dich nirgendwo hinlassen ohne dein Schwert«, sagt er und lacht.

»Sonst gelingt es mir meist, den Eistroll auch aus der Ferne zu beschwören«, sagt Avidh. »Aber du hast recht.« Was würde er ohne Leif tun? Er will auch nicht, dass Yrsa schlecht von ihm denkt. Er sei ein Krieger mit Ehre, hat sie immer wieder betont, als sie sich vor einigen Monden kennengelernt haben. Zu Hause in Haithabu war es leichter, die Dunkelheit tief in ihm in Schach zu halten. Jetzt spürt er, dass etwas aus dem Gleichgewicht geraten ist, kommt aber nicht dagegen an.

Avidh weicht einem Ochsenkarren aus. Es hat sich so gut angefühlt, Yrsa wieder zu berühren. Es war falsch, an ihrer Liebe zu zweifeln. Ihr wieder ganz nahe sein zu können, hat die Anspannung in ihm kurz beruhigt. Die Erinnerung daran lässt ihn etwas ruhiger atmen. Hätte er früher von Gunnars Vorschrift gewusst, er hätte es sofort unterbunden. Warum will Gunnar die Reise für sie schwieriger machen? Das ergibt keinen Sinn.

Er erinnert sich an seine erste Reise. Er war viel jünger als Yrsa und hat es damals niemandem verraten, aber er ist nachts im Lager manchmal schweißgebadet aufgeschreckt. Es ist nicht leicht, zum ersten Mal an einem Raubzug teilzunehmen in einer Gruppe mit vielen Fremden. Aber er wird dafür sorgen, dass es ihr gut geht. Jetzt, wo er weiß, was der Grund für ihr Verhalten war. Es hat ihn berührt, wie sie ihm ihre Unterstützung angeboten hat, auch wenn er sie nicht in die Sache hineinziehen will.

»Signe ist vermutlich schon längst nicht mehr hier«, sagt Leif und schaut Avidh von der Seite an. Dabei hat er gerade nicht an Signe gedacht. Selbst wenn sie in der Stadt wäre: Sie hat keine Macht mehr über ihn. Er will einfach wissen, warum sie ihn verraten hat. Und er will Rache. Vielleicht schweigen die Dämonen, wenn er sich hat rächen können.

»Egal«, sagt Avidh. »Konzentrieren wir uns auf den Auftrag.«

Kurz darauf kommt das Castrum Dorestad im Süden der Stadt in Sicht. Sie sind den Biegungen des Flusses gefolgt und gehen jetzt auf einem Weg, der direkt zum Castrum führt. Das Castrum liegt dort, wo der Rhein und der Fluss Lek sich gabeln. Avidh lässt den Blick über den rechteckigen Bau schweifen, rund 100 mal 140 Schritte umfasst die Befestigung. Von außen sieht man nur die hölzernen Palisaden, sie stehen auf einem Erdwall, der von Tuffsteinen verstärkt wird. Bevor sie dem Castrum zu nahe kommen, bleiben sie stehen.

»Hat sich nicht verändert«, sagt Leif und hält die Hand vor die Stirn, damit ihn das Sonnenlicht nicht blendet.

»Die Palisaden wirken morscher«, sagt Avidh. Rechts und links des Eingangs und in allen vier Ecken erheben sich Wachtürme. Eine Plattform auf der Außenseite der Türme ermöglicht den Soldaten den Blick in die Ferne.

»Das meinst du nur«, sagt Leif. »Einarr wartet dort unten am Flussufer auf uns.«

Sie machen einen Bogen um das Castrum, bahnen sich einen Weg durch das Schilf westlich der Palisaden und erreichen den Treffpunkt an einem kleinen, versteckt gelegenen Steg am Fluss.

Einarr der Rote sitzt auf dem Steg und schnitzt Pfeile. Er grinst, als er sie sieht.

»He, Soldat«, sagt Leif und umarmt ihren alten Freund, packt ihn am Bauch. »Der war auch mal fester.«

Einarr lacht und zwirbelt seinen langen roten Bart. »Ja, die Übungskämpfe mit euch fehlen mir.«

»Ist schon lange her«, sagt Avidh. Vor vielen Wintern kämpften sie gemeinsam bei den königlichen Truppen in Sliesthorp nahe Haithabu. Damals waren sie alle fast noch Kinder.

»Ich habe das Kämpfen aufgegeben«, sagt Einarr. »Ist gemütlicher so. Ich bin jetzt Töpfer, in einer kleinen Werkstatt, dort hinten.« Er zeigt Richtung Norden.

»Warum in Dorestad?«, fragt Leif. »Das hättest du auch in Haithabu haben können.«

»Aber meine Frau nicht«, sagt Einarr.

»Weißt du, noch«, sagt Leif, »als wir den Ausbildern eines Nachts ranzige Butter in ihre Stiefel geschmiert haben?«

Einarr lacht dröhnend.

»Lasst uns gehen«, sagt Avidh. »Ist der Procurator in der Stadt?«, fragt er, als sie auf dem Weg sind. Laut ihren letzten Informationen sollte er hier sein, doch Pläne ändern sich manchmal kurzfristig.

»Weiß ich leider nicht«, sagt Einarr, »aber in der Regel ist er da.«

Kurz darauf nähern sie sich dem Eingangstor des Castrums, das zwischen zwei Wachtürmen liegt. Oben auf den Türmen stehen einige Soldaten, sie haben sie im Blick, scheinen aber nicht besonders interessiert. Ihre Tarnung als Händler wirkt. Den Eingang ins Castrum versperren drei Männer mit langen Schilden und Lanzen.

»Ihr sagt kein Wort«, zischt Einarr, »ich kenne einen von ihnen.« Er begrüßt den Mann, erklärt ihm, Leif und Avidh wären Händler, Freunde aus der Heimat, und wollten sich in der Töpferei im Fort umschauen. Vor allem die Badorf-Keramik habe es ihnen angetan. Und die gäbe es doch nirgendwo so hochwertig wie hier.

Der Wachmann mustert sie misstrauisch, dann sagt er: »Die Waffen bleiben hier« und zeigt auf eine Kiste neben dem Tor.

Jetzt ist Avidh froh, dass sein wertvolles Schwert im Lager liegt. Selbst das einfache Händlerschwert legt er nur widerwillig in die Kiste. Schließlich tritt die Wache zur Seite, und sie betreten das Innere des Castrums.

Innerhalb der Palisaden war Avidh noch nie. Der breite Weg vom Eingangstor führt bis in die Mitte des Geländes. Sie kommen an zwei Häusern rechts des Weges vorüber, links ist ein Pferdestall, dahinter ein weiteres Gebäude.

»Hier rechts schlafen die fränkischen Soldaten«, flüstert Einarr. Zwei Soldaten treten gerade aus dem Haus nahe der Mauer. Einarr sagt laut: »Die Töpfer hier fertigen hochwertige Reliefband-Amphoren und weiße oder hellbeige Gefäße im Stil der Badorfer Keramik. Ihr werdet begeistert sein.« Als die Soldaten in einem der Türme verschwunden sind, fährt er sehr leise fort: »Das mächtige Gebäude dort hinten links in der Ecke ist das Haus des Procurator, soll einst eine römische Villa gewesen sein.«

Avidh mustert das Gebäude. Es ist ungefähr so groß wie Gunnars Langhaus, hat aber die Form eines Würfels. Weiter im Süden hat er schon aufwendiger dekorierte Bauten gesehen. Trotzdem ist das Haus eindrucksvoll, denn es besteht größtenteils aus Stein. In der Mitte gebe es einen Innenhof, hat Einarr gesagt.

Sie brauchen einen guten Plan. Einen Moment bleiben sie stehen, Einarr und Leif unterhalten sich. Avidh überfliegt das Gebäude mit seinen Blicken, prägt sich alles genau ein. Er wünschte, er könnte sehen, was sich im Innern verbirgt.

Die Töpferei ist ein Holzhaus mit Reetdach und steht nicht weit vom Haus des Procurator. Leif spielt den interessierten Händler, unterhält sich mit Einarr und dem älteren Mann an der Drehscheibe. Mit lehmverschmierten Fingern zeigt der Töpfer auf verschiedene Krüge.

Avidh lauscht seinem Vortrag über die Verzierungen an den bauchigen Gefäßen nur mit halber Aufmerksamkeit. Er positioniert sich so, dass sein Blick durch das Fenster der Werkstatt fällt. In der südwestlichen Ecke des Castrums steht eine kleine Kirche, ein schlichter, weiß getünchter Bau, dahinter befindet sich ein Gemüsegarten und, für sie besonders interessant, ein schmaler Nebeneingang der Anlage. Jemand habe den Garten erweitert, ein Teil liege jenseits der Palisaden. Verschlossen sei der Eingang mit einem Riegel, hat Einarr erzählt.

Einige Zeit später sitzen sie wieder mit Einarr auf dem kleinen Steg, westlich des Castrums, eine Wand aus Schilf verbirgt sie.

»Kannst du dafür sorgen, dass der Riegel am Hintereingang nicht zugeschoben ist, wenn wir zuschlagen?«, fragt Avidh.

Einarr schüttelt den Kopf.

»Warum nicht? Wir werden dich großzügig belohnen.«

»Das ist mir zu gefährlich. Ich liebe mein Leben hier. Ich will nicht in einem fränkischen Kerker enden.«

»Komm schon«, sagt Leif. »Denk an die alten Zeiten, du wirst es nicht bereuen.«

»Nein. Das mache ich nicht. Tut mir leid, Kumpel.«

Es hat keinen Sinn, Einarr weiter zu bedrängen, sie brauchen eine andere Lösung.

»Weißt du etwas über die Truppenstärke der Franken hier in der Stadt?«, fragt Avidh. Diese Informationen sollten sie längst haben, aber der Kundschafter, der genau Bescheid gewusst hätte, war nicht aufgetaucht in jener Nacht, als Gunnar ihn an der Nordküste treffen wollte.

»Sind nicht so viele«, sagt Einarr. »Ich schätze, rund fünfzig Mann. Aber genau weiß ich es nicht.«

»Hast du eine Kämpferin bei den fränkischen Truppen gesehen, die hier stationiert sind?«, fragt Avidh. Leif wirft ihm einen skeptischen Blick zu. Avidh will eigentlich nicht fragen, auch die Antwort will er nicht hören. Aber es lässt ihm keine Ruhe.

Einarr schüttelt den Kopf. »Nein. Das wäre mir aufgefallen. Aber manchmal gibt es Wechsel mit den Truppen aus Nijmegen. Die Stadt liegt ein Stück weiter östlich, ist größer, eine Kaiserpfalz steht dort.«

Avidh weiß nicht, ob er sich über Einarrs Antwort freuen soll. Doch Geduld braucht er sowieso, seine Rache muss warten. Es wäre nicht gut, wenn Signe die Planung ihres Überfalls stören würde. Zuerst müssen sie den Angriff hinter sich bringen. Dann kann er immer noch überlegen, ob er sich daranmacht, Signe zu suchen.

Kapitel 20

Yrsa hat sich von ihrem Vater verabschiedet, hat ihn lange umarmt, hat ihn angeschwindelt. Ihr Vater wollte sie unbedingt noch ein Stück begleiten, aber es gelang ihr, ihn abzuschütteln. Sie hat behauptet, ihr Mann hole sie im Norden der Stadt mit dem Ruderboot ab. Er habe Geschäfte in Utrecht erledigt. Sie würden dort in einem Gasthaus übernachten. Sie hofft, dass Angantýr sie nicht mit ihrem Vater gesehen hat. Niemand darf erfahren, dass er in der Stadt ist. Zuerst muss sie nachdenken. So viele Winter hat sie sich danach gesehnt, ihren Vater wiederzusehen. Und ausgerechnet jetzt ist er plötzlich da. Im unpassendsten Moment.

Sie stolpert durch die Gassen, stößt mit Fremden zusammen, verläuft sich. Als sie schließlich bei dem Brunnen im Norden der Stadt eintrifft, wartet Angantýr schon.

»Na endlich«, brummt er.

Er scheint schlechte Laune zu haben, und sie ist froh, dass er schweigt. Sie fragt ihn nicht, was er für ihren Angriff herausgefunden hat. Dann erschrickt sie. Was soll sie erzählen, wenn Gunnar nach Hinweisen fragt? Sie hat ihren Auftrag nicht erfüllt, war zu aufgewühlt, hat vollkommen vergessen, auf irgendetwas zu achten. In ihr ist nur Leere. Ihr Vater hat in ihrem Kopf alles durcheinandergebracht.

Als sie klein war, hat er ihren Traum vom Kämpfen immer gefördert. Warum hat er jetzt zu ihr gesagt, das seien nur Mädchenträume gewesen? Wie kann er es wagen? Es war immer viel mehr, und gerade er sollte das wissen. Sie fühlt sich von ihm verraten, im Stich gelassen. Plötzlich ist sie zornig auf ihn, würde am liebsten umkehren, ihm ins Gesicht sagen, dass sie eine Kämpferin ist und das keinesfalls bereut. Dass sie eine Frau ist, kein Mädchen, und trotzdem kämpfen will, schon bald an einem Raubzug auf eine Stadt teilnimmt. Auf diese Stadt. Aber was ist dann mit ihm? Er soll nicht unter dem Überfall leiden, egal wie zornig sie auf ihn ist.

Jemand rüttelt an ihrem Arm. Sie steht vor dem Boot, alle sind schon an Bord. Sie hat nicht gemerkt, dass Angantýr und sie die Landungsstelle erreicht haben. Sie starrt auf die Bordwand, über die sie klettern soll, hebt den Blick. Alle schauen sie an, fragend. Gunhild streckt die Hand aus, um ihr beim Einsteigen zu helfen.

»Ich …« Sie muss sich schnell zusammennehmen, niemand darf wissen, was los ist. Sie sucht Avidhs Blick. Er zieht die Augenbrauen hoch. Sie nimmt alle Kraft zusammen, um die Gedanken an ihren Vater zu verbannen.

»Ist dir nicht gut?«, fragt Avidh. Er macht einen Schritt auf Angantýr zu. »Ist etwas vorgefallen?«, sagt er in eiskaltem Tonfall.

»Natürlich nicht«, sagt Angantýr.

»Nein, nein«, sagt Yrsa und spürt, dass Avidh ihr nicht glaubt. Aber im Moment will sie nicht verraten, dass Angantýr nicht wissen kann, was geschehen ist. »Ich glaube, ich habe etwas Schlechtes gegessen«, sagt sie. »Mir ist übel.«

»Setz dich«, sagt Avidh. »Und ruh dich aus.«

Während der Rückfahrt tauschen die anderen Informationen aus. Yrsa sitzt schweigend im Boot und schaut auf das Wasser. Sie ist Angantýr dankbar, dass er ausschweifend von dem Markt und Ständen mit wertvollen Waren erzählt. Und weil niemand weiß, dass sie nicht miteinander unterwegs waren, lässt Gunnar sie in Ruhe.

Je länger die Fahrt dauert, umso mehr ärgert Yrsa sich über ihr Verhalten. Sie hätte ihren Vater mehr ausfragen sollen. Er hätte ihr wertvolle Informationen geben können. Zudem wüsste sie dann vielleicht, wie sie ihn vor dem Überfall schützen könnte, ohne etwas zu verraten. Ihr schwirrt der Kopf. Ihr Vater, nach dem sie sich so lang gesehnt hat, schwebt in tödlicher Gefahr. Und sie könnte mitschuldig sein, sollte ihm etwas zustoßen. Warnt sie ihren Vater, könnte das Avidh gefährden. Möglicherweise könnte sie ihren Vater bitten, die Stadt zu verlassen. Doch das wird er nicht tun, ohne dass sie ihm den Grund verrät. Und dann organisiert er vielleicht Truppen zur Verteidigung, und es wird ihre Schuld sein, wenn der Angriff scheitert. Sie wird als Verräterin dastehen, fast wie Signe. Avidh wird sie hassen. Wie sie es auch dreht und wendet, die Situation scheint aussichtslos.

Sie schwitzt und friert, ihr Magen ist ein harter Klumpen. Sie weiß nicht einmal, ob sie Avidh davon erzählen kann, falls sie überhaupt noch Gelegenheit bekommt, mit ihm allein zu sprechen. Wann werden sie losschlagen? Bitte nicht morgen. »Freyja, steh mir bei. Ich brauche noch etwas Zeit«, murmelt sie.

Als ihr Schiff das Lager wieder erreicht, springt Yrsa gleich von Bord und macht sich auf in Richtung der Bäume. Sie muss allein sein, nachdenken. Erst als sie an den Zelten vorüber ist, fällt ihr auf, dass sie noch immer das ungeliebte Kleid trägt. Was soll's? Umziehen kann sie sich später.

Sie sucht in dem kleinen Waldstück nach der Stelle, wo sie Avidh endlich wieder nahekommen konnte, und setzt sich dort unter einen Baum. Ihre Gedanken wandern zurück in jene schreckliche Zeit nach dem Tod ihrer Mutter. Unzählige Abende saß sie verzweifelt vor der Hütte, wenn ihr kleiner Bruder Sjalfi schlief. Der Hunger und die Trauer um ihre Mutter quälten sie. Am schlimmsten aber war das Gefühl, dass alle sie verlassen hatten, sie sich ganz allein gegen die Welt behaupten musste. Damals sehnte sie sich so sehr nach ihrem Vater, hoffte inständig, dass er sie suchen würde. Manchmal, wenn sich Reiter ihrem Dorf näherten, stellte sie sich vor, es wäre ihr Vater und er würde sie aus dieser ausweglosen Lage befreien. Aber es waren immer Fremde. Jetzt weiß sie auch, warum. Er hat sie nie wirklich gesucht.

Sie hatte in jener Zeit nicht die Kraft, sich gegen die Wünsche ihres kleinen Bruders durchzusetzen. Sjalfi sagte so oft: »Ich will hierbleiben«, und so verwarf sie alle Gedanken, das Dorf zu verlassen. Sie war damit beschäftigt, für ihr Überleben zu sorgen, und hatte keine Zeit für Pläne. Das Dorf war Sjalfis Zuhause, der Ort, wo ihre Mutter begraben lag, und die meisten Dorfbewohner behandelten ihn anders als sie. Er wusste nicht, was ihr zugestoßen war, warum sie das Langhaus, in dem sie mit ihrer Mutter gelebt hatten, verlassen mussten. Yrsa bekam den Hass zu spüren, weil sie gewagt hatte, sich dem mächtigsten Mann des Dorfes zu widersetzen.

Doch sie will nicht länger über Vergangenes grübeln, sondern überlegen, wie sie damit umgeht, dass ihr Vater Opfer ihres Überfalls werden könnte. Sie steht auf, läuft auf und ab. Ein Satz will ihr nicht aus dem Kopf. So oft hat sie ihn als Kind wiederholt: »Ich bin wie du, will kämpfen wie du.« Unzählige Mal hat sie das zu ihrem Vater gesagt, wenn sie mit dem Bogen geschossen, die Kampfaxt geworfen haben. Immer hat er genickt. Warum hat er das getan, wenn er es nicht so meinte?

Sie bleibt stehen, presst die Stirn gegen den Baum, bis sich der Schmerz in ihrem Kopf ausbreitet. Doch dann fällt ihr ein: Als sie älter wurde, hatte der Wunsch zu kämpfen, nichts mehr mit ihrem Vater zu tun und wurde trotzdem nur noch stärker. Vor allem, als sie zu spüren bekam, wie schutzlos man als Frau ist, wenn man sich nicht verteidigen kann. Sie wollte nie abhängig sein vom Schutz anderer, sondern mit ihren eigenen Waffen kämpfen.

Sie setzt sich wieder unter den Baum, legt die Hände vors Gesicht. Sie muss nachdenken, aber ihr Kopf ist leer.

Dann hört sie Avidhs Stimme. »Yrsa, was ist los? Ich habe dich gesucht.«

Sie nimmt die Hände von den Augen, hebt den Kopf. Avidh steht vor ihr. Sie schaut ihn an und ist unglaublich froh, dass es ihn gibt und dass die Stimmung zwischen ihnen nicht mehr seltsam ist. Auch wenn noch immer ein Schatten auf seinem Gesicht liegt. Sein Blick ist meist düster, in sich gekehrt. Trotzdem hat er sie gesucht, will ihr beistehen, wie er das immer getan hat. Und das bedeutet sehr viel.

»Es gibt eine Schwierigkeit«, sagt sie leise.

»Gunnar hat mich nicht gesehen. Und er wird dich nicht nach Hause schicken. Dafür sorge ich.« Avidh geht neben ihr in die Hocke, nimmt ihre Hand, verschränkt seine Finger mit ihren.

»Es ist nicht Gunnar.« Sie streichelt mit dem Daumen über die Venen auf seinem Handrücken.

»Was dann?« Avidh setzt sich neben sie auf den Boden, lässt sie nicht los.

Yrsa schaut in seine dunklen Augen. Ein Schleier liegt über seinem Blick, trotzdem sieht sie die Wärme in ihnen. Sie will ihm alles erzählen. Aber was wird Avidh sagen? Tun? Wird er verstehen, in was für einer Lage sie steckt?

»Yrsa?« Er legt den Arm um sie und zieht sie an seine Brust, auf seinen Schoß, hält sie fest. Sie lauscht dem ruhigen Pochen seines Herzens, atmet seinen Geruch tief in sich ein. Er spürt, wenn sie seine Nähe braucht. Ohne zu fragen, warum. Und manchmal bevor sie es selbst merkt.

Sie hebt den Kopf, streichelt über seine Wangenknochen, den kurzen Bart. Sie ist immer wieder erstaunt, wie gut Avidh seine eigenen Emotionen versteckt und wie aufmerksam er gleichzeitig die Gefühle anderer wahrnimmt. Vielleicht ist das eine Fähigkeit, die man braucht, wenn man als Kind allein überleben muss.

»Ich weiß nicht, was ich tun soll«, sagt sie und folgt mit dem Finger den Windungen seines Armrings.

»Wegen des Überfalls?«

»Ja … Nein … Es ist kompliziert.«

Avidh lässt seine Hand über ihren Rücken gleiten, zieht sie noch näher an sich. Sie schließt die Augen, will an nichts denken. Sich fallen lassen, die Welt ausschließen, in seinem Geruch versinken. Sie sucht seinen Mund. Er küsst sie zart, sie öffnet die Lippen, ihre Zungen berühren sich. Er schmeckt nach Waldhonig, nach Avidh, nach allem, was sie im Moment lieber möchte, als sich den Kopf zu zerbrechen. Aber es gelingt ihr nur kurz, die Sorgen beiseitezuschieben. Sie vergräbt das Gesicht in Avidhs Schulter. Wie kann sie verhindern, dass ihr Vater bei dem Überfall verletzt wird? Und warum hat er so abschätzig über ihren Wunsch zu kämpfen gesprochen? Yrsa schlüpft mit der Hand unter Avidhs Hemd, streichelt seine Rippen, folgt den Muskelsträngen an seiner Brust, legt die Hand auf seinen straffen Bauch. Seine warme Haut zu spüren, tut gut. Sie muss Avidh von ihrem Vater erzählen. Er muss Bescheid wissen, nichts darf geschehen, das ihn glauben machen könnte, sie sei wie Signe und habe ihn verraten. Dieser Gedanke fühlt sich schlimmer an als alles andere.

Nach einer Weile sagt sie: »Ich habe seit so langer Zeit nichts von meinem Vater gehört, dass ich ihn für tot gehalten habe.« Sie spürt, wie Avidh zuerst nickt, dann aufhorcht. Sie holt tief Luft, findet die Worte nicht.

»Hast du etwas über sein Schicksal erfahren in Dorestad? Yrsa, ist er …? Das …«

Sie schüttelt den Kopf. »Das meine ich nicht. Ich … ich habe ihn in Dorestad gesehen. Heute.« Sie schluckt, weil diese Worte so unglaublich klingen.

»Du hast was? … Wo? … Was macht er dort?«

Sie erzählt Avidh alles von ihrer zufälligen Begegnung und staunt, wie fest ihre Stimme dabei klingt. Aber ihr Bauch zittert. Sie spürt, wie sich auch sein Bauch anspannt.

»Hat er Verdacht geschöpft?« Avidh nimmt ihr Gesicht in beide Hände, schaut ihr in die Augen.

»Nein, ich habe ihm Märchen erzählt. Und weil ich das Kleid anhatte, war das glaubhaft.«

»Bist du sicher?«

»Ja.« Sie hofft, dass Avidh ihr glaubt, ihr vertraut. Sie weiß, dass das schwierig für ihn ist.

»Gut«, sagt er und atmet laut aus.

Sie legt das Gesicht wieder auf seine Brust. »Weißt du, wann wir losschlagen?«

»In den nächsten Tagen, ganz genau steht es noch nicht fest.«

»So bald schon.« Dann ist ihr Vater vermutlich noch in der Stadt.

»Gunnar will verhindern, dass Valì uns zuvorkommt. Aber zuerst müssen wir nochmals nach Dorestad, morgen, es fehlen uns noch wichtige Informationen.«

»Fällt das nicht auf?«

»Das merkt in dem Gewusel niemand. Wir sind Händler. Die erledigen ihre Geschäfte nicht unbedingt in einem Tag. Wo ist das Lagerhaus, das dein Vater nutzt?«

Avidh nimmt äußerlich alles ruhig auf, versucht die Situation mit Fragen einzuschätzen. Immer wenn es brenzlig wird, strahlt er diese eiserne Ruhe und Kälte aus. Das macht ihn zu einem gefürchteten Kämpfer. Nur sein Bauch scheint härter als sonst.

»Ungefähr nach einem Drittel, wenn man dem Uferweg aus Norden folgt.«

»Hm.« Er spielt gedankenverloren mit ihrem Zopf.

»Das ist schlecht, oder?«

Avidh zögert. »Ich weiß nicht.« Er überlegt einen Moment. »Wenn du nicht mitkommen willst, finden wir eine Ausrede.«

»Nein.« Sie hebt den Kopf so ruckartig, dass er gegen sein Kinn knallt. Vermutlich ein schmerzhafter Stoß, aber er reagiert nicht. »Ich will nicht, dass Gunnar, dass irgendjemand davon weiß.«

»Ich verrate nichts«, sagt er und schlingt die Arme enger um sie.

»Dir wäre es lieber, ich würde nicht mitkommen?«, sagt sie in seine Brust.

»Nein«, sagt er, sein Tonfall ist bestimmt, er löst seine Arme wieder.

Sie dreht sich, stützt die Hände auf seine Brust, will ihm in die Augen schauen. »Wirklich?«

»Ich möchte, dass du dabei bist. Aber ich will nicht, dass du etwas tust, das du nachher bereust. Es wird heftig, blutig, chaotisch, und ich kann dir nicht versprechen, dass deinem Vater nichts geschieht, wenn er noch in der Stadt ist.«

»Es muss doch einen Weg geben, ihn zu beschützen.«

Avidh schüttelt langsam den Kopf. »Er darf auf keinen Fall etwas erfahren.«

Ich habe gefürchtet, dass du das sagst, denkt Yrsa.

Avidh schaut ihr in die Augen. »Yrsa, das ist wichtig, es könnte alles gefährden.«

»Er wird nichts erfahren«, sagt sie mit leiser Stimme. »Wenn ich ihn nur irgendwie aus der Stadt locken könnte.«

»Wenn du das versuchst, könnte er Verdacht schöpfen. Er hat solche Überfälle früher selbst geplant.«

Sie legt die Hände vors Gesicht. »Es muss doch einen Ausweg geben. Was würdest du tun, wenn es dein Vater wäre?«

Avidhs Bauch wird noch härter. Er zögert, dann sagt er langsam: »Ich weiß es nicht.«

»Stell dir vor, es wäre dein Vater. Bitte.«

Er holt tief Luft. »Das ist schwierig, er ist schon so lange tot. Und das Leben mit ihm war nicht einfach.« Avidhs Blick ist düster, als er weiterspricht: »Ich habe mich zwar danach gesehnt, dass er zurückkommt. Aber ich habe mich vor allem davor gefürchtet, ganz allein zu sein. Und ich habe als Kind immer mehr über meine Mutter nachgedacht, tue es noch heute manchmal. Weil mir die Ungewissheit keine Ruhe lässt.«

»Warum war das Leben mit ihm schwierig?« Avidh hat ihr bisher kaum etwas über seinen Vater erzählt.

Er überlegt einen Moment. »Mein Vater war ein großer Krieger. Aber als er nicht mehr kämpfen konnte, hat er zu viel Met getrunken. Und dann musste ich sehr aufpassen, ein falsches Wort, und er hat auf mich eingeprügelt, am liebsten mit der Pferdepeitsche. Zum Glück konnte ich schon damals schnell rennen.« Avidh lächelt, aber seine Augen lächeln nicht. »Er hat oft tagelang nicht mit mir gesprochen. Dann habe ich mich sehr nach meiner Mutter gesehnt. Ich habe mit aller Kraft versucht, mich an sie zu erinnern. Aber es ist mir nicht gelungen. Und vielleicht war sie da schon lange tot.« Er schüttelt den Kopf. »Lass uns nicht von meinem Vater sprechen.«

»Und was würdest du an meiner Stelle tun?«

»Ich würde am Angriff teilnehmen und mich darauf verlassen, dass er sich verteidigen kann oder flüchtet.«

Yrsa seufzt. »Und wenn ihr euch plötzlich mit dem Schwert gegenüberstehen würdet?«

»Wenn er mich angreifen würde, würde ich gegen ihn kämpfen.«

»Ich glaube nicht, dass mein Vater flüchtet.« Sie wehrt sich einen Moment lang gegen das elende Gefühl, das sich in ihr ausbreiten will, sagt dann: »Ich verstehe nicht, warum er so abschätzig über Frauen, die kämpfen, gesprochen hat.«

»Du hast ihn lange nicht mehr gesehen. Er hat sich verändert. Und du auch. Du schuldest ihm nichts. Er hat sich für ein anderes Leben entschieden. Auch wenn du ihn als Kind bewundert hast, triffst du jetzt deine eigenen Entscheidungen.«

»Hierbleiben oder trotzdem mitgehen?«

Avidh nickt. »Keine leichte Entscheidung.«

»Da ist noch was. Mein Vater hat mir«, sie sucht nach Worten, »im Vertrauen erzählt, dass er mit Waffen handelt und die fränkischen Soldaten beliefert. Vermutlich weiß er Bescheid, was in der Stadt so läuft.«

Sie schaut Avidh an. Er zögert einen Moment. Dann macht er »hm« und fügt hinzu: »Interessant.«

»Sag, was du darüber denkst.« Warum hat sie erwartet, dass Avidh schockiert reagiert? So etwas bringt ihn nicht aus der Ruhe.

»Was ich zu sagen habe, wird dir nicht gefallen. Dein Vater scheint jetzt klar auf der anderen Seite zu stehen. Es wäre interessant für uns, mehr über seine Geschäfte zu erfahren. Vielleicht weiß er einiges über die Truppenstärke und die Truppenbewegungen in der Stadt. Aber es macht es noch wichtiger, dass er keinesfalls den wahren Grund deiner Anwesenheit erfährt.«

»Ich habe befürchtet, dass du das sagst.«

Sie lehnt sich wieder gegen Avidhs Brust. Und nachdem sie eine Weile so gesessen hat, seinem Herzschlag gelauscht hat, weiß sie: Die Entscheidung ist einfach. Sie wird das tun, was seine und ihre Sicherheit gewährleistet. Sie könnte es nicht ertragen, zurückzubleiben und dann zu erfahren, dass Avidh im Kampf gestorben ist. Ohne ihren Vater hat sie viele Winter gelebt, und sie kommt gut ohne ihn aus, auch wenn sie ihn vermisst hat. Doch es war seine Entscheidung, in der Ferne zu bleiben. Aber sie will sich ein Leben ohne Avidh nicht vorstellen. Er gehört zu ihr, und sie gehört zu ihm. Dieses Gefühl hat sie, seit sie ihm das erste Mal begegnet ist. Auch wenn sie es zuerst nicht wahrhaben wollte.

»Ich komme mit und flehe zu Freyja, dass mein Vater vielleicht schon abgereist ist.« Auch wenn ich das nicht glaube, denkt sie.

Avidh nickt, lächelt sie an. Sie kann nicht einschätzen, was er von ihrer Entscheidung denkt. Dann fällt ihr plötzlich ein: Sie hat in der Aufregung Fridas warnende Worte vergessen. Sie hat keine andere Wahl, als an dem Überfall teilzunehmen. Wie kann sie sonst darauf achten, ob die bösen Geister Avidh bedrängen? Die Schatten sind nicht aus seinem Gesicht gewichen.

Kapitel 21

Yrsas Herz rast. Ihre Hände sind kalt. Sie fühlt sich elend, ist aufgeregt. Und gleichzeitig ist da noch ein Gefühl, das überhaupt nicht zu dem Beben in ihrem Innern passen will. Sie ist auch ein bisschen stolz. Sie, die Neue, hat heute eine wichtige Aufgabe. Vorhin ist sie in Dorestad wieder von Bord ihres kleinen Schiffs gegangen. Die Stadt ist bereits zum Leben erwacht, aber über den Wiesen im Westen hängen noch die Nebelschlieren der Nacht.

Sie ist auf einem Bohlenweg im südwestlichen Teil Dorestads unterwegs. Der Boden ist feucht, da und dort quillt Schlamm zwischen den hölzernen Planken hindurch, der Saum ihres Kleids ist bereits dreckverschmiert. Sie hat vergessen, den Stoff nach oben zu raffen. Wie unpraktisch so ein Kleid doch ist.

In diesem Teil der Stadt war sie bei ihrem letzten Besuch nicht. Hier im Südwesten scheint das Castrum viel näher, auch wenn es noch eine Weile dauern würde, es zu Fuß zu erreichen. Die Palisaden stehen im Morgendunst, wirken bedrohlich. Irgendetwas wird dort am Tag ihres Überfalls passieren, und sie hat eine Vermutung, was es sein wird. Die Rufe vom Markt sind in diesem Teil der Stadt leiser, dringen nur noch gedämpft bis zu ihr. Es riecht nach Rauch und nach Fisch. Ein Stück weiter vorne spaltet ein Mann Holzscheite.

Auf dem Bohlenweg sind schon viele Menschen unterwegs.

Gerade ist Yrsa an einer Gruppe Händler vorbeigekommen. Sie haben sich angeregt unterhalten, in einer seltsamen Mischung aus ihrer und der hiesigen Sprache. Leif ist rund zehn Schritte von Yrsa entfernt stehen geblieben. Auf ihrem Weg vom Schiff bis hierher hat sie ihn manchmal im Augenwinkel gesehen. Sie schauen sich nicht an, zeigen nicht, dass sie sich kennen. Leif hat sich heute wieder als Händler verkleidet. Seine sonst ungekämmten Locken sind ordentlich frisiert. Er trägt ein schlichtes Leinenhemd und rote Hosen.

Irgendwie wirkt das bei ihm glaubhafter als bei Avidh. Warum, weiß Yrsa auch nicht so genau. Vielleicht weil sie in Avidh schon bei ihrem ersten Treffen den Krieger erkannt hat, mit seiner unnahbaren Ausstrahlung. Auch Leif ist ein gefährlicher Kämpfer, aber weil er leicht mit den unterschiedlichsten Menschen ins Gespräch kommt, hätte er als Händler wohl tatsächlich Erfolg. Avidh hingegen kann sie sich nicht so richtig in einem angeregten Verkaufsgespräch vorstellen. Sie schmunzelt kurz bei dem Gedanken. Auch Avidh und Gunnar sind heute wieder in Dorestad in der Nähe des Castrums unterwegs.

Yrsa hebt den Blick und lässt ihn über die Häuser rechts des Weges schweifen. Wenn sie die Beschreibung richtig verstanden hat, ist sie fast am Ziel. Dort vorne in dem lang gezogenen Haus wohnt der Händler Arne aus Ribe. Ein Zaun aus Rutengeflecht umgibt das Haus, das Dach ist mit Reet gedeckt. Die hohe Eingangstüre steht offen. Womit Arne handelt, weiß Yrsa nicht. Vielleicht auch mit Waffen. Aber sie weiß, dass Arne im Moment einen Gast hat: ihren Vater.

Yrsa hofft, dass er noch im Haus ist. Mitten in der Nacht sind sie in ihrem Lager aufgebrochen, um früh in Dorestad zu sein. Sie denkt noch einmal daran, was sie ihrem Vater sagen will und was sie auf keinen Fall sagen darf. Nicht vorlaut sein, hat sie sich eingeschärft. Bei allem, was sie sagen will, muss sie zuerst überlegen, ob ihr Vater keine gefährlichen Schlüsse daraus ziehen kann.

Sie holt tief Luft, strafft die Schultern. Dann zuckt sie zusammen. Ihr Vater kommt aus Arnes Haus, setzt sich mit einem Becher in der Hand auf eine Bank neben dem Eingang. Yrsa verschwindet schnell in einem schmalen Durchgang zwischen zwei Häusern. Ihr Herz klopft heftig. Sie ist noch nicht bereit, legt eine Hand auf ihren Magen, als könnte sie so das flaue Gefühl zum Verschwinden bringen. Vielleicht sollte sie umkehren. Leif würde es verstehen, Avidh sowieso. Obwohl es sie überrascht hat, dass sie Avidh relativ schnell von ihrer Idee überzeugen konnte.

Sie schließt einen Moment die Augen. Was, wenn sie ihre Idee überzeugender erzählen als umsetzen kann? Nein, sie hat einen Auftrag. Und sie braucht Antworten. Diesen letzten Teil hat sie Avidh nicht gesagt. Yrsa tritt wieder hinaus auf den Bohlenweg und geht auf ihren Vater zu.

Ihr Vater springt auf, als er sie sieht, ruft: »Yrsa, wie schön!«, und zieht sie an sich. Yrsa umarmt ihn und fühlt sich schlecht. Während ihr Vater sie an sich drückt, sucht Yrsa nach seinem vertrauten Geruch, kann ihn aber auch heute nicht finden.

»Yrsa, bei Odins Raben, ich habe nicht damit gerechnet, dich so schnell wiederzusehen. Was führt dich heute in die Stadt?«

Ihr Vater zieht die linke Augenbraue nach oben, wie er das immer tut, wenn ihn etwas erstaunt. Aber diese Geste bringt sie, anders als früher, nicht mehr zum Schmunzeln.

»Mein Mann hat mich hier abgesetzt. Er hat irgendwo in der Nähe zu tun. Ich muss auf den Markt. Das habe ich letztes Mal vergessen, unser Treffen hat mich so durcheinandergebracht.« Sie lächelt ihn an. »Und ich wollte dich noch einmal sehen. Gestern Abend ist mir so vieles eingefallen von früher.« Und das ist nicht gelogen.

Ihr Vater nimmt ihre Hand und drückt sie. »Mir auch, Yrsa, mir auch. Ich freue mich sehr, dich wiederzusehen. Mein kleines Mädchen.« Er lacht. »Das bist du natürlich nicht mehr.«

»Ich will dich nicht von deinen Geschäften abhalten. Musst du schon gleich los zu dem Treffen, von dem du gesprochen hast?«

Ihr Vater schaut überrascht. »Ach, das weißt du noch? Du hast mir aufmerksam zugehört.«

Vielleicht hätte ich das nicht sofort erwähnen sollen, denkt Yrsa und bemüht sich, ihren Puls zu beruhigen. »Ich weiß noch alles, was du mir erzählt hast. Ich habe auch viel über meine Geschwister nachgedacht, von denen du gesprochen hast.«

Ihr Vater trinkt aus seinem Becher. Dann sagt er: »Meine Tochter erinnert mich oft an dich. Sie ist dreizehn und so wild wie du früher. Ich würdet euch gut verstehen. Hast du Hunger? Komm doch herein.«

»Nein, lass uns hier auf der Bank sitzen«, sagt Yrsa. Leif steht ein Stück weiter vorne, hinter einem Stapel Heu, Yrsa sieht nur seinen linken Arm. Sie fragt ihren Vater über ihre Geschwister aus. Während er erzählt, spürt sie plötzlich diesen Schmerz im Bauch wieder, den sie immer gefühlt hat, wenn er auf seine langen Reisen ging. Und ihr wird etwas klar. »Dass du oft so lange fort warst, war nicht nur wegen der Kämpfe.«

Ihr Vater stutzt. Sein stechender Blick fällt ihr auf. »Doch, auch.«

»Aber nicht nur. Wusste Mama von deinen anderen Kindern?«

Er schüttelt den Kopf.

»Warum nicht? Sie hätte es verstanden.«

»Ja, ich weiß.«

»Warum konntest du dir deine Nebenfrauen nicht in Ribe suchen?« Wie anders ihr Leben verlaufen wäre, wenn sie den Schutz ihres Vaters als Mädchen länger gehabt hätte. Doch wer weiß, vielleicht hätte er sie mit vierzehn Wintern zur Heirat gezwungen, wie die meisten Väter das tun. Und sie wäre nicht Kämpferin geworden, hätte Avidh niemals getroffen.

»Lass uns nicht von diesen alten Geschichten sprechen«, sagt ihr Vater.

Ich möchte aber über sie sprechen, denkt Yrsa und sagt: »Warum hast du früher mit mir das Kämpfen geübt und sagst heute, kämpfen ist nichts für Frauen?« Sie schlägt sich beinahe die Hand vor den Mund. Nachdenken vor dem Reden, Yrsa! Sie wollte ihm nicht zeigen, dass dieses Thema sie beschäftigt. Er könnte Verdacht schöpfen.

Ihr Vater schaut sie wieder mit seinem stechenden Blick an. »Ich habe meine Meinung geändert«, sagt er. »Ich habe zu viel Leid gesehen. Und du hast deine Meinung doch auch geändert.«

»Ja«, sagt sie schnell, »heute sehe ich das auch so. Aber mir ist gestern Abend eingefallen, wie viel Spaß wir beim Bogenschießen hatten. Ich habe das irgendwann aufgegeben, weil ich ohne dich keine Fortschritte mehr gemacht habe. Damals hat mich das geärgert, aber da war ich noch ein Mädchen.« Warum fällt es ihr so leicht, ihn anzulügen?

»Du hast für dein Alter immer sehr gut geschossen«, sagt ihr Vater. Dann steht er auf und sagt: »Komm mit. Du musst dir etwas anschauen.«

Kurze Zeit später stehen sie vor einer kleinen Kirche. Ein Holzgebäude mit einem Kreuz obendrauf, oder, wie Idun sagen würde, einem Folterinstrument an der Spitze. Dahinter liegt ein Gräberfeld. Yrsa sieht viele Kreuze, aber auch Gräber ohne Kreuze.

»Ich möchte dir hier etwas zeigen. Jetzt, wo du erwachsen bist, wirst du es verstehen«, sagt ihr Vater.

Sie gehen zwischen den Gräbern hindurch, dann kniet er neben einem Grab nieder, es ist mit Steinen eingefasst, hat die Form eines kleinen Bootes. Ein Kreuz der Christen steht nicht da. Ihr Vater zupft ein paar Halme aus, streicht über die Steine, wischt die Erde von ihnen. Dann sagt er: »Mein Erstgeborener liegt hier begraben. Er wäre heute einundzwanzig Winter alt. Schon als kleiner Junge war er ein außergewöhnlich begabter Kämpfer. Du wirst dich nicht erinnern, aber die ersten Winter nach deiner Geburt war ich nicht so oft bei euch in Ribe. Ich war meist hier in Dorestad bei ihm und seiner Mutter. Er hat sehr schnell gelernt. Doch dann kam das Fieber, und ich habe sie beide verloren. Er war sieben.«

Wieder streicht ihr Vater über einen der Steine. Seine Gedanken scheinen kurz weit weg. »Ich bin dann nach Ribe zurückgekehrt, und da warst du, ein wildes Mädchen, vier Winter alt. Und was ich zuvor mit meinem Sohn geübt hatte, habe ich dann dir beigebracht. Weil ich keinen Sohn mehr hatte. Du hast genauso schnell gelernt wie er. Obwohl du ein Mädchen warst.«

Yrsas Magen dreht sich um. »Du hast mit mir den Kampf geübt, weil du deinen Sohn vermisst hast?«

»Nein, so meine ich das nicht.«

»Du hast immer versprochen, dass wir einst Seite an Seite kämpfen, wenn ich größer bin. Hast du das damals nur so gesagt?«

»Du hast dich immer so gefreut, wenn ich das gesagt habe.«

Yrsa holt tief Luft. Sie muss ihre Gefühle unterdrücken, muss auf der Hut sein. Am liebsten würde sie aufspringen und ihrem Vater ins Gesicht sagen: Aus mir ist auch ohne dich eine gute Kämpferin geworden! Sie wünschte, sie könnte wie Avidh den Eistroll beschwören. Sie hustet, um sich abzulenken. Damit sich der Zorn nicht zu heftig in ihrem Bauch zusammenballt. Sie hustet immer stärker, ein tiefes krächzendes Bellen.

Ihr Vater klopft ihr auf den Rücken. »Ist alles in Ordnung, Yrsa?«

Sie wischt sich mit dem Ärmel die Tränen aus dem Gesicht, so sehr hat sie gehustet. »Ja, ich habe mich nur verschluckt.«

Er nimmt wieder ihre Hand. »Irgendwas bedrückt dich, Yrsa.« Er schaut sie an, und sie sieht nicht nur Sorge, sondern noch etwas anderes in seinem Blick.

Sie zieht ihre Hand weg. Er soll nicht spüren, wie eiskalt sie ist. Sie denkt wieder an Avidh. Sie kannte diese Seite nicht an ihm. Avidh ist nicht nur ein gefürchteter Kämpfer, er ist auch ein kaltblütiger Stratege. Als sie ihm von ihrer Idee erzählte, besprach er alles ausführlich mit ihr. Und bisher läuft es einigermaßen nach Plan. Fast jedenfalls. Dass ihr Vater ihr diese Dinge erzählt, war nicht geplant. Alles war eine Lüge, ihr Vater wollte nie mit ihr in den Kampf ziehen. Das nimmt sie ihm richtig übel. Kurz schaut Yrsa sich um. Sie sieht Leif nirgendwo, aber sie weiß, dass er hier ist. Und sie muss sich jetzt auf das konzentrieren, was sie mit Avidh ausgeheckt hat.

»Du hast recht«, sagt sie. »Ich mache mir Sorgen wegen meines Mannes.«

»Was ist los? Hat er dich geschlagen?« Sie hört Zorn in der Stimme ihres Vaters, und obwohl sie sich dagegen wehrt, berührt es sie, dass er sie vor ihrem vermeintlich gewalttätigen Mann beschützen will.

»Nein, nein. Ich mache mir Sorgen wegen seiner Waffengeschäfte.«

»Warum?«

»Wie soll ich das sagen?« Sie zupft an ihrem Rock. »Mein Mann ist sehr misstrauisch.« Das ist nicht gelogen, denkt sie. »Er erzählt mir nicht viel von dem, was er macht. Aber etwas beunruhigt mich.«

»Dass er ausgeraubt wird?«

»Das auch.«

»Er wird schon wissen, was er tut.«

»Da bin ich mir eben nicht sicher. Er will versuchen, hier an irgendwelche wertvollen Schwerter zu kommen. Dabei haben die lokalen Händler das Geschäft doch bestimmt unter sich aufgeteilt. Er ist in Haithabu schon einmal in Schwierigkeiten geraten, weil er sich in Geschäfte einmischte. Er kam blutüberströmt nach Hause. Sie haben ihn fast umgebracht.«

»Wo ist er jetzt?«

»Das hat er mir nicht so genau gesagt. Er hatte versucht, sich um die Zollzahlungen zu drücken. Das hat er hier wieder vor.«

Ihr Vater lacht. »Das wird ihm kaum gelingen. Der Procurator und seine Männer haben ein strenges Auge auf den Handel.«

Yrsa jubelt innerlich. Ihr Vater hat den Procurator erwähnt, von sich aus, sie ist auf der richtigen Spur. »Ist der Procurator so etwas wie der Wikgraf in Haithabu?«

»Ja, so ähnlich. Er vertritt den König der Franken hier in der Stadt. Er residiert in einem Haus im Castrum.«

»Also müsste mein Mann dort die Zollgebühren zahlen.«

Ihr Vater schüttelt den Kopf. »Der Procurator hat eine Gruppe von Männern, die die Münzen für ihn an den Schiffsstegen einziehen. Vielleicht fällt es dir auf, wenn du am Uferweg entlangläufst. Ungefähr nach einem Drittel steht leicht zurückversetzt ein Haus. Es ist stabiler gebaut als die anderen und bewacht. Dorthin bringen die Männer die Münzen.«

»Und der Procurator bestimmt, wer in der Stadt handeln darf?«

Ihr Vater lacht wieder. »Das wäre nicht gut. Er ist im Moment ziemlich beschäftigt, hat eine junge Frau geheiratet. Vielleicht kann ich deinem Mann ein paar Leute vorstellen. Aber zuerst will ich ihn treffen.«

»Du kennst den Procurator?«

»Ich habe den alten Procurator gut gekannt. Dieser jetzt ist erst seit dem Winter im Amt. Ich mag ihn nicht. Er ist raffgierig und soll seine junge Frau sehr schlecht behandeln. Kein Zeichen von Ehre.«

»Ist der Procurator im Moment in der Stadt?« Jetzt ist sie draußen, die Frage, die Avidh und Gunnar umtreibt. Um ganz sicherzugehen, wollen sie von möglichst vielen Seiten Bestätigung.

»Ja, ist er.«

»Vielleicht kann ich schon bald mit meinem Mann wiederkommen.« Es fühlt sich sehr falsch an, das zu sagen, denkt Yrsa. »Ist der Procurator meistens in der Stadt anwesend?«

»Ja, ab und zu reist er nach Nijmegen in die Kaiserpfalz, um sich mit dem Pfalzgrafen zu treffen. Aber da war er gerade erst. Dein Mann braucht Handelspartner in Dorestad. Wichtig ist es, die Waren immer schnell abzustoßen, die Waffen nicht in der Stadt zu lagern. Oder sie zumindest gut zu verstecken.«

»War das nicht dein Lagerhaus, wo wir uns gestern gesehen haben?«

»Nein, ich habe nur etwas abgeliefert. Wenn ich gute Ware habe, verstecke ich sie außerhalb der Stadt.« Er lacht. »Aber es sind nicht alle so vorsichtig. Hat wohl damit zu tun, was ich früher getan habe.« Ihr Vater schaut sie lange an. Ist es Misstrauen, das sie vorher in seinem Gesicht gesehen hat? Yrsa senkt den Blick. Kann es sein, dass er einen Verdacht hegt? War sie zu neugierig? Hat sie ihre Rolle schlecht gespielt?

Ihr Vater schaut in den Himmel. »Die Sonne steht südwestlich des Castrums. Ich muss los«, sagt er.

Yrsa wagt nicht, sich nach seinem Treffen zu erkundigen. Insgeheim hatte sie gehofft, dass er fragt, ob sie mitkommen möchte. Aber ihr Vater verabschiedet sich, Yrsa umarmt ihn lange. Bemüht sich, ihre Gefühle auszuschalten. Er darf nicht spüren, dass sie um ihn fürchtet.

»Komm bald wieder mit deinem Mann«, ruft er noch. »Oder besuche mich irgendwann mal in Nijmegen.«

Yrsa schaut ihm nach. Leif folgt ihrem Vater mit etwas Abstand. Ihre Mission war erfolgreich. Aber sie ist nicht sicher, ob sie stolz ist oder traurig.

Kapitel 22

Noch drei Männer stehen vor ihr, dann ist Yrsa an der Reihe. Seit einiger Zeit wartet sie in einer langen Schlange auf der Wiese vor Gunnars Zelt. Der Wind weht aus Norden über das Lager, bläst durch ihr Hemd. Yrsa verschränkt die Arme, tritt von einem Fuß auf den anderen und überlegt, was Gunnar ihr wohl sagen wird. Er rede vor einem Angriff immer kurz mit jedem Einzelnen, hat Avidh erzählt, erkläre die Aufgabe, spreche Mut zu oder schimpfe über Fehler. Ob Gunnar ihre Beziehung mit Avidh noch einmal erwähnen wird? Sie hofft, dass er nichts bemerkt hat. Avidh ist es egal, was Gunnar über ihre Liebe denkt. Er würde Yrsa mitten im Lager küssen, tut es aus Rücksicht auf sie aber nicht.

Vorhin ist allerdings etwas geschehen, das sie beschäftigt. Auch Avidh war bei Gunnar im Zelt. Sie hat die beiden laut streiten gehört, war aber noch zu weit hinten in der Schlange, um zu verstehen, was gesagt wurde. Dann ist Avidh mit steinerner Miene herausgekommen, hat niemandem ins Gesicht geschaut und ist verschwunden.

Auch Angantýr sitzt mit Gunnar im Zelt. Yrsa hofft inständig, dass sie Seite an Seite mit Avidh kämpfen wird. Wie kann sie sonst darauf achten, was Frida ihr aufgetragen hat? Es ist ihr auch egal, dass es vermutlich der anspruchsvollere Teil des Überfalls sein wird. Heute waren Avidh, Leif und Gunnar noch einmal ohne sie in Dorestad. Sie hat im Lager bei den Vorbereitungen geholfen. Und dann ist plötzlich Aufregung ausgebrochen. Roar hat auf seiner Kundschaftermission entlang des Almere-Ufers eines von Valìs Schiffen gesichtet. Nun ist nicht klar, wie lange seine Gruppe schon in der Gegend ist. Und Gunnar hat entschieden, morgen loszuschlagen.

Kurz bevor Yrsa an der Reihe ist, schlüpft einer der Männer aus dem Zelt. Er schüttelt heftig den Kopf, murmelt: »Ich lass mich nicht verhexen, nein, das tue ich nicht.« Idun wartet etwas abseits an einem kleinen Schrein. Dort soll jeder vorbeigehen und um die Gunst der Götter, Geister und Elfen bitten.

Dann betritt Yrsa den Hauptraum des Zelts. Unter ihren Füßen spürt sie einen weichen Teppich. Eine Fischöllampe wirft Schatten auf Gunnars und Angantýrs Gesicht. Die beiden sitzen nebeneinander auf den Stühlen, die sonst vor Gunnars Zelteingang stehen. Hinter den Stühlen ist ein breites Felllager, in einer Ecke ein kleiner Schrein. Angantýr lächelt Yrsa zu, Gunnar nicht. Sein Stuhl hat Armlehnen, auf der rechten Seite ist ein Bärenkopf aus dem Holz geschnitzt, über den Gunnar streicht. Er schaut Yrsa einige Momente, die ihr sehr lang vorkommen, in die Augen und schweigt. Yrsa hält seinen Blick und wartet, bis Gunnar zu sprechen beginnt. Sie hat die Hand auf ihr Amulett gelegt und bemüht sich, ruhig zu stehen. Obwohl sie innerlich bebt.

»Du hast uns in Dorestad wertvolle Informationen besorgt«, sagt Gunnar schließlich mit seiner tiefen Stimme. »Du hast dich gut gemacht. Seit dem Missgeschick im Nebel ist nichts mehr vorgefallen.«

Sie strafft die Schultern, fühlt sich ein bisschen größer. Im Augenwinkel erkennt sie, dass Angantýr ihr aufmunternd zunickt. Gunnar streicht wieder, fast zärtlich, über den Bärenkopf.

»Du hast dich bemüht, Teil der Gruppe zu werden. Ich habe dich beobachtet, wie du immer mitangepackt hast.«

Yrsa lächelt. Wärme breitet sich in ihrem Bauch aus.

»Gab es Schwierigkeiten für dich auf der Reise?«

Viele, denkt Yrsa, aber nichts, was ich jetzt mit dir besprechen möchte. »Nein.«

»Trotzdem bin ich nicht zufrieden«, sagt Gunnar, seine Stimme ist dabei lauter, dröhnender. Er schlägt mit der Hand auf den Bärenkopf. »Ich habe dir vor der Reise eine klare Regel aufgestellt. Jetzt ist mir zu Ohren gekommen, dass du diese Regel gebrochen hast. Stimmt das?«

»Ich …« Was soll sie antworten? Sie hat die Regel gebrochen, weil sie gespürt hat, dass Avidh sie dringend braucht. Weil ihre Liebe die lange Trennung vielleicht nicht überstanden hätte. Wie soll sie das erklären? »Es hat der Gruppe nicht geschadet.«

Gunnar kneift die Augen zusammen. »Das entscheidest nicht du.«

Sie holt tief Luft. »Aber …« Sie würde am liebsten mit ihm streiten, doch das wäre wohl keine gute Idee. Wie soll es der Gruppe schaden, wenn niemand es bemerkt? Obwohl, irgendjemand muss es bemerkt haben, oder ist es nur ein Test? Hat sie sich gerade selbst verraten? »Wer sagt, dass ich die Regel gebrochen habe?«, sagt sie.

»Das geht dich nichts an. Aber es ist mir zu Ohren gekommen. Was hatte ich gesagt, geschieht, wenn du die Regel brichst?«

Sie schaut auf den Boden, ihr ist heiß und kalt gleichzeitig. »Ich muss allein nach Hause reisen.«

»Richtig.«

»Aber …«

»Kein Aber. Du solltest lernen, nicht immer zu widersprechen.«

Ein schreckliches Gefühl macht sich in ihr breit. Sie will nicht nach Hause, so kurz vor dem Überfall. Sie schweigt, ihr Herz pocht in den Schläfen. Ist Gunnar fertig? Sie blickt auf. Angantýr lächelt sie an. Gunnar schaut grimmig.

»Wir schlagen morgen los«, sagt Gunnar dann. »Das ist dein Glück. Ich will jetzt keine Unruhe mehr in der Gruppe. Deshalb musst du nicht heimreisen. Aber dein Anteil an der Beute wird kleiner ausfallen.«

Erleichterung durchströmt sie, obwohl sie es eigentlich nicht gerecht findet. Niemand hat darunter gelitten, im Gegenteil, Avidh hat es gutgetan, und er spielt in Gunnars Planung eine wichtige Rolle. »In Ordnung«, sagt sie trotzdem. Sie wird schon zurechtkommen, bisher hat sie auch wenig gebraucht.

»Und du wirst in einer Gruppe kämpfen, die nicht deine erste Wahl wäre. Aber so lernt man sich zu behaupten. Wenn man mit Männern kämpfen muss, die man nicht mag, wächst man als Gruppe zusammen. Morgen wird es so wichtig sein wie nie zuvor, dass du ganz genau das tust, was Angantýr und Harald sagen.«

Angantýr? Harald? Ihr wird flau im Magen. Das bedeutet, sie wird nicht Seite an Seite mit Avidh kämpfen. Kalter Schweiß rinnt ihr den Rücken hinab. Nein, sie schafft das auch ohne Avidh. Wenigstens ist sie dabei. Aber was ist mit Fridas Worten?

»Es wird zwei Gruppen geben, eine große und eine kleine«, sagt Gunnar. »Eigentlich sind es drei, denn die große Gruppe wird sich aufteilen. Harald wird die große Gruppe zusammen mit Angantýr anführen, ich werde die kleinere anführen.«

»Ich hätte die Gruppe auch allein anführen können«, sagt Angantýr.

Gunnar hebt die Hand. »Davon sprechen wir jetzt nicht. Die große Gruppe schlägt als Erstes zu. Ihr überfallt den Markt im nördlichen Teil der Stadt in einer Zangenbewegung von zwei Seiten. Es wird schnell gehen und für die Angegriffenen verwirrend sein. Bevor sie die Verteidigung organisieren, sind wir wieder weg. Wir landen morgen vor der Dämmerung nördlich von Dorestad, und ein Teil der großen Gruppe schleicht dann in den Nordwesten der Stadt. Harald wird diese Männer anführen, Angantýr die andere Hälfte im Norden am Fluss. Harald braucht gute Bogenschützen wie dich, Yrsa. Um Verwirrung zu stiften, schießen wir mit Brandpfeilen in einige der Reetdächer. Von beiden Seiten. Angantýr und Harald wissen Bescheid. Wir haben die Dächer sorgfältig ausgewählt, und Harald wird dich noch genau instruieren, welches deine Ziele sind. In diesen Hütten gibt es nichts Wertvolles.«

Harald? Was bedeutet das? Sie hofft, dass Sven wenigstens mit Angantýr kämpft.

»Du und Ulf, ihr seid die Bogenschützen in der nordwestlichen Gruppe. Wenn die Dächer brennen, bleibt ihr zuerst in der zweiten Reihe und schießt auf Gegner, falls sie uns in Bedrängnis bringen. So wie wir das immer geübt haben. Die meisten werden davonrennen, lasst sie flüchten. Sie interessieren uns nicht. Alle Augen sind auf unseren Kämpfern, damit niemand fälschlich in die Schusslinie gerät. Auf Haralds Zeichen hin werdet ihr dann, falls nötig, auch am Nahkampf teilnehmen und helfen, die Beute wegzutragen.«

Ulf. Yrsa schluckt leer. Wo Ulf ist, wird auch Sven sein. Sie wird mit Svens Freunden kämpfen müssen, während Avidh irgendwo weit weg ist. Vermutlich ist sie ziemlich blass geworden. Gunnar weiß bestimmt von ihren Auseinandersetzungen mit Sven, aber nicht von Svens Drohungen und Njálls Silber. Wenn sie Gunnar jetzt davon erzählt, wird Sven alles abstreiten, wird sie als unfähig und als Lügnerin darstellen. Und gerade jetzt kann sie nicht fordern, an Avidhs Seite zu kämpfen. Wenigstens ist die Wahrscheinlichkeit, dass sie ihrem Vater begegnet, im nördlichen Teil der Stadt kleiner.

»Alle werden genau wissen, auf welche Gebäude sie zurennen. Wir haben mehrere besonders reiche Händler ausgewählt. Sie handeln mit Waffen, mit Goldschmuck, Pelzen, Seide, auch die Zollstation werden wir angreifen und die Münzprägung. Harald und Angantýr haben ein genaues Bild von unseren Zielen. Jeder wird wissen, was er zu tun hat. Gibt es noch etwas, was du mir vor dem morgigen Angriff mitteilen möchtest?«, sagt Gunnar.

Sie schüttelt den Kopf, aber ihre Gedanken kreisen um Svens Drohungen. Sie fürchtet sich vor einem Angriff aus dem Hinterhalt, während sie all ihre Gedankenkraft darauf richtet, mit dem Bogen zu zielen.

Gestern hat ihr Sven noch einmal ins Ohr geflüstert: »Njáll wünscht sich, dass deine Zeit als Kämpferin in dieser Gruppe schon bald zu Ende geht, und ich freue mich darauf, ihm diesen Wunsch zu erfüllen. Er zahlt mir viel Silber.«

Yrsa will Avidh nicht bitten, dass er ihr hilft, die Gruppe zu wechseln. Alle werden denken, dass sie doch nur seinetwegen dabei ist, sich nicht allein behaupten kann. Trotzdem kann sie nicht mit Sven im Rücken kämpfen.

Kurz darauf steht Yrsa an Iduns Schrein, den die Männer für sie aus zwei Holzpflöcken und einem dicken Brett errichtet haben. Der Flügelknochen einer Möwe, ein kleiner Kieferknochen, Rinde, verschiedene Blüten sind auf dem Brett in einem Muster angeordnet. In einer Schale liegen verschiedene Opfergaben. Idun steht neben dem Schrein, den Stab in beiden Händen. Yrsa legt ein fettes Stück Fleisch, das sie sich von ihrer Essensration abgespart hat, in die Schale. Gemeinsam sagen sie Verse auf. Als die Zeremonie zu Ende ist, sagt Idun: »Ich spüre die Kraft deiner Mutter.«

Yrsa legt die Hand auf ihr Amulett und bemüht sich um Ruhe. Svens Drohungen gehen ihr nicht aus dem Kopf.

»Sie wird dich beschützen«, sagt Idun, »das wird auch den Männern helfen, die bei dir in der Gruppe kämpfen.«

»Ich wünschte, ich wäre in einer anderen Gruppe«, sagt Yrsa. Vielleicht ist es falsch, Idun ins Vertrauen zu ziehen. Aber im Moment braucht sie jede Hilfe.

»Warum?«

»Ich soll mit Sven kämpfen, und er hasst mich, er …«

»Mit Sven?« Idun runzelt die Stirn. »Nein, das ist nicht gut«, sagt sie.

»Ja, ich weiß, Gunnar denkt, man sollte mit allen kämpfen können, aber Sven hasst mich nicht nur, er …«

»Nein«, sagt Idun wieder. »Nein, nein.« Sie runzelt die Stirn. »Die Götter haben mir etwas anderes mitgeteilt.« Sie streichelt über die kleine Eberskulptur auf der Spitze ihres Stabs. »Der Schutz deiner Mutter muss auch Gunnar zugutekommen. Das ist wichtig.« Sie umklammert den Freyja-Anhänger um ihren Hals. »Sehr wichtig sogar.«

»Aber Gunnar führt die andere Mission an.«

Iduns Miene verdüstert sich, ein brummendes Geräusch kommt aus ihrer Kehle. »Das geht so nicht.« Sie schlägt die Spitze ihres Stabes auf den Boden. »Es ist der Wunsch der Götter, dass du mit Gunnar kämpfst«, sagt sie mit lauter Stimme. »Er braucht jeden Schutz, den er bekommen kann. Ich werde ihm sagen, dass du bei ihm in der Gruppe bist.«

Yrsa nickt. Sie würde die Seherin am liebsten umarmen. »Ich danke dir, Idun, ich danke dir sehr«, sagt sie.

Idun schaut sie an und runzelt die Stirn. »Ich tue das nicht für dich, sondern für Gunnar«, sagt sie dann.

Kapitel 23

Als es fast dunkel ist, sitzt Yrsa abseits des Lagers in dem kleinen Waldstück unter einer weitverzweigten Erle. Die Äste formen ein Dach über ihr, am Fuß des Baums hat sie ein Bett aus Laub, Farn und Moos gebaut. Kleine Zweige haben sich in ihrem Zopf verfangen. Sie zieht sie aus ihren Haaren, während sie wartet. Der Baum steht weit entfernt vom Lager. Sie ist einen Umweg gelaufen, hat gut aufgepasst, dass niemand ihr folgt. Sie hat sich mit Avidh verabredet. Auch wenn es riskant ist, muss sie ihn vor dem Kampf noch einmal treffen, kann es kaum erwarten, ihn zu berühren. Seit Stunden versucht sie sich gut zuzureden: Du hast dir das gewünscht, lass dir keine Angst machen, du bist stark, eine gute Bogenschützin. All das hat sie im Kopf wiederholt. Aber trotzdem ist eine große Unruhe in ihr. Ihre Hände sind eiskalt, ihr Magen ist ein harter Klumpen.

Dann ist Avidh endlich da, sie springt auf, er zieht sie an sich. Yrsa schlingt ihre Arme um seinen Rücken, zieht seinen Geruch tief in die Lunge. »Ich möchte dich nur festhalten und nicht daran denken, was morgen geschieht«, murmelt sie in seine Brust. Er drückt sie fest an sich, küsst sie lange. Er schmeckt nach Bier und nach seinem eigenen Geschmack, von dem sie nie genug bekommt. »Plötzlich ist alles ein bisschen überwältigend«, sagt sie und versucht zu lächeln. Vermutlich kommt ein schiefes Grinsen dabei heraus.

Er nickt, streicht sich die nassen Haare aus dem Gesicht. »Lass uns hier im Laub liegen.« Als sie es sich bequem gemacht haben, sagt er: »Das geht vielen so. Niemand wird heute Nacht gut schlafen.«

Er sagt nicht, du bist neu, deshalb macht dir das Angst. Das rechnet sie ihm hoch an. Ihr Kopf liegt an seiner Schulter, ihr Arm auf seiner Brust. Er streicht ihr eine Strähne, die sich aus ihrem Zopf gelöst hat, hinters Ohr.

»Dies ist nicht dein erster Kampf«, sagt er und streichelt ihr über den Rücken. »Nicht das erste Mal, dass du vielleicht töten wirst. Erinnere dich daran, was du geschafft hast, als dein Bruder spurlos verschwunden war. Du hast bewiesen, was du kannst. Das erste Mal ist am schwierigsten, und das hast du bereits hinter dir. Denk zurück an jene Nacht an der Schleimündung.«

»Stimmt«, sagt Yrsa. Sie musste damals den hinterhältigen Angriff des Sklavenhändlers Agnar abwehren. Auch da war Avidh an ihrer Seite. Es scheint so lange her, und doch sind seither erst einige Monde vergangen. »Aber ich musste Agnar töten, sonst hätte er mich vergewaltigt und umgebracht. Die Menschen in Dorestad haben mir nichts zuleide getan.« Sie stützt sich auf, will Avidhs Augen sehen.

»Unser Ziel ist auch nicht, sie zu töten. Das tun wir nur, wenn sie uns zu töten versuchen.«

»Aber wir greifen sie an. Seit ich in Dorestad war, fühlt sich das anders an. Zuvor habe ich nur daran gedacht, dass ich kämpfen will, um mich zu verteidigen und um der Armut zu entfliehen. Aber jetzt …«

»Jetzt hast du ihre Gesichter gesehen. Deshalb wollte ich nicht …«

»Dass ich in die Stadt gehe. Ich verstehe das. Es leben dort auch Menschen, die nichts haben, die hungern.« So wie ich früher, denkt sie.

»Ihnen werden wir nichts tun, wir greifen die reichen Händler an. Es ist ehrenvoll, gut zu kämpfen. Und sie können sich verteidigen, dann wird der Bessere siegen.«

Sie nickt. »Du machst das alles schon so lang.«

»Es gab für mich nie einen anderen Weg.«

»Ich musste kämpfen, um Kämpferin zu sein.« Muss es manchmal noch immer, denkt sie. »Es hätte auch andere Möglichkeiten gegeben.«

»Ein Leben als Nebenfrau von Njáll, der nach einigen Wintern eine neue, noch jüngere Nebenfrau gewollt hätte?« Avidh zieht die Augenbrauen in die Höhe. »Das hätte dich nicht glücklich gemacht.«

Sie streicht ihm über die Brust. Seine Haut ist warm, seine Muskeln sind hart. Das sind sie immer, doch es fühlt sich anders an als sonst, in seinem Körper ist jetzt eine Spannung, die sie zu Hause in Haithabu nicht gespürt hat. »Das ist wahr«, sagt sie. Aber an Njáll will sie nicht denken. »Was geht dir vor einem Angriff durch den Kopf?«

»Ich erinnere mich daran, wie die Franken mich letzten Sommer behandelt haben. Als sie mich einsperrten, verhungern lassen wollten, mir die Schwerthand brachen.«

Yrsa streichelt über sein Handgelenk, die Narbe, den Armring. Es ist eine schreckliche Vorstellung, dass jemand ihm etwas antut. Und doch weiß sie, dass es zu seinem, zu ihrem Leben gehört.

»Dann steigt Hass in mir auf«, sagt Avidh, »und das verdrängt die Gedanken, wer unter dem Überfall leiden könnte.«

Die Schatten in seinem Gesicht sind nicht verschwunden. Selbst wenn er ihr in die Augen schaut, sieht sie zwar seine Wärme, aber auch einen Schleier, der vor der Abreise nicht da war. »Geht es dir gut?«, fragt sie.

»Warum?«

»Ich mache mir Sorgen um dich.«

»Um mich brauchst du dich nicht zu sorgen.«

Ich tue es trotzdem, denkt sie. »Hast du keine Angst?«

»Mein Schwert beschützt mich.«

»Und das nimmt dir jegliche Angst?«

Er nickt. »Als Kind in den Gassen von Haithabu hatte ich Angst. Nur wenn es mir gelang, in den Pferdestall zu schleichen, war es besser. Dort war es warm, und die Pferde mochten mich. Seit ich Krieger wurde, hatte ich nie mehr die gleiche Angst wie damals.« Er schaut kurz zur Seite, runzelt einen Moment die Stirn.

»Die Pferde lieben dich noch heute«, sagt sie. »Ich habe den nervösen Hengst, den du in Haithabu oft ausleihst, nicht vergessen. Er mag niemanden außer dich.«

Einen Moment lang sind seine Züge weicher. »Wenn wir mit genügend Silber nach Hause zurückkehren, werde ich versuchen ihn zu kaufen. Sein Besitzer behandelt ihn schlecht. Er verdient etwas Besseres.«

Sie nickt. »Und was, wenn dein Schwert dich einmal nicht beschützen kann? Fürchtest du dich davor nicht?«

»Nein. Ich fürchte mich nur davor, dass dir etwas zustößt oder Leif oder Frida. Um mich selbst habe ich schon lange keine Angst mehr.«

»Ich habe auch Angst, dass dir etwas zustößt.« Schreckliche Angst sogar. Wieder fallen ihr Fridas Worte ein. Warum hat die Seherin nur gesagt, sie müsse das Ganze für sich behalten? »Hast du den Stein noch, den ich dir von Frida gegeben habe?«

»In meinem Beutel.« Er fasst an seinen Gürtel.

»Und du nimmst ihn morgen mit?«

»Auf jeden Fall.«

Sie verschränkt ihre Finger mit seinen und küsst seine Hand. »Beinahe hätten wir morgen nicht Seite an Seite gekämpft«, sagt sie dann.

»Was hat Gunnar gesagt?«

Sie berichtet, wo Gunnar sie zuerst eingeteilt hat. »Aber ich habe …« Sie zögert, ist unsicher, ob sie Avidh von Svens Drohungen erzählen soll.

»Was hast du?«

»Sven hat mich bedroht.«

»Wann?« Avidhs Miene verfinstert sich.

»Als du mit Leif unterwegs warst.« Sie erzählt Avidh, was geschehen ist, und was Njáll Sven aufgetragen hat. Je länger sie spricht, umso stärker spürt sie, wie zornig Avidh wird. Er richtet sich auf, zieht sie auf seinen Schoß.

»Ich gehe sofort zu Gunnar«, sagt er dann und will aufstehen, aber sie bleibt auf ihm sitzen. »Du kannst nicht kämpfen, wenn du fürchten musst, dass dich jemand aus den eigenen Reihen angreift.«

»Ich danke dir.« Sie wusste, dass er das sagen würde. Und es berührt sie, obwohl sie nicht will, dass er sich bei Gunnar für sie einsetzt. »Sven wird alles abstreiten. Niemand hat es gehört. Er ist geschickt. Aber ich habe mich darum gekümmert.«

»Wie hast du das geschafft?«

»Idun hat mir geholfen. Sie sagte, die Götter wollten, dass ich in Gunnars Gruppe kämpfe. Und ich glaube, sie wollte das auch. Weil meine Mutter mich beschützt und damit auch die anderen, die mit mir kämpfen. Es schien ihr wichtig, dass der Schutz meiner Mutter vor allem Gunnar hilft. Ich musste ihr nicht viel von Sven erzählen.«

Avidh lächelt kurz. Sie sieht das selten in diesen Tagen, umso mehr freut es sie. »Sehr gut«, sagt er. Dann flüstert er ihr ins Ohr: »Wir schlafen heute hier. Nur du und ich.«

»Was sagt Gunnar? Ich habe euch streiten gehört. War es wegen uns?«

Avidh nickt. »Ich habe ihm gesagt, dass ich mir von ihm keine solchen Vorschriften machen lasse. Dass er sich sonst jemand anderen für die schwierigsten Aufträge suchen muss. Das hat ihm nicht gefallen. Er wollte mit Signe anfangen. Dann wurde es laut.«

Das Lächeln ist aus Avidhs Gesicht verschwunden, die Schatten unter seinen Augen fallen ihr wieder deutlicher auf.

»Gunnar steht unter Druck«, sagt Avidh. »Es war schon die ganze Reise offensichtlich. Und Angantýr macht alles noch schwieriger.«

»Hast du einen Verdacht, wer ihm verraten hat, dass wir uns nicht mehr an seine Regel halten?«

»Nein, der Einzige, der etwas weiß, ist Leif. Hast du es jemandem erzählt?«

»Nein. Jemand muss uns beobachtet haben.«

»Ich kann mir schon vorstellen, wer«, sagt Avidh.

»Mir hat Gunnar auch die Meinung gesagt. Ich müsse nur deshalb nicht nach Hause, weil es der Vorabend des Angriffs sei, hat er gesagt. Aber er wird meinen Anteil an der Beute kürzen.«

Avidh atmet laut aus. »Das sehen wir dann. Vergiss jetzt, wo wir sind, was wir morgen vorhaben. Vergiss alles. Fühle nur meine Nähe.«

Avidh berührt ihre Lippen mit den seinen. Sie öffnet die Lippen, spürt seine Zunge, küsst ihn, will sich in dem Kuss verlieren. Doch ganz gelingt es ihr nicht. Sie löst sich wieder von ihm: »Denkst du, es wird alles gut gehen?«

Er schaut sie an. Seine Lider sind halb geschlossen. »Das weiß ich nicht. Niemand weiß das. Deshalb vergessen wir es jetzt. Und sind einfach nur zusammen.«

Er nimmt ihre Hand, legt sie auf sein Herz. Sein Herz schlägt gleichmäßig und ruhig unter seinen Rippen. Sie schließt die Augen, legt den Kopf auf seine Brust. Dann streicht sie mit den Fingerkuppen über die Stelle neben seinem Auge, wo die Haut zart ist. Küsst ihn dort. Er mag es, wenn sie sein Gesicht überall küsst, ganz sachte zuerst und dann leidenschaftlicher. Es streichelt und den Weg ihrer Finger mit den Lippen nachzeichnet. Es kommt ihr vor, als würde sich sein Körper etwas entspannen.

Er legt die Arme wieder fest um sie. »Es war eine schwierige Zeit, seit wir Haithabu verlassen haben. Ich …«

Er löst seine Arme, nimmt ihr Gesicht in seine Hände. Sie spürt die Schwielen an seiner Schwerthand, und doch liegt so viel Zärtlichkeit in der Berührung seiner Finger, in seinen Augen. Etwas in seinem Blick hat sich verändert, nicht nur in seinem Blick, in seinem Gesichtsausdruck. Ihr Herz pocht heftig. Er scheint nach Worten zu suchen. Sie schaut in seine dunklen Augen, und der Schleier ist verschwunden. Er sieht plötzlich, ganz kurz nur, so verletzlich aus, dass sie fast ein bisschen erschrickt. Sie möchte etwas sagen, spürt aber, dass sie warten muss, dieses ungewohnte Gefühl genießen, weil sie sonst etwas verpasst, das vielleicht nicht wiederkommt. Er scheint mit sich zu ringen. Kurz verdunkelt sich sein Blick wieder. »Ich habe das nicht gut vertragen, dass du … der Abstand … Ich war nahe daran, alles aufzugeben … habe die Verbindung zu dir fast verloren.«

Sie schluckt, kämpft gegen Tränen, weil sie immer mehr versteht, wie viel Gunnar mit seiner Regel angerichtet hat. »Es tut mir so leid«, flüstert sie, »ich wollte das nicht, ich hätte nicht …«

Er schüttelt den Kopf, legt ihr einen Finger auf die Lippen. »Ich weiß das jetzt, ich habe das verstanden. Du musst dich nicht entschuldigen, es war nicht deine Schuld.« Er holt tief Luft. »Vielleicht überlebe ich den morgigen Tag nicht.«

Er schließt kurz die Augen. »Deshalb will ich dir das jetzt sagen. Du bist stark, du gibst nicht auf, in dir ist so viel Licht, du bist schön, es fühlt sich so gut an, wenn wir einander lieben. Ich habe vom ersten Tag an eine tiefe Verbundenheit zu dir gespürt und hätte nicht so viel zweifeln sollen. Die letzten Monde haben mich mehr berührt, als ich mir eingestehen wollte. Selbst als ich die Verbindung zu dir fast verloren hätte, habe ich mich noch immer nach dir gesehnt.« Er lächelt kurz. »Das hat mich erstaunt. Ich habe dir in Haithabu manchmal, wahrscheinlich nicht oft genug, gesagt, dass ich mich nach deiner Nähe sehne, mit dir zusammen sein möchte. Aber etwas habe ich nicht gesagt, und du musst es jetzt wissen, heute Abend, weil wir beide nicht sicher sind, was morgen geschieht. Ich liebe dich, Yrsa. Ich liebe dich, tief in meinem Herzen.«

Ihre Augen füllen sich mit Tränen, weil so viele Gefühle sie überschwemmen. Sie fühlt sich unbesiegbar und schrecklich verletzlich zugleich, so als könnte sie die Welt umarmen und als wollte sie gleichzeitig alles um sie herum vergessen, aussperren, in seine Arme kriechen und nichts sonst mehr wahrnehmen.

Sie legt ihre Hände auf seine und flüstert: »Ich liebe dich auch, Avidh, ich liebe dich so sehr.«

Sie schlingt die Arme um seinen Hals, und er hält sie so fest, weil nicht nur die Liebe ihr Leben heute Nacht bestimmt, sondern sich auch eine Spur Verzweiflung in alles mischt, eine Furcht davor, das, was so wunderschön ist, schon morgen für immer zu verlieren.

Er spürt ihre Gedanken und flüstert ihr ins Ohr, sein Atem ist warm an ihrer Haut: »Wir wissen nicht, was der morgige Tag bringt. Aber heute Nacht will ich dir so nah sein, wie ich kann. So nah, dass es sich anfühlt, als würde es nicht aufhören. Als gäbe es nur dich und mich. Das Gefühl, allein, ausgeliefert, einsam zu sein, wird heute Nacht keinen Platz in uns finden. Lass die Furcht, die Verzweiflung, die Einsamkeit morgen zurückkommen, aber jetzt verscheuchen wir sie.«

Sie nickt an seinem Hals und sagt ganz leise: »Bitte pass auf dich auf, morgen. Ich will nicht ohne dich sein.«

Er nickt, und sie ist glücklich.

Doch dann fährt ihr ganz kurz wieder dieses Stechen links in die Rippen, wie sie es nun schon einige Male gespürt hat.

Kapitel 24

Es ist still. Gespenstisch still. Yrsa presst die Hände gegen die Holzplanken. Damit sie nicht zittern. Sie liegt auf dem Boden ihres Schiffs, ganz flach. Eigentlich ist es nicht still. Der Wind rauscht in den Segeln, das Wasser schlägt gegen die Bordwand, die Planken ächzen. Trotzdem hängt eine trügerische Ruhe über allem.

Yrsa schaut in den Himmel, die Nacht ist düster. Wolken haben sich vor die Mondsichel geschoben, dunkelgraue Fratzen am Himmel. Wenigstens hüllt die Dunkelheit sie ein, und sie gleiten unsichtbar an den Siedlungen vorüber. Sie wendet den Blick ab. Ihr Hemd ist klamm, die Luft feucht. Vorhin hat kurz wieder der stechende Schmerz in ihren Rippen gepocht. Yrsa streicht über die Stelle, wundert sich, dass sie die Verletzung so lange spürt. Sie kann sich nicht erinnern, wann sie sich verletzt hat. Aber was für eine Erklärung gäbe es sonst?

Freyja, steh uns bei, fleht Yrsa in Gedanken. Die bösen Geister sind um den Mast geflattert. Kurz hat sie ihren kalten Hauch gespürt. Sie presst die Augen zu. Avidh liegt ein Stück weiter vorne. Sie weiß nicht, ob er es auch wahrgenommen hat.

Heute ist es so weit. Der große Tag. Sie weiß nicht, wie sie es sonst nennen soll. Der Tag, an dem sie sich beweisen muss. Der Tag, auf den sie gewartet hat, den sie gefürchtet hat.

Die wenigen Stunden Ruhe, bevor sie aufgebrochen sind, hat

sie eng an Avidh geschmiegt abseits des Lagers verbracht. Sie haben sich in der Nacht langsam und zärtlich geliebt. Nicht so heftig wie vor einigen Tagen, sondern so, als wollten sie das Ende möglichst lange hinauszögern. Als es Zeit war, hat Avidh sie lange umarmt, geküsst. Sie wollte ihn nicht loslassen, hat ihm in seine wunderschönen dunklen Augen geschaut. Und er hat diese Worte, die die Welt für sie bedeuten und sie gleichzeitig so verletzlich machen, noch einmal ausgesprochen. »Ich liebe dich«, hat er gesagt, mit fester Stimme, bevor sie zu den anderen gegangen sind. Ein bisschen hat es sich angefühlt wie ein Abschied, was ihr kurz schreckliche Angst gemacht hat. Aber daran denkt sie jetzt nicht, sondern daran, wie verbunden sie sich mit ihm fühlt. Dieses Gefühl wird sie durch schwierige Teile des Überfalls tragen.

»Achte nicht auf mich während des Kampfs«, hat er ihr immer wieder eingeschärft, »ich weiß, was ich tue. Du hast es noch nicht so oft gemacht, musst alle Gedankenkraft bei dir behalten.«

Ja, wollte sie antworten, musste aber wieder an Fridas Worte denken. Was ihr noch immer Sorgen bereitet: Die Schatten auf Avidhs Gesicht sind wieder zurück. Als alle sich versammelt hatten, war seine Ausstrahlung so düster, wie sie es noch nie erlebt hat. Aber sie ist auch noch nie mit ihm in einen solchen Kampf gezogen.

Irgendwo nahe Backbord hustet einer der Männer. Er presst sich die Hand vor den Mund, und doch scheint es wie ein tiefes Grollen. »Schscht«, zischt jemand weiter vorne. Wieder hört Yrsa das Husten, gedämpfter, als versuche der Mann mit aller Kraft das Kitzeln in der Kehle zu unterdrücken. Yrsa möchte den Kopf heben, um nachzuschauen, ob sie gerade an einem Dorf oder einem Hof vorübergleiten. Aber sie wagt es nicht, streicht mit dem Finger über die fasrigen Planken und umklammert ihre Kampfaxt.

Egal, was heute geschieht, sie wird darauf achten, dass die bösen Geister nicht an Avidh zerren. Sie wird ein wachsames Auge haben. Sie ist eine Kämpferin, und heute wird sie das beweisen. Das Kribbeln, das sie bei dem Gedanken, in den Kampf zu ziehen, immer gespürt hat, will sich im Moment nicht einstellen. Aber das ist in Ordnung. Das Kribbeln gehört zu ihrem Traum, und heute kommt sie in der Wirklichkeit an. Und die Wirklichkeit ist gnadenlos, und bestehen kann nur, wer sich behauptet.

Sie ballt die Fäuste, spürt die Kraft, die durch ihren Körper strömt. Und plötzlich spürt sie noch etwas anderes. Ihre Mutter ist ganz nah. Sie wird mit ihrer Magie heute dafür sorgen, dass alles gut geht. »Danke, Mama«, flüstert Yrsa und legt die Hand auf ihr Amulett. Du hast an mich geglaubt, und ich weiß, du würdest es auch heute tun. Und die Seherin Frida wird Avidh aus der Ferne beschützen.

Eigentlich würde Yrsa jetzt auch daran denken, wie stolz ihr Vater auf sie wäre. So lange hat sie sich seinen Stolz ausgemalt. Noch immer fühlt es sich seltsam an, dass sie nun weiß: Er ist nicht stolz, er findet nicht gut, was sie tut. Und es könnte ihn sogar gefährden. Nein, er wird sich verteidigen, vielleicht ist er schon abgereist. Und sie wird zeigen, dass sie eine Kämpferin ist. Seite an Seite mit Avidh. Sie wird der Armut entfliehen und sich mit Avidh ein Leben aufbauen. Sie haben noch niemals über ein Leben ohne den Kampf gesprochen, sie haben noch niemals über das gesprochen, was nach Dorestad kommt, was vielleicht nächsten Sommer sein könnte. Doch jetzt, da sie hier liegt, auf den kalten Planken, spürt sie stark, wie sehr sie sich das wünscht. Ein Leben mit Avidh, als Kämpferin oder auch nicht mehr als Kämpferin. Egal. Aber auf jeden Fall mit ihm. Und nichts darf sich mehr zwischen sie schieben.

Idun liegt neben Yrsa. Ihre Brust hebt und senkt sich schnell. Ihr Atem geht stoßweise. Sie ist genauso aufgeregt wie Yrsa, bewegt die Lippen, murmelt Verse. Unbemerkt müssen sie an Utrecht vorbeisegeln. Gern würde Yrsa sich vergewissern, dass nirgendwo eine Fackel oder eine Öllampe brennt. Doch sie bewegt sich nicht. Still und unsichtbar gleitet ihr Schiff durch die Dunkelheit, und ihr zweites wird schon bald folgen.

Neben Idun liegt Ulf, neben Ulf Birger, neben Birger Björn, neben Björn Roar. Leif liegt neben Avidh. Die meisten Männer pressen ihre Körper auf die Planken. Nur Gunnar sitzt wie immer hinten rechts am Steuer. Zwei Männer stehen vorne am Bug, einer am Heck, und zwei in der Mitte. Sie sorgen dafür, dass das Segel im Wind, das Schiff auf Kurs bleibt. Alles soll aussehen wie bei einem Handelsfahrer. Niemand sieht Krieger. Alle, die auf den Planken liegen, haben die Waffen eng am Körper, das Schwert im Arm. Yrsa umklammert ihren Bogen und die Kampfaxt. Wenigstens müssen sie nicht rudern.

Das Schiff schwankt leicht. Der Wind weht aus Westen. Idun tastet nach Yrsas Hand. Iduns Hand ist eiskalt, Yrsa drückt sie. Auch die Seherin hat eine unerwartete Aufgabe. Heute käme niemand auf die Idee, dass Idun eine Seherin ist. Sie trägt ein schlichtes graues Kleid und auf dem Kopf eine Haube, der Stoff fällt bis über die Schultern und verdeckt Iduns Haare. Um ihren Hals hängt ein hölzernes Kreuz. Eine Nonne soll Idun heute sein. Keine besonders passende Rolle, aber eine, die sie gut spielen wird.

Die Dunkelheit liegt noch immer über dem Schiff, als Gunnar dem nächstgelegenen Mann etwas ins Ohr flüstert. Die leise Botschaft macht die Runde durch das Schiff, kriecht von einem zum anderen, rollt wie eine Welle über sie hinweg: »Wir sind fast da, macht euch bereit. Jetzt wird es ernst.«

Außer Sichtweite der Stadt legen ihre Schiffe an, leise klettern sie von Bord. Ihre Knie würden zittern, hat Yrsa sich vorgestellt, ihre Finger klamm sein. Doch sie staunt, wie leicht alles geht. Mühelos steigt sie über die Bordwand, den Bogen auf dem Rücken, die

Kampfaxt am Gürtel. Avidh holt neben ihr auf, kommt einen kurzen Moment ganz nah, streichelt ihr über den Rücken, lächelt sie an.

Gebückt schleichen sie durch das ufernahe Schilf, schwärmen aus, um sich dann auf Gunnars Zeichen im Schutz einiger Birken zu versammeln. Keiner spricht, keine Waffe klappert, es ist ein stiller Strom von rund sechzig Männern, Yrsa, Gunhild und Idun. Der feuchte Boden macht es einfach, leise durch die Ufergebiete zu streifen. Und niemand in Dorestad ahnt, welch tödliche Gefahr sich gerade im Norden des Hafens zusammenbraut.

Dann trennen sich ihre Wege. Yrsas Herz pocht jetzt doch schnell. Sie hat eine neue Rolle erhalten, wird Teil der besonderen Mission sein, einer kleineren Gruppe. Das hat sie Idun zu verdanken. Noch ist ihr nicht klar, wie gefährlich ihr Einsatz sein wird. Aber Avidh hat ihr in den frühen Morgenstunden ausführlich erklärt, was sie zu tun hat. Sie ist unendlich erleichtert und sorgt sich gleichzeitig ein bisschen, was die anderen denken werden. Auch wenn es nicht Avidh war, der darum gebeten hat, dass sie die Gruppe wechselt. Doch damit wird sie sich morgen beschäftigen.

Jemand klopft ihr auf die Schulter. Gunhild taucht neben ihr auf, grinst. »Flattern die Nerven?«, flüstert sie.

»Ja«, sagt Yrsa.

»Bei mir auch«, sagt Gunhild, »auch nach zehn Wintern Kampf, mach dir nichts draus. Du bist gut. Das war mir schon bei unserem ersten Treffen klar.«

Kapitel 25

Avidh streichelt den Braunen oberhalb der Nüstern, gräbt die Finger in das weiche Fell, spürt die Wärme des Pferds. Die andere Hand legt er auf den Schwertknauf, von dort strömt die Ruhe und Kälte des Eistrolls durch ihn. Sie sind bereit. Jetzt heißt es warten. Im Schutz einiger Silberweiden haben sie sich versteckt, ein Gewirr aus Ästen und Farnen schützt sie vor Blicken. Die Morgenfrische hängt noch in der Luft, der Wind lässt die Zweige der Silberweiden knarzen, die Blätter rascheln. Im Kopf geht Avidh noch einmal alles durch, was sie in den letzten Tagen besprochen und ausgekundschaftet haben. Es ist ein guter Plan, auch wenn es Unsicherheiten gibt. Aber die gibt es immer, und sie bringen ihn nicht aus der Fassung.

Yrsa steht neben ihm, auch sie hält ein Pferd am Halfter. Er hat ihr einen sanften Kaltblüter ausgesucht, sie ist keine geübte Reiterin. Weil Yrsa heute dabei ist, muss er die Dämonen in Schach halten, ein Auge auf sie haben. Yrsa ist eine gute Kämpferin und eine ausgezeichnete Bogenschützin, aber sie hat wenig Erfahrung. Avidh fühlt sich verantwortlich für sie. Auch wenn Yrsa sofort antworten würde: »Ich kann selbst auf mich aufpassen«, könnte sie seine Gedanken lesen. Aber alles ist anders als bei Signe. Signe war erfahrener und älter, als sie gemeinsam in den Kampf zogen. Und bei Signe hatte er nichts damit zu tun, dass sie sich ihrer Gruppe anschloss. Gunnar hatte Signe bei einem Festbankett in Sliesthorp kennengelernt und sie eingeladen, mit ihnen zu kämpfen. Gunnar schwärmte damals davon, dass Signe sich den ganzen Abend nur mit ihm unterhalten habe.

Als Signe dann auf Gunnars Hof kam, behandelte sie alle Männer zuerst sehr abweisend. Auch Avidh beachtete sie am Anfang nicht. Dann verletzte sich Signe am Arm und tauchte bei der Heilerin Frida auf. Avidh lebte bei Frida, und nachdem Frida sich um Signes Arm gekümmert hatte, saßen er und Signe zusammen am Feuer. Signe fragte ihn, warum er bei Frida wohne. Und Avidh schilderte ihr, wie er mit dreizehn halb tot von einem Überfall zurückgekehrt war und Frida ihn ohne nachzufragen aufgenommen und sein Leben gerettet hatte.

Signe lauschte aufmerksam und erzählte dann von ihrer älteren Schwester. Diese Schwester habe sie nach dem frühen Tod ihrer Mutter großgezogen. Und plötzlich nahm Avidh eine offenere, verletzliche Seite an Signe wahr, die sie zuvor nie gezeigt hatte. Keiner von Gunnars Männern kannte diese Seite, aber er spürte sie an jenem Abend in Fridas Haus. Und er spürte noch etwas tief in Signe, das ihm sehr vertraut war: Traurigkeit und Einsamkeit.

Bald darauf feierten sie auf Gunnars Hof das Abschiedsfest eines Kämpfers. Signe sah umwerfend aus, sie trug ein enges rotes Kleid, jeder wollte mit ihr tanzen. Avidh trank zu viel Met an jenem Abend, und irgendwann lag Signe ausgerechnet in seinen Armen. Er mochte diese unterschiedlichen Gesichter an ihr, das Kühle, Unnahbare und die verletzliche Seite, von der er glaubte, dass nur er sie kannte.

Kurz legt Avidh die Stirn an den Hals seines Pferdes und krault sein Fell. Warum denkt er jetzt an Signe? Er muss sie sofort aus seinen Gedanken verbannen. Es sind die Dämonen, die ihn bedrängen. Er umklammert den Schwertknauf so heftig, dass ihm der eisblaue Stein in die Handfläche sticht. Und der Eistroll den Kampf in seinem Innern gewinnt.

Dann schaut Avidh kurz zu Yrsa und lächelt sie an. Er muss nicht mehr an Signe und ihren Verrat denken. Jetzt gibt es Yrsa. Seit gestern Abend spürt er eine tiefe Verbundenheit mit ihr. Er weiß nicht, wie, aber sie hat es geschafft, die Verzweiflung, die ihn während der Reise in ihren Klauen hielt, zu mildern, die elenden Gefühle in ihm ein Stück zurück in die Tiefe zu stoßen. Er bewundert Yrsas Mut, dass sie das alles trotz der unerwarteten Begegnung mit ihrem Vater durchzieht. Als Leif Yrsas Vater in Dorestad verfolgte, hat ihr Vater Valì getroffen. Das hat Avidh Yrsa noch nicht erzählt. Für die heutige Mission spielt es keine Rolle, und es hätte sie nur beunruhigt. Er wird es ihr heute Abend sagen, wird alles dafür tun, dass sie beide den heutigen Tag überleben.

Auch Leif steht neben Avidh und hält ein Pferd am Halfter. Leif wird ebenfalls ein Auge auf Yrsa haben, das weiß Avidh. Wie immer verlässt er sich blind auf seinen Waffenbruder. Auch Gunnar, Björn, Roar, Gísli, Knud und Trygve sind in ihrer Gruppe mit dabei. Björns Pferd zieht einen kleinen Wagen mit zwei Rädern, ein einfacher Bau, vorne und hinten sind metallene Fesseln angebracht.

Ihr Versteck liegt nördlich des Flussufers, wo der Wind durch das Riedgras rauscht. Avidh hat diese Stelle mit Leif vor einigen Tagen gefunden. Sie bietet genau, was sie brauchen: Sicht auf die südliche Front des Castrums und in den Norden der Stadt. Dort, wo die anderen schon bald losschlagen werden.

Nicht weit von ihnen, aber außer Sichtweite, warten Idun und Gunhild, versteckt hinter einer Scheune mit Sicht auf den nördlichen Haupteingang des Castrums. Beide haben sich als Nonnen verkleidet. Gunhild trägt ein Schwert unter der Kutte und wird die

Verkleidung irgendwann abwerfen. Aber zuerst haben die Frauen eine entscheidende Aufgabe.

Alle Gedanken in Avidhs Kopf fließen jetzt in eine Richtung: zu ihrer Mission, zum Kampf. Er ist bereit, kann es kaum erwarten. Seine Hand zuckt. Aber der Eistroll mahnt zur Ruhe. Avidh umklammert den Schwertknauf stärker, lässt den Eiswind aus seinem Schwert in den Arm fließen, durch seinen Körper strömen. Sein Kampf wird heute ruhig, kontrolliert und tödlich sein. Nur etwas macht ihm Sorgen: In Momenten wie diesen spürt er sonst eine enge Verbindung zu Frida, auch wenn sie viele Tagesreisen entfernt ist. Er weiß, dass Frida bei den Göttern, Geistern und Elfen um Schutz für ihn bittet. Doch heute bleibt es seltsam stumm in ihm.

»Es hat begonnen«, flüstert Yrsa leise neben ihm.

Avidh hebt den Blick. Im Norden der Stadt steigt Rauch auf. Die Brandpfeile haben getroffen.

»Macht euch bereit«, zischt Gunnar. Er hat ein paar Schritte weiter vorne gewartet, das Castrum keinen Moment aus den Augen gelassen, hat sich jetzt zu ihnen umgedreht. Eigentlich hatten sie vereinbart, dass sie nach dem ersten Pfeil noch etwas warten, aber Gunnar scheint seine Meinung geändert zu haben. Avidh bindet sein Pferd an einem Ast fest, fährt ihm über den Hals und murmelt ihm beruhigende Worte ins Ohr. Björn wird bei den Pferden bleiben, bis sie zurück sind.

Sie folgen einem schlammigen Pfad entlang des Flussbetts. Es kommt Avidh vor, als höre er die Waffen im Norden der Stadt klirren, die Überfallenen schreien, als rieche er die brennenden Reetdächer. Doch sein Kopf gaukelt ihm etwas vor, er ist zu weit weg. Nur die Rauchsäulen verraten, dass Angantýr, Harald und die anderen losgeschlagen haben. Gebückt schleichen sie durch das Schilf, teilen die Halme mit vorsichtigen Bewegungen. Avidh drückt kurz Yrsas Finger, sie sind eiskalt. Dann hebt Gunnar die Hand, und alle gehen in die Hocke.

Der Schlick umgibt Avidhs Füße, das Wasser dringt in seine Stiefel. Hier warten sie, bis die Soldaten aus dem Castrum rennen, um die Angreifer im Norden der Stadt zurückzudrängen. Während die Truppen hinausströmen, werden Idun und Gunhild als Nonnen verkleidet in der allgemeinen Aufregung durch das Tor ins Castrum gehen. Das wird niemandem auffallen. Immer wieder kommen Menschen, um in der Kirche des Castrums zu beten. Das haben Leif und er beobachtet, während sie hier auf der Lauer gelegen haben.

Falls es Probleme gibt, zieht Gunhild ihr Schwert. Auch Idun hat ein Messer im Gürtel. Aber sie wird es nur nutzen, wenn ein Soldat sie direkt bedroht. Gunhild wird zum Hinterausgang schleichen, den Riegel öffnen und zur Türe herausschlüpfen. Das wird ihr Zeichen sein. Idun verschwindet dann schnell wieder durch den Vorderausgang. Wie viele Soldaten im Castrum zurückbleiben, weiß Avidh nicht. Falls nötig, wird er sie alle mit seinem Schwert durchbohren.

Das Rauschen schwillt an. Die Bilder vom letzten Sommer spuken durch seinen Kopf. Tagelang ließen ihn die Franken ohne Essen im Kerker schmoren, einem kalten, feuchten Loch. Hemd, Hosen und Stiefel nahmen sie ihm weg, ihre Schläge, die Beleidigungen haben sich tief in ihm eingeprägt.

Die Rauchsäulen im Norden sind jetzt noch dichter. Gunnar schleicht ein Stück weiter. Und dann sieht Avidh es. Die schwere Holztüre hinten in den Palisaden steht einen kleinen Spalt offen! Gunhild hat es geschafft. Die Palisaden trennen den Garten hinter der Castrum-Kirche in zwei Teile.

Sie machen sich auf den Weg, schnell und so leise wie möglich.

Ein Soldat stürzt von einem der Wachtürme im Süden, bleibt regungslos im Gras liegen. Gunhild. Sie hätte eigentlich bei der Türe warten sollen.

Gebückt rennt Avidh in Richtung des Eingangs, Gunnar ist vor ihm, die anderen folgen. Avidh überholt Gunnar, stellt den Fuß in die Türe, bevor jemand sie von innen wieder verriegelt. Er späht durch den Spalt, es ist seltsam still und leer. Avidh bückt sich tiefer, stößt die Türe weiter auf. Gunnar ist hinter ihm, hält die schwere Türe. Avidh schlüpft durch den Spalt. Hinter der Kirche zwischen Lauch und Rüben geht er in Deckung, schielt um die Ecke, wartet, bis alle aufgeschlossen haben.

Nirgendwo sind Soldaten. Dann hört er einen erstickten Schrei und ein gurgelndes Geräusch. Leif erscheint neben ihm. Sie dürfen keine Zeit verlieren. Ein Blick zu Gunnar, mit einem Nicken schickt er sie los. Avidh dreht sich kurz zu Yrsa um, formt mit den Lippen die Worte: »Bis gleich.« Sie nickt. Er sieht die Angst in ihren Augen und den entschlossenen Zug um ihren Mund. Er wird alles dafür tun, dass sie heute Abend in seinem Armen liegt.

Gebückt verlässt Avidh die Deckung hinter der Kirche, das Schwert fest in der Hand. Ein Stück weiter vorne steht die kleine Töpferei, die sie vor einigen Tagen mit Einarr besucht haben. Dorthin will er. Leif ist dicht hinter ihm, das spürt Avidh, ohne nachzuschauen. Gunnar, Yrsa und Trygve schleichen auf die Südseite des großen Hauses. Dort wohnt der Procurator. Avidh fragt sich, wo Gunhild steckt. Das gurgelnde Geräusch kam hoffentlich nicht von ihr, sondern von einer der Wachen.

Er erreicht die hölzerne Rückwand der Töpferei. Seltsam, dass so wenige Wachen zurückgeblieben sind. Tappen sie gerade in eine Falle? Oder ist der Procurator nicht hier? Sie haben seine Bewegungen in den letzten Tagen ausgekundschaftet. Mehrere Quellen haben ihnen bestätigt, dass er hier sein sollte, in dem großen Haus.

Vielleicht haben sich die Wachen in das Gebäude zurückgezogen. Dort einzudringen, wird der heikelste Teil der Mission. Avidh hat zwar einen ungefähren Plan im Kopf: Einarr hat ihn ihm aus dem Gedächtnis in den Schlamm gezeichnet. Allerdings ist es schon eine Weile her, dass Einarr beim Procurator war.

Das Gebäude ist viel unübersichtlicher als ein Langhaus, zu viele Wände, Ecken und Mauern. Überall könnten Wachen lauern. In der Mitte gibt es ein Atrium ohne Dach. Falls der Procurator nicht hier ist, könnten sie seine Frau entführen. Aber die Idee gefällt Avidh nicht. Er entführt nicht gern junge Frauen. Hat keine Lust, sie vor Sven und den anderen beschützen zu müssen.

Plötzlich steht ein Soldat vor Leif, hat hinter der Töpferei auf sie gelauert. Sein Schwert klirrt gegen Leifs Schild. Mit einem großen Satz ist Avidh bei seinem Bruder. Aber Leif hat den Franken schon mit einem gezielten Schlag außer Gefecht gesetzt. Der Soldat ist jung, Blut quillt aus seiner Brust. Er röchelt nur noch leise.

Sie eilen weiter, haben die Nordseite des großen Hauses beinahe erreicht. Folgen den Mauern, vorbei am Haupteingang und in den schmalen Durchgang zwischen Haus und Castrum-Mauer im Osten. Gunnar, Yrsa und die anderen nähern sich von hinten.

Auf der Ostseite stellt sich Leif an die Wand, verschränkt seine Hände zu einem Tritt. Avidh nimmt drei Schritte Anlauf, springt in Leifs Hände und bekommt das Dach des Hauses zu fassen. Seine Finger krallen sich in das Gebälk. Das Haus ist aus Stein, aber das Dach ist eine hölzerne Konstruktion, gedeckt mit tönernen Ziegeln. Er zieht sich hoch, stellt einen Fuß, dann den zweiten auf, balanciert entlang der Dachkante. Das Dach ist nicht steil, Avidh folgt der Kante, bis er ungefähr die Mitte des Gebäudes erreicht. Hier grenzen die Räume an den Innenhof. Gunnar, Yrsa und Roar schleichen in Leifs Richtung unten an der Mauer entlang. Trygve, Gísli und Knud umrunden das Gebäude auf der anderen Seite. Es kann nicht sein, dass so wenige Wachen auf dem Gelände sind. Und wo ist Gunhild?

Avidh bleibt kurz stehen. Gunnar lehnt sich unten gegen die Mauer, so wie es Leif vorhin getan hat. Roar zieht sich mühelos auf das Dach. Avidh hat Roar gern an seiner Seite, und es scheint ihm, als würde Roar sich bevorzugt ihm anschließen. Avidh nimmt Anlauf, zwei Schritte gegen die Dachsteigung, dann springt er und erwischt mit einer Hand den Dachfirst. Er braucht einen kurzen Moment, um ins Gleichgewicht zu kommen, greift nach, zieht sich nach oben. Roar folgt ihm ohne Probleme.

Als sie oben auf dem Dach hocken, schaut Avidh sich um. Nirgendwo auf den Türmen sind Soldaten. Sind sie wirklich alle in Richtung des Marktes geströmt? Er lässt sich vorsichtig auf die andere Seite des Dachs gleiten. Jetzt hat er Sicht auf den Innenhof. Er scheint leer. Gunnar, Leif, Gísli und Yrsa werden durch den Vordereingang kommen. Falls Kämpfer durch den Innenhof in Richtung des Eingangs rennen, wird sich Avidh von oben auf sie stürzen.

Er vermutet den Procurator im hinteren Teil des Gebäudes. Sie haben ihn in den letzten Tagen aus der Distanz verfolgt. Seine Gesten sind ungeduldig, herrisch, sein Bauch schwabbelt bei jedem Schritt. Meist haben ihn vier Soldaten begleitet. Sie sind bestimmt irgendwo im Haus.

Gegenüber auf dem Dach erscheint jetzt Trygve. Gísli und Knud suchen an der südlichen Wand ein Fenster, durch das sie eindringen können. Avidh hört eine Frau schreien. Es ist ein lang gezogener, schriller Schrei. Dann ist es wieder ganz still. Es war nicht Gunhild. Es war nicht Yrsa. Oder doch? Avidh gibt Roar ein Zeichen, deutet nach unten in den Innenhof. Er wird herunterspringen, muss wissen, was vor sich geht.

Jetzt muss es schnell gehen. Sie sind schon zu lange hier oben.

Kapitel 26

Yrsa umklammert ihren Bogen. Die Sehne schneidet ihr in die Finger, sie hat sie bis zum Mundwinkel gespannt. Mit dem Rücken lehnt Yrsa an der steinernen Mauer neben dem Eingang, und vorhin hat sie kurz über den Schutzzauber gestrichen, den Frida ins Holz ihres Bogens geschnitzt hat. Sie braucht jetzt Schutz, denn sie ist, wo sie gerade steht, eine lebende Zielscheibe. Ihr Blick fliegt über die Balustrade, die Türme, die Ställe, die Töpferei, die Wiesen dazwischen. Neben ihr kauert Knud, auch sein Bogen und vielleicht auch seine Nerven sind bis zum Äußersten gespannt. Die kleinste Bewegung, und ihr schießt, hat Gunnar gesagt. Sie müssen nur kurz hier ausharren, bis alle im Eingang verschwunden sind. Zu gern würde Yrsa sich umdrehen. Bei dem Schrei der Frau vorhin ist ihr ein kalter Schauder über den Rücken gelaufen. Sie muss wissen, was im Haus vor sich geht, was hinter ihr geschieht, wo Avidh ist.

Leif und Gunnar verschwinden im Eingang. Zählt bis fünf, dann folgt uns, hat Gunnar gesagt, zuerst Yrsa, dann Knud.

Bei fünf geht Yrsa in die Hocke. Im gleichen Moment hört sie ein dumpfes Geräusch. Wie wenn jemand aus der Höhe gesprungen ist. Sie dreht sich, nickt Knud zu und schleicht in den Eingang. Knud ist dicht hinter ihr. Sie hocken in einem düsteren Gang. Nach wenigen Schritten gehen rechts und links Türen ab. Am Ende des

Gangs scheint Licht, dort muss sich der Innenhof befinden. Knud bewacht den Haupteingang mit gespanntem Bogen, sie muss das Ende des Gangs im Blick behalten.

Gunnar kniet neben der linken Türe. Leif stößt sie einen kleinen Spalt auf. Yrsas Herz pocht heftig, eine Mischung aus Anspannung und Kribbeln. Die anderen verlassen sich auf sie, das fühlt sich gut an. Leif gibt ein Zeichen, der Raum ist leer. Auch rechts ist niemand.

Gerade als Leif aus der rechten Türe kommt, glaubt Yrsa, ganz hinten im Gang einen Schatten vorbeihuschen zu sehen. Soll sie schießen? Doch sie krallt die Finger im letzten Moment wieder um die eng gezwirnten Leinenfasern. Was, wenn es einer der Ihren ist? Was, wenn es Avidh ist? Ein schreckliches Gefühl breitet sich in ihrem Innern aus. Fridas Warnung … Was, wenn sich die Warnung auf sie bezog? Sie muss schnell schießen, aber sie muss sicher sein, auf wen sie zielt.

Yrsa holt tief Luft, will das Zittern in ihrem Bauch beruhigen. Der Schatten ist verschwunden. Alles ist gut, sie kann das. Zu viert huschen sie weiter. Rechts geht noch ein Raum ab. Gunnar gibt Yrsa ein Zeichen, sich in Richtung Innenhof zu bewegen. Er und Leif überprüfen den Raum. Knud hält noch immer den Vordereingang im Blick.

Sie nähert sich dem Licht am Ende des Gangs. Einen Moment ist sie geblendet, erkennt dann einen rechteckigen Innenhof ohne Dach. Jenseits des Innenhofs setzt sich der Gang fort, aber auch rechts und links von ihr gehen Türen auf den Hof. Alles viel zu unübersichtlich. Wieder ein Schatten, diesmal deutlicher, in der Fortsetzung des Gangs jenseits des Atriums.

Sie hebt den Bogen. Doch dann frieren ihre Finger ein, sie erkennt die geschmeidigen Bewegungen. Es ist Avidh. Yrsa schielt nach rechts oben. Trygve ist noch auf dem Dach. Im gleichen Moment hört sie wieder jemanden herunterspringen. Das Geräusch kam von links, hoffentlich Roar. Sie schleicht noch näher. Roar drückt sich an der Mauer entlang, ist in Avidhs Richtung unterwegs.

Yrsa erstarrt. Sie hat rechts von sich im Augenwinkel etwas wahrgenommen. Dort geht ein Fenster auf den Innenhof, sie könnte schwören, dass dort eine Pfeilspitze war. Hat Roar das auch gesehen?

Da war es wieder. Ein Pfeil. Mehr erkennt sie nicht. Jemand zielt auf Roar. Was tun? Rufen darf sie nicht.

Die Pfeilspitze bewegt sich. Die Rundung eines Bogens, eine Hand erscheinen. Yrsa zielt und lässt die Sehne springen. Ihr Pfeil bohrt sich in die Hand des fremden Schützen. Die Pfeilspitze verschwindet sofort. Roar hechtet in den Gang zu Avidh. Er hat verstanden, in welcher Gefahr er geschwebt hat.

Wen auch immer Yrsa getroffen hat, er gibt keinen Laut von sich. Sie hat kaum Zeit, den Stolz zu spüren, dass sie Roar gerettet hat. Gunnar und Leif sind jetzt bei ihr, Avidh und Roar nicht mehr zu sehen.

Plötzlich klirren Schwerter auf Schilde, weiter vorne, dort wo Avidh und Roar verschwunden sind. Ein Mann ruft etwas auf Fränkisch. Leif stürzt an Yrsa vorbei, Gunnar folgt, sie auch. Knud sichert weiterhin den Eingang. »Vorsicht, rechts«, zischt Yrsa.

Gunnar und Leif rennen gebückt durch den Innenhof in Richtung des Kampflärmes. Trygve springt vom Dach. Zu viert drängen sie in den Gang. Er ist kürzer als vorne, führt um eine Ecke.

Der Lärm kommt aus einem Raum hinten links. Jemand reißt kurz vor Gunnar eine Türe auf, will sich auf ihn stürzen. Doch bevor Yrsa rufen kann, hat Gunnar dem Angreifer ein Messer in den Hals gerammt. Der Franke bricht gurgelnd zusammen. Dann sieht Yrsa, dass Avidh und Roar mit zwei Soldaten kämpfen. Hinter ihnen steht ein korpulenter Mann, der ebenfalls ein Schwert umklammert, es bisher aber nur zitternd vor seinen Körper hält. Avidh setzt seinen Gegner mit einem gezielten Schlag außer Gefecht. Gunnar eilt Roar zur Hilfe, und auch der zweite Mann ist schnell besiegt.

Leif und Trygve sind verschwunden, vermutlich um die restlichen Räume zu durchsuchen. Ein Schwert knallt auf einen Schild, irgendwo rechts. Yrsa folgt dem Lärm. Trygve kommt ihr aus einem Raum entgegen. »Schon erledigt«, sagt er. Sie wirft einen kurzen Blick in das Zimmer, ein Soldat liegt dort am Boden in einer Blutlache.

Yrsa bleibt stehen, regungslos. Einer der beiden Vorhänge hinten am Fenster hat sich bewegt. Sie zieht ihre Kampfaxt und betritt den Raum. Kann es sein, dass sich dort jemand versteckt, oder war es der Wind? Yrsa macht einen Schritt auf den Vorhang zu, lauscht. Es kommt ihr vor, als höre sie jemanden atmen. Wieder bewegt sich der Vorhang. Dieses Mal war es nicht der Wind.

»Kommt raus, oder ich durchbohre den Vorhang mit einem Pfeil«, sagt Yrsa. Dann fällt ihr ein, dass wer immer es ist, sie vielleicht nicht versteht. Sie sieht eine schmale Hand, die den Vorhang langsam zur Seite schiebt. Dann eine leise Stimme. Sie versteht nicht, was die junge Frau sagt. Sie sitzt zitternd auf dem Boden, hebt die Hände, ihre Schürze ist mehlverschmiert. Vermutlich eine Magd. Einen Moment lang weiß Yrsa nicht, was sie tun soll. Dann hört sie Avidh hinter sich.

»Ich habe dich gesucht«, sagt er, und sein Blick fällt auf die junge Frau neben dem Vorhang.

»Ich …« Nein, sie muss nichts sagen. Avidh verletzt keine wehrlosen Frauen. Seit er aufgetaucht ist, zittert die Frau noch stärker. Avidh sagt etwas in einer fremden Sprache. Die Frau nickt, zittert etwas weniger. Avidh sagt noch einmal etwas. Seine Stimme klingt ruhig. Die Frau steht auf. Trygve kommt und nimmt sie mit. Yrsa wusste nicht, dass Avidh fließend Fränkisch spricht.

»Wir sperren sie zu der Frau des Procurator«, sagt Avidh. »Gísli hat sie in einem Raum dort hinten festgesetzt, vielleicht hast du sie schreien gehört.«

»Ja, kurz.«

»Gísli hat ihr den Mund zugehalten. Aber ihr ist nichts geschehen. Auch ihr hier wird nichts geschehen. Wir nehmen keine Frauen als Gefangene. Das habe ich mit Gunnar so vereinbart.« Dann streicht er Yrsa kurz über den Rücken. »Gut gekämpft.«

Bevor sie antworten kann, ist er schon wieder weg. Sie hört nur noch: »Schnell, wir müssen verschwinden!«

Kurz darauf sind sie zurück bei Björn und den Pferden. Trygve und Knud haben den Procurator gefesselt und geknebelt. Gewehrt hat er sich nicht, aber gewimmert, bis Trygve ihm den Knebel in den Mund gestopft hat. Knud hat ihm die wertvollen Ringe von den Fingern gezogen. Die Frauen haben sie eingesperrt, und auch den Soldaten mit dem Pfeil in der Hand hat Leif aufgestöbert und gefesselt. »Guter Schuss, Yrsa«, hat Gunnar gesagt. Roar hat sich kurz bedankt. Und sie hat einen Moment Zeit, stolz zu sein.

Knud und Björn binden den Procurator auf dem kleinen Wagen fest, der an Björns Pferd hängt. Sie machen sich auf den Weg, folgen einem schmalen Pfad durch den Wald. Die Stadt wollen sie in einem weiten Bogen umgehen. Mit den Pferden müssen sie es bis nördlich von Utrecht schaffen. Dort wird sie einer der Männer mit dem kleinen Schiff abholen. Die anderen sind mit den großen Schiffen, falls alles gut gegangen ist, schon wieder in Richtung des Lagers unterwegs. Idun soll sie nördlich von Dorestad treffen und bei Gunnar mitreiten. Oder vielleicht hat sie es sogar geschafft, sich den anderen wieder anzuschließen. Yrsa reitet neben Avidh. Leif ist hinter ihnen. Der Pfad ist zu schmal für drei Pferde.

»Ich kann nicht glauben, wie einfach alles gegangen ist«, sagt Trygve hinter ihnen.

»Wir sind noch nicht am Ziel«, sagt Leif.

Yrsa schaut zu Avidh. Sein Blick ist düster. Auch er scheint der Ruhe nicht zu trauen, dreht sich immer wieder um, schaut rechts, schaut links. Aber sie holt erst mal erleichtert Luft. Der schwierigste Teil ist überstanden. Jetzt müssen sie es nur noch zurück ins Lager schaffen. Dort werden sie den Procurator abseits in eine Hütte aus dicken Bohlen sperren, die einige Männer in den letzten Tagen gezimmert haben. Und dann ein saftiges Lösegeld für ihn verlangen. Yrsa sehnt sich danach, heute Abend Zeit mit Avidh zu verbringen.

Plötzlich flucht Avidh, seine Hand geht zum Schwert. Im gleichen Moment sieht Yrsa es auch. Weiter vorne wartet ein Trupp fränkischer Soldaten. Mitten im Wald.

»Umkehren«, brüllt Gunnar. »Eine Falle!«

»Woher wissen die, wo sie uns finden?«, zischt Avidh.

Yrsa dreht den Kopf. Es ist zu spät umzukehren. Auch hinter ihnen nähern sich Soldaten.

»Schlagt euch ins Gebüsch«, ruft Avidh und greift nach dem Halfter von Yrsas Pferd.

Kapitel 27

Yrsa schließt kurz die Augen, kneift sie zu, ganz fest, vielleicht verschwinden die Bilder dann. Was sie vorhin gesehen hat, kann nicht sein. Ein Troll verwischt ihr die Sicht. Sie versucht tief Luft zu holen. Alles dreht sich in ihrem Kopf. Sie taumelt, will sich abstützen, greift ins Leere, streift nur hohes Riedgras. Der Schlag gegen ihre Rippen war hart, sie hat den Schild zu weit nach oben gerissen.

Sie sinkt auf die Knie, ihre Hände graben sich in den Matsch. Angenehm kühl ist er, quillt zwischen ihren Fingern hindurch, hinterlässt schmierig-dunkle Streifen auf ihrer Haut. So bleibt sie hocken, sie weiß nicht, wie lang. Plötzlich überschwemmt sie die Angst: Wo ist Avidh? Sie muss ihn suchen. Was ist geschehen? Wieder kneift Yrsa die Augen zu, noch ein bisschen heftiger, bis ihr die Lider brennen, der Druck in die Stirn strahlt. Doch es nützt nichts. Alles dreht sich, und ihr Kopf schmerzt.

Sie sind geritten, unglaublich schnell geritten, Avidh hat ihr Pferd geführt, sein eigenes mit den Knien gelenkt. Die Soldaten waren plötzlich überall. In kleinen Gruppen haben sie sich ins Dickicht geschlagen, haben sich dann abdrängen lassen, sind zu weit in den Norden, zu tief in den Bruchwald, zu nahe ans Torfmoor geraten. »Wir meiden die Gebiete nordöstlich von Dorestad«, haben sie immer gesagt. Und sind jetzt doch hier. Ihre Hände zittern. Sie weiß nicht, wo die anderen stecken. Irgendwann waren Avidh und sie allein. Und dann war da plötzlich dieser Trupp Soldaten, der ihnen den Weg abgeschnitten hat. Und *sie*, ausgerechnet sie!

Es schnürt Yrsa die Kehle zu, als diese Bilder in ihrem Kopf aufblitzen. Sie wischt sich die Hand an den Hosen ab, schiebt ihr Hemd nach oben, streicht sich über die schmerzenden Rippen, hält die Hand vors Gesicht. Sie hat Glück. Da ist kein Blut, nur der Geruch des Schlamms, modrig, moosig, schwer. Sie hat den Schlag abgewehrt. Jetzt muss sie ihren Atem beruhigen, den Schwindel im Kopf stoppen, kurz ausruhen. Aber wo ist Avidh? Sie duckt sich hinter die Halme, starrt sie an, bis sie zu grünen Klecksen verschwimmen. Wenn sie tief Luft holt, spürt sie ein Stechen in der Seite. Einen Brustpanzer hat sie nicht, einen Helm auch nicht. Dafür hat das Silber nicht gereicht.

Der Wind treibt die Wolken über den Himmel, trägt die Stimmen der Moorgeister an ihre Ohren. »Komm näher«, flüstern sie, wollen Yrsa in ihr Reich locken, wo der Boden gluckst, ihr die Kraft aus den Beinen saugt, sie strampelnd versinken lässt. Sie schüttelt den Kopf. »Mich bekommt ihr nicht.« Diese Botschaft hat sie auch dem Franken mit jedem Axthieb auf seinen Schild gehämmert. Dort, wo das Gras platt gedrückt ist, der Schlamm aufgewirbelt, haben sie gegeneinander gekämpft.

Yrsa zuckt zusammen, greift sich an den Gürtel, tastet über den Boden. Die Kampfaxt, der Schild, der Bogen liegen hinter ihr im Matsch. Sie hat sie fallen lassen. Eine gute Idee ist das nicht. Vorüber ist der Kampf erst, wenn sie zurück im Lager sind. Sie säubert die Waffen im Gras, steckt die Kampfaxt in den Gürtel, packt den Bogen. Aber Avidh ist nirgendwo. Eiseskälte breitet sich in ihrem Bauch aus. Sie weiß nicht, wo Avidh steckt. Dann fährt ihr ein brennender Schmerz in den Magen. Yrsa unterdrückt ein lautes Stöhnen. War *sie* wirklich Teil des Trupps, der sie angegriffen hat? Oder waren es Schemen aus dem Torf? Wenn Yrsa nur klar denken könnte.

Sie versucht aufzustehen. Nein, zuerst muss sie nachdenken. Im Norden dehnt sich der Bruchwald aus. In diese Richtung konnten sie nicht ausweichen mit den Pferden, ihre Hufe sanken immer tiefer ein. Yrsa späht durch die Halme. Waren da eben Stimmen im Rauschen des Winds? Ein Stück weiter vorne liegt der Stamm einer Schwarzerle zwischen Grasbüscheln auf dem Boden. Dorthin will Yrsa schleichen, sich hinter den massigen Wurzelballen hocken.

Ohne sich aufzurichten, macht sie ein paar Schritte, versucht den Schmerz in ihrer Seite nicht zu beachten, teilt das Grün mit der Hand, sieht nur ein Gewirr aus Halmen, Seggen und Farnen.

Plötzlich steigt ihr Schweißgeruch in die Nase. Er ist viel zu nah. Sie duckt sich, lauscht. Schmatzende Geräusche, Stiefel auf schlammigem Boden. Sie wagt kaum zu atmen, späht durch die gefiederten Blätter, macht sich klein. Ihre Knöchel treten weiß hervor, so heftig umklammert sie den Bogen. Ein Franke mit Helm, Brustpanzer und langem Schwert sucht nach ihr. Entdeckt hat er sie noch nicht, hofft Yrsa zumindest. Sie könnte leise anlegen, zwischen Helm und Brustpanzer zielen, ihn mit einem Pfeil niederstrecken. Es wäre ein einfacher Schuss. Wenn nur ihre Hände nicht so zitterten.

Hinter ihr raschelt es. Sie dreht den Kopf, die Halme zerlaufen vor ihren Augen zu farbigem Brei. Alles geht zu langsam. Doch da ist niemand. Sonst wärst du jetzt tot, denkt sie und lauscht wieder in Richtung der schmatzenden Schritte. Sie scheinen sich zu entfernen. Vielleicht folgt der Fremde der Fährte. Dort vorne sind Kampfspuren. Vermutlich von ihrem Kampf. Ein Bild steigt in ihr auf, und das Brennen in ihrem Magen wird so heftig, dass sie sich fast übergeben muss. Es war ein Trupp fränkischer Soldaten, der sie schließlich eingeholt hat. Sie sind von den Pferden gesprungen. Avidh hat mit dem Schwert gekämpft, Yrsa mit der Axt. Dann ist plötzlich diese Kämpferin aufgetaucht, und Avidh hat Signes Namen gemurmelt und »der Troll soll sie vierteilen«. Es lag Zorn in Avidhs Stimme. Deshalb weiß Yrsa, es muss Signe gewesen sein. Der Puls pocht ihr in den Schläfen. Freyja, Mama, helft mir, fleht sie in Gedanken. Was macht Signe hier? Was ist geschehen? Und wo ist Avidh?

Yrsa sieht den Franken nicht mehr. Sachte schiebt sie sich weiter in Richtung des moosigen Stamms. Sie braucht jetzt Gewissheit, ob die Moortrolle ihr Bilder vorgegaukelt haben oder ob Signe wirklich hier ist. Und noch etwas fällt Yrsa ein, und ihr stockt einen Moment der Atem. Vorhin im Kampf ist sie so erschrocken, dass sie kurz nicht aufgepasst hat. Und Avidh hat sie gerettet mit einem schnellen Schwerthieb auf die Seite. Sonst wäre sie jetzt vielleicht tot. Sie weiß nicht, wie er das geschafft hat, während er selbst gegen zwei Soldaten kämpfte.

Was sie nicht versteht: Avidh hat nicht überrascht geklungen, als er Signe gesehen hat. Zornig, aber nicht überrascht. Weil es oft schwierig ist, in Avidhs Gesicht zu lesen, hat sie gelernt, auf feine Schwingungen in seiner Stimme zu lauschen. Dort kann er, was er fühlt, weniger gut verstecken. Zumindest vor ihr. Warum war er nicht überrascht, dass Signe aufgetaucht ist? Yrsa war so erstaunt, dass Avidh sie im Kampf retten musste. Doch was ist dann geschehen?

Ein Pferd wiehert, schrill, als hätte ein Rudel Wölfe es aufgeschreckt. Jemand versucht es zu beruhigen. Eine fremde Frauenstimme. Ist das Signes Stimme? Yrsa schielt durch die Äste. Und zuckt zusammen. Dort östlich der Erle hat sich der feindliche Trupp versammelt. Und Yrsa hat jetzt schreckliche Gewissheit: Es waren keine Schemen aus dem Torf. Sie will rufen, kneift die Lippen zusammen, die Worte hallen stumm durch ihren schmerzenden Schädel: Ich verstehe nicht. Wo ist Avidh? Und was macht Signe hier?

Weiter vorne, das erkennt sie jetzt, stehen drei Männer. Franken. Sie sind bewaffnet. Der große, mit der krummen Lanze, hat sie gegen ihn gekämpft? Nein. Sie hat ihren Gegner in die Flucht geschlagen. Ihm einen Pfeil hinterhergeschossen. Der hat sich in seine Schulter gebohrt. Laut hat der Mann aufgejault. Sie ist sich sicher. Fast zumindest.

»Was auch immer passiert«, hat Avidh gestern Abend gesagt, »bleib in meiner Nähe.« Sie wollte antworten: Ich kann selbst auf mich aufpassen. Ließ es aber sein. Er meinte es gut, und was viel schlimmer ist: Er hatte recht, er musste ihr helfen. Ohne ihn hätte sie jetzt eine klaffende Schwertwunde im Bauch, wäre vermutlich schon verblutet.

Der Wind bläst heftiger, zerrt an Yrsas Zopf, trägt Worte bis zu ihr.

Eine Männerstimme sagt etwas auf Fränkisch, das Yrsa nicht versteht.

Die Frauenstimme antwortet und lacht.

Das muss Signe sein, eine andere Kämpferin hat Yrsa nicht gesehen.

Wenn sie sich nur an alles erinnern könnte. Yrsa tastet nach der Axt, nach dem Schild. Sie muss herausfinden, wie groß die Gruppe ist. Und warum Avidh verschwunden ist. Er würde sie nicht allein zurücklassen. Yrsa schleicht noch näher. Wenn es nötig ist, wird sie kämpfen, selbst wenn der Schmerz in ihrer Seite pulsiert und sie nicht so schnell ist wie sonst. Nur das hohe Gras nicht zu stark in Schwingung bringen, sonst verrät sie ihre Position.

Plötzlich pocht der Schmerz so stark in Yrsas Rippen, dass sie kaum mehr atmen kann. Dort vorne ist Avidh! Der Schlamm klebt in seinen dunklen Haaren. Sie schlägt die Hand auf den Mund, beißt auf ihre Finger, um nicht laut zu schluchzen. Avidh sitzt aufrecht im Sattel, mit starrer Miene. Die Kämpferin hält den Halfter seines Hengstes in der Faust. Das ist Signe. Sie ist ein Stück größer als Yrsa, hat ihre Haare zu zwei Zöpfen geflochten, trägt Brustpanzer und Helm. Sie wirkt anmutig, soll eine geschickte Kriegerin sein.

Yrsa hat so viel von ihr gehört und niemals damit gerechnet, Signe leibhaftig zu sehen. Neben ihr stehen die drei Männer, die Yrsa durch die Äste beobachtet hat, und noch zwei weitere. Auch der Mann, der vorhin nach ihr gesucht hat.

Die Zunge klebt Yrsa am Gaumen, so trocken ist ihr Mund. Sie versteht nicht. Warum Signe, und was ist mit Avidh? Sie muss ihn befreien. Nur wie? Ich nehme es auf mit euch, denkt sie, aber es sind so viele. Selbst wenn sie schnell schießt, in ihrem Köcher stecken nur noch zwei Pfeile. Ihr Kopf ist schwer, sie weiß nicht, was sie tun soll. Freyja, hilf mir, fleht sie in Gedanken. Beschütze ihn! Aber Avidh würde niemals einfach so auf dem Pferd sitzen. Er würde kämpfen, solange er kann. Etwas stimmt nicht. Etwas ist schrecklich falsch.

Sie ist nah jetzt, hockt hinter einem Strauch, schaut durch die Zweige. Avidh bewegt sich nicht, aber sein Blick fliegt über die Landschaft. Vielleicht sucht er nach ihr. Er weiß, dass sie irgendwo ist. Wenn sie sich nur bemerkbar machen könnte.

Ein Kiebitz ruft, flattert auf, kurz blitzt sein metallisch-grünes Gefieder zwischen den Zweigen auf. Einen Moment überlegt Yrsa, den Ruf des Vogels zu imitieren. Avidh würde ihre Stimme erkennen. Aber die anderen würden vielleicht auch merken, dass das Kiuuwiit von einer menschlichen Stimme stammt.

Jetzt schaut Avidh in ihre Richtung, Yrsa berührt einen Ast im

Strauch, der weit nach oben ragt, bewegt ihn hin und her, anders als der Wind es tun würde. Auch ein Franke sieht in ihre Richtung, sofort hört sie auf. Sie weiß nicht, ob Avidh ihr Zeichen erkannt hat. Er lässt seinen Blick jetzt über den nahen Wald schweifen. Der Franke bückt sich, zieht bei einem der Pferde den Sattelgurt nach.

Wieder schaut Avidh in ihre Richtung. Er hat sie gesehen, hat ihr Zeichen erkannt. Sie beißt sich auf die Zunge, um nicht zu schluchzen. Einen kurzen Moment blickt Avidh ihr durch die Halme in die Augen und schüttelt kaum merklich den Kopf. Sie weiß, was das heißt. Bleib, wo du bist. Gib dich nicht zu erkennen. Aber sie muss wissen, was los ist, ihm helfen.

Sie will noch näher schleichen, als sie erstarrt. Keinen Muskel kann sie mehr bewegen, die Kälte kriecht ihr bis in die Fingerspitzen. Das ist ihr zuvor nicht aufgefallen. Da ist ein roter Fleck. Er zeichnet sich auf Avidhs Hemd ab, auf seiner linken Seite, unterhalb der Brust. Er trägt das dunkelrote Hemd, das Yrsa so gern mag, deshalb hat sie es nicht gleich bemerkt. Da ist ein roter Fleck auf dem dunkelroten Hemd, und er wird größer. Yrsa hält sich wieder die Hand vor den Mund, um keinen Laut zu machen. Avidh ist verletzt, und sie sitzt ruhig in ihrem Versteck. Eiseskälte breitet sich aus in ihr. Sie muss ihm helfen. Wenn sie nur wüsste, was sie tun soll. Es sind so viele. Und Avidhs Zeichen war deutlich.

Noch ein Bild steigt in ihr auf. Ihr wird so schwindlig, dass sie sich im Schlamm abstützen muss. Sie ist schuld an seiner Verletzung. Als Avidh ihr geholfen hat, hat der Franke ihn verletzt. Das fällt ihr jetzt wieder ein. Einen kurzen Moment nur ist ihr die Axt abgerutscht, weil sie so erschrocken ist. Weil sie sofort wusste, dass diese Kämpferin Signe sein muss.

Signe, ausgerechnet Signe, steigt jetzt hinter Avidh auf das Pferd, legt den Arm um seinen Bauch. Dort, wo Yrsa sich sonst immer festhält, die Bewegungen seiner Muskeln spürt, wenn das

Pferd über eine Wurzel steigt. Ist Avidh ein Gefangener? Aber er lenkt das Pferd. Sie sieht sein Schwert, das er so liebt, nicht, starrt durch die Halme, versucht noch einmal seine Aufmerksamkeit auf sich zu lenken. Er weiß, dass sie da ist. Aber er schaut nicht mehr in ihre Richtung. Ein Klumpen Eis sitzt in Yrsas Bauch. Vielleicht versteht sie alles falsch. Angantýrs Worte fallen ihr ein. Was weiß sie schon, was letzten Sommer auf der Reise geschehen ist. Sie weiß nur, was Avidh ihr erzählt hat. Vielleicht hat er wichtige Dinge verschwiegen. Nein, der Schlag auf den Kopf, die Moortrolle vernebeln ihr Denken. Avidh braucht ihre Hilfe. Jetzt sofort. Nichts anderes zählt.

Sie kann den Blick nicht von seinem Hemd nehmen. Der Fleck scheint sich auszudehnen, reicht jetzt schon bis zu seinem Gürtel. Die Wunde ist irgendwo unterhalb des Herzens. Niemand nimmt Notiz davon. Und Avidh lässt sich nichts anmerken.

Yrsa beißt sich auf die Lippe, so heftig, bis ein eiserner Geschmack ihren Mund füllt. Jemand muss sich um Avidhs Wunde kümmern, die Blutung stillen. Plötzlich wird ihr kalt, und alles dreht sich. Fridas Warnung! Die bösen Geister haben Avidh eingeholt. Sie rauschen durch den Bruchwald, Yrsa spürt ihren eisigen Hauch. Sie hat es nicht geschafft, sie zu verscheuchen. Im Gegenteil: Sie ist schuld, dass Avidh verwundet ist. Hätte sie nicht darauf bestanden, an seiner Mission teilzunehmen, wäre das nicht passiert. Avidh schwebt in höchster Gefahr.

Auch Signes Begleiter steigen jetzt auf ihre Pferde. Yrsa krallt die Hände in ihre Oberschenkel. Der Schmerz vermischt sich mit dem in ihrer Seite, in ihren Schläfen. Sie muss die Gruppe aufhalten. Warum will Avidh nicht, dass sie ihm hilft? Sie schaut auf ihre Füße, das dünne Leder ihrer Schuhe saugt sich langsam mit kaltem Wasser voll. Als wollten sie ihr sagen: Bleib hier, es hilft ihm nicht, wenn sie dich auch erwischen.

Warte, wohin wollt ihr? Avidh, sie hat dich verraten. Du blutest. Lass mich nicht hier zurück. Plötzlich dämmert es ihr, vielleicht glaubt Avidh, sie habe ihn auch verraten. Vielleicht denkt er, sie habe sich bei ihrem Vater verplappert. Oder ihn heimlich noch einmal besucht. Das habe ich nicht, will sie rufen. Aber sie sind schon zu weit weg. Sie sieht noch, wie die Pferde zwischen den Bäumen verschwinden. Es zerreißt sie fast bei diesem Anblick.

Kapitel 28

Endlich, endlich kommt das Lager in Sicht. Die Dämmerung zieht bereits über das Land. Der Schmerz pocht in ihren Schläfen, aber der Nebel in ihrem Kopf hat sich gelichtet. Werden alle da sein? »Bitte, Freyja, lass Leif im Lager sein«, murmelt Yrsa, »Avidh braucht ihn.« Gemeinsam werden sie Avidh finden, ihn befreien.

Sie folgt dem Trampelpfad, der durchs Dickicht bis zu den Zelten führt, wischt die Tränen weg, die ihr übers Gesicht laufen. Sie kann Avidhs Blick nicht vergessen. In seinen Augen war so viel Schmerz, so viel Dunkelheit, als er sie zwischen den Halmen entdeckte.

»Ich gebe nicht auf, bis wir wieder zusammen sind, das verspreche ich dir«, murmelt sie. Es muss ihn viel Kraft gekostet haben, aufrecht und starr auf dem Pferd zu sitzen, während sein Blut das Hemd tränkte. Sie hat die Franken noch ein Stück weit verfolgt, aber ihre Spur endete an einer Anlegestelle östlich von Dorestad.

Yrsa zwängt sich zwischen Büschen hindurch und springt über den kleinen Bach. Durch die Halme erkennt sie die Umrisse der ersten Zelte. Ein Rascheln lässt sie aufhorchen. Ihre Hand geht zur Axt, doch im gleichen Moment taucht Idun aus dem Schilf auf. Sie trägt einen Büschel Pflanzen im Arm.

»Idun, bei Freyja«, ruft Yrsa, stürzt auf die Seherin zu und umarmt sie. Dabei fallen einige Pflanzen herunter. Idun scheint etwas erstaunt über die plötzliche Nähe. Yrsa tritt einen Schritt zurück. »Entschuldige«, murmelt sie, »ich bin so froh, dich zu sehen. Wie geht es dir? Wie ist der Überfall gelaufen? Sind alle zurück im Lager? Ist Leif da? Gunnar? Ich muss unbedingt mit Leif und Gunnar sprechen. Es ist dringend, etwas Schreckliches ist geschehen.« Yrsa beißt sich auf die Lippe. Idun steht vor ihr, rührt sich nicht. Etwas ist nicht in Ordnung. »Idun, wo sind die anderen?«

Idun holt tief Luft. »Du bist die Erste, die aus eurer Gruppe hier eintrifft. Wie hast du das geschafft?«

»Was?« Yrsa wird einen Moment schwindlig, sie geht in die Knie, stützt sich am Boden ab. Dann richtet sie sich wieder auf. »Leif ist nicht hier?«

Idun schüttelt den Kopf.

»Gunnar?«

Idun schüttelt wieder den Kopf. Ihr Blick geht irgendwo an Yrsa vorbei in die Ferne. Dann hebt Idun die heruntergefallenen Pflanzen auf.

»Gunhild, Roar, Trygve, Gísli, Knud, Björn, sie sind alle noch nicht hier? Das ist schrecklich. Ich …« Sie schluckt gegen die Enge in ihrer Kehle. »Avidh ist …« Sie erzählt Idun, was geschehen ist. Bemüht sich, alles so sachlich wie möglich zu schildern. »Freyja wird ihn beschützen, nicht wahr?«, sagt sie schließlich mit zitternder Stimme.

Idun zieht sie jetzt doch in eine kurze Umarmung, streicht ihr über den Rücken. Sie riecht nach dem Kraut, das Yrsas Mutter oft benutzt hat.

»Wie hast du es zurückgeschafft?«, fragt Yrsa.

»Es lief alles nach Plan. Ich habe das Castrum verlassen, bin außerhalb der Stadt Richtung Norden gelaufen bis zu unserem ersten Treffpunkt. Die anderen kamen, aber ihr nicht.«

»Wo ist Angantýr?«

»Er sitzt dort vorne am Lagerfeuer. Der Überfall auf den Markt war ein Erfolg. Vier Männer sind verletzt, für sie sammle ich Kräuter. Aber wir sind mit reicher Beute zurückgekehrt. Wir haben euch sehnlichst erwartet. Geh zu ihm.«

Yrsa findet Angantýr an einem Lagerfeuer etwas abseits der Zelte. Er stochert mit einem Stock in der Glut, Funken sprühen, er blickt nachdenklich in die Flammen, scheint angespannt. Als er Yrsa sieht, springt er auf, will sie umarmen. Sie weicht zurück.

»Yrsa! Ich bin froh, dich zu sehen. Wo sind die anderen?«

»Wir müssen sofort aufbrechen. Wir müssen Avidh befreien.«

»Was ist geschehen? Setz dich.«

»Nein, ich stehe.« In hastigen Worten fasst Yrsa zusammen, was am Morgen nach der versuchten Entführung des Procurator passiert ist. »Sie waren plötzlich überall.« Ein kalter Schauer läuft ihr über den Rücken, wenn sie an diesen Moment zurückdenkt.

Angantýrs Augen sind zu Schlitzen verengt, seine Stirn liegt in Falten. Er schüttelt immer wieder den Kopf. »Wie kann das sein? Jemand muss euch verraten haben.«

Yrsa nickt. »Und dann … dann war da plötzlich Signe.«

Angantýr schaut sie entgeistert an. »Signe? Bist du sicher?«

»Avidh hat ihren Namen gemurmelt.«

Angantýr fährt sich hektisch mit der Hand über den Bart, läuft vor dem Feuer auf und ab. »Und wo ist mein Bruder?«

»Ich habe keine Ahnung. Wir müssen Avidh suchen. Er blutet. Er braucht unsere Hilfe. Dringend.« Yrsa knetet ihre eiskalten Finger.

Angantýr schüttelt den Kopf.

»Bitte, Angantýr, ich weiß, dass du Avidh nicht magst. Aber wir kämpfen alle gemeinsam. Du musst mir helfen, ihn zu finden.«

Verzweiflung macht sich in ihr breit. Warum will Angantýr nicht verstehen, wie dringend es ist?

Angantýr hebt die Hand. »Es geht nicht darum, wen ich mag und wen ich nicht mag. Wir müssen uns einen Überblick verschaffen darüber, was überhaupt geschehen ist. Wo die anderen sind. Wie hast …«, Angantýr macht eine kurze Pause, »du es geschafft, zu entkommen?«

Vermutlich wollte er sagen »ausgerechnet du«, denkt Yrsa, aber das spielt jetzt keine Rolle. »Avidh hat die Pferde geschickt durch die Stämme und das Dickicht gelenkt. Wir sind nördlich von Dorestad über eine Brücke in Richtung Osten galoppiert.« Sie erinnert sich an das Donnern der Hufe auf dem Holz. »Wir hatten es fast geschafft. Und dann war da plötzlich Signe mit einem Trupp fränkischer Soldaten.«

»Der Troll soll sie fünfteilen«, sagt Angantýr. »Was macht sie hier in der Gegend?« Angantýr bleibt stehen. »Wusste Avidh davon?«

»Avidh? Nein, natürlich nicht«, sagt Yrsa, und ihr wird flau im Magen. Was, wenn Avidh doch etwas wusste? Die Schatten auf seinem Gesicht waren in den Tagen vor dem Überfall nicht zu übersehen. Die bösen Geister bedrängten ihn immer stärker. »Letzten Sommer wart ihr nicht hier in der Gegend?«

»Nein, wir waren viel weiter südlich. Ich habe angenommen, dass sie sich dort irgendwo niedergelassen hat. Oder was zum Henker sie nach ihrem Verrat auch immer vorhatte.«

Idun taucht auf und hockt sich ans Feuer. Sie starrt in die Flammen, dann greift sie nach Angantýrs Hand und bringt ihn dazu, sich auch wieder zu setzen.

»Wie ist der Überfall gelaufen?«, sagt Yrsa. Sie hofft etwas über ihren Vater zu erfahren, auch wenn sie Angantýr nicht direkt fragen kann.

»Gut«, er nickt, »sehr gut.«

»Gab es viel Gegenwehr?«

Angantýr grinst, so entspannt, wie sie es von ihm kennt, aber nur einen Moment. »Sie haben sich in die Hosen gemacht.«

Das sind vermutlich gute Nachrichten, denkt Yrsa. Ihr Vater hätte sich heftig gewehrt. »Können wir in der Morgendämmerung aufbrechen?«, sagt sie dann.

Angantýr schüttelt den Kopf. »Das läuft so nicht. Das weiß Avidh. Jeder muss mit so etwas rechnen. Wir müssen zuerst wissen, was mit den anderen ist.«

»Er ist schwer verwundet.« Das auszusprechen, macht es so schrecklich wahr, und der harte Knoten in ihrem Bauch schmerzt noch heftiger.

»Auch da ist er nicht der Einzige.«

Idun nimmt Yrsas Hand, will sie dazu bewegen, sich auch ans Feuer zu setzen. »Hast du schon etwas gegessen?«

»Ich bin nicht hungrig.«

»Die Franken werden sich um Avidhs Wunde kümmern«, sagt Idun. »Falls sie Lösegeld für ihn fordern wollen.«

»Falls …? Wo ist die Beute?«

»In Sicherheit«, sagt Angantýr.

»Ich möchte sehen, was ihr erbeutet habt.«

»Harald und ich haben alles vergraben. So ist es am besten, bis wir aufbrechen.«

Einen Moment hat Yrsa das Gefühl, keine Luft zu bekommen. War es ein schrecklicher Fehler, ins Lager zurückzukehren? Wie soll sie eine Spur finden, wenn Angantýr ihr nicht hilft? »Ich kann nicht hier sitzen und warten«, sagt sie. »Ich gehe morgen als Händlerin verkleidet nach Dorestad und suche nach Informationen.« Vielleicht findet sie dort auch heraus, was mit ihrem Vater ist.

»Nein«, sagt Angantýr.

»Warum nicht?« Ihr ist heiß und kalt zugleich. Idun starrt wieder in die Flammen.

»Wir warten«, sagt Angantýr.

»Aber je länger wir warten, umso schwieriger wird es sein, etwas herauszufinden.«

»Es gibt keine Alleingänge, wir sind eine Gruppe. Und solange Gunnar nicht hier ist, habe ich das Sagen.« Angantýr richtet den Oberkörper auf. »Es wäre ein dummer Anfängerfehler. Wenn du jetzt nach Dorestad gehst und alle aufscheuchst, wird dir womöglich jemand folgen und unser Lager finden.«

»Was ist mit unseren Kundschaftern? Wissen die etwas?«

»Ich werde mich darum kümmern«, sagt Angantýr. »Auch wenn Gunnar das nicht besonders gut vorbereitet hat. Er hat das Kundschafternetz mit Avidh geplant und nicht mit mir. Jetzt rächt sich das.«

»Einfach zu warten hilft doch niemandem«, sagt Yrsa und steht auf. Ihre Beine sind schwer, der Schmerz pulsiert jetzt wieder hinter ihren Schläfen. Sie muss sich unter den Baum setzen, wo sie Avidh nahe war, und nachdenken.

»Mach keine Dummheiten, Yrsa«, ruft Angantýr ihr nach.

Sie läuft zwischen den Zelten hindurch, da und dort begrüßen sie Einzelne, fragen, was geschehen ist. Beim Vorbeilaufen hört sie Gesprächsfetzen: »Ich will nur noch nach Hause«, »Wo steckt Gunnar? Wer kümmert sich jetzt um alles?«, »Wir haben es geschafft, wir sind reich!«

Yrsa bemüht sich um Fassung, nimmt alles wie durch einen Schleier wahr. Plötzlich schubst sie jemand heftig von der Seite. Sie stürzt, stützt sich ab, ein Stechen fährt durch ihren Hinterkopf. Trotzdem ist sie sofort wieder auf den Beinen, greift zur Axt.

»Verlauste Schlampe, ich habe dich vermisst heute.« Sven steht vor ihr. »Denk nicht, dass du ungeschoren davonkommst, bloß weil du mir heute ausgewichen bist. Ich habe Njálls Auftrag nicht vergessen.«

»Njáll?!« Ihre Verzweiflung verwandelt sich in einen glühenden Klumpen Zorn. Yrsa sprintet los und rammt ihre Schulter mit aller Kraft in Svens Magen. Er japst und geht in die Knie. Sie tritt mit dem Fuß nach seinem Kopf, prügelt auf ihn ein, spuckt ihn an. »Ich bring dich um. Ich schlitz dich auf wie ein verfluchtes Schwein!« Sie zieht ihr Messer, hält es ihm an die Kehle. »Wenn du mich noch ein einziges Mal bedrohst, dann pass auf, dass nicht irgendwann ein Pfeil durch die Luft zischt, während du deinen fetten Arsch erleichterst.«

Sie wartet nicht auf eine Antwort und rennt davon.

In dem Waldstück setzt sie sich unter ihren Baum. Es dauert lange, bis sich ihre Atmung beruhigt. Wenn sie sich nur erinnern könnte, wie der Kampf mit den Franken verlaufen ist. Alles ging so schnell. Hat der Soldat Avidh das Schwert in den Bauch gerammt? Dann wäre Avidh vermutlich schon heute Abend nicht mehr am Leben. Sie beißt sich auf die zitternden Finger. Vielleicht hat ihn das Schwert nur gestreift, seitlich über die Rippen. Bei guter Pflege überlebt er das. Er hat viel Blut verloren, aber Avidh ist stark. Doch werden die Franken die Wunde versorgen? Oder werfen sie Avidh in den Kerker wie letzten Sommer? Dann werden die Trolle in seiner Wunde toben.

Yrsa spürt ein heftiges Brennen im Magen, wenn sie daran denkt, wie Signe hinter Avidh auf dem Pferd saß. Aber sie beachtet das Brennen nicht, hofft im Moment sogar, dass Avidh Signe noch etwas bedeutet und sie sich um seine Verletzung kümmert. Als Signe hinter ihm auf das Pferd gestiegen ist, hat sie die Hände um seinen Bauch gelegt. Es muss ihn geschmerzt haben. Hat sie gemerkt, dass er blutet? Hat Signe vielleicht versucht, die Blutung mit ihren

Händen zu stillen? »Bitte, Freyja, lass Signe das tun«, flüstert Yrsa, »und bitte lass keine Bilder davon durch meinen Kopf geistern.«

Irgendwann ist sie so erschöpft, dass ihr die Augen zufallen. Ihr ist eiskalt, sie macht sich auf den Weg zurück ins Lager. Sie will nicht allein unter dem Baum schlafen, fürchtet einen Angriff Svens. Zwischen den Zelten muss er sich zusammenreißen. Hofft sie zumindest. Als sie an den Feuern vorbeikommt, ist alles ruhig. Nur die Wachen sind auf.

Yrsa bleibt einen Moment stehen und schaut in den Himmel. Er ist voller Sterne. Die Götter toben über das Firmament. Sie wartet, bis sie Freyja auf ihrem Katzenwagen entdeckt. Von irgendwo hört sie ein Stöhnen. Angantýrs Zelt steht nicht weit von hier. Idun flüstert etwas, zwei Menschen küssen sich. Wieder hört Yrsa lustvolles Stöhnen. Es ist Angantýr. Idun schläft heute nicht in Gunnars leerem Zelt. Yrsa geht schnell weiter.

Kurz darauf ist sie in Avidhs und Leifs Zelt gekrochen und hat sich auf Avidhs Nachtlager zusammengerollt, umklammert seine wollene Decke, presst sie gegen ihr Gesicht. Die Decke riecht nach ihm. Yrsas Bauch zittert, weil sie ihn so fest anspannt, um nicht zu schluchzen. »Avidh, wo auch immer du bist, ich liebe dich so sehr. Ich werde alles dafür tun, dass du freikommst«, flüstert sie in die Wolle. »Hast du gewusst, dass Signe in der Gegend ist? Warum hast du es mir nicht anvertraut? Ich habe dir doch auch von meinem Vater erzählt …«

Kapitel 29

Yrsa schreckt hoch. Avidhs Decke hat sie noch immer an den Körper gepresst, durch den Zeltstoff fällt das erste düstere Morgenlicht. Sie hat nur kurz und unruhig geschlafen, hört draußen jetzt Stimmen. Svens Freund Ulf und ein zweiter Mann, dessen Stimme Yrsa nicht erkennt, unterhalten sich in der Nähe.

»Es kann kein Zufall sein«, sagt Ulf. »Warum ist sie als Erste zurückgekommen? Bestimmt nicht, weil sie so gut kämpft.«

»Was meinst du?«, fragt der andere.

»Ich habe gehört«, antwortet Ulf, »dass sie sich in Dorestad zweimal mit einem Händler getroffen hat. Warum würde sie das tun, frage ich mich.«

Yrsa schließt einen Moment die Augen, bemüht sich um Ruhe. Ihr Bauch fühlt sich an, als hätte sie eine harte Kugel verschluckt. Woher weiß Ulf, dass sie ihren Vater getroffen hat? Ihr Herz beginnt heftig zu pochen. Sven und Ulf werden Gerüchte verbreiten, werden behaupten, sie habe den Überfall verraten. Yrsa bemüht sich, den Zorn hochkochen zu lassen. Aber im Moment spürt sie nur eine bleierne Schwere. Der Gedanke, Avidh könnte irgendwo in einem Kerker im Sterben liegen, raubt ihr die Luft zum Atmen.

»Was war das für ein Händler?«, fragt der zweite Mann.

»Bestimmt einer mit guten Kontakten zu den Franken«, sagt Ulf.

»Dann …«

»Ja. Warten wir ab, was heute passiert. Aber wenn die anderen nicht zurückkehren, haben wir die Verräterin gefunden. Wir sollten sie einsperren. Die Hütte, die wir für den Procurator gebaut haben, ist frei. Und von der Beute sollte sie auch nichts bekommen.«

»Hm, ich weiß nicht.«

»Hast du nicht bemerkt, dass sie im letzten Moment die Gruppe gewechselt hat?«, sagt Ulf.

»Wirklich?«

»Wir sollten keine Frauen aufnehmen. Was war letzten Sommer mit Signe? Und jetzt sie. Man kann ihnen nicht trauen.«

Yrsa vergräbt ihr Gesicht kurz in Avidhs Decke, flüstert: »Ich vermisse dich so sehr.« Sie will sich zusammenrollen, schlafen, nichts mehr fühlen, vielleicht sieht sie Avidh im Traum. Aber sie steht auf, packt die Kampfaxt und kriecht aus dem Zelteingang. Als Ulf sie bemerkt, verschwindet er in Richtung des Lagerfeuers, wo Sven und seine Kumpel meist sitzen. Vielleicht sollte Yrsa ihm folgen, ihn zur Rede stellen. Doch zuerst will sie mit Angantýr sprechen. Sie wird nicht im Lager sitzen und warten. War es ein schrecklicher Fehler, zurückzukehren? Hat sie wertvolle Zeit verschwendet? Aber was kann sie ohne die anderen ausrichten? Sie will nicht mehr allein kämpfen. Das hat sie zu lange getan.

Die Morgenluft ist frisch, doch die ersten Sonnenstrahlen blinzeln schon durch das Gebüsch. Yrsa setzt sich an eines der Lagerfeuer und streckt die zitternden Handflächen gegen die Flammen. Überall kriechen Männer aus den Zelten, das Lager erwacht langsam zum Leben. Weiter vorne blubbert ein großer Topf Haferbrei über einem Feuer. Der Duft zieht bis zu ihr, doch sie hat keinen Hunger. Zwischen den Zelten picken Hühner im Boden, Sven und seine Kumpel haben sie irgendwo gestohlen und ihnen einen Holzverschlag gezimmert. Andere Männer haben südlich des Lagers eine Umzäunung errichtet, in der Kühe weiden. Ob sie auch gestohlen sind oder ob die Männer sie den Bauern in der Gegend abgekauft haben, weiß Yrsa nicht. Vielleicht wird sie gleich beim Melken helfen, um irgendetwas zu tun. Idun kommt aus Angantýrs Zelt und verschwindet in Richtung des Schreins, den sie in der Nähe eingerichtet hat.

Wenn nur Gunnar heute auftaucht. Schon bald wird Unruhe ausbrechen. Und sie ist nicht sicher, wie Angantýr damit umgeht. Die Kämpfer haben einen erfolgreichen Überfall hinter sich, haben Beute gemacht und wollen vermutlich bald nach Hause. Es hatten zwar alle damit gerechnet, noch ein bisschen zu bleiben, bis das Lösegeld für den Procurator eingetroffen wäre. Nur wird es jetzt kein Lösegeld geben. Dafür Streitereien, wie viel sie zu zahlen bereit sind, um vielleicht eigene Gefangene auszulösen.

Yrsa beobachtet zwei Männer, die sich irgendwo hinten im Lager angeregt unterhalten, sie lachen, der eine klopft dem anderen auf die Schulter. Vielleicht macht sie sich zu viele Sorgen, vielleicht rechnen alle damit, dass Gunnar heute zurückkommt. Er ist beliebt bei den Männern, auch wenn viele das Gefühl hatten, dass er diesen Sommer besonders streng aufgetreten ist. Aber wie werden sie damit umgehen, dass es vielleicht zum zweiten Mal einen Verrat gab, den Gunnar nicht verhindern konnte?

Ulfs Worte gehen Yrsa nicht aus dem Kopf. War sie in den Gesprächen mit ihrem Vater unvorsichtig? Hat er Verdacht geschöpft? Dann wäre sie tatsächlich schuld daran, dass die Franken von ihren Plänen erfahren hätten. Aber warum war der Überfall auf den Markt ein Erfolg? Hätte ihr Vater die fränkischen Truppen gewarnt, hätten sie auch am Markt auf der Lauer gelegen. Doch sie haben das Castrum überstürzt in Richtung Norden verlassen, als der Rauch aufgestiegen ist. Nach Vorbereitung hat das nicht ausgesehen.

Harald der Kahlkopf setzt sich neben sie ans Feuer. Er hält ihr ein Schälchen mit dampfendem Haferbrei unter die Nase.

»Iss«, sagt er.

Sie nimmt das Schälchen. Es ist angenehm warm in ihren Händen. »Weißt du, wohin die fränkischen Truppen Gefangene bringen? Die Soldaten sind mit Avidh in Richtung Osten davongeritten. Ich habe ihre Spur an einem Schiffssteg östlich von Dorestad verloren.«

Harald überlegt einen Moment. »Also sind sie vermutlich nicht nach Dorestad.«

»Ist das ein schlechtes Zeichen?«

»Nicht unbedingt. Die Truppen im Castrum Dorestad sind bestimmt nicht gut auf uns zu sprechen.«

»Und der Procurator auch nicht«, sagt Yrsa. Sie schaut Harald von der Seite an, er schaufelt den Brei in sich hinein. Sie zwingt sich, einige Löffel zu essen. »Ihr lasst Avidh nicht im Stich, oder?« Sie hatte immer das Gefühl, dass sich die beiden mit Achtung begegnen.

»Natürlich nicht«, sagt Harald.

»Und wir zahlen Lösegeld, falls nötig?«

»Ja, nur gibt das meist hässlichen Streit. Gunnar musste letzten Sommer ein Machtwort sprechen.«

Und Gunnar ist noch nicht hier, denkt Yrsa und steckt den Löffel zurück in ihren Brei. Was wird Angantýr tun? »Wo könnten sie Avidh hingebracht haben?«

»Wenn sie ein Schiff hatten, könnten sie bis nach Nijmegen gefahren sein. Das ist die nächste Kaiserpfalz, rund eine Tagesreise entfernt. Dort steht ein Palast.«

»Was würde das bedeuten?«, fragt Yrsa. Sie bemüht sich, ihre Stimme nicht zittern zu lassen.

Harald zuckt mit den Schultern. Idun kommt zurück und setzt sich auch ans Feuer, zusammen mit Troels.

»Was machen wir, wenn heute keiner der anderen mehr auftaucht?«, fragt Yrsa.

»Das entscheidet Angantýr«, sagt Troels, Angantýrs treuer Begleiter. Er schlürft seinen Brei direkt aus der Schale. Yrsa ist aufgefallen, dass er in letzter Zeit öfter bei Sven und Ulf sitzt. »Wir können stolz sein auf Angantýr, er hat den Angriff auf den Markt erfolgreich angeführt, und er ist Gunnars Bruder.«

»Angantýr hat den Angriff zusammen mit Harald angeführt«, sagt Idun und lächelt Harald an.

»Angantýr kann jetzt zeigen, wie er sich als Anführer macht«, sagt Harald. Er scheint müde und nicht besonders interessiert daran, sich in Machtkämpfe verwickeln zu lassen.

»Aber alle hoffen, dass Gunnar sehr bald zurückkehrt«, sagt Idun.

»Und wie lange warten wir hier?«, fragt Yrsa. Wie lange muss ich untätig zuschauen, um zur Gemeinschaft zu gehören, denkt sie, während es mich im Innern fast zerreißt, dass ich nichts für Avidh tun kann?

Aus dem Osten des Lagers dringen laute Rufe bis zu ihnen. Yrsa dreht den Kopf. Roar nähert sich mit schnellen Schritten. Sie springt auf, rennt in seine Richtung. Auch Angantýr ist schon da, und immer mehr Männer strömen zusammen.

»Wo sind die anderen?«, ruft jemand.

Roar bleibt vor Angantýr stehen, keucht heftig. Seine Kleider und Haare sind dreckverschmiert, seitlich seines Gesichts zieht sich eine getrocknete Blutspur entlang. Er sieht erschöpft aus, aber das Feuer in seinen Augen ist nicht erloschen.

»Weißt du, wo Leif ist?«, fragt Yrsa.

Roar schüttelt den Kopf.

»Gunnar?«, fragt Angantýr.

»Nein«, sagt Roar. Er räuspert sich. »Die beiden habe ich früh aus den Augen verloren. Ich habe nur gesehen, wie Leif die Seile durchtrennt hat, mit denen der Wagen an Björns Pferd befestigt war, damit Björn davongaloppieren konnte. Aber sie sind auf die andere Seite als wir.«

»Wer ist wir?«, fragt Angantýr.

»Am Anfang waren wir zu fünft. Gísli, Gunhild, Trygve, Knud und ich. Gunhild hat gebrüllt: ›Schwärmt aus in alle Richtungen!‹ Im gleichen Moment …« Roar holt einen Moment tief Luft. In seinen braunen Augen blitzt der Zorn. »Im gleichen Moment hat eine Lanze Trygve durchbohrt. Er ist nach vorne gekippt. Ich habe versucht, den Halfter seines Pferds zu schnappen, aber er ist runtergerutscht, da war so viel Blut, die Franken waren direkt hinter uns. Er hatte keine Chance, und mir sind Pfeile um die Ohren gepfiffen. Ich musste ihn zurücklassen, ich glaube nicht, dass er es geschafft hat.«

Roar schaut auf die Erde vor seinen Füßen. Eine kurze Zeit sind alle ganz still. »Er war ein Krieger mit Ehre«, murmelt dann einer.

»Es wird ihm gut gehen in Valhöll«, ein anderer.

»Wir werfen, was er braucht, heute Abend ins Wasser«, sagt Angantýr. »Idun wird singen und Odin ein Opfer bringen. Damit er unseren Bruder in seiner Halle willkommen heißt.«

»Das ist nicht alles«, sagt Roar mit fester Stimme.

Yrsa staunt über den jungen Krieger. Er ist zwei Winter jünger als sie, drahtig, unerschrocken, blitzschnell mit dem Schwert. Avidh hält viel von Roar. Und Roar bewundert Avidh, fordert ihn häufig zu Übungskämpfen heraus und ärgert sich jedes Mal, wenn er verliert. »Auch Knud hat es nicht geschafft. Ein Pfeil hat seinen Hals durchbohrt.«

»Nein, Knud …«, sagt irgendwo einer. Wieder ist es eine Weile ganz still.

»Das wird Gunnar treffen«, murmelt Idun.

»Wie bist du entkommen?«, fragt Angantýr dann.

»Ich habe mich aus dem Sattel an einen kräftigen Ast geklammert. Das Pferd ist weitergerannt. Ich bin in die Baumkrone geklettert und dort lange sitzen geblieben. Die Franken haben mich nicht gefunden. Von dort oben habe ich auch gehört, dass sie Gunhild und Gísli gefangen genommen haben. Gunhilds Flüche hallten durch den Wald.« Roars Gesicht hellt sich kurz auf, aber seine Miene verdüstert sich gleich wieder. Er lässt seinen Blick über die Menge schweifen. »Wo ist Avidh?«, sagt er dann.

Einige Zeit später hat Yrsa Kühe gemolken, Wasser geschleppt, Fische ausgenommen, beim Räuchern geholfen und dabei auf eine günstige Gelegenheit gewartet, um mit Angantýr zu reden. Aus dem Augenwinkel hat sie beobachtet, wie er mit Roar, mit Harald, mit Idun gesprochen hat. Zwischendurch hat er einige Männer angeschrien, die sich seiner Meinung nach zu weit vom Lager entfernt hätten, und läuft jetzt vor seinem Zelt auf und ab, streicht sich dabei immer wieder über den kahlen Kopf.

Yrsa stellt sich ihm in den Weg und sagt: »Wir können hier nicht untätig sitzen. Mich hat in Dorestad niemand als Kämpferin gesehen. Ich hatte beide Male dieses unbequeme Kleid an. Lass mich bitte dorthin reisen und mich umhören.«

»Nein«, sagt Angantýr.

»Warum nicht?«

»Ich treffe hier die Entscheidungen. Außerdem, was ist mit den Männern im Castrum, dem Procurator? Meinst du, denen ist die Bogenschützin nicht aufgefallen?«

»Ich gehe nicht ins Castrum. Und wenn ich das Kleid anziehe, wird mich niemand als Bogenschützin wiedererkennen. Wie kannst du hier warten, während dein Bruder vermisst ist?«

Angantýrs Augen verengen sich zu Schlitzen, seine Brust hebt und senkt sich, als wäre er gerannt. »So sind die Regeln. Jeder weiß, dass er es allein ins Lager zurückschaffen muss. Zumindest solange wir nicht hören, dass er ein Gefangener ist.«

»Aber wir wissen bereits, dass es Gefangene gibt. Wir sollten herausfinden, wo die Franken sie eingesperrt haben.«

»Yrsa, wie oft warst du schon mit uns auf Reisen?« Seine Stimme ist freundlich, sein Blick nicht.

»Es ist das erste Mal, aber vielleicht fallen mir deshalb Dinge auf, die ihr nicht mehr seht. Können wir nicht wenigstens die Kundschafter fragen? Irgendjemand muss etwas wissen.«

Plötzlich kommt Angantýr mit seinem Gesicht ganz nahe an ihres. Er muss sich herunterbeugen, packt Yrsa grob am Arm.

»Es ist jetzt genug«, zischt er durch halb geschlossene Zähne. »Ich will nichts mehr hören. Ich habe das Sagen hier. Sobald es Zeit ist, werde ich dir mitteilen, was du zu tun hast.« Dann lässt er sie wieder los, dreht sich um und geht davon.

Yrsa blickt auf und entdeckt Sven, der ihren Streit in einiger Entfernung beobachtet hat. Sven sieht ziemlich verbeult aus. Wenigstens etwas, denkt sie und macht sich auf, um Roar zu suchen. Vielleicht hat er noch irgendetwas beobachtet. Sie wird nicht hier sitzen und warten. Schon gar nicht, wenn Sven böse Gerüchte verbreitet. Yrsa läuft kreuz und quer durch das Lager, findet Roar aber nicht. Vermutlich liegt er in seinem Zelt und schläft.

Plötzlich wird ihr beinahe schwindlig. Sie verschwendet hier Zeit, und vielleicht stirbt Avidh gerade in diesem Moment. Yrsa stützt sich an einer der Zeltstangen ab, kann nur noch oberflächlich nach Luft schnappen, während ihr Herz von einem Schlag zum nächsten stolpert. Ein schreckliches Gefühl macht sich in ihr breit, anders als die Traurigkeit, die sie heute Nacht umschlossen hat. Es ist eine Eiseskälte, die sie zu verschlingen droht, in einen Schlund zieht, wo nichts Platz hat als lähmende Angst. Kommt sie zu spät? Ist Avidh verblutet? Kalter Schweiß läuft ihr über den Rücken. Sie zwingt sich, langsamer zu atmen, weiterzugehen, murmelt: »Er wird nicht sterben, ich finde ihn«, immer wieder. Dann macht sie sich auf den Weg zum Schrein, legt einen Teil ihres Essens in die Opferschale, schließt die Augen und fleht um Hilfe.

Es raschelt zwischen den Bäumen, Harald erscheint zwischen den Ästen. Auch er hat etwas für die Opferschale mitgebracht. »Mögen die Götter Gunnar, Leif, Avidh, Gísli und Gunhild beschützen«, sagt er.

Yrsa nickt, räuspert sich. »Stimmt es, was Angantýr wegen der Kundschafter gesagt hat? Hat Gunnar ihn da wirklich nicht miteinbezogen?«

»So genau weiß ich das nicht«, sagt Harald. »Ich habe bei den Vorbereitungen die Reparatur der Schiffe und das Beschaffen der Waffen beaufsichtigt. Aber ich glaube sowieso nicht, dass Gunnar Kundschafter in Nijmegen hat. Dorthin wollten wir nicht.«

Yrsa seufzt leise. »Wäre es nicht gut, sich in Dorestad umzuhören? Wir könnten uns wieder als Händlerpaar ausgeben.«

Harald streicht sich über den Bart, fährt mit der Hand über die Holzplatte, auf der die Opfergaben liegen. »Keine schlechte Idee.«

»Wirst du das Angantýr sagen?«

»Gib Angantýr ein bisschen Zeit. Vielleicht ist es gut, wenn er merkt, dass nicht alles so einfach geht, wenn man Anführer ist.«

»Sind wir nicht unter Zeitdruck?«

»Schauen wir, was der Tag morgen bringt«, sagt Harald.

Ich verstehe, denkt Yrsa, dass man für die Gruppe handeln muss. Aber Avidh ist einer unserer besten Kämpfer. Ihn zu retten, hilft der Gemeinschaft. Das wollte sie Angantýr noch sagen. Aber natürlich möchte Angantýr das nicht hören. Und andere vielleicht auch nicht. Denn dann müssten sie zugeben, dass Avidh besser kämpft als sie. Und das will fast niemand. »Kann es sein, dass nicht alle am gleichen Ort gefangen gehalten werden?«, fragt sie. Was, wenn Avidh als Einziger irgendwo im Osten ist? Wer wird sich dann um seine Freilassung kümmern?

»Ist schon möglich«, sagt Harald.

»Und was, wenn Gunnar nicht zurückkommt? Sollte er nicht schon längst hier sein?«

»Eigentlich schon«, sagt Harald.

Zurück im Lager, läuft Yrsa zwischen den Zelten hindurch und hört zwei Männer tuscheln. Der eine sagt zum anderen: »Ich habe gehört, die Neue habe uns verraten, glaubst du das?«

Am Bach nahe des Lagers kniet Yrsa sich ans Ufer, wäscht sich Gesicht und Hände mit dem kalten Wasser. Sie ist schrecklich müde, aber sie fürchtet sich davor, kurz ins Zelt zu kriechen, um sich auszuruhen. Wenn sie die Augen schließt, erscheinen Bilder, wie der Blutfleck auf Avidhs Hemd wächst, und sie kann nur hilflos zuschauen. Als sie hinter sich Schritte hört, springt Yrsa auf und dreht sich um.

Es ist Idun. »Hör zu«, sagt sie, »ich habe eine Idee.«

Kapitel 30

»Bist du sicher, dass sie uns wohlgesinnt sind?« Yrsa späht durch die Äste. Sie hockt neben Idun im schlammigen Grund. Eine ganze Weile sind sie gerudert, haben ihr kleines Boot dann weiter östlich am Ufer des Almere an Land gezogen und sind noch ein Stück gelaufen. Wenigstens tun sie etwas. Jetzt verstecken sie sich hinter den herunterhängenden Zweigen einer Weide. Ab und zu lässt der Wind die vielen kleinen Blätter rascheln. Der Rauch von mehreren Lagerfeuern weht bis zu ihnen.

»Ja, mach dir keine Sorgen.« Idun spielt mit ihren Halsketten, die Perlen klackern aneinander. Yrsa legt den Finger an die Lippen.

»Sie haben uns vermutlich längst entdeckt«, sagt Idun und lächelt.

Vor ihnen befindet sich ein Lager, das ganz ähnlich und doch anders wirkt als ihres. Es ist streng bewacht, aber es scheint eine seltsame Ruhe über der Wiese zu liegen. Rund siebzig Kämpfer sitzen irgendwo zwischen den Zelten und sind mit der Pflege ihrer Waffen beschäftigt. Etwas östlich plätschert ein Bach in einen kleinen See, ein Schilfgürtel trennt ihn vom Lager ab. Eschen und Moorbirken säumen das Gras im Westen. Die Zelte stehen in einem Kreis und in ordentlichen Reihen um ein hohes, zweiteiliges Zelt in der Mitte. In ihrem Lager sind die Zelte in Haufen angeordnet. Und irgendwo mittendrin steht Gunnars Zelt.

»Woher kennst du Valì?«, flüstert Yrsa.

Idun lacht kurz auf, zwirbelt eine lange schwarze Haarsträhne zwischen den Fingern. »Ich war mit ihm auf Reisen.«

»Du?«

»Ja, ich habe doch erwähnt, dass ich schon andere Gruppen begleitet habe. Valì und seine Männer.«

»Und warum jetzt nicht mehr?«

Idun zuckt mit den Achseln. »Die Geister haben mir zugeflüstert, dass ich diesen Sommer mit Gunnar reisen sollte.«

»Woher weißt du, wo Valì sein Lager hat?«

»Er hat vor einigen Tagen nach mir geschickt.«

»Was? Und warum wusste Valì, wo sich unser Lager befindet?«

»Er hat gute Kundschafter.« Idun richtet sich auf.

»Dann hatte Angantýr recht, als er meinte, Gunnar habe sich darum zu wenig gekümmert. Weiß Angantýr, dass wir hier sind?«

»Nein. Angantýr ist bewusst, dass er mir nichts vorschreiben kann, und er versucht es auch nicht. Komm mit«, sagt Idun, nimmt Yrsas Hand und läuft in Richtung des Lagers. Yrsa folgt ihr, aber sie hat noch nicht entschieden, was sie von dem Ganzen halten soll. Warum hat Idun enge Kontakte zu der Gruppe, die mit ihnen im Wettstreit liegt? Vielleicht spielt es jetzt keine Rolle mehr, weil der Überfall bereits vorüber ist. Trotzdem hat sie ein mulmiges Gefühl bei der Sache.

Sie kommen an einer Wache vorbei, der Mann ist mit einem Speer bewaffnet, hatte sie längst im Blick, nickt Idun aber freundlich zu und mustert Yrsa von Kopf bis Fuß. Am Rand der Wiese stehen mehrere Pfosten, an denen eiserne Ketten hängen. Vermutlich um Gefangene zu befestigen.

Yrsa läuft ein Schauder über den Rücken bei der Erinnerung daran, dass sie selbst Gefangene auf einem Sklavenschiff war. Sie war erleichtert, als sie hörte, dass Gunnar diesen Sommer keine

Menschen für die Sklavenmärkte entführen will. Sie hätten ein zusätzliches Schiff gebraucht, und dafür reichte das Silber nicht.

Kurz darauf haben sie das hohe Zelt erreicht, das in der Mitte des Kreises steht. Alle im Lager haben sie auf ihrem Weg beobachtet, aber niemand hat sie aufgehalten. Idun hat links und rechts Männer begrüßt. Yrsa sind zwei Kämpferinnen aufgefallen, die ein Stück weiter vorne ihre Schwerter schleifen.

»Tretet ein«, sagt eine tiefe Stimme aus dem hohen Zelt. Gleichzeitig schlägt ein grimmig dreinschauender Krieger den Stoff am Eingang zur Seite, und sie schlüpfen unter seinem Arm hindurch ins Innere. Dort sitzt Valì auf einem thronartigen Stuhl mitten im Zelt. Das Licht fällt durch eine Öffnung hinter ihm direkt auf seine langen Haare. Sie glänzen schwarz, er trägt sie offen, sein Körper ist drahtig, sein Bart sorgfältig gestutzt. Valì hat ein Knie angewinkelt, sein Fuß steht auf der Sitzfläche, seine Hand mit vielen silbernen Ringen liegt auf dem Knie. Mit der anderen Hand streicht Valì über die Schnitzereien im Griff einer wunderschönen Kampfaxt. Er grinst Idun an, seine Zähne sind auffallend weiß.

»Valì, Prinz der finsteren Wälder, ich grüße dich«, sagt Idun, beugt sich zu ihm und küsst ihn auf den Mund.

»Idun, immer ein Vergnügen«, sagt er und leckt sich über die Lippen. »Ich mag es, wenn du mir Kosenamen gibst. Was haben die Elfen dir auf dem Weg ins Ohr geflüstert? Und wer ist das?« Er zeigt mit der Kampfaxt auf Yrsa.

»Mein Name ist Yrsa.«

Valì schaut sie aus grün leuchtenden Augen so lange an, bis Yrsa seinen Blick nicht mehr halten kann. An der Zeltwand steht ein langes Schwert mit aufwendig verziertem Knauf.

»Wir brauchen deine Hilfe«, sagt Idun und erzählt Valì, was geschehen ist.

Während sie spricht, spielt Valì mit seiner Axt, grinst ab und zu und lässt seinen Blick immer wieder lange auf Yrsa liegen. Ihr läuft kalter Schweiß über den Rücken, obwohl es nicht heiß ist in dem Zelt.

»Und da kommt ihr ausgerechnet zu mir?«

»Deine Kundschafter sind doch sowieso unterwegs. Und ich weiß, dass sie gut sind. Könntest du sie bitten, für uns ein paar Informationen zu sammeln?«, sagt Idun.

»Und was bekomme ich dafür?«, sagt Valì. »Bleibt ihr über Nacht?«

»Nein«, sagt Yrsa.

»Ein anderes Mal«, sagt Idun.

Einst habe Valì mit Gunnar gekämpft, hat Avidh Yrsa erzählt. Valì ist jünger als Gunnar, nicht viel älter als Angantýr. Doch es habe Streit gegeben, und deshalb baute Valì vor vier Wintern eine eigene Gruppe auf. Mit Erfolg, wie es scheint. »Habt ihr Dorestad schon überfallen?«, fragt Yrsa, es macht sie nervös, stumm neben Idun zu stehen.

Valì schüttelt langsam den Kopf, zieht dann einen Mundwinkel nach oben. »Und du schießt mit dem Bogen?«, fragt er.

Woher weiß er das, denkt Yrsa, sie hat den Bogen im Lager gelassen und nur die Kampfaxt im Gürtel. Sie nickt. Dann kann sie sich nicht mehr länger zurückhalten. »Hast du mit Avidh gekämpft?«

»Ja, ein gefährlicher Krieger. Ich hätte ihn gern in unserer Gruppe. Aber er fühlt sich Gunnar verpflichtet.«

Ja, so ist er, denkt Yrsa und sagt: »Er ist verletzt, und die Franken haben ihn verschleppt. Wir waren nordöstlich von Dorestad, sie sind in den Osten geritten und dann auf ein Schiff. Hast du eine Ahnung, wo sie ihre Gefangenen hinbringen? Hast du Kundschafter in Nijmegen?«

Wieder mustert Valì sie. Dieses Mal weicht Yrsa seinem Blick nicht aus. Er nickt langsam und sagt: »Falls ich euch helfe, erwarte ich eine Gegenleistung.«

Idun streichelt Valì über den Unterarm. »Ich werde bei den Göttern und Geistern um gutes Gelingen für euren Überfall bitten.«

»Das kann nicht schaden«, sagt Valì und spielt mit den Ketten, die um Iduns Hals hängen. »Aber ich will noch etwas anderes.« Er zeigt auf Yrsa. »Du.«

»Was?«, sagt sie und strafft die Schultern.

»Ich habe gehört, du warst in der Villa des Procurator.«

Wieder denkt sie: Woher weiß er das und überhaupt so viel? Sie schaut kurz zu Idun, deren Augen zustimmend aufblitzen, und nickt.

»Wir werden beenden, was ihr nicht geschafft habt. Ich will alles über das Gebäude erfahren, jede kleine Einzelheit, an die du dich erinnern kannst. Wenn ich zufrieden bin, werde ich Informationen über eure Gefangenen einholen. Also streng dich an.« Er hält ihr einen Stock hin. »Und dann zeichnest du mir draußen einen Plan in den Schlamm.«

Yrsa nimmt den Stock und fragt sich, was Angantýr oder Avidh von dieser Forderung halten würden. Doch im Moment hat sie keine andere Wahl und tut, was Valì sich wünscht.

Als sie fertig sind, lädt Valì sie noch einmal in sein Zelt ein. »Sollten wir nicht langsam zurückgehen?«, zischt Yrsa Idun zu. Aber der grimmig dreinschauende Krieger bringt drei dampfende Schälchen mit Eintopf, die köstlich duften.

»Schon bald«, antwortet Idun leise, und sie setzen sich zusammen auf ein Bärenfell, das am Boden von Valìs Zelt liegt. Es ist weich und warm, der Eintopf schmeckt köstlich. Erst jetzt merkt Yrsa, wie hungrig sie ist.

Sie löffeln schweigend, dann sagt Valì: »Du bist also die Nachfolgerin von Signe?«

»Ich … Nein.« Ich könnte diese Frage auf verschiedene Arten verstehen, denkt Yrsa. Nachfolgerin bei Avidh, als Kämpferin in der Gruppe oder als Verräterin? »Kennst du Signe?«

Valì löffelt weiter, als habe er ihre Frage nicht gehört. Nach einigen Momenten, die sich endlos lang angefühlt haben, sagt er: »Natürlich. Sie ist vor drei Sommern mit uns gereist, bevor sie sich Gunnars Gemeinschaft angeschlossen hat.«

»Das wusste ich nicht.« Avidh hat das nie erwähnt, denkt Yrsa, aber er hat wohl vieles nicht erwähnt, das Signe betraf. Und ihren Fragen ist er immer ausgewichen.

»Am Anfang habe ich sie für eine fränkische Spionin gehalten«, sagt Valì und lacht laut.

»Warum?«

»Sie war rastlos, hat mich ständig über frühere Missionen ausgefragt. Wo wir schon angegriffen hätten und so. Und sie spricht fließend Fränkisch.«

Idun lacht. »Da kann man schon misstrauisch werden.«

Auch Avidh spricht fließend Fränkisch, denkt Yrsa. Aufgefallen ist ihr das erst beim Überfall in der Villa des Procurator. Und sie hatte keine Gelegenheit mehr, ihn zu fragen, woher er das kann. Alles scheint plötzlich so verwirrend. Was macht sie hier? Warum hat Idun engen Kontakt mit Valì? Wer hat sie verraten? Warum ist Signe aus dem Nichts aufgetaucht? Wem kann Yrsa überhaupt noch vertrauen? Warum war Avidh nicht offen mit ihr? In ihrem Kopf dreht sich alles. Sie stellt das heiße Schälchen auf das Fell und bemüht sich, ruhig und tief zu atmen. Sie braucht Antworten auf all diese Fragen.

»Ich habe Signe irgendwann zur Rede gestellt. Ich kann sehr überzeugend sein«, sagt Valì und schaut Yrsa aus seinen grün funkelnden Augen an. »Sie hat erzählt, ihr Vater sei Händler gewesen, ursprünglich aus Haithabu, aber sie hätten, als sie ein Kind war, im Frankenland gelebt. Irgendwelche Geschichten. Ich habe nur die Hälfte geglaubt. Aber ich kannte ihren Mann.«

»Ihren Mann?«

»Er war ein großer Krieger. Eric der Speertänzer. Sie wohnten in Ribe. Von ihm hat sie so gut kämpfen gelernt. Wusstest du das nicht?« Valì hat ein undurchsichtiges Grinsen im Gesicht. Dann beugt er sich nach vorne, nimmt Iduns Hand und küsst sie, die Augen dabei ständig auf Yrsa.

»Nein, wann war das?«, sagt Yrsa. Auch davon hat Avidh nicht gesprochen, oder vielleicht wusste er es nicht.

»Bevor sie nach Haithabu gekommen ist.«

»Und wo ist Eric jetzt?«

»In Valhöll.«

»Und warum ist Signe jetzt hier aufgetaucht?«

»Ist sie das?«

Yrsa versucht in Valìs Gesicht zu lesen, ob er überrascht wirkt. Aber sein Lieblingsausdruck scheint ein leicht spöttisches Grinsen zu sein. »Wenn du gute Kundschafter hast, solltest du das wissen«, sagt sie.

Er lacht. »Ja, sollte ich.«

»Und warum hat Signe Gunnars Gruppe letzten Sommer verraten?«

»Hm, du bist sehr neugierig«, sagt Valì. »Ich mag das. Aber sei vorsichtig, zu viele Fragen können gefährlich werden.«

»Du weißt es nicht? Was vermutest du?«

»Das musst du Signe fragen«, sagt Valì.

»Deine Kundschafter sollten sich nach Gunnar erkundigen. Er ist noch nicht zurückgekehrt«, sagt Idun plötzlich, und einen Moment lang sieht Yrsa eine Unsicherheit in Iduns Blick, die ihr zuvor noch nie aufgefallen ist. »Wir müssen jetzt los«, sagt Idun.

Valì zieht sie noch einmal an sich, dann flüstert er Idun ins Ohr, so laut, dass auch Yrsa es hört: »Nächstes Mal reist du wieder mit uns, meine biegsame Nachtelfe. Ich kann diese Seherin, die uns diesen Sommer begleitet, nicht mehr riechen. Es ist fürchterlich.«

Ein Wind aus Nordosten trägt sie zügig an die Anlegestelle nahe ihrem Lager zurück. Was wird Angantýr sagen?, denkt Yrsa, während sie durch das Schilf und den Schlamm in Richtung der Zelte stapfen. Bevor sie das Lager ganz erreicht haben, dringen aufregte Stimmen bis zu ihnen. Und dann wird Yrsa bewusst: Inmitten dieser Stimmen hört sie Björn. Er ist zurück. Vielleicht weiß er, wo Leif steckt. Sie rennt los.

Kapitel 31

Verkohlte Bretter ragen in den Himmel. Sie sind stumme Zeugen dessen, was hier in Dorestad vor zwei Tagen geschehen ist. An ihnen vorbeizulaufen, ist ein seltsames Gefühl. Reste des Brandgeruchs ziehen Yrsa in die Nase. Der Armut entfliehen, kämpfen, das wollte sie. Aber hat ihr Angriff vor zwei Tagen wirklich nur reiche Händler getroffen? Yrsa holt tief Luft, beschleunigt den Schritt, rafft den Stoff ihres Kleid nach oben. Sie wird das nie erfahren, muss sich jetzt um anderes kümmern. Bei dieser Hütte stehen nur wenige Bretter einer Hinterwand noch aufrecht. Die übrigen liegen in einem schwarzen Haufen kreuz und quer. Das Dach, einst mit Reet gedeckt, ist in sich zusammengesackt. Das waren die Brandpfeile, die auch sie hätte schießen sollen. Yrsa reibt die Finger aneinander, dort, wo sie die Bogensehne hält, spürt ein Kribbeln. Eine Frau in einem rußverschmierten Kleid wühlt in den Überresten eines Marktstandes und flucht leise. Was sie sagt, versteht Yrsa nicht. Sie ist froh darüber, eilt weiter entlang des Uferwegs.

Yrsa wirft Roar, der neben ihr geht, einen kurzen Seitenblick zu. Aber Roar scheint nicht beeindruckt. Er lässt den Blick links und rechts über die Umgebung, die Landungsstege schweifen, so wie Avidh das oftmals tut. Immer auf der Hut, von wo der nächste Pfeil in ihre Richtung zischen könnte. Es sind nicht allzu viele Häuser, die nur verkohlte Gerüste sind. Bei manch anderen sind Türen eingeschlagen, Fensteröffnungen zerhackt.

Als sie den Norden des Marktes hinter sich lassen, werden die Spuren des Überfalls seltener. Yrsa holt tief Luft, bemüht sich, in die Enge in ihrem Bauch zu atmen. Hat der Soldat dort drüben sie gerade misstrauisch gemustert? Ja, sie sollten nicht hier sein. Trotzdem hätte niemand sie abhalten können, ihr Vorhaben umzusetzen, das sie sich gestern Abend ausgedacht hat. Nachdem sie die schlechten Nachrichten verdaut hatte.

Die Morgensonne scheint seitlich über den Rhein und die vielen Plattformen zu ihrer Linken. Je weiter südlich sie gelangen, umso mehr scheint hier alles seinen gewohnten Gang zu gehen. »Frische Kräuter, Rüben, Wolle«, ruft eine Marktfrau, Kisten krachen auf die Landungsstege, der Duft von fremden Gewürzen steigt Yrsa in die Nase. Die Planken sind trocken heute.

Sie biegen zwischen zwei Marktständen rechts ab und verlassen den Uferweg. Roar hat das Hemd und die Hosen angezogen, mit denen Leif sich vor einigen Tagen als Händler verkleidet hatte. Sie schlottern an ihm. Er ist mit seinen sechzehn Wintern zwar groß und drahtig, aber nicht so breit wie die anderen Kämpfer. Doch Yrsa ist dankbar für Roars Mut. Er war sofort dabei, als sie ihn gestern Abend gefragt hat, ob er sie nach Dorestad begleitet. Sie brauchte jemanden, der ihr mit dem Boot half, und Roar schien ihr die beste Wahl. Er tut es für Avidh, und er hat sich nochmals bei ihr bedankt, dass sie ihn im Haus des Procurator mit einem Pfeil gerettet hat.

Es war noch dunkel, als sie sich heute Morgen zur Anlegestelle schlichen. Yrsa lenkte den Mann ab, der bei ihren Schiffen Wache hielt, und Roar machte das kleine Segelboot los. Es lag abseits im Schilf versteckt, und nach einigen bangen Momenten brachen sie in der Dunkelheit auf.

Angantýr wird kochen vor Wut, wenn er entdeckt, dass sie fehlen. Aber Yrsa konnte keinen Tag länger untätig bleiben. Die Zeit drängt auch, weil sie vermutet, dass Valìs Gruppe morgen losschlägt. So genau hat er es nicht verraten. Aber dann will sie nicht hier sein. Valì hat sie beeindruckt. Über seinem Lager lag eine besondere Stimmung. Alle schienen genau zu wissen, was sie zu tun hatten.

Als sie den Südwesten der Stadt erreichen, bleibt Yrsa stehen.

»Ich muss kurz allein etwas erledigen«, sagt sie zu Roar. »Warte hier, es dauert nicht lang.«

Roar kneift die Augenbrauen zusammen. »Ich komme mit.«

»Nein. Ich muss das allein tun.«

»Hast du Geheimnisse vor mir?« Roar schaut sie mit finsterem Blick an.

Sie weiß nicht, was sie antworten soll. Roar soll nicht wissen, dass ihr Vater hier in Dorestad war und sie herausfinden will, wie es ihm geht und ob er weiß, wohin die Franken Avidh gebracht haben könnten.

»Bitte warte hier, nur kurz.«

Sie läuft los. Roar folgt ihr. »Ich komme mit«, sagt er mit ruhiger Stimme. »Du hast um Hilfe gebeten, also helfe ich.«

Sie wird ihn nicht los, ohne eine Szene zu machen. Und Aufmerksamkeit ist im Moment keine gute Idee. Außerdem braucht sie Roar. »Na gut«, sagt sie und geht weiter.

Es bleibt ihr nichts übrig, als Roar zu vertrauen. Eigentlich weiß sie nicht, wem sie überhaupt noch trauen kann. Die halbe Nacht hat sie darüber nachgedacht, als der Schlaf nicht kommen wollte. Alle, die an der versuchten Entführung des Procurator beteiligt waren, könnten Verräter sein. Sogar Avidh. Und sie selbst, aus Versehen, im Gespräch mit ihrem Vater. Warum hat Avidh ihr nicht von Signes Anwesenheit erzählt? Warum spricht er fließend

Fränkisch? Bei diesen Gedanken hat sie heute Nacht das Gesicht in seine Decke gepresst. Nein, er würde das niemals tun. Auch Idun und Angantýr wussten von der Mission. Wollte Angantýr Gunnar schaden? Hat Idun Valì zu viel erzählt? Oder hat einer der jetzt noch Gefangenen sie verraten? Wer nicht wiederkommt, gilt als Gefangener, könnte aber auch der Verräter sein. Genau so, wie das bei Signe letzten Sommer war.

Yrsa stolpert über eine Leiter, die quer über dem Weg liegt. Roar hält sie am Arm fest. »Danke«, murmelt sie und eilt weiter.

Vor dem Haus des Händlers Arne im Südwesten der Stadt bleibt Yrsa stehen. Hier hat ihr Vater übernachtet. Eine ältere Frau tritt heraus und schüttet einen Eimer mit Dreckwasser aus.

»Entschuldigt, ist der Händler Thorstein aus Nijmegen noch zu Gast bei euch?«, fragt Yrsa. Es fühlt sich falsch an, das zu sagen. Ihr Vater ist nicht aus Nijmegen, er ist aus Ribe.

»Nein, er ist nicht hier.«

»Also abgereist?«

»Das nehme ich an. Warum sucht ihr ihn?«

»Ist nicht wichtig, vielen Dank.« Ganz sicher kann sie nicht sein, aber es klingt, als wäre ihr Vater am Leben. Sie versucht ihren zitternden Atem zu beruhigen. Wenigstens etwas.

Auf dem Weg zurück zum Uferweg fragt Roar: »Wer ist dieser Händler, warum wolltest du zu ihm?«

Einen Moment überlegt sie, ob sie Roar die Wahrheit sagen soll. Aber sie weiß noch zu wenig über ihn. Dass er Avidh bewundert, reicht nicht. »Thorstein kommt ursprünglich aus Ribe, ich dachte, er hätte vielleicht Informationen, die uns nützen.«

»Warum sollte ich das nicht hören?«

»Weil ich nicht will, dass sich herumspricht, dass ich hier in der Stadt jemanden kenne. Sonst gerate ich noch in den Ruf, die Verräterin zu sein. Lass uns jetzt Einarr suchen. Seine Töpferei muss irgendwo dort vorne sein.«

Als Björn gestern Abend ins Lager zurückkehrte, ist ihre letzte Hoffnung weggebrochen. Sie kann nicht auf Leifs Hilfe zählen. Auch Leif und Gunnar sind Gefangene der Franken, hat Björn erzählt. Ganz knapp nur habe er sich retten können, und das nur, weil Leif den Wagen von seinem Pferd getrennt hat. Alle drei sind sie in dieselbe Richtung geflüchtet. Gunnars Pferd ist eingeknickt, Leif wollte ihm helfen. Und dann hätten Soldaten die beiden schon umringt.

Yrsa konnte erst spätabends mit Björn sprechen. Er hat eine Verletzung am Bein, war geschwächt. Aber er wusste, wie Avidhs und Leifs Kumpel hieß, den sie hier in Dorestad auf einer der Erkundungsmissionen getroffen hatten. Avidh hatte Yrsa von dem Treffen erzählt, aber den Namen nicht erwähnt. Warum auch, es schien nicht wichtig. Doch jetzt hofft sie inständig, dass Einarr, der einst mit den beiden und Björn in Sliesthorp kämpfte, ihr irgendwie weiterhelfen kann. Obwohl es ein Risiko ist. Auch Einarr könnte sie an die Franken verraten haben. Aber wenn sie niemandem traut, kommt sie nicht voran. Und je länger sie untätig im Lager sitzt, umso lähmender wird ihre Angst um Avidh.

Sie nähern sich der Töpferei, einem kleinen Holzhaus mit Reetdach und einer Verkaufstheke, die zum Uferweg hin geöffnet ist. Roar bleibt plötzlich stehen, dreht sich um und geht in eine andere Richtung davon. Yrsa folgt ihm.

»Roar, was ist los?«

»In der Töpferei sitzt ein fränkischer Soldat.«

»Bist du sicher?«

»Ja, ich habe ihn durch ein Fenster gesehen, er sitzt links auf einer Bank, hat sich mit dem Mann an der Töpferscheibe unterhalten.«

Yrsa stöhnt. »Das muss nichts heißen. Vielleicht braucht er eine Schale.«

»Ja, oder er besucht einen Verräter«, sagt Roar. »Was machen wir jetzt?«

»Wir beobachten.«

Yrsa will sich auf einen der Landungsstege in der Nähe setzen. Taue und Seile liegen auf den Planken, zwei Fischer laden gerade ihre Körbe aus. Doch ein Schneidersitz im Kleid ist unmöglich, sie flucht leise, lehnt sich mit der Schulter gegen eine der Hütten auf dem Steg. Nach kurzer Zeit kommt der fränkische Soldat aus der Töpferei. Er hat kein tönernes Gefäß in der Hand, nimmt den Weg, der in Richtung des Castrums führt. Eine Weile später tritt ein rothaariger Mann aus dem Haus, auf den Björns Beschreibung passt. Ein paar Schritte vor der Töpferei fängt Yrsa ihn ab.

»Entschuldige«, sagt sie, »kennst du Avidh und Leif?«

Der Mann schaut sie erstaunt an und nickt. Dann packt er sie am Arm und zieht sie in einen schmalen Durchgang zwischen zwei Hütten. Roar folgt.

»Was soll das?«, zischt Einarr. »Niemand soll wissen, dass ich Kontakt hatte mit den Kämpfern, die den Markt überfallen haben.«

»Es ist ein Notfall«, sagt Yrsa. »Niemand erkennt mich als Kämpferin.«

»Warum hast du mit fränkischen Soldaten zu tun?«, fragt Roar.

Einarr schaut ihn irritiert an. »Was geht dich das an? Ich lebe hier in der Stadt. Der Bruder meiner Frau ist Soldat.«

Roar nimmt Yrsas Arm und versucht sie weiterzuziehen. Sie entwindet sich seinem Griff. »Warte.« Sie will auf Avidhs Urteil vertrauen. Sie hatte Avidh gefragt, ob es nicht riskant sei, Einarr in die Pläne einzuweihen. Aber Avidh war überzeugt, dass sie ihrem alten Freund, der mehrere Sommer mit ihnen kämpfte, vertrauen können. Und weil Avidh nicht leicht jemandem vertraut, verlässt sie sich auf diese Einschätzung.

»Ich weiß, was passiert ist«, sagt Einarr mit leiser Stimme. »Es gibt viele Gerüchte hier in der Stadt.«

Roar greift wieder nach Yrsas Arm. Sie stößt ihn zurück und berichtet Einarr, was mit Avidh geschehen ist. »Hast du irgendeine Ahnung, wohin die Franken ihn gebracht haben?«

Einarr überlegt einen Moment. »Ich habe gehört, dass an dem Tag des Überfalls Truppen aus Nijmegen eingetroffen waren. Dort steht eine Pfalz der Franken, wo sich der Kaiser manchmal aufhält. Sie haben da mehr Leute als hier. Diese Truppen waren es vermutlich, die euch aufgelauert haben. Sie kamen nicht aus dem Castrum.«

»Ich habe sie verfolgt, bis ich zu einer Stelle östlich von Dorestad kam, wo sie auf Boote umgestiegen sind.«

»Ja, das bestätigt meine Vermutung. Wenn du dem Rhein etwas weiter nach Osten folgst, gibt es eine Abzweigung in den Süden. Sie führt dich bis zum Fluss Waal. Wenn du ihm weiter nach Osten folgst, kommst du schon bald nach Nijmegen.«

Yrsa holt tief Luft. »Kennst du Signe, eine Kämpferin?«

»Nein. Wer ist das?«

»Egal. Dann hältst du es für möglich, dass die Franken Avidh nach Nijmegen mitgenommen haben?«

»Ja, das halte ich für sehr wahrscheinlich.«

»Und wo sperren sie in Nijmegen Gefangene ein?«

»In der Kaiserpfalz gibt es einen Kerker, unter dem Palast. Wer dort landet, der kommt nicht mehr raus. Dicke Mauern, viele Soldaten.«

Ein kalter Schauder läuft Yrsa über den Rücken. Aber sie wird einen Weg finden, um Avidh zu befreien. »Und Leif, Gunnar und die anderen? Sind die vielleicht hier im Castrum?«

»Nein. Das wüsste ich. Aber wenn sie Richtung Norden geflohen sind, haben die Soldaten sie möglicherweise nach Utrecht gebracht. Weil die Lage in Dorestad sowieso unübersichtlich war.«

Wieder eine Hoffnung, die sich zerschlagen hat, denkt Yrsa. Valì hätte die Gefangenen vielleicht bei seinem Überfall befreien können. Aber es wäre gefährlich gewesen. Die Soldaten hätten womöglich angenommen, dass es sich in erster Linie um eine Befreiungsaktion handelt, und die Gefangenen ermordet. »Also sind vermutlich nicht alle am gleichen Ort?«, sagt sie.

»Gut möglich«, sagt Einarr. »Aber jetzt müsst ihr verschwinden.«

Die Sonne steht schon weit im Südwesten, als sie ins Lager zurückkehren. Sie haben das Boot versteckt, nähern sich den Zelten, und Yrsa erwartet einen Wutanfall von Angantýr. Doch er scheint nicht da zu sein. Idun sitzt vor Gunnars Zelt und winkt Yrsa zu sich. Sie habe von Valìs Kundschaftern gehört, flüstert sie. »Gunnar, Leif und die anderen sind in Utrecht eingesperrt.«

Das bestätigt, was Einarr gesagt hat, und wir sind heute an ihnen vorbeigesegelt, denkt Yrsa.

»Und Avidh?«

Idun beugt sich noch ein bisschen weiter vor. »Das haben sie noch nicht herausgefunden. Tut mir leid. Ich fürchte, dass sich Angantýr zuerst um die anderen kümmern wird, wenn sie alle in Utrecht sind.«

Yrsa nickt. Gut, dass sie heute in Dorestad war, dank Einarr hat sie wenigstens eine Spur. Auch wenn sie nicht ganz sicher wissen kann, dass Avidh in Nijmegen ist. Sie weiß überhaupt nicht mehr, was sie denken soll. Nur dass tief in ihr ein Schmerz sitzt, der mit jedem Tag, an dem sie nicht weiß, wie es Avidh geht, wächst. Ein Schmerz, der sie von innen aushöhlt.

Yrsa setzt sich an ein Lagerfeuer in der Nähe und starrt in die Flammen. Einer der Männer singt ein trauriges Lied. Sie lauscht den Versen, die vom Heimweh auf einer langen Reise erzählen. Nach einer Weile steht Idun von dem Stuhl vor Gunnars Zelt auf. Angantýr ist aufgetaucht. Die beiden unterhalten sich ein bisschen abseits. Angantýr redet auf Idun ein. Sie schüttelt immer wieder den Kopf. Dann winkt Angantýr Yrsa zu sich. Er sitzt jetzt vor Gunnars Zelt, seine Kampfaxt auf den Knien, und schaut sie an.

»Wo warst du heute?«, sagt er in ruhigem Ton. Und doch liegt eine gewisse Drohung in seinen Worten.

»Warum?«

»Ich habe dich lange nicht im Lager gesehen. Ich warne dich. Lüg mich nicht an. Ich war bisher freundlich zu dir, aber ich kann auch anders.« Er packt ihr Handgelenk, zwingt sie, einen Schritt näher zu treten, lässt sie dann wieder los.

»Ich habe mich umgehört, um zu erfahren, wo Avidh ist.«

»Und du vertraust mir nicht, dass ich das tue?« Angantýr spricht leise, trotzdem hört sie den Zorn in seiner Stimme.

Nein, denkt sie, und sagt: »Du hast vieles anderes, um das du dich zuerst kümmern musst.«

Er lacht höhnisch. »Das ist zuvorkommend von dir. Hast du noch immer nicht verstanden, dass man in einer Gruppe auf den Anführer hört und nicht eigenmächtig handelt?«

»Doch, habe ich verstanden.«

Er packt sie wieder am Handgelenk, drückt so heftig zu, dass es schmerzt. Sie regt sich nicht. »Das kommt mir nicht so vor«, zischt er.

»Hast du etwas erfahren wegen der Gefangenen?«

Er lässt sie wieder los. »Ich arbeite daran.« Plötzlich entspannt sich seine Miene. »Lass uns zusammenarbeiten, Yrsa. Ich habe nichts gegen dich, im Gegenteil, ich mag dich, aber du musst lernen, dich zu benehmen. Ich habe gehört, dass es Gerüchte gibt, du seist die Verräterin.«

»Ich habe die Mission nicht verraten. Warum sollte ich das tun?«

»Die Gerüchte sagen, du hättest dich in Dorestad mit einem Händler getroffen.«

»Wir waren in Dorestad doch zusammen unterwegs, Angantýr, weißt du das nicht mehr?« Die anderen würde es vermutlich interessieren, dass das nicht stimmt, denkt sie.

Er lächelt. »Doch, natürlich. Wir wissen im Moment tatsächlich noch zu wenig darüber, wer der Verräter sein könnte. Aber ich möchte, dass du dich ab sofort zurückhältst. Keine Alleingänge mehr. Ist das klar?«

»Ich will der Gruppe nicht schaden. Aber ich will herausfinden, wer uns verraten hat. Vielleicht sind wir auch hier nicht sicher. Was, wenn einer der Gefangenen den Standort des Lagers verrät?« Darüber muss Angantýr doch auch schon nachgedacht haben.

»Ja, wir müssen den Verräter entlarven, aber ich muss mich auch um die Gefangenen kümmern. Und wir werden unseren Standort bald verlegen.«

»Ich verstehe, dass du wegen der Gefangenen verhandeln musst. Aber Avidh scheint an einem anderen Ort zu sein. Und er ist wichtig für uns alle. Warum ist es falsch, wenn ich versuche, mich darum zu kümmern?«

»Weil ich es sage.«

Kapitel 32

Der Bach plätschert leise. Es klingt so friedlich. Yrsa sitzt am Ufer des kleinen Flusses in der Nähe des Lagers. Es ist schon fast dunkel. Sie tunkt die Hände ins kühle Wasser, malt kleine Kreise, würde am liebsten nur hier hocken, dem gluckernden Wasser zuschauen und sich vorstellen, wie es in den Rhein und noch weiter fließt, bis dorthin, wo Avidh jetzt gerade ist. Aber sie will sich waschen, ihre Kleider schrubben, die Haare kämmen.

Plötzlich hört sie Schritte, dreht sich um. Im gleichen Moment legt ihr jemand eine schwielige Hand über den Mund. Sie versucht in die Hand zu beißen, aber der Griff ist grob, der Angreifer reißt ihr den Kopf nach hinten. Der Schmerz fährt Yrsa in den Nacken. Sie schlägt um sich, doch ein zweiter Mann packt ihre Arme, dreht sie ihr auf den Rücken, stopft ihr ein Stück Leinen in den Mund, presst ihren Oberkörper nach unten. Yrsa hustet, bekommt kaum Luft. Im Augenwinkel erkennt sie rechts und links Männer. Finger krallen sich in ihrer Arme. Sie tritt um sich, schnappt nach Luft. Ihre Lunge schmerzt, Panik steigt in ihr auf.

»Schaut an, die Verräterin.« Svens Stimme. »Wir haben dich vermisst.«

»Wo warst du?«, sagt Ulf. »Hast du deine Belohnung von den Franken einkassiert? Heute und gestern warst du lange fort. Sehr verdächtig. Findet ihr nicht auch?« Zustimmendes Brummen.

Die Männer drücken ihren Kopf nach unten, Yrsa kann nur schätzen, wie viele Kämpfer sich Sven und Ulf angeschlossen haben. Sie versucht sich loszureißen, aber es sind zu viele. Nein, nicht jetzt! Sie muss Avidh suchen, darf sich nicht verletzen. Sie versucht durch den Stoff zu atmen. In ihre Verzweiflung mischt sich Wut.

»Wir haben beschlossen, dich einzusperren«, sagt Ulf. »Das Gefängnis, das wir für den Procurator gebaut haben, ist frei.«

»Bevor du noch weiteres Unheil anrichtest«, sagt Sven. »Wir trauen dir nicht, hätten es nie tun sollen.«

Sie will antworten: Das werdet ihr nicht wagen. Aber sie bringt nur ein ersticktes Gurgeln hervor. Sven und Ulf würden sie vermutlich sogar töten, bei einigen anderen ist sie nicht sicher. Yrsa lenkt ihre Kraft auf den Funken Wut in ihrem Bauch. So leicht lässt sie sich nicht überrumpeln. Sie macht würgende Geräusche, sackt dann zusammen, als würde sie das Bewusstsein verlieren. Die Hand in ihrem Nacken lockert sich. Yrsa lässt den Kopf baumeln.

»Nimm ihr den Stoff aus dem Mund«, sagt einer der Männer, »sie bekommt keine Luft.«

»Ach was«, sagt Ulf.

Wer auch immer sie festhält, gibt sie frei. Yrsa lässt sich kraftlos, das Gesicht nach unten, auf den Boden fallen.

»Raus mit dem Tuch«, sagt jetzt ein anderer.

Jemand dreht ihren Kopf, greift ihr in den Mund, zieht an dem Lappen. Sie bleibt regungslos liegen, die Augen geschlossen. Einer der Männer spritzt ihr Wasser ins Gesicht. Es ist kalt. Yrsa zwingt sich, nicht zu reagieren.

»Los, leg sie dir über die Schulter und trag sie in die Hütte«, sagt Sven.

»Zuerst noch das Seil, damit sie nicht abhaut«, sagt Ulf.

Als sie Ulfs faulen Atem riecht, springt Yrsa auf und rammt ihm die Faust ins Gesicht. Er jault, aber im gleichen Moment werfen sich Sven und zwei andere auf sie.

»Wusste ich es doch«, zischt Sven.

Yrsa tritt nach Sven, schlägt um sich, beißt, aber es sind zu viele. Die Angreifer packen sie wieder an den Armen, versuchen sie mit einem Seil zu fesseln.

Eine donnernde Stimme dringt an Yrsas Ohr. Sie erkennt die Stimme nicht. Aber sie klingt vertraut, hallt durch die Dunkelheit, bricht sich im Wasser und erfüllt die Nacht mit ihrem dröhnenden Klang. Jemand stampft auf den Boden, er scheint zu zittern. Sven erstarrt. Die Männer lassen Yrsa los, treten einige Schritte zurück. Idun ruft Verse, in fremden, gutturalen Lauten, sie erfüllen die Dunkelheit, in einem Rhythmus der fernen Zeit, der alten Lande. Mit ihrem langen Stab zeigt sie auf die Männer.

»Ihr«, schmettert sie. Und dieses einzelne Wort, lässt Sven, Ulf und die anderen erstarren. »Falls ihr Yrsa noch ein einziges Mal anfasst, werde ich euch verfluchen, jeden Einzelnen.« Idun macht einen Schritt auf Sven zu, rammt den Stab vor ihm in die Erde. »Und du wirst der Erste sein. Schreckliche Qualen werdet ihr erleiden.« Sie brummt, ein düsterer Klang tief aus ihrer Brust.

Sven weicht zurück, fährt sich mit der Zunge hektisch über die gefeilten Zähne. Dann drehen sich alle Kämpfer um und rennen in Richtung des Lagers davon. Idun schüttelt den Kopf, streicht sich die Haare aus dem Gesicht. »Was für jämmerliche Feiglinge«, sagt sie.

»Ich danke dir«, sagt Yrsa. Ihre Hände zittern, sie löst das Seil um ihren Bauch. Idun hilft ihr dabei.

»Angantýr möchte mit dir sprechen. Er wartet dort hinten bei den Bäumen«, sagt Idun und lächelt Yrsa kurz an. Es ist ein seltsames Lächeln, ein ungutes Gefühl kriecht in Yrsas Bauch. Ich habe doch vor einigen Stunden erst mit ihm gesprochen, denkt Yrsa und macht sich auf den Weg.

Angantýr lehnt am Stamm einer dicken Birke und scharrt mit dem Fuß gedankenverloren in der Erde. Als er Yrsa entdeckt, stößt er sich von dem Baum ab und kommt auf sie zu. Er sieht nicht zornig aus.

»Yrsa«, sagt er, seine Stimme klingt warm, »ich habe gerade einen der Kundschafter getroffen. Leider gibt es keine guten Nachrichten. Aber zuerst nochmals: Wir dürfen nicht überstürzt handeln. Hast du verstanden?«

Yrsas Herz fängt an zu rasen. »Ja. Was sind das für schlechte Nachrichten?«

Angantýr nestelt an dem kleinen Beutel herum, der an seinem Gürtel hängt. Das Band, mit dem er zugezogen ist, hat sich verknotet. Dann fasst er hinein und zieht etwas heraus, das er zuerst mit seiner großen Hand verdeckt.

»Angantýr, was ist los?«, sagt Yrsa. Eiseskälte breitet sich in ihrem Körper aus.

Angantýr öffnet die Hand und hält ihr den Armring hin, den sie Avidh in Haithabu geschenkt hat. Yrsa bringt keinen Ton heraus. Sie bekommt kaum Luft.

»Es tut mir leid«, sagt Angantýr. »Der Kundschafter hat mir das von den Franken gebracht.«

Yrsa nimmt den Armring mit zitternden Fingern, umklammert ihn, ihr rasender Puls dröhnt ihr in den Ohren. »Was … heißt das?«

»Avidh liegt im Sterben, und ich soll dir das geben. Vermutlich ist er inzwischen tot. Seine Verletzungen waren zu schwer. Es ist sinnlos, ihn zu suchen.«

Sie schüttelt den Kopf. »Das kann nicht sein.« Sie drückt das Schmuckstück gegen ihre Brust. Ihr Hals ist wie zugeschnürt. »Ich glaube das nicht. Niemals«, bringt sie heraus. »Avidh ist stark.« Und der Gedanke daran gibt ihr wieder Kraft.

»Er war ein großer Krieger.«

»Hör sofort auf«, Yrsa schlägt mit der Faust gegen Angantýrs Brust, »was fällt dir ein, in der Vergangenheit von Avidh zu sprechen!?« Angantýr hält ihre Hand fest, will sie an sich ziehen. »Fass mich nicht an.« Sie stößt Angantýr weg. »Ich glaube dir kein Wort. Wer hat dir den Armring gegeben?«

»Der Kundschafter. Es tut mir wirklich leid, Yrsa. Aber glaubst du, Avidh hätte das Schmuckstück hergegeben, wenn er noch bei Kräften wäre?«

»Nein«, ruft sie, »du bist ein verdammter Lügner!« Sie lässt Angantýr stehen, läuft schnell, den Armring in der Hand. Weg vom Lager, in Richtung des Waldes. Hat Angantýr das erfunden, um sie von der Suche abzuhalten? Aber dann hätte er den Armring nicht. Avidh hat ihn am Tag des Überfalls getragen. »Nein, nein, nein«, murmelt sie. Avidh ist der beste Kämpfer. Äste streifen ihr Gesicht. Keiner besiegt Avidh.

Sie fängt an zu rennen. Der Waldboden federt unter ihren Füßen. Dann fällt ihr der Blutfleck auf Avidhs Hemd ein. Langsam hatte er sich ausgebreitet, den Stoff getränkt. Was haben die Franken ihm angetan? Yrsas Herz pocht viel zu schnell gegen ihre Rippen, alles in ihr schmerzt. Sie rennt weiter, immer weiter, grüne Schemen ziehen im Augenwinkel vorüber. Irgendwann hört sie ein Keuchen und merkt, es ist ihr Atem. Sie bleibt stehen, dreht sich, versteht nicht, wo sie sich befindet. Starrt auf ihre Hand, öffnet sie, streicht mit zitternden Fingern über den Kriegerschmuck, hört Avidhs tiefe Stimme, wie er in der Nacht vor dem Überfall zu ihr sagte: »Ich liebe dich, Yrsa. Ich liebe dich, tief in meinem Herzen.« Sie flüstert: »Ich liebe …«, ihre Lippen beben so sehr, sie kann die Worte fast nicht formen, »dich auch«, presst sie hervor.

Viel zu hastig versucht sie zu atmen, ihr Hals ist eng, sie bekommt kaum Luft. Fridas Warnung, die bösen Geister, die Dämonen, die Avidh bedrängen. Wie konnte sie das vergessen? Yrsas Beine geben nach. Sie sinkt in die Knie, auf den feuchten Waldboden, ihr Oberkörper kippt nach vorne, sie presst den Armring so fest gegen ihren Brustkorb, bis sie nur noch spürt, wie sich das Metall in ihre Haut bohrt. Ein heftiger Schmerz fährt in ihren Bauch, alles brennt, als hätte sie im Innern eine Wunde. Mit jeder Faser sehnt sie sich danach, Avidh zu berühren, ihn am Leben zu halten. »Bitte, Frida, hilf ihm!« Sie flüstert Fridas Namen in den Wald, hofft, dass der Wind ihr Flehen nach Haithabu weht. Frida, er braucht dich so sehr wie noch nie in seinem Leben.

»Avidh, lass mich nicht allein! Ich will nicht in einer Welt ohne dich leben. Wir kämpfen Seite an Seite. So haben wir das vereinbart. Du und ich.« Sie wispert die letzten Worte wieder in den Wind, fleht die Geister an, ihre Botschaft an Avidhs Ohren zu tragen. Er muss wissen, dass er nicht sterben darf. Ich werde ihn finden, ihn retten! Yrsa presst ihr Gesicht in den Schlamm, ein Wimmern, ein Schluchzen und noch eines lösen sich aus ihrer Brust, bis es sie schüttelt. Es fühlt sich an, als würde ihr Herz in viele kleine Teile zerbrechen. Sie weiß nicht, wie lange sie so daliegt. Irgendwann laufen ihre keine Tränen mehr aus den Augen, sie spürt ihre Arme, ihre Beine nicht mehr richtig. Nur der Schmerz in ihrem Bauch verschwindet nicht.

Doch an einer Stelle pulsiert Wärme. Das Amulett ihrer Mutter wärmt ihre Haut. Die Elfen flüstern zwischen den Bäumen. Es ist kein klagender Laut, sondern eine zarte Melodie, sie streicht Yrsa über ihren Körper, der sich so taub anfühlt. Die Stimme ihrer Mutter hallt durch ihren Kopf, Finger streicheln ihr Gesicht. »Du bist nicht allein, Yrsa. Du bist stark«, sagt ihre Mutter. »Du schaffst das. Steh auf. Such ihn.«

Yrsa stützt die Hände auf, versucht sich aufzurichten, aber ihre Arme sind kraftlos, sie sinkt wieder auf die Erde. Atmet schwer. »Ich weiß nicht, ob ich das schaffe, Mama«, flüstert Yrsa. Und dann hört sie es, das Kra-kra. Eine Krähe. Yrsa hebt den Kopf. Doch da ist kein Vogel. Vor einigen Monden, als Yrsa Avidh kennenlernte, besuchte eine Nebelkrähe sie manchmal, wies ihr den Weg. Yrsas Mutter hatte eine besondere Beziehung zu den Krähen.

Wieder lauscht sie, hat sie sich das Kra-kra eingebildet? Dann spürt sie etwas an ihrem Bein, dreht den Kopf und schaut in schwarze Knopfaugen. Die Krähe pickt in ihren Schenkel. Wäre das Bein nicht so taub, Yrsa würde den Schmerz fühlen. Die Krähe klappert mit dem Schnabel, stößt Laute aus, die ein bisschen empört klingen. Dann fliegt sie weg.

»Ist in Ordnung«, murmelt Yrsa, »ich stehe auf.« Sie schiebt sich auf alle viere und richtet sich schließlich auf. Ihr Kopf ist schwer, ihre Augen sind heiß und geschwollen. Yrsa drückt Avidhs Armring gegen die Brust, steckt ihn dann in ihren Beutel. Sie geht zum Bach, schüttet sich kaltes Wasser über den Kopf, bis sie wieder etwas klarer denken kann. Sie wird nicht aufgeben. Niemals.

Spät in der Nacht schleicht Yrsa zu der Stelle, wo sie im Schilf das kleine Boot versteckt haben. Leise sein, die Halme vorsichtig teilen, aufpassen, dass der Boden nicht zu sehr gluckert. Die Waffen und das Bündel hält sie an den Körper gepresst. Avidhs Decke hat sie zusammengerollt und an das Bündel gehängt. Es ist eine düstere Nacht. Wolkenfetzen haben sich vor den Mond geschoben. Doch die Elfen flüstern noch immer, sie spürt die Wärme ihres Amuletts. Was sie tut, ist richtig. Auch wenn ihr Körper schmerzt, ihr Kopf sich taub anfühlt und sie sich am liebsten in Avidhs Zelt zusammenrollen möchte. Sie kann nicht im Lager sitzen, ohne zu wissen, ob die furchtbare Nachricht wahr ist. Sonst stehlen die

Trolle all ihre Gedanken, und sie bleibt als erschöpfte, traurige Hülle zurück.

Eigentlich will sie nicht mehr allein kämpfen. Doch jetzt scheint es die einzige Möglichkeit. Angantýr wird wertvolle Zeit verschwenden und sich zuerst um die Gefangenen in Utrecht kümmern. Ich verstehe das, denkt Yrsa, Gunnar ist sein Bruder, und er mag Avidh nicht. Umso dringender ist es, dass sie handelt. Und weil Leif nicht hier ist und Björn verletzt, muss sie es allein tun. Falls Avidh wirklich stirbt, wird sie ihn rächen, wird jeden einzelnen Franken, der ihm etwas angetan hat, mit einem Pfeil durchbohren.

Sie hat das Boot fast erreicht, als sie eine schemenhafte Figur zwischen den Halmen entdeckt. Sie duckt sich, ihr Herz pocht heftig. Ist es eine der Wachen? Ist es Angantýr? Der Schatten nähert sich.

»So nicht«, zischt eine tiefe und doch jugendlich klingende Stimme.

»Roar, was machst du hier?« Sie ist erleichtert, dass er es ist, und ein bisschen verärgert, dass er ihr unbemerkt folgen konnte.

»Was hast du vor?«

»Das brauchst du nicht zu wissen. Geh zurück.«

»Nein. Ich kann besser mit Booten umgehen als du.«

Sie stöhnt leise. Damit hat er recht. Die Fahrt allein mit dem Boot ist ihr unheimlich. »Du weißt nicht, was ich vorhabe.«

»Avidh suchen.«

»Schwer zu erraten war das wohl nicht.« Plötzlich kommt ihr der Einfall, Roar könnte von Angantýr beauftragt sein. »Schickt dich jemand?«

»Nein.«

»Und warum willst du mir helfen?«

»Ich helfe nicht dir, ich helfe Avidh.«

Vielleicht ist es tatsächlich gut, ihn dabeizuhaben, denkt sie. Er kann ihr in allen Situationen eine Hilfe sein. Mit dem Boot kommt sie mit seiner Hilfe auch schneller voran. »Es ist mindestens eine Tagesreise bis nach Nijmegen.«

»Dann los«, sagt Roar.

»In Ordnung, komm mit«, flüstert sie. Und obwohl es dunkel ist, glaubt sie zu sehen, wie ein kurzes Lächeln über sein ernstes Gesicht huscht.

Sie ziehen das Boot ein kleines Stück durch den Schlamm, dann lassen sie es so leise sie können, ins seichte Wasser gleiten. Bei jedem Plätschern erstarrt Yrsa kurz, wartet, ob sich etwas regt. Nach einer Zeit, die sich viel zu lang angefühlt hat, sind sie endlich bereit abzulegen. Ihre großen Schiffe, die auch nachts bewacht sind, liegen glücklicherweise nicht hier vor Anker.

In der Dunkelheit gleiten sie an Utrecht vorbei, ein leichter Wind aus Nordwesten verleiht ihnen Schub. Yrsa versucht sich jedes Gebäude, das am Ufer vorbeizieht, einzuprägen. Irgendwo hier ist Leif. Wenn es ihm nur gut geht, wenn sie ihn nur befreien könnte. »Wir kommen dich holen«, flüstert sie.«

Als sie Dorestad passieren, hellt sich der Himmel im Osten bereits auf. Boote legen an, auf den Landungsstegen laden Händler Waren aus. Valìs Schiffe haben sie nirgendwo gesehen. Dann gabelt sich der Fluss, sie folgen weiter dem Rhein, kommen östlich der Stadt an der Anlegestelle vorbei, an der Yrsa die Spur der Franken verloren hat. Sie wirft nur einen kurzen Blick auf den Steg, bemüht sich, die Verzweiflung zur Seite zu schieben, klammert sich an die Hoffnung, dass Angantýr lügt. Der Wind hat nachgelassen, sie zieht das Ruder bis zur Brust und wirft Roar, der mit kräftigen Schlägen rudert, einen dankbaren Blick zu. Es sind viele Boote unterwegs, sie fallen nicht auf. Und auch die Abzweigung in den Süden ist leicht zu finden. Zahlreiche Schiffe nehmen den gleichen Weg.

Sie erreichen den Fluss Waal und reisen weiter in Richtung Osten. Obwohl sie kurze Pausen einlegen, ist Yrsa irgendwann mit ihrer Kraft am Ende. Auch Roar sieht erschöpft aus, aber so wie sie ihn einschätzt, wird er nicht darum bitten, die Reise für den heutigen Tag zu beenden. Als sie vorschlägt, irgendwo am Ufer ein verstecktes Nachtlager einzurichten, willigt er sofort ein. Es ist vermutlich nicht mehr allzu weit bis Nijmegen, und es ist besser, wenn sie bei Tageslicht ankommen. Yrsa will ihren Vater suchen und weiß noch nicht genau, wie sie das anstellt und was sie ihm erzählen wird.

»War dein Vater Krieger?«, fragt sie, als sie an einem kleinen Feuer sitzen.

»Nein.«

»Wo hast du gelernt, so gut mit Booten umzugehen? Ich habe zwar als Kind in Ribe gelebt, aber meine Mutter hat mich nie aufs Wasser gelassen. Sie hat ihre große Liebe in einem Sturm verloren«, sagt Yrsa.

»Bei einem Fischer.«

»War dein Vater Fischer?«

»Nein.«

»Der Händler, den ich in Dorestad gesucht habe, ist mein Vater. Ich bin ihm dort völlig überraschend begegnet. Ich wollte das für mich behalten, aber jetzt ist es besser, du weißt Bescheid. Er wohnt in Nijmegen, und ich hoffe, dass er uns hilft.« Sie fragt sich, wie Roar diese Nachricht aufnehmen wird. Er hat Svens Anschuldigungen vermutlich mitbekommen.

»Ist gut«, sagt Roar.

Sie schaut ihn an und wartet auf Vorwürfe. Im Schein des Feuers wirkt Roar noch jünger als sechzehn Winter. Aber er schweigt, beißt in den gebratenen Fisch, den er für ihr Abendessen gefangen hat, und blickt dann auf den Fluss. Das Thema scheint für ihn beendet.

»Warum ist Avidh dir wichtig?«, fragt sie. »Es gibt viele gute Kämpfer in Gunnars Gruppe. Warum gerade er?«

»Er ist der Beste.«

Sie nickt.

»Ich will von ihm lernen. Noch mehr«, sagt Roar, wirft sein Messer in die Luft und fängt es wieder auf, ohne richtig hinzuschauen. Etwas, das Avidh auch gerne tut.

»Ja«, sagt Yrsa und schluckt, »ich hoffe, dazu bekommst du noch viel Gelegenheit.«

Kapitel 33

Mit dem ersten Licht des Tages brechen sie am nächsten Morgen auf. Der Wind weht aus Westen und trägt sie in Richtung ihres Ziels. Als Nijmegen in Sicht kommt, stockt Yrsa kurz der Atem. »Avidh, bist du hier?«, flüstert sie. Sie wollte die anderen nicht im Stich lassen. Auf dem Weg hat sie nachgedacht, ob falsch ist, was sie tut. Ob sie der Gruppe schadet. Aber sie hat keinen überzeugenden Grund gefunden, warum sie im Lager bleiben soll. Sie hilft der Gruppe, wenn sie ihren besten Kämpfer findet. Auch wenn sie es tut, weil sie Avidh liebt. Nun, da Angantýr glaubt, dass Avidh tot ist, wird er nichts mehr für ihn unternehmen. Sie hatte keine andere Wahl. So fühlt es sich zumindest an. Und Roar scheint das genauso zu sehen. Avidh, denkt sie, ich gebe nicht auf, bis ich dich finde. Du hättest das Gleiche getan für Leif oder mich. Das weiß ich.

Am Südufer taucht die kaiserliche Pfalz auf, für einen Moment ist Yrsa sprachlos. Inmitten der Stadt thront die Festung auf einem Hügel über dem Fluss und scheint schon von Weitem zu signalisieren: Wer hier residiert, der hat das Sagen. Der Palast ist ein lang gezogener Bau aus Stein, mindestens siebzig Schritte lang, umgeben von hohen Mauern, und das ist nur der Teil, den man von hier aus sehen kann. Der fränkische Kaiser Karl, den sie Magnus Rex nannten, habe die Pfalz vor rund dreißig Wintern erbauen lassen, hat Einarr erzählt.

»Und jetzt?«, fragt Roar.

Yrsa überlegt einen Moment, dann sagt sie: »Lass uns zuerst vorbeisegeln, einen kurzen Blick auf alles werfen und das Boot dann östlich der Stadt verstecken.«

Zu beiden Seiten des Flusses ziehen Höfe an ihnen vorüber, Kühe, Scheunen, Felder. Vielleicht gehört einer dieser Höfe ihrem Vater. Der Hügel mit der Festung wirkt bedrohlicher, je näher sie kommen. Ein Mäusebussard kreist über dem steinernen Palast, stößt einen Warnruf aus und sticht dann hinunter auf die andere Uferseite. Östlich und westlich des Festungshügels ragen hölzerne Landungsstege ins Wasser, dahinter schlängeln sich Gassen zwischen Marktständen und Häusern. Yrsa zieht den Umhang aus ihrem Bündel. »Wir sollten nicht wie Krieger wirken«, sagt sie.

Auch Roar wühlt in seinem Bündel und holt die Händler-Kleider hervor, die er schon bei ihrem Ausflug nach Dorestad getragen hat.

»Großartig, dass du daran gedacht hast«, sagt Yrsa.

Er nickt. Einen Moment blitzt Zufriedenheit in seinen braunen Augen auf.

Kurz darauf haben sie das Boot östlich von Nijmegen im Schilf versteckt und folgen einem Weg, der sie in die Stadt führt. Ein Ochsenkarren rumpelt vorüber, Kisten mit Hühnern stapeln sich auf der Ladefläche. Roar läuft mit seinen langen Beinen einige Schritte vor ihr, Yrsa zieht den Umhang eng um ihren Körper. Nijmegen scheint mindestens so groß wie Dorestad, aber nicht so lang gestreckt. Der Hügel mit dem Palast fällt auf der Nordseite gegen den Fluss ab. Auf den restlichen drei Seiten umschließt die Stadt die kaiserliche Pfalz. Sie kommen an Marktständen vorüber, manche hastig zusammengezimmert, andere mit Stoffdach oder

Wänden mit verschließbarer Klappe. Es duftet nach Käse, nach Fisch, nach Bier und frischem Brot. Yrsas Magen knurrt laut.

Auf der rechten Seite sind einige Landungsstege, viele kleinere Boote sind an den Pfosten vertäut, überall lagern Kisten und Fässer. Haben die Franken hier mit Avidh angelegt? Wie ging es ihm? Haben sie die Blutung auf dem Schiff gestillt? Und war Signe die ganze Zeit bei ihm?

Bevor das Brennen in ihrem Magen zu heftig wird, bemüht Yrsa sich, an etwas anderes zu denken. Der vertraute Geruch von Teer steigt ihr in die Nase. Zwei Männer arbeiten daran, den Rumpf eines umgedrehten Bootes abzudichten.

Wie soll sie ihren Vater hier nur finden? Hoffentlich weiß er etwas über die fränkischen Soldaten in der Stadt und ob es eine Möglichkeit gäbe, in den Palast zu gelangen. Doch zuerst muss sie ihm beichten, was sie in Dorestad wirklich gemacht hat.

Je näher sie der Festung kommen, umso dichter wird das Gedränge zwischen den Marktständen. Yrsa verliert Roar aus den Augen, sucht in der Menge nach seinem dunklen Haarschopf und den eckigen Schultern, kann ihn aber nicht erkennen. Ein Mann führt einen Esel durch die Gasse, rechts und links des Sattels hängen pralle Säcke. Plötzlich taucht Roar wieder neben ihr auf.

»Es gibt eine Schenke auf der anderen Seite«, sagt er und zeigt in die Richtung. »Ein Mann aus dem Norden führt sie.«

Als sie den Hügel mit der Festung umrunden, hebt Yrsa den Blick zu den steinernen Mauern. Kann es sein, dass Avidh jetzt gerade irgendwo dort oben ist? Vielleicht bin ich dir ganz nah, flüstert sie leise. Es klang furchterregend, wie Einarr den Kerker im Palast beschrieben hat. Sie schieben sich durch die Gassen, Roar stupst sie an und hält ihr einen halben Laib frisches Brot hin.

»Wo hast du das her?«

Er zieht eine Grimasse und zuckt mit den Achseln.

Die Schenke liegt westlich der Festung nahe am Fluss. Zwei Fischöllampen erhellen den düsteren Raum nur spärlich, es sind kaum Gäste da. Hinter zwei Fässern steht ein glatzköpfiger Mann, er putzt Becher mit einem schmutzigen Tuch, über seine Stirn zieht sich eine Narbe. Er wirft Yrsa einen mürrischen Blick zu, kann ihr aber erklären, dass sie den Hof des Händlers Thorstein südlich von Nijmegen findet.

Der Schlamm überzieht ihre Schuhe, als sie durch die sumpfigen Wiesen außerhalb der Stadt laufen, dann stapfen sie durch hohes Gras, durchqueren einen Birkenhain, und schließlich erscheint ein großer Hof, der vermutlich ihrem Vater gehört. Je näher sie kommen, umso stärker flattern Yrsas Nerven. Sie hofft, dass ihr Vater zu Hause ist und dass es ihm gut geht. Er wird zornig sein, wenn sie ihm die Wahrheit sagt. Die Frage ist nur, wie zornig.

Ein hölzerner Zaun umschließt das weitläufige Gelände, in seiner Mitte thront ein großes Langhaus. Knechte und Mägde arbeiten auf den Feldern. Kühe weiden links, Schafe rechts, eine ältere Frau zupft Unkraut in einem Gemüsegarten. Dies ist also das Zuhause ihres Vaters, es scheint fremd und doch seltsam vertraut. Am Eingang hämmert ein Knecht einen umgestürzten Pfahl wieder gerade. Yrsa fragt ihn nach Thorstein.

»Dort hinten«, sagt der Knecht, der ihre Sprache spricht, und zeigt auf eine Hütte im Westen des Grundstücks. »Er ist wahrscheinlich in der kleinen Brauerei. Manchmal macht er das gern selbst.«

Als sie sich nähern, sieht Yrsa ihren Vater durch die offene Hüttentüre. Er scheint unverletzt. Erleichterung durchströmt sie. Endlich eine gute Nachricht. Ihr Vater rührt in einem Topf, in dem eine bräunliche Flüssigkeit brodelt. Der Topf ist so groß, dass Yrsa ihn nur knapp mit beiden Armen umfassen könnte. Es riecht nach vergorener Gerste. Yrsa mag den Geruch nicht, und er verstärkt das flaue Gefühl in ihrem Magen.

Sie betreten die Hütte, Thorstein schaut auf und sagt: »Yrsa, du wieder …? Du überraschst mich!«

Ihr Vater umarmt sie. Es fühlt sich nicht mehr an wie früher. Auch wenn Yrsa sich im Moment danach sehnt, dass jemand sie festhält und ihr ins Ohr flüstert: Alles wird gut. Aber was ihr Vater in Dorestad gesagt hat, steht zwischen ihnen und drückt wie eine schwere Last auf Yrsas Brust.

Ihr Vater mustert Roar mit seinem stechenden Blick und runzelt kurz die Stirn. »Ist das …?«

»Nein«, sagt Yrsa, »das ist nicht mein Mann. Das ist Roar, ein Freund.«

»Ich habe nicht mit deinem Besuch gerechnet«, sagt ihr Vater. Er sieht angestrengt aus, beugt kurz den Kopf zur Türe hinaus, blickt nach rechts, nach links.

»Wie geht es dir?«, fragt Yrsa. Eigentlich will sie sagen: Ich hoffe, dir ist bei dem Überfall auf Dorestad nichts geschehen.

»Gut. Warum schaust du so besorgt?«

Ich bin erleichtert, das zu hören, möchte sie ihm antworten und sagt: »Bist du schon lange zurück?«

»Ich hatte noch an der Küste zu tun und bin seit gestern wieder hier.«

Dann war er am Tag des Überfalls vielleicht gar nicht in der Stadt. »Wir sind hier, weil …«

Ihr Vater unterbricht sie, hebt die Hand. »Wenn ich ehrlich bin«, sagt er, »ich habe nicht damit gerechnet, dass du hier auftauchst. Ich bin gerade zwischen zwei Reisen.«

Yrsa kaut auf ihrer Unterlippe. Wäre es nicht so wichtig, sie würde sich spätestens jetzt verabschieden, stattdessen sagt sie:

»Wir stören nicht lange. Du kannst mir meine Schwestern und Brüder vorstellen.«

»Schon. Aber meine Frau weiß nichts von Katla und dir. Ich muss ihr das erst in einem ruhigen Moment erzählen. Die Christen haben ihre Nebenfrauen meist heimlich. Das ist hier anders als bei uns.«

Yrsa nickt. »Ich verstehe«, sagt sie, aber eigentlich versteht sie es nicht. »Mama hat mich vor ihren anderen Männern nicht versteckt.«

Ihr Vater schüttelt verärgert den Kopf. »Ich verstecke dich nicht.«

Einen Moment sieht Yrsa einen Schopf blonder Haare über dem Rand des kleinen Fensters in der Hüttenwand auftauchen. Aber er ist gleich wieder verschwunden. Ihr fällt auf, dass Roar schon die ganze Zeit in Richtung des Fensters schaut.

»Schämst du dich für mich?« Sie blickt ihren Vater an und sucht den Mann, nach dem sie sich als Kind immer gesehnt hat.

»Natürlich nicht. Was führt dich zu mir?« Der Tonfall ihres Vaters ist unfreundlich. Er beginnt wieder in der kochenden Brühe zu rühren. Die Dämpfe erfüllen die kleine Hütte.

Yrsa schluckt gegen das flaue Gefühl in ihrem Magen. »Ich … ich wollte dich um Hilfe bitten.«

»Steckt dein Mann wieder in Schwierigkeiten?«

Sie holt tief Luft. »In gewisser Weise schon. Aber ich habe dir nicht die ganze Wahrheit gesagt.«

Roar lässt einen Moment das Fenster aus den Augen und schaut sie fragend an.

Die linke Augenbraue ihres Vaters hebt sich. »Was heißt das?«

»Es ging nicht anders, tut mir leid. Mein Mann handelt nicht mit Waffen. Er ist Krieger. Und ich … ich habe das Kämpfen auch nie aufgegeben. Ich bin nicht die brave Frau eines Händlers. Ich bin Kämpferin.« Sie hebt den Umgang, zeigt ihrem Vater die Kampfaxt. Ihr Herz pocht heftig. Vielleicht war alles ein Missverständnis und klärt sich jetzt auf. Ihr Vater starrt sie an. »Ich bin auf dem Weg weitergegangen, über den wir immer gesprochen haben. Ich habe es ernst gemeint und dachte immer, dass du es auch ernst meinst.«

Ihr Vater scheint einen Moment erstaunt. Dann kneift er die Augen zusammen. »Was hast du in Dorestad gemacht?«

»Wahrscheinlich kannst du dir das denken.«

Ihr Vater lässt die Kelle abrupt los, heiße Flüssigkeit spritzt aus dem Topf. »Warum hast du mich angelogen?« Seine Stimme ist laut.

»Es ging nicht anders.«

Er schüttelt den Kopf. »Was fällt dir ein? Warst du bei dem Überfall auf die Stadt dabei?«

Sie nickt. »Du brauchst mich nicht anzuschreien.«

Er schlägt sich mit der Hand gegen die Stirn. »Weißt du, in was für einer Gefahr du hier schwebst? Und mich bringst du auch in Schwierigkeiten.« Ihr Vater schaut sie mit seinem stechenden Blick an. »Bitte, Yrsa, werde erwachsen!«

»Erwachsen?« Ihre Stimme bebt. In ihre Enttäuschung mischt sich Wut. »Vier Winter habe ich mich allein um meinen kleinen Bruder gekümmert, und wo warst du?« Sie versucht sich zusammenzureißen, auch wenn ihr das schwerfällt. »Schau mich an«, sagt sie und breitet die Arme aus. »Ich bin eine Frau, ich kämpfe. Es war für mich nie nur ein Mädchentraum.«

Ihr Vater schnaubt. »Dein Mann sollte sich schämen, dich in solche Schwierigkeiten zu bringen.«

Yrsa spürt, wie ihr der Schweiß über den Rücken läuft. »Mein Mann entscheidet nicht für mich. Ich habe diesen Weg ganz allein gewählt.« Es macht sie noch zorniger, dass ihr Vater so über sie und

Avidh spricht. Anders als die Männer in ihrem Dorf hat Avidh sich nie davor gefürchtet, dass sie stark ist und ihre eigenen Entscheidungen trifft.

Das Gesicht ihres Vater verfärbt sich dunkelrot. »Du wusstest von meinen Geschäften und hast trotzdem am Überfall auf die Stadt teilgenommen? Was fällt dir ein!«

»Ich hätte dich gern gewarnt, aber das ging nicht.«

»Ihr seid Diebe, Räuber, Mörder!« Der Sprühregen seines Atems trifft sie, so laut hat er ihr diese Worte ins Gesicht geschleudert.

Yrsa verschränkt die Arme. »Wie bitte? Ist das nicht ziemlich heuchlerisch von dir? Du hast früher selbst solche Reisen unternommen!«

»Nenn mich nicht einen Heuchler. Und das ist nicht das Gleiche!«

»Warum nicht?« Yrsa schließt kurz die Augen, versucht tief Luft zu holen.

»Du weißt, dass ich die fränkischen Soldaten holen könnte. Sie würden dich mitnehmen«, sagt er. »Und dann, bei Odins Raben oder Gottes Gnaden oder was auch immer …« Sein Blick ist hart. »Du hast keine Ahnung, was dir droht.«

»Das wirst du nicht wagen«, sagt sie mit gepresster Stimme.

Ihr Vater starrt sie an. »Bist du da so sicher? Ich mag es nicht, wenn man mich hintergeht.«

»Ich auch nicht.« Sie kneift die Lippen zusammen, atmet hektisch. Sie würde ihren Vater so gern anschreien, reißt sich aber zusammen.

»Dann verschwindet ihr besser schnell, bevor ich es mir anders überlege.«

»Was für eine Enttäuschung du bist«, sagt Yrsa laut. »Ich habe früher gedacht, dass du ganz anders bist. Ich habe mich geirrt. Du bist mir fremd geworden.« Sie packt Roar am Ärmel. »Lass uns gehen«, sagt sie und eilt aus der Hütte, weg von dem Hof und ihrem Vater.

Sie sind nur ein kleines Stück gelaufen, als Roar stehen bleibt. »Und jetzt?«

»Tut mir leid, dass du dir das anhören musst«, sagt Yrsa, »ich habe mich lange danach gesehnt, meinen Vater wiederzusehen, und jetzt sagt er bei jedem unserer Treffen irgendetwas, das … Ach egal.«

Roar zuckt mit den Achseln.

Vielleicht war es ein schrecklicher Fehler, das Lager zu verlassen, denkt Yrsa plötzlich. Vielleicht ist Avidh nicht hier und doch mit den anderen in Utrecht. Vielleicht sind die Franken an jenem Tag mit dem Boot nicht nach Osten, sondern in die andere Richtung gefahren. Avidh liege im Sterben, hat Angantýr gesagt, und es sei sinnlos, ihn zu suchen. Yrsa umklammert den kleinen Beutel, in dem sie Avidhs Armring aufbewahrt. »Wo bist du?«, flüstert sie.

Kapitel 34

Jemand streicht über seinen Arm, hält seine Hand fest, streichelt die Haut zwischen Daumen und Zeigefinger. Es ist ein angenehmes Gefühl, aber es lindert den Schmerz nicht. Der pocht auf seiner linken Seite, am Rippenbogen. Tief Luft holen kann er nicht, sonst fühlt es sich an, als würde seine Haut reißen, als würden Flammen sie versengen. Avidh liegt auf dem Rücken, auf einem weichen Pelz, ein Feuer prasselt. Die Augen öffnet er nicht. Wer auch immer im Raum ist, soll nicht wissen, dass der Nebel in seinem Kopf kurz aufgerissen ist.

Er weiß nicht, wie lange er im Nebel geschwebt ist. Immer wieder ist ihm die Frau begegnet, die schon durch seine Träume geisterte, als er noch ein Kind war. Sie stand in einer fremden Landschaft, schneebedeckte Berge türmten sich im Hintergrund. Die Frau winkte ihn zu sich. Doch je näher er kam, umso schwerer wurden seine Beine, und die Frau entfernte sich, schien aber verzweifelt nach ihm zu rufen. Seit der Schmerz in seiner Seite sitzt, hat dieser alte Traum ihn verfolgt. Und es kam ihm vor, als habe die Frau über sein Gesicht gestrichen, Worte in sein Ohr gemurmelt.

»Bitte wechselt den Verband. Und holt noch mehr von dem Trank«, sagt eine weibliche Stimme.

Der Verband. Etwas ist um seine Rippen gewickelt, dort, wo

der Schmerz sitzt. Einen Moment überlegt er, nach dem Verband zu tasten. Doch das würde verraten, dass er wach ist. Wo ist Yrsa? Jemand hält noch immer seine Hand, streicht ihm über das Handgelenk, die Narbe. Es fühlt sich nicht so an, als wäre es Yrsa. Manchmal dringen die Geräusche von fern an sein Ohr, kommen dann wieder näher.

»Wir brauchen mehr von der Salbe. Ich mache mir Sorgen«, sagt die Frau.

Dann fällt es ihm ein. Diese Stimme. Er kennt diese Stimme. Seit letztem Sommer hat er sie nicht mehr gehört. Sein Herz rast. Der Schmerz fährt noch gleißender in seine Rippen, obwohl er nur ganz flach atmet. Natürlich, sie ist es. Wie konnte er das vergessen? Signe ist schuld, dass er hier liegt. Sonst wäre es dem Franken nicht gelungen, ihm das Schwert über die Rippen zu ziehen. Das Blut ist aus der Wunde getropft. Als er mit der Hand über sein Hemd strich, war sie nass und rot. Deshalb fühlt es sich jetzt an, als würde ein Troll auf seiner Brust sitzen und ihn auf die weiche Unterlage drücken.

Avidh bewegt sich nicht und spürt trotzdem, wie viel Anstrengung es ihn kosten würde, nur den Arm zu heben. So kann er nicht kämpfen. Er braucht Fridas Heilkünste. Dringend. Aber Frida ist weit weg. Er hat keine Ahnung, wie lange er schon hier liegt. Der Druck auf seiner Brust ist groß. Er hasst es, sich so schwach zu fühlen. Und er muss wissen, wo Yrsa ist.

»Habt Ihr gehört, Schwester Closinde? Wir sollten den Verband wechseln. Sagt mir, was Ihr braucht. Ich bereite alles vor.«

Er lässt sich nicht einlullen von der Stimme, den Zärtlichkeiten. Doch dann fällt ihm ein, dass das nicht stimmt. Es ging ihm noch schlechter als jetzt, der Fiebertroll fraß sich durch seinen Körper. Eine Frau wusch sein Gesicht mit einem kühlen Tuch, strich ihm über die Stirn, murmelte in sein Ohr: »Du wirst wieder gesund. Ich tue alles dafür.« Und er hat sich fallen lassen, hat ihr erlaubt, ihm wieder so nahezukommen. Hatte gemeint, es wäre die Frau aus seinem alten Traum. Aber er hat sich getäuscht. Manchmal nahm er kurz wahr, wie sie sein Gesicht streichelte, seine Schultern, seine Brust. Vielleicht hat sie sogar über den Verband gestrichen, seine Hand gehalten, ihm zu trinken eingeflößt. Auch daran erinnert er sich. Ihre kühle Hand in seinem Nacken, ein Becher an seinem Mund.

Wie konnte er das zulassen? Böse Geister flattern um ihn. Wo ist sein Schwert? Er braucht es, um die frostige Kraft des Eistrolls zu beschwören, die bösen Geister zu verscheuchen. »Lass dich fallen, Avidh«, haben sie in sein Ohr gemurmelt. »Lass alles geschehen. Sie nimmt den Schmerz. Irgendwann spürst du nichts mehr.« Alles in ihm bäumt sich auf, wenn er an das Flüstern dieser Geisterstimmen zurückdenkt. Warum hat er sich nicht gewehrt? Seit letztem Sommer hat er sich seine Rache ausgemalt. Wie konnte ein Teil von ihm das vergessen?

Aber vielleicht waren es die Fiebertrolle, die in seinem Kopf wüteten. Vielleicht hat er alles nur geträumt. Yrsa, wo ist Yrsa? Dann fällt ihm ein, sie wurden abgedrängt, verfolgt, versprengt, haben gekämpft. Am Schluss nur noch Yrsa und er. Sie hat sich gewehrt, aber die Franken waren in der Übermacht. Und dann ist Yrsa kurz erstarrt, und er musste ihr beistehen, sie beschützen, und verletzte sich dabei. Er weiß nicht, wo Yrsa ist, ob die Franken sie erwischt haben, ob sie auch verletzt ist. Alles wird eng in seiner Brust, er bekommt kaum noch Luft. Yrsa hätte sich gewehrt, sie fürchtet sich nicht vor einer Übermacht, kämpft, solange sie kann. Aber wenn die Soldaten sie trotzdem überwältigt haben?

Die Sehnsucht nach Yrsa verdrängt die Geisterstimmen. Er muss zu Kräften kommen, dann wird er sie suchen. Wehe, die Franken haben ihr auch nur ein Haar gekrümmt! Er hat nicht vergessen, wie nahe sie sich waren am Abend vor dem Überfall. An dieses Gefühl klammert er sich, wenn der Schmerz ihn überschwemmt.

Eine Türe quietscht, schlurfende Schritte nähern sich. »Stellt alles dort auf den kleinen Tisch«, sagt eine leicht krächzige Frauenstimme.

Avidhs Mund ist trocken. Selbst wenn er die Augen öffnen wollte, wäre es schwierig. Es fühlt sich an, als würden zwei Steine auf seinen Lidern liegen. Die Türe quietscht wieder. Ein seltsamer Geruch steigt ihm in die Nase.

»Warum liegt Euch so viel an diesem Räuber? Seit Tagen weicht Ihr nicht von seinem Bett«, sagt die krächzende Stimme, sie ist jetzt näher. »Im Kerker sollte er verrotten. Ich weiß nicht, wie Ihr es geschafft habt, ihn davor zu bewahren. Es wird dem Pfalzgrafen nicht gefallen.«

»Lasst das meine Sorge sein, Schwester Closinde«, sagt Signe.

Sie streicht ihm mit der Hand über die Brust, zieht die Decke von seinem Oberkörper. Ihm ist kalt, ihm ist schon seit Tagen kalt.

»Tut etwas. Die Trolle dürfen sich nicht in der Naht einnisten«, sagt Signe.

»Trolle? Wovon sprecht Ihr? Gott ist gnädig, er wird seine Hand auch über diesen dreckigen Wikinger halten. Zumindest so lange, bis der Pfalzgraf ihn in die Finger bekommt.« Die Frau kichert heiser.

»Warum ist er noch nicht aufgewacht? Das ist ein schlechtes Zeichen.«

Die Schwere, die auf seinen Körper drückt, steigt Avidh wieder in den Kopf. Die Dämonen zerren ihn weg, er bemüht sich, sie abzuschütteln, schwebt trotzdem davon. Er kämpft dagegen, muss wissen, was vor sich geht, will so schnell wie möglich weg von hier. Er beschwört sein Schwert, aber der Eistroll schweigt. Avidh muss herausfinden, wo seine Waffe ist. Das Band zwischen dem Schwert und ihm darf nicht reißen, sonst ist er verloren.

Ein unangenehmer Geruch steigt ihm in die Nase, er spürt Hände an seinem Brustkorb. Es sind die angenehm kühlen Hände und schwielige, leicht schwitzende Hände. Dann reißt etwas an seiner Wunde, und der Schmerz fährt ihm so heftig in die Seite, dass er sich die Schwere in seinem Kopf beinahe zurückwünscht. Aber er macht keinen Laut. Jemand hat den Verband auf seiner Wunde gelöst, tupft mit einem Tuch über die Naht.

»Schön vernäht«, sagt die Krächzstimme. »Hat Schwester Odelgilde gut hinbekommen. Sie kennt sich aus mit den Rezepten aus Lorsch.«

Es riecht nach Käse. Avidh hört ein schmatzendes Geräusch, als würde jemand eine dicke Masse verrühren.

»Was ist das?«, fragt Signe. »Das ist nicht das Gleiche wie bisher.«

»Nein, Schwester Odelgilde hat sich in die Rezeptsammlung aus Lorsch vertieft und etwas gefunden, das wir ausprobieren wollen.«

»Ist es nicht besser, Ihr bleibt bei dem bisherigen Rezept? Ich will nicht, dass Ihr Versuche mit ihm macht.«

»Beleidigt uns nicht.« Die krächzende Stimme wird lauter. »Gott hat uns den Auftrag gegeben, unsere Nächsten zu lieben und zu heilen.« Die Frau stöhnt. »Selbst wenn uns das widerstrebt.«

»Was war in der Salbe, die Ihr bisher verwendet habt?«

»Wir haben Schierlingswurzeln, Ahorn, Greiskraut und Spargel in Honig gekocht, dann Schwefel, Bleiglätte, Mastixkörner, Myrrhe und Weihrauchkörner zu einem Pulver zerstoßen und gekocht, und alles zu einer Salbe vermischt.«

»Das scheint geholfen zu haben.«

»Ja, aber seht Ihr diese Rötungen entlang der Naht? Die Säfte sind nicht im Gleichgewicht. Er hat zu viel Hitze in sich. Das ist gefährlich. Diese neue Paste besteht aus Schimmelkäse und Honig. Die Mönche aus Lorsch schreiben, sie hätten damit auch heiße, rote Wunden geheilt. Es wird ihm helfen.«

»Wehe, Ihr habt unrecht.«

So kennt er Signe. Sie will allem auf den Grund gehen. Und kämpft für das, was sie für richtig hält. Nein, wie sie einst war, spielt keine Rolle. Sie hat ihn verraten. Dafür gibt es keine Entschuldigung. Dafür wird sie büßen. Dann fällt ihm ein: Er weiß nicht, wo Leif ist. Ob die Franken seinen Bruder auch erwischt haben. Ein schreckliches Gefühl breitet sich in Avidh aus, schnürt ihm die Kehle zu. Er muss Leif finden!

Er erinnert sich nicht daran, wie er hierhergekommen ist. Ob sie nach dem Kampf weit gereist sind. Er saß auf dem Pferd, dann brechen die Bilder ab. Jetzt muss er die Fiebertrolle verscheuchen. In diesem Zustand ist er den Franken schutzlos ausgeliefert. Und es gibt nur eine, die ihn im Moment vor dem sicheren Tod bewahrt, und das ist Signe. Ausgerechnet Signe. Sein Kopf platzt beinahe bei diesem Gedanken. Er sollte ihr gegenüberstehen mit seinem Schwert in der Hand und sie zur Rede stellen. Und nicht wehrlos im Bett liegen, während sie ihn vor den Franken beschützt.

Seine Rache. Er hat sie nicht vergessen. Die Rachegötter schreien so laut in seinem Innern, dass sein Blut kocht. Alles brennt. Er wird gegen Signe kämpfen, er wird sie besiegen. Viel zu viel Hitze ist in ihm. Was will Signe von ihm? Warum ist sie hier? Die Flammen verschlingen ihn.

Kapitel 35

Yrsa legt den Kopf in den Nacken. Von hier unten wirken die Schutzmauern um die Pfalz nicht besonders hoch. Niedrig sind sie allerdings auch nicht, und die Gebäude dahinter erheben sich rund viermal so hoch wie die Mauern. Sie hat noch niemals einen solch großen Palast aus Stein gesehen. Unverrückbar und bedrohlich steht er da, und jeder Pfeiler, jeder Turm, jedes Mauerstück vermittelt ihr die Botschaft: Hier oben bist du nicht willkommen. Yrsa hockt am Fuße des Wegs, der zum Eingangstor hinaufführt, auf einigen Fässern, die jemand dort abgestellt hat. Die Sonne steht im Südwesten, wärmt ihr den Rücken. Sie schwitzt unter dem Umhang, will ihn aber nicht ablegen und nicht ihre Waffen zeigen.

Der Nordflügel des Palasts zieht sich über den Hügel, eine breite Front mit Sicht auf den Fluss, mindestens siebzig Schritte lang, vom Schiff aus hat sie das beobachtet. Und es gibt nicht nur den Nord-, sondern auch einen Ost- und einen Südflügel, das Ganze ist ein riesengroßes Gebäude in Hufeisenform. Die Karolinger hätten mehrere solcher Pfalzen gebaut, sogar Kaiser Ludwig sei manchmal hier, hat der Mann in der Schenke erzählt. Wie soll sie Avidh da finden? Yrsa tastet unter dem Umhang nach ihrer Axt, fährt mit dem Finger immer wieder über die Verzierungen an dem hölzernen Schaft.

Der Rand des Fasses drückt ihr in die Oberschenkel, sie sitzt schon eine ganze Weile hier. Roar kauert neben ihr auf dem Boden. Seit sie den Hof ihres Vaters verlassen haben, hat er noch weniger gesprochen als sonst. Eigentlich hat er nur geschwiegen. Wortlos hat er ihr vorhin ein fettes Stück Käse in die Hand gedrückt. Wo er das wieder geklaut hat, weiß sie nicht.

Yrsa denkt zurück an das Gespräch mit ihrem Vater. Wäre es besser gewesen, ihm die Wahrheit zu verschweigen? Sie wollten seinen Rat, wollten in Erfahrung bringen, wie man in den Palast gelangt. Daraus ist nichts geworden. Aber sie hat sich seine falschen Behauptungen in Dorestad zu oft angehört, ohne zu widersprechen. Dabei hätte ihr Pabbi, nach dem sie sich so lange gesehnt hat, solche Dinge niemals gesagt. »Wir reisen schon bald zusammen«, das war sein Versprechen vor mehr als sieben Wintern, damals am Hafen von Ribe. Dann trug der Wind sein Schiff davon. Und ihn auch. Irgendwo auf dem Meer ist ihr alter Vater verloren gegangen, und sie muss jetzt mit diesem neuen Thorstein, der sie nicht mehr wirklich in seinem Leben will, klarkommen. Noch vor einigen Monden hätte sie ihrem Vater schon in Dorestad sofort widersprochen. Eigentlich war sie stolz, dass sie sich zurückgehalten hat, sich wie eine kluge Kämpferin verhalten hat. Wahrscheinlich hätte es der Sache mehr geholfen, wenn sie auch heute gelogen hätte. Aber es ging nicht mehr, wie hätte sie die Sache mit Avidh sonst erklären sollen? Jetzt wird sie einen anderen Weg finden.

Ein Marktstand steht nicht weit von ihnen, eine ältere Frau bietet Obst und frisches Fladenbrot an. Der Stand schützt sie vor Blicken. Vermutlich würde sowieso niemand, der zum Palast hoch- oder runterläuft, auf sie achten. Wer soll sie schon erkennen? Selbst Signe hat sie nur wenige Momente im Kampf gesehen. Und heute ist Yrsa nicht als Kämpferin erkennbar. Trotzdem darf Signe keinesfalls ahnen, dass sie in der Nähe ist, um Avidh zu finden. Falls Signe überhaupt hier ist.

Ein stetiger Strom an Menschen zieht den Hügel hoch und herunter. Zwei Händler balancieren eine lange Teppichrolle auf den Schultern. Drei Frauen in Nonnentracht eilen in Richtung des Tors. Ein Stück weiter oben spielt ein Mann auf einer Laute.

»So schwer kann es doch nicht sein, da reinzukommen«, sagt Yrsa. »So viele Leute gehen ein und aus.«

Roar brummt. Es klingt nicht nach Zustimmung. Und sie hat es selbst bemerkt. Die beiden Wachen am Tor nicken denen, die sie durchlassen, kurz zu. Weil sie vermutlich häufig dort sind. Doch sie sind Fremde.

Yrsa schließt einen Moment die Augen, lauscht dem Stimmengewirr. Ein Leiterwagen rumpelt über den mit Steinen gepflasterten Weg. Wenn sie nur wüsste, ob Avidh wirklich hier ist … Plötzlich zupft Roar Yrsa am Ärmel, legt den Finger auf den Mund und gibt ihr mit einer Kopfbewegung zu verstehen, dass sie ihm folgen soll.

»Wohin gehen wir, Roar?«, flüstert sie. Er legt wieder den Finger auf den Mund. Direkt vor ihnen hinkt ein Mann in zerfetzten Kleidern, der sich auf einen Stock stützt. Ihr Weg führt sie durch den östlichen Teil der Stadt, vorbei an Werkstätten und Hütten. Roar läuft unbeirrt weiter, den Blick nach vorne, manchmal verlangsamt er seine Schritte oder duckt sich kurz hinter eine Ecke. Als die Häuser nicht mehr so dicht stehen, hat Yrsa verstanden, wem sie folgen. Aber nicht warum.

Rund fünf Schritte vor ihnen geht eine Frau in einem langen blauen Kleid. Es ist aus teurem Wollstoff gewebt, goldene Borten zieren die Säume. Ihre Haare hat die Frau mit einem Tuch bedeckt. Neben ihr läuft ein Mädchen, vielleicht dreizehn Winter alt. Sie hat einen blonden Zopf und trägt ebenfalls ein langes Kleid. Manchmal dreht sie den Kopf, und immer dann scheint Roar schnell irgendwo zu verschwinden. Als sie kurz hinter einer Eiche stehen, weil die Frau sich mit jemandem unterhält, flüstert Yrsa: »Sind sie aus dem Palast gekommen?«

Roar nickt. Dann müssen sie schon weiter.

Am Rande des Marktes steigen die Frau und das Mädchen auf einen Ochsenkarren. Ein älterer Knecht mit langen grauen Haaren lenkt ihn. Yrsa beschleunigt ihren Schritt. Aber Roar hält sie zurück. Der Wagen biegt auf den Weg ein, der südlich aus der Stadt hinausführt. Sie warten, bis er einen deutlichen Vorsprung hat, dann folgen sie den Spuren der Räder im matschigen Grund. Und Yrsa dämmert, wohin sie laufen.

»Wer ist das?«, fragt sie Roar.

»Das Mädchen hat uns belauscht. Bei deinem Vater.«

»Und du hast sie beobachtet, wiedererkannt?« Sie legt ihm kurz die Hand auf den Arm. »Roar, wenn ich dich nicht hätte. Meinst du, die beiden sind öfter im Palast?«

Roar zuckt mit den Achseln.

»Glaubst du, das Mädchen ist … meine Schwester?« Es fühlt sich ungewohnt an, das zu sagen. Yrsa denkt viel an ihren kleinen Bruder Sjalfi, vermisst ihn. Aber eine Schwester? »Oder ist es eine Magd?«

»Teures Kleid.«

»Dann wäre das die Frau meines Vaters? Sie ist überhaupt nicht wie meine Mutter.« Aber niemand ist wie Katla. Warum hat er mehr Zeit bei ihr verbracht als bei Katla? Das wird Yrsa nie verstehen. »Wie lange folgen wir den beiden?«

»Bis wir sicher sind.«

»Wenn sie öfter im Palast sind, dann weiß mein Vater tatsächlich Bescheid, was vor sich geht.« Wenn sie doch nur geschwiegen hätte.

Der Ochsenkarren biegt auf den Weg ein, der zum Hof ihres

Vaters führt. Es gibt keinen Zweifel mehr, wohin der Knecht den Wagen lenkt.

»Vielleicht machen sie einen Besuch. Bist du sicher, dass es das gleiche Mädchen ist, Roar?«

»Ja.«

»Wir müssen mit ihr sprechen.«

Roar nickt.

»Meinem Vater wird das nicht gefallen.«

»Egal.«

»Egal ist es nicht, aber es ist wichtiger, dass wir Avidh finden. Lass sie uns zuerst noch ein bisschen beobachten.«

Sie umrunden das Grundstück, folgen dem hölzernen Zaun, ducken sich hinter Bäume und Büsche. Die kleine Brauerei scheint verlassen. Ihren Vater kann Yrsa nirgendwo entdecken. Hinter dem Langhaus weiden in einer Umzäunung Pferde. Der Hof ist viel größer, als sie bei ihrem letzten Besuch bemerkt hat. Die Geschäfte ihres Vaters scheinen gut zu laufen. Sie hocken sich hinter einen Busch.

Endlich kommt das Mädchen aus dem Haus. Sie hat das Kleid gegen ein altes Hemd und ausgeleierte Hosen getauscht. Yrsa lächelt. Jetzt wirkt sie schon eher wie ihre Schwester. Das Mädchen trägt einen Korb und eine kurze Leiter, macht sich auf den Weg zu einigen Apfelbäumen, die im hinteren Teil des Grundstücks wachsen. Sie folgen ihr in etwas Abstand hinter dem Zaun.

Als das Mädchen die Bäume erreicht, setzt es sich ins Gras und beißt in einen Apfel, den es gepflückt hat. Yrsa stellt sich an den Zaun. Irgendwo in der Nähe arbeiten zwei Mägde, aber sie beachten sie nicht.

»Hallo«, sagt Yrsa.

Das Mädchen schaut auf, scheint nicht erschrocken. »Ach, ihr wieder«, sagt sie.

Roar tritt neben Yrsa. »Du hast uns belauscht«, sagt er.

»Ja, stört dich das? Ich bin hier zu Hause.« Sie steht auf, kommt näher. »Stimmt es, dass du meine Schwester bist?«, fragt sie und schaut Yrsa an, das Kinn leicht nach oben gestreckt, die braunen Augen zusammengekniffen.

»Wenn Thorstein dein Vater ist, stimmt es«, sagt Yrsa. »Mein Name ist Yrsa.«

»Gut«, sagt sie und nickt. »Eine große Schwester. Das passt mir.«

»Wie heißt du?«

»Edda. Und er da«, sie zeigt auf Roar, »bist du mein Bruder?«

Roar schüttelt den Kopf.

»Das ist Roar, ein Freund. Wie alt bist du?«

»Dreizehn, schon bald vierzehn, also im Winter. Mein Vater hat mir erzählt, ich wurde in den Raunächten geboren. Meine Mutter hört das nicht gern.« Sie lacht. Es ist ein heiseres Lachen, ihre Nase kringelt sich dabei, auf ihren Backen erscheinen Grübchen. Roars Blick weicht nicht von Edda.

»Können wir uns hier irgendwo in Ruhe unterhalten?«, fragt Yrsa.

»Klar.« Edda wirft Roar und Yrsa Äpfel zu, dann springt sie über den Zaun und zeigt auf ein Gebüsch. Sie setzen sich auf einige Zweige, die am Boden liegen. »Ich will alles hören, woher kommst du?«, fragt Edda.

»Aus Haithabu, also eigentlich aus einem kleinen Dorf nördlich davon, oder nein, aus Ribe.« Yrsa lacht. »Dort war ich, als unser Vater uns noch besucht hat. Ich habe ihn sieben Winter nicht gesehen.«

»Nein!« Edda macht große Augen. »Das ist blöd.« Während sie erzählen, schaut Edda ab und zu kurz zu Roar, der schweigend danebensitzt, aber aufmerksam zuhört.

»Eine Seherin«, sagt Edda. »Wie gern ich sie getroffen hätte. Sie war bestimmt nicht so streng wie meine Mutter. Und jetzt habt ihr Dorestad überfallen?«

Roar legt den Zeigefinger auf die Lippen.

»Da wär ich gern dabei gewesen«, sagt Edda und mustert ihn.

»Und du warst heute im Palast?«, fragt Yrsa.

Edda nickt. »Meine Mutter will fast jeden Tag in die Kirche.«

»Kennt ihr dort jemanden?«

»Ja, wir sind ständig da. Nach der Kirche oft auch noch irgendwo im Palast. Sehr langweilig.« Sie wirft ihren blonden Zopf in einer energischen Bewegung über die Schulter. »Als ich noch kleiner war, habe ich mich oft rausgeschlichen in den Garten. Ein paar von den Wachen sind nett und lassen mich manchmal mit dem Bogen schießen. Jetzt, da ich älter bin, aber nicht mehr so.«

»Du schießt mit dem Bogen?«, fragt Yrsa.

»Wenn ich kann. Mein Vater übt mit meinem Bruder, seit er klein ist. Ich habe oft mitgemacht, obwohl er findet, das wäre für mich jetzt nicht mehr so passend. Ich würde ja bald heiraten.« Sie zieht eine Grimasse. »Was ich bestimmt nicht tue.«

Yrsa lächelt. Ein bisschen machen Eddas Erzählungen sie auch traurig. Wie gern hätte sie länger mit ihrem Vater das Kämpfen geübt.

»Warum fragst du mich über den Palast aus?«, sagt Edda.

»Ist eine längere Geschichte«, sagt Yrsa.

»Erzähl schon.«

Yrsa zögert einen Moment. Was, wenn Edda das Ganze bei ihrer Mutter oder jemandem im Palast ausplaudert? Das könnte Avidh in noch größere Gefahr bringen. Aber sie brauchen Informationen, und sie haben schon viel zu viel Zeit verloren.

»Du musst es für dich behalten.« Yrsa schaut ihrer Schwester in ihre braunen Augen.

»Ist doch klar«, sagt Edda. Sie hält Yrsas Blick, schaut dann Roar an. Er verzieht keine Miene.

»Einer unserer Kämpfer, Avidh ist sein Name, also …«

»Oh«, sagt Edda, »ich sehe schon, du liebst ihn.« Sie holt tief Luft. »Wie schön.« Sie hält beide Hände kurz an ihre Backen, als müsse sie nachprüfen, ob sie heiß geworden sind.

»Es darf wirklich niemand wissen, dass wir ihn suchen.«

»Hab ich verstanden. Ich bin nicht bescheuert.«

»Avidh ist schwer verletzt, ich muss dringend wissen, ob er hier in Nijmegen ist und …« Und ob er noch lebt, will sie sagen, doch sie unterbricht sich, schließt kurz die Augen. »Und wie es ihm geht.«

Eine Frau ruft Eddas Namen.

»Musst du zurück?«, fragt Yrsa.

Edda rollt die Augen. »Nö.«

»Gehst du morgen wieder in den Palast?«

»Denke schon. Ich schleich mich dann weg und schau, ob ich ihn finde. Endlich mal was Aufregendes.«

»Aber sei vorsichtig.«

»Jaa, habe ich verstanden.«

Kapitel 36

Ihm ist heiß und kalt, abwechselnd, gleichzeitig. Seine Rippen brennen, der Troll sitzt schwer auf seiner Brust. Avidh lauscht. Stimmen oder Bewegungen hört er keine. Aber es fühlt sich an, als wäre jemand im Raum. Ist da ein leises Schnarchen? Er öffnet die Augen einen winzigen Spalt. Seine Lider sind schwer, verklebt, er sieht zuerst nur verschwommen, blinzelt.

Im Raum ist es düster. Eine wollene Decke liegt auf ihm, er schiebt sie bis zur Hüfte. Neben seinem Bett steht ein Sessel, und darin sitzt eine ältere Frau mit grauen Haaren. Ganz sicher ist er nicht, er bemüht sich, die Augen offen zu halten. Das Bild zerfließt, als würde es weggewaschen. Sitzt Frida bei ihm am Bett? Er braucht ihre Heilkünste. Trübt der Fiebertroll seine Sicht? Die Frau trägt ein schlichtes Kleid mit Schürze, um ihren Hals hängt ein Kreuz. Nein, es ist nicht Frida. Das Gesicht der Frau ist entspannt, der Kopf leicht zur Seite geneigt, die Augen geschlossen. Um die Augen sind viele kleine Fältchen, ihre Lippen machen leise pustende Geräusche. Wenigstens ist Signe nicht hier.

Vorsichtig dreht Avidh den Kopf. Ihm wird schwindlig. Er wartet, dann erkennt er an der Wand eine prunkvoll verzierte Kommode, obendrauf tönerne Gefäße und eine dicke Kerze. In einem Kerker befindet er sich nicht. Warum ist er in diesem Zimmer? Er tastet über seinen Bauch, den Verband. Seine Haut ist klamm, feucht. Er fühlt sich elend, versucht sich trotzdem auf die Ellbogen zu stützen. Seine Kleider, sein Schwert, wo sind sie? Er muss fort von hier, Yrsa finden. Ist sie entkommen? Im Kerker?

Ein stechender Schmerz fährt ihm bei diesem Gedanken in die Seite. Langsam lässt Avidh sich wieder auf den Rücken sinken. Der Puls pocht ihm in den Schläfen, er schließt die Augen. Ein Strudel aus Hitze und Schmerz zieht ihn in die Tiefe. Das Dröhnen schwillt an. Die Dämonen haben ihn in ihren Krallen. Er kämpft. Schwerter klirren auf seinen Schild, Pfeile zischen vorüber. Blut läuft über seine Arme. Jemand schlägt ihm den Schild aus der Hand, aber er lässt sich nicht besiegen. Tritt links, rechts, hackt nach den Gegnern, mehr Blut spritzt. Dann ein heftiges Brennen in seiner Mitte. Avidh schaut an sich herunter, ein Schwert steckt bis zum Griff in seinem Bauch. Jemand lacht, zieht es wieder heraus. Der kalte Schweiß rinnt Avidh in Bächen über den Körper. Er zittert, ballt die Faust, um das Zittern zu stoppen. Es kostet viel Kraft.

Die Hitze brodelt in ihm. Er muss die Wassergeister besuchen. Danach fühlt er sich immer besser. Doch es gelingt ihm nicht, seinen Atem zu beruhigen. So kann er nicht in die Tiefe sinken und die Ruhe in seinen Körper strömen lassen. Er schlägt mit den Armen, den Beinen. Die Wassergeister werden ihn so nicht willkommen heißen. Plötzlich starrt Leif ihn unter Wasser an. »Leif, mein Bruder!« Avidh will nach ihm greifen. Aber etwas stimmt nicht mit Leifs Blick. Er geht leblos ins Leere.

Avidh reißt die Augen auf. Leif. Er muss Leif finden, ist nicht sicher, ob er Leifs Namen laut gerufen hat. Seine Kehle ist trocken. Ihm ist übel. Er schaut an sich herunter, ob das Schwert in seinem Bauch steckt. Aber da ist nur der Verband.

Dann fällt ihm auf, dass das schnarchende Geräusch verstummt ist. Die grauhaarige Frau blickt ihn an und lächelt. »Ihr seid wach.« Sie berührt seine Hand, ihre Finger sind weich. »Ihr müsst trinken. Das wird Euch helfen.« Sie klingt besorgt.

»Wer …«, er räuspert sich, seine Stimme ist belegt, »seid ihr?«

Die Frau scheint einem Moment zu stutzen, vielleicht weil er fränkisch spricht.

»Mein Name ist Himiltrud. Ich habe viel hier gesessen, aber ihr habt es nicht bemerkt. Ihr seid sehr schwach, der Blutverlust, und es ist zu viel Hitze in euch. Nehmt ein paar Schlucke von diesem Trank hier.« Sie hält ihm einen Becher hin.

Nein, will er sagen, was ist das? Aber aus seinem Brustkorb löst sich nur ein Röcheln. Er hustet, bereut es sofort. Der Schmerz sticht heftiger in seine Seite. Sie könnten ihn mit diesem Trank vergiften. Doch warum haben sie dann seine Wunde versorgt?

Er nimmt den Becher, mit Mühe gelingt es ihm zu trinken. Ohne sein Schwert überlebt er nicht. Das Band zwischen ihm und der Waffe flattert haltlos im Wind. Die Frau wird ihm das Schwert nicht geben. Ihm fällt der eisblaue Stein von Frida ein. Yrsa hat ihm den Stein kurz vor der Abreise in die Hand gedrückt. Den braucht er, das könnte helfen. Fridas Kraft wird in ihn fließen.

»Wo sind meine Kleider?«, fragt er mit heiserer Stimme. »Meine Hosen, mein Gürtel.« Der Stein ist in einem kleinen Beutel an seinem Gürtel. Er hofft, dass er nicht verloren gegangen ist.

»Es ist viel zu früh, um aufzustehen«, sagt die Frau. »Trinkt noch mehr.«

Er darf keine Aufmerksamkeit auf den Beutel lenken. Langsam trinkt er den Becher leer, unterdrückt das Würgen. Dann ziehen ihn die Dämonen zurück in die Tiefe.

Als Avidh die Augen das nächste Mal aufschlägt, ist der Sessel leer. Die Fiebertrolle wüten noch immer in ihm. Er wischt sich den Schweiß aus dem Gesicht. Sein Atem geht schnell und flach. Die

Türe öffnet sich, langsam, einen Spaltbreit. Sie kommen, um ihn zu holen, um ihn zu töten. Es ist ein schreckliches Gefühl, hier zu liegen und sich nicht verteidigen zu können. Erst recht, wenn der Nebel immer wieder über ihm zusammenschlägt. Avidh tastet neben sich, da ist nichts, was er als Waffe verwenden könnte.

Jemand streckt den Kopf durch den Spalt. Er sieht blonde Haare, einen Zopf. Ein Mädchen betritt den Raum, schließt leise die Türe hinter sich. Sie kommt an sein Bett, ist nicht bewaffnet. Er bemüht sich, die Augen offen zu halten, sieht alles wie durch einen Schleier.

Yrsa. Nein, es ist nicht Yrsa. Oder doch? Nein, das Mädchen ist zu jung. Avidh schließt die Augen, blinzelt. Sie sieht nicht aus wie Yrsa. Und doch erinnert ihn etwas an dem Mädchen an Yrsa. Die Trolle gaukeln ihm Bilder vor, tanzen durch seinen Kopf.

»Es geht dir nicht so gut, oder?«, sagt das Mädchen. Sie spricht seine Sprache, stupst vorsichtig seine Hand an. »Fiebertrolle?«

Ihr Bild verschwimmt vor seinen Augen. Er träumt. Yrsa! Aber Yrsa ist nicht hier. Warum ist sie plötzlich so jung?

Das Mädchen nimmt seine Hand. Ihre Finger sind angenehm kühl. »Bist du Avidh?«

Er bringt ein heiseres »Ja« heraus.

»Yrsa schickt mich.«

Avidh reißt die Augen auf. Er muss wissen, ob die junge Yrsa echt ist und warum sie von Yrsa spricht. Er wischt sich über das Gesicht. »Der Stein«, sagt er. »Den du mir von Frida gegeben hast.«

»Was für ein Stein? Ich verstehe nicht«, sagt das Mädchen. »Ich hole dir Wasser.«

Er trinkt. Es ist anstrengend, der Nebel umhüllt ihn wieder.

»Nicht einschlafen«, sagt das Mädchen. »Die Decke ist runtergerutscht. Du bist verletzt.« Sie zieht die Decke bis zu seinen Schultern.

»Der Stein«, sagt er. »Mein Gürtel, im Beutel.« Das Sprechen kostet ihn viel Kraft.

»Ich soll deinen Gürtel suchen? Moment.« Sie verschwindet aus seinem Blickfeld, wühlt irgendwo hinter ihm. Truhen, Körbe knarzen.

»Hier sind Hosen. Da ist Blut drauf. Die gehören wohl dir, die sollte man mal waschen.«

Jemand öffnet die Türe. Er hört ein Rascheln hinter sich, wo das Mädchen ist, dann ist es dort still. Er schließt die Augen, lässt nur einen winzigen Spalt, bewegt sich nicht. Vielleicht will das Mädchen nicht gefunden werden. Falls sie überhaupt da ist. Die grauhaarige Frau tritt an sein Bett. Sie legt ihm die Hand kurz an die Schläfe, brummt, als wäre sie unzufrieden, verlässt den Raum wieder.

Nach einer Weile sagt er leise: »Bist du noch da?« Er muss wissen, ob er sich die junge Yrsa einbildet. Es raschelt in der hinteren Ecke.

»Das war knapp«, sagt das Mädchen und erscheint wieder neben ihm. Ihre Haare sind ein bisschen verstrubbelt. »Ich glaube, ich habe deinen Stein gefunden.« Sie öffnet ihre Hand. Der Stein strahlt eisblau, hell, sein Glanz erfüllt den ganzen Raum. Der Druck auf Avidhs Brust lässt etwas nach.

»Das ist er«, sagt er.

Sie drückt ihm den Stein in die Hand. Er schließt die Faust, die Kraft durchströmt ihn. »Ich danke dir«, murmelt er. Das Mädchen schaut ihn an, nickt. »Bist du wirklich da, oder lassen die Geister dich durch meinen Kopf tanzen?«, fragt er.

Das Mädchen hebt die Augenbrauen. »So schlimm? Ich bin echt.« Sie drückt seine Hand. »Fühlst du das? Das ist kein Traum. Yrsa schickt mich. Ich bin ihre Schwester.«

»Ihre Schwester?«

»Ja, du musst dich nicht wundern. Mich hat das auch überrascht.« Sie lächelt. »Ich muss jetzt gehen, aber ich komme wieder.«

Sie schleicht zur Türe, öffnet sie einen Spalt, schielt nach draußen und verschwindet. Avidh presst die Faust mit dem Stein gegen seine Brust. Frida und der Eistroll werden ihm helfen. Und Yrsa. Dann hört er draußen auf dem Gang laute Stimmen, wütende Rufe. Er lauscht, aber er kann nicht verstehen, was gesagt wird. Die Rufe entfernen sich. Hoffentlich ist dem Mädchen nichts passiert.

Kapitel 37

»Setz dich«, sagt Roar.

»Nein«, sagt Yrsa. »Ich kann hier nicht sitzen und warten. Unmöglich.« Sie wippt mit dem Fuß, knetet ihre Finger.

Roar schüttelt den Kopf, schnitzt weiter an dem Stück Holz, das er seit Stunden bearbeitet. Er hockt auf einem Zaun in der Nähe des Marktes. Weiter vorne rufen die Marktfrauen, über ihnen kreischen Möwen. Edda ist mit ihrer Mutter im Palast. Es fühlt sich an, als wäre sie schon sehr lange dort. Die Sonne steht bald im Südwesten. Yrsa hat den Ochsenkarren, mit dem die beiden gekommen sind, im Blick. Sie läuft vor Roar auf und ab, hält das Warten kaum aus. Wird Edda mit Nachrichten von Avidh zurückkehren? Es ist ein merkwürdiges Gefühl, dass Yrsa sich auf ihre dreizehnjährige Schwester verlassen muss. Die sie erst seit gestern kennt.

»Können wir uns nochmals umhören?«, sagt Yrsa. »In der Schenke? Auf dem Markt?«

»Haben wir schon.«

»Bei den Landungsstegen im Osten, im Westen? Ich muss etwas tun. Die Warterei macht mich wahnsinnig.«

Roar bläst den Staub von dem Holzstück, hält es sich vor die Augen. Er schnitzt eine kleine Figur, antwortet nicht. Yrsa ist müde, unruhig. Seit Tagen ist sie ohne Nachricht von Avidh. Sie weiß nicht einmal, ob es richtig ist, hier in Nijmegen zu sein. Immer wieder hat sie darüber nachgedacht, warum Signe am Tag ihres Überfalls aufgetaucht ist. Wie der diesjährige Verrat mit den Ereignissen des Vorjahrs zusammenhängen könnte. Aber Antworten auf diese Fragen hat sie nicht.

Die letzte Nacht konnten sie in einem abgelegenen Grubenhaus auf dem Grundstück ihres Vaters verbringen. Edda hat ihnen die Hütte gezeigt. Sie liegt jenseits der großen Apfelbäume, sie verdecken die Sicht zum Langhaus. Edda hat sie auch mit Essen versorgt. Es scheint ihrer Schwester Spaß zu machen, sie auf dem Hof ihres Vaters zu verstecken, der wieder auf Reisen ist. Und niemand hat bisher bemerkt, dass sie das Grubenhaus nutzen, das lange leer stand. Heute Mittag ist Edda dann mit ihrer Mutter in Richtung Palast aufgebrochen, Yrsa und Roar sind ihr mit etwas Abstand gefolgt.

»Ich mache noch einmal eine Runde um den Hügel«, sagt Yrsa.

Roar zuckt mit den Schultern, schnitzt weiter. Yrsa schlängelt sich zwischen den Marktständen hindurch. Zwei Männer streiten laut um den Preis eines Krugs. Ein paar Schritte weiter duftet es nach einer würzigen Suppe, die in einem Topf blubbert. Sie umrundet den Hügel, schaut in jede offene Türe, in jeden Durchgang zwischen den eng stehenden Häusern, als könnte sie dort einen Hinweis finden. Aus der Schenke dringen laute Stimmen und Gelächter. Westlich des Hügels sind heute Vormittag weniger Leute unterwegs. Erst nahe den Landungsstegen wird das Gedränge wieder größer. Zwei Fischer laden prall gefüllte Körbe aus ihren Booten. Ein Mann leert eine stinkende Flüssigkeit in den Fluss.

Plötzlich bleibt Yrsa stehen. Ihr Herz pocht schneller. Sie kennt die Frau, die weiter vorne aus einem Boot steigt. Was macht Idun hier, hat Angantýr sie geschickt? Sollte Yrsa sich besser verstecken? Sie zögert einen Moment. Doch sie muss wissen, warum die Seherin hier ist. Yrsa drängelt sich durch die Menschen, rutscht beinahe auf einer Fischhaut aus, stolpert über Seile und steht dann vor Idun. Die Seherin scheint nicht überrascht, streicht sich die schwarzen Haare aus dem Gesicht. Ihre Perlenketten klimpern, als sie den Oberkörper dreht und in Richtung des Palastes auf dem Hügel zeigt.

»Beeindruckender Bau, nicht wahr?« Ihre grünen Augen leuchten.

»Idun, was machst du hier?«

»Das könnte ich dich auch fragen«, sagt Idun. »Angantýr hat sich überhaupt nicht gefreut, als er gemerkt hat, dass Roar, du und ein Boot fehlen.«

Yrsa verzieht das Gesicht. »Kann ich mir vorstellen.«

»Du bist Teil einer Gruppe, Yrsa. Hast du das vergessen?« Idun schaut sie an mit einem Blick, der irgendwo zwischen spöttisch und ermahnend liegt. »Da macht man nicht, was einem gerade so einfällt.«

»Habe ich nicht.« Im Moment scheint das, was sie tut, einfach der einzige Weg zu sein, um Avidh zu retten.

»Warum bist du dann abgehauen?«

»Schickt Angantýr dich?«

Idun lächelt ihr seltsames Lächeln. »Nein. Angantýr spricht nicht durch mich, nur die Geister und Götter tun das. Aber du hältst dich nicht an die Regeln.«

»Was soll das? Ich habe mich die ganze Reise an Gunnars Regeln gehalten.« Selbst als es falsch war und sie Avidh deshalb fast verloren hätte. »Auch nach dem Überfall bin ich ins Lager zurückgekehrt und habe gehofft, dass wir die Gefangenen gemeinsam befreien.«

»Du bist zu ungeduldig«, sagt Idun.

Yrsa schüttelt den Kopf. »Manchmal ist Geduld der falsche Weg. Ich möchte zur Gruppe gehören, aber ich halte mich nicht an Regeln, wenn ich tief im Innern weiß, dass sie falsch sind. Und der Mann, den ich liebe, in größter Gefahr schwebt. Gunnar würde wollen, dass wir Avidh suchen.«

Iduns Blick geht einen Moment in die Ferne. »Angantýr hat gesagt, Avidh sei tot. Und Angantýr ist im Moment der Anführer. Du jagst Geister.«

Yrsa spürt einen Stich in der Brust bei diesen Worten. »Glaubst du das wirklich, Idun?« Ich sage das, als wüsste ich, dass er lebt, denkt sie, aber alles andere will sie sich nicht ausmalen.

Idun schnalzt mit der Zunge. »Es geht nicht darum, was ich glaube.«

»Was haben die Elfen dir ins Ohr geflüstert?« Aber Idun lächelt nur wieder schief und antwortet nicht. »Nur weil Angantýr nichts für Avidh tun will, warte ich nicht untätig, bis er stirbt. Das kann niemand verlangen.« Yrsa hebt die Hände, lässt sie wieder fallen.

»Du muss nicht laut werden«, sagt Idun. »Die Menschen drehen sich schon nach uns um.«

Yrsa senkt ihre Stimme. »Auf wessen Seite stehst du, Idun? Das wüsste ich gern. Du hast mich vor Sven beschützt, dafür bin ich dir sehr dankbar.«

Idun kneift die Lippen zusammen, spielt mit ihren Perlenketten und sagt dann mit ihrer tiefen Stimme: »Du solltest wissen, auf welcher Seite ich bin. Ich tue alles, damit die Geister und Götter unserer Reise wohlgesinnt sind.«

Es bringt nichts, hier am Hafen mit Idun zu streiten. »Hast du Neuigkeiten?«, sagt Yrsa leise.

Einen kurzen Moment huscht ein sorgenvoller Ausdruck über Iduns Gesicht. »Angantýr verhandelt mit den Franken wegen der Gefangenen in Utrecht. Aber etwas stimmt nicht. Sie sprechen immer nur von Gunhild und Gísli, nicht aber von Gunnar und Leif.«

»Das ist schrecklich.« Angst kriecht in Yrsas Bauch. »Aber sie sind auch dort?«

»Das frage ich mich langsam.«

»Valìs Kundschafter hatten das doch berichtet.«

»Ja, aber vielleicht waren die Informationen falsch. Oder Gunnar und Leif waren dort, sind es aber nicht mehr. Die Botschaften der Geister haben mich nicht beruhigt.«

»Was für Botschaften?«

»Ich habe meinen Schatten in die Nachtluft geschickt, bin über die alten Lande gezogen und habe gespürt, dass etwas nicht im Gleichgewicht ist.«

Ein kalter Schauer fährt Yrsa über den Rücken. »Aber warum sollten die Franken Gunnar und Leif anders behandeln?«

»Gunnar ist der Anführer.«

»Das wissen sie doch nicht. Und warum Leif? Ich verstehe das nicht.« Als sie diese Worte sagt, kommt ihr ein schrecklicher Verdacht. Hat es damit zu tun, dass Leif Avidh nahesteht? Signe weiß das. Kann es sein, dass sie dahintersteckt? Sie hat Avidh doch schon genügend geschadet, warum jetzt auch noch Leif? »Wie bist du hierhergekommen?«

»Valìs Männer haben mich bis Dorestad mitgenommen«, sagt Idun, »ihr Angriff war ein Erfolg. Sie haben den Procurator entführt. Dann habe ich einen Händler gefunden, mit dem ich weiterreisen konnte.«

»Und Angantýr?«

»Er versucht, was er kann. Im Lager herrscht große Unruhe. Manche wollen mit der Beute nach Hause, aber die meisten wollen Gunnar nicht im Stich lassen.«

»Und warum bist du jetzt hier?« Yrsa hat nicht vergessen, dass Idun ihre erste Frage nicht beantwortet hat.

»Ich will mich umhören.«

»Wo? Kennst du jemanden im Palast?«

»Nein. Aber es gibt viele Händler in Nijmegen. Irgendjemand hat vielleicht etwas gehört. Was hast du schon rausgefunden?«

Yrsa beschließt Idun vorerst nichts von ihrer Schwester zu erzählen. Sie weiß nicht, wem sie noch trauen kann. »Leider nicht viel.«

»Lüg mich nicht an.«

»Ich lüge nicht. Wo übernachtest du?«

»In der Schenke dort vorne. Wenn du etwas erfährst, lass es mich wissen. Wo finde ich dich?«

»Ich bin oft hier am Hafen.«

»Soso«, sagt Idun, dann blickt sie noch einmal nach oben zu dem Palast. »Dort würde ich mich gern einmal umschauen. Aber Seherinnen sind da vermutlich nicht willkommen.«

Kurz darauf ist Yrsa zurück bei Roar. Er schnitzt noch immer, sie erzählt von ihrer Begegnung mit Idun.

»Hm«, sagt Roar bloß.

Nach einer Zeit, die sich viel zu lang angefühlt hat, nähern sich endlich Edda und ihre Mutter aus der Richtung des Palasts. Sie bleiben kurz vor ihrem Ochsenwagen stehen, ungefähr fünfzehn Schritte entfernt von Yrsa und Roar. Yrsa sucht Eddas Blick. Aber Edda schüttelt den Kopf. Ihre Mutter gestikuliert, sie solle auf den Wagen steigen. Edda sieht besorgt aus, betroffen. Sie scheint im Moment nicht mit ihnen sprechen zu können, und der Ochsenwagen setzt sich schon in Bewegung. Edda schaut noch einmal kurz über die Schulter. Ihr Blick ist noch immer voller Kummer.

»Roar, was bedeutet das? Meinst du, sie hat schlechte Nachrichten?«

Roar zuckt mit den Schultern.

»Was? Schlechte Nachrichten? Oder kann sie nicht sprechen?

Oder hat sie Streit mit ihrer Mutter? Bitte sag etwas! Ich weiß nicht mehr, was ich denken soll.«

»Nicht aufgeben«, sagt Roar.

Yrsa seufzt und nickt.

Einige Zeit später haben sie den Hof ihres Vaters fast erreicht. Hoffentlich kann Edda sich im Lauf des Abends aus dem Langhaus schleichen, denkt Yrsa. Kaum etwas ist schwieriger auszuhalten als die Ungewissheit. Sie umrunden das Land in einem großen Bogen, nähern sich dem Grubenhaus aus Westen.

Doch bevor sie den Zaun erreichen, hört Yrsa laute Stimmen und Gelächter. Sie will Roar am Arm packen, aber er hat sich schon geduckt. Im Schutz einer Hecke schleichen sie näher, bis sie freie Sicht auf das Grubenhaus haben. Eine Gruppe Knechte und Mägde hat es sich nicht weit von der Hütte bequem gemacht. Einer der Männer schichtet gerade Holz auf, um ein Feuer zu entfachen. Zwei große Körbe mit Essen und Trinken stehen daneben.

»Was machen die dort?«, zischt sie Roar zu.

Er zuckt mit den Schultern. »Feiern.«

Sie warten eine lange Zeit hinter der Hecke. Es ist ein warmer Abend, die Knechte und Mägde liegen im Gras, trinken und machen nicht den Eindruck, als würde sie sich bald bewegen.

»Lass uns im Wald übernachten«, sagt Roar.

»Dort wird Edda uns nicht finden«, sagt Yrsa.

»Vielleicht kommt sie heute Abend nicht.«

»Meinst du, sie hat im Palast Schwierigkeiten bekommen?«

»Möglich.«

Es ist schon spät, als sie sich schließlich im nahen Wald ein Lager einrichten. Yrsa starrt durch die Zweige in den düsteren Nachthimmel, streicht mit zitternden Fingern über Avidhs Armring.

Nur noch ein bisschen Geduld, versucht sie sich zu trösten. Sie dreht sich auf die Seite, winkelt die Beine an, sie muss endlich schlafen. Dann spürt sie, wie ein Regentropfen auf ihr Ohr klatscht.

Kapitel 38

Etwas wärmt seine Füße. Avidh blinzelt. Ein morgendlicher Sonnenstrahl fällt schräg auf sein Bett. Der Vorhang an der rechten Wand ist nicht ganz geschlossen. Dahinter erkennt er ein Fenster mit Glas. Also befindet er sich in einer Kirche oder einem Palast. Niemand sonst hat so etwas. Vorsichtig hebt Avidh den Kopf. Der Sessel steht noch immer neben seinem Bett. Er ist allein, fühlt sich besser, seine Kehle ist ausgetrocknet, aber er hat den Fiebertroll besiegt. Fridas Stein hat ihm geholfen. Er hat ihn unter den Pelz, auf dem er liegt, geschoben.

Avidh streckt den Arm aus, greift nach dem Becher neben seinem Bett und trinkt. Seine Glieder sind noch immer so schwer, als würden Mahlsteine an ihnen hängen. Trotzdem ist er erleichtert, dass er wieder klarer denken kann. Er braucht einen Plan. Und ein Messer. Er versteht nicht, warum er hier ist und warum Signe wusste, dass sie durch den Wald kommen würden. Wer hat sie dieses Mal verraten? Und wo ist Yrsa?

Sein Blick bleibt an seinem Handgelenk hängen. Der Armring ist verschwunden! Jemand hat ihn gestohlen, während er im Reich der Dämonen schwebte. Kalte Wut packt ihn. Wer wagt das? War es einer der Soldaten? Oder etwa Signe? Dieser Gedanke macht Avidh noch zorniger.

Jetzt fällt ihm ein, er hat Yrsa zuletzt gesehen, als sie sich hinter einem Busch versteckte und er sich nur mit Mühe auf dem Pferd halten konnte. Sie schaute ihn durch die Zweige an. Sorge und Angst lagen in ihrem Blick, aber auch der Kampfgeist, den er so an ihr mag. Er hofft inständig, dass sie sich hat retten können. Wenn ihre Schwester kein Fiebertraum war, könnte Yrsa in der Nähe sein. Zutrauen würde er es ihr. Der Stein ist eigentlich der Beweis, dass das Mädchen bei ihm war. Aber die Bilder in seinem Kopf sind verschwommen. Ein Gefühl ist jedoch deutlich: Er sehnt sich nach Yrsa. Gleichzeitig hofft er, dass sie sich nicht in Gefahr bringt, um zu ihm zu gelangen.

Auf dem Gang nähern sich Schritte, Avidh schließt die Augen. Jemand stößt die Türe auf. Als sie wieder geschlossen wird, öffnet er ein Auge einen Spalt. Es ist Himiltrud, die grauhaarige Frau. Sie scheint freundlich, doch er traut ihr nicht. Himiltrud setzt sich in den Sessel. Avidh blinzelt und stöhnt leise, als würde er gerade aufwachen. Sie soll nicht merken, dass er nicht mehr so krank ist.

»Geht es Euch schon besser?«, fragt sie.

Er brummt, versucht den Kopf zu heben, lässt ihn wieder sinken, als wäre es zu anstrengend.

Sie macht eine Handbewegung und lächelt. »Nicht zu schnell, junger Mann, Ihr müsst unbedingt liegen bleiben.«

»Wie lange bin ich schon hier?«, sagt er. Seine Stimme klingt, als habe er die Nacht in der Methalle verbracht.

»Seit sechs Nächten.«

Sechs Nächte! Warum ist er hier und schmort nicht in einem Kerker? Das ist eigenartig. Er traut der Sache nicht. Und Signe zuallerletzt. Hat sie veranlasst, dass er in diesem Bett liegt? Der Gedanke lässt den kalten Schweiß wieder ausbrechen.

Die Frau steht auf, kommt mit einem feuchten Tuch zurück. »Ihr könnt euch das Gesicht waschen«, sagt sie.

Das Tuch ist angenehm warm. »Wo bin ich?«

»Im Valkhof in Nijmegen, in der kaiserlichen Pfalz.«

Nijmegen. Das liegt östlich von Dorestad, also weit weg vom Lager. »Warum sitzt Ihr hier?«

Himiltrud lächelt. »Das müsst Ihr Signe fragen.«

Signe! Ihm dreht sich beinahe der Magen um, als er ihren Namen hört. Aber Himiltrud soll das nicht wissen. Er nickt matt. »Ist sie hier?« Warum hat Signe ihn nach Nijmegen geschafft?

»Sie kommt bestimmt noch. Sie hat viel Zeit bei Euch verbracht.«

Er hält den Gedanken fast nicht aus, dass Signe hier gesessen hat, während die Fiebertrolle in ihm wüteten und er sie nicht bemerkt hat. »Wer seid Ihr? Kennt Ihr Signe gut?«

»Ich gehöre zu den frommen Schwestern. Die Ehefrau des Marschalls ist eine gottesfürchtige Frau und hat uns um sich geschart. Wir beten gemeinsam, haben unsere eigene kleine Nische im Palast und sind auch in der Sankt-Nikolas-Kirche am nördlichen Ende des Valkhofs tätig.«

Avidh staunt, wie auskunftsfreudig Himiltrud ist. Aber sie kann ihm alles Mögliche erzählen. Er kennt den Valkhof nicht. »Wer weiß, dass ich hier liege?«

Himiltrud zögert kurz, schaut etwas sorgenvoll, dann sagt sie: »Nicht viele.«

Kann es sein, dass Signe ihn hier versteckt, bringt sie sich für ihn in Gefahr? Warum sollte sie das tun? Einen Moment überlegt Avidh, ob er Himiltrud nach seinem Armring fragen soll. Aber er will nicht preisgeben, wie viel ihm das Schmuckstück bedeutet. »Stehen Wachen vor der Türe?«, fragt er. Glauben wird er die Antwort nicht.

Himiltrud lächelt. »Ich habe keine gesehen.«

Vielleicht kommen sie, wenn Signe merkt, dass es ihm besser

geht. Vielleicht hat sie es bisher nicht für nötig gehalten. »In welchem Teil des Palastes bin ich?«

»Bei den frommen Schwestern. Schwester Odelgilde kennt sich gut aus mit den Heilkünsten aus dem Kloster Lorsch.«

Er ist bei den Nonnen, bei dem Gedanken muss er beinahe ein Lächeln unterdrücken. »Und niemand hat etwas dagegen, dass ich hier bin?«

Wieder zögert Himiltrud einen Moment. »Auch das müsst Ihr Signe fragen. Sie hat Euch hier versteckt.«

»Wessen Zimmer ist das?«

»Es ist unser Gästezimmer. Wir erwarten den Besuch der Äbtissin.« Himiltrud lächelt, bekreuzigt sich. »Wir warten schon lange darauf und hoffen, dass sie uns bald beehrt. Die Äbtissin ist eine sehr gütige, warmherzige Frau. Ich hatte das Glück sie schon einmal in ihrem Kloster kennenlernen zu dürfen. Es wird ein ganz besonderer Moment, wenn sie uns besucht.«

Bald? Was heißt das? In diesem Zustand kann er nicht weit laufen und erst recht nicht davonrennen.

»Jetzt ruht Euch aus«, sagt Himiltrud und steht auf. »Wir pflegen jeden gesund«, fügt sie hinzu und verlässt den Raum.

Wenn sie die Wahrheit gesagt hat, muss er auf der Hut sein, wer das Zimmer betritt.

Einige Zeit später schreckt Avidh auf, als sich die Türe öffnet. Er lauscht und spürt mit geschlossenen Augen, dass Signe hereingekommen ist. Sie hantiert im hinteren Teil des Raums mit etwas. Avidh öffnet die Augen. Signe hat ihm den Rücken zugedreht, zündet auf einem kleinen Tisch in der Ecke eine Öllampe an. Dann dreht Signe sich um und zuckt zusammen. »Avidh, du bist wach!«

In wenigen Schritten ist sie an seinem Bett, hebt die Hand, als wolle sie ihn berühren, tut es im letzten Moment nicht. Er schaut sie an, gibt keine Antwort, bemüht sich um einen gleichgültigen Gesichtsausdruck, obwohl die Gefühle in ihm toben. Signe hat sich kaum verändert. Sie ist noch genau so schön wie letzten Sommer. Ihre sinnliche und zugleich unnahbare Ausstrahlung hat sich nicht verändert. Er ärgert sich, dass er das bemerkt, kämpft gegen Übelkeit.

»Ich bin so froh, dass es dir besser geht«, sagt sie.

Der Ausdruck in ihren blauen Augen ist warm und voller Zuneigung, und er bekommt fast keine Luft. Die Dämonen rauschen durch seinen Kopf. Der Nebel schlägt beinahe über ihm zusammen. Er kann nicht glauben, dass sie vor ihm steht und die Frechheit hat, so etwas zu sagen. Aber sie soll nicht wissen, was mit ihm geschieht. Er stemmt sich gegen die Dämonen, bemüht sich um einen klaren Gedanken. »Warum?« Seine Stimme klingt heiser, fremd.

Signe greift nach seiner Hand. Er zieht die Hand weg, die Wunde sticht, er hat sich zu schnell bewegt. Sie öffnet die Lippen, atmet mit einem Seufzen ein.

»Warum?«, sagt er wieder und wundert sich, dass er ein Wort herausgebracht hat, während seine Haut in Flammen steht.

»Ich wollte nicht, dass dir etwas zustößt.«

Die Trolle tanzen über seine Rippen. Er will höhnisch lachen, doch der Schmerz wäre zu heftig. »Letzten Sommer …«, er schnappt nach Luft, »… da ist dir das wohl kurz entfallen …« Übelkeit brennt in seiner Kehle. »Da bin ich im Kerker der Franken … fast verreckt.« Warum spricht er mit ihr? Ihm ist schrecklich heiß.

Sie schüttelt heftig den Kopf. »Nein, das ist nicht wahr!«

Dieses Mal kann Avidh das höhnische Lachen nicht unterdrücken, der Schmerz überschwemmt ihn. »Lüg mich nicht an, du bist eine Verräterin … eine elende Verräterin.« Er bemüht sich, tief zu atmen, doch das geht nicht.

»Es tut mir so leid, Avidh, bitte glaub mir.« Wieder hebt sie die Hand, als wollte sie ihn berühren.

Einen Moment sieht er Verzweiflung in ihren Augen und wendet den Blick ab. Sein Kopf platzt beinahe. »Dir glaube ich kein Wort«, bringt er heraus. Er kneift die Augen zu, will sie nicht mehr sehen. Will sich nicht erinnern, wie sie ihn berührt und geliebt hat. Der Zorn, dass er sie auf diese Art wiedersehen muss, überkommt ihn so heftig, dass ihn die Dämonen in die Tiefe ziehen.

»Bitte, Avidh, ich … ich wollte niemals …« Ihre Worte dringen aus der Ferne an seine Ohren. »Avidh … Avidh, hörst du …?«

Er zuckt zusammen, öffnet die Augen. Signe sitzt im Sessel neben ihm, beugt sich nach vorne, als er sich bewegt. »Avidh, bist du wach?«

Er schüttelt den Kopf, so schwach, dass ihm nicht klar ist, ob sie es wahrnimmt.

»Du musst gesund werden.«

So oft hat er sich seine Rache ausgemalt, und dabei stand er ihr immer mit dem Schwert gegenüber, um gegen sie zu kämpfen. Auf den Tod. Er weiß nicht, wie er es aushalten soll, dass er jetzt im Bett liegt, wehrlos ist. Und sie ihm das Leben gerettet hat.

Sie seufzt. »Ich verstehe, dass du zornig bist.«

»Zornig?« Er will den Eistroll beschwören, doch seine Kraft reicht nicht. Der Hass flutet seinen Körper. Er bemüht sich, Fridas Stein durch den Pelz zu spüren. »Du verstehst nichts. Deinetwegen sind mehrere Männer gestorben.«

Sie schaut auf den Boden, zupft an ihrem Kleid. Es ist ein eng anliegendes Kleid, das ihre Figur betont.

»Ist dir klar, was du angerichtet hast?«

Sie holt tief Luft und sagt mit leiser Stimme: »Ja … Ich wollte nicht, dass dir etwas geschieht.«

Warum sagt sie das immer wieder? Er schließt die Augen. Als

er sie nach einer Weile wieder öffnet, sitzt sie noch immer im Sessel. Sein Magen hat sich etwas beruhigt.

»Ich möchte dir alles erklären«, sagt sie.

»Wie kannst du es wagen …?« Er wird ihr keine Gelegenheit geben, Ausflüchte zu erfinden. Sie versucht wieder nach seiner Hand zu greifen. »Lass das«, sagt er. Jetzt spürt er die Kraft des Steins, seine Gedanken sind etwas klarer. »Die Zeit, in der ich deine Hand gehalten habe, liegt weit in der Vergangenheit.«

»Bitte, Avidh. Ich erzähle dir alles, wenn es dir besser geht. Ich will dich nicht noch einmal verlieren. Lass mich den Verband anschauen.«

»Nein«, sagt er. »Verloren hast du mich letzten Sommer.«

Der Moment, als er verstand, dass sie eine Verräterin ist, hat sich in sein Gedächtnis eingebrannt. Damals lag er nicht auf einem weichen Pelz, sondern die Franken hatten ihn gerade aus einem düsteren Verlies gezerrt, schleiften ihn zum Verhör, und er sah Signe, wie sie ein bisschen abseits mit den Soldaten scherzte. Er glaubte zuerst an einen Irrtum. Dass sie das nur tat, um sich zu schützen. Doch als er sie ein zweites Mal beobachtete, dämmerte es ihm. Und es fühlte sich an, als würde er von einer Klippe in die Tiefe stürzen.

»Ich habe dafür gesorgt, dass du die beste Pflege bekommst.«

»Wer weiß, dass ich hier bin?«

Sie zögert einen Moment mit der Antwort. »Nicht viele. Wir müssen vorsichtig sein.«

Er schließt die Augen wieder. Er glaubt nichts, was sie sagt. Doch es könnte stimmen, dass sie ihn hier versteckt. Warum sollten die Franken zulassen, dass er hier liegt? Aber wie hat sie es geschafft, ihn überhaupt hier unterzubringen?

»Du musst dich ausruhen«, sagt sie. »Wer war diese Frau, die neben dir gekämpft hat?«

Jetzt schaut er sie an, sieht Eifersucht in ihrem Gesicht aufblitzen. Vermutlich hat Signe mitbekommen, dass der Franke ihn nur mit dem Schwert verletzen konnte, weil er Yrsa beistehen musste. Gut so. Er hofft, dass sie an ihrer Eifersucht erstickt.

»Avidh?«

Er gibt keine Antwort mehr.

»Ich schicke eine der Nonnen zu dir. Du musst gesund werden. Dann wirst du mich verstehen.«

Wird er nicht. Aber gesund werden muss er und herausfinden, wer Signe ihre Pläne verraten hat. Verfluchte Verräter! Ein Kämpfer mit Ehre tut so etwas nicht. Und wer immer es war: Er wird ihn finden.

Kapitel 39

Es ist düster in der Schenke, ein Geruch von Moder, Schweiß, abgestandenem Bier hängt in der Luft. Yrsa sitzt in der Ecke, den Eingang im Blick. Wenn sie sich bewegt, wackelt ihr Hocker. Holzsplitter ragen aus der Tischplatte vor ihr. Zwei Tische weiter sitzen zwei grauhaarige Männer, gebeugt über ihr Bier, ab und zu sagt einer von beiden ein paar Worte, und der andere nickt. Der mürrische Wirt, den sie am ersten Tag nach dem Hof ihres Vaters gefragt hat, schiebt Fässer hin und her. Holz quietscht auf Holz, ab und zu ächzt der Wirt und fährt sich durch seine schmierigen Haare.

Yrsa wartet auf Idun. Sie fragt sich, ob die Seherin wirklich hier übernachtet hat. Der Schlafraum wird kaum in besserem Zustand als der Schankraum sein. Aber sie weiß sowieso nicht mehr, was sie glauben soll, wenn Idun spricht. Als Idun sie im Lager vor Sven beschützte, hatte sie endlich das Gefühl, ihr vertrauen zu können. Aber ihr Auftritt gestern am Hafen hat Yrsa wieder verunsichert.

Es ist fast Mittag, und der Wirt meinte, Idun werde bald auftauchen, um eine Schale Eintopf zu essen. Der einzig angenehme Duft im Raum scheint aus dem Topf zu kommen, der über der in Stein eingefassten Feuerstelle hängt. Es ist warm hier in der Schenke, Yrsas Finger sind trotzdem kalt. Die letzte Nacht im Wald war feucht. Am Morgen hat Yrsa sich zum Grubenhaus zurückgeschlichen. Die Knechte und Mägde waren verschwunden, aber von Edda war keine Spur zu sehen. In ihrer Verzweiflung näherte sich Yrsa dem Langhaus ihres Vaters, doch dann trat Eddas Mutter aus der Türe, und Yrsa musste sich schnell verstecken. Schließlich hat sie sich auf den Weg in die Stadt gemacht, während sich neue Regenwolken vor die Sonne schoben. Jetzt hofft Yrsa, dass Idun inzwischen etwas erfahren hat.

Die Sorge nagt an ihr. Sie hat nur wenige Stunden geschlafen, ist mitten in der Nacht aufgeschreckt. Roar hat gestern Abend noch einen dicken Hasen geschossen, doch Yrsa musste sich zwingen, überhaupt etwas zu sich zu nehmen. Auch jetzt hat sie erst zwei Löffel aus der Schale mit dem Eintopf, der vor ihr dampft, runtergewürgt. Sie isst nur, weil sie weiß, dass sie ihre Kraft braucht, um Avidh zu befreien.

Endlich öffnet sich die Türe mit einem Quietschen, und Idun betritt die Schenke. Sie ist bleich, die schwarzen Haare hängen ihr strähnig ins Gesicht. In der Hand hält Idun ein Kinderkleid. Es ist aus gutem Wollstoff, vielleicht hat sie es auf dem Markt für ihre Tochter gekauft. Iduns Blick fällt auf Yrsa, kurz darauf sitzen sie einander gegenüber und löffeln Eintopf.

»Hast du irgendetwas gehört?«, fragt Yrsa und muss sich anstrengen, um ruhig zu klingen.

»Zuerst beantwortest du meine Frage: Ich will jetzt wissen, warum du in der Stadt bist«, sagt Idun. Ihre Stimme klingt barsch, sie wirkt fahrig.

»Um Informationen zu sammeln, so wie du«, sagt Yrsa.

»Im Gegensatz zu dir habe ich einen Auftrag von Angantýr.«

»Bitte, lass uns nicht streiten«, sagt Yrsa. »Hast du etwas herausgefunden?«

»Es gibt schlechte Nachrichten«, sagt Idun zwischen zwei Bissen. Ihr Blick geht ins Leere.

Yrsa setzt den Löffel ab, ihre Kehle ist sofort wie zugeschnürt. »Von wem?«

»Valìs Männer sind hier, um die Verhandlungen wegen des Procurator zu führen. Sie haben etwas erfahren, das mich sehr beunruhigt.«

»Was?« Yrsas Hände sind jetzt eiskalt.

»Es handelt sich um Gunnar und Leif.«

»Oh nein.« Leif. Bitte nicht Leif. Yrsa versucht sich an Leifs charmantes Grinsen zu erinnern. Sie hat es zu lange nicht gesehen. Wenn es ihm nur gut geht.

»Es ... Wir müssen alles tun, um es zu verhindern.« Idun streicht sich die Haare aus dem Gesicht.

»Was verhindern?« Yrsa bemüht sich, ihre Stimme nicht zu heben, zischt die Worte durch die Zähne.

»Ich habe die Götter und Geister heute Morgen schon um Hilfe angefleht.«

Yrsa schließt kurz die Augen, bemüht sich, ruhig zu atmen.

»Die Franken wollen Gunhild und Gísli gegen ein Lösegeld freilassen.«

»Das ist gut«, sagt Yrsa. Sie nimmt einen Löffel Eintopf.

»Aber sie weigern sich, Lösegeld für Gunnar und Leif anzunehmen.«

»Warum? Ich verstehe nicht.«

Idun schüttelt den Kopf. »Sie wollen sie hierher nach Nijmegen bringen. Das ist ein schlechtes Zeichen.«

»Was droht ihnen?« Yrsa versucht in Iduns Gesicht zu lesen. Und die Angst, die sie in Iduns Augen sieht, lässt ihr Herz noch schneller schlagen.

»Die Botschaften sind voller Düsternis. Genaues weiß ich noch nicht. Aber ich werde heute Abend über die alten Lande ziehen, mit den Wölfen reiten.«

»Warum erfahren Valìs Männer das?«

»Die fränkischen Beamten wissen manchmal nicht so genau, mit wem sie verhandeln und dass es zwei verschiedene Gruppen gibt. Und Valì hat gute Kundschafter.«

»Was ist mit Angantýr und unseren Kundschaftern?« Verdammt, Angantýr, denkt Yrsa, zeig endlich, dass du ein Anführer sein kannst.

»Er hat das mit Gunhild und Gísli erreicht. Aber mir ist nicht klar, ob er schon von Gunnar und Leif weiß. Du musst ins Lager zurück und ihm die Nachricht überbringen.«

»Ich? Warum?« Yrsa kaut auf ihrer Unterlippe.

»Warum bist du hier? Das hilft keinem.« Idun kneift die Augen zusammen.

Hat sie sich vielleicht wirklich getäuscht, und Avidh ist nicht hier? Muss sie ins Lager zurück, um Leif zu retten? Yrsas Gedanken rasen. »Warum gehst du nicht? Du hast den Auftrag von Angantýr, nicht ich.«

»Weil ich Valìs Männer kenne und sie mir vertrauen.«

»Ich kann nicht weg.« Yrsa schüttelt den Kopf. Auf jeden Fall heute nicht, denkt Yrsa, zuerst brauche ich Gewissheit. »Wenn Angantýr mit den Franken verhandelt, dann weiß er bestimmt von Gunnar und Leif. Oder er erfährt es längst, bevor ich den ganzen Weg zurückgereist bin.« Was Idun sagt, macht keinen Sinn.

»Willst du schuld sein, wenn wir ihnen nicht helfen?«

»Natürlich nicht. Aber es leuchtet mir nicht ein. Warum willst du, dass ich Nijmegen verlasse?« Iduns Miene ist jetzt undurchschaubar. Auch die Sorge von vorhin ist aus ihren Augen verschwunden. Was ist der Plan der Seherin?

»Es geht um deinen Platz in der Gemeinschaft, Yrsa. Du bist einfach abgehauen. So wirst du zur Verräterin an der Gruppe. Du solltest so schnell wie möglich zurückreisen und zeigen, dass du auf den Anführer hörst.«

»Was bringt das? Hier kann ich mehr erreichen.«

»Du willst es nicht verstehen. Du bist zu rebellisch«, sagt Idun.

Und obwohl es nicht zu dem passt, was Idun bisher gesagt hat, kommt es Yrsa fast vor, als würde kurz ein Lächeln über Iduns Gesicht huschen. »Gib mir bis morgen Zeit«, sagt Yrsa. Dann hat sie hoffentlich Nachricht von Edda. »Sind Leif und Gunnar schon hier in der Stadt?«

»Nein.« Idun murmelt einen Vers, den Yrsa nicht versteht.

»Was wäre das Schlimmste, das ihnen drohen könnte?«

Idun schaut sie mit starrem Blick an und zieht scharf die Luft ein. »Eine öffentliche Hinrichtung, um ein Exempel zu statuieren.«

Yrsa sitzt in einer Astgabel, nicht weit vom Boden, lehnt sich gegen die korkige Rinde der Esche. Der Stamm teilt sich hier in zwei kräftige Stränge. Sie zupft kleine Stücke aus der Rinde und hebt ab und zu den Blick. Das Langhaus ihres Vaters steht ein Stück weiter vorne, aber die dichten Äste schützen sie vor Blicken. Ein Knecht harkt im Boden, ein anderer zupft Unkraut im Gemüsegarten. Weiter südlich weiden die Pferde in einer kleinen Umzäunung. Ihr Vater hat einen schönen Hof, aber es fühlt sich seltsam an, nur ein heimlicher Gast zu sein.

Iduns Worte drehen sich in Yrsas Kopf. Sie wird nicht zulassen, dass die Franken Leif etwas antun. Niemals. Aber sie versteht nicht, warum Idun wieder von ihrem Platz in der Gruppe angefangen hat. Irgendetwas ist faul. Vielleicht hat Idun erfahren, dass Avidh im Palast sein könnte. Warum will Idun nicht, dass Yrsa ihn findet? Hat Angantýr ihr noch einen anderen Auftrag gegeben, als sich nur umzuhören?

Yrsa wartet auf Edda. Von ihrem Versteck im Baum beobachtet

Yrsa zwei kleine Kinder. Sie spielen hinter dem Langhaus Fangen, vielleicht Geschwister, die sie nicht kennt. Plötzlich tritt ihr Vater aus dem Haus, er ist also zurück von seiner Reise. Die beiden Kinder rennen auf ihn zu. Er nimmt sie gleichzeitig in die Arme, hebt sie hoch, dreht sich mit ihnen. Einen Moment hat Yrsa wieder den alten Geruch ihres Vaters in der Nase, Bartöl, geräuchertes Fleisch. Aber der Wind trägt die Erinnerung gleich wieder davon. Ihr Vater geht in die Hocke, die beiden Kinder zeigen ihm etwas, reden auf ihn ein. Yrsa ist zu weit weg, um sein Lachen zu hören, aber sie weiß, wie es klingt. Edda kommt aus der Scheune nach draußen, ihr Vater umarmt auch sie.

Yrsa senkt den Blick. Sie ist eine Frau, sie braucht ihren Vater nicht. Und sie ist Kämpferin, das hat sie ohne ihn geschafft. Langsam klettert sie vom Baum, schleicht geduckt zu der Hütte, hinter der Scheune, dem Holzverschlag und den Apfelbäumen. Von dort hat man keine direkte Sicht auf das Langhaus. Ist besser so. Sie hofft, dass Edda bald auftaucht.

Kurz darauf kommt Edda tatsächlich angerannt. Endlich. Schwer atmend setzt sie sich neben Yrsa auf den Boden.

»Edda! Ich bin so froh, dich zu sehen.«

Edda rollt die Augen. »Es gab Schwierigkeiten gestern. Meine Mutter hat gemerkt, dass ich im Palast abgehauen bin. Sie hat eine Szene gemacht. Jetzt, wo ich eine Frau sei, wäre das zu gefährlich.« Edda bläst die Luft laut aus. »Allen möglichen Blödsinn hat sie geredet.«

»Und?«

»Wo ist Roar?«

»Jagen.« Edda scheint ein bisschen enttäuscht, dass er nicht da ist. Aber dann strahlt sie und sagt: »Es geht ihm besser.«

»Wem?«

»Na, deinem Mann.«

»Was?! Hast du ihn gefunden?« Yrsas Herz rast. »Wo ist er? Im Palast? Was ist mit seiner Wunde? Ist er im Kerker? Konntest du mit ihm sprechen?«

Edda lacht. »Moment, warte. Zu viele Fragen auf einmal. Ich habe ihn heute wiedergesehen, und er sah besser aus.«

»Du hast ihn wiedergesehen?«

»Ja, ich hatte nicht viel Zeit, aber ich habe kurz bei ihm reingeschaut.«

»Oh Edda.« Yrsa legt die Hand auf die Brust, bemüht sich, nicht zu zittern. »Er ist im Palast und lebt?«

Edda nickt. Ihre Augen leuchten.

»Wie geht es ihm? Wo ist er?«

»Es ging ihm übel, als ich ihn gestern gefunden habe. Seine Augen waren glasig, die Haut eiskalt, sein Haar verschwitzt. Er hat eine Wunde an der linken Seite.«

Das Herz pocht Yrsa bis in die Schläfen. »Und heute?«, fragt sie mit zitternder Stimme. »Ist er im Kerker?«

»Nein, in einem schönen Zimmer. Heute war's besser. Er hat den Fiebertroll besiegt. Er wollte bei meinem ersten Besuch unbedingt diesen Stein. Den habe ich ihm gegeben.«

»Ein eisblauer, glänzender Stein?«

Edda nickt. »Es war ihm sehr wichtig. Ich habe ihn bei seinen Hosen gefunden.«

»Das hast du sehr gut gemacht«, sagt Yrsa und zieht ihre Schwester kurz an sich. Die Tränen laufen ihr über das Gesicht.

»Du brauchst nicht zu heulen«, sagt Edda. »Es geht ihm besser. Aber ich versteh, dass du ihn gut findest. Sogar mit schlimmem Fieber sah er richtig schön aus.«

Yrsa lächelt, wischt die Tränen weg. »Du musst mir alles erzählen. In welchem Teil des Palastes du ihn gefunden hast. Wer dort ein und aus geht. Wie steht es um seine Wunde?«

»Die ist verbunden.«

»Das ist gut. Also hat sich jemand darum gekümmert. Hast du eine Frau bei ihm gesehen?«

Edda schüttelt den Kopf.

»Ich muss zu ihm. Ganz dringend. Wie können wir das anstellen?«

Kapitel 40

Avidh sitzt auf dem Bettrand, bewegt die Beine. Noch fühlt er sich schwach, doch heute Morgen spürt er, dass seine Kraft langsam zurückkehrt. Das versteckt er, wenn jemand im Raum ist. Der Schmerz in der Seite hat nachgelassen, den Fiebertroll hat Avidh endgültig verscheucht. Er hat schon einige Schritte zum Fenster gemacht, hat sich danach gefühlt, als ob er zwei Stunden gerannt wäre. Egal. Er will wissen, in welchem Teil des Palastes er sich befindet. Aus dem Fenster hat er den Fluss gesehen, der Ausblick geht nach Norden. Er hatte Zeit zum Nachdenken, hat sein Vorgehen wie vor einem Kampf durchdacht und einen Entschluss gefasst. Yrsa. Leif. Nichts anderes zählt. Er wird die Dämonen in Schach halten, kämpfen, bis er weiß, wie es den beiden geht. Auch wenn es bedeutet, dass seine Rache zurückstehen muss. Er hat zwölf Monde gewartet, er kann auch noch ein bisschen länger warten.

Auf dem Gang hallen Schritte, jemand rennt, die Türe wird aufgerissen. Avidh hat gerade noch Zeit, sich wieder hinzulegen. Es ist Signe, ihre Augen sind aufgerissen. »Avidh, wir müssen dich verstecken. Schnell.«

»Warum? Ist das eine deiner Finten?«

»Nein, wirklich! Ich helfe dir.« Sie steht in der Türe, schaut durch einen Spalt nach draußen, atmet schnell.

»Zuerst sagst du mir, vor wem ich mich verstecken soll.«

»Avidh, du schwebst in großer Gefahr, glaub mir einfach.«

»Ich soll dir glauben? Ist das dein Ernst?« Es tut gut zu spüren, dass er sich wenigstens mit Worten wieder wehren kann.

»Bitte, es ist keine Zeit!« Sie nähert sich seinem Bett. »Ich helfe dir.« Sie greift nach seinem Arm.

Der Zorn überschwemmt ihn in Wellen, Zorn, dass er ihr ausgeliefert ist, ihren Worten nicht trauen kann, obwohl sie wahr sein könnten. Doch seine Kraft reicht jetzt, um den Eistroll zu beschwören, er hält den Stein fest in seiner Faust. Und sein Schwert ist irgendwo im Palast, das spürt er. Selbst wenn er Signe nicht glaubt, ist es gut möglich, dass er in Gefahr schwebt. Vielleicht will ihn jemand in den Kerker werfen. Und viele im Palast dürfen nicht wissen, dass er hier liegt. Er dreht sich auf die Seite, langsam, beschwerlich. Signe beseitigt die Spuren seiner Anwesenheit im Zimmer.

»Wo ist Himiltrud? Sie kann mir helfen.«

»Sie ist nicht da. Schnell!«

Er hört Angst in Signes Stimme. Sie glättet die Decke über dem Bett, greift ihm unter die Schulter, vorsichtig, sanft. Sein Körper erinnert sich an ihre Berührungen. Sein Kopf wehrt sich heftig dagegen.

»Kannst du stehen? Wir müssen uns beeilen.« Sie legt ihm einen Umhang um, streicht sanft über seinen Rücken. Dort wo er schmerzt vom langen Liegen.

»Lass das«, sagt er. Dass er aufstehen kann, wird ihr verraten, dass es ihm besser geht. Was ihn ärgert. Aber wollte er Schwäche vortäuschen, müsste er sich stärker auf sie stützen, mehr körperliche Nähe zulassen. Das will er noch weniger.

»Leg den Arm um meine Schultern«, sagt sie. »Den rechten, wo die Verletzung nicht ist.«

Er ächzt, und weil es nicht anders geht, stützt er sich auf sie.

Signe riecht noch genauso wie früher. Avidh lässt Bilder von Yrsa vor seinem inneren Auge auftauchen. Wie er sie zum allerersten Mal am Noor in Haithabu geküsst hat und die Wassergeister im Hintergrund zustimmend murmelten. Und wie tief er sich am Abend vor dem Überfall mit ihr verbunden gefühlt hat. Diese Bilder helfen ihm.

»Wohin gehen wir?«, fragt er leise, als sie die Türe erreichen.

»Schtt«, sagt Signe und späht vorsichtig hinaus.

Wenigstens bekommt er jetzt etwas von seiner Umgebung zu sehen. Sie treten auf einen breiten, menschenleeren Gang. Der steinerne Boden ist kalt unter seinen nackten Füssen. Alle fünf Schritte stehen hohe Kerzenständer, auf ihnen sind Öllampen befestigt. Ihr Licht spiegelt sich in einem Band roter Farbe an den Wänden. Es ist still. Hat Signe ihm etwas vorgespielt? Rechts und links sind geschlossene Türen.

»Dort rüber«, sagt sie und zeigt den Gang hinunter. »Schaffst du das?«

Seine Seite schmerzt bei jedem Schritt, er ist kurzatmig, muss sich auf Signe stützen. Trotzdem tut es gut, sich zu bewegen. Sie erreichen eine Türe weiter hinten, wo weniger Lampen den Gang erleuchten. Noch ein Stück weiter macht der Gang eine Biegung. Signe öffnet die Türe leise, und sie treten ein. Es ist eine schlichte Kammer, ein Bett, ein Stuhl, ein Tisch, darauf ein Kreuz und eine Pergamentrolle. Es gibt nur ein kleines Fenster, es geht auf den Innenhof, Blickrichtung Süden.

»Wo sind wir hier?«, fragt er.

»Im östlichen Teil des Nordtrakts, das Gebäude rundet sich Richtung Osten und geht in den Ostflügel über.«

Avidh staunt, dass sie ihm diese Dinge verrät. Er ist schweißgebadet, setzt sich langsam auf das Bett. »Wessen Kammer ist das?«

»Himiltruds. Sie wird uns das nicht übel nehmen.«

Dann hört er es. Draußen auf dem Gang dröhnen Schritte. Er zählt vier Männer, die Schwerter schlagen ihnen beim Laufen gegen die Beine.

»Und hier schauen sie nicht nach?«, flüstert er.

»Kannst du dich dort in die dunkle Ecke hinter der Türe stellen?«

Er nickt. Signe setzt sich an den Tisch, nimmt die Pergamentrolle und rollt sie auf. Kurz darauf poltert es an der Türe. Ein Soldat streckt den Kopf herein. Avidh hält die Luft an. Signe könnte ihn jetzt verraten.

»Entschuldigt«, sagt der Soldat zu Signe. »Wir haben gehört, dass sich ein Fremder hier versteckt. Habt Ihr etwas beobachtet?«

Signe legt sich erschrocken die Hand auf die Brust. Etwas vorspielen, das kann sie gut. »Das ist ja schrecklich! Ich habe niemanden gesehen. Wie gut, dass Ihr so aufmerksam seid. Aber hier sind nur Frauen.«

Der Soldat nickt und schließt die Türe. Als sich die Schritte entfernt haben, lässt sich Avidh wieder auf das Bett sinken. Sein Herz schlägt zu schnell, das Stehen hat ihn angestrengt.

»Hast du die Soldaten bestellt, um mich auf deine Seite zu ziehen?«

»Nein, Avidh.« Sie setzt sich neben ihn aufs Bett, legt ihre Hand auf seine. »Ich habe dich vermisst.«

Er zieht seine Hand weg. »Setz dich wieder auf den Stuhl. Wie kannst du dich verhalten, als wäre nichts geschehen? Du hast etwas Unverzeihliches getan.« Es kommt ihm seltsam vor, dass er mit ihr spricht, anstatt gegen sie zu kämpfen. Aber er hat beschlossen, ruhig zu bleiben.

»Ich wollte dir nicht schaden. Glaub mir das, Avidh! Ich liebe dich, habe nie aufgehört dich zu lieben.« Sie setzt sich wieder auf den Stuhl.

Er schnaubt. »Du wagst es, von Liebe zu sprechen? Bjarni, Fólki, Kóri, erinnerst du dich an diese Namen? Bjarni war gerade mal achtzehn, frisch verheiratet, seine Frau schwanger, Fólki hat die besten Fischsuppen gekocht, dir immer eine besonders große Portion in die Schale geleert, obwohl du immer unfreundlich zu ihm warst, Kóris Mutter ist am Landungssteg zusammengebrochen, als die Männer ohne ihn zurückkehrten. Erinnerst du dich an Bjarni, Fólki und Kóri?«

Signe presst sich die Hände auf die Ohren. »Hör auf!«

»Du sprichst von Liebe, und sie sind letzten Sommer wegen deines Verrats gestorben. Ich kann dir auch erzählen, wie es mir bei den Franken ergangen ist. Von den Schlägen, dem Hunger, wie sie mir die Schwerthand gebrochen haben. Frida hat lange gebraucht, um mich wieder auf die Beine zu bringen.« Avidh sieht Schmerz in Signes Gesicht. Er sollte sich darüber freuen, aber er spürt nur Leere in sich.

»Ich weiß nicht, wie ich es wiedergutmachen kann.«

»Kannst du nicht.«

Signe seufzt und schaut zur Türe. »Wir müssen noch etwas in der Kammer bleiben. Leg dich hin. Ich suche in der Truhe nach einer Decke.«

»Nicht nötig«, sagt er. Aber er legt sich auf Himiltruds Bett. Er will die Wunde schonen, ist erschöpft, schließt die Augen.

Er muss eingeschlafen sein. Als er aufwacht, sitzt Signe noch immer auf dem Stuhl und schaut ihn an. Ihre Augen sind gerötet.

»Bitte hör mich an, Avidh. Als es dir so schlecht ging, die letzten Tage, hatte ich ständig diese Bilder vom vorigen Sommer im Kopf. Ich wollte das nicht, dass die Franken dich so quälen. Es war furchtbar.«

»Ach ja? Das kam mir nicht so vor.«

Signe schüttelt den Kopf. Dann geht ihr Blick ins Leere. »Wir hatten eine so schöne Zeit zusammen. Weißt du noch, als wir kurz vor der Reise ein paar Tage an der Schleimündung verbracht haben, nur du und ich? Gunnar war unterwegs, die Vorbereitungen liefen gut. Es war sehr warm. Wir haben am Strand geschlafen, unsere Kleider zwei Tage lang nicht mehr angezogen. Irgendwann hatte ich in jeder Körperöffnung Sand.« Sie lacht leise. »Du hast das Glück in mein Leben zurückgebracht.«

»Hör sofort auf.« Natürlich erinnert er sich. Aber alles ist überlagert von den Bildern des Schreckens, die danach kamen. »Warum hast du uns verraten?«

»Ich … Das kann ich dir noch nicht sagen, Avidh.«

»Warum nicht? Wie soll ich dann glauben, dass du es bereust?« Er staunt, wie ruhig und gleichgültig seine Stimme klingt.

»Bitte vertrau mir.« Ihr Tonfall ist flehend.

»Signe. Du verstehst nicht. Ich werde dir nie mehr vertrauen.«

Sie setzt sich auf den Bettrand. »Glaub mir wenigstens, dass ich dir nie schaden wollte. Bei Freyja, Avidh, dich wiederzusehen«, sie legt eine Hand auf sein Bein, »hat so viel in mir ausgelöst. Ich möchte dir wieder nahe sein.«

»Geh zurück auf den Stuhl. Ich will noch etwas wissen: Wer hat uns jetzt verraten? Warum wusstet ihr, welchen Weg wir nehmen? Was hat das alles mit den Ereignissen des letzten Sommers zu tun?«

Sie schüttelt den Kopf. »Das kann ich dir noch nicht sagen.«

»Was ist mit den anderen? Die ihr verfolgt habt? Sind sie Gefangene? Entkommen? Ich will Antworten!«

Sie schaut ihn einen Moment mit einem besorgten Blick an, schüttelt dann wieder den Kopf.

Er stößt die Luft aus, der Druck auf seiner Brust nimmt zu. Er wartet, bis die Kälte in seine Adern zurückkehrt, dann sagt er: »Du beantwortest keine meiner Fragen, forderst nur, ich solle dir vertrauen. Was für ein Hohn.«

»Ich weiß. Aber warum würde ich dich hier verstecken, wenn du mir nichts bedeutest?«

»Wenn du glaubst, ich könnte dich jemals wieder lieben, irrst du dich.« Ich liebe Yrsa, denkt er, und sie ist so anders als du.

»Sag das nicht. Werde gesund. Wir können wieder Seite an Seite kämpfen.«

Es macht ihn fassungslos, diese Worte von ihr zu hören. Er schließt die Augen, bemüht sich ruhig zu atmen. Aber bei jedem Atemzug sticht seine Wunde. »Lassen wir das«, sagt er.

»Ich glaube, wir können jetzt zurückgehen.« Sie steht auf, öffnet die Türe, späht hinaus. »Sie sind weg.«

»Und woher weiß ich, dass sie nicht wiederkommen?«

»Im Moment haben wir Ruhe. Sie haben aufs Geratewohl Teile des Palasts durchsucht. Sie wissen nicht, dass du in diesem Teil des Gebäudes bist. Und ob du überhaupt hier bist.«

»Wer hat sie geschickt?«

Sie atmet laut hörbar aus.

»Signe? Wem vertraust du hier im Palast und wem nicht?«

»Es gibt Machtkämpfe innerhalb der Palastgarde. Du weißt nicht, wie die Pfalzen organisiert sind.« Sie verdreht die Augen. »Es sind mehr als hundert Leute hier, mindestens, und das Zwei- bis Dreifache, wenn der Kaiser anwesend ist.«

»Ist er hier?«

»Nein. Es ist ein Gerangel um seine Gunst, um die Macht, um die Gunst des Pfalzgrafen. Der Pfalzgraf vertritt den Kaiser in seiner Abwesenheit. Ich kenne den Marschall gut. Das ist eine wichtige Stellung. Und der Marschall und der Pfalzgraf sind in diesem Palast Brüder. Deshalb übernimmt der Marschall Aufgaben des Pfalzgrafen, wenn der wie jetzt auf Reisen ist. Er hat also mehr Einfluss, als ein Marschall es ohnehin schon hätte. Eigentlich beaufsichtigt ein Marschall die kaiserlichen Ställe, die Pferde. Sie haben sehr schöne Pferde. Sie würden dir gefallen.« Sie lächelt kurz.

Er reagiert nicht. »Und weiter?«

»Die Frau des Marschalls hat die frommen Schwestern um sich geschart. Sie haben hier ihre kleine Nische. Himiltrud gehört dazu.«

Er nickt. Das hat Himiltrud ihm auch erzählt. Entweder gut abgesprochen oder wahr. »Und wer hat die Soldaten geschickt?«

»Das hat mit den Machtkämpfen innerhalb der Palastgarde zu tun. Es gibt Konflikte, wer die kaiserliche Garde hier anführen darf. Der Stellvertreter will den Posten des Anführers. Vermutlich gab es Gerüchte, dass jemand einen Fremden versteckt, und der Stellvertreter hat einfach mal eine Durchsuchung angeordnet. Weil es ihm helfen würde, wenn sie dich finden.«

»Wer hat die Gerüchte verbreitet?«

»Das weiß ich nicht. Ich hoffe, es war nicht eine der Schwestern, die dich gepflegt haben.«

Klingt glaubwürdig, denkt Avidh, muss nichts heißen. Er hat am eigenen Leib erfahren, wie gut Signe lügen kann. »Und wer weiß, dass ich hier bin?«

»Nur sehr wenige.«

»Wo ist mein Schwert?«

»In Sicherheit. Mir ist klar, was es dir bedeutet.«

»Wo?«

Sie schaut ihn lange an, seufzt leise. »Das kann ich dir nicht sagen.«

»Wenn du willst, dass ich dir nur ein Wort glaube, bring mir eine Waffe.«

»Das geht nicht.«

»Warum nicht?« Er kennt die Antwort auf diese Frage, aber er will ihre Ausflüchte hören.

»Was würdest du damit tun?«

»Mich verteidigen, wenn nötig.« Avidh richtet sich auf, setzt sich auf die Bettkante.

»Ich … ich denke darüber nach. Aber wir können hier nicht bleiben. Die Wachen haben gesehen, dass der Raum, in dem du vorher warst, leer ist. Dort ist es am sichersten. Ordensfrauen übernachten in dem Raum, wenn sie zu Besuch sind. Niemand vermutet einen fremden Kämpfer.«

»Sie werden sich über meine Blutflecken freuen. Lass uns zurückgehen.«

Er legt den rechten Arm wieder um Signes Schultern. Dieses Mal löst es weniger in ihm aus, sie zu berühren. Langsam setzt er einen Fuß vor den anderen, es ist anstrengend, die Wunde brennt bei jedem Schritt.

Sie haben erst wenige Schritte hinter sich gebracht, als am anderen Ende des Gangs zwei Gestalten auftauchen. Signe erstarrt einen Moment, aber es ist zu spät, um sich zu verstecken. »Wir gehen einfach weiter, als ob nichts wäre«, flüstert sie. »Ich habe das Mädchen schon im Palast gesehen, und eine Nonne begleitet sie. Sie sind keine Gefahr.«

Avidh kann nicht glauben, was er sieht. Sein Puls pocht in den Schläfen. Würde der Fiebertroll noch in ihm toben, wäre das ein Traum. Er kennt diese Bewegungen, diesen Gang, diese Umrisse. Er würde sie unter Tausenden von Frauen sofort erkennen. Yrsa! Es geht ihr gut. Sie sitzt nicht im Kerker. Er ist so erleichtert. Wärme durchströmt ihn beim Gedanken, wie sie für ihn kämpft. Er möchte stehen bleiben, sie an sich ziehen, nicht mehr loslassen. Aber das würde sie in Gefahr bringen. Wie hat sie es geschafft, sich in den Palast zu schmuggeln? Doch warum ausgerechnet jetzt?

Sein Arm liegt auf Signes Schultern, Signes Hand ist an seiner Hüfte. Wie kann er Yrsa in den wenigen Momenten, in denen sie aneinander vorbeigehen, klarmachen, dass all das nichts bedeutet? Dass er nur sie will, nur sie liebt. Und nicht Signe. Wenn Yrsa nur nichts Unüberlegtes tut.

Die beiden kommen näher. Das Licht der Lampen fällt auf Yrsas Gesicht. Sie trägt eine Haube über den Haaren, wie eine Nonne, und ein Kreuz um den Hals. Er würde schmunzeln, wäre es nicht so ernst. Das Mädchen neben Yrsa ist ihre Schwester, die ihn besucht hat. Die beiden tuscheln einen Moment. Das Mädchen schaut ihn kurz an, runzelt die Stirn. Yrsa starrt geradeaus. Er muss ihr in die Augen schauen, muss ihr zu verstehen geben, dass alles nicht so ist, wie es scheint. Aber sie schaut ihn nicht an.

Es sind nur noch zwei Kerzenständer, dann gehen sie aneinander vorbei. Schau mich an. Kalter Schweiß bricht ihm aus. Er darf keine Aufmerksamkeit auf die beiden lenken, sonst wird Signe misstrauisch. Aber Yrsa muss wissen, dass er nur sie liebt. Und niemals zu Signe zurückkehren wird. Bitte schau mich an!

Noch ein Kerzenständer, wenige Schritte. Yrsa starrt noch immer stur geradeaus. Sie hat gesehen, wie Signe ihn berührt, ihre Hand an seiner Hüfte. Hoffentlich begreift sie, dass seine Verletzung der einzige Grund ist. Beweg die Augen. Nur kurz.

Er verlangsamt seine sowieso schleppenden Schritte. Stöhnt leise, als bereite ihm das Laufen Mühe. Yrsa weiß, dass er das normalerweise nicht tun würde. Er will ein paar Momente Zeit gewinnen, aber sein Plan geht nicht auf. Signe reagiert auf sein Stöhnen und macht alles schlimmer. Sie streichelt ihn, als wollte sie ihm den Schmerz nehmen. Als sie nur noch zwei Schritte trennen, schaut Yrsa ihm für einen Wimpernschlag in die Augen. Er sieht Erleichterung, Sorge, Verletztheit in ihrem Blick. Frida, steh uns bei, fleht er im Innern. Lass sie verstehen, was wirklich vor sich geht.

Er hebt die Brauen, versucht all seine Gefühle für sie in diesen kurzen Blick zu legen. Glaube mir, es ist nichts, ich liebe nur dich, sagen seine Augen. Aber er weiß nicht, ob ihre Augen das verstehen. Und dann sind sie schon vorüber. Ihre Schultern haben sich beinahe gestreift. Umdrehen kann er sich nicht.

Zurück im Zimmer, lässt er sich erschöpft auf das Bett sinken. Er ist schweißgebadet. »Lass mich allein«, sagt er zu Signe.

»Ja, ich muss gehen«, sagt sie. »Hoffentlich war es nicht zu anstrengend für dich.«

Er gibt keine Antwort, schließt die Augen. Wenn nur Yrsa es nicht falsch verstanden hat.

Kapitel 41

»Was ist, hast du die Frau gekannt?«, zischt Edda. Sie folgen dem Gang, der vom Nord- in den Ostflügel eine lang gezogene Biegung macht, und kommen an vielen geschlossenen Türen vorüber. »Yrsa? Ich hab dich was gefragt. Wer war die Frau bei Avidh?«

Yrsas Lippen zittern, sie schluckt, nimmt Eddas Hand, drückt sie fest, weil sie sich irgendwo festhalten muss.

»Deine Hände sind eiskalt«, sagt Edda.

»Ich weiß. Er lebt … er lebt … er lebt«, sagt sie immer wieder leise, als könnte sie es noch nicht richtig glauben.

»Ja, hab ich dir doch gesagt«, sagt Edda.

»Ich hatte solche Angst um ihn«, flüstert Yrsa. So schreckliche Angst, dass sie ihn nie wiedersehen würde. Die Angst hatte sich in jede Ecke ihres Kopfes geschlichen und ihr Albträume geschickt, wie er irgendwo tot in einer Blutlache liegt. Edda bleibt plötzlich stehen und umarmt sie. Yrsa drückt den Kopf ihrer Schwester an ihre Brust, küsst ihre Haare. Dann eilen sie weiter. Es war so schwierig, an Avidh vorbeizugehen, als wäre er ein Fremder.

Aber warum war er Arm in Arm mit Signe? Es wird Yrsa erst jetzt so richtig klar. Dass Signe ihn hier im Palast untergebracht hat, kann nur bedeuten: Sie will ihn unbedingt zurück. Warum sonst würde sie das tun?

Avidh war so bleich, sein Gesicht schmaler, mit tiefen Ringen unter den Augen. Seine Lider schienen schwer, aber die Augen wirkten nicht fiebrig. Erschöpft, aber nicht fiebrig. Bitte, Frida, fleht Yrsa in Gedanken, stehe ihm bei aus der Ferne. Sie hofft, dass die Franken hier im Palast fähige Heilerinnen haben. Immerhin ist es ein gutes Zeichen, wenn er auf den Beinen ist. Sie wünscht sich so sehr, ihn zu berühren. Ihm ins Ohr zu flüstern: Ich bin unendlich erleichtert, dass du lebst. Die Wunde hat sie nicht gesehen. Er trug ein langes Hemd und darüber einen Umhang. Die lockigen Haare hingen ihm ungekämmt ums Gesicht.

Ganz kurz hat Yrsa Avidh in die Augen geschaut. Sie ist so erschrocken, alles ging zu schnell. Deshalb ist sie nicht sicher, was sie in seinem Blick gesehen hat. Wollte er sagen: Ich habe Signe verziehen, ich verstehe sie jetzt? Wollte er ihr mitteilen, es ist nichts, mach dir keine Sorgen? Oder wollte er sie um Verzeihung bitten, dass er sie für Signe verlässt? Bei diesem Gedanken zieht sich alles in Yrsas Bauch zusammen.

Aber jetzt müssen sie schnell aus dem Palast. Eddas Mutter darf nicht merken, dass ihre Tochter fehlt. Signes Hand lag auf Avidhs Hüftknochen, als wollte sie allen zeigen: Das ist mein Mann. »Ist er nicht«, murmelt Yrsa. Edda schaut sie fragend an. Er gehört ihr und niemandem sonst. Und sie wird ihn aus diesem verfluchten Palast holen. Und Leif wird sie auch befreien. Aber Avidhs Arm lag um Signes Schultern. Hat sie doch alles falsch verstanden? War das schon immer der Plan? Avidh hat nie viel von Signe gesprochen, außer dass er sich rächen wolle. Unbedingt. Yrsa weiß nicht, wie sie das deuten soll, die zwei Arm in Arm. Sie ist so glücklich, dass Avidh lebt, und so verwirrt, wenn sie sich an das Bild erinnert, wie die beiden sich berührten. Wie ein Liebespaar.

»Yrsa, ich hab gefragt, wer diese Frau war«, sagt Edda. »Kennst du sie? Jetzt konnten wir Avidh nicht besuchen. Warum haben wir nicht irgendwo gewartet, bis die Frau weg ist? Er war fast bei der

Türe, wo ich ihn die letzten Male gefunden habe. Vielleicht ist die Frau einfach ein bisschen mit ihm spazieren gegangen. Er kann nicht immer nur im Bett liegen.«

»Du hast recht. Aber lass uns später darüber reden«, sagt Yrsa leise. Sie haben den Haupttrakt des Ostflügels erreicht und eine der langen, breiten Treppen, die ins Erdgeschoss hinunterführen. Yrsa nimmt zwei Stufen auf einmal, obwohl das Kleid sie behindert.

»Nicht so schnell«, zischt Edda. »So läuft keine Nonne.«

Ein Mann, der Pergamentrollen unter dem Arm trägt, kommt ihnen auf der Treppe entgegen und wirft Yrsa einen fragenden Blick zu. Am Fuß der Treppe bleibt Yrsa stehen. Auch hier unten ist ein langer Gang, noch breiter, noch höher, wo Türen auf den Säulengang im Innenhof führen. Die Türen auf der anderen Seite öffnen sich in die Säle, hat Edda gesagt. Sie schlüpfen durch eine Türe nach draußen und folgen dem Säulengang im Innenhof.

»Warte doch«, sagt Edda. »Meine Mutter darf uns nicht sehen. Sie ist in der Kirche«, Edda zeigt in die Richtung, »dort drüben, zwischen der Königshalle und dem Nordflügel.«

Yrsa bleibt stehen. Soll sie zurückgehen? Ihn fragen, was das zu bedeuten hatte? Sie würde gern, aber es wäre zu gefährlich. Was, wenn Signe bei ihm im Zimmer ist? Was, wenn sie dort übernachtet? Bei diesem Gedanken vergisst Yrsa einen Moment lang Luft zu holen.

»Komm weiter«, sagt Edda. »Was soll das? Erst rennst du, und jetzt machst du keinen Schritt mehr.«

»Entschuldige«, sagt Yrsa und läuft wieder los.

Sie kann nicht vergessen, wie nah sich die beiden waren. Schon von Weitem hat sie erkannt, wie Signe Avidh ansah. Bevor Yrsas Blick ganz kurz zu Avidh ging, hat sie Signe beobachtet. Und der Ausdruck auf ihrem Gesicht war eindeutig. So schaut man, wenn man jemanden will.

Es fühlt sich an, als würde eine Hand Yrsas Herz umklammern. Sie schnappt nach Luft, aber das klammernde Gefühl will nicht verschwinden. Er lebt, das war ihr größter Wunsch. Alles andere versucht sie auf die Seite zu schieben. Sie ist eine Kämpferin, und unterkriegen lässt sie sich auch von Signe nicht. Wenn sie nur ihre verdammte Hand nicht auf Avidhs Hüfte gehabt hätte. Gestreichelt hat sie ihn!

Zurück auf dem Hof ihres Vaters, schüttelt Yrsa die Felle aus, auf denen sie schlafen, und kehrt das kleine Grubenhaus mit einem Reisigbesen sauber. Es sind nur sechs Schritte von einer Wand zu anderen, trotzdem fühlt es sich schon ein bisschen wie ein Zuhause an. An der linken und der rechten Wand haben sie je einen Haufen Stroh und Reisig zusammengeschoben, darauf legen sie die Felle. Dazwischen steht ein kleiner schiefer Hocker, gegen den sie beide abends ihre Waffen lehnen.

Sie fegt heftig und viel länger als nötig. Das Bild von Avidh und Signe geht ihr nicht aus dem Kopf. Bisher war Signe nur ein Phantom. Yrsa bekam die Folgen von Signes Verrat zu spüren; als sie Avidh kennenlernte, hat sich die zwei aber nie als Paar vorgestellt. Doch jetzt fluten Bilder von den beiden ihren Kopf. Hat Avidh zu Signe auch »Ich liebe dich« gesagt? Wie hat er sie dabei angeschaut? Wie hat er sie angefasst? War es noch besser, schöner, wenn er mit Signe das Bett geteilt hat?

Yrsa seufzt. Es bringt nichts, sich darüber jetzt den Kopf zu zerbrechen. Avidh lebt. Das ist das Wichtigste, und ihr ist etwas anderes eingefallen. Egal, was mit Signe ist, sie muss Avidh dringend einiges mitteilen. Er muss wissen, dass Leif in Gefahr ist und dass Angantýr behauptet, er sei tot.

Es ist schon dunkel, als Edda angerannt kommt und ihnen zu essen bringt.

»Meine Mutter hat wieder Schwierigkeiten gemacht«, sagt sie und knurrt. »Ich weiß nicht, was für ein Troll sie gebissen hat. Sie hat nichts Besseres zu tun, als mir hinterherzuschnüffeln.«

»Gehst du morgen in den Palast?«

»Vermutlich schon. Ich kann dich aber nicht mitnehmen. Das ist im Moment zu heikel. Ich weiß nicht, ob das überhaupt noch mal klappt.«

Yrsa seufzt, lauter, als sie eigentlich wollte. War das heute vielleicht ihre einzige Möglichkeit, in den Palast zu gelangen, und sie trifft ausgerechnet auf Signe? Sie holt tief Luft und bemüht sich, das Zittern in ihrer Brust zu unterdrücken. »Ist schon gut. Aber du musst Avidh dringend etwas mitteilen.«

»Ich sag ihm nicht, dass du ihn liebst.«

»Nein. Du musst ihm etwas sehr Wichtiges über seinen besten Freund erzählen: Sag ihm, Leif schwebt in großer Gefahr. Die Franken haben ihn gefangen genommen, und er wird nach Nijmegen, vermutlich in den Kerker im Palast, gebracht. Das ist sehr wichtig.«

»Oh nein! Ja, sage ich ihm«, sagt Edda. »Wenn ich meine Mutter abschütteln kann.«

Yrsa zieht sich in das Grubenhaus zurück. Sie will allein sein, nachdenken. Roar und Edda bleiben draußen sitzen. Yrsa versteht nicht, was die beiden sprechen, aber sie ist erstaunt, wie oft sie Roars Stimme hört. Er scheint an dem Abend mehr zu sprechen als in all den Tagen, die Yrsa bisher mit ihm verbracht hat.

Yrsa setzt sich auf ihr Strohlager und zieht Avidhs Armring aus dem Beutel, streichelt über die silbernen Windungen, die beiden Drachenköpfe. Sie muss einen Weg finden, auch ohne Edda in den Palast zu gelangen. Nur wie?

Kapitel 42

Avidhs Atem geht schnell. Er streicht sich die Haarsträhnen aus dem Gesicht, wischt sich übers Gesicht, setzt sich kurz in Himiltruds Sessel. Wie ein Tier im Käfig fühlt er sich hier in diesem Raum. Auf und ab ist er gelaufen, seine Kraft kehrt zurück, doch noch ist er längst nicht so stark wie zuvor. Zu oft muss er sich noch ausruhen, bei schnellen Bewegungen fährt ihm ein heftiger Schmerz in die Seite. Er ist dankbar für die Pflege. Aber die Dämonen regen sich, fahren in seinem Innern die spitzen Krallen aus, wollen ihn in die Tiefe zerren. Es kostet viel Kraft, sie in Schach zu halten, das Rauschen und Dröhnen in seinem Kopf verhallen zu lassen. Er muss raus aus diesem Palast, der Hilflosigkeit entfliehen. Die anderen brauchen ihn. Etwas ist nicht in Ordnung, nein, verdammt, vieles ist aus dem Lot. Das spürt er so deutlich wie noch nie, seit er aus dem Nebel aufgetaucht ist. Seit Stunden ist er wach, aufgeschreckt, weil das Bild aus einem seiner Fieberträume ihn im Schlaf verfolgt hat: Leif unter Wasser, mit leblosem, starrem Blick. Jedes Mal, wenn er nach ihm greifen wollte, war sein Bruder verschwunden.

Und Yrsa. Wie soll er wissen, ob sie gestern nicht alles falsch verstanden hat? Sie hat ihn nicht im Stich gelassen, hat für ihn gekämpft, ihr Leben aufs Spiel gesetzt, um ihn hier zu finden. Das wird er nie vergessen. Wärme breitet sich in seiner Brust aus. Doch auch die Enge nimmt sofort zu. Ihr Blick bei der kurzen Begegnung auf dem Gang, er weiß nicht, wie er ihn deuten soll. Sie schien besorgt, kein Wunder, aber es war noch mehr. Verletztheit vielleicht. Ob sie ihm noch vertraut? Er sehnt sich nach dem Strahlen, das er vor der Abreise so oft in Yrsas Augen sah, wenn sie ihn anlächelte. Es hat ihn immer an das Licht erinnert, das manchmal auf der Wasseroberfläche glitzert, wenn er von seinem Besuch bei den Wassergeistern zurückkehrt. Signe hatte dieses Strahlen nie. Er muss einen Weg finden, um Yrsa klarzumachen, dass sich zwischen ihnen nichts geändert hat. Er liebt sie, spürt diese tiefe Verbundenheit mit ihr. Und er hofft, dass sie sich nicht für ihn in Gefahr bringt. Das hätte er ihr sagen wollen. So vieles hätte er ihr sagen wollen bei ihrer kurzen Begegnung auf dem Gang.

Avidh strafft die Schultern, Himiltrud kommt herein. Sie umklammert eine Schüssel mit dampfendem Wasser und trägt Hemd und Hosen über dem Arm. Die Schüssel stellt sie auf den kleinen Tisch, legt einen Kamm daneben und lächelt ihn an. »Ich bin froh, dass es Euch besser geht.« Dabei leuchten ihre Augen so, dass er ihr glaubt.

»Ich danke Euch für alles. Seid Ihr schon lange hier im Palast?«

Sie nickt. »Ich kümmere mich auch um die jungen Soldaten, wenn sie verletzt sind. Wenn es ihnen sehr schlecht geht, rufen sie oft nach ihrer Mutter. Das habt Ihr nicht getan. Wer ist Yrsa?«

»Wie kommt Ihr darauf?« Himiltrud sollte nichts von Yrsa wissen.

»Ihr habt ihren Namen gemurmelt. Mehrmals, im Fieber.«

»Hat Signe das auch gehört?« Er will auf keinen Fall, dass Yrsa in Gefahr gerät, weil Signe ihren Namen kennt.

Himiltrud lächelt. »Das weiß ich nicht. Ihr könnt euch waschen und diese Kleider hier anziehen. Signe sollte bald hier sein.

Es gibt Schwierigkeiten«, sagt Himiltrud, als sie schon fast zur Türe heraus ist. Ihr sorgenvoller Blick ist das Letzte, was er sieht.

Avidh fährt mit der Hand über die Kleider und schüttelt den Kopf. Sie sind prunkvoller als alles, was er je besessen hat. Das lange Hemd ist aus feinem Leinenstoff, die Nähte sind mit gestickten Borten verziert, die Hosen anliegender geschnitten als seine und ebenfalls aus teurem Stoff. Auch einen glänzenden Ledergürtel und Stiefel hat Himiltrud ihm bereitgelegt. Was hat Signe vor? Einen Palastbewohner aus ihm machen? Das wird er nicht zulassen.

Er wäscht sich, zieht die Kleider an, sinkt zwischendurch erschöpft in den Sessel und ärgert sich darüber. Fridas Stein steckt er in die Hosentasche. Als er sich mit dem Kamm durch seine zerzausten Locken kämpft, betritt Signe den Raum.

»Lass mich dir helfen«, sagt sie. »Ich habe ein Lederband, damit kannst du die Haare zusammenbinden.«

»Das mache ich selbst.«

»Du hast doch Schmerzen, wenn du den Arm hebst.«

Das stimmt. Aber er muss es selbst schaffen, und er will ihre Hände nicht in seinen Haaren spüren. Früher hat sie ihm manchmal die Kopfhaut massiert. Es war so entspannend, dass er meist einschlief. Er unterdrückt ein Ächzen, als er die Locken im Nacken zusammennimmt, und setzt sich wieder in den Sessel. Wie soll er kämpfen, wenn ihn kleine Handgriffe im Alltag derart anstrengen?

»Was ist los?«, fragt er. Sein Tonfall ist unfreundlich.

Signe trägt die langen Haare heute offen. Sie reichen ihr bis zur Taille, die sie mit einem breiten Band betont. Er wendet den Blick ab.

»Du musst in ein anderes Zimmer. Es ist nicht mehr sicher hier.«

»Warum?« Sie antwortet nicht, holt tief Luft. »Signe? Ich will wissen, wem du hier nicht vertraust. Ich nehme an, die Liste ist lang. Ich bewege mich erst, wenn du meine Fragen beantwortest.«

»Es ist gefährlich, Avidh.«

»Na ja, für dich anscheinend auch. Also antwortest du besser rasch.« Sie starrt ihn an. Er senkt den Blick nicht. Plötzlich kommt sie ihm älter vor. Feine Linien haben sich um ihre Mundwinkel eingegraben.

»Du bist frech für einen Gefangenen«, sagt sie und kneift die Augen zusammen, als würde sie ihn nicht richtig sehen.

Er gibt keine Antwort.

Sie wirkt angestrengt, müde, setzt sich auf die Bettkante und sagt: »Ich traue nicht allen Schwestern. Nicht alle sind so gutherzig wie Himiltrud. Und die Äbtissin hat ihren Besuch angekündigt. Die frommen Schwestern können ihr Glück kaum fassen. Es ist nur eine kleine Gruppe von Schwestern. Die Äbtissin führt ein Kloster etwas östlich, sie war noch niemals hier, ist jetzt aber auf der Durchreise. Aber es ist nicht nur das. Du hast erlebt, wie die Wachen alles durchsucht haben.«

»Wer weiß, dass ich hier bin?«

»Die Schwestern. Himiltrud wird nichts sagen. Sie mag dich.« Ein kurzes Lächeln huscht über Signes Gesicht. »Aber bei den anderen bin ich nicht sicher. Und der Anführer der Palastgarde weiß es auch, Louis ist sein Name. Als wir nach dem Kampf ankamen, hat er mir geholfen, dich hier zu verstecken. Die anderen dachten, wir werfen dich ins Verlies. Ohne Louis wäre das nicht möglich gewesen, aber ihn habe ich unter Kontrolle.«

»Du schläfst mit ihm?«

»Es bedeutet nichts. Ich war einsam. Ich hätte es schon beendet, aber jetzt hilft es uns.«

Uns? Es gibt kein verdammtes Uns, denkt Avidh und sagt: »Hast du dich deshalb damals auch mit mir zusammengetan? Weil es dir geholfen hat?«

Sie schüttelt heftig den Kopf. »Das war etwas völlig anderes.«

»Ich bin sicher, er genießt es.« Warum klang das eifersüchtig, warum findet er nicht den richtigen Ton? Warum fällt ihm auf, was für Kleider sie trägt? Das Rauschen in seinem Kopf schwillt an. Sind es die Rachegeister, die sich dagegen wehren, dass er sie in den Hintergrund drängt, oder was ist los mit ihm?

Sie schaut ihn wieder mit diesem flehenden Blick an. »Es bedeutet nichts, Avidh. Aber du wärst sonst im Kerker gelandet und jetzt vermutlich tot.«

Er weiß, dass sie damit recht hat. »Und weil du Louis unsere Pläne verraten hast, hat er einen Erfolg im Kampf gegen die Räuber aus dem Norden erzielt. Gut gemacht.« Avidh kann den Spott in seiner Stimme nur schwer unterdrücken. »Wer hat dir gesagt, wo wir sein werden? Und warum habt ihr den Angriff auf den Markt nicht auch vereitelt?« Die Rachegeister dröhnen jetzt laut in seinen Ohren. Letzten Sommer, diesen Sommer. Warum kann Signe ihn nicht in Ruhe lassen? Elende Verräterin! Sein Zorn will hochkochen, aber er zwingt sich zur Ruhe.

Sie zieht scharf die Luft ein. »Vom Markt wusste ich nichts.«

Er lacht, aber es ist kein fröhliches Lachen. »Du lügst.«

Sie schüttelt den Kopf. »Ich wusste nicht, dass es gleichzeitig stattfindet. Ich hatte andere Informationen.«

»Von wem?«

Ein schiefes Lächeln ist die einzige Antwort auf seine Frage. »Bitte, Avidh, wir haben jetzt keine Zeit. Wir müssen unsere Geschichte hier im Palast anpassen.«

»Was heißt das?« Seine Wunde pocht. Es erschöpft ihn, mit ihr zu streiten.

»Der Marschall und seine Frau wussten bisher noch nicht, dass du da bist. Ich musste sie jetzt einweihen, aber ich vertraue ihnen.«

»Weshalb? Und ich will eine Antwort, keine Ausflüchte.« Er staunt, wie kalt seine Stimme klingt.

Signe schaut auf den Boden. »Du weißt vieles nicht über meine Herkunft.«

»Stimmt. Du weichst allen Fragen aus. Das war schon früher so.« Und hätte mich damals misstrauisch machen sollen, denkt Avidh. »Du hast nur erzählt, du hättest im Norden kämpfen gelernt, bei einem großen Krieger. Dein Vater?«

Sie hebt den Blick nicht. »Ich …« Sie seufzt. »Meine Familie …« Sie zupft an einem Faden in ihrem Kleid, dann schaut sie ihn an. »Wir haben nicht im Norden gelebt, sondern westlich von Dorestad, wo der Rhein ins Meer fließt. Ich bin hier in der Gegend aufgewachsen. Mein Vater war zwar aus dem Norden, aber er hat sich als Händler im Reich der Franken niedergelassen, da war ich noch ein kleines Mädchen.«

»Deshalb sprichst du ihre Sprache. Auch das hast du immer versteckt. Und du hast von deinem Vater kämpfen gelernt?«

Sie seufzt wieder. »Nein.«

»Wer war dann der große Krieger?«

Signe holt tief Luft und sagt dann leise: »Mein Mann.«

Avidh stutzt. »Du hast nie von deinem Mann gesprochen.«

»Hättest du das hören wollen?«, sagt sie laut. Dann spricht sie leiser weiter. »Als ich achtzehn war, bin ich in den Norden gezogen und bin in Ribe einem Kämpfer begegnet. Eric der Speertänzer, er …« Ihr Blick geht jetzt irgendwo ins Leere, ihre Stimme zittert. »Ich habe ihn sehr geliebt, er hat mir alles beigebracht. Aber die Götter waren grausam, ausgerechnet ein Speer hat Eric im Kampf durchbohrt. Er ist seit vier Wintern tot. Irgendetwas an dir hat mich an ihn erinnert, schon als ich dich das erste Mal sah.«

»Und das soll ich glauben?«

»Es ist mir egal, ob du es glaubst, Avidh. Es ist die Wahrheit.«

Er sieht Traurigkeit in ihren Augen, und bei allen Lügen, die sie gern erzählt, scheint das vielleicht zu stimmen. Ein seltsames Gefühl regt sich in seinem Bauch. »Und dein Vater?«

»Mein Vater lebt nicht mehr, aber der Marschall ist ein alter Freund der Familie. Er wird uns nicht verraten. Dank ihm bin ich hier im Palast und habe ein wichtiges Amt auf dem kaiserlichen Gestüt etwas weiter östlich. Sein Sohn Hartbert ist allerdings ein Problem.«

»Warum?«

»Er ist jähzornig, unberechenbar und ehrgeizig. Ich habe dir von den Machtkämpfen in der Palastgarde erzählt. Die Gegner sind Hartbert und Louis, der mir hilft. Louis ist der Anführer, und Hartbert ist sein Stellvertreter, will aber Anführer werden.«

Warum erzählt sie ihm jetzt Dinge, die sie früher nie erwähnt hat? Will sie sein Mitleid? Obwohl das eigentlich nicht ihre Art ist. Aber das dachte er vor ihrem Verrat auch. Er wittert ständig Lügen. Auch wenn er ihr damit vielleicht unrecht tut. »Und was hast du Louis erzählt? Wenn er dich will, wird er kaum ein Interesse daran haben, mich zu schützen.«

»Er denkt, du bist mein kleiner Bruder von einer Nebenfrau. Er weiß, dass mein Vater aus dem Norden kam.«

Avidh hätte beinahe losgeprustet. »Dein kleiner Bruder, mit dem du eine Liebesbeziehung hattest. Sehr schön.«

»Nein.« Sie hebt verärgert die Stimme. »Davon weiß er natürlich nichts. Er hat auch keine Ahnung, dass ich einst mit euch gekämpft habe. Ich habe gesagt, ich müsste dich zurück auf den richtigen Pfad bringen. Ich musste schnell etwas erfinden, ich habe nicht damit gerechnet, dass ich dich verletzt verstecken muss.«

»Womit hast du gerechnet?« Dass sie ihn hier versteckt hat und sich damit vielleicht selbst in Gefahr bringt, könnte bedeuten, dass sie ihn wirklich noch liebt. Aber vielleicht fällt er auch gerade wieder auf ihre Lügen herein.

Sie gibt keine Antwort.

»Und warum das alles? Bist du noch nicht fertig und schweigst deshalb?«

Sie schaut auf den Boden. Draußen auf dem Gang hallen Schritte. »Bitte, Avidh, du musst umziehen. Es geht dir doch schon besser. Aber niemand darf die Wunde bemerken. Schaffst du das?«

Sie weiß, dass er diese Frage mit Ja beantwortet. »Also wissen nur die Schwestern und Louis, der Anführer der Palastgarde, von der Schwertwunde? Und der Marschall und seine Frau?«

»Dem Marschall und seiner Frau habe ich erzählt, du seist auf der Durchreise und nicht weit von Nijmegen vom Pferd gestürzt. Du hättest dich verletzt und bräuchtest Ruhe. Du kannst in eines ihrer Gästezimmer umziehen. Ich habe gesagt, dass du dich gern in Schriften vertiefst. Von der Schwertwunde wissen sie nichts.«

Was für ein Hohn. Reiten kann er, lesen dafür nicht richtig. »Und das haben sie geglaubt?«

»Bei seiner Frau bin ich nicht sicher. Sie hat regen Austausch mit den Schwestern. Aber sie wird nichts sagen.«

Er schnaubt. »Und wohin soll ich?«

»Ihre Gästezimmer sind auch hier im Palast. Das geht, weil du die Sprache sprichst.«

»Ins Zentrum der Macht. Das hältst du für eine gute Idee?« Vielleicht hilft es ihm wenigstens, um herauszufinden, wo Leif steckt. Wieder blitzt das Bild aus seinem Fiebertraum vor seinem inneren Auge auf.

»Es ist die perfekte Tarnung. Dort wird niemand suchen. Die Schwestern sind im Palast, weil die Frau des Marschalls es so möchte. Also werden sie nichts gegen einen vermeintlichen Gast ihres Mannes unternehmen.« Signe steht auf, streicht sich über das Kleid. Die Gefühle von vorhin sind aus ihrem Gesicht verschwunden. »Übrigens weiß ich jetzt auch mehr darüber, warum du so gut Fränkisch sprichst.«

»Wie bitte? Signe, ich habe genug von deinen mysteriösen Andeutungen. Was heißt das?«, sagt er, und er ist nicht sicher, ob seine Miene so gleichgültig ist, wie er es gerne hätte. Letzten Sommer wollte Signe ihm einreden, das könnte mit seiner Mutter zu tun haben. Seine Wunde sticht. Es kostet ihn viel Kraft, Ruhe zu bewahren.

Sie räuspert sich. »Als ich dich so vermisst habe, beschloss ich nachzuforschen. Es gab mir das Gefühl, dir trotzdem nahe zu sein. Und ich glaube, ich habe eine erste Spur, was mit deiner Mutter passiert sein könnte.«

Er hebt die Hand. »Nachforschen? Bei wem? Wo? Noch mehr Geschichten, die du erfindest?« Seine Wunde sticht noch heftiger.

»Nein, Avidh, ich erfinde das nicht. Ich habe Männer gesucht, die einst mit deinem Vater kämpften. Viele sind allerdings nicht mehr am Leben.«

Der Puls hämmert ihm in den Schläfen. Kann es sein, dass Signe wirklich etwas über seine Mutter herausgefunden hat? Die Geschichte, die sein Vater ihm nie erzählen wollte. Es wird ihm fast schwindlig bei dem Gedanken. »Was hast du erfahren?« Seine Stimme klingt heiser.

Sie kneift die Lippen zusammen, sagt dann: »Das verrate ich dir, wenn ich weiß, dass du bei mir bleibst.«

»Das ist nicht dein Ernst!« Avidh steht auf, nicht nur seine Seite pocht, auch sein Kopf dröhnt. Er atmet schnell, hält Fridas Stein so fest in der Faust, dass es schmerzt. »Suchst du bewusst nach Dingen, von denen du weißt, dass sie mich treffen?«, sagt er laut. »Hast du noch immer nicht genug?«

Sie macht einen Schritt auf ihn zu. »Nein, Avidh, nein!«

Er fährt sich mit der Hand über das Gesicht. »Hast du irgendeine Ahnung, wie oft …« Ich mir als Kind darüber den Kopf zerbrochen habe?, wollte er sagen, aber das geht sie nichts an. Sie starren sich einen Moment lang in die Augen. Und er bemerkt etwas, das er bisher nicht bemerkt hat. Kälte? Entschlossenheit? Unterdrückte Wut? Er ist nicht sicher. Einen Moment lang hat er das Gefühl, all das in ihrem Gesicht zu sehen, das sie zu dem Verrat befähigt haben muss. Bis letzten Sommer hat sie das erfolgreich vor ihm versteckt. Oder er war zu verblendet, um es zu erkennen. Sie fängt sich sofort wieder, lächelt ihn an. Aber es ist gut, dass dieser fremde Ausdruck kurz aufgeblitzt ist. Avidh wird sie dazu bringen, all seine Fragen zu beantworten. Auch wenn er viel lieber mit Waffen als mit Worten kämpft.

»Ich hoffe, du kannst mir verzeihen, Avidh. Du musst dich ausruhen, deshalb habe ich einen neuen sicheren Ort für dich gesucht.«

»Und wenn es mir wieder gut geht, was ist dann? Bin ich ein Gefangener?«

»Lass uns nicht jetzt darüber sprechen.«

»Warum nicht?« Dann fällt ihm ein: Er will freundlicher sein, Informationen aus ihr herauskitzeln. Warum bringt sie ihn so aus der Ruhe? »Wo ist das Zimmer, in das ich umziehen soll?«

»Es ist nicht allzu weit von hier. Der Palast sieht aus wie ein Hufeisen, aber das rechte Ende ist kürzer. Zwischen den Enden ist noch ein Bau, die Königshalle. Wir sind hier in dem Bogen zwischen Nord- und Ostflügel. Die Königshalle steht im Westen. Die Gemächer des Marschalls liegen in der Mitte des Nordflügels. Du musst nicht am gesellschaftlichen Leben teilnehmen, und Himiltrud wird trotzdem noch nach dir schauen.«

Als sie schon fast zur Türe heraus ist, dreht Signe sich um und sagt: »Ach, und falls du versuchst abzuhauen, die Wachen am Palasttor sind instruiert. Dann landest du im Kerker. Nicht, dass ich das möchte.« Sie lächelt.

Avidh sinkt erschöpft zurück in den Sessel. Wie kann Signe es wagen, über seine Mutter zu sprechen, ihn mit angeblichen Informationen über sie zu ködern? Er hat sich nie ausgemalt, lange mit Signe zu streiten. Er hat sich immer nur vorgestellt, gegen sie zu kämpfen. Und jetzt seine Mutter. Avidh schließt die Augen, kneift die Lider zu. Es rauscht in seinen Ohren. Die Dämonen wollen den Schmerz aufwirbeln, der tief in seinem Innern sitzt. Ausgerechnet jetzt.

Früher hat er sich oft gefragt, wie man sich so heftig nach einem Menschen sehnen kann, an den man keine Erinnerung hat. Sein Vater sagte immer, er sehe seiner Mutter sehr ähnlich, die dunklen Haare, die noch dunkleren Augen habe sie auch gehabt. Eine sehr schöne Frau sei sie gewesen. Es war das Einzige, das sein Vater ihm auf seine häufigen Fragen hin erzählte. Manchmal versuchte Avidh, sich ihr Gesicht vorzustellen. Wenn es windstill war, schaute er seine Spiegelung im Wasser an und stellte sich vor, ihre Augen zu sehen. Aber meist kam dann gerade ein Schiff oder ein Windstoß, das Bild verzerrte sich im Wasser, und ihm blieb nur die Sehnsucht.

Er massiert sich die Schläfen. Dabei weiß er nicht einmal, was er zu seiner Mutter sagen würde, stünde sie plötzlich vor ihm. Und er wüsste auch nicht, wie er sie nennen würde. Als Kind hat er nachts manchmal »Mama« geflüstert, wenn sein Vater laut neben ihm schnarchte. Aber es fühlte sich immer etwas merkwürdig an. Nicht einmal ihren Vornamen weiß er. Und das Schlimmste ist: Sie könnte an ihm vorbeilaufen, und er würde sie nicht erkennen. Und sie ihn vermutlich auch nicht. Daran darf er nicht denken, denn der Schmerz in ihm wird dann zu heftig. Er ist schwieriger auszuhalten als eine Schwertwunde, die wieder heilt. Doch falls sie nicht bei seiner Geburt gestorben ist, hat er vielleicht Zeit mit ihr verbracht. Er kann sich nur nicht erinnern.

So viele Nächte hat Avidh sich früher den Kopf zerbrochen, warum sein Vater ihm nicht erzählen wollte, was mit seiner Mutter geschehen war. Meist dann, wenn der Schmerz so heftig in ihm brannte, dass er sich zusammenkrümmen oder gegen jemanden kämpfen musste, um sich wieder besser zu fühlen. Wenn sie bei seiner Geburt gestorben wäre, gäbe es keinen Grund, das zu verheimlichen. Hatte seine Mutter ihn verlassen? Dann könnte er wenigstens wütend auf sie sein. Oder war ihr etwas zugestoßen? Er konnte sich nicht entscheiden, was schlimmer wäre: dass sie ihn zurückgelassen hatte oder der Gedanke, dass sein Vater sie umgebracht hatte. Oder ihr sonst etwas Schreckliches passiert war.

Als Kind stellte er sich oft vor, wie es wäre, sie nur ein einziges Mal umarmen zu können.

Kapitel 43

Yrsa kickt einen Brocken Erde vor sich her, reibt über die kleine Narbe an ihrer Wange, bis sie rot ist und brennt. Sie ist allein auf dem Weg nach Nijmegen. Das Sonnenlicht sickert heute Vormittag durch einen Schleier aus Wolken, die Luft ist mild. Trotzdem fröstelt Yrsa. Sie hat zu wenig geschlafen und zu viel über Avidh und Signe nachgegrübelt. Wenn Avidh sie verlässt, ist sie wieder auf sich allein gestellt. Sie weiß, wie das geht, hat sie sich letzte Nacht zu trösten versucht, als sie schlaflos ins Gebälk des Grubenhaus gestarrt hat. Wenn der Gedanke, dass Avidh sie nicht mehr will, nur nicht so wehtun würde. »Du und ich, Seite an Seite«, hat er immer gesagt. Es fällt ihr schwer, tief Luft zu holen beim Gedanken, dass das nicht mehr gelten könnte.

Im Vorbeigehen zupft Yrsa an den Halmen links und rechts des Weges. Ein Schmetterling tanzt über das hohe Gras. Vielleicht ist sie sogar in der Kämpfergemeinschaft nicht mehr willkommen, weil sie sich nicht an Angantýrs Befehle gehalten hat. Nun ja, sie hat mit hohem Einsatz gespielt, manchmal verliert man dabei. Avidh ist am Leben. Das ist das Wichtigste. Und sie wird nicht aufgeben, wird zumindest dafür sorgen, dass Leif freikommt. Er war ihr immer ein Freund. Yrsa hebt den Blick. Es ist nicht mehr weit, der Pfad verbreitert sich. Die ersten Häuser von Nijmegen kommen in Sicht.

Kurz darauf nähert sie sich dem Palast, lehnt sich unterhalb des Weges, der nach oben führt, gegen eine Hütte. Von hier aus hat sie gute Sicht auf das breite Eingangstor. Was für ein seltsames Gefühl es ist, dass Avidh und Signe hinter diesen Mauern sind. Ist Signe gerade bei Avidh? Was tun sie? Aber es bringt nichts, darüber jetzt nachzugrübeln, sie wartet, beobachtet, schaut in die Gesichter der Menschen, die aus dem Palast kommen oder auf dem Weg dorthin sind. Ihr Magen knurrt laut, aber sie bewegt sich nicht.

Vorhin war sie noch kurz auf dem Markt und hat mit den wenigen Denaren, die sie noch besitzt, ein Messer gekauft. Sie wird Edda bitten, es Avidh zu bringen. Selbst wenn er sich mit Signe versöhnt hat, drohen ihm im Palast vermutlich allerlei Gefahren. Bestimmt sind nicht alle begeistert, ihn dort zu sehen, und sie weiß nicht, ob er seine Waffen bei sich hat. Es gibt ihr ein besseres Gefühl, wenn sie weiß, dass er sich verteidigen kann. Vielleicht kann er das Messer irgendwann auch gebrauchen, um Leif zu befreien.

Als die Sonne schon fast im Süden steht, zuckt sie zusammen. Signe ist aus dem Tor getreten, grüßt die Wachen kurz und geht in Yrsas Richtung. Yrsa duckt sich tief hinter die Hütte, ihr Herz pocht heftig. Als anmutig hat Angantýr Signe beschrieben, ihren Kampf als tödlichen Tanz. Yrsa spürt wieder das Brennen im Magen und muss zugeben, dass die Beschreibung treffend ist. Signe hält sich sehr aufrecht, ihre braunen Haare sind zu zwei Zöpfen geflochten, die auf ihrem roten Kleid liegen. Sie passt in den Palast. Das schlechte Gefühl in Yrsas Magen verstärkt sich, als Signe näher kommt. Yrsa fürchtet sich davor, dass Signe alte Gefühle in Avidh weckt. Ihr Verrat hat die Beziehung abrupt beendet. Aber was, wenn Signe Gründe hatte, die Avidh versteht, und die Liebe wieder in ihm aufflammt?

Vorsichtig richtet Yrsa sich auf, folgt Signe in einigen Schritten

Abstand. Vielleicht erfährt sie etwas Wertvolles, das den Gefangenen helfen könnte. Signe geht schnell. Yrsa beschleunigt ihren Schritt, muss zwischen den Häusern immer wieder Menschen ausweichen. Ein Mann mit einer breiten Schubkarre versperrt ihr den Weg, Yrsa drängelt sich an ihm vorbei, den Blick fest auf Signes Rücken geheftet. Kurz schaut Signe über die Schulter. Yrsa tritt rasch hinter eine Gruppe von Marktfrauen. Dann hastet sie weiter. Signe schlängelt sich zwischen den Ständen hindurch, biegt in eine Gasse ab. Yrsa folgt ihr, doch dann ist Signes Kopf in der Menge verschwunden. Yrsa schaut rechts, links, flucht leise. Sie muss unbedingt herausfinden, wohin Signe unterwegs ist.

Plötzlich packt sie jemand von hinten am Arm, reißt sie in einen schmalen Durchgang zwischen zwei Häusern. Es ist Signe. Einen Moment lang ist Yrsa so erschrocken, dass Signe sie gegen die Wand pressen, ihr ein Messer an den Hals halten kann. Wie hat Signe sie bemerkt? Sie starren einander an. Signes Blick verengt sich. Ihre Augen sind blau, schmal, lang gezogen, mit einem eleganten Schwung im Augenwinkel. Gib ihr keine Hinweise, nichts, was Avidh gefährden könnte, auf diese Gedanken versucht Yrsa sich zu konzentrieren. Egal, was Signe in ihr auslöst, sie muss es verstecken. Angst kriecht in ihren Bauch. Würde Signe es wagen, sie hier mitten in der Stadt abzustechen? Nein, es könnte jederzeit jemand auf sie aufmerksam werden.

Signe sagt etwas auf Fränkisch oder Friesisch, das Yrsa nicht versteht. Weiß Signe vielleicht nicht, wer sie ist? Sie haben sich nur kurz im Kampf gesehen. Auf dem Gang im Palast war Yrsa als Nonne verkleidet, es war dunkel. Signe hat sie nicht beachtet.

»Warum folgst du mir? Was willst du?«, zischt Signe. Jetzt spricht sie Yrsas Sprache.

Yrsa antwortet nicht, versucht ruhig zu atmen. Sie wird Signe nicht zu erkennen geben, welche Sprache sie versteht. Signe wird ihr nichts antun. Das Messer ist ein Bluff. Hofft Yrsa.

Signe verzieht ihren Mund zu einem schiefen Lächeln. Ihre Lippen sind voll, haben einen leicht trotzigen Zug. Bilder tauchen in Yrsas Kopf auf: Avidh, wie er diese Lippen küsst, immer wieder, Signes Gesicht dabei in seinen Händen hält, in ihrem Kuss versinkt. Yrsa blinzelt schnell, als könnte das die Bilder zum Verschwinden bringen. Signe nickt langsam, mehrmals. »Ich glaube, ich habe dich schon einmal gesehen.«

Yrsa flucht innerlich. Sie spürt das scharfe Metall von Signes Messer an ihrem Hals, Signes Oberarm, der gegen ihr Brustbein presst. Ein Schweißtropfen läuft Yrsa den Rücken hinunter. Könnte Signe ihr die Kehle vielleicht doch so rasch durchschneiden, dass niemand etwas bemerken würde? Yrsa will Signe ins Gesicht schleudern: Nimm deine verfluchten Hände von mir, von ihm, was fällt dir ein?! Aber sie schweigt.

»Jetzt weiß ich es wieder«, sagt Signe. Der Ausdruck in ihren Augen ist kalt.

Yrsa schluckt gegen die Enge in ihrem Hals. Warum hat sie sich erwischen lassen?

»Du hast neben Avidh gekämpft«, sagt Signe.

Yrsa bemüht sich um einen leeren Blick. Sie beißt sich auf die Innenseite ihrer Backe, viel zu heftig, sie schmeckt Blut. Signe riecht nach Rosen, nach teuren Seifen, die Yrsa sich noch nie hat leisten können.

»Was willst du von Avidh?« Signe drückt Yrsa noch stärker gegen die Wand, lässt den Blick einen Moment nach unten über Yrsas Körper schweifen. »Mach dir keine Hoffnungen.« Sie schüttelt den Kopf, rümpft die Nase. »Du kannst ihm nicht bieten, was ich ihm geben kann.« Sie zupft an Yrsas Hemd. »Und was ist das? Alt, löchrig. Bist du eine Magd, die sich als Kämpferin ausgibt? Ich habe gesehen, dass er dir helfen musste. Er wollte deinen armseligen Arsch retten, deshalb hat das Schwert ihn getroffen. Schämen solltest du dich.«

Yrsa stockt kurz der Atem. Dann zieht sie die Luft zu hektisch ein. Ein Lächeln umspielt Signes Gesichtszüge. Sie hat gespürt, dass Yrsa ihre Worte verstanden hat. Yrsas Herz rast. Vermutlich nimmt Signe auch das wahr. Yrsa wünscht sich im Moment nichts sehnlicher, als Signe das Lächeln aus dem Gesicht zu schlagen.

»Ich kenne mich aus mit Männern«, sagt Signe. Sie kommt näher an Yrsas Ohr und flüstert: »Ich weiß, was Avidh mag und wie ich ihn zum Stöhnen bringe.« Signe fährt sich mit der Zunge über die Lippen, wartet auf eine Reaktion.

Das Gift ihrer Worte sickert in Yrsas Körper, breitet sich aus, macht es noch schwieriger, die Wut in Schach zu halten, den Schmerz zu unterdrücken, falls Signe die Wahrheit sagt. Yrsas Hände zucken, sie will sie zu Fäusten ballen.

Signe lächelt wieder. »Glaub mir«, sagt sie, »Avidh wird mich immer lieben. So ist das mit der ersten Liebe. Ich habe Spuren in seinem Herzen hinterlassen, habe meinen Namen dort eingeritzt. Das kannst du nicht mehr tilgen. Versuch es erst gar nicht. Letzte Nacht war ich wieder bei ihm.« Kurz schaut Signe an Yrsa vorbei, auf einen Punkt neben ihr, irgendwo auf der Holzwand. Ein Schatten scheint über ihr Gesicht zu huschen.

Ja, Spuren hast du hinterlassen, denkt Yrsa, Verwüstung, tiefe Wunden. Eine Verräterin bist du! Das wird er nicht vergessen. Ihr Bauch zittert. Es fühlt sich an, als hätte Signe ihr in den Magen geboxt. Lange kann Yrsa die Tränen nicht mehr aufhalten, die ihr aus den Augen laufen wollen. Sie blinzelt schnell. Sie wird Signe diese Genugtuung nicht geben.

Signes Blick liegt wieder auf Yrsas Gesicht, aber etwas hat sich verändert. Sieht sie eine Spur Unsicherheit in Signes Augen? »Ich habe sein Leben gerettet«, sagt Signe, auch ihre Stimme scheint nicht mehr ganz so fest. »Ich habe seine Hand gehalten, als das Fieber ihn schüttelte, seine Wunde gepflegt, ihm Wasser eingeflößt. So etwas weckt alte Gefühle. Er und ich, wir haben schon immer zusammengehört. Für dich ist da kein Platz.«

Etwas in Yrsas Innerem gibt nach. Sie spuckt Signe ins Gesicht. Signe zieht scharf die Luft ein, versucht ihr Gesicht am Ärmel abzuwischen. Im gleichen Moment boxt Yrsa ihr heftig in den Magen. Signes Griff lockert sich kurz. Yrsa stößt die Hand mit dem Messer zur Seite, schubst Signe weg und rennt. Sie hört Signe rufen, es ist ein erstickter Laut, aber Yrsa hetzt weiter, um die Ecke, um noch eine, lässt die Marktstände hinter sich und rennt noch schneller, als sich der Weg verbreitert.

Weit außerhalb der Stadt, als sie sich mehrfach umgedreht hat und sicher ist, dass niemand ihr gefolgt ist, bleibt Yrsa stehen, keucht, stützt die Hände auf die Knie. Die Wut brodelt in ihr, strömt ihr heiß durch Arme und Beine, schießt ihr in den Kopf. Wut auf Signe, Wut auf sich selbst. Wie dumm von ihr, sich erwischen zu lassen! Hat sie Avidh damit in Gefahr gebracht?

Yrsa rennt weiter, es ist das Einzige, was hilft, um die Gefühle auszuhalten. Bevor sie dem Hof ihres Vaters zu nahe kommt, biegt sie ab, rennt in Richtung des Waldes, packt einen Stock, schlägt nach den Ästen und Blättern. Erst als ihre Lungen schmerzen und sie so heftig keucht, dass sie husten muss, verlangsamt sie ihre Schritte. Schließlich setzt sie sich unter einen Baum.

Sie stützt den Kopf in beide Hände, zieht die Nase hoch, wischt sich über die Augen. Sie ist der Wut davongelaufen, aber dafür hat die Traurigkeit sie eingeholt. Etwas geht ihr nicht aus dem Kopf. Es sind nicht Signes abschätzige Worte über ihre Kleider. So etwas hat sie sich in ihrem Dorf zu oft anhören müssen. Und es hat Avidh nicht davon abgehalten, sich in sie zu verlieben. Auch was Signe über ihr Kampfgeschick gesagt hat, kann Yrsa annehmen. So elend es ist, Avidh hat sie im Kampf tatsächlich vor dem Schwert des Franken retten müssen. Aber was Signe über Avidh gesagt hat, das hat Yrsa tief getroffen: »Ich habe sein Leben gerettet, das bringt alte Gefühle zurück.« Vielleicht stimmt das wirklich. Vermutlich saß Signe immer an seinem Bett, wenn Avidh im Fieber kurz zu sich kam, und Yrsa war weit weg. Bestimmt hat das in ihm Erinnerungen geweckt. Signe war seine erste große Liebe. Avidh ist Yrsas erste große Liebe, und sie kann sich tatsächlich nicht vorstellen, ihn jemals zu vergessen.

Ihre Lippen zittern. Sie beißt so hart auf den Kiefer, bis ihr die Zähne schmerzen. Die Äste, Blätter, der Waldboden verschwimmen vor ihren Augen. Sie zieht die Beine an den Körper, legt die Arme um die Knie, schaukelt hin und her, bis die Tränen nicht mehr auf den Boden tropfen. Was alles noch verwirrender macht: Sie ist Signe dankbar, dass sie Avidhs Leben gerettet hat. Im Kerker wäre er elendiglich gestorben.

Yrsa legt die Hand auf ihr Amulett, flüstert in ihrem Kopf: Ich habe Angst, dass ich Avidh nicht befreien kann. Ich habe Angst, dass er mich nicht mehr will. Sie schnieft. Sie kann nicht abschätzen, ob Signe lügt. Und was das Schlimmste ist: Sie weiß nicht, ob sie Avidh mit ihrem Verhalten gefährdet hat. Vielleicht lässt Signe ihn jetzt irgendwo anders hinbringen, wo Yrsa ihn nicht mehr finden kann. »Ich sehne mich so nach dir«, flüstert sie. Sie wischt sich über die Augen. Die Welt schimmert in anderen Farben, wenn sie weiß, dass sie sich lieben. Dann spürt sie die Wärme seines Körpers auch wenn er nicht bei ihr ist.

Doch an einen Gedanken klammert sie sich: Avidh ist am Leben. Im Moment zählt nur das. Und vielleicht hat Signe gelogen. Einen Moment lang hat Yrsa Unsicherheit in ihren Augen gesehen, als Signe beteuerte, sie wäre Avidhs große Liebe. Eigentlich kann

Yrsa diesen Worten erst glauben, wenn Avidh sie bestätigt. Yrsa drückt den Beutel an ihrem Gürtel, in dem sie Avidhs Armring aufbewahrt, spürt das Metall durch das Leder. Dann steht sie auf. Sie wird nicht aufgeben und ihren Zusammenstoß mit Signe für sich behalten. Edda oder Roar sollen sich nicht zu viele Gedanken machen. Yrsa wüsste gern, was ihr Vater denkt. Er hat viel mehr Erfahrung mit der Liebe. Doch er hat entschieden, dass sie nicht mehr Teil seines Lebens ist. Macht nichts. Sie kommt auch ohne ihn klar. Ist so lange ohne ihn zurechtgekommen, in den vielen Wintern, in denen sie sich allein um Sjalfi gekümmert hat. Das Wichtigste ist jetzt, die Gefangenen zu befreien. Sie macht sich auf den Weg zurück, um auf Nachricht von Edda zu warten.

Am späteren Nachmittag kommt Edda.

»Hast du Avidh gesehen?« Yrsas Herz pocht schnell. Es geht ihm gut, es muss ihm gut gehen.

»Er ist nicht mehr in dem Zimmer.«

»Was?« Hat Signe ihn tatsächlich wegbringen lassen? Und sie ist schuld.

»Aber«, Edda grinst und tippt sich an die Nase, »ich habe ihn trotzdem gefunden. Er ist jetzt in einem anderen Zimmer in der Mitte des Nordflügels. Er hat fränkische Kleider getragen und viel besser ausgesehen. Aber ich konnte nicht mit ihm sprechen. Die Frau war wieder bei ihm.«

»Die Frau, die wir auf dem Gang mit ihm gesehen haben?« Sie spürt ein Brennen im Magen.

»Ja, genau die.«

Signe. Das Brennen nimmt zu, Yrsa beachtet es nicht. Nur ein anderes Zimmer. Hoffentlich bleibt es dabei. »Hast du ihm wegen Leif Bescheid sagen können?«

»Ja, ganz kurz nur. Es waren andere Leute in der Nähe. Er hat nichts gesagt, keine Reaktion gezeigt. Aber ich glaube, er fand es schlimm.«

»Ich danke dir, Edda«, sagt Yrsa und zieht sie kurz an sich. »Du bist eine tolle Schwester.«

»He, mach ich gern. Endlich mal was Interessantes zu tun. Sonst noch was?«

»Ja.« Yrsa zieht das Messer unter ihrem Umhang hervor. »Kannst du ihm das zustecken, ohne dass jemand es merkt?«

Eddas Augen leuchten. »Und wie ich das kann.«

Kapitel 44

Die Sicht aus Avidhs neuem Zimmer geht nach Süden, und was viel wichtiger ist: in den Innenhof der Kaiserpfalz. Ob Signe ahnt, wie wertvoll das für ihn ist? Zuvor hatte er nur den Fluss Waal, Schiffe und die Höfe am Nordufer im Blick. Jetzt kann er beobachten, was im Palast geschieht. Avidh drückt die Stirn an das kühle Glas und sieht so bis zum Eingangstor im Südwesten. Auch was vor dem kürzeren Südflügel geschieht, kann er beobachten. Mehrere Soldaten kommen dort gerade aus einer Türe, die auf den Säulengang führt. Vielleicht befindet sich der Kerker unter diesem Teil des Gebäudes. Das muss er unbedingt herausfinden.

Er versteht noch nicht, was Signe bezweckt. Will sie ihn wirklich zurückgewinnen? Warum sonst würde sie ihm diese Freiheiten gewähren? Als angeblicher Gast des Marschalls kann er seine Umgebung erkunden, auch wenn Signe das bestimmt nicht gern sieht. Er muss die Zeit nutzen, bevor seine Tarnung auffliegt. Das Netz von Signes Lügen ist dünn gesponnen, ihm droht schon bald Gefahr.

Was er befürchtet hat, ist wahr. Sie haben Leif erwischt. Yrsas Schwester hat ihm das vorhin zugeflüstert. Noch jetzt bricht Avidh kalter Schweiß aus, wenn er daran denkt. Leif im Kerker der Franken, Leif in großer Gefahr. Niemals wird er zulassen, dass sie seinem Bruder etwas antun. Er wird es verhindern, und wenn es das Letzte ist, was er tut. Jeden, der es wagt, Leif zu schaden, wird er mit dem Schwert durchbohren. Wenigstens hat es jetzt etwas Gutes, dass er in diesem verdammten Palast sitzt. Vermutlich kann er Leif von hier drinnen besser helfen als von draußen.

Jemand reißt die Türe auf. Avidhs Hand geht zur Hüfte, dann flucht er innerlich, weil sein Schwert dort nicht ist. Ein breitschultriger Mann betritt den Raum und streicht sich schüttere blonde Haare aus dem Gesicht. Er trägt ähnlich teure Kleidung wie Avidh jetzt, und an seinem Gürtel hängt ein Schwert.

»Ihr seid Signes kleiner Bruder?«, fragt er mit einer nasalen Stimme, die nicht zu seiner breiten Erscheinung passt. Sein Blick ist misstrauisch.

»Bin ich«, sagt Avidh, und ihm fällt ein, dass er sich eine Lügengeschichte ausdenken muss.

»Mein Name ist Hartbert«, sagt der Mann. »Mein Vater ist der Marschall, er leitet die kaiserlichen Ställe hier. Ihr seid vom Pferd gestürzt, hab ich gehört.« Es klingt nicht so, als würde Hartbert die Geschichte glauben.

»Ja, widerspenstiger Gaul«, sagt Avidh.

Hartbert mustert ihn aus wachen blauen Augen und scheint auf mehr Informationen zu warten.

»Ich war abends unterwegs, Wölfe haben in der Nähe geheult. Das dumme Vieh ist durchgegangen.« Es widerstrebt Avidh, so von einem Pferd zu sprechen, aber vieles widerstrebt ihm im Moment.

»Reiten muss man können«, sagt Hartbert. »Ihr habt eine eigenartige Färbung in eurer Sprache. Woher kommt ihr?«

»Ich bin viel als Händler unterwegs.«

»Hm«, sagt Hartbert. »Ich sehe euch heute Abend. Dann müsst ihr von euren Reisen berichten.«

Heute Abend?, will Avidh fragen, aber Hartbert ist schon verschwunden.

Avidh lässt sich auf das große Bett sinken, das mitten im Raum steht. Die Füße sind gedrechselte Pfosten. Stoffbahnen bilden ein Dach über ihnen. Er starrt auf das Bild auf dem Stoff, ein Sternenhimmel mit geflügelten Wesen. Seine Wunde sticht, in seinem Kopf hämmert der Schmerz. Aber wenigstens gibt es jetzt einen wichtigen Grund, dass er hier ist. »Schon bald sind wir beide frei, Bruder«, murmelt Avidh und schließt die Augen.

Er wacht auf, als Himiltrud den Kopf zur Türe hereinstreckt. Sie bringt ihm eine Schale Eintopf, die köstlich duftet. Er lächelt sie an und würde sie gern fragen, wie sie das Leben hier im Palast aushält. Stattdessen sagt er: »Wart Ihr dabei, als Signe mich hergebracht hat?«

Himiltrud nickt.

»Und was hat sie Euch erzählt?«

»Dass ihr kleiner Bruder wieder einmal in Schwierigkeiten steckt, aber niemand davon wissen darf.« Himiltrud lächelt, anders, als sie es sonst tut. »Es musste alles schnell gehen, und ich hatte den Eindruck, dass Signe nicht so recht wusste, was tun.«

»Als ob sie nicht mit mir gerechnet hätte?«

»So kam es mir vor. Weil ich mich oft um verletzte Soldaten kümmere, hat Louis, der Anführer der Palastgarde, mich gerufen, als sie ankamen. Ihr hattet viel Blut verloren. Dann haben wir Euch in den Gästeraum der frommen Schwestern gebracht. Signe hat uns alle um Stillschweigen gebeten, vor allem sollte niemand wissen, dass Ihr eine Schwertwunde habt. Ich habe Signe beobachtet, während es Euch so schlecht ging. Es ist selten, dass eine Schwester ihren kleinen Bruder so liebt.« Himiltruds Blick verrät ihm, dass sie an Signes Geschichte zweifelt.

»Wisst Ihr, wo mein Schwert ist? Habt Ihr es gesehen, als wir ankamen?«

Himiltrud schüttelt den Kopf. »Es gibt eine Waffenkammer. Aber ich weiß nicht, ob Ihr es dort findet.«

Es ist ein wertvolles Schwert, will Avidh sagen. Er fürchtet, dass jemand seine Waffe stehlen könnte. Das wäre verheerend. »Wo ist diese Waffenkammer?«

»Drüben im Südflügel, wo die Soldaten sind. Aber Ihr solltet noch nicht so weit laufen.«

Vielleicht hat der Anführer der Palastgarde sein Schwert an sich genommen. Er wird die Antwort noch aus Signe herausbringen. »Ich habe gehört, dass die Äbtissin zu Besuch kommt. Wann erwartet Ihr sie?«

»In rund vier Tagen. Ich bin so glücklich. So lange haben wir diesen Moment herbeigesehnt. Sie ist eine besondere Frau, für jeden hat sie ein freundliches Wort, eine mitfühlende Geste. Vielleicht könnt Ihr sie auch kennenlernen.«

Avidh nickt, weil Himiltrud so zufrieden wirkt. »Wo ist die Äbtissin jetzt?«

»Sie kommt aus dem Osten, aus Paderborn.«

Er muss dringend etwas mit Yrsa besprechen.

Als die Sonnenstrahlen nur noch seitlich ins Zimmer fallen, steht Signe an seinem Bett. »Der Marschall lädt uns zum Abendessen in seinen Saal«, sagt sie, »diese Einladung können wir nicht ausschlagen.«

Avidh richtet sich im Bett auf. In seinen Schläfen pocht der Schmerz. »Wie bitte, wie stellst du dir das vor? Ich bin Kämpfer und kein Gaukler. Ich habe keine Ahnung, wie man sich in einem kaiserlichen Palast benimmt. Und wie soll ich ihre Fragen beantworten?« Dann fällt ihm ein, vielleicht kann er etwas erfahren, das ihm bei der Befreiung von Leif hilft. Der Gedanke widerstrebt ihm, mit jenem Mann am Tisch zu sitzen, der vielleicht übers Leifs Schicksal entscheidet. Aber er wird es tun.

»Mach alles wie ich. Ich erzähle dir, was du wissen musst«, sagt Signe und setzt sich auf die Bettkante. Sie habe eigentlich keinen Bruder, sagt sie und lächelt. »Mein Vater hatte keine Nebenfrauen, aber wir behaupten einfach, deine Mutter sei eine jüngere Nebenfrau, die er von einer seiner Reisen aus dem Norden mitgebracht hat.« Sie schaut einen Moment in die Ferne. »Es hätte dir gefallen auf unserem Hof an der westfriesischen Küste. Abends sind wir oft am Strand entlanggaloppiert.«

»Und ich soll der Bruder sein, der trotzdem nie gut reiten gelernt hat?«

»Egal. Ein Sturz kann immer passieren. Und wir sagen, du hättest dich nie für die Pferdezucht interessiert. Mein Vater hatte ein gutes Auge für Pferde. Er war ein erfolgreicher Händler, hat wertvolle Waren verschoben.« Signe erzählt von der Zeit, als sie ein Mädchen war, und ihr Gesicht scheint so entspannt, wie Avidh es noch selten gesehen hat. »Mein Lieblingspferd war eine elegante Stute. Meine Schwester hat sie für mich ausgesucht. Meine Schwester …« Sie blinzelt hektisch, ihre Bauchdecke scheint kurz zu zittern. »Meine Schwester hat mich großgezogen, meine Mutter ist gestorben, als ich noch sehr klein war.«

»Wo ist deine Schwester jetzt?«

Signe starrt auf den Boden. »Sie lebt nicht mehr.« Kurz hat Signe den gleichen verlorenen Ausdruck in ihren Augen, der Avidh damals bei ihrem allerersten Gespräch in Fridas Haus vor mehr als zwei Wintern aufgefallen war. Und Avidh hat für einen Moment wieder dieses seltsame Gefühl im Bauch, diese Vertrautheit mit dem, was Signe im Moment spürt.

»Was ist geschehen?«, sagt er, und ihm fällt auf, dass sein Tonfall weicher ist.

Der Ausdruck in Signes Augen ist schnell wieder verschwunden. »Lassen wir das«, sagt sie. »Ich wohne nicht hier im Palast. Der Marschall hat ein Pferdegestüt, östlich von hier in den kaiserlichen Wäldern. Wunderschöne Tiere. Ich helfe ihm bei der Zucht und dem Einkauf. Es würde dir gefallen. Davon haben wir doch immer geträumt.«

»Ja«, sagt er, und der kurze Moment der Vertrautheit ist verpufft, »aber dieser Traum ist letzten Sommer gestorben.«

Signe runzelt die Stirn. »Da fällt mir ein«, sagt sie, »ich hatte heute einen Zusammenstoß mit deiner Magd.«

»Wovon sprichst du?« Er starrt Signe ins Gesicht, seine Sinne sind sofort im Alarmzustand. So fühlt er sich, kurz bevor er zur Waffe greift. Greifen würde.

»Du weißt genau, von wem ich spreche. Sie ist schuld, dass du hier liegst.«

Yrsa. Was ist mit Yrsa? Er will fragen: Was ist geschehen, was hast du getan, wo ist sie? Aber für Yrsa ist es das Beste, wenn er schweigt. »Du bist schuld, dass ich hier liege.«

Signe schnaubt. »Wirklich? Avidh, ich hätte mehr von dir erwartet. Sie passt nicht zu dir. Warum nehmt ihr eine Magd mit?«

Wurde Yrsa im Palast erwischt? Er muss herausfinden, was geschehen ist. »Bei uns reisen nur Kämpfer und Kämpferinnen mit. Das solltest du wissen.«

Signe fährt sich mit dem Finger über die Lippen. »Sie bedeutet dir etwas. Ich spüre es. Dumm nur, dass du sie nicht wiedersehen wirst.«

Etwas später sitzt Avidh an einer langen Tafel, auf einem weich gepolsterten Stuhl. Bratenduft steigt ihm in die Nase, der Tisch ist überladen mit Speisen, deren Namen er nicht kennt. Alles duftet köstlich, aber er hat keinen Hunger. Was Signe über Yrsa gesagt hat, lässt ihm keine Ruhe. Die Dämonen rauschen laut in seinen Ohren. Immer wieder schielt Avidh zu den Messern, die auf dem Tisch liegen. Er ist noch nicht so schnell wie sonst, aber er könnte eines packen, bevor ihn irgendjemand daran hindert. Aber was dann? Es hilft weder Leif noch Yrsa. Seit Signes Auftritt in seinem Zimmer hat er hin und her überlegt, was geschehen sein könnte und wovon Signe gesprochen hat. Vielleicht hat sie alles nur erfunden, wollte herausfinden, wie er reagiert. Alles ist möglich, aber die Ungewissheit nur schwer auszuhalten. Und jetzt muss er hier etwas vorgaukeln. Ein Diener steht hinter ihm, schenkt Wein ein, und Avidh fühlt sich unwohler als in einem Kampf mit übermächtigen Gegnern. Was soll er mit diesem vielen Besteck tun? Wenigstens reicht seine Kraft wieder, um den Eistroll zu beschwören.

Signe, der Marschall und Hartbert unterhalten sich über Pferde, die sie kaufen wollen. Hartbert widerspricht seinem Vater, wann immer er kann. Auch Signe fällt er ständig ins Wort. Avidh schweigt. Er spürt, dass ihn die Frau des Marschalls, eine schmale Gestalt mit aufgesteckten Haaren, beobachtet. Avidh nippt an einem Glas Wein, Signe hat schon drei oder vier geleert. Er versteht nicht, wie sie so unvorsichtig sein kann. Hartbert sitzt Avidh gegenüber und starrt ihm ins Gesicht.

»Ich erinnere mich nicht an deinen Bruder, Signe«, sagt der Marschall, der am Kopf des schweren Eichentisches sitzt. »Hat dein Vater nicht immer davon gesprochen, dass er nur Töchter hat?«

Der Marschall streicht sich über seinen gepflegten grauen Bart. Er trägt einen schweren Siegelring und weitere Ringe mit wertvollen Steinen, fährt sich mit der Hand über das lange purpurne Hemd, unter dem sich ein runder Bauch wölbt. Das Hemd ist mit Goldrändern und Stickereien verziert. Auch den Blick des Marschalls spürt Avidh immer wieder auf sich. Aber anders als bei Hartbert ist es ein desinteressierter Blick. Er soll ihm zu verstehen geben, dass er hier nur wegen seiner angeblichen Schwester geduldet ist. Avidhs Kopf platzt beinahe beim Gedanken, dass dieser Mann, der sich nicht entscheiden kann, von welcher der überladenen Platten der Diener ihm als nächstes Essen auf den Teller häufen soll, vielleicht über das Leben seines Bruders entscheiden wird. Falls der Marschall den Befehl gibt, Leif irgendetwas anzutun, wird Avidh ihm ein Messer in seinen fetten Bauch rammen und solange drehen, bis die Därme herausquellen.

»Ach, du weißt doch, dass mein Vater nicht alle Sitten aus dem Norden abgelegt hat«, sagt Signe gerade mit süßlicher Stimme. »Avidhs Mutter war eine seiner Nebenfrauen. Sie war nicht gebildet, aber sehr schön, wie ihr an ihm sehen könnt.« Signe kichert und nimmt einen tiefen Schluck Wein. Die Frau des Marschalls hebt die Augenbrauen.

Avidh würgt das zarte Stück Fleisch, das er gerade in den Mund gesteckt hat, nur mit Mühe herunter. Er würde ihr am liebsten zuflüstern: So spricht man nicht über seinen Bruder. Seine Wunde pocht.

»Auf deinen Vater, Signe«, sagt der Marschall und hebt das Glas.

»Ihr hattet ein schönes Leben dort an der Westküste, Signe«, sagt die Frau des Marschalls, »bis zu jenem schrecklichen Tag. Dein Vater hat sich davon nicht mehr erholt.«

Signes Gesichtsausdruck erstarrt, einen Moment scheint die angeregte Röte aus ihrem Gesicht zu verschwinden. Aber sie fängt sich schnell wieder und sagt: »Dieser Braten ist köstlich. Bitte richtet dem Truchsess meine Wertschätzung aus.« Und an den Marschall gewandt: »Du wolltest von deinem letzten Jagdabenteuer in den kaiserlichen Wäldern berichten.«

»Erzählt von Euren Reisen«, sagt Hartbert etwas später zu Avidh. »Womit handelt Ihr?«

Einen Moment weiß Avidh nicht, was er antworten soll. Plötzlich sind alle Blicke auf ihn gerichtet. »Mit Schwertern«, sagt er dann. Von Schwertern versteht er wenigstens etwas. Und er wünschte, er hätte sein Schwert, um gegen Hartbert, den Marschall oder irgendjemanden zu kämpfen, um die Spannung in seinem Körper loszuwerden.

Hartbert brummt. »Ein Freund von mir ist auch in diesem Geschäft tätig. Ihr kennt ihn bestimmt. Gregor aus De Geer.«

Wieder weiß Avidh nicht, was die beste Antwort wäre. Vielleicht hat Hartbert den Namen erfunden.

»Mein Bruder ist noch nicht lange in der Gegend«, sagt Signe. »Vielleicht kannst du ihm Gregor bei Gelegenheit vorstellen.«

Signe lenkt das Gespräch auf die anstehende Rückkehr des Pfalzgrafen, der in einigen Tagen eintreffen soll. Sie scherzt, lacht, ihre Wangen sind gerötet vom Wein. Hartbert starrt inzwischen nicht mehr auf ihn, sondern auf sie. Avidh lässt den Blick durch den Saal schweifen. Das Licht fällt durch lang gezogene Fenster an der Südwand. Die Wände des hohen Raums sind mit Mosaiken verziert, ein Band mit Inschriften in lateinischen Buchstaben zieht sich entlang der Decke. Die lateinischen Buchstaben kann er noch weniger lesen als die Runen. In jeder Ecke steht ein Diener, bereit, auf die kleinste Regung der Speisenden zu reagieren. Avidh hat keine Ahnung, wann man sich von einem solchen Essen entschuldigen kann. Seine Seite brennt, der Schmerz strahlt in seine Brust, seinen Bauch, das lange Sitzen strengt ihn an.

Plötzlich spürt er eine Hand auf seinem Oberschenkel. Signe streichelt langsam über sein Bein. Avidh dreht den Kopf, aber sie schaut ihn nicht an, unterhält sich weiter mit dem Marschall, lacht laut über einen Witz, den er gerade erzählt. Währenddessen wandert ihre Hand in Richtung seiner Leiste. Er packt sie am Handgelenk und schiebt ihre Hand weg. Dabei streift er aus Versehen ihren Oberschenkel. Sie dreht den Kopf und lächelt ihn an. Avidh schließt kurz die Augen. Lange spielt er dieses Theater nicht mehr mit.

Wieder spürt er Signes Hand, dieses Mal direkt an seiner Leiste. Ihre Finger wandern langsam in seinen Schritt. Sie streichelt ihn, und er wird hart, verflucht seinen Körper, der sich daran erinnert, wie gut sich ihre Berührungen früher angefühlt haben. Aber er will ihre Nähe nicht. Niemals mehr, auch wenn sein Penis im Moment etwas anderes meint.

»Hör sofort auf«, zischt er ihr zu und schiebt ihre Hand erneut weg. Sie trinkt ihr Weinglas leer und lässt ihre Hand gleich wieder unter den Tisch gleiten.

Er steht auf, die Stuhlbeine quietschen über den Boden. »Ich muss mich entschuldigen«, sagt er, »ich danke für das Essen.«

Ohne auf Antwort zu warten, geht er in Richtung der Türe, sieht noch den empörten Blick des Marschalls und stößt beinahe mit einem der Diener zusammen. Der Schmerz fährt ihm heftig in die Seite.

»Ich begleite ihn. Bitte entschuldigt«, sagt Signe und folgt ihm.

Er hört ihre Schritte hinter sich, dreht sich aber nicht um. Sie könnte ihn einholen, tut es aber nicht. Als er sein Zimmer erreicht, drängelt sie sich hinter ihm durch die Türe. Will ihm wieder in den Schritt fassen. Er packt sie heftig am Handgelenk, stößt sie weg.

»Komm schon, Avidh, ich spüre doch, dass dir das gefällt. Du baust diese Wände um dich, das hast du immer gern getan. Lass mich rein. Früher mochtest du es, wenn ich dich so berührt habe.«

»Früher ist vorbei. Das wird nie mehr geschehen. Verschwinde jetzt.« Er ärgert sich heftig über sie und fast noch mehr über das, was sie in seinem Körper auslöst. Wieder kommt sie ganz nahe, will ihre Hand über seine Hoden legen. Er schlägt ihre Hand weg, packt sie am Hals, drängt sie an die Wand. Er ist ihr so nahe, dass er ihren Atem spürt.

»Ja, genau so«, flüstert Signe. »Ich weiß, dass da noch viel Feuer in dir ist.«

Sein Bauch zittert bei jedem Atemzug, mit jedem Zittern brennt die Schwertwunde stärker. Er löst die Finger von ihrem Hals, muss all seine Kraft zusammennehmen, um einen Schritt zurückzutreten. Nicht weil er Signe küssen will, er will sie schlagen, verletzen, der Zorn kocht viel zu heftig in ihm. Er zwingt sich, ruhig zu atmen, schließt einen Moment die Augen, tritt noch einen Schritt zurück. Er wird sie nicht schlagen. Seine Ehre vergisst er nicht.

»War's das schon?«, sagt Signe, kommt wieder näher, stößt ihn mit den Handflächen gegen die Brust. »Ich hätte mehr von dir erwartet, Avidh, was bist du plötzlich so zahm, hm?« Ihr Atem riecht nach Wein. Er atmet ruhiger, die Kälte strömt wieder durch seine Adern.

»Verschwinde«, sagt er.

»Ach, Avidh, komm, da ist doch noch mehr. Ich spüre es. Ich weiß es. Ist es wegen der Magd?«

Seine Hand zuckt. Wieder will er auf Signe losgehen, alles ist im Moment zu viel, es dröhnt in seinen Ohren. Aber er macht noch einige Schritte rückwärts. Er möchte Signe ins Gesicht schleudern: Ich liebe Yrsa. Du wirst niemals begreifen, wie anders sie ist. Sie hat mich nicht verraten. Doch er schweigt, er wird Yrsas Sicherheit nicht gefährden.

Signe kneift die Lippen zusammen. »Es ist ihretwegen, ich wusste es.« Plötzlich schmiegt Signe sich wieder an ihn. »Küss mich«, sagt sie, »dann verrate ich dir, woher ich von eurer Mission gewusst habe. Es hat sich immer so gut angefühlt mit dir, besser als mit jedem anderen.«

Er hätte beinahe laut herausgeprustet, schiebt sie weg von sich. »Ich küsse dich nicht«, sagt er. Seine Stimme ist kalt.

»Ich erzähle es niemandem.«

»Signe, hör auf! Du hast zu viel getrunken. So behandelt man seinen kleinen Bruder nicht.«

»Haha«, sagt sie und lässt sich auf sein Bett fallen. »Kann ich hier schlafen?«

»Nein. Geh zum Anführer der Palastgarde. Er wartet.«

Sie steht auf, schaut ihm lange in die Augen. »Dann mache ich mit Louis alles, was du jetzt verpasst.« Sie fährt sich mit der Zunge über die Lippen. »Du weißt, wie geschickt ich mit meinem Mund bin.«

»Tu das«, sagt Avidh.

An der Türe dreht Signe sich noch einmal um und sagt: »Idun hat mir verraten, dass ihr den Procurator entführen wolltet.«

Kapitel 45

Der Trommelwirbel dröhnt Yrsa im Kopf. Hinter ihr kreischen Frauen, links dringt lautes Gelächter an ihre Ohren. Ab und zu hört sie ein klatschendes Geräusch, wenn jemand faules Obst oder Gemüse nach vorne wirft. Vorhin wäre sie beinahe auf einer matschigen Zwiebel ausgerutscht. Am liebsten würde sie die Hände auf die Ohren pressen. Aber sie darf nicht auffallen, und als Zuschauerin hält sie das aus. Sie will sich nicht vorstellen, wie sich die Gefangenen fühlen, die in den beiden Wagen sitzen, die von Ochsen gezogen in Richtung der Kaiserpfalz auf dem Hügel rattern. Ihr Magen schmerzt bei dem Gedanken, dass Leif und Gunnar vermutlich in einem dieser hölzernen Kästen eingepfercht sind.

Yrsa stellt sich auf die Zehenspitzen, versucht über die Schaulustigen zu spähen, stützt sich auf Roars Schulter. Roar ist größer als sie, beobachtet das Schauspiel über die Köpfe hinweg, verzieht keine Miene. Die Wagen haben ein geschlossenes Dach. Es gibt nur eine kleine Luke, und es ist unmöglich zu sehen, wer darin im Dunkeln sitzt.

»Kannst du etwas erkennen?«, zischt sie Roar zu.

Er schüttelt den Kopf, den Blick starr geradeaus gerichtet. Die Ochsen trotten durch die Menschenmenge. Ganz kurz erscheint ein bleiches Gesicht an der Luke, und Yrsa könnte schwören, dass sie Leifs Locken gesehen hat. Sie beißt sich auf die Lippe. Wir holen dich da raus!, will sie rufen.

Es sind zwei Tage vergangen, seit sie Avidh im Palast gesehen hat. Zwei Tage, in denen sie sich bemüht hat, nur an ihre Erleichterung zu denken, dass er lebt. Und zwei Tage, in denen sie die Bilder von Avidh und Signe verfolgt haben. Seit gestern sorgt sie sich zudem, dass Signe Avidh irgendwo anders hinbringen lässt. Aber vielleicht nimmt Signe auch an, dass Yrsa es sowieso nicht in den Palast schafft. Bevor der Gefangenentransport sie abgelenkt hat, hat Yrsa mit Roar nach einer Möglichkeit gesucht, wie sie auch ohne Eddas Hilfe in die Pfalz gelangen könnten. Doch die Mauern sind zu hoch, und die Wachen am Eingangstor mustern jeden. Yrsa hofft, schon bald wieder Neuigkeiten von Edda zu bekommen und dass sie Avidh das Messer hat geben können. Idun ist gestern Abend wieder in der Stadt aufgetaucht und hat berichtet, dass die Gefangenen heute ankommen. Und dass auch Gunnars Bruder Angantýr in der Stadt erscheint, um Verhandlungen zu führen.

Als die Wagen vorüber sind, lässt Yrsa den Blick über die Köpfe schweifen, fragt sich, ob sie Angantýrs geschorenen Schädel irgendwo sieht. Sie ist froh, dass sie die Rufe der Menschen nicht verstanden hat. Wütend, abschätzig haben sie geklungen.

Dann entdeckt Yrsa Angantýrs Kahlkopf. Sie winkt ihm, schiebt sich durch die Menge, die sich langsam auflöst. Roar folgt ihr. Yrsa bereitet sich auf Angantýrs Zorn vor. Sie hatte mit Nijmegen den richtigen Riecher, doch Angantýr wird das kaum so sehen. Er schien überfordert. Aber auch ein überzeugenderer Anführer hätte sie kaum aufhalten können. Wenn es um das Leben ihrer Liebsten geht, ist sie nicht bereit, sich der Gruppe unterzuordnen. Und wenn sie das zu einem schlechten Mitglied der Gemeinschaft macht, dann ist das eben so.

In den letzten Tagen hat sie viel darüber nachgedacht, warum

Angantýr nicht wollte, dass sie Avidh sucht. Sie vermutet, dass es nicht nur darum ging, die Regeln zu befolgen. Vielleicht wäre es Angantýr ganz recht, wenn Avidh irgendwo in einem Kerker der Franken verrecken würde. Doch er kennt sie schlecht, wenn er glaubt, sie würde das zulassen.

Als sie Angantýr fast erreicht hat, streckt er die Hand aus, packt sie am Arm und zieht sie zu sich. Sein Griff ist eisern. Er zerrt sie in eine dunkle Ecke zwischen zwei Häusern, Roar ist dicht hinter ihnen.

»Lass mich los«, sagt Yrsa. »Du tust mir weh.«

»Ich habe genug, Yrsa«, sagt Angantýr. Er sieht müde und angestrengt aus. Seine Augen blitzen zornig. »Du meinst, du kannst einfach verschwinden, unser Boot stehlen, meinen Befehlen trotzen. So läuft das nicht. Und zu dir«, er stößt Roar gegen die Schulter, »kommen wir gleich.«

Yrsa will mit Angantýr streiten, ihm die Meinung sagen. Doch dann hat sie einen Einfall. Sie hofft, dass Roar versteht, was sie tut. »Bitte, Angantýr, es tut mir so leid. Ich wollte mich dir nicht widersetzen. Ich war so verzweifelt, als du gesagt hast, Avidh liege im Sterben. Ich habe nicht nachgedacht, die Gefühle sind mit mir durchgegangen. Roar trägt keine Schuld. Ich habe ihn überredet. Er hat mir vor allem geholfen, damit dem Boot nichts geschieht.« Sie spürt, wie Roar tief Luft holt, aber sie spricht einfach weiter. »Ich habe nichts herausgefunden, so allein. Es war ein dummer Fehler. Es wird nicht mehr vorkommen. Hast du irgendwelche Nachrichten von Avidh? Haben die Kundschafter noch etwas gesagt?«

Angantýr mustert sie, sie schaut auf den Boden. Dann sagt er: »Es bringt nichts, wenn du weiter nach Avidh suchst. Inzwischen habe ich die Bestätigung bekommen, dass er nicht mehr lebt.«

Yrsas ballt die Hände zu Fäusten, drückt die Fingernägel in die Haut. »Wann hast du das gehört?«, fragt sie.

»Vor vier, fünf Tagen. Du warst nicht da, also konnte ich es dir nicht sagen.«

Sie möchte ihn anschreien, Angantýr als Lügner beschimpfen. Aber sie schlägt die Hand vor den Mund. »Nein! Ist das ganz sicher?«

»Ja.«

»Ich brauche einen Moment«, sagt sie und läuft ein Stück weiter die Gasse hinauf. Roar folgt ihr. Als sie außer Hörweite sind, flüstert sie Roar zu: »Warum lügt Angantýr? Lass uns sein Spiel ein bisschen mitspielen, damit wir verstehen, was er bezweckt.«

Roar nickt.

Sie gehen zu Angantýr zurück. Yrsa wischt sich über die Augen. Avidh wäre stolz auf sie. Von ihm hat sie sich abgeschaut, dass man manchmal strategisch vorgehen muss. Sie hat das Gefühl, dass Angantýr im Moment so viele Sorgen hat, dass er gern bereit ist, sie von seiner langen Liste zu streichen. »Glaub mir, Angantýr«, sagt sie, »ich möchte zur Gruppe gehören, und ich werde tun, was du verlangst.« Einen Moment überlegt sie, Angantýr als guten Anführer zu loben. Aber das würde doch ein bisschen zu weit gehen.

»Wir holen ihn da raus«, sagt Angantýr jetzt.

»Wen?«

»Na, Gunnar.«

»Ja, natürlich.«

Angantýr nickt und sagt zu Roar: »Lass dich nicht so leicht von Frauen um den Finger wickeln, das wirst du sonst noch bereuen.« Leiser fährt er fort: »Es sind ungefähr zwanzig Männer hier, westlich der Stadt haben wir ein kleines Versteck. Kommt mit. Es ist deine allerletzte Chance, Yrsa.«

Kapitel 46

Avidh geht im langen Gang vor seinem Zimmer auf und ab, kommt an Wandteppichen, Kerzenleuchtern und verschlossenen Türen vorbei. Ein seltsamer Geruch hängt in der Luft, es riecht nach modrigen Stoffen, nach Wachs. Immer wieder huschen Dienerinnen von Tür zu Tür. Aber niemand beachtet ihn. Seine Seite schmerzt, doch er muss sich bewegen. Als er noch im Bett gelegen ist, hat ihn ein Gedanke beschäftigt, ihm den Schlaf geraubt: Könnte er Leif retten, wenn er sich wieder mit Signe einlässt? Alles in ihm sträubt sich dagegen, nur sein Körper schien gestern Abend nichts dagegen zu haben. Könnte er mit Signe schlafen, ihr etwas vorspielen, ohne etwas in sich zu wecken, das er nie mehr möchte? Aber was ist mit Yrsa? Der Druck auf seiner Brust nimmt zu, wenn er daran denkt, Yrsa zu verletzen, ihre Liebe aufs Spiel zu setzen. In eine verfluchte Schlangengrube haben ihn die Götter hier geworfen. Er will sich nicht zwischen seiner Liebe zu Yrsa und der zu seinem Bruder entscheiden. Was für ein verrotteter Haufen Ochsenscheiße. Zuerst wird er alles andere versuchen.

Signe hat er heute Morgen nur kurz gesehen. Sie ist vorbeigekommen, hat ihn nicht angeschaut und gemurmelt: »Wird nicht mehr vorkommen, war der Wein.« Er hat versucht, mehr über ihre Behauptung, Idun habe die Mission verraten, herauszufinden. Doch Signe hat bei ihrem kurzen Gespräch alles abgestritten.

»Idun?«, sagte sie. »Habe ich das wirklich gesagt? Ich kann mich nicht erinnern.« Auch über Yrsa hat sie kein Wort mehr verloren.

Avidh bleibt vor einem steinernen Relief stehen, fährt mit dem Finger über die rauen Kanten des geflügelten Pferds auf dem Bild. Er sehnt sich danach, einem echten Pferd das Fell zu kraulen. Das Essen beim Marschall war für ihn schwieriger als ein Kampf. Trotzdem ist es besser, hier mit Signe zu streiten, als sich aus der Ferne den Kopf über seine Rache zu zerbrechen. Selbst wenn er seinen Zorn im Moment zügeln muss und nicht gegen sie kämpfen kann. Was sie von ihrer Kindheit an der friesischen Küste erzählt hat, ist ihm häufiger durch den Kopf gegangen, als er erwartet hat.

Es ist Zeit, sich an eine der langen Treppen zu wagen, die ins Erdgeschoss führen. Avidh nimmt ein paar Treppenstufen zu schnell, seine Wunde sticht. Er stützt sich auf das Geländer, verharrt einen Moment am Fuß der Treppe. Ihm fallen zwei Männer auf, die vorhin schon oben auf dem Gang standen. Der Ältere der beiden kommt ihm bekannt vor, aber es fällt ihm nicht ein, wo er ihn schon einmal gesehen hat. Graue Strähnen ziehen sich durch seine langen Haare, seinen Bart hat er unter dem Kinn zusammengebunden. Der Jüngere, ein rothaariger, stämmiger Typ, starrt Avidh kurz an, dann laufen die zwei weiter. Wenn es sein müsste, könnte er jetzt schon kämpfen. Er wäre nicht so schnell wie sonst, und vielleicht würde die Naht aufplatzen. Aber es ginge.

Im Erdgeschoß folgt er dem langen Gang. Viele Menschen sind unterwegs, auch hier scheint ihn niemand zu beachten. Er lässt in seinem Kopf eine Karte des Palasts entstehen, das kann nicht schaden. Und er sucht sein Schwert.

Durch eine offene Türe tritt Avidh auf den Säulengang im Innenhof und holt tief Luft. Endlich wieder draußen sein. Die Sonne scheint ihm ins Gesicht. Von hier aus sieht er den Eingang der

Pfalz, eine riesengroße, zweiteilige Holzpforte. Bis dort sind es rund 150 Schritte. Nur ein Flügel der Pforte ist geöffnet, von innen lässt sich das Tor mit zwei schweren Balken sichern. Mehrere Soldaten mit Lanze und Schild stehen dort und überwachen, wer ein und aus geht. Es reizt ihn auszuprobieren, was geschähe, wenn er einfach durch das Tor liefe. Ob Signes Worte nur eine leere Drohung sind. Ginge es nur um sein Leben, er würde es versuchen. Aber zuerst muss er herausfinden, ob er Leif besser helfen kann, wenn er hier im Palast bleibt.

Einige Soldaten laufen jetzt zum Tor, drücken den zweiten Flügel auf. Von draußen hört Avidh Schreie, Trommeln und Grölen. Ein Ochsenkarren rumpelt in den Innenhof, ein zweiter folgt. Avidh beißt die Kiefer aufeinander. Er kennt diese hölzernen Kästen, er war selbst schon in einem eingepfercht. Es sind Gefangenentransporte. Er muss beobachten, wo die Wagen anhalten. Dann weiß er, wo sich das Verlies befindet.

»Aus dem Weg«, rufen die Soldaten, die neben den Wagen herlaufen. Sie schlagen mit den Fäusten gegen die hölzernen Wände. Das soll die Gefangenen einschüchtern. Kalter Schweiß tritt Avidh auf die Stirn, als er sich an seine Zeit im Verlies im letzten Sommer erinnert. Und alles war Signes Schuld. Er zieht die Luft scharf ein, der Zorn meldet sich, brennt in seinem Innern. Sie kann noch lange auf ihn einreden, verzeihen wird er ihr nie.

Die Männer bringen die Ochsen dort zum Stehen, wo der kürzere Südflügel endet. Avidh hat von seinem Fenster aus gesehen, dass sich dort meist Bewaffnete aufhalten. Das Quartier der Wachen und das Verlies befinden sich in diesem Teil des Palasts. Immer mehr Menschen strömen jetzt in Richtung der Wagen. »Hängen werden sie«, sagt ein Mann zu seinem Begleiter. »Dreckige Wikinger«, ein anderer. Avidh kneift die Augen zusammen, seine Miene verrät nicht, was in seinem Innern vor sich geht. Dass er am liebsten jeden Einzelnen, der hier im Innenhof schlecht über seine Freunde spricht, zum Kampf herausfordern möchte.

Die Soldaten drängen die Menschen zurück. Avidh folgt dem Säulengang, den Mauern, macht einen Bogen um die Menge und nähert sich dem Ende des Südflügels in einem großen Halbkreis entlang der Palastmauern. Als er einen guten Blick auf die Wagen hat, bleibt er stehen. Ein Soldat schiebt den schweren Riegel zur Seite, die Türe des vorderen Wagens öffnet sich. Der erste Gefangene stolpert heraus, kneift die Augen im hellen Sonnenlicht zusammen. Vier weitere Männer folgen, mit Ketten sind sie aneinandergekettet. Der letzte Mann, der aus dem Wagen tritt, ist Gunnar. Gunnar ist auch ein Gefangener der Franken. Avidh schüttelt den Kopf. Er muss unbedingt wissen, was mit den anderen ist.

Gunnars Kleider sind schmutzig, sein Gesicht auch, er hat Gewicht verloren, scheint aber unverletzt. Schau nach links, versucht Avidh ihn zu beschwören, schau zu mir, ich hole dich raus. Aber Gunnars Blick hängt irgendwo in der Ferne. Die Soldaten zerren die Gefangenen durch die zweitletzte Türe am Südflügel. Wo ist Leif? Avidhs Herz pocht bis in die Schläfen.

Der zweite Wagen hält vor der drittletzten Türe, noch näher bei Avidh. Er lehnt sich gegen die Mauer, vor ihm steht eine Gruppe von Frauen, die miteinander tuscheln.

Die Türe des zweiten Wagens wird geöffnet. Ein älterer Mann tritt aus dem Wagen, er stolpert, rappelt sich wieder auf, ein zweiter folgt. Und dann kommt Leif. Sein Hemd ist zerrissen, er sieht abgekämpft aus, bleich, ein Auge ist zugeschwollen, mit Mühe hält er sich auf den Beinen. Avidh umklammert Fridas Stein so heftig, dass er fürchtet, er könnte zerbrechen. Ich brauche mein Schwert, dieser Gedanke hämmert in seinem Kopf.

Zwei Frauen vor ihm kichern, Leif hebt kurz den Blick und zuckt zusammen. Er hat ihn gesehen. Avidh formt mit den Lippen die Worte »Ich hol dich raus«, immer wieder. Leif schließt kurz die Augen, er hat verstanden. Dann ist er in der Türe verschwunden.

Avidh muss all seine Kraft zusammennehmen, um nicht auf eine der Wachen loszugehen. Die Dämonen kochen in ihm. Es zerreißt ihn beinahe, so hilflos fühlt er sich. Signe soll nicht wagen, ihm in den nächsten Stunden unter die Augen zu treten. Er könnte sie mit bloßen Händen erwürgen. Sich das vorzustellen, hilft etwas. Doch wirklich helfen würde es niemandem. Immerhin weiß er jetzt, dass es wichtig ist, in diesem verfluchten Palast zu bleiben.

Die Wagen drehen ab, und Avidh folgt dem Säulengang zurück zum Nordflügel. Dort setzt er sich kurz auf eine Bank. Er braucht einen Moment, um den Eistroll zu beschwören. Die Hitze des Zorns ist kein guter Ratgeber, lässt einen falsche Entscheidungen treffen. Seine Seite schmerzt heftig. Es fühlt sich schrecklich an, dass er hier in teuren Kleidern in der Sonne sitzt, während Leif im Verlies dahinsiecht. Er sah krank aus. Es bleibt nicht viel Zeit, um ihn rauszuholen.

Wenigstens hat Avidh jetzt ein Messer. Er hat Yrsas Schwester vorhin kurz im Gang getroffen. Sie hat seine Hand genommen, ihm ein Messer in einer Scheide in den Ärmel gesteckt und geflüstert: »Von Yrsa.«

»Geht es ihr gut?«, hat er zurückgeflüstert, und Edda hat genickt. Er war unendlich erleichtert. Trotzdem fragt er sich, wo Signe Yrsa gesehen haben könnte. Es fühlt sich sehr gut an, wieder bewaffnet zu sein. Er kann sich auf Yrsa verlassen. Sie tut so viel für ihn, auch aus der Ferne. Er will ihr unbedingt sagen, wie viel ihm das bedeutet.

Avidh steht auf. Himiltrud bringt ihm vermutlich bald etwas zu essen. Sie hat ihn weiterhin besucht und hat meist länger bei ihm gesessen. Hat ihm von ihrem Kräutergarten erzählt und den Tränken, die sie mischt. Am liebsten hätte er ihr gesagt, dass sie ihn an Frida erinnert, doch das hätte seine Tarnung gefährdet. Inzwischen hat er keinen Zweifel mehr, dass Himiltrud es gut mit ihm meint, und er würde ihr gern irgendwie danken. Dass es ihm schon viel besser geht, ist ihr Verdienst. Umso stärker plagt ihn das schlechte Gewissen, wenn er an seinen Plänen spinnt.

Kapitel 47

Sie waten durch sumpfige Auen, durchqueren ein Waldstück, verlassen irgendwann den Weg, kämpfen sich durch Unterholz, und nach einer Weile kommt eine kleine Lichtung in den Blick. Dort haben die Männer das neue Lager errichtet. Es liegt gut versteckt, auch das Schiff ist im Schilf verborgen. Das zweite Schiff hätten sie nördlich von Dorestad in Sicherheit gebracht, hat Angantýr auf dem Weg erzählt. Harald sei mit einem Teil der Männer dortgeblieben, um das Versteck mit der Beute zu bewachen und alles für die Abreise vorzubereiten. Rund zehn Zelte stehen im Schutz der Bäume. Zwei Männer hacken Holz, begrüßen Yrsa mit einem Nicken. Yrsa sieht Gunhild und umarmt sie kurz. Sie riecht nach Bier.

»Ich bin sehr froh, dass du frei bist«, sagt Yrsa.

Gunhild nickt, schaut Yrsa nicht in die Augen, ihr Gesicht ist eingefallen. »Der Kerker der Franken ist kein Ort für eine Kämpferin«, sagt sie.

Wie ist es dir ergangen, was ist geschehen?, möchte Yrsa fragen. Aber sie spürt, dass Gunhild im Moment lieber schweigt. Als Frau in einem solchen Kerker, Yrsa will sich nicht ausmalen, was alles passieren könnte. Es schmerzt sie, Gunhild so zu sehen. Den Gedanken, dass ihr so etwas auch passieren könnte, hat sie immer beiseitegeschoben.

»Ich habe dafür gesorgt, dass sie rauskommt«, sagt Angantýr, »auch Gísli ist frei, aber er ist mit Björn im anderen Lager geblieben.«

Dann fällt Yrsas Blick auf einige Männer, die sie lieber nicht wiedergesehen hätte. Sven, Ulf und seine Kumpel sitzen um eines der Zelte und werfen ihr seltsame Blicke zu. Iduns Drohung, sie zu verfluchen, haben sie wohl nicht vergessen, ihren Hass aber auch nicht.

»Ich rufe gleich alle zusammen«, sagt Angantýr, »dort vorne.« Er zeigt auf eine Feuerstelle. »Ich muss euch etwas mitteilen. Wir warten noch auf Idun. «

Yrsa setzt sich auf ein Stück Holz. Roar nimmt neben ihr Platz. »Sag niemandem etwas von Avidh im Palast«, raunt sie ihm zu. Er nickt. Was für ein Glück sie hat, dass Roar an ihrer Seite ist. Loyal und schweigsam, außer Edda ist in der Nähe. Er streicht sich eine dunkle Haarsträhne aus dem Gesicht. Wie Avidh hat er die Haare im Nacken zusammengebunden.

Idun erscheint und stellt sich neben Angantýr. Sie ist noch bleicher, ihre Haare sind zerzaust, ihr Blick flitzt hin und her, als würde sie jemanden suchen. Leise murmelt sie Verse. Sie hält eine kleine Puppe an sich gepresst.

Angantýr hebt die Stimme. »Alles deutet darauf hin, dass Gunnar nun in Nijmegen in der Kaiserpfalz eingesperrt ist. Ich erwarte morgen die Bestätigung, und dann werde ich verhandeln. Wir lassen ihn nicht im Stich.«

Die Männer johlen. Gunhild nickt. Noch kein Wort von Leif.

»Es gibt noch weitere Neuigkeiten«, sagt Angantýr. »Wir«, er wirft einen kurzen Seitenblick zu Idun, »haben den Verräter enttarnt. Wir wissen jetzt, wer die Entführung an die Franken verraten hat.«

Sven steht auf, zeigt mit dem Finger auf Yrsa. »Sie war es. Das wissen wir schon lange!« Ulf und seine Freunde brummen zustimmend. Idun reagiert nicht auf Svens Worte, sie murmelt weiter ihre Verse. Yrsa schaut Sven in die Augen. Er soll nicht glauben, dass er sie einschüchtern kann.

»Nein«, sagt Angantýr. »Es war nicht Yrsa. Es war jemand, der ein großes Interesse daran hat, unserer Gruppe zu schaden. Immer schon hatte. Valì hat uns verraten. Und wir werden uns an ihm rächen.«

Valì? Wirklich? Ein Raunen geht durch die Männer. Yrsa beobachtet Idun und fragt sich, ob Angantýr weiß, wie gut Idun sich mit Valì versteht. Wieder reagiert Idun nicht. Die Männer tuscheln neben ihr. Valì, ausgerechnet Valì?

»Hältst du das für möglich?«, flüstert Yrsa Gunhild zu. Gunhild zuckt nur mit den Schultern. Ja, Valì ist ihr Widersacher, aber würde er sie an die Franken verraten? Yrsa hat ihn nicht als Verräter wahrgenommen, doch sie weiß nicht mehr, wem sie überhaupt noch trauen kann.

»Wir müssen jetzt zusammenhalten«, fährt Angantýr fort. »Wir sind eine Gemeinschaft, und auch Gunnar wird schon bald wieder bei uns sein.« Angantýr wirkt sicherer als in den ersten Tagen nach dem Angriff, scheint sich wohler zu fühlen in der Rolle des Anführers.

»Was ist mit Leif?«, sagt Yrsa laut. Sie hat ein elendes Gefühl im Magen. Hat Angantýr schlechte Nachrichten? Sie schaut sich um, und dann fällt ihr auf, keiner der Männer hier im Lager gehört zu jenen, die viel Zeit mit Avidh und Leif verbringen. Ist das ein Zufall? Plötzlich packt sie die Angst. Kann es sein, dass Angantýr sich nicht für Leif einsetzt? Aber warum? Weil er Avidh nicht mag? Sie hat Leif nie mit Angantýr streiten sehen. Jeder mag Leif.

»Darum kümmern wir uns noch«, sagt Angantýr. »Aber zuerst ist Gunnar dran.«

»Warum nicht beide gleichzeitig?«, fragt Yrsa. Sie steht auf, richtet sich an die Männer. »Leif ist ein wichtiger Kämpfer. Er ist euer Freund. Er hat bestimmt so manchem von euch schon in brenzligen Situationen beigestanden. Wir dürfen ihn nicht im Stich lassen, jeder Tag im Kerker ist eine Gefahr für sein Leben.«

»Halt's Maul«, sagt Sven. »Du hast hier nicht das Sagen. Wo warst du die ganze Zeit?«

»Ja, wer zu uns gehört, kommt und geht nicht, wie es ihm gerade in den Kram passt«, sagt Ulf.

Yrsa sucht Gunhilds Blick, aber Gunhilds Augen starren ins Leere.

»Ich habe nach Spuren gesucht, um bei der Freilassung zu helfen«, sagt Yrsa. »Dass ich nicht bei euch war, bedeutet nicht, dass ich mich nicht für die Gruppe eingesetzt habe. Und dass wir jetzt hier in der Nähe von Nijmegen sind, zeigt dass ich richtiglag mit meinen Vermutungen.«

»Spuren?« Sven lacht höhnisch. »Hast du dich dafür von fränkischen Soldaten ficken lassen?«

Wie gern sie Sven wieder in sein dummes Gesicht schlagen würde.

»Setz dich, Yrsa«, sagt Angantýr. »Und du bist still, Sven. Ich kümmere mich um alles, niemand braucht sich einzumischen.«

Als Angantýr seine kleine Rede beendet hat, unterhält er sich etwas abseits mit Ulf, Sven und Birger. Yrsa beobachtet die Gruppe aus der Ferne. Manchmal schauen Sven oder Ulf kurz in ihre Richtung. Ein böses Gefühl beschleicht sie. Sie hat nicht einmal ein Zelt.

»Roar, was sollen wir jetzt tun?«, flüstert sie.

»Sie achten mehr auf dich als auf mich«, sagt er. »Ich geh jagen.«

»Und dann?«

»Ich schau, ob Edda mehr weiß. Dann entscheiden wir.«

»In Ordnung.« Gut fühlt es sich nicht an, allein hier im Lager zu bleiben, aber sie weiß, dass Roar recht hat. Sie will noch sagen: Bleib nicht zu lange weg, lässt es aber sein. Sie kann selbst auf sich aufpassen.

Kurz darauf kommt Angantýr und setzt sich neben sie. Sein Gesichtsausdruck ist viel freundlicher als bei ihrem ersten Treffen heute.

»Ich mag dich, Yrsa«, sagt er. »Weißt du noch, wie ich dich aus dem Moor gezogen habe?«

»Ja, du hast mich gerettet. Ich bin dir dankbar.«

»Dein Platz ist hier im Lager. Vergiss das nicht. Wenn ich spüre, dass du dich wieder für die Gruppe einsetzt, kann aus dir noch etwas werden. Und ich würde mich freuen, etwas von deiner Dankbarkeit zu spüren. Wenn du möchtest, kannst du heute Nacht bei mir im Zelt übernachten.«

Sie schaut Angantýr an, hofft, dass er nicht sieht, wie erschrocken sie über seinen Vorschlag ist, und lächelt. »In welchem Zelt schläfst du?«, fragt sie.

»Das dort drüben, ganz am Rand.«

»Und Idun?«

»Idun hat einen Schrein da hinten zwischen den Bäumen eingerichtet, sie verbringt viel Zeit dort.«

»Wie gehen wir jetzt vor, um Gunnar und Leif zu befreien?«

»Das lass nur meine Sorge sein. Du musst dich damit nicht beschäftigen.«

Er tätschelt ihren Arm, steht auf und verschwindet dorthin, wo Sven, Ulf und Birger zusammenstehen. Sie starren noch immer in ihre Richtung.

Ihr kommt ein Gedanke, ein unangenehmer Gedanke: Muss sie Angantýr nahekommen, auch wenn es ihr widerstrebt, um Leif zu helfen? Was würde Avidh von diesem Vorschlag halten? Interessiert es Avidh überhaupt noch, was sie tut?

Kapitel 48

Avidh schielt kurz über die Schulter, beschleunigt seinen Schritt. Er hat im Erdgeschoss fast die Palastküchen erreicht, Fleischdüfte ziehen bis zu ihm. Es fühlt sich an, als folge ihm jemand, den er nicht abschütteln kann. Vorhin hat er im Augenwinkel den rothaarigen Mann gesehen, dem er heute schon einmal im oberen Stockwerk begegnet war. Er stand an einem Pfosten. Vielleicht wartet er auf jemanden. Aber etwas sagt Avidh, dass er wachsam sein muss. Vor dem Eingang in die Küche weicht er auf den Säulengang aus, um nicht mitten durch das geschäftige Treiben zu laufen. Hinter der Küche biegt er wieder ins Innere des Gebäudes ab.

Noch immer fühlt es sich an, als sei jemand hinter ihm. Avidh bückt sich kurz. Zieht die lederne Scheide, in der Yrsas Messer steckt, aus seinem Stiefel und klemmt sie unauffällig unter seinen Gürtel. Am Ende des Nordflügels liegen die Gemächer, die der Kaiser nutzt, wenn er die Pfalz besucht. Hier ist es im Moment viel leerer als in den übrigen Teilen des Palasts. Avidh hat keine Ahnung, ob er auf diesen Gängen erwünscht ist. Aber solange ihn niemand aufhält, geht er weiter.

Ihm fällt eine Türe auf. Zwei Lanzen zieren den Eingang, er vermutet eine Waffenkammer. Avidh legt das Ohr an die Türe und lauscht. Kein Laut ist zu hören. Er drückt gegen das Holz, flucht, die Türe ist verschlossen. Kurz lässt er den Eiswind durch seinen

Körper rauschen, doch er spürt kein Echo aus dem Raum. Sein Schwert ist nicht hier.

Etwas rumpelt weiter hinten im Gang. Es klang, als wäre etwas umgestürzt, vielleicht einer der hohen Kerzenständer, die auch hier die dunkleren Abschnitte säumen. Avidh tastet nach seinem Messer. Ist es verboten, sich in diesem Teil des Palasts aufzuhalten? Er will keine unnötige Aufmerksamkeit auf sich ziehen, erst recht nicht von den Wachen. Er lauscht, schleicht ein Stück weiter, weg von dem Geräusch, noch tiefer in jenen Teil des Palastes, wo kaum jemand unterwegs ist. Weiter vorne fällt ihm wieder eine Türe auf, ähnlich wie die der Waffenkammer, aber ohne Verzierung.

Er drückt gegen das Holz, die Türe öffnet sich, und er betritt eine Kammer. Hölzerne Gestelle ziehen sich entlang der Wände, ein säuerlicher Geruch hängt in der Luft. Eimer, kleine Fässer und Gläser stehen auf den Brettern. Auf einem anderen Regal liegen gefaltete Kleider. Hemden, Hosen, Umhänge. Avidh öffnet eines der Hemden, Staub wirbelt auf. Auf dem Gang nähern sich Schritte, er unterdrückt ein Husten. Mit dem Messer in der Hand lehnt er sich an die Wand hinter der Türe. Draußen läuft jemand vorbei, danach ist alles wieder still. Avidh wartet, ob die Schritte zurückkehren. Dann stößt er langsam die Türe auf, schaut rechts, schaut links und macht sich auf den Rückweg. Der Gang ist leer. Die Öllampen werfen lange Schatten.

Plötzlich tritt der rothaarige Mann aus einer Nische.

»Avidh?«, fragt er in seiner Sprache. »Ich habe eine Botschaft.«

Avidh bleibt stehen, mustert den Mann. »Von wem?«

»Seid Ihr Avidh?«

»Wer will das wissen?«

»Es geht um Leif.«

»Was ist mit ihm?«

Im gleichen Moment springt der Mann ihn an, rammt ihm die

Schulter in die Brust, zieht sein Schwert. Der Schmerz fährt Avidh in die Seite, doch es gelingt ihm, dem Schwertschlag auszuweichen. Mit einem schnellen Tritt trifft er den Mann am Handgelenk. Der Fremde ist kein geübter Kämpfer, lässt das Schwert fallen, erwischt Avidh aber am Hals, versucht ihn zu würgen. Sie stürzen gemeinsam, das Messer unter Avidhs Gürtel rutscht heraus, über den Stein, er bekommt den Griff nicht zu fassen.

Sie krachen zu Boden, ein brennender Schmerz durchzuckt Avidh. Einen Moment fürchtet er, dass der Nebel in seinem Kopf aufzieht. Er reißt die Augen auf, bemüht sich mit aller Kraft, konzentriert zu bleiben. Doch sein kurzes Zögern ermöglicht es dem Fremden, die Hände wieder um seinen Hals zu legen. Avidh stemmt sich dagegen, drückt die Finger in die Augen des Mannes, der lockert den Griff, und Avidh kann sich befreien, versucht sich aufzurichten. Wo ist das Messer? Aber der Fremde stürzt sich gleich wieder auf ihn. Avidh keucht, wie er sonst nie keuchen würde, und bei jedem Atemzug fühlt es sich an, als würde ihm der Mann ein Messer in die Seite rammen.

Noch einmal kann er ihn abschütteln, schaut sich um. Wo ist das verdammte Messer hingerutscht? Im Augenwinkel sieht er, dass der Mann das Schwert aufzuheben versucht. Avidh tritt nach seinem Arm. Der Angreifer packt sein Bein, sie stürzen erneut zusammen, verkeilen sich. »Wer schickt dich?«, zischt Avidh. Der Fremde gibt keine Antwort. Avidh bekommt seinen Kopf zu fassen und schlägt ihn heftig auf den Steinboden. Der Mann grunzt. Die Dämonen rauschen in Avidhs Ohren, er lässt den Kopf des Mannes noch einmal auf den Stein knallen. Eine Blutlache bildet sich, der Körper des Angreifers wird schlaff.

Schnell schaut Avidh sich um. Seine Wunde pocht heftig. Es kostet ihn Kraft, sich hinzuknien, er flucht leise. Jeder Atemzug schmerzt. Seine Hände sind voller Blut. Es ist das Blut des Fremden. Wenn nur die Naht gehalten hat. Im Moment kann er nicht nachschauen, sonst verschmiert er sein Hemd. Und er kann das Hemd nicht ausziehen, sonst ist der Verband sichtbar. Kurz droht der Nebel ihn zu umhüllen. Avidh wischt die Hände an den Kleidern des Mannes ab, rot verschmiert sind sie noch immer. Der Steinboden verschwimmt vor seinen Augen, er muss kurz ausruhen, zu Atem kommen. Falls ihn auf dem Weg jemand aufhält, hat er sonst keine Kraft, sich zu wehren. Vor allem muss er weg von dem Fremden, die Blutlache wächst.

Mühsam richtet Avidh sich auf, beinahe kommt der Boden wieder nahe. Wie er es hasst, sich schwach zu fühlen! Die Dämonen dröhnen in seinem Innern, wollen ihm ihre hässlichen Fratzen zeigen. Schnell weg. Der Lärm des Kampfes war vermutlich weit zu hören. Sonst landet er doch noch im Kerker, und alles war umsonst. Er greift sich das Schwert des Mannes, löst die Scheide von dessen Gürtel. Er sollte den Mann verstecken, aber er hört Schritte. Avidh taumelt kurz, packt noch das Messer und schleicht zurück in Richtung der Kammer, die er vorhin gefunden hat.

Nachdem er die Türe zugezogen hat, sinkt er zu Boden, schließt die Augen. Ihm ist übel, kalter Schweiß überzieht seinen Körper, er bemüht sich, ruhig und tief zu atmen. Dann schaut er seine Hände an. Getrocknetes, verschmiertes Blut klebt an ihnen. Er muss sie irgendwie reinigen. Und zu lange darf er nicht in der Kammer verharren. Wenn die Wachen den Toten finden, werden sie hier alles durchsuchen. Sein Blick fällt auf die Fässer, Flaschen und tönernen Gefäße in dem Regal. Dort findet er eine Flasche mit Essig. Es wird ihm beinahe wieder übel von dem stechenden Geruch, aber er klemmt die Flasche zwischen die Beine, kippt sie langsam und säubert seine Hände. Jetzt stinken sie zwar nach Essig, aber es ist besser als nichts. Er greift sich eines der Hemden, wickelt das Schwert darin ein und öffnet vorsichtig die Türe. Der

Mann liegt noch immer in seinem Blut. Avidh nimmt den nächstbesten Durchlass auf den Säulengang.

Kurz darauf ist er zurück in seinem Zimmer, versteckt das Schwert, wäscht sich an der Waschschüssel und lässt sich entkräftet auf das Bett sinken. Die Naht hat gehalten, auch wenn die Wunde heftig schmerzt. Er muss herausfinden, wer ihm einen Mörder auf den Hals geschickt hat. Die Liste an Verdächtigen ist lang. Warum hat der Mann seine Sprache gesprochen?

Einige Zeit später klopft es an seiner Türe. Weil er jetzt wieder aufstehen kann, legt er den Riegel vor, wenn er im Zimmer ist.

»Kann ich reinkommen?«, fragt Signe von draußen.

Avidh will sie nicht sehen. Der Schmerz pocht in seinen Schläfen, am liebsten würde er im Bett liegen bleiben. Aber er braucht Antworten.

»Mach rasch wieder zu«, sagt Signe, als sie ins Zimmer tritt. Sie lehnt sich gegen die Wand, ihr Atem geht schnell, ihre Augen sind geweitet. »Ich bin geritten«, sagt sie. »Und jemand hat einen Pfeil auf mich geschossen.« Sie schiebt den Ärmel hoch, ein Kratzer kommt zum Vorschein.

Sie lügt, ist sein erster Gedanke. Er schaut auf ihren Arm, zupft an seinem Bart. Falls sie nicht lügt, hätte jemand versucht, sie beide aus dem Weg zu räumen. Oder hat Yrsa auf Signe geschossen? Nein, sie würde nichts tun, das seine Sicherheit gefährdet. »Hast du einen Verdacht, wer das gewesen sein könnte?«, fragt er.

Signe schüttelt den Kopf. Einen Moment überlegt er, ihr von dem Angriff auf sich zu erzählen, entscheidet sich aber dagegen. »Tja«, sagt er, »du hast Feinde.«

»Darum geht es nicht«, sagt sie und tritt einen Schritt auf ihn zu. »Ich mache mir Sorgen um dich.«

»Um mich?«

»Ich glaube, es war eine Warnung.« Er sieht Furcht in ihren Augen, sie zupft nervös an ihrem Ärmel. Ein Gefühl, sie beschützen zu wollen, regt sich in ihm. Er schiebt es beiseite. Vielleicht bezweckt sie genau das. Was er nicht versteht: Weshalb will ihn jetzt jemand umbringen? Als es ihm so schlecht ging, wäre es viel einfacher gewesen. »Warum hast du dich letzten Sommer nicht für mich eingesetzt, jetzt aber schon?«

Sie schüttelt den Kopf. »Bitte, Avidh, ich wollte letzten Sommer nicht, dass dir etwas zustößt.« Ihre Lippen zittern leicht. »Erinnerst du dich, dass ich dich damals bat, am nächsten Tag allein die Vorhut machen zu können?«

Er seufzt und erinnert sich, er tat diesen Vorschlag als zu gewagt ab.

»Es ist nicht alles so gelaufen, wie ich es geplant hatte«, sagt sie. »Ich … ich habe in so vielen schlaflosen Nächten dein Gesicht vor mir gesehen. Wie du … Der Ausdruck in deinen Augen, der Schmerz, damals im Gang vor dem Kerker. Es hat mich nicht kaltgelassen, auch wenn es auf dich so gewirkt haben mag. Es hat mich im Innern fast zerrissen. Ich wollte zu dir, ich wollte ihnen sagen, sie sollten aufhören. Ich wollte deine Wunden pflegen, ich …« Ihre Stimme bricht.

Avidh massiert sich die Schläfen. Er möchte, dass ihre Worte ihn nicht berühren. Aber ein Klumpen bildet sich in seiner Brust. Er schaut Signe in die Augen und sieht den Schmerz, von dem sie spricht. »Signe, ich …« Er schüttelt den Kopf, nein, anderes ist jetzt wichtiger. Deshalb sagt er: »Ich habe viel darüber nachgedacht, wer letzten Sommer gestorben ist.« Signe kneift die Lippen zusammen. »Bjarni, Fólki, Kóri, waren sie zufällige Opfer? Du mochtest Fólki nicht, das war offensichtlich. Wollest du ihn mit deinem Verrat treffen? Warum?«

»Bitte nicht.« Sie hebt die Hand, wischt sich eine Träne weg.

»Und wer hat dir diesen Sommer geholfen? War es Idun? Das hast du doch behauptet.«

Ihre Finger zittern, als sie sich die Haare aus dem Gesicht streicht. Sie fährt sich mit der Zunge über die Lippen, macht noch einen Schritt auf ihn zu, kommt näher mit ihrem Gesicht. Er bewegt sich nicht, ihr Mund ist nur noch zwei Handbreit entfernt. Er spürt ihren Atem. Sie riecht nach Rosen und nach Signe.

»Sag es mir.« Er bemüht sich, seine Stimme hart klingen zu lassen.

Sie nimmt seine Hand, streichelt über die Narbe an seinem Handgelenk, beugt sich herunter, küsst die Narbe, ihre Lippen sind weich. »Ich wollte das nicht«, flüstert sie. Er will seine Hand wegziehen, tut es aber nicht. Aber er wird sie stoppen, falls sie weitergeht.

»Es tut mir alles so leid«, sagt sie leise.

»Warum diesen Sommer wieder?«, sagt er. Der Klumpen sitzt noch immer in seiner Brust.

»Ich war noch nicht fertig.«

»Womit?«

Plötzlich lässt sie seine Hand los, stöhnt leise und verschwindet aus der Türe.

Kapitel 49

Damit die Zeit bis zum Abend schneller verstreicht, hackt Yrsa in dem neuen Lager Holz und geht dann mit Gunhild auf die Jagd. Die Sonne steht schon weit im Südwesten, als sie auf dem Rückweg sind. Gunhild scheint etwas entspannter, über der Schulter trägt sie zwei Rebhühner.

»Wie macht sich Angantýr als Anführer?«, fragt Yrsa, während sie durch eine feuchte Wiese in Richtung des Lagers stapfen.

Gunhild gibt einen abschätzigen Laut von sich. »Er ist ein Angeber«, sagt sie, »viel Gerede und nichts dahinter. Ich bin ihm dankbar, dass er Gísli und mich aus dem Kerker geholt hat. Aber sonst …« Sie rollt die Augen.

»Hast du Leif in Utrecht gesehen?«, fragt Yrsa und fürchtet sich vor Gunhilds Antwort.

»Nein. Wir waren alle voneinander getrennt. Auch Gísli hat niemand von den anderen gesehen. Was du heute Nachmittag wegen Leif gesagt hast, fand ich sehr gut. Ich mag Leif. Er ist ein Krieger mit Ehre.«

»Warum hat Angantýr ihn nicht erwähnt?«

»Er ist überfordert, auch wenn er es nicht zugibt.« Sie steigen über einen umgestürzten Baum, der über dem Pfad liegt.

»Angantýr hat mich eingeladen, bei ihm im Zelt zu übernachten. Vielleicht könnte ich Leif damit retten.« Obwohl ihr die Vorstellung, die Nacht mit Angantýr zu verbringen, sehr widerstrebt.

»Tu das nicht, Yrsa. Auf keinen Fall!«

Als sie ins Lager zurückkehren, ist Roar noch immer nicht da. Yrsa nimmt mit Gunhild die Rebhühner aus, dann setzt sie sich zu Angantýr ans Lagerfeuer. Ihre Hände sind kalt, obwohl es ein warmer Sommerabend ist.

»Wir haben in Dorestad viel wertvollen Schmuck erbeutet«, sagt Angantýr nach einer Weile, »Gold, Silber, Edelsteine. Zwei Ohrringe sind mir aufgefallen, mit besonders teuren Steinen.« Er streckt die Hand aus, streicht ihr mit den Fingerspitzen an der Ohrmuschel entlang. »Sie würden dir sehr gut stehen.«

Ein Schauder läuft Yrsa über den Nacken. Sie holt tief Luft. Ruhig bleiben. Sie sitzt nur mit Angantýr am Feuer. Sie kann jederzeit aufstehen. Roar kommt bestimmt bald. Angantýr rutscht etwas näher, hält ihr einen Becher mit Met hin. Es wird ihr übel bei dem Geruch, die Szene am Lagerfeuer mit Sven und Ulf fällt ihr ein. Und plötzlich fällt ihr noch mehr ein. Wie schrecklich es sich angefühlt hat, als Njáll sie berührt hat, obwohl sie es nicht wollte. Und wie sie es damals nur hat über sich ergehen lassen, weil ihr kleiner Bruder Sjalfi hungerte. Dieses Gefühl will sie nicht mehr erleben. Erst recht, weil sie nicht einmal weiß, ob es Leif helfen würde.

»Du bist so still, Yrsa«, sagt Angantýr. »Trink etwas.«

Sie nimmt den Becher, nippt an dem Met. Sven, Ulf und Birger sitzen nicht weit entfernt um ein kleines Feuer. Sven starrt immer wieder herüber. Gunhild hat es sich etwas abseits vor einem Zelteingang bequem gemacht. Als sich ihre Blicke treffen, schüttelt Gunhild langsam den Kopf. Dann steht sie plötzlich auf und verschwindet östlich des Lagers zwischen den Bäumen. Yrsa schaut ihr nach, und kurz kommt es ihr vor, als sehe sie dort hinten im Schatten eine Gestalt.

»Yrsa, ich brauche kurz deine Hilfe«, ruft Gunhild von irgendwo in dem Wäldchen.

»Ich bin gleich zurück«, sagt Yrsa.

»Beeil dich«, antwortet Angantýr.

Im Wäldchen steht Roar neben Gunhild. »Lass uns gehen«, sagt er. »Edda ist bald auf dem Hof.«

Yrsa überlegt einen Moment. Sie möchte aufbrechen. Aber eigentlich wollte Roar zuerst herausfinden, ob Edda mehr weiß. Yrsa vermutet, dass Gunhild hinter seiner Aufforderung steckt, jetzt schon das Lager zu verlassen.

»Es ist kein guter Plan, Yrsa«, sagt Gunhild nun. »Und er führt vielleicht zu nichts, außer dass du dich elend fühlst. Verschwindet. Ich bin morgen am Hafen, dann kann ich dir erzählen, was hier im Lager geschieht.«

Erst will Yrsa widersprechen, doch ihre Lippen zittern. Sie nickt, umarmt Gunhild und macht sich mit Roar auf den Weg. Sie hat Mühe, mit ihm Schritt zu halten. Als sie nicht mehr weit vom Hof ihres Vaters entfernt sind, bleibt sie kurz stehen und sagt: »Ich danke dir für alles, Roar.«

»Nichts zu danken«, sagt er und läuft weiter.

Beim Grubenhaus warten sie auf Edda. Es ist schon fast dunkel, als sie angerannt kommt. »Mein Vater hat Besuch. Ein Krieger aus Haithabu. Er hat so viele spannende Geschichten erzählt. Deshalb bin ich so spät dran.«

»Wie heißt er?«

»Valì. Mein Vater und er mussten zuerst was allein besprechen, aber jetzt hat er von seinen Reisen berichtet. Es war so aufregend.

Ich habe es meinem Vater nicht gesagt, aber wenn ich ein bisschen älter bin, will ich mit Valì reisen.«

»Ein guter Plan«, sagt Yrsa. Valì? Valì ist hier. Also arbeitet ihr Vater mit ihm zusammen. Das Kundschafternetz, von dem ihr Vater in Dorestad gesprochen hat.

»Valì hat etwas erzählt, das wusste sogar unser Vater nicht. Anscheinend gibt es unten am Flussufer einen geheimen Zugang, der bis in den Palast führt. Wenn jemand dort schnell wegmuss oder so.«

»Hat er gesagt, wo genau?«

»Nein.«

»Ist Valì noch hier?«

Edda schüttelt den Kopf. »Aber ich habe etwas für dich«, sagt sie und grinst.

»Hast du Avidh das Messer geben können?«

»Jaaa«, sagt Edda. »Aber das ist nicht alles.«

»Wie geht es ihm? Ist er noch am gleichen Ort?«

»Noch besser. Und ja.«

Yrsa ist so erleichtert, das zu hören. Dann hatte ihr dummer Zusammenstoß mit Signe hoffentlich keine Folgen für Avidh. »War die Frau wieder bei ihm?«

»Nein«, sagt Edda und zieht das Wort in die Länge. »Willst du jetzt wissen, was ich für dich habe? Also er kann die Buchstaben ja nicht wirklich.«

»Er hatte niemanden, der ihm das beigebracht hätte.«

»Aber schnitzen kann er gut. Wir haben das neue Messer benutzt.«

»Mach es nicht so spannend.«

Edda zieht ein Holzstückchen hinter dem Rücken hervor. »Er hat mir gesagt, was er schreiben möchte. Ich habe ihm gesagt, wie es geht, und er hat die Runen ins Holz geritzt. Es ist für dich. Dreh es um.«

Edda gibt ihr das Holzstückchen, und Yrsa fürchtet sich ein bisschen davor, die Nachricht zu lesen. Dann schaut sie es sich an. Die Runen verschwimmen vor ihren Augen, weil sie mit den Tränen kämpft.

»Schön, oder?«, sagt Edda.

Sie nickt. »Ich liebe dich« ist in das Holzstückchen geritzt. Sie wischt sich über die Augen. Wie gut, dass sie nicht im Lager geblieben ist.

Als Yrsa am nächsten Morgen aufwacht, ist das Fell an der gegenüberliegenden Wand schon leer. Roar ist vermutlich am Hafen auf Diebestour. Meist kommt er mit irgendetwas Leckerem für sie zurück. »Lass dich nicht erwischen«, sagt sie jeweils, und wenn sie dann betont, wie gut das frische Brot, die Äpfel oder Würste schmecken, lächelt er zufrieden. Sie hat endlich wieder besser geschlafen, jedes Mal, wenn sie aufgewacht ist, strich sie im Dunklen mit dem Finger über Avidhs Botschaft, und ein warmes Gefühl breitete sich in ihrem Bauch aus. Das mit Signe war wohl ein Missverständnis, und Signe hat ihr ins Gesicht gelogen. Yrsa sehnt sich so danach, Avidh zu berühren, hofft, dass es ihm gut geht im Palast. Wenn er nicht mit Signe zusammen ist, schwebt er wahrscheinlich in größerer Gefahr.

Yrsa richtet sich auf, zieht Strohhalme aus ihren langen Haaren und macht sich auf zu dem kleinen Bach. Das kalte Wasser wird sie wecken.

Als sie zurückkehrt, sitzt Roar vor dem Grubenhaus und nimmt gerade einen Hasen aus. Er springt auf, sein Blick ist besorgt. »Sehr schlechte Nachrichten«, sagt er.

»Was ist los? Warst du in der Stadt?«

Er nickt. »Es gibt eine öffentliche Hinrichtung, wenn der Pfalzgraf zurückkehrt.«

»Nein!« Sie schlägt die Hand vor den Mund. Die Kehle schnürt sich ihr zu. »Wie viel Zeit bleibt uns?«

Roar zuckt mit den Achseln.

»Das müssen wir herausfinden. Und zwar schnell. Ich muss Avidh warnen. Ich muss in den Palast.«

Yrsa umrundet das Land ihres Vaters in einem weiten Bogen. Sie hat Edda überzeugt, dass sie ihren Vater treffen muss. Aber er soll nicht merken, aus welcher Richtung Yrsa sich nähert. Der Geruch von vergorener Gerste steigt ihr in die Nase. Als sie die kleine Brauerei erreicht, wartet ihr Vater an der Rückwand der Brauhütte. Sie ist unschlüssig, wie viel sie ihm verraten soll. Ihr Vater sieht mürrisch aus.

»Ich habe nicht erwartet, dass du noch in der Stadt bist«, sagt er zur Begrüßung.

»Können wir versuchen, heute nicht zu streiten?«

Er brummt, es klingt zustimmend. »Warum wusste Edda, dass ich dich hier finde?«

»Wir haben uns zufällig kennengelernt.«

Ihr Vater hebt die Augenbrauen. »Zufällig? Soso. Und ihr wohnt auch zufällig auf meinem Land.«

»Das weißt du?«

»Ich bin nicht blind. Edda hat mich schon manchmal an dich erinnert.«

»Das klingt nicht, als würde dich das freuen«, sagt Yrsa. Aber sie hat jetzt dringendere Probleme.

»Warum wolltest du mit mir sprechen?«, fragt ihr Vater.

»Du hast in Dorestad erzählt, dass du im Kundschafter-Geschäft tätig bist.«

»Und?«

»Ich muss mit Valì reden.«

»Und du glaubst, ich könnte dir da helfen?«

»Ich weiß es. Ist er noch in der Stadt?«

Ihr Vater schaut sie mit seinem stechenden Blick an.

»Bitte. Es ist dringend. Wenn du es nicht für mich tun willst, tue es für Katla.«

»Katla …« Einen Moment geht sein Blick in die Ferne, er kneift die Augen im diesigen Morgenlicht zusammen. »Ich wünschte, ich hätte deine Mutter noch einmal gesehen, bevor sie gestorben ist.«

»Ja, du warst damals lange weg. Wir haben dich vermisst.« Sie weiß, egal was ihr Vater getan hat, er hat ihre Mutter sehr geliebt.

Ihr Vater seufzt. »Warum musst du mit Valì sprechen?«

»Es geht um Leben und Tod.«

»Das beantwortet meine Frage nicht.«

»Du hast gedroht, die fränkischen Soldaten zu rufen, deshalb kann ich dir nichts Genaues sagen. Würdest du das wirklich tun?«

»Ich kann meine Familie nicht deinetwegen in Gefahr bringen.«

»Das erwarte ich nicht.«

»Du tust es trotzdem. Ich habe mir eine andere Zukunft für dich gewünscht.«

Sie sieht die Sorge in seinem Blick. Aber sie weiß nicht, ob es Sorge um sie oder um seine jetzige Familie ist. »Es geht um das Leben von Menschen, die mir viel bedeuten.«

»Es geht immer um das Leben von irgendwelchen Menschen. Ich antworte dir nur, wenn ich weiß, warum du mit ihm sprechen willst.« Ihr Vater zieht die linke Augenbraue nach oben, und es macht sie traurig, dass sie darüber nicht mehr lachen kann.

»Ich habe gehört, dass Valì einen Geheimgang in den Palast kennt.«

»Warum musst du … Nein, ich will das gar nicht wissen.« Er bläst mit einem lauten Geräusch die Luft aus. »In Ordnung. Er ist noch hier, ich frage ihn, ob er zu einem Treffen bereit ist.«

»Danke. Vielen Dank.« Sie würde ihren Vater gern umarmen, aber sie lässt es sein. Einen Moment stehen sie einander gegenüber, und eine seltsame Stille hängt in der Luft.

»Das alles ist kein Spiel, Yrsa.«

»Glaub mir, das weiß ich. Ich habe noch eine Frage: Ist Valì ein Typ, der andere verraten würde, wenn es ihm nützt?«

Ihr Vater überlegt einen Moment. »Valì ist jemand, der Gelegenheiten packt, wenn sie sich ihm bieten. Er ist skrupellos. Aber er hat Ehre, ein Verräter ist er nicht. Wen soll er verraten haben?«

»Niemand. Ich wollte nur wissen, wie ich ihn einschätzen muss.«

Die Sonne steht hoch im Süden, als Yrsa unter einer krummen Schwarzerle wartet. Die Baumwurzeln wachsen in mehreren Strängen den Boden entlang, die Fratze eines Trolls schaut sie aus dem Wurzelgewirr an. Sie versucht sich davon nicht beirren zu lassen. Der Baum steht nordwestlich des Hofes ihres Vaters, gut versteckt im Unterholz. Valì sollte schon hier sein. Ihr Vater hat versprochen, dass er auftaucht. Er hat ihr sogar angeboten, bei dem Treffen dabei zu sein. Aber Yrsa hat abgelehnt. Sie will Valì allein treffen.

Sie überlegt wieder zu gehen, als sie die Hufe eines Pferdes hört. Ein edler Schimmel taucht zwischen den Zweigen auf, und Valì springt von seinem Rücken. »Prinz der finsteren Wälder« hat Idun ihn genannt, und der Name passt gut zu Valì. Wieder trägt er die langen schwarzen Haare offen, seine grünen Augen scheinen sogar im düsteren Licht unter den Baumkronen zu leuchten.

»Danke, dass du gekommen bist«, sagt Yrsa.

»Ist mir ein Vergnügen«, sagt Valì. »Ich treffe mich gern mit Frauen im dunklen Wald.«

Er streicht ihr kurz mit den Fingern über die Wange. Yrsa ist froh, dass ihr Vater die Unterredung vermittelt hat. Valì wird es nicht wagen, sie anzugreifen.

»Anscheinend gibt es einen Geheimgang in den Palast. Ich muss wissen, wo sich der befindet.«

Valì nickt. »Soso«, sagt er. »Wir kommen gleich zur Sache. Das gefällt mir. Fast jeder Palast hat einen verborgenen Ausgang. Das gehört zur Ausstattung.« Dann nimmt er das Amulett, das sie um den Hals trägt, in die Hand. Yrsa weicht einen Schritt zurück.

»Das ist von meiner Mutter. Sie war Seherin und Heilerin«, sagt sie.

»Ich habe deine Mutter gekannt«, sagt Valì.

»Viele Menschen haben meine Mutter gekannt.«

Valì fährt sich mit den Fingern über die Lippen. »Hast du auch magische Kräfte?«

»Nein. Ich bin Kämpferin.«

»Eine besondere Ausstrahlung hast du trotzdem.« Er dreht an den silbernen Ringen, die er an beiden Händen trägt. »Falls du mal nicht mehr für Gunnar kämpfen möchtest, melde dich.«

»Und wo ist der Ausgang des Geheimgangs?«

Valì grinst. »Du erinnerst dich vermutlich an unsere letzte Begegnung. Bei mir gibt es nichts umsonst. Ich erwarte immer eine Gegenleistung.«

»Das kannst du mit meinem Vater besprechen.«

»Jetzt enttäuschst du mich. Du willst dich doch nicht auf deinen Vater verlassen, als erwachsene Frau und Kämpferin?«

»Ich teile das Bett nicht mit dir.«

»Nette Idee.« Er macht einen Schritt auf sie zu. »Ich würde nicht nein sagen. Aber das habe ich nicht gemeint.«

»Brauchst du immer so lang, bis du zur Sache kommst?«

Valì lacht laut. »Ich kann auch schnell sein. Aber es ist doch schön, wenn man sich Zeit lässt.«

»Also, was willst du für die Information?«

»Weil du es bist, mache ich es einfach. Leg ein gutes Wort für mich ein bei Avidh und Leif.«

»Warum?«

»Ich möchte sie in meiner Gruppe. Zwei wie sie fehlen mir noch. Natürlich hätte ich Avidh auch gern in meinem Bett. Aber wer will das nicht. Stimmt's?«

Valì schaut sie mit einem so charmanten Lächeln an, dass sie auch lächeln muss. »Haben Signe und Avidh gut zusammengepasst?«, fragt sie. Vermutlich ist Valì nicht der Richtige, um solche Dinge zu besprechen, aber immerhin kennt er Signe gut.

»Lass mich nachdenken«, sagt er und fixiert sie mit seinen grünen Augen. »Ich glaube schon. Auch wenn viele das anders gesehen haben.«

Nicht unbedingt, was ich hören wollte, aber was soll's, denkt Yrsa. »Hast du noch etwas von unseren Gefangenen gehört?«

»Nein, aber ich halte dich auf dem Laufenden. Also, ein gutes Wort für mich?«

»Ich werde es versuchen.« Auch wenn ich nicht weiß, ob ich dazu noch Gelegenheit haben werde, denkt sie, aber das braucht Valì nicht zu wissen. »Und wo ist nun der Geheimgang?«

»Erklären kann ich es nicht, aber ich zeige es dir. Heute Nacht. Aber ich warne dich. Es ist kein einfacher Zugang in den Palast. Es gibt zwei Wege. Einer ist vermutlich streng bewacht. Wir müssen herausfinden, wie das im Moment ist. Der andere nicht, aber dieser Weg ist nicht für alle geeignet.«

»Was heißt das?«

»Du musst besonders gut tauchen können, sonst endest du als Wasserleiche.«

»Jemand hat unser Vorhaben, den Procurator zu entführen, an die Franken verraten. Weißt du, wer das war?«, fragt Yrsa.

»Ist das nicht offensichtlich?«, sagt Valì.

»Nein, sag es mir.« Sie ist nicht sicher, ob Vali weiß, wer es ist. Oder ob er einfach gern diese Spielchen spielt.

»Ich denk darüber nach, ob ich es dir sagen will. Und überleg du dir schon mal eine Gegenleistung«, sagt Valì und steigt wieder auf seinen Schimmel. »Wir treffen uns am Hafen, wenn die Kirchenglocke oben im Palast zehnmal geschlagen hat. Dann ist es dunkel genug für unser kleines Abenteuer.«

Kapitel 50

»Wir gehen vor wie besprochen«, flüstert Yrsa und zupft Edda am Ärmel. »Wenn es Probleme gibt, kehren wir um. Sofort. Ich will auf keinen Fall, dass du dich in Gefahr bringst.« Yrsa streicht sich über die Haube, die ihre Haare bedeckt, zupft an dem Kleid aus grobem Wollstoff.

»Das schaffen wir schon«, sagt Edda. »Mach dir keine Sorgen.«

Am Abend zuvor war Yrsa noch länger mit Valì unterwegs. Am nördlichen Fuß des Palasthügels haben sie nach dem Ausgang jenes Geheimgangs gesucht, bei dem einem nicht das Ertrinken droht. Sie kämpften sich durch Gestrüpp und Hecken, um sich der richtigen Stelle zu nähern. Wieder war Yrsa beeindruckt von Valì. Geschmeidig wie eine Katze bewegte er sich in der Dunkelheit, und er wusste genau, wann sie sich wo und wie lange verstecken mussten. Aber leider war es genau, wie er vermutet hatte. Dieser Ausgang ist streng bewacht. Den zweiten Ausgang hat Valì ihr nicht gezeigt, er liegt irgendwo tief im Fluss. Aber er hat ihr erklärt, wo sie im Palast den Eingang findet.

»Warte kurz«, sagt Yrsa zu Edda. Sie haben das steile Stück Weg, das zum Palasttor führt, fast erreicht. Regenwolken hängen am Himmel. Die Luft ist stickig heute, oder vielleicht fühlt es sich nur so an, weil Yrsas Kleid kratzt und ihre Nerven flattern. Sie muss in diesen Palast, sie muss Avidh unbedingt mitteilen, was

Leif droht. »Was machen wir, wenn die Wachen uns nicht durchlassen?«

»Ich überzeug sie schon«, sagt Edda.

Yrsa hat ihrer Schwester nicht erzählt, dass es für sie wegen Signe jetzt noch gefährlicher ist, sich in den Palast zu schleichen. Sie hasst es, dass sie Edda das Reden überlassen muss. »Falls eine der Wachen dich anspricht, dann legst du den Finger an die geschlossenen Lippen«, hat Edda gesagt. Nonnen hätten manchmal Zeiten, in denen sie schwiegen. Warum sie das tun, weiß Yrsa nicht, aber ihr hilft es heute. Sie hebt den Kopf, es ist nicht mehr weit bis zum Tor, vor ihnen laufen zwei Marktfrauen, hinter ihnen unterhält sich eine Gruppe Männer angeregt.

»Halt dich mehr rechts«, zischt Edda. »Der Soldat, der links im Tor steht, ist ein mürrischer, launischer Idiot.«

Yrsa nickt. Sie haben das Tor fast erreicht, als die Gruppe Männer sie überholt und zur linken Seite drängt. Yrsa flucht innerlich. Doch es ist zu spät, sie stehen vor dem mürrischen Wachmann.

Edda flötet einen Gruß und will weiterlaufen. Doch der Mann stellt sich ihnen in den Weg, die Lanze vor der Brust. Sie müsse dringend etwas für ihre kranke Mutter abholen. Das will Edda erzählen, wenn es Schwierigkeiten gibt. Yrsa hofft, dass sie nun genau das tut. Edda redet auf den Wachmann ein, lächelt, gestikuliert. Der mürrische Gesichtsausdruck des Mannes ändert sich jedoch nicht, die Lanze hat er auch noch nicht bewegt. Sein Blick fällt auf Yrsa. Sie legt den Finger auf den Mund, senkt den Blick.

So wie Edda gerade spricht, klingt es, als würde sie »Bitte, bitte, es ist wirklich dringend« sagen. Noch ist ihr Tonfall freundlich. Yrsa beobachtet ihre Schwester von der Seite. Ihre Wangen sind gerötet, ihr Augen funkeln. Edda gibt sich Mühe, aber Yrsa hört an ihrem Tonfall, dass sie sich aufregt und ihr schon bald eine schnippische Bemerkung rausrutschen könnte.

Yrsa muss etwas tun. Schnell. Sie muss in diesen Palast. Ihr fällt ein: Der Wachmann sieht in ihr jemanden, der eine gute Verbindung zu seinem Gott hat. Ihre Mutter hatte immer eine besondere Wirkung auf Menschen, die sich eine Botschaft der Geister erhofften. Yrsa schließt einen Moment die Augen und denkt an die Rituale, die sie bei den Christen schon beobachtet hat. Edda redet pausenlos. Der Wachmann zieht noch immer die Augenbrauen zusammen, eine lange Zornesfalte hat sich dort eingegraben.

Yrsa räuspert sich, der Wachmann schaut sie an. Nicht nachdenken. Sie umfasst das Kreuz, das sie um den Hals trägt, küsst es und macht dann diese Bewegung mit den Fingern, wie die Christen es tun, von der Stirn zur Brust und den Schultern rechts und links. Sie küsst das Kreuz noch einmal, berührt es mit den Fingerspitzen und legt ihre Finger dann auf die Stirn des Soldaten. Sie ist feucht, schwitzig. Yrsa nickt und macht an seinem Körper die gleiche Handbewegung, Stirn, Brust, Schultern, sanfte, vorsichtige Berührungen. Dann legt sie beide Handflächen aneinander und lächelt scheu. Sie hat keine Ahnung, ob es Sinn ergibt, was sie gerade vorgeführt hat.

Edda lächelt auch, hat sich gesammelt, ihr Tonfall ist wieder zuckersüß. Hinter ihnen streiten zwei Händler, die auch in den Palast wollen, laut miteinander. Der Wachmann seufzt, zieht die Lanze schließlich an den Körper, mustert sie beide noch einmal. Seine Zornesfalte ist etwas weniger tief, und dann, Yrsas Herz macht einen Hüpfer, tritt er zur Seite.

Sie betreten den Innenhof, feiner Nieselregen weht ihr ins Gesicht. Da und dort stehen kleine Gruppen von Menschen. Der Reisigbesen einer Dienerin kratzt über den Boden. Drei Männer in teuren Umhängen eilen in Richtung des Osttrakts. Yrsa entdeckt Avidh, bevor er sie bemerkt. Er lehnt gegen eine der Säulen im

Gang unterhalb des Nordflügels, mit verschränkten Armen betrachtet er einige Türen gegenüber.

»Was ist dort am Ende des Südflügels?«, flüstert Yrsa ihrer Schwester zu.

»Die Soldaten, die Waffenkammer und darunter das Verlies«, flüstert Edda zurück.

Yrsa ist klar, warum Avidh dorthin starrt. Vermutlich weiß er inzwischen, dass Leif dort irgendwo gefangen ist.

»Bis nachher«, sagt Edda, »lass dir nicht zu viel Zeit.« Edda wird in der Kirche auf sie warten.

Yrsa schaut links und rechts, um sicherzugehen, dass Signe nirgendwo lauert, dann bleibt sie einen Moment regungslos stehen und beobachtet Avidh. Wie er so gegen die Säule lehnt, wirkt er wie ein fränkischer Edelmann, der ein gut trainierter Kämpfer ist. Sie ist erleichtert, dass Avidh schon viel gesünder aussieht als bei ihrer letzten Begegnung. Aber in seinem Gesicht sind noch immer tiefe Schatten und eine Verletzlichkeit, die vermutlich nur ihr auffällt und macht, dass sich ihr Herz zusammenzieht.

Dann treffen sich ihre Blicke. So viele unterschiedliche Gefühle überschwemmen Yrsa, dass sie einen Moment fast vergisst zu atmen. In ihrem Bauch flattert es, aber dort sitzt auch die Angst um ihn, um Leif und die Sorge, was er ihr vielleicht gleich über Signe erzählen wird.

Avidh eilt auf sie zu, quer über den Innenhof, und bleibt zwei Schritte vor ihr stehen. Sie dürfen einander hier nicht nahekommen. Die Menschen sehen in Yrsa eine fromme Schwester mit der Haube über den Haaren, dem Kreuz um den Hals. Das Funkeln in Avidhs Augen zeigt ihr, dass er etwas ganz anderes sieht.

»Du bist gekommen«, flüstert er.

Sie nickt nur, weil sie im Moment keine Worte findet und sie hier vermutlich sowieso nicht allzu laut in ihrer Sprache sprechen sollten.

»Folge mir«, sagt er leise. »Niemand darf dich hier sehen.«

»Ich bin so froh, dass es dir besser geht«, flüstert sie, während sie durch den Säulengang laufen. Als sie die Küche passiert haben, wechseln sie ins Innere des Palasts. Avidh dreht immer wieder den Kopf, schaut sie an. Sie sind jetzt im Nordflügel. Hier sind weniger Menschen, dafür scheint der Gang umso prunkvoller ausgestattet.

Avidh verschwindet in einer Nische, dann stößt er eine Türe auf, und sie betreten eine winzige Kammer, drei mal drei Schritte groß. An einer Wand stehen einige Kisten und Fässer, sonst ist die Kammer leer. Leise schließt Avidh die Türe und will Yrsa sofort an sich ziehen. Sie legt ihm die flache Hand auf die Brust, hält ihn mit gestrecktem Arm auf.

»Warte«, sagt sie. Er schaut verwirrt, sieht wieder so verletzlich aus. Sie muss schnell reden. Wenn sie diese Gefühle in seinen Augen erkennt, hält sie den Abstand nicht lange aus. »Ich muss zuerst wissen«, sagt sie, »nein, ich … Deine Nachricht hat mich so berührt … Was ich sagen wollte: Ich bin so unendlich glücklich, dass du lebst, ich hatte solche Angst, ich habe den Gedanken nicht ausgehalten, aber dann war ich so verwirrt …«

»Yrsa. Komm in meine Arme.« Seine Stimme ist tief, heiser.

Sie spürt sein Herz, wie es unter ihren Fingern schlägt. Wie sehr sie sich das gewünscht hat, in den vielen einsamen Nächten voller Sorge. Sie muss schnell weiterreden. »Es hat mich so beschäftigt, dich mit Signe zu sehen, ich habe mir ausgemalt, ihr hättet euch versöhnt, und es hat sich so schrecklich angefühlt, ich … Aber du …« Sie lässt den Blick durch die kleine Kammer schweifen, um seinen Augen auszuweichen.

»Yrsa. Schau mich an. Nimm den Arm weg.«

Sie schaut ihn an, legt eine zweite Hand auf seine Brust, um ihn von sich fernzuhalten. Sie sieht Leidenschaft, Sehnsucht und so viele Gefühle für sie, nur sie, in seinen Augen. Es macht es noch viel schwieriger, Abstand zu wahren. »Schau mich nicht so an«, sagt sie. Wie soll sie ihm so mitteilen, was sie alles glaubt, sagen zu müssen?

Er legt seine Hände auf ihre. »Ich liebe dich«, sagt er, »nur dich. Als wir uns auf dem Gang gesehen haben, hat Signe mich gestützt, weil es mir noch schlecht ging und wir uns verstecken mussten. Ich will sie nicht, ich will dich.« Seine Stimme klingt warm und voller Emotionen.

Yrsa lässt die Arme plötzlich sinken, nickt. Bevor sie irgendetwas tun kann, presst er sie an sich, und sie unterdrückt ein Schluchzen, schlingt ihre Arme um ihn, murmelt immer wieder: »Ich habe das so vermisst, ich liebe dich auch, ich hatte solche Angst, dich niemals wiederzusehen.« Sie zittert, er streicht ihr über den Rücken, bis das Zittern aufhört. Schlingt seine Arme fest um sie.

»Ich habe mich so nach dir gesehnt«, sagt er mit heiserer Stimme nah an ihrem Ohr.

»Ich mich auch nach dir«, sagt sie und wischt sich Tränen aus dem Gesicht. Sie küsst ihn, lässt ihn mit jeder Bewegung ihrer Zunge spüren, wie sehr sie ihn vermisst hat.

»Ich brauche dich«, flüstert er und drückt sie wieder heftig an sich. Sie atmet tief in sein Hemd, will seinen Duft so gründlich in sich aufnehmen, dass sie ihn auch heute Abend noch in der Nase hat. Nichts kann sie trennen, die Franken nicht, Angantýr nicht und schon gar nicht die verfluchte Lügnerin Signe.

»Was ist mit der Wunde?«, fragt sie, als sie sich kurz von ihm löst.

»Besser.«

Sie streicht sanft über seine Rippen. Dann greift sie sein Hemd auf beiden Seiten und zieht es ihm vorsichtig über den Kopf. Er lässt es geschehen, schaut sie dabei die ganze Zeit mit seinem intensiven Blick an. Sie streichelt über seine Brust, die schwarzen Haare dort, küsst die Haut oberhalb des Verbands, fährt ganz vorsichtig über seine linke Seite.

»Ich danke Freyja, Frida und den fränkischen Heilerinnen«, murmelt Yrsa.

Sie lässt ihre Hände tiefer wandern, entlang der Unterseite des Verbands, bis in die Mitte seines Bauchs, wo eine Linie dunkler Haare senkrecht nach unten wächst. Sie will ihn überall berühren, spüren, schmecken, viel zu lange hat sie sich danach gesehnt, zeichnet mit den Fingern die Haarlinie nach und folgt ihr tiefer bis zu seinem Hosenbund. Sein Atem verändert sich. Sie streichelt ihn durch den Stoff seiner Hosen und spürt, wie hart er schon ist.

»Du bist verletzt«, flüstert sie. »Du solltest dich nicht anstrengen, sondern nur genießen.« Sie hört ein zufriedenes Brummen, folgt mit dem Fingern seinem Schaft, drückt leicht und flüstert ihm ins Ohr: »Hast du das vermisst?«

Er antwortet mit einem Stöhnen, lehnt sich gegen den Rand einer schmalen Kiste an der Wand. Sie gleitet mit der Hand in seine Hosen, es fühlt sich so gut an, seine Erregung zu spüren. Sie streichelt ihn weiter, schiebt die Hosen ein Stück herunter, bückt sich, folgt dem Strich schwarzer Haare vom Bauchnabel nach unten mit kleinen Küssen und kniet sich dann vor ihn. Er zieht scharf die Luft ein. Sie schiebt seine Hosen noch weiter herunter, nimmt seinen harten Penis in die Hand, umfasst ihn mit der Faust.

Er murmelt: »Und wie ich das …«, sie ist mit ihren Küssen in seinen Schamhaaren angekommen, »… vermisst habe«, bringt er noch hervor, und dann ein weiteres tiefes Stöhnen.

Sie leckt über die Spitze seines Penis, umschließt ihn mit ihren Lippen, saugt ein bisschen, löst die Lippen wieder. »Ich habe das auch vermisst«, flüstert sie, »sehr.« Mit leichtem Druck bewegt sie ihre Hand auf und ab über die seidig weiche Haut, fährt mit der Zunge über den kleinen Schlitz an der Spitze, leckt den Tropfen weg, der sich dort löst, und dann die ganze Länge des Penis entlang.

»Hör nicht auf«, murmelt er.

Sie reißt die Haube von ihren Haaren, wirft sie auf die Seite, schaut Avidh in die Augen und nimmt seinen Penis wieder in den Mund. Er lehnt den Kopf gegen die Wand, hält sich mit einer Hand an der Kiste fest, fasst ihr mit der anderen in die Haare. Jetzt sorge ich dafür, dass er Signe auf jeden Fall nicht mehr anschaut, denkt Yrsa, während sie ihre Lippen hin- und hergleiten lässt, ihn so tief nimmt, wie sie kann. Er flucht leise, murmelt ihren Namen. Während sie den Kopf auf und ab bewegt, streichelt sie seinen flachen Bauch, spürt, wie sich seine Muskeln anspannen, und spielt mit seinen Hoden. Avidh stöhnt noch tiefer. Sie braucht das jetzt, ihn so zu berühren, zu schmecken, es verstärkt das Gefühl, dass niemand sie auseinanderbringt. Und sie liebt es, das zu tun. Auch wenn es gefährlich ist und bestimmt nicht der beste Zeitpunkt.

Kurz lauscht sie nach draußen, aber sie hört keine Geräusche, sie hört nur die Laute, die Avidh von sich gibt, seinen schnellen Atem, das Seufzen und Stöhnen. Es klingt so lustvoll und macht, dass sie ihn noch mehr will, es pulsiert zwischen ihren Beinen.

Sie löst ihre Lippen und flüstert: »Streng dich nicht allzu sehr an.« Sie unterdrückt ein Grinsen, weil das gerade ein bisschen gemein war, und leckt ihn noch einmal über die ganze Länge, saugt an seiner Spitze, bevor sie ihn wieder tief in den Mund nimmt. Er atmet schnell, durch geöffnete Lippen, bewegt die Hüften im Rhythmus mit den Bewegungen ihres Kopfes.

Dann greift er nach ihren Schultern, hebt sie hoch, zieht sie an sich und küsst sie so heftig, dass sie nach Luft schnappen muss.

»Ich will dich«, flüstert er ihr ins Ohr. Sie rafft ihren Rock nach oben und stellt ein Bein auf die Kiste neben ihm. »Bei Freyja«, murmelt er, als sie sich zwischen die Beine fasst, ihre Feuchtigkeit dort verteilt. Mit den feuchten Fingern umfasst sie seinen Penis, er stöhnt, als sie seine Spitze langsam über ihre empfindlichsten Stellen gleiten lässt.

»Das fühlt sich zu gut an«, seufzt sie.

Er packt ihre Oberschenkel, sie schiebt die Hüften nach vorne, und er stößt in sie hinein. Sie legt sich die Hand auf den Mund, um nicht zu laut zu stöhnen. Sie hat das so schrecklich vermisst und hat gefürchtet, es nie mehr zu spüren. Er zieht die Hand von ihrem Mund weg, ersetzt sie mit seinen Lippen, küsst sie tief, fängt ihr Stöhnen in sich auf, während er sich in ihr bewegt. »Überanstreng dich nicht«, flüstert sie, lächelt dabei und bewegt gleichzeitig ihre Hüften auf und ab, bis er fast aus ihr heraus- und dann wieder hineingleitet. Dann schmiegt sie sich wieder ganz nahe an ihn und sucht einen Winkel, der sich besonders gut anfühlt.

Avidh nimmt ihr Gesicht in beide Hände, schaut ihr kurz in die Augen, seine Lider sind schwer, und sie sieht nur noch seine Lust. Nichts anderes. Und sie weiß, dass er das Gleiche sieht. Er übernimmt den Rhythmus, stößt heftiger, dann langsamer, greift nach ihren Brüsten durch den Stoff des Kleides. »Ich will das runterreißen«, sagt er. Aber sie wissen beide, das ist zu riskant, sie sind noch immer in diesem verdammten Palast.

Er schiebt seine Finger zwischen ihre Beine, streichelt sie, während er sich langsamer, dann wieder schneller bewegt. Auch sie murmelt jetzt nur noch Unzusammenhängendes, seinen Namen, stöhnt, packt seine Hüfte, kurz kommt noch ein klarer Gedanke: An seiner Hüfte halte ich mich fest, Signe, denkt sie, und nicht du, doch dann fegt die Lust alles aus ihrem Kopf, überkommt sie in stürmischen Wellen.

Alles in ihrem Unterleibt zieht sich zusammen, heftig, sie krallt sich auch an der Kiste fest, während nur noch sein Name durch ihren Körper hallt. Sie spürt seine Augen die ganze Zeit auf sich, aber sein Blick ist verschleiert, und kurz nach ihr spürt sie, wie auch er mit ein paar heftigen Stößen in ihr kommt.

Ihr Kopf sinkt auf seine Brust, er legt die Arme fest um sie, und sie bleiben eine ganze Weile regungslos, aneinandergeschmiegt, auf die Kiste gelehnt, und schweigen. Sie streichelt ihm langsam über die Brust, sagt dann leise: »Ich hatte solche Angst, dass das Schwert dich durchbohrt hätte und sich niemand um die Verletzung kümmert. Und ich habe mich so schuldig gefühlt, dass der Franke dich verletzt hat, weil du mir helfen musstest.«

»Nein«, sagt er und legt ihr die Hand an die Wange. »Schau mich an. Du hast keine Schuld. Auf keinen Fall. So etwas passiert im Kampf. Ich bin froh, dass ich dich beschützen konnte. Wie hast du es geschafft, hierherzukommen? So weit weg vom Lager.«

Sie streicht ihm die Haare aus dem Gesicht. »Ich wäre noch viel weiter gereist. Roar hat mich begleitet. Er bewundert dich.«

Avidh lächelt. »Ich weiß nicht, ob ich als Vorbild tauge, aber aus ihm kann viel werden.«

Yrsa lauscht eine Weile Avidhs Herzschlag, der sich langsam beruhigt. Dann sagt sie: »Warum ist Signe wieder aufgetaucht? Warum kann sie dich, die Gruppe nicht in Ruhe lassen?«

»Warum sie uns wieder schaden wollte, weiß ich noch nicht«, sagt Avidh und atmet lang aus, »aber ich werde es herausfinden.«

Yrsa seufzt. »Es ist ein eigenartiges Gefühl, dass sie hier mit dir im Palast ist.«

»Ich weiß, aber mach dir keine Sorgen.«

»Das ist einfach gesagt.«

Er drückt sie fest an sich und flüstert ihr ins Ohr: »Dass du mich gesucht hast, dich in Gefahr bringst, um mich zu finden – das bedeutet mir mehr, als ich sagen kann.«

Sie spürt, wie sein Bauch leicht zittert. »Signe hat mich draußen vor dem Palast erwischt, als ich sie verfolgt habe. Ich hatte große Angst, dass es dir schaden könnte.«

Avidh schüttelt den Kopf. »Sie hat so etwas erwähnt, aber ich wusste nicht, was geschehen war.«

Es spielt keine Rolle mehr, denkt Yrsa. Sie weiß jetzt, dass Signe gelogen hat.

Dann erstarren sie beide, wagen kaum zu atmen. Draußen hallen Schritte über den Gang, zwei bis drei Männer, vermutlich Soldaten, so wie es klingt. Yrsas Herz pocht heftig. Sie bewegen sich nicht, bis die Schritte verhallt sind. Rasch ziehen sie ihre Kleider an.

»Ich wünschte wir hätten mehr Zeit«, sagt Avidh und holt einen Moment tief Luft. »Signe hat behauptet, sie habe etwas über meine Mutter herausgefunden.«

»Was?« Yrsa nimmt seine Hand. »Wie kommt sie darauf?«

»Es geht mir nicht aus dem Kopf. Sie habe nachgeforscht, was mit meiner Mutter geschehen sei.« Yrsa hört in seiner Stimme, wie sehr ihn diese Worte beschäftigen.

»Was hat sie herausgefunden?«

Avidh stöhnt, fährt sich mit der Hand über das Gesicht. »Das ist es ja. Sie will es mir erst sagen, wenn ich bei ihr bleibe.«

»Wie bitte?! Wie kann man so hinterhältig sein? Glaubst du, sie hat wirklich etwas erfahren?«

Er schüttelt den Kopf. »Wenn ich das wüsste. So lange hat mich diese Sache beschäftigt, aber jetzt ist anderes wichtiger, auch wenn es irgendwo tief in mir wühlt.«

»Ich würde die Informationen gern aus ihr herausschütteln. Sie ist eine Lügnerin, eine Verräterin.«

Er lächelt. »Ich weiß. Aber wir müssen jetzt etwas anderes besprechen. Ich habe einen Plan.«

»Ich … ich weiß nicht wie … aber ich muss dir erst noch etwas Schreckliches sagen. Die Franken haben die Hinrichtung von Leif und Gunnar angekündigt. Wenn der Pfalzgraf zurückkehrt. Angantýr ist hier und will verhandeln. Aber er spricht immer nur von Gunnar, nie von Leif. Als hätte er plötzlich die Liebe zu seinem Bruder entdeckt.«

Avidh hält einen Moment die Luft an. Er presst sich die Hände an die Schläfen, die Schatten in seinem Gesicht sind zurück. »Ich werde das niemals zulassen«, sagt er, in einem fremden Tonfall. Dann schließt er kurz die Augen, und sie wünschte, sie könnte irgendetwas tun.

»Ich habe Leif gesehen, als der Gefangenentransport ankam«, sagt er dann. »Er sah schlecht aus.« Avidh kratzt sich hektisch im Bart. »Ich halte das fast nicht aus. Ich schlafe hier oben im Prunk, während er im Verlies schmort. Ich habe versucht, mich dem Ende des Südflügels im Innern des Palasts zu nähern. Aber ein verschlossenes Tor versperrt den Zugang. Und ich darf keine Aufmerksamkeit auf mich ziehen. Ich werde sie alle töten, falls sie ihm etwas antun.«

Yrsa streichelt die Muskelstränge an seinem Bauch. »Was kann ich machen?«

»Wir werden einen Austausch anbieten.«

»Wenn ich nur wüsste, wo die Beute des Überfalls ist.«

»Wir brauchen die Beute nicht.« Avidh erzählt ihr von seinem Vorhaben.

»Das ist brillant. Aber wie kriegen wir das hin?«

Einige Zeit später haben sie Avidhs Plan durchgesprochen, verfeinert und ergänzt. Yrsa hat sich alles eingeprägt, um die Vorbereitungen draußen zu treffen. »Es gibt noch ein Problem«, sagt Avidh. »Ich muss unentdeckt aus dem Palast hinaus- und nachher wieder hereinkommen.«

»Ich weiß vielleicht einen Weg«, sagt Yrsa, »aber er ist sehr gefährlich. Valì hat mir von zwei Geheimgängen erzählt. Bei einem der beiden Gänge ist der Ausgang streng bewacht, aber der zweite wäre eine Möglichkeit. Vertraust du Valì?«

Avidh überlegt einen Moment. »Manchmal ist es schwer, ihn zu durchschauen, aber er hat Ehre, ist ein gefährlicher Kämpfer und hat schon lange versucht, Leif und mich in seine Truppe zu holen. Ich glaube, Gunnar und er sind im Innern nicht so verschieden, deshalb sind sie im Kampf um die Macht ständig aneinandergeraten.«

»Du hältst mehr von Valì als von Angantýr?«

Er schnaubt. »Viel mehr.«

»Angantýr hat zu mir gesagt, du seist tot. Die Kundschafter hätten das bestätigt. Warum tut er das?«

»Verfluchter Bastard, das wird er mir … Ich weiß es nicht. Er wollte mich schon immer loswerden. Zuerst wegen Signe und dann weil er meinte, Gunnar wolle mich als seinen Nachfolger aufbauen.«

»Angantýr hat zudem behauptet, Valì habe unseren Überfall verraten. Ich glaube das nicht, auch wenn Valì dasselbe Ziel hatte wie wir. Aber ich weiß nicht mehr, wem ich noch glauben soll.«

»Signe hat gesagt, Idun sei es gewesen.«

»Idun? Warum?«

Avidh schüttelt den Kopf. »Signe hat es am nächsten Morgen zurückgenommen.«

»Valì hat mir beschrieben, wo der zweite Gang im Palast beginnt, aber wir müssen die Falltür finden. Der Ausgang ist unter Wasser im Fluss Waal und nicht bewacht.«

»Wir sind vermutlich schon im richtigen Teil des Palasts. Diese Geheimgänge sind dazu da, dem Kaiser in einer ausweglosen Situation die Flucht zu möglichen.«

»Dann lass uns suchen«, sagt Yrsa.

»Warte, da ist noch etwas. Ich weiß nicht, wie ich das sagen soll … Wenn alles schiefgeht …« Er fährt sich über die Barthaare zwischen Nase und Mund.

»Wird es nicht.«

»Nein, aber trotzdem brauchen wir einen zweiten Plan. Allerdings nur, wenn du einverstanden bist. Neulich abends hat Signe zu viel Wein getrunken.«

Das klingt nicht gut, denkt Yrsa.

Vermutlich sieht er die Sorge in ihrem Gesicht und sagt schnell: »Es ist nichts geschehen. Aber sie hat es versucht.«

»Wie?«

»Spielt keine Rolle. Es wäre sehr leicht gewesen, das Bett mit ihr zu teilen, und ich bin überzeugt, dass sie mir dann Dinge verraten würde, die sie jetzt zurückhält.«

»Ich habe mir das Gleiche überlegt mit Angantýr.«

»Du hast was?«

»Ich wollte irgendwie helfen. Aber ich habe es nicht getan.« Sie presst sich zwei Finger an die Nasenwurzel. »In was sind wir nur hineingeraten, was besprechen wir da?«

»Ich weiß.« Er streichelt mit dem Daumen über ihre Unterlippe. »Ich will sie nicht. Es wäre nur der letzte Ausweg. Alles werde ich vorher versuchen, egal ob die Naht aufplatzt.«

»Nein, ich will nicht, dass du dein Leben in Gefahr bringst.« Yrsa macht eine ungeduldige Handbewegung. »Du brauchst nichts mehr zu sagen. Ich will nicht, dass du mit Signe schläfst, aber noch viel weniger will ich, dass Leif etwas geschieht. Wir tun alles, um das zu verhindern.« Sie schaut ihn an und ist beinahe ein bisschen zornig. »Es ist unser Notfallplan. Und ich hoffe sehr, dass der Notfall nicht eintritt. Wehe, du verlässt mich. Dann lernst du mich kennen.«

Er lächelt. »Ich will dich nicht verlassen. Niemals. Wir gehören zusammen. Ich habe das schon gespürt, als ich dich damals in diesem Gasthaus getroffen habe.«

Sie seufzt, kuschelt sich noch einmal ganz nahe an seine Brust. »Ich habe das auch gespürt. Es fühlt sich schrecklich an, nicht zu wissen, wie es dir geht. Ich wünsche mir so sehr, du wärst draußen und Leif schon frei. Lass uns jetzt den Geheimgang suchen, damit beides möglichst bald wahr wird.«

Einige Zeit später haben sie den Anfang des Geheimgangs tatsächlich gefunden. Mehrmals mussten sie sich vor Wachen verstecken, bogen am falschen Ort in Nebengänge ab, und Yrsa wurde immer unruhiger, weil Edda wartete. Es war nicht leicht, Valìs Beschreibungen mit Avidhs Wissen über den Palast zu verbinden. Aber Valìs Informationen waren richtig, und sie fanden die abgelegene Kammer schließlich, in der sich die Falltür zu dem gefährlicheren der beiden Gänge befindet.

Dann ist es Zeit, sich zu verabschieden. Auf einmal hat Yrsa keine Ahnung, wie sie das schaffen soll. Angst kriecht in ihren Bauch. Kurz spürt sie einen eiskalten Hauch durch die Palastgänge wehen: die bösen Geister. Sie flüstern ihr zu: Du wirst ihn nicht wiedersehen. Yrsa schlingt die Arme um Avidhs Hals, presst ihr Gesicht in seine Brust und bemüht sich, ruhig zu atmen. Gerade noch hat sie in der Kammer seine warme Haut gespürt, war erfüllt von dem Gefühl, dass nichts sie auseinanderbringt. Doch jetzt muss sie Avidh zurücklassen, dort, wo hinter jeder Ecke jemand lauern könnte, der ihn töten will. Und wo sein einziger Weg nach draußen ein lebensgefährlicher Tauchgang ist.

»Ich kann das nicht«, flüstert sie und weiß gleichzeitig, dass sie keine andere Wahl hat.

Avidh schlingt seine Arme fest um sie. »Alles wird gut, Yrsa«, sagt er ganz nahe an ihrem Ohr. Und sie wissen beide, dass er das nur sagt, um sie zu trösten. Sie nickt an seiner Brust. Ihr Kiefer zittert, ihre Augen füllen sich mit Tränen. Avidh küsst ihre Wangen, wischt die Tränen mit seinen Fingern weg. Ihr ist klar, dass sie gehen muss, für ihn, für Leif, ihre eigene Sicherheit. Aber wie kann etwas richtig sein, dass sich so falsch anfühlt?

Sie löst sich von ihm, versucht das Schluchzen zu unterdrücken. Warum überfällt sie diese Traurigkeit jetzt? Bisher war sie doch stark. Sie drückt Avidhs Hand, flüstert: »Pass auf dich auf, bitte, ich ...« Dann dreht sie sich um, macht einen Schritt, bleibt stehen, versucht tief zu atmen, und er zieht sie noch einmal an sich. Er küsst ihr nasses Gesicht, ihre Lippen, streichelt ihren Rücken. Dann eilt sie davon.

Kapitel 51

Langsam steigt Avidh die Treppe in den oberen Stock hinauf. Zwei Dienerinnen gehen vor ihm.

»Hast du gehört«, sagt die eine zu der anderen, »sie haben dort hinten im Trakt des Kaisers einen Toten gefunden. Ein Mörder geht im Palast um! Lauf nicht allein durch dunkle Gänge.«

Hm, denkt Avidh, sprechen sie vielleicht von ihm? Er weiß, dass sein Gegner den Zusammenprall mit dem Steinboden nicht überlebt hat. Töten, um nicht getötet zu werden, dieses Gesetz gilt auch hier. Im ersten Stock angekommen, macht Avidh sich auf den Weg zu seinem Zimmer, weicht auf dem Gang einer Gruppe von Schreibern aus, die sich aufgeregt miteinander unterhalten. Es ist ihm schwergefallen, sich von Yrsa zu verabschieden. Wenigstens haben sie den Eingang des Geheimgangs gefunden, obwohl auch das nicht leicht war. Wenn alles vorüber ist, wird Avidh sich bei Valì bedanken.

Ihm setzt zu, was er über Leif erfahren hat. Es rauscht in seinen Ohren, doch er kämpft dagegen an. Er hält den Gedanken, dass Leif dort unten im Verlies der Tod droht, nur schwer aus. Sein Arm zuckt, weil er sich zusammenreißen muss, um nicht nach unten zu stürmen und mit dem Schwert auf die Wachen loszugehen. Aber er hält die Dämonen in Schach.

Was ihm dabei hilft, ist die tiefe Verbundenheit, die er mit Yrsa spürt. Sie hat ihn nicht im Stich gelassen. Im Gegenteil. Sie hat für ihn gekämpft, ihr Leben aufs Spiel gesetzt, die Gruppe verlassen, alles gefährdet. Um ihn zu finden, ihn zu befreien. Und auch jetzt ist sie bereit, so vieles auf sich zu nehmen, um Leif zu helfen. All das berührt ihn tief. So etwas hat noch nie eine Frau für ihn getan. Er kann Yrsa vertrauen. Dieses Gefühl legt sich wie eine Schutzschicht um ihn und macht es für die Dämonen schwieriger, ihn zu bedrängen.

Als Avidh sich seinem Zimmer nähert, tritt Hartbert ihm entgegen, neben ihm ein älterer Mann, den Avidh nicht kennt. Der ältere Mann trägt einen langen Umhang aus wertvollem Wollstoff, zusammengehalten von einer goldenen Nadel. Hartberts Hand liegt auf dem Schwertknauf, seine Miene ist grimmig.

»Das ist er«, sagt er und zeigt auf Avidh.

Plötzlich versucht Hartbert, Avidh am Hemd zu packen. Avidh weicht aus. Er ist noch nicht so schnell wie vor der Verletzung, aber schneller als am Tag zuvor. »Fasst mich nicht an. Was wollt Ihr?«

»Zieht das Hemd aus. Er behauptet, er wäre vom Pferd gestürzt. Aber ich weiß aus sicherer Quelle, dass das nicht stimmt.«

»Wer behauptet das?«, sagt Avidh.

»Spielt keine Rolle«, erwidert Hartbert. »Wenn Ihr nichts zu verbergen habt, zieht Ihr das Hemd aus.«

»Warum sollte ich?« Seine Finger zucken. Er will gegen Hartbert kämpfen.

»Ich möchte die Schwertwunde sehen. Er ist keiner von uns, er ist ein dreckiger Wikinger.«

»Beleidigt mich nicht. Ich bin ein Gast Eures Vaters. Wer seid Ihr?«, sagt Avidh zu dem älteren Mann. Ein Kampf wäre jetzt das Richtige. Aber er sollte sich schonen. Wieder versucht Hartbert, Avidh am Saum des Hemds zu packen. Avidh schlägt seinen Arm weg, bevor Hartbert den Stoff zu fassen bekommt. Nimm deine

Finger von mir, du parfümierter Drecksack, würde er ihm gern ins Gesicht schleudern.

»Ich bin der Stellvertreter des Vogts«, sagt der Mann in einem herablassenden Ton, als würde er mit einem Diener sprechen.

Avidh flucht innerlich. Der Vogt ist ein mächtiger Mann. Er braucht schnell einen Einfall. »Wenn Ihr nicht aufhört, mich zu beleidigen, fordere ich Euch zum Duell«, sagt er zu Hartbert. Hartbert ist breit, wirkt schwerfällig und ist vermutlich nicht allzu wendig. Ohne die Verletzung wäre es einfach. In seinem jetzigen Zustand und ohne sein eigenes Schwert weiß er nicht, was ihn erwartet. Egal. Er sehnt sich danach, Hartbert in den Staub zu drücken.

»Ich nehme die Herausforderung an«, sagt Hartbert und spuckt auf den Boden. »Widerlicher Wikinger.«

Warte nur, du aufgeblasener Trollficker, denkt Avidh, dann hört er Schritte und Signes Stimme hinter sich. Neben Signe läuft ein groß gewachsener Mann. Er trägt Kettenhemd und ein wunderschönes Schwert am Gürtel, dessen Schnalle das Emblem des Kaisers ziert. Vermutlich ist es Louis, der Anführer der Palastgarde, mit dem Signe schläft. Und Hartbert ist scharf auf seine Position. Wahrscheinlich in doppelter Hinsicht.

»Was ist hier los?«, fragt Louis mit tiefer Stimme.

»Er lügt«, sagt Hartbert mit seiner nasalen Stimme und zeigt auf Avidh. »Er gehört nicht zu uns.«

»Du hast hier nicht für Ordnung zu sorgen. Das mache ich«, sagt Louis. Er wirkt wie ein ehrenvoller Kämpfer und besser geeignet für den Posten als Hartbert.

»Avidh«, sagt Signe, »das ist Louis. Louis, das ist mein kleiner Bruder.«

Kleiner Bruder? Wie abwegig das klingt. Signe spielt Theater.

Louis kennt ihn, er hat geholfen, ihn zu verstecken, als er hier ankam. Avidh begrüßt Louis mit einem kurzen Nicken.

»Es gibt hier nichts zu tun für dich«, sagt Hartbert. »Wir klären die Sache in einem Duell.«

Signes Augen weiten sich. »Ihr tut was? Wer gegen wen?«

»Na, dein kleiner Bruder, der angeblich nicht reiten kann, gegen mich«, sagt Hartbert. Sein Ton ist spöttisch.

»Das ist völlig unnötig«, sagt Signe. »Wir sind Gäste deines Vaters, Hartbert.«

»Lass nur, ist schon in Ordnung«, sagt Avidh. Signe wirft ihm einen zornigen Blick zu. Er kneift die Augenbrauen zusammen. Was fällt ihr ein, ihn tatsächlich wie einen kleinen Bruder zu behandeln? »Ich kämpfe gegen Hartbert«, sagt er und verschränkt die Arme vor der Brust.

»Das wirst du nicht«, sagt Signe. Sie klopft an eine Türe, und kurz darauf erscheint der Marschall.

»Was ist denn los? Hartbert, was soll die Aufregung? Ich bin gerade beschäftigt«, sagt der Marschall. Seine Haare sind zerzaust, in der Hand hält er eine Schreibfeder. Signe flüstert ihm etwas ins Ohr. Dann sagt der Marschall zu Avidh: »Zieht einfach kurz das Hemd aus. Ist doch keine Sache.«

Signe presst die Lippen zusammen. Das scheint sie ihm nicht eingeflüstert zu haben.

»Eben«, sagt Hartbert. »Keine große Sache, wenn man nichts zu verbergen hat.«

»Warum zieht nicht Ihr Euer Hemd aus«, sagt Avidh, »dann ziehe ich meins auch aus.« Er weiß, dass er mit hohem Einsatz spielt. Doch so hat er schon viele Kämpfe gewonnen.

Hartbert zögert einen Moment, und gerade, als er nach dem Saum seines langen Hemds greift, sagt Signe: »Ich habe eine bessere Idee. Niemand muss sich hier entblößen. Wir fragen die fromme Schwester, die meinen Bruder gepflegt hat. Sie weiß am besten über seine Verletzungen Bescheid.«

Avidh schüttelt den Kopf. Er will nicht, dass Himiltrud in diesen dummen Streit hineingezogen wird. Wegen seiner Pläne hat er ihr gegenüber sowieso ein schlechtes Gewissen.

»Das ist ein guter Einfall«, sagt der Marschall.

Kurz darauf erscheint Signe mit Himiltrud, die etwas widerwillig zwei Schritte hinter ihr läuft. Avidh staunt über Louis. Er steht mit eingefrorener Miene neben Hartbert. Er weiß von der Schwertwunde. Signe scheint ihm viel zu bedeuten, wenn er bereit ist, in seiner Position für sie zu lügen.

»Himiltrud, bitte erklär diesen Herren, was mit meinem Bruder geschehen ist«, sagt Signe.

Avidh schaut Himiltrud an und hofft, dass sie in seinen Augen sieht, wie leid ihm diese Szene tut. Er spürt, wie unwohl sie sich fühlt.

»Ich habe ihn gepflegt«, sagt sie.

»Himiltrud hat schon so manchen Soldaten wieder zum Leben erweckt«, sagt Louis und lächelt sie an.

Himiltrud sieht niemanden an. Sie legt die Hand auf das Kreuz, das sie um den Hals trägt.

»Er will sein Hemd nicht ausziehen«, sagt Hartbert. »Weil darunter ein Verband zum Vorschein käme, der seine Schwertwunde bedeckt.«

»Ja, er trägt einen Verband«, sagt Himiltrud dann mit fester Stimme.

»Ich wusste es«, sagt Hartbert, »dreckiger Wikinger.«

»Den Verband habe ich angelegt, um die Rippen zu schonen, die er sich beim Sturz vom Pferd gebrochen hat.«

»Also ist das geklärt«, sagt der Marschall. »Hartbert, komm mit, wir müssen Pferde kaufen.«

»Lass mich bitte kurz mit meinem Bruder allein«, sagt Signe zu Louis und haucht ihm einen Kuss auf die Lippen. Sie schiebt Avidh durch die Türe seines Zimmers und schließt sie. Dann wartet sie, bis draußen die Schritte verhallen.

»Was fällt dir ein? Ich entscheide selbst, gegen wen ich kämpfe!«, sagt Avidh. Es ärgert ihn sehr, wie Signe ihn behandelt.

»Es ist zu gefährlich. Was für eine dumme Idee, Avidh.«

»Das hast nicht du zu entscheiden. Und es war falsch, Himiltrud in die Sache reinzuziehen.«

»Warum? Sie hat es gut gemacht.«

Avidh schnaubt. »Du begreifst es nicht. Du könntest sie in Schwierigkeiten bringen. Die Menschen um dich herum sind keine Spielsteine, die du verschieben kannst, wie es dir gerade passt.«

Etwas später geht Avidh zu Himiltruds Kammer und klopft an die Türe.

»Herein« sagt sie. Ihre Stimme klingt müde.

Himiltrud sitzt an dem kleinen Tisch in ihrer Kammer und liest in einer Pergamentrolle. Als sie ihn sieht, lächelt sie.

»Setzt Euch«, sagt sie und zeigt auf die Kante des Betts. »Ich hoffe, es ist nichts mit der Wunde.«

»Nein, alles in Ordnung. Ich wollte mich entschuldigen.«

»Wofür?«

»Es war nicht recht, was Signe von Euch verlangt hat.«

»Nicht schlimm«, sagt sie.

»Warum habt Ihr für mich gelogen?«

Sie zuckt mit den Achseln. »Wenn ich Menschen pflege und es ihnen sehr schlecht geht, gibt Gott mir manchmal einen Einblick in ihre Seele. Und bei Euch habe ich gespürt, dass Ihr ein guter

Mensch seid. Auch wenn Ihr kein Christ seid. Und dass Ihr schon viele harte Zeiten durchlebt habt.«

Einen Moment weiß Avidh nicht, was er antworten soll. »Ich bin Euch sehr dankbar für alles«, sagt er dann und hofft, dass sie spürt, wie ernst er das meint, auch wenn es nur Worte sind.

Sie lächelt ihn an und nickt. Dann blitzt etwas in ihren Augen auf, das er bisher noch nicht gesehen hat. »Und ich mag es nicht«, sagt sie, »wenn ich jemanden tagelang gesund pflege, und dann stirbt derjenige kurz darauf in einem Schwertkampf, und meine ganzen Bemühungen waren umsonst. Ihr solltet noch nicht kämpfen. Die Naht könnte aufreißen.«

»Ich weiß«, sagt er und denkt: Vermutlich lässt sich das nicht verhindern.

»Seid vorsichtig.« Sie drückt kurz seine Hand. »Ich habe Signes Geschichte nicht geglaubt, und ich bin vermutlich nicht die Einzige.«

Am nächsten Morgen ist Avidh früh wach. Er zieht das gestohlene Schwert aus dem Versteck und bindet es sich unter dem Hemd um den Oberkörper. Er wird es brauchen und darf es im Wasser nicht verlieren. So leise wie möglich folgt er dem Gang vor seinem Zimmer. Unter dem Arm trägt er Ersatzkleider, die er bei seinen Ausflügen im Palast in einer Kammer hat mitgehen lassen. Diener und Mägde kommen ihm entgegen, sonst sind noch nicht allzu viele Palastbewohner auf den Beinen. In der Mitte des Nordflügels, wo sich der Palast verbreitert, nimmt er eine der Treppen ins Erdgeschoss. Zwei Schreiber gehen vor ihm, er verlangsamt den Schritt.

»Der Pfalzgraf kehrt in zwei Tagen zurück«, sagt einer der beiden, und der andere antwortet: »Dann bekommen wir unsere Hinrichtung. Endlich. Diese elenden Wikinger. Ich will sie am Galgen sehen.«

Avidh lässt sich nicht anmerken, wie sehr ihn diese Worte treffen. Niemals, niemals werde ich das zulassen, denkt er.

Der Eingang zu dem nicht mehr genutzten Geheimgang ist nicht weit von jener Stelle, wo ihn der Fremde überfallen hat. Hinter einer unscheinbaren Türe verbirgt sich ein Raum mit Regalen, die überfüllt sind mit Pergamentrollen. Avidh muss ein Husten unterdrücken, als er leise die Türe hinter sich schließt. Die Ersatzkleider versteckt er hinter einem der Regale. Er wird sie bei seiner Rückkehr brauchen.

In der Ecke hinten links ist die Falltür. Sie konnten sie gestern nur mit Mühe aufstemmen, es hat sie lange niemand mehr genutzt. Eine enge, verwinkelte Treppe kommt zum Vorschein. Draußen im Gang hat Avidh eine Öllampe mitgenommen. Er leuchtet in den dunklen Schlund, setzt vorsichtig einen Fuß auf die erste Stufe. Das Holz ist feucht und morsch, deshalb verlagert er das Gewicht auf den Rand des Tritts, bewegt die Lampe hin und her. Eine Wendeltreppe führt ins dunkle Nichts. Modrige, stickige Luft schlägt ihm entgegen. Avidh hustet, und der Schmerz fährt ihm in die Seite.

Im schummrigen Licht der Lampe tastet er sich langsam vorwärts. Bei einigen Stufen gibt das Holz besorgniserregend nach, aber er wechselt jeweils rasch die Position. Sein Ärmel scheuert an der Sandsteinwand entlang. Die Stufen scheinen sich endlos um sich selbst zu drehen, bis er endlich ihr Ende erreicht.

Etwas streift sein Bein, vielleicht eine Ratte. Der Tunnel geht geradeaus weiter und ist leicht abschüssig, noch ist Avidh nicht ganz auf der Höhe des Flussufers. Weiter vorne befand sich einst ein Tor mit einem Schleusenmechanismus, und man musste nur ein kurzes Stück unter Wasser zurücklegen. Doch irgendwann wurde die Schleuse zerstört, und der ebenerdige Teil des Tunnels ist geflutet. Avidh kann nur grob schätzen, wie lange er unter Wasser bleiben muss, um im Fluss aufzutauchen. »Es ist viel, viel zu gefährlich«, hat Yrsa gesagt. Aber es gibt keine andere Möglichkeit. Er kann sie bei der schwierigen Aufgabe heute nicht allein lassen, und er braucht einen Weg, um unbemerkt in den Palast zurückzukehren. Damit er Leif befreien kann, falls alles andere scheitert.

Der Boden ist feucht, rutschig, manchmal dringt das Wasser bis an diese Stellen, wenn der Fluss höher steht. Die Lampe hat Avidh weiter oben abgestellt, zu seinen Füßen ist jetzt eine dunkle Masse, dringt in seine Schuhe, spritzt bei jedem Schritt an seine Hosen. Er geht weiter in die schwarzen Fluten. Der Gang wird schmaler, das Wasser reicht schon bald bis an seine Brust.

Einen Moment bleibt er stehen, nimmt tiefe Atemzüge, beachtet den Schmerz nicht, schließt die Augen, bittet die Wassergeister um Schutz, pumpt die Luft in seinen Körper.

Er schafft das.

Ein letzter Griff an das Schwert um seinen Oberkörper, und er taucht mit einem tiefen Luftholen unter, schwimmt mit kräftigen Zügen vorwärts. Manchmal streift seine Hand die Wand, der Tunnel ist schmal, verengt sich.

Seine Seite schmerzt, ein Umkehren ist jetzt unmöglich. Avidh tastet sich durch die nasse Dunkelheit, stößt mit der Schulter gegen etwas, zwingt sich zur Ruhe. Schon bald wird er im Fluss ankommen, daran glaubt er fest.

Wieder prallt seine Schulter gegen ein Hindernis. Und ihm fällt ein: Niemand hat den Gang mehr freigehalten, und der Fluss hat vermutlich Schlamm und Steine hineingespült. Sein Herz pocht heftig in seinen Schläfen, seine Brust zieht sich zusammen. Er kämpft gegen den Impuls, nach Luft zu schnappen. Wie lang ist dieser Tunnel?

Etwas zieht an seinem Bein, plötzlich kommt er nicht mehr vorwärts. Sein Fuß hat sich verfangen. Panik will aufsteigen. Avidh zerrt an seinem Bein, seine Lungen brennen, die Seite sticht. Er wird hier nicht ertrinken, reißt wieder an seinem Bein, tastet an der Hose entlang, im schlammigen Grund, aber er findet nichts. Helft mir, fleht er die Wassergeister an. Helft mir!

Einen Moment lang bewegt er sich nicht, schwebt still, wie er es immer tut, bei seinen Besuchen in ihrem milchigen Reich. Das hat er vergessen. Nur so heißen die Wassergeister ihn willkommen, schenken ihm einen Teil dieser Ruhe, die ihn danach jeweils durchströmt. Auch jetzt fühlt er ihre Präsenz, hört auf, hektisch an seinem Bein zu ziehen, wartet kurz auf ihre Kraft. Dann winkelt er das Bein ab, und ist plötzlich frei.

In seinem Kopf steigt Nebel auf, aber er kommt wieder vorwärts, schwimmt mit letzter Kraft, schiebt sich über dem Grund entlang, lauscht dem Flüstern und Rauschen der Geister, während seine Lungen brennen.

Endlich wird es vorne heller. »Wir sind bei dir, Avidh«, flüstern die Wassergeister.

Und dann sieht er es. Oben ist Licht. Er stößt sich mit den Beinen ab, sein Gesicht durchstößt die Wasseroberfläche, und er schnappt nach Luft. Schon lange hat sich ein Atemzug nicht mehr so gut angefühlt.

Kurz bleibt er im Wasser liegen, bis er wieder ruhiger atmet, der Schmerz in seinen Lungen, in seiner Seite nachlässt. Er ist mitten im Fluss unterhalb des Palasthügels, weiter vorne segelt ein Boot. Jetzt muss er nur noch unbemerkt an Land schwimmen.

Kapitel 52

»Und du bist sicher, dass du das machen willst?«, fragt Yrsa.

»Wenn du noch einmal fragst, schlag ich dich«, sagt Edda und rollt die Augen. Sie warten östlich von Nijmegen, dort, wo der Reichswald beginnt, unter einer großen Hainbuche. »Ist doch nicht schwer, und fang nicht wieder damit an, es wäre zu gefährlich für mich.« Edda wirft einen Seitenblick zu Roar. »Ihr seid auf mich angewiesen.«

»Ich weiß. Tut mir leid. Ich misstraue dir nicht. Ich bin nur angespannt.« Und ich will nicht, dass dir etwas geschieht, denkt Yrsa. Ihr Vater würde ihr niemals verzeihen. Und sie vermutet, dass Edda auch dabei sein will, um Roar zu beeindrucken. Es scheint, als habe ihre wilde kleine Schwester ihr Herz an diesen wortkargen jungen Kämpfer verloren. Dieser Gedanke verstärkt Yrsas schlechtes Gewissen. Aber sie hat keine andere Wahl. Sie brauchen Edda. Sie wirkt so glücklich, weil Roar ihr gerade zeigt, wie er die Axt in die Höhe wirft und wieder fängt. Einige Buchenblätter, die Roar getroffen hat, rieseln ihnen auf den Kopf. Auch Roar scheint eine Schwäche für Edda zu haben. Umso trauriger ist es, dass sie sich wahrscheinlich bald von ihr verabschieden müssen. Falls alles glattgeht, was Yrsa inständig hofft.

»Wann kommt Avidh?«, fragt Roar.

»Hoffentlich bald«, sagt Yrsa. Wie sich Avidh durch den Wassertunnel kämpfen muss, ist im Moment ihre größte Sorge. Sie hat ihm genau beschrieben, wo der Baum steht, welchen Weg er vom Palast nehmen muss, und sie hofft, dass er bald auftaucht.

»Wird schon alles klappen«, murmelt Gunhild hinter ihnen. Sie ist noch immer gezeichnet von ihrer Gefangenschaft. Aber Yrsa ist dankbar, dass sie ihnen hilft. Auch ohne sie wäre die Mission kaum möglich, mindestens fünf Leute müssten dabei sein, hat Avidh gesagt. Und sonst vertraut Yrsa keinem der Kämpfer, die im Moment bei Angantýr im Lager sind.

Gunhild hat sofort zugesagt, als sie sich gestern wie vereinbart am Hafen getroffen haben. Sie hat große Augen gemacht, als Yrsa ihr verraten hat, dass Avidh lebt. Hat immer wieder den Kopf geschüttelt und »Warum tut Angantýr das?« gemurmelt. Dann hat sie erzählt, Angantýr sei außer sich gewesen, als Yrsa zwei Abende zuvor plötzlich verschwunden war. So schnell kann Yrsa sich im Lager wohl nicht mehr zeigen. Aber diese kleine Gruppe unter Angantýrs Führung hat wenig mit der Gemeinschaft zu tun, der sie sich ursprünglich angeschlossen hat.

»Wenn Avidh nicht kommt, sind wir aufgeschmissen«, sagt Gunhild.

»Er wird kommen«, sagt Yrsa. Weil es keine andere Möglichkeit gibt. Und tatsächlich hört sie bald darauf Schritte. Sie springt auf, rennt auf Avidh zu und umarmt ihn. Seine Kleider sind nass, sie streicht ihm die feuchten Haare aus dem Gesicht, küsst ihn.

»War es schwierig?«

»Nein«, sagt er und klopft Roar auf die Schulter.

Yrsa sieht ein Strahlen in Roars Augen, das ihr noch nie aufgefallen ist.

»Danke, Mann, dass du auf meiner Seite bist«, sagt Avidh.

»Immer«, sagt Roar, und ein seltenes Lächeln huscht über sein Gesicht.

»Wir kennen uns schon«, sagt Edda und lächelt.

Auch Gunhild begrüßt Avidh kurz. »Ich bin froh, dass du doch nicht tot bist« sagt sie. »Holen wir den alten Stinker aus dem Verlies.«

Sie machen sich auf in den Wald im Osten, nördlich von ihnen fließt die Waal.

»Ist alles vorbereitet?«, fragt Avidh. »Die Leiter und das Boot versteckt?«

»Ja, wir haben eine geeignete Stelle gefunden«, sagt Yrsa. Sie ist stolz auf ihre Vorbereitungen, hat mit Roar am Tag zuvor bis spät in die Nacht gearbeitet.

»Gut, das schauen wir als Erstes an«, sagt Avidh.

»Woher weißt du, welchen Weg sie nehmen, und wann?«, fragt Roar.

»Ich habe Gespräche belauscht und unverfängliche Fragen gestellt«, sagt Avidh. »In den vielen Stunden, die Himiltrud an meinem Bett saß, habe ich sie gebeten, mir möglichst viel über die Umgebung des Palasts und die kaiserlichen Wälder zu erzählen. Ich dachte, ich könnte dieses Wissen in irgendeiner Form für meine Flucht nutzen. Ihr habe ich gesagt, ich würde das Jagen, das Reiten vermissen, und weil Himiltrud oft Kräuter sammelt, hat sie mir gern und ausführlich berichtet. So ist langsam ein Bild von der Umgebung in meinem Kopf entstanden. Die Idee zu unserer heutigen Mission kam, als es mir besser ging und ich von Leifs Gefangenschaft erfuhr. Ich habe im Innenhof einen Austausch zwischen zwei Soldaten belauscht. Der eine hat sich darüber geärgert, dass er die Äbtissin auf dem letzten Stück ihrer Reise begleiten muss. Dann haben sich die beiden darüber unterhalten, wo sie schon Wilderer dort in der Nähe erwischt haben.«

»Und Himiltrud hat keinen Verdacht geschöpft, als du sie über die Äbtissin und ihre Reisen ausgefragt hast?«, sagt Roar.

»Ich hatte einen guten Vorwand, weil ich umziehen musste, als sie ihren Besuch angekündigt hat«, sagt Avidh. »Wegen Himiltrud tut es mir leid. Sie verehrt die Äbtissin, und ich will nicht, dass ihr etwas geschieht. Aber wir haben im Moment keine andere Wahl, als das durchzuziehen.«

Avidh scheint fast wieder der Alte, wie er sich bewegt, spricht und Strategien ausheckt. Er wirkt noch etwas schmäler als sonst, aber Yrsa ist sehr erleichtert, dass es ihm so viel besser geht. Auch wenn noch nicht alle Schatten aus seinem Gesicht verschwunden sind. Ich werde wachsam sein, Frida, denkt Yrsa.

Avidh erklärt seinen Plan. »Vor Ort spielen wir alles einmal durch«, sagt er dann.

Sie erreichen den Wald, gehen im Schutz der hohen Bäume. Der Pfalzgraf schickt regelmäßig Aufpasser in die kaiserlichen Wälder, um Wilderer zu erwischen. Ihnen müssen sie ausweichen. Sie haben einen schmalen Pfad gewählt, der nach Osten führt. Der breitere Weg, den die Reiter nehmen, verläuft südlich von ihnen. Zusammen überprüfen sie die verschiedenen Stationen ihres Vorhabens. Dann erreichen sie die Stelle, wo sie sich auf die Lauer legen wollen, und alle nehmen ihre Positionen ein. Mit Ausnahme von Edda binden sie sich Tücher um das Gesicht, nur die Augen bleiben frei. Avidhs Augen strahlen über dem roten Tuch besonders dunkel. Er sieht überzeugend aus als Wegelagerer, mit seinem undurchsichtigen Blick.

Edda und Roar verstecken sich nahe dem Wegrand, je auf der gegenüberliegenden Seite, Gunhild und Avidh ein großes Stück entfernt im Unterholz zwischen den Bäumen. Yrsa klettert auf halber Strecke zwischen den beiden Gruppen in einen Baum. Dann beginnt das Warten. Wenn der Tross in der Ferne in den Blick kommt, wird Roar Edda ein Zeichen geben.

Es ist schwierig still zu sitzen, Yrsa muss immer wieder ihre Position in der Astgabel verändern, während sie in die Baumkronen lauscht. Irgendwo weiter vorne ruft ein Eichelhäher. Die Blätter der Buche, in der Yrsa sitzt, rascheln leise im Wind. Dann endlich ertönt in der Ferne Hufgetrappel. Roar gibt Edda das Zeichen. Yrsa bemüht sich, tief zu atmen. Sie fleht Freyja an, Edda beizustehen. Ihre mutige Schwester spielt eine wichtige Rolle, aber die gefährlichste Aufgabe hat Roar, und er hat darauf bestanden, scheint voller Stolz, dass er in Avidhs Vorhaben entscheidend ist.

Das Trappeln der Hufe nähert sich. Die Äbtissin sei eine geübte Reiterin, hieß es, kürzere Strecken reise sie am liebsten im Sattel. Die ersten Pferde erscheinen in Yrsas Blickfeld. Und gleich darauf tritt Edda auf den Weg hinaus und hält die vorderen Reiter auf. Ihr Wehklagen und Schluchzen hallt bis zu Yrsa. Sie bewundert ihre Schwester für ihre Kaltblütigkeit und ihre Fähigkeit, Fremden etwas vorzuspielen. Dass Roar lauscht, hilft.

Jetzt sieht Yrsa die Äbtissin, eine schmale Frau, die sich sehr aufrecht im Sattel hält. Eine lange weiße Haube bedeckt ihre Haare. Edda hängt sich an den Hals ihres Pferdes. Sie wird die Äbtissin bestürmen, dass Gott sie geschickt habe, und sie anflehen, Edda kurz zu begleiten. Ihr kleiner Bruder sei gestürzt und liege dort hinten im Wald im Sterben. Sie müsse dringend mit ihm beten. Falls die Äbtissin nicht auf Eddas Wünsche eingeht, scheitert der Plan. Doch im Moment sieht es gut aus. Die Äbtissin sei eine warmherzige, hilfsbereite Frau, hat Himiltrud erzählt.

Sie steigt vom Pferd, legt Edda die Hand auf die Schulter, zwei Wachen steigen ebenfalls ab. Zu viert machen sie sich auf den Weg ins Gebüsch. Avidh hat eine Stelle ausgesucht, wo ein kleiner Pfad ins Dickicht führt. Die Sicht ist schlecht, aber der Weg nicht schwierig. Als die vier an Yrsas Baum vorbeilaufen, hört sie Edda noch immer schluchzen.

»Er ist einfach runtergestürzt«, sagt sie, »hat den Halt verloren. Es ist nicht mehr weit.«

Die restlichen Soldaten warten auf dem Weg. Jetzt kommt Roars Einsatz. Heute Morgen hat er zwei Hasen geschossen, die er sich jetzt über die Schulter gehängt hat. Er tritt aus dem Dickicht, direkt ins Blickfeld der Soldaten. Als sie ihn entdecken, ruft einer: »Ein Wilderer, ihm nach!« Mehrere Soldaten springen von den Pferden. In der Zwischenzeit hat Roar die Hasen fallen gelassen, ist zurück im Gebüsch verschwunden, rennt in die entgegengesetzte Richtung. Im dichten Wald sei es nicht schwierig, den Soldaten zu entkommen, hat er gestern Abend gesagt, das habe er schon nach dem Hinterhalt in Dorestad problemlos geschafft. Zur Not warte er hoch oben in einem Baum.

Yrsa hat keine Zeit zu beobachten, was weiter geschieht. Sie muss jetzt kurz hintereinander zwei gezielte Schüsse hinbekommen, legt an, zielt auf das Bein des einen Soldaten, der die Äbtissin begleitet. Der Schuss muss sitzen, beim ersten Mal. Sie spannt die Sehne bis zum Mundwinkel. Mach noch zwei Schritte zur Seite, beschwört Yrsa ihre Schwester in Gedanken. Edda stolpert auf dem engen Pfad, stürzt ins Gebüsch. Das ist Yrsas Zeichen, sie lässt die Sehne schnellen. Der Pfeil fliegt vorbei an Ästen und Zweigen und bohrt sich in das Bein des hintersten Soldaten. Yrsa legt sofort wieder an, trifft auch den zweiten.

Im gleichen Moment stürzen Avidh und Gunhild aus dem Gebüsch. Gunhild packt die Äbtissin und stopft ihr ein Tuch in den Mund. Yrsa springt vom Baum, rennt nach vorne. Avidh hat den ersten Soldaten bereits gefesselt und geknebelt und ist gerade dabei, das Gleiche mit dem zweiten zu tun. Er spricht auf Fränkisch mit der Äbtissin, die vor Schreck wie erstarrt scheint. Avidhs Stimme klingt ruhig. Gunhild hat die Äbtissin gefesselt. Edda ist bereits ins Unterholz geflohen. Darauf hat Yrsa bestanden.

»Schnell«, sagt Avidh. »Bis die Soldaten merken, was los ist, müssen wir längst weg sein.«

Sie zerren die Äbtissin durch den Wald. Sie ist langsam. Avidh packt sie und wirft sie sich über die Schulter. Er ächzt, läuft weiter, immer tiefer ins Unterholz. Mit den Pferden können ihnen die Soldaten hier nicht folgen. Und bis sie merken, dass die Äbtissin nicht zurückkehrt, haben sie bereits einen guten Vorsprung.

Sie erreichen den Baum, den Roar und Yrsa am Vorabend ausgesucht haben. Dort steht die Leiter vom Hof ihres Vaters. Oben haben sie im Schutz der Blätter einen kleinen Hochsitz gezimmert. Avidh zückt das Messer, die Augen der Äbtissin sind vor Schreck geweitet. Er sagt etwas zu ihr, seine Stimme ist leise, bedrohlich. Sie beginnt die Leiter hinaufzuklettern, Gunhild folgt ihr, ganz dicht, das Messer in der Hand. Oben angekommen, bindet sie die Äbtissin im Baum fest, verstärkt den Knebel.

»Seid vorsichtig«, flüstert Avidh, »ich hatte vorhin, als wir gewartet haben, manchmal das Gefühl, als würde ich in der Nähe jemanden hören. Vielleicht waren es nur Wilderer, aber meidet alle Wege.«

Dann muss Avidh sich verabschieden. Yrsa krampft sich der Magen zusammen, wenn sie daran denkt, dass er jetzt durch diesen Tunnel zurücktaucht.

»Du willst tatsächlich wieder zu diesen Schleimscheißern?«, sagt Gunhild. »Das fasse ich nicht. Du bist frei. Genieß es.«

»Es muss sein«, sagt Avidh. »Ich muss im Palast sein, falls irgendetwas schiefgeht. Sonst ist Leif verloren.«

Yrsa nickt, sie weiß, dass er recht hat. Gunhild schüttelt den Kopf.

»Yrsa, wir machen alles wie besprochen«, sagt Avidh zu ihr. »Du schaffst das.«

Sie nickt abermals, auch wenn ihr mulmig ist bei der Vorstellung. Dann ist Avidh verschwunden. Yrsa klettert auch auf den Baum, zieht die Leiter nach oben. Plötzlich hört sie Rufe ganz in der Nähe und erstarrt. Gunhild legt der Äbtissin die Hand über den Knebel. Doch was noch schlimmer ist, es klingt so, als würden die Soldaten jemanden jagen. Avidh, Edda und Roar sind da draußen. Und sie kann nichts tun. Der Herzschlag dröhnt in ihrem Kopf, und mit jedem Hämmern fleht sie bei Freyja um Hilfe für die drei.

Die Rufe entfernen sich, und dann ist es schrecklich still. Als sie lange gewartet haben und kein Geräusch mehr zu hören ist, steigen sie mit der Äbtissin vom Baum.

»Was war das vorhin?«, flüstert Yrsa.

»Muss nichts heißen«, sagt Gunhild.

Die Äbtissin scheint sich mit ihrem Schicksal abgefunden zu haben und wehrt sich nicht. Vermutlich hilft es, dass sie zwei Frauen sind. Durch das Unterholz und auf Umwegen schlagen sie sich bis zum Ufer der Waal durch. Dort haben Yrsa und Roar am Vorabend im Schilf ein kleines Boot versteckt. Es ist wichtig, den Fluss zu überqueren, hat Avidh gesagt. Die Soldaten würden mit Hunden zurückkehren, um nach der Äbtissin zu suchen.

Das kleine Boot liegt noch immer gut verborgen im Schilf. Sie legen am Nordufer an einer Stelle an, die dicht bewaldet ist, kämpfen sich durch Dickicht und Dornen, bis sie den Ort erreichen, wo sie die Nacht verbringen: eine kleine, abgelegene Hütte, von der Edda wusste und die im Moment niemand nutzt. Windschief steht sie zwischen zwei hohen Bäumen, Ranken überziehen die Holzplanken. Roar und Yrsa haben am Vorabend die Türe freigeschnitten. In dem modrigen Raum sperren sie die Äbtissin ein. Yrsa setzt sich draußen auf eine Wurzel und atmet tief durch. Der erste Teil ist geschafft, der zweite Teil am morgigen Tag macht sie genauso nervös.

»Hör zu«, sagt Gunhild. »Ich dreh noch eine Runde, ich kann hier nicht den ganzen Abend sitzen.« Ihre Finger zittern, als sie sich über das Gesicht streicht.

»Ist gut«, sagt Yrsa, »aber bleib nicht zu lange weg. Dann können wir uns in der Nacht mit der Wache abwechseln.« Sie denkt an Avidh, Edda und Roar. Sie hofft, dass es allen gut geht und sie den Franken unbemerkt entkommen sind. Herausfinden kann sie es erst morgen.

Yrsa schaut zu, wie das Licht langsam aus dem Wald sickert, bringt der Äbtissin zwischendurch Wasser und wartet auf Gunhild. Sie ist schon viel zu lange weg. Vielleicht war es ein Fehler, sich auf sie zu verlassen, aber es gab sonst niemanden.

Es ist bereits dunkel, als Gunhild endlich zurückkehrt. Sie riecht stark nach Met. »Wo warst du so lang?«, sagt Yrsa. »Hast du aufgepasst, dass dich auf dem Rückweg niemand gesehen hat?«

»Na klar. Ich habe was zu trinken gebraucht. Ich war in der Schenke in Nijmegen, habe zwei von unseren Männern getroffen.«

»Aber nichts erzählt?«

»Nein, natürlich nicht. Sie haben gefragt, wo ich den ganzen Tag gesteckt habe. Das war alles.«

Wirklich beruhigend klingt das nicht. Yrsa wünschte, Avidh wäre noch hier oder Roar würde auftauchen. Sie sorgt sich um Roar.

»Ich nehme die erste Wache«, sagt sie zu Gunhild. »Schlaf du erst mal.«

Gunhild legt sich vor die kleine Hütte, und Yrsa starrt in die Dunkelheit. Ihr ist kalt, aber sie darf kein Feuer anzünden. Ein Käuzchen ruft irgendwo in der Ferne.

Plötzlich hört sie ein Rascheln. Es ist nicht der Wind und auch kein Tier, es sind Schritte. Sie hofft, dass Roar kommt. Doch es sind die Schritte von mehreren Menschen. Kann es sein, dass die fränkischen Soldaten ihre Spur entdeckt haben? Yrsa greift zur Axt.

Kapitel 53

Erschöpft sinkt Avidh auf sein Bett. Der Weg zurück durch den Wassertunnel hat ihm weniger Probleme bereitet als der Weg hinaus. Er hat die Ruhe der Wassergeister beschworen, bevor er im Fluss untergetaucht ist. Am Ufer musste er eine Zeit lang ausharren, bis keine Boote den Weg versperrten und er sich unbeobachtet fühlte. Jetzt spürt er, wie viel Kraft ihn der Ausflug gekostet hat. Er schließt die Augen, aber schlafen kann er nicht, seine Gedanken rasen. Es widerstrebt ihm zutiefst, dass er Yrsa den Rest der Aufgabe allein aufbürden muss. Er kämpft gegen das Gefühl der Hilflosigkeit, das ihn überfluten will. Und die Dämonen, die sich in solchen Momenten regen. Wenn es nur kein Fehler war, in den Palast zurückzukehren. Doch er muss hier sein, falls etwas schiefläuft. Und das geht nur, wenn er nicht allzu lang fehlt, vor allem nicht über Nacht.

Er steht wieder auf, schaut aus dem Fenster. Seine Wunde schmerzt, ein schlechtes Gefühl sitzt in seinem Bauch. Soldaten laufen im Innenhof auf und ab, es scheint aufgeregte Stimmung zu herrschen. Avidh beschließt, sich unten umzuhören, schlafen kann er sowieso nicht. Als er im Innenhof ankommt, bringen einige Soldaten gerade Hunde aus dem Zwinger. Hoffentlich ist Yrsa schon über den Fluss.

Ein junger Mann, der ihn beim Nachtessen des Marschalls bedient hat, eilt über den Hof in Richtung des Nordtrakts. Avidh fragt ihn, was die Aufregung zu bedeuten hat.

»Die Äbtissin, wir haben sie heute Nachmittag erwartet. Jetzt ist sie entführt worden! Niemand ist mehr sicher.«

»Ja, so ist es«, sagt Avidh. Er hasst es Theater zu spielen. Leid tut ihm die Aufregung einzig für Himiltrud. »Wer hat sie entführt?«, fragt er.

»Irgendeine Bande. Junge Gauner«, sagt der Diener. »Sie sollten am Galgen baumeln so wie die abscheulichen Wikinger in zwei Tagen. Das wird ein Fest!«

Avidh starrt dem Diener in sein schmales Gesicht. Das Rauschen in seinen Ohren schwillt an, er will dem Mann die Faust in den Kiefer rammen, bis ihm das Blut aus Mund und Nase quillt. Seit Tagen spielt er eine Rolle in diesem verfluchten Palast, die ihm immer weniger zusagt. Die Anspannung, die Hilflosigkeit der letzten Zeit überkommt ihn plötzlich in heftigen Wellen.

Mit letzter Kraft bringt er sich dazu, knapp zu nicken. Er dreht sich um, macht sich zurück auf den Weg in sein Zimmer. Oben angekommen, geht er hin und her, während seine Wunde immer heftiger sticht. Er findet keine Ruhe. Jetzt ist nicht der Zeitpunkt, die Kontrolle zu verlieren, er läuft noch hektischer auf und ab. Er braucht sein Schwert, umklammert Fridas Stein.

Irgendwie muss er sich ablenken. Er denkt an etwas, das ihm auf dem Rückweg eingefallen ist. Da hat er sich plötzlich erinnert, woher er den Begleiter jenes Mannes kannte, der ihn vor zwei Tagen im Palast zu töten versucht hat. Der Begleiter des gescheiterten Mörders arbeitet als Kundschafter und war auch schon für Gunnar tätig. Aber warum würde ein Kundschafter einen Mörder auf ihn hetzen? Avidh setzt sich kurz aufs Bett. Es rauscht in seinen Ohren. Jemand poltert an seine Türe.

»Mach auf«, ruft Signe. Ihre Stimme klingt gehetzt. Er will sie nicht sehen, öffnet trotzdem, und sie stürmt ins Zimmer. »Leg den Riegel wieder vor«, sagt sie. »Wo warst du?« Ihr Tonfall ist panisch.

»Was ist los?«, sagt er schroff.

Sie geht ans Fenster, schaut in den Hof.

»Signe, was willst du?«

Sie lehnt sich an die Wand neben dem Fenster, ihre Finger zittern. »Es hat nochmals jemand versucht, mich umzubringen. Ich bin nur mit viel Glück und Louis' Hilfe entkommen!«

»Und?«

Er sieht Furcht in ihren Augen, dann schüttelt sie den Kopf. »Es war sehr knapp.«

»Und was willst du jetzt bei mir? Meinst du, ich sollte dich beschützen? Was für eine verkehrte Welt ist das?« Er geht wieder im Zimmer auf und ab.

»Avidh, was ist los?«

»Dort unten«, er zeigt zum Fenster, »dort unten sitzt mein ältester, bester, verdammt, lange Zeit einziger Freund im Kerker. Und übermorgen wollen sie ihm einen Strick um den Hals legen. Ich soll zuschauen, wie er qualvoll stirbt. So stellt ihr euch das alle vor. Und wer ist schuld daran?«

Er steht in drei Schritten vor ihr, packt sie am Arm, an beiden Armen, stößt sie gegen die Wand, kämpft mit allem, was er hat, gegen den Impuls, die Hände um ihren Hals zu legen und zuzudrücken. Er zieht sein Messer, hält es ihr an die Kehle. Sie schaut ihn erschrocken an, sagt kein Wort.

»Schuld bist du, weil du uns unbedingt zerstören willst.« Er zischt ihr die Worte ins Gesicht, jedes einzelne beladen mit all der Wut, die in seiner Brust brodelt. »Signe, ich habe wirklich genug von deinen Spielchen. Spielchen, die Menschenleben fordern, und dir scheint das vollkommen gleichgültig. Du stürmst hier in mein Zimmer und glaubst, ich hätte nichts Besseres zu tun, als DIR zu helfen.« Sie zittert. »Was soll mich abhalten, dir die Kehle durchzuschneiden? Hm?«

Sein Gesicht ist nur noch eine Handbreit von ihrem entfernt. Signe presst die Lippen zusammen, schluckt, schweigt. In ihm ist nur noch Wut, er atmet schnell. Den Eistroll kann er nicht beschwören, nein, er will den Eistroll nicht beschwören. Er will jemanden verletzten, töten, es rauscht in seinen Ohren. »Ich könnte auch dort unten so einige umbringen auf dem Weg zu Leif. Vielleicht schaffe ich es sogar bis in den Kerker. Was meinst du? Du hast doch sonst immer irgendwelche großartigen Ideen und Ausflüchte.«

»Avidh, hör auf, bitte!« Ihre Stimme ist ganz leise, ihr Tonfall flehend.

Kalter Schweiß bricht ihm aus. Er stößt sie noch einmal heftig gegen die Wand, dann senkt er das Messer, lässt ihre Arme los. Sie bleibt an der Wand stehen, streicht sich langsam über ihre Kehle. Er atmet schwer, läuft zum Fenster, stützt beide Hände gegen die steinerne Umrahmung. »Verschwinde, ich will dich nicht mehr sehen.«

Sie eilt hinaus, schließt leise die Türe. Er verharrt regungslos. Schweißtropfen laufen ihm über den Rücken, die Stirn, in die Augen. Ganz langsam gelingt es ihm, seinen Atem zu beruhigen. Er steht eine Weile einfach nur da, den Blick auf den Innenhof gerichtet. Das Rauschen in seinen Ohren lässt etwas nach. Warum hat er jetzt fast die Kontrolle verloren? Das hätte ihm nicht passieren sollen. Sie haben doch etwas getan für Leif. Er wird nicht sterben. Sie werden die Äbtissin gegen Leif austauschen. Avidh presst die Stirn gegen das kühle Glas.

Er weiß nicht, wie lange er so gestanden ist, den Blick immer auf den Teil des Palastes gerichtet, wo das Verlies ist. Irgendwann pocht seine Naht so stark, dass er sich auf die Bettkante setzt. Etwas später klopft es an seiner Türe, vorsichtiger, leiser als zuletzt. Auf seine Frage, wer da ist, hört er Signes Stimme. »Avidh, ich muss mit dir sprechen. Bitte lass mich rein.«

Sie hat Nerven, hier wieder aufzutauchen. »Warum?«

»Es ist dringend, bitte.«

Er öffnet die Türe. Sie kommt ins Zimmer, ohne ihn anzuschauen. Stellt sich an dieselbe Stelle, wo er sie zuvor angegriffen hat. Kurz ist ihr Blick herausfordernd, dann unsicher. Er schnaubt, bleibt mit einigen Schritten Abstand stehen. »Was willst du schon wieder?«

»Ich habe dein Schwert an einen sicheren Ort gebracht.«

»Was heißt das?«

»Es ist jetzt bei Himiltrud in ihrer Kammer. Niemand wird es dort suchen. Du kannst ihr vertrauen und das Schwert jederzeit bei ihr holen.«

Der Stein in seiner Tasche scheint zu surren, Erleichterung durchströmt ihn. »Ich vertraue Himiltrud«, sagt er. Und denkt: Mehr als dir. »Warum jetzt?«

Signe knetet ihre Finger. Sie scheint nach Worten zu suchen.

»Mich hat auch jemand zu töten versucht«, sagt er dann, »vor zwei Tagen hier im Palast.« Er verrät noch keine Einzelheiten, will ihre Reaktion abwarten.

Sie schaut ihn an, entsetzt, legt sich die Hand vor den Mund. »Der Tote«, sagt sie dann langsam, »den sie im Trakt des Kaisers gefunden haben. Das warst du? Avidh, jemand hat Mörder auf uns beide angesetzt!«

»So weit war ich auch schon. Und wer tut das?« Avidh setzt sich auf sein Bett.

Signe schlägt die Hände vors Gesicht. »Warum macht er das?

Er wollte mich treffen, ich wollte hingehen. Aber Louis hielt es nicht für eine gute Idee.«

»Wer, Signe?«

Er starrt sie an. Sie zögert kurz, dann spricht sie den Namen aus.

»Angantýr.«

Avidh flucht laut. »Hat er dir verraten, dass wir den Procurator entführen?«

Sie nickt.

»Verfluchter Bastard. Ich bring ihn um! Und warum? Warum das alles, Signe? Hast du letzten Sommer nicht schon genügend Unheil angerichtet?«

»Du verstehst nicht.«

»Da hast du ausnahmsweise recht. Ich verstehe es ganz und gar nicht.«

»Angantýr will seinen Bruder loswerden.«

»Großartig. Angantýr ist völlig ungeeignet als Anführer. Schon jetzt hat er sich ständig eingemischt, und Gunnar war viel zu geduldig mit ihm.« Avidh runzelt die Stirn. Er muss Yrsa warnen, damit sie sich von Angantýr fernhält. Nur wie?

»Es geht nicht nur darum, sondern auch um Geschichten, die weit zurückliegen«, sagt Signe. »Um Rache.« Sie holt tief Luft. »Und das konnte ich gut nachvollziehen.«

Avidh seufzt. »Was für alte Geschichten?«

»Angantýrs Mutter. Sie war Sklavin auf dem Hof von Gunnars und Angantýrs Vater. Als Angantýr fünf war, hat sein Vater seine Mutter auf dem Markt weiterverkauft.«

»Ja, das habe ich schon gehört. Üble Geschichte«, sagt Avidh.

»Angantýr ist überzeugt, dass Gunnar seine Hände im Spiel hatte. Er war damals schon zwölf.«

»Warum Gunnar?«

»Angantýr sagt, Gunnar habe seine Mutter ständig bei ihrem Vater schlechtgemacht. Was weiß ich. Diese Geschichten brodelten lange unter der Oberfläche, aber dann hatte Angantýr letzten Sommer eine schicksalshafte Begegnung.«

»Seine Mutter lebt nicht mehr.«

»Eben. Bisher wusste er nicht, was in jenen drei Wintern zwischen ihrem Verkauf und ihrem Tod geschehen ist. Doch jetzt hat er erfahren, es muss die Hölle gewesen sein. Ihr neuer Besitzer hat seine Mutter misshandelt und schließlich getötet. Diese Erzählungen haben Angantýrs Zorn gesteigert.«

Avidh stöhnt. »Das hätte mich auch rasend gemacht«, sagt er, »aber deshalb muss man nicht zum Verräter an der Gruppe werden.«

»Manchmal beschäftigen einen Ereignisse sehr lange, wenn sie für andere längst vergangen sind.«

»Und weshalb hast du beschlossen, uns noch mehr zu schaden? Hat es dir letzten Sommer nicht gereicht?«

»Ich … ich war noch nicht fertig. Und mit Angantýr war da plötzlich jemand, der mir helfen wollte.«

»Du wolltest unsere Gruppe ganz zerstören?« Avidh schüttelt den Kopf. Er kann nicht glauben, dass er sich hier ruhig mit Signe über diese Dinge unterhält.

»Nein, wollte ich nicht.«

»Was dann?«

Sie schweigt.

»Wie hat er dich gefunden?«

»Es war Schicksal. Wir haben einander gefunden. Ich war letzten Sommer noch eine Zeit lang weiter südlich, bin aber dann im Herbst hierher zurückgekommen. Ich habe mich nicht versteckt.«

Avidh atmet laut aus. »Warum auch?«

»Ich wollte näher an meine alte Heimat«, sagt sie. »In Dorestad habe ich erfahren, dass ein alter Freund meines Vaters Marschall ist im Palast. Und in Dorestad bin ich auch Angantýr begegnet. Er ist dort ein bisschen ziellos herumgelaufen.«

»Warum hat er sich mit dir zusammengetan, nach allem, was schon passiert war?«

»Das hat ihn nicht so betroffen wie dich. Ich habe mich schon immer gut mit ihm verstanden. Und was ich getan hatte, brachte ihn auf die Idee, wie er Gunnar loswerden könnte. Er hat schon lange davon geträumt, die Gruppe selbst anzuführen. Aber sein Bruder ist beliebt. Außerdem fürchtet er dich als Widersacher.«

Avidh steht auf, läuft im Raum auf und ab. »Er hätte selbst etwas aufbauen können, wie Valì.«

»Ja, aber die Götter haben Valì andere Fähigkeiten gegeben.«

Avidh bleibt vor Signe stehen. »Und warum versucht Angantýr jetzt dich oder uns umbringen zu lassen?«

Ihr Blick ist verzweifelt. »Ich könnte ihn verraten. Er will seine Spuren verwischen. Und wahrscheinlich fürchtet er, dass du auch Bescheid weißt.«

»Und du hast vorher nicht überlegt, dass das passieren könnte?«

»Nein. Ich … habe wahrscheinlich zu wenig nachgedacht, hatte nur mein Ziel im Kopf.«

»Zu wenig nachgedacht, ist das ein schlechter Scherz? Was für ein Ziel?«

Sie schüttelt den Kopf.

»Und du hast nicht damit gerechnet, dass du mich wiedersehen könntest? Oder dachtest du, ich wäre tot?«

»Nein, ich wusste, dass du lebst. Aber Angantýr hatte mir versichert, dass du nicht bei der Entführung des Procurator dabei sein würdest. Er sagte, du würdest den Überfall auf den Markt leiten. Ich weiß nicht, warum er das getan hat.«

»Angantýr wollte mich zusammen mit seinem Bruder loswerden. Es war nie der Plan, dass ich mich am Überfall auf den Markt beteilige.«

Signe schlägt die Hände vor das Gesicht, sagt mit gepresster Stimme: »Als ich dich wiedergesehen habe, du verletzt warst, hat mich das alles überwältigt. Und ich musste dafür sorgen, dass du wieder gesund wirst.«

»Genau das wollte er vermutlich verhindern.«

»Was?«

»Dass du mich wiedersiehst und er plötzlich zu viele Mitwisser hat.« Und jetzt verstehe ich auch das, was Yrsa mir erzählt hat, denkt Avidh. Weshalb Angantýr behauptet hat, ich wäre gestorben. Weshalb er dafür sorgen wollte, dass sie mich nicht sucht: Er wollte mich töten lassen und nicht riskieren, dass sie ihm auf die Spur kommt. »Und auf wen hattest du es abgesehen?«

»Freyja, stehe uns bei«, sagt Signe. »Er fürchtet, dass du inzwischen auch Bescheid weißt.« Sie springt auf. »Wir sind beide in Gefahr.«

»Signe, warte«, sagt er, »du hast meine Frage nicht beantwortet!«

Aber sie rennt aus seinem Zimmer.

Kapitel 54

»Lass die Axt fallen, Yrsa«, sagt eine Stimme aus der Dunkelheit. Angantýrs kahler Schädel taucht zwischen den Ästen auf, und Sven, Ulf und vier weitere Männer folgen ihm.

»Was wollt ihr hier?«, sagt sie, die Axt noch immer erhoben.

»Das möchten wir von dir wissen«, sagt Angantýr. »Ein gutes Versteck hast du gefunden, Verräterin. Einfach abhauen, was fällt dir ein? Und wer ist in der Hütte?«

»Das geht dich nichts an.«

»Ich wusste, dass es sich lohnt, Gunhild zu folgen«, sagt Sven und fährt sich mit der Zunge über die gefeilten Zähne.

Gunhild ist aufgewacht und sitzt vor der Hüttentüre. Sie reibt sich die Augen. »Tut mir leid, Yrsa«, murmelt sie.

»Verschwindet«, sagt Yrsa laut.

»Von dir lassen wir uns nichts vorschreiben«, sagt Sven und macht einen Schritt auf Yrsa zu.

»Noch näher, und du bekommst meine Axt zu spüren. Und hast du vergessen, was Idun dir angedroht hat, wenn du mich berührst?«

»Idun ist nicht hier«, sagt Sven.

»Hör auf, Sven«, sagt Angantýr, und an Yrsa gewandt: »Du hast mich sehr enttäuscht. Ich wollte dir eine Chance geben.«

Sie schnaubt. »Du wolltest mich in deinem Bett und hast nichts für Leifs Freilassung getan. Ich kann nicht zulassen, dass ihm etwas geschieht. Ich wollte immer zur Gruppe gehören, Angantýr. Aber nicht so.« Yrsa senkt ihre Axt nicht, sondern starrt Angantýr ins Gesicht. Der Zorn kocht in ihr und bewirkt, dass sie sich nicht fürchtet, obwohl die Männer in der Übermacht sind. »Das ist nicht mehr die Gemeinschaft, der ich mich angeschlossen habe. Ihr solltet euch schämen. Was ist mit Leif? Hat er nicht mit euch gekämpft? Ich schaue nicht zu, wie Menschen, die ich liebe, in Lebensgefahr geraten. Ich folge nicht Befehlen, die ich für falsch halte.«

Angantýr kneift die Augen zusammen. »Das gehört dazu. Das habe ich dir schon mehrmals gesagt.«

Yrsa schüttelt den Kopf. »Was ich tue, ist für Leif und für Gunnar. Also ganz in deinem Sinn.«

»Leg die Axt weg, du kannst allein nichts ausrichten gegen uns«, sagt Angantýr. »Und ich sorge für Gunnars Freilassung.«

Yrsa wirft einen kurzen Blick zu Gunhild, sie zuckt mit den Achseln.

Ist es vielleicht doch besser, Angantýr in ihre Pläne einzuweihen? Vielleicht können sie noch zusammenfinden. Aber dann fällt ihr ein, dass Angantýr behauptet hat, Avidh sei tot. Warum hat er das getan? Wie kann sie ihm vertrauen, wenn er solche Lügen verbreitet?

Sven nähert sich der Hütte. Gunhild steht auf und versperrt die Türe.

»Hier kommst du nicht rein«, sagt sie.

»Ach, Gunhild«, sagt Sven, »du gehörst doch zu uns. Oder willst du lieber wieder zu den Franken?«

»Lass sie in Ruhe«, sagt Yrsa zu Sven. Er wirft ihr einen hasserfüllten Blick zu. Yrsa wendet sich an Angantýr, bemüht sich um einen ruhigen Ton: »Was hast du bei den Verhandlungen erreicht?«

»Zuerst will ich wissen, wer in der Hütte ist.«

»Das ist unsere Sicherheit, um Leif und Gunnar zu befreien«, sagt Yrsa.

»Du enttäuschst mich«, sagt Angantýr. »Ich habe mich für dich eingesetzt.«

Sie überlegt einen Moment. »Ja, hast du. Und warum nicht für Leif und Avidh?«

»Avidh ist tot.«

»Wer sagt das?«

»Der Kundschafter.«

Sie überlegt einen Moment, ob der Kundschafter einen Grund hätte, Angantýr anzulügen. Aber sie versteht nicht, warum er das tun sollte.

»Was reden wir hier lange rum? Vergiss die Frauen«, sagt Sven und versucht Gunhild auf die Seite zu schieben. Sie stößt ihn weg.

»Fass mich nicht an«, zischt sie.

»Halt's Maul, Sven«, sagt Angantýr. »Ich kläre das.«

Kann es sein, dass Angantýr mit den Verhandlungen überfordert ist?, überlegt Yrsa einen Moment. »Was hast du den Franken angeboten?«, fragt sie.

»Das ist nicht deine Sache«, sagt er.

»Ist es ein Geheimnis? Gibt es jemanden, den ihr austauschen könnt?«

»Der Versuch mit dem Procurator war nicht gerade erfolgreich. Aber wir haben einen Teil der Beute vom Überfall dabei.«

»Wir haben eine Geisel, die wertvoll genug ist, um sie gegen beide auszulösen«, sagt Yrsa.

»Wer ist es?«, fragt Angantýr.

»Eine Äbtissin.«

Sven lacht laut. »Sehr schön, die will ich sehen.«

»Ihr wird nichts geschehen«, sagt Yrsa. »Wir tauschen sie morgen gegen Leif und Gunnar aus. Es bleibt nicht mehr viel Zeit.«

Angantýr nickt. »Gute Arbeit. Es gibt nur ein Problem.«

Yrsa ist sich nicht sicher, was sie in Angantýrs Gesicht sieht. »Was für ein Problem?«

Angantýr fährt sich über seinen kahlen Kopf. »Die Franken weigern sich, über beide Gefangenen zu verhandeln. Sie bestehen darauf, eine Hinrichtung durchzuführen. Zur Abschreckung. Aber sie wissen nicht, dass Gunnar der Anführer ist. Also spielt es für sie keine Rolle, wer von beiden freikommt. Und weil Gunnar für uns als Anführer wichtig ist, haben wir uns für ihn entschieden.«

Zustimmende Rufe von Sven, Ulf und den anderen dröhnen Yrsa in den Ohren. Kann das wahr sein? Ihr wird beinahe schwindlig bei dem Gedanken.

»Aber wenn du mit ihnen verhandelst und Beute anbietest«, sagt sie, »könnt ihr Gunnar auslösen. Wir tauschen die Äbtissin gegen Leif. Da werden sie nicht nein sagen.«

»Die Zeit arbeitet gegen uns. Die Franken fordern viel mehr, als wir dabeihaben. Der größte Teil der Beute ist nicht hier.«

Das darf nicht wahr sein, denkt Yrsa. »Hast du schon einmal solche Verhandlungen geführt?«

»Gunnar hat mich nie miteinbezogen.«

»Was ist mit Harald?«

»Harald ist nicht hier. Und ich habe jetzt das Sagen. Harald würde auch wollen, dass wir Gunnar befreien.«

»Ich will, dass wir beide befreien.«

»Bist du bescheuert, Frau? Er hat gerade erklärt, dass das nicht geht«, sagt Sven.

Yrsa beachtet ihn nicht, starrt Angantýr an. »Lass es uns wenigstens versuchen«, sagt sie.

Angantýr schüttelt den Kopf. »Ich übernehme ab hier. Ich werde ihnen die Äbtissin anbieten.«

»Was hat Leif dir angetan?«

»Darum geht es nicht. Wir haben das so entschieden. Finde dich damit ab. Wir sind in der Überzahl.«

Sven, Ulf und zwei andere nähern sich der Hütte. Yrsas Atem geht schnell. Ihr Wunsch, Sven mit der Axt zu verletzen, ist übermächtig. Aber das bringt sie nicht weiter.

»Lass sie nicht durch die Türe, Gunhild«, sagt Yrsa. Sie weicht langsam zurück in Richtung der Hütte, um Gunhild zu unterstützen.

»Gunhild, du bekommst mehr Silber, als Gunnar dir versprochen hat. Wenn wir die Äbtissin anbieten, können wir unsere Beute sparen. Es bleibt mehr für alle. Und dir gebe ich etwas zusätzlich, wenn du jetzt zur Seite trittst«, sagt Angantýr.

»Tu es nicht, Gunhild«, sagt Yrsa.

»Ich kann nicht mehr«, sagt Gunhild. »Ich kann so etwas wie im Kerker der Franken nicht noch einmal durchmachen. Das war meine letzte Reise, ich brauche das Silber, Yrsa. Wenn ihr mir einen großzügigen Anteil garantiert, helfe ich euch, Angantýr.«

»Du bekommst dein Silber«, sagt Angantýr. »Mehr als versprochen. Wenn Gunnar frei ist, kehren wir zu den anderen zurück.«

»Tut mir leid, Yrsa«, sagt Gunhild und legt ihre Waffen auf den Boden.

Yrsa möchte sich auf Sven stürzen, auf Angantýr stürzen, aber es bringt nichts. Eigentlich versteht sie Gunhild, aber auch das hilft im Moment nichts.

»Die Waffen, Yrsa«, sagt Angantýr.

»Warum? Traust du mir nicht? Was kann ich schon gegen euch ausrichten?«

»Also die Waffen.« Angantýr streckt die Hände aus.

Sie beißt so heftig auf die Zähne, dass es ihr vorkommt, als könnten alle das Knirschen hören. Dann gibt sie ihm die Kampfaxt und den Bogen.

»Das Messer auch.«

Er packt sie am Arm und bindet ein Seil um ihre Handgelenke.

»Was soll das?«, sagt sie. »Habt ihr Angst vor mir?«

»Wir wollen nicht, dass du uns abhandenkommst.«

Das Seil bindet Angantýr um einen Baum neben der Hütte. Yrsa setzt sich auf den Boden, bewegt die Finger, damit sie nicht einschlafen. Das Seil scheuert an ihren Handgelenken, sie lehnt sich gegen die Rinde. Ihre Gedanken rasen, sie muss einen Ausweg finden. Sie traut Angantýr nicht. Er tuschelt mit Sven, die beiden scheinen sich zuerst nicht einig. Schließlich verschwindet Sven.

Yrsa kämpft gegen den Schlaf, will beobachten, was vor sich geht. Manchmal kippt ihr Kopf kurz nach vorne, aber sie richtet sich gleich wieder auf. Zwei Männer halten Wache. Angantýr hat sich nahe der Hütte auf den Boden gelegt. Gunhild ist eingenickt, sitzt noch immer neben der Hüttentüre.

Als es schon eine ganze Weile hell ist, kommt Sven wieder. Angantýr steht langsam auf, streckt sich und zieht Sven zur Seite. Wieder flüstern die beiden.

Dann sagt Angantýr: »Gut, wir brechen auf. Gunhild, hol die Äbtissin aus der Hütte.«

Die Äbtissin erschrickt, als sie die Männer sieht. Yrsa wünscht, sie würde ihre Sprache sprechen.

»Du wartest hier, Yrsa«, sagt Angantýr. »Wir kommen dich nach dem Austausch holen.« Sie gibt keine Antwort, hofft, dass Roar vielleicht irgendwann auftaucht. Oder Edda. Sie beide wissen von der Hütte.

Als alle zum Aufbruch bereit sind, sagt Gunhild: »Es tut mir leid, Yrsa, sag das auch Avidh, dass es mir leidtut.« Sie schaut auf den Boden.

»Avidh? Warum Avidh?«, sagt Angantýr. Sein Blick verändert sich.

Gunhild beißt sich auf die Lippe.

»Wo ist Avidh?«, sagt Angantýr und kommt nahe an Yrsas Gesicht.

»Ich weiß es nicht«, antwortet sie. »Du hast gesagt, er sei tot.«

»Warum spricht Gunhild dann so von ihm, als hättet ihr ihn kürzlich gesehen?«

»Ich habe keine Ahnung«, sagt Yrsa.

»Bindet Yrsa los«, sagt Angantýr zu Ulf. »Wir nehmen sie mit.«

Kapitel 55

Es ist ein gleichmäßiges Schlagen, Metall auf Holz, und Avidh weiß, dass das Geräusch nichts Gutes verheißt. Es kommt von unterhalb des Palastes, schallt den Hügel hinauf. Er hat eine schreckliche Ahnung, was sie da gerade bauen. Es ist Morgen, er geht auf und ab im Innenhof, im Säulengang, neben dem Säulengang, zwischen Gruppen von Menschen, die dort stehen und sich unterhalten. Zum wiederholten Male schnappt er Worte auf. Sie dröhnen ihm in den Ohren. »Sie bauen den Galgen«, sagt eine Magd mit Haube und Korb im Vorbeigehen zu zwei Dienern. Das Gleiche hat vorhin ein teuer gekleideter Mann zu seinen beiden Begleitern gesagt. Avidh hat noch genau einen Tag, um zu verhindern, dass Leif stirbt. Wo bleibt Yrsa? Wo der Austausch? Sie sollten längst hier sein. Er hat kaum geschlafen.

Als er heute früh durch die Gänge gestreift ist, hat er jenen Kundschafter wiedergesehen, dessen Begleiter ihn im Palast angegriffen hat. Der Kundschafter hat sich angeregt mit Hartbert unterhalten. Avidh konnte sich nicht nähern, ohne aufzufallen. Deshalb weiß er nicht, worüber die beiden debattiert haben. Aber das schlechte Gefühl, das ihn schon gestern plagte, ist nicht verschwunden.

Plötzlich kommt Unruhe auf. Ein geschlossener Wagen fährt vor, hält bei den Türen an, die ins Verlies führen. Ist das vielleicht der erste Teil des Austauschs? Wird jetzt doch alles gut? Wie letztes Mal nähert sich Avidh aus Norden über den Säulengang. Die Türe des Wagens steht offen, er ist leer. Vielleicht bringen sie Leif und Gunnar jetzt weg, um sie irgendwo an einem geheimen Ort auszutauschen. Kurz keimt Hoffnung in ihm auf. Doch er hat Yrsa nicht gesehen. Sie hätte mit dem wertvollen Kreuz, das die Äbtissin um den Hals trägt, hier auftauchen sollen, um den Austausch anzubieten. Kann es sein, dass er sie verpasst hat? Aber er war die ganze Zeit hier.

Eine der Türen zum Verlies öffnet sich. Zwei Wachen treten ins Freie. Eine von ihnen zieht an einer Kette. Und dann tritt tatsächlich Gunnar aus der Türe, er blinzelt in dem hellen Licht. Avidh hält sich im Hintergrund. Gunnar steigt in den Wagen. Die Türe wird hinter ihm geschlossen. Doch wo ist Leif? Sie wollten die Äbtissin gegen Leif und Gunnar austauschen, gegen beide, aber zuallererst gegen Leif. Wo ist er? Ist ihm im Verlies etwas zugestoßen? Der Wagen rumpelt über den Innenhof, das Tor wird geöffnet, und er verschwindet nach draußen.

Was jetzt? Avidh beschließt zu warten, ob ein zweiter Wagen kommt. Aber warum hätten sie Gunnar und Leif nicht im selben Wagen mitgenommen? Er wartet, bemüht sich, nicht hektisch auf und ab zu laufen. Das Tor wird wieder geschlossen. Es kommt kein zweiter Wagen. Etwas ist schiefgegangen. Er hat es geahnt. Die Hilflosigkeit ist das Schlimmste, lässt das Blut in ihm kochen. Die Dämonen in seinem Innern zeigen ihre hässlichen Fratzen. Er will nach oben stürmen, das Schwert aus seinem Zimmer holen und alle Wachen damit durchbohren.

Kurz darauf sitzt Avidh auf seinem Bett, den Kopf in die Hände gestützt, und versucht nachzudenken. Er muss seine Ruhe wiederfinden, sonst kommt ihm kein Einfall. Etwas muss bei dem Austausch schiefgelaufen sein. Oder die Franken haben sich nicht an die Abmachung gehalten. Haben sie Yrsa versprochen, sie würden beide auslösen, und es nicht getan? Angantýr wird sich nicht eingemischt haben. Er will seinen Bruder tot sehen. Avidh versteht nicht, was geschieht. Oder steckt womöglich Signe dahinter? Will sie Leif schaden? Auch Leif war in ihrer Gruppe am Tag der gescheiterten Entführung des Procurator. Kann es sein, dass Signe es auf ihn abgesehen hat? Aber warum?

Avidh rennt aus dem Zimmer. Er muss Signe finden. Nur wo? Er weiß nicht, wo Louis sein privates Quartier hat, vielleicht im Südflügel, ein bisschen abseits.

Kurz darauf entdeckt er Signe im Innenhof. Sie unterhält sich gerade mit einer Dienerin. Zeit zum Warten hat er keine mehr. Er nimmt Signes Arm, sagt zu der Dienerin: »Bitte entschuldigt, ich muss mit meiner Schwester sprechen«, und zieht Signe mit sich.

»Avidh, was soll das?« Sie schaut ihn verwirrt an.

»Komm sofort mit auf mein Zimmer, ich muss dringend etwas wissen.«

»Setz dich«, sagt er, als er die Türe geschlossen hat, und zeigt auf den Sessel. Er ist viel zu unruhig, um zu sitzen, stellt sich ans Fenster. Im gleichen Moment fährt ein Wagen in den Innenhof. Avidh sieht Himiltrud und die anderen Schwestern, wie sie auf den Wagen zueilen. Die Äbtissin steigt aus. Er flucht laut.

»Avidh, was ist los?«

»Hast du es auf Leif abgesehen? Und lüg mich nicht an.« Er verschränkt die Arme vor der Brust, lehnt sich gegen die Wand, zwingt sich zur Ruhe.

»Nein!« Sie schüttelt heftig den Kopf. »Auf keinen Fall. Wie kommst du darauf?«

»Hast du mitbekommen, dass die Äbtissin entführt wurde?«

»Natürlich, alle im Palast haben davon gesprochen.«

»Und weißt du, ob ein Austausch stattgefunden hat?« Avidh

wirft einen kurzen Blick in den Hof. Der Wagen fährt wieder davon.

»Nein, ich habe versucht herauszufinden, was geschieht, aber du hast mich unterbrochen. Ich habe Hartbert noch nicht gefunden.«

»Warum Hartbert?«

»Er hat den Austausch für seinen Vater verhandelt.«

Avidhs Gedanken rasen. Ausgerechnet Hartbert. Aber Hartbert kann keine Verbindung zwischen ihm und Leif herstellen. Er beschließt, Signe vorerst nicht zu verraten, dass er weiß, wer ausgetauscht wurde. Falls sie hinter Leif her ist, wird er sie hier in diesem Sessel umbringen.

»Warum Leif, Signe?« Er bemüht sich um einen nüchternen Tonfall. Wenn er sie in die Enge treibt, wird sie mehr Lügengeschichten erfinden.

»Avidh, ich weiß, du vertraust mir nicht, aber bitte glaube mir, ich will auf keinen Fall, dass Leif etwas geschieht. Ich habe Leif immer gemocht.«

»Wenn du willst, dass ich dir überhaupt ein einziges Wort glaube, erzählst du mir jetzt sofort, warum du uns verraten hast. Auf wen du es abgesehen hast. Nur dann kann ich dieser Aussage vielleicht glauben.«

Signe starrt ins Leere und seufzt. »Ich habe ihr versprochen, dass ich sie räche …«, sie unterdrückt ein Schluchzen, »… und dieses Versprechen gebrochen.« Sie legt kurz die Hand auf den Mund und sagt dann mit bebender Stimme: »Die Götter haben mich dafür schrecklich gestraft.«

»Wem hast du was versprochen?«

»Meiner Schwester. Ich will versuchen, es dir zu erklären.«

Kapitel 56

Im Frühjahr 831, dreieinhalb Jahre zuvor, in der Stadt Ribe

Signe zieht die Beine noch enger an den Körper, die Decke bis zur Nasenspitze. Aber das Zittern hört nicht auf. Ihr ist so schrecklich kalt, hier ganz allein. Sie öffnet die Augen, durch die Ritzen fällt kaum Licht, draußen ist es vermutlich Nacht. Es ist still in ihrem kleinen Haus. Die Flammen in der Feuerstelle sind längst erloschen. Ihre Kehle ist ausgetrocknet. Sie weiß nicht, wann sie zuletzt gegessen oder getrunken hat. Ihr Magen meldet sich manchmal noch, aber sie beachtet es nicht, wenn er vor Hunger schmerzt. Sie liegt hier schon lange. Wenn sie den Kopf zu schnell dreht, wird ihr schwindlig.

Sie drückt ihre Nase in sein Hemd und ist erleichtert. Es riecht noch immer nach ihm. Sie fürchtet sich so sehr vor dem Moment, wenn auch sein Duft ihr Haus verlässt. Aber sie hat Vorkehrungen getroffen, hat die Türe nicht mehr geöffnet, hat die Luke zugestopft. Nur den Rauchabzug im Dach konnte sie nicht verschließen. »Eric«, flüstert sie, »ich rieche dich, du bist noch immer bei mir.«

Sie presst das Hemd noch stärker gegen ihren Körper, damit das Zittern aufhört. Doch dabei spüren ihre Finger den Riss im Stoff. Diesen Riss dürfte es nicht geben. Dort hat der Speer Erics

Brust durchbohrt. Signe schließt die Augen, hofft, dass der Schlaf kommt. Manchmal sieht sie Eric im Traum, wie so oft mit einem Lachen im Gesicht und ohne Speerwunde. Dann nimmt er sie in den Arm. Seit ihre Kehle immer trockener wird, hat sie ihn häufiger im Traum gesehen. Und sie hört auch seine Stimme. »Eric, ich liebe dich so sehr«, murmelt sie ihm dann ins Ohr. »Bitte verlasse mich nicht.«

Das hat sie schon einmal jemandem ins Ohr gemurmelt, den sie sehr geliebt hat. Und es hat auch damals nicht genützt. Bald vier Winter ist das her, und wie sie jetzt hier liegt, fühlt es sich an, als wäre es auch erst kürzlich gewesen. »Tove, es tut mir so leid.« Seit Eric nicht mehr hier ist, verfolgen sie die Bilder von jenem furchtbaren Tag und Toves Tod wieder häufiger. Signe presst die Augen zu, wünscht sich den Schlaf so sehr.

Plötzlich schreckt sie auf. Da ist eine Stimme. Sie reißt die Augen auf, aber es ist noch immer dunkel. Ihr ist noch schwindliger. Sie sieht niemanden, aber da ist eine Frauenstimme, die sie nicht kennt. Die Geister huschen durchs Haus, sie hat die Elfen vernachlässigt. Sollen sie ihre Vorräte nur stehlen. »Ist mir egal«, murmelt sie. »Aber rührt seine Sachen nicht an.«

Dann spricht die Stimme zu ihr. Sie dröhnt durch das ganze Haus: »Du hast dein Verspechen gebrochen.«

Signe zuckt zusammen.

»Ich weiß, bitte, seid gnädig mit mir. Ich habe es nicht vergessen. Ich …« Sie schluchzt. »Er hat es mir ausgeredet.«

Als sie das nächste Mal aufwacht, ist es hell. Signe nimmt all ihre Kraft zusammen, setzt sich auf den Rand der Bettstatt, schafft es irgendwann aufzustehen, Wasser zu trinken, ein Stück ausgetrocknetes Fladenbrot herunterzuwürgen, die zerzausten Haare zu glätten. Ganz kurz nur öffnet sie die Türe einen Spalt, zwängt sich nach draußen, damit kaum Luft entweicht, und schleppt sich zur Seherin.

»Deine Schwester wird erst ruhen, wenn du dein Versprechen erfüllst«, sagt die alte Frau, nachdem sie mit den Geistern gesprochen hat. »Sonst passiert noch mehr Schreckliches. Eric war nur der Anfang.«

Kapitel 57

»Was ist deiner Schwester passiert, Signe?«, fragt Avidh. Er lehnt gegen einen der Holzpfosten an seinem Bett. Signe sitzt noch immer im Sessel, regungslos, die Miene erstarrt.

»Unser Hof an der westfriesischen Küste wurde überfallen. Nicht weit von uns war ein Kloster und um das Kloster ein kleines Dorf. Ich war siebzehn und bin an jenem Morgen sehr früh weit ausgeritten. Ausgerechnet. Meine Schwester war schon auf, kam nach draußen, sagte: »Pass auf dich auf«, das tat sie sonst nie. Aber ich habe das Zeichen der Götter nicht verstanden.« Signe holt tief Luft, es klingt wie ein Schluchzer. »Als ich am Nachmittag zurückkehrte, war es schrecklich still, viel zu still für diese Tageszeit. Nur die Wellen sind, als wäre es ein Tag wie jeder andere, gegen das Ufer geschwappt.«

»Wer hat euch überfallen?«

»Wikinger.«

Avidh flucht.

»Sie haben unsere Pferde gestohlen. Mein Vater war auf Reisen, aber der Verwalter und meine Schwester verteidigten den Hof. Meine Schwester war keine Kämpferin, sie hatte nicht einmal ein Schwert, und die Angreifer waren in der Überzahl. Der Hofverwalter starb im Kampf. Meine Schwester lebte noch, als ich zurückkam.« Signes Stimme bricht, sie schaut auf den Boden, nimmt einen zittrigen Atemzug. Dann fährt sie fort: »Sie hatte sich ins Haus zurückgeschleppt, lag auf ihrem Bett, blutverschmiert, und … erzählte mir alles. Zwei Männer hatten ihr Gewalt angetan und sie dabei schwer verletzt. Sie blutete auch im Innern und starb am nächsten Tag.«

Avidh schüttelt den Kopf. Er hatte immer gespürt, dass Signe etwas Schreckliches zugestoßen war. Wenn er nur gewusst hätte, was geschehen war …

Signe schaut durch ihn hindurch, als sie weiterspricht. »Bevor sie starb, beschwor meine Schwester mich: ›Du musst diese Männer finden, musst sie leiden lassen.‹ Ich war so verzweifelt, schluchzte: ›Wie soll ich diese Männer jemals finden?‹ Aber sie war ganz bestimmt. Ich musste es ihr versprechen. Sie wusste, woher die Gruppe stammte. Der Sohn des Anführers hatte im Sommer zuvor Pferde bei uns gekauft.«

»Woher kam die Gruppe?« Avidh verschränkt die Arme, er ahnt, was sie antworten wird.

»Aus Haithabu. Was meiner Schwester passiert ist, war viel schlimmer, als wenn ein Pfeil sie durchbohrt hätte.«

»Ja. Ein Mann mit Ehre tut so etwas nicht.«

Sie wischt sich über die Augen. »Dir glaube ich das. Aber nicht alle Männer sind gleich, Avidh. Manche haben keine Ehre.«

Er nickt. »Was hast du dann gemacht?«

»Mein Vater starb einen Winter nach dem Überfall, es hat ihm«, sie seufzt, »das Herz gebrochen. Ich bin in den Norden über das Meer, wollte Kämpferin werden, um meine Schwester zu rächen. Dabei habe ich Eric kennengelernt. Er hat mir alles beigebracht. So viel Schreckliches war geschehen, aber mit ihm war alles plötzlich leichter. Doch als Eric gestorben ist, war ich so traurig, dass mir manchmal fast die Luft zum Atmen gefehlt hat.«

»Es tut mir sehr leid, Signe, was dir geschehen ist, was deiner

Schwester geschehen ist. Ich habe das an jenem Tag bei Frida gespürt, als wir das erste Mal miteinander gesprochen haben, diese Traurigkeit in dir.« Avidh schüttelt den Kopf. Sein Zorn ist verrauscht, im Moment fühlt er nur Schmerz und Mitgefühl. »Ich wünschte, du hättest mir damals davon erzählt.«

Sie presst sich die Hand vor den Mund. »Es tut mir auch so leid, Avidh. Wenn du mir nur etwas glaubst, dann dass ich dir niemals wehtun wollte.«

»Aber du hast es in Kauf genommen. Warum hat es keinen anderen Weg gegeben? Sprich weiter.« Er setzt sich auf die Bettkante, die Ellbogen auf die Knie gestützt.

»Alles hat mit dem Überfall und den beiden Männern begonnen. Als ich nach Erics Tod zu der Seherin gegangen bin, hat sie gesagt: ›Nur wenn du deine Rache endlich in Angriff nimmst, wird nicht noch mehr Schreckliches geschehen.‹ Die Rache müsse besonders grausam sein, denn die Götter hätten mich gestraft, weil ich sie hinausgezögert hatte.« Signe kaut auf ihrer Lippe. »Ich … ich wollte niemals, dass Eric etwas zustößt.«

Sie knetet ihre Finger, dann fährt sie mit festerer Stimme fort: »Ich bin nach Haithabu gereist und habe mich Valìs Gruppe angeschlossen, habe ihm viele Fragen gestellt. Aber er ist mir meist ausgewichen. Seine Gemeinschaft gab es damals sowieso noch nicht, als unser Hof überfallen wurde. Valì hat mir aber von Gunnar und Gunnars Vater erzählt. Deshalb bin ich dann einen Sommer später zu euch gekommen.« Sie hebt den Blick, schaut Avidh an. »Ich hatte nicht geplant, was mit dir und mir geschehen ist. Ich habe mich wirklich in dich verliebt. Irgendetwas an dir hat mich an Eric erinnert. Schon bevor wir uns nähergekommen sind, war ich sicher, dass du damals nicht dabei warst. Du bist viel zu jung. Es waren Männer, keine Jugendlichen.«

»Signe …« Avidh fährt sich mit der Hand über das Gesicht. »Ich wünschte, ich hätte das alles verhindern können. Wie willst du noch herausfinden, wer die beiden Angreifer waren?«

»Einer der Männer hat den anderen gerufen. Deshalb wusste meine Schwester einen Namen.«

»Wer?«

»Fólki.«

»Verflucht. Er war letzten Sommer also kein zufälliges Opfer. Und der zweite?«

»Den zweiten Mann konnte meine Schwester beschreiben, aber sie hatte keinen Namen. Er hatte eine besondere Zeichnung auf der Haut, an der Leiste. Man sieht es nicht, wenn er Hosen trägt. Eine nackte Frau, die von einem Schwert durchbohrt wird. Und er hatte gefeilte Zähne, rote Haare. Ich habe ihn bisher nicht gefunden. Es gab letzten Sommer keinen Mann, auf den die Beschreibung gepasst hätte.«

»Es sind nicht jeden Sommer die gleichen Kämpfer dabei«, sagt Avidh. Aber ich kenne jemanden, auf den die Beschreibung sehr gut passt, denkt er. »Wenn du nicht weißt, wer der zweite Mann war, wer sollte dann diesen Sommer sterben?«

Sie kneift die Augen zusammen. »Der Mann, der alles hätte verhindern sollen.«

»Ich verstehe nicht. Wer?«

»Der Anführer der Gruppe.«

Avidh schnaubt. »Wann war der Überfall auf euren Hof?«

»Vor sieben Wintern.«

»Das war Gunnars erster Raubzug als Anführer. Sein Vater war im Winter zuvor gestorben.«

»Er hätte seine Männer unter Kontrolle haben müssen.«

»Ja, das hätte er. Aber du weißt, wie es zugeht bei diesen Überfällen. Es ist unmöglich, überall gleichzeitig zu sein und zu beobachten, was jeder macht. Vor allem wenn du als junger Anführer eine bestehende Gruppe übernimmst. Warum hast du dich nicht einzeln an den beiden Männern gerächt? Warum mussten alle darunter leiden?«

Sie legt die Hand vor die Augen. »Ich habe lange darüber nachgedacht. Weil so viel Schreckliches geschehen ist, musste auch die Rache furchtbar sein, das hat die Seherin nach Erics Tod gesagt.«

»Du wolltest die ganze Gruppe zerstören?«

»Nein.«

»Aber du hast in Kauf genommen, dass Unschuldige sterben.«

»Ja. Das lässt sich nicht immer vermeiden, das weißt du. Es lässt sich auch bei den Überfällen nicht immer vermeiden. Und meine Schwester war auch unschuldig.«

Avidh nickt und seufzt. Es ging die ganze Zeit um Rache. Er wollte sich auch immer rächen an Signe. Und jetzt weiß er nicht mehr, was er denken soll. »Fühlst du dich nun besser? Hast du dich jemals besser gefühlt seit letztem Sommer?«

Signes Lippen zittern wieder. Sie schaut ihn an, zuerst trotzig, dann ist ihr Ausdruck plötzlich sehr verletzlich, und sie schüttelt langsam den Kopf.

Avidh bläst laut die Luft aus. »Ich wünschte, du hättest mir all das erzählt. Früher. Rechtzeitig. Warum hast du mir nicht vertraut?«

»Du hättest es mir ausgeredet.«

»Ja. Ich hätte nach einem anderen Weg gesucht.«

»Eric hat das Gleiche getan. Ich habe auf ihn gehört, die Rache zurückgestellt. Und was ist geschehen? Die Götter haben ihn mir genommen.«

»Die Götter hatten diesen Weg vielleicht sowieso für ihn vorgezeichnet.«

»Du hättest mir nicht geglaubt.«

Er schließt kurz die Augen, schüttelt den Kopf. »Ich glaube dir jetzt. Warum hast du mir nicht vertraut? So viel Leid hätte verhindert werden können.«

»Ich musste sie rächen. Es war ein Fehler, so lange zu warten. Vielleicht wäre dir auch etwas Schreckliches geschehen, so wie Eric.«

»Signe, ist dir klar, was du da sagst?«

Sie seufzt. »Immerhin bist du am Leben. Und du hättest Gunnar niemals verraten. Du bist viel zu ehrenhaft, zu loyal.« Sie holt tief Luft. »Ich liebe das an dir. Aber es hat mir unmöglich gemacht, mit dir darüber zu sprechen. Ich war mehrmals kurz davor.«

»Warum hast du mir jetzt alles so lange verheimlicht?«

»Ich wollte nicht, dass du etwas erfährst, bevor meine Rache abgeschlossen ist. Du hättest versucht, es zu verhindern, deshalb musste ich dich im Dunkeln lassen. Auch wenn mir das erst recht unmöglich gemacht hat, dein Vertrauen zurückzugewinnen.«

»Und Leif?«

»Leif ist wie du viel zu jung. Ich wusste immer, dass ihr beiden nichts damit zu tun hattet. Glaub mir, ich möchte nicht, dass Leif stirbt!«

Avidh nickt. »Ich weiß nicht, was ich sagen soll. Es ist schrecklich, was dir geschehen ist. Trotzdem ist es falsch, was du getan hast. Verrat ist nicht ehrenhaft.«

»Frauen Gewalt anzutun ist auch nicht ehrenhaft. Ich …« Ihre Stimme bricht, und sie schweigt einen Moment. »Ich habe jetzt verstanden, dass du mir nicht mehr vertrauen kannst. Was geschehen ist, kann ich nicht wiedergutmachen. Das ist der Preis für meine Rache, den ich zahle.«

Avidh schaut sie an. »Wiedergutmachen kannst du es nicht. Aber du kannst mir helfen, Leif aus dem Verlies zu holen.«

»Wie willst du das schaffen? Das ist unmöglich. Aber ich helfe dir zu fliehen.«

»Nein. Ich verlasse den Palast nicht ohne ihn.«

»Oh Avidh, deine Loyalität wird dich eines Tages noch das Leben kosten.« Sie wischt sich über die Augen.

»Schon möglich. Aber nicht heute. Hilfst du mir oder nicht?«

»Ich weiß nicht. Louis darf das nicht merken.«

»Wenn du mir hilfst, Leif zu befreien, sage ich dir, auf wen deine Beschreibung des zweiten Mannes passt. Das beweist nicht, dass er es war. Aber das kannst du mit ihm selbst klären. Und du lässt Gunnar dafür in Ruhe, es war nicht seine Schuld.«

»Was? Du kennst jemanden? Bei euch in der Gruppe? Das hat mir Angantýr nicht verraten.«

»Er hielt es wohl nicht für nötig. Es war ihm wichtiger, dass du Gunnar hasst.«

»Ich helfe dir nicht dabei, Gunnar zu befreien.«

»Gunnar ist schon frei.«

»Was?!«

»Angantýr hat ihn freigepresst.«

»Jetzt verstehe ich nicht mehr, was geschieht.«

»Ich auch nicht. Aber wir müssen es herausfinden.«

Sie steht auf. »Abgemacht. Ich helfe dir. Aber wie?«

»Ich sage dir, was du tun musst.«

Himiltruds Kammer ist zu klein, um darin auf und ab zu gehen. Stillsitzen kann Avidh trotzdem nicht. Er steht in der Ecke neben dem Türrahmen, lauscht nach draußen und zwingt sich zur Ruhe. Es war nicht allzu schwierig, Himiltrud um Hilfe zu bitten. Er schmunzelt kurz beim Gedanken, dass Frida ihm im Frankenland eine Doppelgängerin geschickt hat. Er ist überzeugt, dass Frida irgendwie ihre Hände im Spiel hat. Aber eigentlich ist ihm nicht zum Schmunzeln zumute. Was macht er, wenn Himiltrud zurückkommt und Leif im Verlies nicht gefunden hat? Es bleiben ihm nur noch der Abend und die Nacht, um ihn zu retten. Und es lässt ihm keine Ruhe, was bei dem Austausch schiefgelaufen sein könnte. Was ist mit Yrsa? Er sorgt sich um sie. Was, wenn sie in Schwierigkeiten steckt und auch seine Hilfe braucht? Er hofft, dass Signe bei Hartbert noch mehr über den Austausch herausfindet.

Avidh legt beide Hände fest um den Knauf seines Schwerts und schließt die Augen. Seine Handflächen, seine Finger, seine Unterarme kribbeln, der Eiswind durchströmt ihn. Wenigstens hat er sein Schwert wieder. Es war ein unglaublicher Moment, als Himiltrud es unter dem Bett hervorzog und er das Tuch zurückschlug, in dem es eingewickelt war. Zwischenzeitlich hatte er gefürchtet, das Schwert wäre verloren und sein Leben in noch größerer Gefahr. Er ist Signe dankbar, dass sie die wertvolle Waffe für ihn verborgen hat. Bis heute Abend wird er das Schwert in dem Raum mit der Falltür verstecken.

Endlich dringt Himiltruds Stimme durch die Türe. »Schiebt den Riegel zurück«, sagt sie leise. Sie schlüpft ins Zimmer und nickt ihm zu. »Ich habe einen Mann gefunden, auf den Eure Beschreibung passt.«

Avidh holt tief Luft. Er würde sie am liebsten umarmen. Wenigstens etwas Anspannung löst sich. »Die Wachen haben Euch durchgelassen?«

»Natürlich. Einen der beiden habe ich kürzlich gesund gepflegt. Ich habe versucht, Eurem Freund den Satz in Eurer Sprache zu sagen, den Ihr mir beigebracht habt. Er hat mich angelächelt.«

»Ich weiß nicht, wie ich Euch danken kann.«

»Nichts zu danken. Es war aufregend. Was soll mir schon passieren?«

Sein Herz schlägt schneller, als er die nächste Frage stellt: »Wie geht es ihm?«

»Er ist schwach, aber nicht schwer verletzt. Ich werde ihm jetzt etwas zu essen bringen.«

»Wirklich?«

»Auf jeden Fall. Das geht so nicht. Ich habe den Wachen gesagt, Gott wünscht, dass wir unsere Nächsten gut behandeln. Sie haben gesagt, das gilt nicht für dreckige Wikinger. So sind sie halt.« Sie schüttelt den Kopf. »Aber jetzt haben wir noch ein Problem. Ihr und ich.«

»Was ist los?«

»Ihr habt gesagt, er ist Euer bester Freund, Eure Familie. Deshalb weiß ich, dass Ihr versuchen werdet, ihn zu befreien.«

Eine böse Ahnung beschleicht Avidh. Hat er Himiltrud falsch eingeschätzt?

»Ich will nicht, dass den Wachen etwas geschieht«, sagt Himiltrud. »Ich habe ja schon betont, dass ich es nicht mag, wenn meine Arbeit umsonst war.«

»Ihr findet, ich sollte zuschauen, wie er stirbt?«

»Auf keinen Fall.«

»Ich verstehe nicht.«

»Schlaft Ihr gut?«

»Nein. Warum?«

Himiltrud geht zu einer kleinen Truhe in der Ecke, öffnet sie und zeigt auf ein braunes Fläschchen. »Das gebe ich Menschen, die nicht schlafen können. Und seht Ihr diese Pergamentrolle dort auf meinem Tisch? Ich werde mich jetzt hinsetzen und darin lesen. Ich werde nicht bemerken, dass Ihr das Fläschchen herausnehmt. Es ist fast leer. Aber was noch drin ist, reicht für zweimal schlafen. Wenn Ihr das Mittel entgegen meiner Empfehlung nicht für Euch selbst verwendet, dann müsstet Ihr, wenn die Kirchenglocke zum Abendgebet schlägt, die Magd abpassen, die ein Tablett unten an die Verbindungstüre zum Verlies stellt. Darauf ist die Abendverpflegung für die beiden Wachen mit zwei Bechern. Die Gefangenen bekommen nichts.«

»Ich weiß nicht, wie ich Euch für alles danken soll!«

Sie nimmt seine Hände und drückt sie. »Haltet euch an meine Wünsche. Und seid vorsichtig. Gott sei mit euch.«

Als Avidh zu ihrem Treffpunkt beim Säulengang kommt, wartet Signe bereits auf ihn und zieht ihn in eine Nische etwas abseits.

»Hat Hartbert geredet?«, fragt er.

Sie stöhnt. »Er wollte nicht mehr aufhören zu reden. Hat mir mehrmals versichert, wie gut er diese Verhandlungen hinbekommen habe. Dass die Äbtissin nur dank ihm so schnell freigekommen sei.«

»Mit wem hat er verhandelt?« Er hat nicht vor, Signe von Yrsa zu erzählen, aber er muss irgendwie herausfinden, was geschehen ist.

»Mit einem von Gunnars alten Kundschaftern. Angantýr hat ihn geschickt. Erst will er, dass Gunnar stirbt, jetzt presst er ihn frei. Verstehst du, warum er das tut?«

»Vielleicht hat er eingesehen, dass er unfähig ist als Anführer.«

»Ich weiß nicht. Hartbert hat noch etwas gesagt.« Sie runzelt die Stirn. »Es wird keinen weiteren Austausch mehr geben. Sie bestehen auf der Hinrichtung morgen.«

Avidh stockt ein Moment der Atem. Die Dämonen regen sich in ihm. Nein, er wird es verhindern, und wenn er jede einzelne Wache umbringen muss. »Hast du den Schlüssel?«

Sie nickt. »Ja. Louis war beschäftigt, er hat nicht auf mich geachtet.«

»Sehr gut. Gib ihn mir.«

»Warum? Ich helfe dir. Wir treffen uns kurz nach dem Abendgebet.«

»Gib ihn mir, wenn du den Namen willst.«

Sie rollt die Augen und greift in den Beutel an ihrem Gürtel. »Schön, wie du mir vertraust.« Sie drückt ihm den Schlüssel in die Hand.

»Danke.« Jetzt muss er noch überlegen, wie er Leif in seinem geschwächten Zustand aus dem Palast bringt.

Dann fällt sein Blick auf den Säulengang. Edda und eine Frau, die ihre Mutter sein könnte, sind dort. Edda überfliegt den Innenhof mit ihren Blicken, scheint nach ihm zu suchen. Er muss unbedingt mit ihr sprechen. Vielleicht weiß sie, was mit Yrsa ist.

»Ich leg mich jetzt noch etwas hin«, sagt er.

Signe schaut ihn etwas erstaunt an, doch Avidh verschwindet im Innern des Palastes, eilt den Gang entlang, zwingt sich, nicht zu rennen, und tritt weiter vorne im Schatten des Anbaus wieder auf den Säulengang. Edda hat ihn bemerkt, im Moment scheint sie sich aber nicht von ihrer Mutter absetzen zu können. Er geht den beiden entgegen, bleibt dann stehen, hofft, dass Signe ihn nicht sieht, und wartet, bis Edda und ihre Mutter an ihm vorbeikommen. Als ihre Mutter vorüber ist, hält Edda einen kurzen Moment inne und zischt: »Yrsa ist verschwunden. Roar wartet draußen am Ufer.«

Avidh flucht. Er lag nicht falsch mit seinen Befürchtungen. Ausgerechnet jetzt. Es bleibt ein halber Tag, um Yrsa zu finden, dann muss er zurück im Palast sein. Sonst stirbt Leif. Er wird Angantýr töten, falls er Yrsa etwas angetan hat.

Ich muss kurz nach draußen, sagt Avidh in Gedanken zu Leif, aber ich komme zurück, Bruder. Ich lasse dich nicht im Stich. Avidh eilt zu dem Raum mit den Pergamentrollen, versteckt den Schlüssel und Himiltruds Schlafmittel, bindet sich dann sein Schwert um den Körper. Weil es länger ist als das gestohlene, muss er aufpassen, damit nicht im Tunnel stecken zu bleiben. Aber er braucht den Schutz des Eistrolls.

Als er im Fluss aufgetaucht und ein Stück geschwommen ist, erkennt er Roar am Ufer. Er sitzt abseits des Hafens. Avidh hat ihm während der Entführung der Äbtissin erklärt, wo der Wassertunnel ungefähr endet. Obwohl er klatschnass ist, begrüßt Roar ihn mit einer kurzen Umarmung.

»Gut gemacht«, sagt Avidh, »ich wusste, dass du den Franken im Wald entkommst.« Er zieht Hemd und Hosen aus, wringt das Wasser aus, so gut es geht, und zieht sich wieder an. Die nassen Kleider kleben an seinem Körper, ein frischer Wind weht aus Norden und lässt ihn schaudern.

»Ich habe die halbe Nacht in einer Baumkrone gesessen«, sagt Roar.

Das Klopfen ist hier noch lauter. Holz auf Metall. Dort hinten bauen sie den Galgen. Es dröhnt Avidh in den Ohren. Mit jedem Schlag steigt die Unruhe in ihm. Er darf nicht zu lange hier draußen bleiben.

»Wo ist Yrsa?«

Roar schüttelt den Kopf. »Ich habe am Treffpunkt gewartet, aber sie ist nicht aufgetaucht. Ich bin dann zu der Hütte, dank Eddas Beschreibung habe ich sie gefunden. Dort war niemand mehr, aber deutliche Spuren. Etwas muss passiert sein. Es waren mindestens sechs Männer und ein durchschnittenes Seil, das um einen Baumstamm befestigt war. Seither ist Yrsa verschwunden.«

»Verfluchter Trollficker. Angantýr steckt dahinter. Er hat Gunnar ausgetauscht. Leif ist noch im Verlies.«

»Was?!«

»Wo ist das Lager?«

»Ich kann es dir zeigen. Aber was können wir zu zweit ausrichten?«

»Wir gehen nicht zu zweit.«

Kapitel 58

Die Sonne steht im Süden. Wenn sie in den Westen gezogen ist, muss Avidh zurück im Palast sein. Viel zu wenig Zeit, um Yrsa zu finden, um Leif zu retten. Avidh zwingt sich zur Ruhe, mit mäßigem Erfolg. Er sitzt auf den hölzernen Balken, die das Land von Yrsas Vater begrenzen, und wippt mit dem Bein. Roar lehnt am Eingangstor. Sie warten auf Edda oder vielmehr auf ihren Vater Thorstein. Wie lange dauert das noch? Irgendetwas sagt Avidh, dass die Suche nach Yrsa dringend ist. Was, wenn Angantýr sie auf einen der Sklavenmärkte verschleppt? Was, wenn die Gruppe bereits den Aufbruch vorbereitet? Oder, noch schlimmer, bereits abgereist ist? Jetzt, da Gunnar frei ist, hält die Männer eigentlich nichts mehr hier. Leif scheinen sie aufgegeben zu haben, ihn sowieso.

»Und du hast Edda eingeschärft, uns als Fremde anzukündigen, die mit ihm sprechen müssten?«

Roar nickt.

»Gut, ich will nicht, dass Edda unseretwegen Schwierigkeiten bekommt. Sie hat schon genug getan.«

Roar nickt wieder.

Dann endlich kommt Thorstein, Edda läuft zwei Schritte hinter ihm, wiegt den Kopf hin und her und schneidet entnervte Grimassen.

»Er scheint nicht begeistert«, sagt Avidh, steigt vom Zaun und stellt sich neben Roar. Thorstein zieht die linke Augenbraue in die Höhe, verschränkt die Arme und bleibt vor ihnen stehen.

»Entschuldigt die Störung«, sagt Avidh, »wir sind Freunde von Yrsa.«

»Ihn kenne ich«, sagt Thorstein und zeigt auf Roar. »Und wer seid Ihr?« Er mustert Avidh mit misstrauischem Blick.

»Mein Name ist Avidh, ich kämpfe mit Eurer Tochter«, sagt Avidh.

»Das kann jeder behaupten«, sagt Thorstein. Edda steht hinter ihm und rollt die Augen.

»Ja«, sagt Avidh, »da habt Ihr recht. Aber Yrsa ist verschwunden, und wir brauchen dringend Eure Hilfe.«

»Was hat sie getan? Und woher weiß ich, dass Ihr nicht Betrüger seid? Wollt Ihr Silber?«

Edda schüttelt heftig den Kopf, und bevor Avidh sie unterbrechen kann, murmelt sie: »Yrsa liebt ihn, du …«

»Warte, Edda«, sagt Avidh.

»Was wolltest du sagen, Edda?«, fragt Thorstein und dreht sich zu seiner Tochter um.

»Du musst ihm glauben. Etwas Schlimmes ist passiert.«

»Und woher weißt du davon? Warum kennt er deinen Namen?« Thorstein runzelt die Stirn.

»Wir haben ihr davon erzählt«, sagt Roar.

»Es ist dringend, sonst wären wir nicht hier«, sagt Avidh. »Ein Teil unserer Gruppe hat ein Lager hier ganz in der Nähe. Vermutlich halten sie Yrsa gefangen.« Zumindest hofft er das, denn wo er sie sonst bis heute Abend finden kann, weiß er nicht. »Wir können in dem Lager nicht zu zweit auftauchen.«

»Er liebt sie auch«, sagt Edda. »Und er ist verletzt, er braucht Hilfe.«

Thorstein dreht sich wieder zu ihr um, Avidh legt den Finger auf die Lippen.

»Wir brauchen Verstärkung«, sagt Avidh. »Yrsa hat mir erzählt, dass Ihr mit Valì Geschäfte macht. Wir brauchen Eure und seine Hilfe.«

Thorstein schaut ihm in die Augen. Avidh hält seinen Blick.

»Es ist wirklich eilig«, sagt Edda und nimmt die Hand ihres Vaters, lehnt sich gegen seinen Arm. »Bitte, du musst ihnen helfen.«

»Nun gut«, sagt Thorstein. »Ihr erklärt mir auf dem Weg, was los ist. Valì schuldet mir noch einen Gefallen. Und du«, sagt er zu Edda, »bleibst hier.«

»Nein, das kannst du nicht machen!«

»Ich gehe entweder allein oder gar nicht.«

Edda schaut Roar an, dann dreht sie sich wortlos um und rennt in Richtung des Langhauses.

Einige Zeit später betreten sie Valìs Zelt. Sein Lager liegt gut versteckt in der Nähe des Flusses. Valì sitzt auf einem mächtigen Bärenfell am Boden, spießt gebratene Fleischstücke auf sein Messer und schiebt sie sich in den Mund.

»Was für eine Ehre, so viel Besuch auf einmal«, sagt Valì, rammt das Messer aufrecht in das Fleischbrett und steht auf. »Was wollt ihr denn alle? Wir haben vorhin schon jemand erwischt, ist um unser Lager geschlichen.«

»Wen?« fragt Avidh.

»Das verrate ich dir nachher, schöner Krieger. Thorstein, bringst du mir Waffen?«

»Nein, Valì.«

»Schade«, sagt Valì, macht einen Schritt auf Avidh zu und mustert ihn: »Ein bisschen bleich heute. Hast du endlich verstanden, was gut für dich ist?«

»Auf jeden Fall«, sagt Avidh.

»Ich glaube, Leif und er fürchten die Aufnahmeprüfung, die alle bei mir machen müssen«, sagt Valì und grinst. »Dabei würden sie bestimmt bestehen.«

»Ich sehe, du hast gute Laune heute«, sagt Yrsas Vater. »Ich will den Gefallen, den du mir schuldest, einfordern.«

»Was für einen Gefallen?«, sagt Valì und wirbelt seine Axt zwischen den Fingern.

»Als ich deinen Arsch in der Schenke vor den fränkischen Soldaten gerettet habe«, sagt Thorstein.

»Jetzt erinnere ich mich. Ist schon lange her.« Valì setzt sich wieder auf das Fell und isst weiter. »Was ich verspreche, gilt«, sagt er mit vollem Mund. »Was braucht Ihr?«

»Verstärkung, jetzt«, sagt Avidh. Eigentlich mag er Valìs Art, hat ihn schon immer gemocht, im Moment kann ihm aber alles nicht schnell genug gehen.

»Klingt gut«, sagt Valì. »Wobei?«

»Yrsa ist verschwunden, und wir vermuten sie in Angantýrs Lager. Er hat sich gegen uns gewendet.«

»Yrsa, Tochter der Katla«, sagt Valì.

»Sie ist auch meine Tochter«, sagt Thorstein.

»Ach ja, Thorstein«, sagt Valì, »so etwas haben schon viele Männer gedacht. Ich habe gehört, Gunnar ist zurück.«

»Du? Von wem?«

»Machen nur Ärger, diese Brüder«, sagt Valì und steht wieder auf. »Ich wollte sowieso in euer Lager, ein Geschenk vorbeibringen.« Er steckt den Kopf zum Zelteingang hinaus und ruft. »Bringt sie her.« Dann winkt er alle nach draußen.

Zwei Krieger nähern sich. Avidh erkennt schon Weitem, wen sie an beiden Armen festhalten. Das hat ihm noch gefehlt. »Was machst du hier, Signe?«, sagt er.

»Du hast mir nicht verraten, dass du einen Weg aus dem Palast und wieder reingefunden hast, Avidh? Du bist plötzlich verschwunden, also musste ich dich suchen.«

Warum taucht sie jetzt hier auf? Sie hat ihm im Palast Hilfe versprochen bei Leifs Befreiung. Was, wenn ihr im Lager etwas zustößt? Avidh flucht innerlich. Aber er wird es im Palast auch allein schaffen. So ganz vertraut er Signes Versprechen sowieso nicht. Nur weiß er noch nicht, wie er Leif nach draußen bringt. Und wenn Signe hier etwas geschieht, wird er nie erfahren, was sie angeblich über seine Mutter herausgefunden hat.

»Sie ist um unsere Zelte geschlichen, hat gemeint, unser Lager wäre eures, also nehmen wir sie mit«, sagt Valì.

»Was willst du im Lager? Du wirst dort nicht willkommen sein«, sagt Avidh.

»Du hast mir einen Namen versprochen«, sagt Signe.

»Ja«, sagt Avidh. »Wenn Leif frei ist. Du kannst dort nicht einfach hineinspazieren. So ziemlich jeder dort möchte dich töten, aus verschiedenen Gründen.«

»Ihr könnt mir Schutz gewähren«, sagt sie.

»Warum sollten wir das tun?«, sagt Avidh.

»Ich kann alles bestätigen, was ihr gegen Angantýr vorbringt. Dir habe ich noch Informationen über deine Mutter versprochen. Und heute Abend brauchst du meine Hilfe im Palast.«

»Ach Signe, Schätzchen«, sagt Valì, »er will im Lager nach deiner Nachfolgerin suchen. Hast du das noch nicht verstanden?«

»Verflucht, Valì, nicht jetzt«, sagt Avidh.

»Ach Valì, Schätzchen«, sagt Signe. »Du solltest in dem Sommer, den ich bei euch war, verstanden haben, dass ich nicht naiv bin. Ich weiß, dass Avidh eine andere Frau liebt. Er ist selbst schuld. Und mir geht es jetzt um etwas anderes.«

Avidh stöhnt. »Aber du bleibst im Hintergrund, bis ich dir ein Zeichen gebe.«

Signe nickt. »Einverstanden.«

»Und halte dich dieses Mal an dein Versprechen«, sagt Avidh.

»Gut«, sagt Valì, »das Geschenk kommt mit.«

Kapitel 59

Die Sonne steht schon fast im Südwesten, als sie sich Angantýrs Lager nähern. Avidh läuft mit Roar voraus, Thorstein, Signe, Valì und rund zehn seiner Männer folgen ihnen. Farn streift um Avidhs Beine, seine Schuhe sind feucht, sie haben sumpfige Wiesen durchquert. Er wird sich nicht aus der Ruhe bringen lassen, er wird Yrsa finden und rechtzeitig in den Palast zurückkehren. Viel Zeit bleibt nicht mehr. Wenn die Sonne im Westen steht, muss er zurück sein.

Roar teilt die Äste einer massiven Eiche, und weiter vorne tauchen die Zelte auf. Bevor sie den Wachen nahe kommen, beraten sie im Schutz einiger Bäume kurz das weitere Vorgehen.

»Wir beobachten, was geschieht und wer da ist«, sagt Avidh und späht zwischen den Ästen nach vorne zu den Zelten. »Verteilt euch und haltet euch vorerst im Hintergrund«, sagt er leise zu Valì und seinen Männern.

Valì nickt. Der spielerische Ausdruck ist aus seinem Gesicht verschwunden. Im Kampf ist auf Valì Verlass. Das weiß Avidh. Als Valì noch bei Gunnar war, hatte er ihn immer gern an seiner Seite.

»Es ist seltsam, sich dem eigenen Lager anzuschleichen«, flüstert Roar.

»Ja«, sagt Avidh. »Aber irgendetwas ist faul dort, und wir müssen wissen, ob Gunnar hier ist. Er wird uns anhören, wird uns verraten, ob wir Yrsa hier finden.«

»Und wenn nicht?«, sagt Thorstein. Er steht hinter Valì, die Hand auf seiner Kampfaxt, der Gesichtsausdruck grimmig.

Avidh zieht die Luft scharf ein. »Dann müssen wir weitersuchen.« Und hoffen, dass die Zeit nicht zu schnell verrinnt.

»Ich klettere auf den Baum dort vorne, vielleicht kann ich etwas erkennen«, sagt Roar. Nach kurzer Zeit kommt er zurück und schüttelt den Kopf. »Angantýr sitzt mit vier Männern vor einem Zelt. Im Süden und Norden hält jemand Wache. Gunnar habe ich nicht gesehen. Yrsa auch nicht.«

»Angantýr hat sich nie offen gegen mich ausgesprochen«, sagt Avidh. »Ich gehe ins Lager und tue so, als wäre ich gerade freigekommen. Mal sehen, wie er reagiert.« Ihm bleibt keine Zeit für langes Beobachten.

»Er hat behauptet, du wärst tot«, sagt Roar.

»Na ja, er hat sich geirrt«, sagt Avidh und will zum nächsten Baum schleichen.

»Warte«, sagt Signe und hält ihn am Arm zurück. »Das ist zu gefährlich. Er hat versucht, dich im Palast töten zu lassen. Nimm Valì und seine Männer mit und behaupte, Valì habe dich als Teil seiner Verhandlungen mit den Franken freibekommen. Tu so, als wüsstest du nichts von allem, was geschehen ist.«

Valì grinst und nickt. »Ja, aus der Güte meines Herzens sorge ich dafür, dass Kämpfer anderer Gruppen freikommen. Gefällt mir.«

»So finden wir heraus, ob Gunnar im Lager ist, ohne zu viel zu riskieren«, sagt Signe. »Zuerst wäre die Verwirrung groß, weil Angantýr behauptet hat, Valì habe uns verraten.«

»Der Bastard«, sagt Valì.

»Das Risiko, dass es zu einem Kampf kommt, ist so aber am

größten«, sagt Thorstein, der sich bisher im Hintergrund gehalten hat. »Alle Männer, die Angantýr geglaubt haben, werden Valì und seine Männer als Bedrohung auffassen.«

»Sind sie auch«, sagt Valì und streicht über seine Kampfaxt.

»Eben«, sagt Avidh. »Wir müssen als Erstes herausfinden, ob Gunnar im Lager ist. Er weiß hoffentlich, wo Yrsa steckt. Ich gehe allein, tue so, als wüsste ich von nichts, und rufe Gunnars Namen. Falls die Situation bedrohlich wird, kommt ihr als Verstärkung. Roar sitzt im Baum und beobachtet. Wenn ich die Hand auf den Rücken lege, gibst du den anderen das Zeichen, Roar. Und zwei Bogenschützen positionieren sich auf den Seiten als Absicherung, falls das Ganze plötzlich eskaliert. Aber nur schießen, wenn ich die Hand hebe.«

Auf Valìs Befehl hin bringen sich seine Männer in Stellung. Roar klettert wieder auf den Baum. Avidh läuft los, die Hand am Schwertknauf. Wie erleichtert er ist, sein eigenes Schwert wieder zu spüren. Die Kraft des Eistrolls strömt durch seinen Arm, lässt seine Finger vibrieren.

Am Rand der Wiese hält ein Mann Wache, Angantýr hat ihn diesen Sommer mitgebracht, Avidh kennt ihn kaum. Er begrüßt ihn kurz, spürt sofort seine misstrauischen Blicke. Plötzlich greift der Mann zum Schwert. Bevor er es ziehen kann, setzt Avidh ihn mit einem Schlag außer Gefecht. Fängt gut an, denkt er und geht weiter.

»Gunnar«, ruft er mit lauter Stimme. Kurz vor dem ersten Zelt, wo Roar ihn noch gut im Blick hat, bleibt er stehen.

Angantýr springt auf, sagt etwas zu den Männern neben sich. Avidh ruft noch einmal. Dann ruft er laut nach Yrsa, einmal, zweimal. Wenn sie in einem der Zelte ist, wird sie ihn hören. Die Frage ist, ob sie auf sich aufmerksam machen kann. Er überfliegt die

Zelte mit seinen Blicken. Alle Männer sind aufgestanden. Angantýr nähert sich. Ulf, Birger und die anderen kommen auch näher, versuchen ihn zu umzingeln.

Avidh sieht Gunnar nirgendwo, Idun auch nicht. Und wo ist Gunhild? Gunnar hätte auf seinen Ruf reagiert, also scheint er nicht hier zu sein. Avidh versteht nicht, was Angantýr mit dem Austausch bezweckt hat. Angantýr starrt ihn an, hasserfüllt, ist in einigen Schritten Abstand stehen geblieben.

»Ich muss mit Yrsa sprechen«, sagt Avidh. »Ich habe gehört, sie ist bei euch im Lager. Holt sie, bitte.«

»Hast du nicht gesagt, er wäre tot?«, sagt Ulf. Er steht neben Angantýr und runzelt die Stirn

Angantýr fährt sich über seinen kahlen Kopf.

»Ja, schöne Überraschung«, sagt Avidh, die Hand auf dem Schwertknauf. »Ich bin sehr lebendig. Angantýr hat sich getäuscht.« Er hat euch angelogen, aber so klar will er es noch nicht aussprechen. Zuerst muss er wissen, wo Yrsa steckt. Mit lauter Stimme sagt er: »Noch mal: Wo ist Gunnar? Ich habe gehört, ihr habt ihn freigepresst. Und ich muss mit Yrsa sprechen.«

»Yrsa ist nicht hier«, sagt Angantýr. Seine Augen sind nur noch zwei Schlitze, so angestrengt presst er sie zusammen.

»Wo warst du, Avidh?«, fragt Ulf. »Wie bist du freigekommen?«

»Er ist ein Verräter«, sagt Angantýr und spuckt auf den Boden. »Hat es sich im Palast der Franken bequem gemacht.«

»Und woher willst du das wissen?«, fragt Avidh.

»Ich habe gute Kundschafter«, sagt Angantýr.

Kundschafter, die Mörder schicken, denkt Avidh und fragt Ulf: »Was hat euch Angantýr über mich erzählt?«

Ulf kratzt sich an seinem Bauch. »Dass du in Gefangenschaft gestorben bist.«

»Warum hat er das wohl getan?«, fragt Avidh.

»Ich sag dir warum«, zischt Angantýr und macht noch einen Schritt auf Avidh zu. »Ich wollte den Männern die Wahrheit ersparen, dass du ein verdammter Verräter bist und dich in die Betten der Franken geschlafen hast.«

Avidh wendet sich an Birger, der neben Ulf steht. »Birger, wo ist Yrsa? Hast du sie gesehen?«

»Yrsa ist nicht hier. Hast du ein Problem mit den Ohren?«, gibt Angantýr zurück und kommt noch einen Schritt näher. »Wir sollten Avidh einsperren.«

Auch die anderen nähern sich. Stünde nicht so viel auf dem Spiel, würde Avidh jetzt sein Schwert ziehen. So kommt er nicht weiter. Er legt die Hand auf den Rücken, spürt sofort Bewegung hinter sich. Angantýr zieht sein Schwert, andere Männer auch. Thorstein, Valì und einige seiner Männer sind sehr schnell an Avidhs Seite. Er schaut sich kurz um, Signe hat ihr Versprechen gehalten und bleibt im Hintergrund. Wenigstens ein Fortschritt.

»Nicht schießen«, ruft Avidh. Und zu Angantýr sagt er mit eiskalter Stimme: »Es sind noch mehr Männer im Gebüsch, die Pfeile sind auf euch gerichtet. Wir unterhalten uns jetzt ohne Ausflüchte.«

»Ich sage es noch einmal, Gunnar geht es gut«, sagt Angantýr. »Und Yrsa ist nicht hier.« Die Männer neben ihm nicken. »Was fällt euch ein, uns zu bedrohen?!«

»Und wo ist Gunnar?«, sagt Avidh.

»Er ist mit Idun im Wald und kommt bald zurück. Ihr«, Angantýr zeigt auf Avidh, dann auf Valì, »ihr seid Verräter und habt hier nichts mehr zu suchen.«

Seine Stimme bebt vor Zorn. Avidh wählt einen kalten, ruhigen Tonfall für seine Worte. »Warum hätte ich die Mission verraten sollen?«

»Avidh arbeitet mit den Franken zusammen«, sagt Angantýr

und fährt sich hektisch über den kahlen Kopf, »er hat sich wieder an Signe herangemacht.«

»Avidh. Nein«, sagt Ulf in spöttischem Tonfall, »ein zweites Mal! Von dir hätte ich mehr erwartet. Oder nein, vielleicht auch nicht. Wer ist schon das erste Mal auf sie hereingefallen?«

Avidh antwortet nicht. Sich nicht provozieren zu lassen, das gelingt ihm jetzt wieder.

»Ja, Ulf«, sagt Valì dafür, »dumm, dass dich solche Frauen nicht einmal anschauen.«

Roar ruft etwas vom Baum, auf dem er noch immer sitzt. Dann schreit auch einer von Valìs Bogenschützen: »Zwei Südsüdwest.«

Angantýr grinst. »Jetzt hören wir gleich, wer hier lügt.«

Avidh erkennt zwei Gestalten, die sich südlich der Zelte nähern. Ein Mann und eine Frau. Es sind Gunnar und Idun, wenn er sich nicht täuscht. Er zieht scharf die Luft ein. Angantýr hat Gunnar tatsächlich freigepresst. Das macht keinen Sinn. Gunnar scheint unverletzt, etwas weniger breit als sonst, hat seinen Arm um Idun gelegt.

»Was ist hier los?«, sagt Gunnar mit lauter Stimme, als er sich nähert. Er baut sich neben Angantýr auf, die Hand auf eine lange Kampfaxt gestützt.

»Gunnar, ich bin froh, dass du wohlauf bist«, sagt Avidh. »Wie geht es Leif? Wart ihr zusammen eingesperrt?«

Gunnar schaut ihn an, feindselig.

»Gunnar, was ist los?«, fragt Avidh. Idun steht neben Gunnar und schaut auf den Boden. Ihr Gesicht liegt im Schatten.

»Was willst du hier?«, sagt Gunnar dann. »Ich bin sehr enttäuscht von dir.«

Kapitel 60

Yrsa zerrt an den Fesseln. Das Seil scheuert ihr an den Handgelenken. Auch ihre Füße sind zusammengebunden.

»Mach mich sofort los!«, sagt sie. Nicht zum ersten Mal.

»Halt's Maul, Hure«, sagt Sven. »Du wirst deine Strafe bekommen. Ich freue mich darauf.«

Yrsa kämpft gegen die Verzweiflung, die Erschöpfung. Seit gestern Abend ist sie hier festgebunden. Ihre Hände schmerzen, ihr Mund ist trocken, ihre Kehle wie zugeschnürt. Angantýr hat ihr zwar etwas zu essen gebracht, aber ihr gleichzeitig auch angekündigt, er werde sie unterwegs auf dem Sklavenmarkt verkaufen. Bald schon würden sie aufbrechen. Es war eine schreckliche Erfahrung, als sie vor ein paar Monden in der Hand von Sklavenhändlern war. Sie will sich nicht daran erinnern. Und sie versteht nicht, was mit dem Gefangenenaustausch geschehen ist. Ist Leif noch immer im Verlies? Wie grauenhaft er sich fühlen muss. Yrsa hat furchtbare Angst um ihn. Falls Angantýr wirklich Gunnar befreit hat, stirbt Leif morgen.

Sie ist hier nicht allzu weit vom Lager entfernt, doch weit genug, dass keiner dort sie hört, selbst wenn sie mit aller Kraft schreit. Sie hat niemanden gesehen, außer die Männer, die die Äbtissin mitgenommen haben. Ob Idun wohl weiß, dass sie hier ist, und wo steckt Gunhild? Falls Gunnar frei ist, wird Angantýr auch ihm vermutlich nichts von ihr erzählen. Was wird Avidh denken? Hoffentlich hat er schnell bemerkt, was geschehen ist, und findet einen anderen Weg, Leif zu retten.

Vielleicht gelingt es ihr, die Abreise so hinauszuzögern, dass Avidh eine Möglichkeit hat, sie zu befreien. Wenn sie auf dem Sklavenmarkt landet, wird sie ihn nie wiedersehen. Und sie will sich nicht vorstellen, was Angantýr ihm für Lügengeschichten erzählt. Aber noch ist es nicht so weit. Sie wird nicht aufgeben. Auch wenn sich die Erschöpfung in jedem Teil ihres Körper ausbreiten will. Wenn sie nur diese verdammten Fesseln loswerden könnte! Aber das Seil ist zu dick, um es durchzuscheuern.

Sie hofft, dass Sven bald abgelöst wird. Er stellt das Wasser und das Essen für sie immer so hin, dass sie es nicht erreichen kann.

Es raschelt in den Blättern. Angantýrs Gehilfe Troels taucht auf. Er sagt leise etwas zu Sven. Sie versteht nur: »… sind im Lager.«

»Wer ist im Lager?«, fragt sie. Sie versucht die Ohren zu spitzen. Aber sie sind zu weit weg.

Sven und Troels beachten sie nicht, tuscheln weiter. Dann dreht sich Sven um und sagt: »Also, was ist dir lieber? Entweder bringen wir dich jetzt gleich weg, um dich zu verkaufen, oder wir bringen dich um. Dort hinten irgendwo.«

»Habt ihr Iduns Fluch vergessen? Ihr dürft mich nicht anrühren.«

»Ja, das ist sehr schade«, sagt Sven. »Wir hätten gern noch unseren Spaß gehabt. Aber Troels hat seinen Bogen dabei.«

Ihr Herz rast, kalter Schweiß bricht ihr aus. Sie braucht jetzt schnell einen Einfall. »Angantýr hat euch nicht erlaubt, mich zu töten.«

»Er hat seine Meinung gerade geändert«, sagt Troels. »Wir haben ungebetenen Besuch im Lager. Ich wäre dafür, dass wir sie verkaufen. Bringt wenigstens noch ein bisschen Silber.«

»Ich weiß nicht«, sagt Sven. »Ihr einen Pfeil in die Brust zu schießen, wäre auch schön. Zuerst muss ich ihr aber noch etwas sagen.«

»Ich will nichts hören von dir«, sagt Yrsa. Sie bemüht sich, ihre Stimme möglichst fest klingen zu lassen. Sie wird Sven nicht die Genugtuung geben, ihre Angst zu zeigen. Denn sie weiß genau, wie sehr er das genießen würde.

»Das wird dich interessieren. Njáll hat mich nicht beauftragt. Aber meine kleine Geschichte hat dir zu schaffen gemacht, was?«

»Du widerlicher Schweineficker«, sagt Yrsa und spuckt auf den Boden.

»Ja, du hast dich noch mehr geärgert, als du gemeint hast, er würde hinter allem stecken. Hab ich mir doch schön ausgedacht. Aber ich kann dir verraten, ich brauche Njáll nicht, um dich zu hassen. Bringen nur Ärger, diese Frauen.«

»Los«, sagt Troels, »wir müssen schnell machen, hat Angantýr befohlen.«

»Na gut, schaffen wir sie weg. Wir können sie auch unterwegs noch mit dem Pfeil durchbohren, wenn es uns zu blöd wird.«

Kapitel 61

Avidh starrt Gunnar an. Er kann nicht glauben, wie feindselig Gunnar ist. »Was soll das heißen, Gunnar, du bist enttäuscht von mir? Was hat Angantýr dir erzählt?«, fragt Avidh. Sie stehen einander noch immer gegenüber. Gunnar, Angantýr und seine Männer auf der einen, Avidh, Valì, seine Männer und Thorstein auf der anderen Seite. Die Sonnenstrahlen fallen jetzt nur noch seitlich ins Lager.

Gunnar gibt keine Antwort. In Angantýrs Augen sieht Avidh jetzt eine Mischung aus Zorn und Triumph. »Ich habe meinem Bruder erzählt, was du getan hast. Er hier«, Angantýr zeigt auf Valì, »hat unsere Mission den Franken verraten. Und er«, er zeigt auf Avidh, »hat Valì mit den nötigen Informationen versorgt.«

Valì verzieht das Gesicht zu einem spöttischen Grinsen und sagt: »Ach, Angantýr, armer kleiner Bruder.«

»Halt's Maul, Verräter«, zischt Angantýr.

Avidh schüttelt den Kopf. »Warum sollte ich das getan haben?«, sagt er. »Gunnar, sag mir ins Gesicht, dass du glaubst, ich sei ein Verräter.« Wie kann jener Mann, für den er jahrelang gekämpft hat, ihm so wenig Vertrauen entgegenbringen?

Gunnar gibt keine Antwort, starrt Avidh mit kaltem Ausdruck an.

»Wo ist Yrsa?«, fragt Thorstein, der bisher geschwiegen hat. »Ich will sofort wissen, wo meine Tochter ist.«

Gunnar zuckt mit den Schultern. »Ich weiß nicht, wo Yrsa ist, aber Angantýr hat mir erzählt, dass auch sie eine Verräterin ist.«

Thorstein umklammert seine Kampfaxt so heftig, dass seine Knöchel weiß hervortreten. »Meine Tochter, eine Verräterin? Ganz bestimmt nicht!«

»Wenn wir glauben sollen, dass sie nicht hier ist«, sagt Avidh, »lasst ihr zwei von Valìs Kämpfern die Zelte durchsuchen.« Kann es sein, dass die Franken Yrsa erwischt haben?

»Nur zu«, sagt Gunnar und zeigt in Richtung der Zelte.

Avidh überfliegt noch einmal das Lager mit seinen Blicken. »Wo ist Gunhild?«, fragt er dann.

»Was weiß ich.« Angantýr macht eine wegwerfende Handbewegung. »Wahrscheinlich irgendwo saufen.«

»Hm«, sagt Valì und wendet sich an Angantýr, »kleiner Bruder, du glaubst also, Avidh ist jetzt mit Yrsa und Signe zusammen? Zwei Frauen, die dich beide abgewiesen haben. Interessant.«

»Halt's Maul, Valì«, sagt Angantýr. »Du hast hier nichts zu suchen. Avidh gehört zu uns, und wir werden ihn als Verräter bestrafen.«

»Warum warst du im Palast, Avidh, während wir im Kerker saßen?«, fragt Gunnar. »Das kann nicht mit rechten Dingen zugehen. Das hätte ich nicht von dir erwartet.«

Avidh umklammert den Griff seines Schwerts. Er kann nicht glauben, dass es Angantýr gelungen ist, seinen Bruder gegen ihn aufzuhetzen. Dass Gunnar ihm nicht mehr vertraut, trifft ihn hart. Jener Mann, der ihn als Jugendlichen in seine Gemeinschaft geholt hat, für den er immer besonders schwierige Missionen ausgeführt hat, der ihn in wichtige Planungen miteinbezogen hat. So schnell kann es gehen, denkt er, und all das löst sich in Luft auf. »Wie lange kämpfen wir schon zusammen, Gunnar?«, sagt er.

Valìs Krieger kommen zurück. Sie haben Yrsa in den Zelten nicht gefunden.

»Zu lange, Avidh«, sagt Gunnar und umfasst den Stiel seiner Kampfaxt mit der Faust. »Plötzlich hat alles Sinn gemacht. Angantýr hat mir erklärt, wie dein Verrat mit den Ereignissen des letzten Sommers zusammenhängt.«

»Und du glaubst diese Lügen einfach so«, sagt Avidh. »Wie oft haben Leif und ich für dich die schwierigsten Aufgaben erledigt?« Wie Gunnar ihn behandelt, macht ihn fassungslos. Er rechnet jederzeit damit, dass Menschen sein Vertrauen missbrauchen. Aber Gunnar, ausgerechnet Gunnar.

Gunnar hebt die Hand. »Ich bin noch nicht fertig, Avidh. Die Männer haben mir die Schuld gegeben, dass zweimal etwas schiefgelaufen ist. Dabei ist alles dein Werk. Und zu deiner Frage: Ich habe Leif nicht gesehen. Wir waren nie zusammen eingesperrt. Vermutlich ist er auch längst frei, weil er mit euch unter einer Decke steckt.«

Avidh bläst scharf die Luft aus. »Ist er nicht. Die Franken wollen ihn morgen hinrichten.« Er wirft einen kurzen Blick zum Sonnenstand, umklammert sein Schwert noch heftiger, sagt dann mit lauter Stimme: »Ich habe niemanden hintergangen. Angantýr hat unsere Mission den Franken verraten, weil er seinen Bruder loswerden wollte.« Ein Raunen geht durch die Männer. Gunnar runzelt die Stirn.

»Und wer behauptet das?«, sagt Angantýr und macht einen Schritt auf Avidh zu.

»Bleib, wo du bist«, sagt Avidh, »sonst kannst du gleich gegen mich kämpfen. Signe sagt das.«

Angantýr bricht in höhnisches Gelächter aus. »Eine vertrauenswürdige Zeugin hast du dir ausgesucht.« Die Männer brummen zustimmend.

»Woher willst du das wissen, Avidh?«, sagt Gunnar. Sein Tonfall ist noch immer barsch.

»Sie hat es mir erzählt. Sie ist in Nijmegen.« Und sie bleibt hoffentlich in ihrem Versteck dort hinten, denkt er.

»Und du hast ihr geglaubt«, sagt Gunnar, »ausgerechnet ihr.« Er schüttelt den Kopf. »Habt ihr euch diese Lügen gemeinsam ausgedacht?«

Gunnar saß im Kerker. Ich weiß, wie elend es einem dort gehen kann, denkt Avidh, vielleicht hat das seinen Verstand einen Moment getrübt, und ich muss ihm einfach alles nochmals genau erklären. »Ich habe Signe zuerst auch nicht geglaubt, Gunnar«, sagt Avidh. »Aber ich hatte lange Zeit, um darüber nachzudenken. Ich war verletzt, Signe hat dafür gesorgt, dass ich nicht im Kerker sterbe. Ich habe ihr die Ereignisse des letzten Sommers nicht verziehen. Aber was sie mir von Angantýr erzählt hat, klang glaubwürdig.«

»Ach, die alte Liebe«, sagt Angantýr. »Du wirst für deinen Verrat büßen, Avidh. Und dass du dich nicht allein hierhertraust, sondern ihn hier«, Angantýr zeigt auf Valì, »mitbringen musst, sagt alles, was wir wissen müssen.«

»Gunnar«, sagt Avidh, »wenn ich den Franken alles hätte verraten wollen, warum ist dann nur die Entführung gescheitert? Jene Mission, die wir zusammen unternommen haben? Das ergibt keinen Sinn.«

Gunnar überlegt einen Moment. Aber sein Blick ist nach wie vor feindselig.

»Ist beim Verrat wohl was schiefgelaufen, Avidh?«, sagt Angantýr spöttisch.

Wie sehr Avidh sich wünscht, gegen Angantýr zu kämpfen.

Aber er fährt mit ruhiger Stimme fort: »Angantýr, du hast versucht, mich im Palast umbringen zu lassen. Und Signe auch.«

»Das ist doch lachhaft«, sagt Angantýr. »Die Franken werden versucht haben, dich zu töten. Du hast keinerlei Beweise für diese Behauptungen.«

»Der Angreifer war mit einem unserer ehemaligen Kundschafter dort«, sagt Avidh.

»Was für ein Kundschafter?«, fragt Gunnar.

Avidh schüttelt den Kopf. »Ich weiß seinen Namen nicht.«

»Ja, sehr überzeugend«, sagt Angantýr und dreht den Kopf zu Gunnar: »Wir sollten uns diese Lügen nicht mehr länger anhören.« Gunnar nickt langsam.

»Angantýr, du hast nichts unternommen, um Leif frei zu bekommen«, sagt Avidh.

Angantýr zuckt mit den Schultern. »Das war nicht meine Schuld, die Franken haben sich geweigert, beide auszutauschen. Und dass ich mich dann für meinen Bruder, unseren Anführer, entscheide, versteht wohl jeder.«

»Ein Mann nähert sich aus Westen«, ruft Roar vom Baum.

Sven kommt angerannt. Er stellt sich neben Angantýr, flüstert ihm etwas ins Ohr. Angantýr gibt zwei Männern ein Zeichen. Sie verschwinden in die Richtung, aus der Sven gekommen ist.

»Valì«, flüstert Avidh, »schick ihnen drei Krieger hinterher.« Valì nickt.

Plötzlich steht Signe neben ihm. Er flucht innerlich. Kann es sein, dass sie Sven nur anhand der Beschreibung erkennt? Dann wird er nie mehr erfahren, was sie über seine Mutter herausgefunden hat.

Angantýrs Miene verdüstert sich.

»Signe!«, ruft Gunnar. »Du Verräterin! Du wagst es, hier aufzutauchen?« Er macht einen Schritt auf Signe zu. Sie bewegt sich nicht.

»Wer ist das?«, sagt Sven, der jetzt neben Ulf und Angantýr steht.

»Du warst nicht dabei letzten Sommer«, sagt Gunnar. »Signe hat uns verraten. Drei Männer sind gestorben. Andere wie Avidh mussten wir teuer freikaufen.«

Signe starrt Sven an.

»Signe«, sagt Avidh, »sag Gunnar, wer dir von der geplanten Entführung erzählt hat.«

»Das war Angantýr. Er wollte seinen Bruder loswerden.«

Angantýr lacht. »Ja, deshalb habe ich ihn jetzt befreit. Siehst du, Gunnar, du hast dich in Avidh getäuscht. Er hat sich wieder mit einer Frau zusammengetan, die uns nicht einmal, sondern zweimal zerstören wollte.«

Gunnar schüttelt den Kopf. »Ja, so kann man sich irren.«

»Verschwindet, oder ihr bekommt unsere Waffen zu spüren«, sagt Angantýr und hebt sein Schwert.

»Bei mir bist du willkommen«, sagt Valì zu Avidh, »und Leif auch.«

Auch Avidh hebt sein Schwert. Er schiebt das elende Gefühl, das sich wegen Gunnars Verrat in ihm breitmacht, zur Seite. »Damit kommst du nicht durch, Angantýr«, sagt er.

Kurz wirft er einen Blick zur Sonne. Schon bald steht sie im Westen. Dann muss er im Palast sein und den Wachen das Schlafmittel in ihr Abendessen mischen. Was auch immer jetzt geschieht, es muss schnell gehen.

Kapitel 62

Yrsa schaut links, schaut rechts, dreht den Kopf hektisch hin und her. Kalter Schweiß steht ihr auf der Stirn. Aus welcher Richtung kam der Pfeil? Alles ging viel zu schnell. Sie hat sich hinter den Baum gekauert, so gut es ging. Aber mit den Fesseln ist das nicht einfach. Jetzt wagt sie nicht, den Kopf nach vorne zu strecken. Dort vorne, das hat sie noch gesehen, liegt Troels. In einer Blutlache. Sven wollte gerade das Seil um den Baum lösen, um sie mitzuschleifen. Troels stand ein paar Schritte entfernt. Plötzlich zischte ein Pfeil durch die Luft. Er hat sich in Troels Bauch gebohrt. Troels hat aufgeschrien. Sven ist ins Gebüsch gehechtet, und im gleichen Moment kam ein zweiter Pfeil, mitten in Troels Brust. Er ist gefallen wie ein Baum, hat geröchelt. Einen Moment lang hatte Yrsa Hoffnung, es könnte Roar sein, der schießt. Oder vielleicht sogar Avidh. Aber Avidh ist im Palast. Er hat keine Ahnung, was hier gerade geschieht. Und Roar hätte sich zu erkennen gegeben.

Yrsa zuckt zusammen, ihr Herz hämmert noch lauter. Hinter ihr im Gebüsch war ein Geräusch. Es klang, als würde sich jemand anschleichen. Ist es Sven? Aber sie hatte den Eindruck, er wäre vorhin davongerannt. Nachdem der zweite Pfeil Troels durchbohrte, raschelte es laut, dort wo er in die Büsche gesprungen war. Dann entfernten sich trampelnde Schritte.

Sie dreht den Kopf, versucht etwas zwischen den dichten

Zweigen zu erkennen. Ihre Hände sind noch immer gefesselt. Falls es der Angreifer auch auf sie abgesehen hat, wird es schwierig.

Dann zischt jemand ihren Namen, und Yrsa fängt an zu zittern, so erleichtert ist sie. »Gunhild?«, flüstert sie zurück. »Bist du das?«

Gunhilds Kopf taucht zwischen den Blättern auf. »Bin ich«, sagt sie und grinst.

»Bei Freyja, Gunhild, du hast mich erschreckt. Ich bin dir unendlich dankbar. Du hast mich gerettet.« Sie presst sich die gefesselten Hände vor den Mund und schluckt. »Das war so knapp. Sie wollten mich gerade verschleppen. Oder umbringen.«

»Keine Ursache«, sagt Gunhild. »Ich war dir noch was schuldig.«

Gunhild schneidet ihre Fesseln durch, und Yrsa massiert sich die zitternden Hände.

»Schnell, wir müssen hier weg. Sven holt vermutlich Verstärkung. Dieser Feigling ist einfach davongerannt. Hast du das gesehen?«, sagt Gunhild.

Yrsa atmet einige Male tief durch, steht auf und stützt sich auf Gunhild, bis ihre Beine sie wieder tragen. Alles in ihr zittert noch immer. »Das vergesse ich dir nicht«, sagt sie und lehnt ihre Stirn kurz an Gunhilds Schulter. »Aber warum hast du dich von hinten angeschlichen?«

»Ich wusste nicht, ob sich hier irgendwo noch ein dritter Mann versteckt.«

Dann folgen sie einem kleinen Pfad, der sie zurück ins Lager führen soll. Links und rechts von ihnen ist sumpfiges Unterholz.

»Wir sind gleich da«, sagt Gunhild.

»Achtung«, zischt Yrsa. »Dort vorne sind zwei von Angantýrs Männern.«

»Verdammt, Sven hat ihn gewarnt. Verstecken wir uns.«

»Ja, schnell.« Yrsa schiebt dichte Zweige zur Seite, als sie noch mehr Stimmen hört. Dann Kampfgeräusche und Ächzen. Gunhild hockt sich neben sie.

»Kannst du etwas erkennen? Wer hat die beiden angegriffen? Sind es Franken?«

Gunhild schüttelt den Kopf. »Das ist seltsam«, sagt sie.

»Was?«, flüstert Yrsa.

»Ich kenne einen der Männer, die gegen Angantýrs Krieger kämpfen, er reist mit Valì.«

»Jetzt verstehe ich nichts mehr. Irgendetwas muss los sein im Lager. Lass uns außen vorbeischleichen.« In einem großen Bogen versuchen sie sich dem Lager aus Norden zu nähern. Dann hört Yrsa Roars Stimme. Roar ist hier! Das ist gut! Sie war so in Sorge um ihn. Er ruft irgendwo aus den Baumkronen. Yrsa versteht nur: »Lasst sie durch.«

Von Weitem erkennt sie, dass sich zwei Gruppen im Lager gegenüberstehen. Und dann sieht sie, sie kann es fast nicht glauben: Avidh ist hier. Er steht dort, das Schwert erhoben, gegenüber von Angantýr. Yrsas Herz schlägt schneller. Auch Valì ist da. Und ihr Vater? Was macht ihr Vater hier? Sie alle halten das Schwert in der Hand. Ein Kampf scheint sich anzubahnen.

»Wartet. Nicht kämpfen«, ruft sie.

Sie möchte zu Avidh, will ihn berühren, festhalten, aber das muss warten. Er wirft ihr einen ganz kurzen Seitenblick zu, und sie erkennt die Erleichterung in seinen Augen.

»Yrsa, bei Odins Raben, ich bin sehr froh, dich zu sehen«, sagt ihr Vater.

»Es ist schön, dass du hier bist«, antwortet sie. Und eine Überraschung.

»Yrsa! Wo kommst du jetzt her?«, sagt Gunnar und runzelt die Stirn.

»Angantýr hat mich dort hinten außer Hörweite an einen Baum gefesselt. Sie wollten mich auf einem der Sklavenmärkte verkaufen.«

»Sie lügt«, sagt Angantýr. »Sie ist auch eine Verräterin.«

»Das wirst du büßen«, zischt Avidh. Yrsa sieht ihm an, dass er sich am liebsten auf Angantýr stürzen würde, aber sie sieht auch, dass Avidh sein eigenes Schwert in der Hand hält und Ruhe bewahrt.

Neben Avidh steht Signe und starrt sie an. Es ist ein seltsames Gefühl. Yrsa stellt sich hinter Valìs Männer. Angantýr hat ihre Waffen, kämpfen kann sie nicht.

»Gunnar«, sagt sie, »wenn ihr mich für eine Verräterin haltet, wie hätte ich Avidh im Palast helfen sollen? Niemand spaziert dort einfach rein.«

Gunnar scheint nachzudenken. Es muss einen Weg geben, ihn zu überzeugen, dass Angantýr der Verräter ist. Plötzlich kommt ihr eine Idee. Vielleicht kann sie den Kampf so noch abwenden.

»Angantýr«, sagt Yrsa mit lauter Stimme und spürt alle Blicke auf sich, »im Lager nahe Dorestad war es schwierig für dich, Kundschafter für die Verhandlungen zu finden.«

»Ja.« Angantýr schaut kurz zu seinem Bruder. »Nächstes Mal wird Gunnar mich enger in die Vorbereitungen der Reise miteinbeziehen. Das haben wir schon besprochen. Und irgendwann wird er mir«, er klopft sich auf die Brust und macht ein zufriedenes Geräusch, »die Verantwortung ganz übergeben. Auch das hat er gesagt, nachdem ich seine Freilassung erwirkt habe.«

Gunnar nickt und sagt: »Ich hatte nicht damit gerechnet, dass wir Kundschafter in Nijmegen brauchen.«

»Tja«, sagt Valì, »schlechte Vorbereitung.«

»Halt die Fresse«, sagt Angantýr. »Ich habe Gísli und Gunhild freigekauft und jetzt auch meinen Bruder.«

Idun schaut Angantýr von der Seite an, mit einem ihrer undurchsichtigen Blicke. Wahrscheinlich wird ihr nicht gefallen, was ich gleich sage, denkt Yrsa, doch das ist jetzt zweitrangig.

»Aber zuerst hat Idun dir geholfen, Angantýr«, sagt Yrsa. »Sie bat Valì um Hilfe, denn er hatte Kundschafter in Nijmegen.« Vermutlich nicht zuletzt dank meinem Vater, denkt sie.

»Ist das wahr, Idun?«, sagt Gunnar und nimmt Iduns Hand. »Du warst während unserer Reise bei Valì?« Er klingt nicht begeistert.

Idun holt tief Luft und nickt.

»Warum?« Gunnar lässt ihre Hand los.

»Komm schon, Gunnar, das solltest sogar du begreifen«, sagt Valì. »Idun ist schon viel länger mit mir gereist als mit dir, und ich hoffe sehr, dass sie es bald wieder tun wird. Ich kann diese Seherin, die uns dieses Mal begleitet, wirklich nicht mehr riechen.«

Idun fährt sich durch die langen dunklen Haare und murmelt einen Vers.

»Was soll das, Yrsa?« sagt Angantýr. »Was spielt es noch für eine Rolle, welche Kundschafter uns wann geholfen haben? Du hast deinen Platz in der Gruppe längst verloren, hast dich die ganze Zeit Befehlen widersetzt. Ich habe dich vertreten, Gunnar«, sagt er an seinen Bruder gewandt. »Harald wird es dir bestätigen, wenn wir die anderen wieder treffen.«

Angantýr macht einen Schritt auf Yrsa zu, doch sie lässt sich nicht beirren.

»Bleib, wo du bist«, sagt Avidh. »Sonst bekommst du mein Schwert zu spüren.« Ihre Blicke treffen sich kurz, Yrsa sieht die Zustimmung in Avidhs Augen. Am liebsten würde sie selbst auf Angantýr losgehen. Sie ist so wütend auf ihn. Was er ihr antun wollte, kann sie nicht vergessen. Und dann beauftragt er ausgerechnet Sven damit.

»Valì«, sagt sie, »haben deine Kundschafter jemals einen silbernen Armring mitgebracht, als Beweis dafür, dass Avidh im Sterben liegt?«

Valì lacht. »Nein, haben sie nicht.«

»Und sie haben Angantýr nie selbst getroffen?«

»Nein, es sind meine Kundschafter. Ich habe nur Idun ausgeholfen. Sie sollte merken, wer der fähigere Anführer ist. Eigentlich weiß sie das sowieso. Stimmt's, Angantýr?« Valì lächelt, es sieht alles andere als freundlich aus.

Angantýr schüttelt nur den Kopf.

Yrsa zieht Avidhs Armring aus ihren Hosen und hält ihn in die Höhe: »Diesen Kriegerschmuck trug Avidh während des Überfalls, als die Franken ihn gefangen nahmen. Angantýr hat mir den Armring dann im Lager bei Dorestad gegeben. Er hat gesagt, dies sei der Beweis, dass Avidh im Sterben liege. Woher hattest du dieses Schmuckstück, Angantýr?«

»Was redest du da, wen interessiert das jetzt noch?« Sein Blick verengt sich.

»Er hatte ihn von mir«, sagt Signe. »Wir haben Avidh den Armring abgenommen, als er bewusstlos war. Angantýr war außer sich, als er erfahren hat, dass Avidh nicht bei den anderen Gefangenen ist, sondern dass ich ihn mitgenommen hatte. Zu seinem Schutz.«

Ein seltsames Gefühl macht sich in Yrsas Bauch breit. Signe unterstützt sie. Und Signe spricht von Avidh, als würde er zu ihr gehören.

»Sei still, Verräterin«, zischt Angantýr.

»Lasst sie reden«, sagt Avidh und lächelt Yrsa kurz an.

Gunnar schweigt.

»Angantýr hatte nicht damit gerechnet, dass ich die Truppen an jenem Morgen begleiten würde«, sagt Signe. Sie holt einen Moment tief Luft. »Und ich hatte nicht damit gerechnet, dass Avidh an der Entführung teilnimmt und verletzt wird. Angantýr hat mir die Pläne für die Entführung verraten. Aber ich wollte niemals, dass Avidh etwas zustößt. Das weiß er jetzt.«

Das Brennen in Yrsas Magen will sich melden. Doch sie beachtet es nicht. Als die Katastrophe geschehen war, hat Signe tatsächlich alles getan, um Avidhs Leben zu retten. Und dafür ist sie ihr trotz allem sehr dankbar.

»Signe, es reicht«, sagt Angantýr. Er schaut sich kurz um. Vielleicht plant er schon seine Flucht, denkt Yrsa.

»Rede weiter«, sagt Gunnar.

Signe nickt kurz. »Angantýr hat von Anfang an klargemacht, dass er Avidhs Freilassung nicht verhandeln wird. Aber ich habe ihm gesagt, dass Avidh unter meinem Schutz steht. So kam uns die Idee mit dem Armring. Jeder wusste, dass Avidh den Schmuck nicht hergegeben hätte, wenn er noch irgendwie bei Kräften wäre. Ich habe mir vorgestellt, Angantýr würde den Armring den Männern zeigen, damit sie die Nachricht glauben. Und es hat mir Zeit verschafft, um Avidh zu überzeugen, bei mir zu bleiben.« Sie dreht den Kopf und schaut Yrsa direkt an. »Ich wusste nichts von dir. Ich hatte gehofft, Avidh würde sich für mich entscheiden.«

Ein Raunen geht durch die Männer. Avidh verzieht keine Miene. Yrsa denkt zurück an den Moment in der Gasse, als sie Signes Messer am Hals spürte. Aber das spielt jetzt keine Rolle mehr.

Signe spricht weiter: »Angantýr und ich hatten nicht damit gerechnet, dass die Franken Leif und Gunnar schließlich auch nach Nijmegen bringen würden. Dadurch veränderte sich nochmals alles.« Sie macht eine kurze Pause und schaut zu Avidh. »Es gab Mordanschläge auf Avidh und mich, und irgendwann ist mir klargeworden, dass Angantýr uns aus dem Weg schaffen will, weil wir zu viel wissen. Und bei Leif war er nicht sicher, ob er nicht auch schon eingeweiht war.«

»Was sagst du zu all dem, Angantýr?«, fragt Gunnar. Er kratzt sich im Bart, sein Blick geht zwischen Idun und seinem Bruder hin und her.

»Sie lügt. Ist doch Blödsinn. Warum hören wir einer Frau zu, die uns letzten Sommer alle verraten hat? Ist ihr Wort mehr wert als meines?«

Idun räuspert sich, macht einen Schritt nach vorne und sagt dann mit fester Stimme. »Nein, Signe sagt die Wahrheit. Es tut mir leid, Angantýr.«

»Tu das nicht, Idun«, sagt Angantýr. Es kommt Yrsa vor, als wäre er bleich geworden. »Du hast es versprochen. Alles wird gut.«

»Was heißt das jetzt, Idun?«, sagt Gunnar. Er verschränkt die Arme.

Idun wendet sich an Angantýr: »Ich habe dich unterstützt, als ich gemerkt habe, dass du Gunnar tatsächlich befreien wolltest. Als du ehrlich bereut hast. Mir ging es immer um Gunnars Leben. Deshalb habe ich dir geholfen.«

»Was ist hier los, Idun? Wann hättest du mir das erzählt?«, sagt Gunnar.

»Ich habe das für dich getan, habe Angantýr geholfen, damit er seine Tat wiedergutmachen kann. Er hat sich mir anvertraut, als ihm alles über den Kopf gewachsen ist.«

Yrsa starrt Idun an. Sie wusste, was los war, und hat geschwiegen?

»Sei still«, zischt Angantýr. »Red nicht von mir, als wäre ich ein dummer kleiner Junge.«

»Du hast einen schrecklichen Fehler gemacht, Angantýr«, sagt Idun.

»Einen Fehler?« Gunnars Stimme dröhnt. »Das ist wohl milde ausgedrückt. Noch einmal, wann hätte ich davon erfahren, Idun?«

»Ich habe die Geister um Hilfe gebeten, dass sie mir den richtigen Zeitpunkt verraten. Doch jetzt konnte ich nicht länger schweigen. Ich wusste nicht, was Angantýr noch alles getan hat, um seinen Verrat zu vertuschen.«

»Angantýr«, sagt Gunnar und packt seinen Bruder an der Schulter. »Was hast du zu sagen?«

Signe flüstert Avidh etwas ins Ohr. Yrsa kann nicht hören, was sie sagt. Er macht eine abweisende Handbewegung.

»Idun, warum höre ich von dir plötzlich nur noch Gunnar hier, Gunnar da?«, fragt Valì. »Das geht mir auf den Sack. Du hast es immer gut gehabt bei uns.«

Idun nickt. »Valì, mein Prinz der finsteren Wälder, ich liebe dich auch, und ich werde wieder mit dir reisen.« Idun legt die Hand an die Perlenketten um ihren Hals. »Aber diesen Sommer haben die Götter mir aufgetragen, Gunnar zu beschützen.«

Valì schnaubt. »Warum Gunnar? Das verstehe ich nicht.«

Idun seufzt. »Er ist der Vater meiner Tochter, er beschützt sie. Gunnar ist ein Mann, der für jene, die in seiner Verantwortung sind, sorgt. Ich konnte nicht zulassen, dass ihm etwas zustößt. Aus meiner Tochter wird eine große Seherin. Das spüre ich, die Geister flüstern es schon lange in mein Ohr. Aber solange meine Tochter klein ist, braucht sie Gunnars Schutz. Ich wünschte, ich hätte das gehabt, als ich in ihrem Alter war. Vieles wäre einfacher gewesen.«

Plötzlich macht alles Sinn, denkt Yrsa, Iduns fahriges Verhalten bei ihren Treffen in Nijmegen. Sie war in schrecklicher Sorge um Gunnar. Und nichts anderes zählte.

»Angantýr!«, sagt Gunnar mit dröhnender Stimme. »Ich warte.«

Angantýrs Blick geht irgendwo in die Ferne, als hätte er dort etwas viel Interessanteres entdeckt als dieses Gespräch. »Es war Signes Idee«, sagt er dann. »Wir wissen ja, dass sie uns nur Böses will.

Ich habe mich von ihr einlullen lassen. Da ginge es mir wohl wie dir, Avidh.«

Avidh atmet laut hörbar aus. »Ich habe Signe nie irgendwelche Informationen verraten. Sie hat uns letzten Sommer alle an der Nase herumgeführt. Wenn auch mich besonders.« Seine Miene ist unbeweglich, als er das sagt.

»Lass Avidh aus dem Spiel«, sagt Signe.

Auch wenn Yrsa weiß, dass Avidh sie und nicht Signe liebt, fühlt es sich noch immer eigenartig an, wie Signe ihre Gefühle für Avidh zeigt.

»Misch dich nicht ein, Signe«, sagt Gunnar. »Zu dir kommen wir nachher, du Verräterin.«

»Du … du hinterhältige Schlampe hast mir verheimlicht, dass du Avidh noch immer willst«, sagt Angantýr mit gepresster Stimme.

Signe macht ein zischendes Geräusch. »Du, Angantýr, hättest dafür sorgen sollen, dass Avidh in der anderen Gruppe kämpft und nicht bei Gunnar.«

»Warum?«, ruft Angantýr. »Ich bin nicht für Avidh verantwortlich. Die Franken können ihn gerne haben und am besten morgen mit seinem geliebten Waffenbruder hinrichten. Gunnar wollte ihn als seinen Nachfolger aufbauen. Dabei bin ich …«, Angantýr schlägt sich auf die Brust, »sein Bruder!«

»Was redest du da?«, sagt Avidh mit emotionsloser Stimme. »Ich bin nicht Gunnars Nachfolger.«

Angantýr lacht bitter. »Es war eindeutig. Letzten Sommer dachte ich, alles würde anders werden. Avidh war im Kerker, es war unklar, ob er zurückkehrt. Dann kam er zurück, ein Schatten seiner selbst. Und du«, er stößt Gunnar gegen die Schulter, »hättest dich auf mich verlassen können. Ich war gesund, ich war bereit. Aber was hast du getan? Sobald Avidh wieder einigermaßen kämpfen konnte, war er sofort wieder so wichtig wie zuvor. Ich konnte machen, was ich wollte, du hast mich nicht gesehen. Das war schon immer so.«

»Du hast den Überfall auf den Markt angeführt. War das kein Vertrauensbeweis?«, sagt Gunnar.

»Ich habe ihn mitangeführt. Eigentlich hast du dich auf Harald verlassen. Harald ist noch älter als du, er wird vermutlich nicht mehr lange mitreisen. Ich wäre bereit, aber du vertraust mir nicht.«

Es liegt so viel Bitternis in Angantýrs Tonfall, denkt Yrsa. Hätte er nicht so schreckliche Dinge getan, könnte er ihr beinahe leidtun. Aber sie wird ihm nie verzeihen, dass er Avidh und sie umbringen wollte.

»Halt mal die Fresse, Angantýr«, sagt Valì jetzt, »ich habe das Gejammer satt. Nicht alle sind dazu geboren, Männer anzuführen.«

»Angantýr, warum?«, sagt Gunnar noch einmal.

»Ich wollte ausprobieren, wie es ist, der Anführer zu sein. Aber dann habe ich gemerkt, es ist noch zu früh. Es war ganz anders als in meiner Vorstellung. Und ich habe auch gemerkt, dass die Männer mir nicht folgen, wenn ich mich nicht für deine Freilassung einsetze. Also habe ich gedacht, wenn ich dich befreie, wirst du mich mehr achten und miteinbeziehen.« Er fährt sich mit der Hand über den Bart. »Ich hätte nicht auf Idun hören sollen.«

»Ach ja, Idun ist schuld. Sonst noch was, Angantýr?«, sagt Valì.

»Ausprobieren?«, sagt Gunnar laut. Er schüttelt nur noch den Kopf. »Es sind Männer gestorben. Angantýr! Spricht so ein Mann mit Ehre?«

Angantýrs Miene verdüstert sich. »Ehre? Was ist das? Ich wurde nicht ehrenvoll geboren. Ich bin der Sohn einer Sklavin, schon vergessen? Du wurdest nie müde, das zu betonen, als wir jünger waren. Hast allen erzählt, dass meine Mutter nichts wert ist.

Hast ihn ermutigt, sie zu verkaufen. Das war ihr Tod.« Angantýr geht in die Hocke, stützt sich mit einer Hand am Boden ab, keucht, als bereite es ihm Mühe zu atmen. »Du bist schuld, dass es so weit gekommen ist. Dass er es getan hat.«

»Was? Wer?«, sagt Gunnar.

Yrsa versteht sofort, wovon Angantýr spricht. Es ist die schreckliche Geschichte seiner Mutter, die Idun ihr erzählt hat.

Angantýr starrt auf den Boden vor sich. »Unser Vater. Du hast ihn angestiftet, sie zu verkaufen.«

Gunnar macht eine entnervte Handbewegung. »Was kommst du jetzt damit?«

Angantýr schüttelt langsam den Kopf und sagt leise: »Du hast immer so getan, als wäre sie völlig unwichtig.«

»Ich habe ihn nicht angestiftet.«

»Doch, ich war dabei.« Angantýr spricht wieder lauter und steht auf. »Du hast sie beschuldigt. Dabei hatte sie nichts getan. Du hast sie gehasst.«

»Habe ich nicht«, sagt Gunnar. »Meine Mutter mochte sie nicht. Aber ich habe sie nicht gehasst.«

Angantýr lacht höhnisch. »Unser Vater hat mich nie so behandelt wie dich. Ich war nur der Sohn der Nebenfrau, der Sklavin. Und du hast genau das Gleiche wieder getan. Ich bin dein Bruder, aber du hast Avidh, einen Mann, der nicht dein Bruder ist, vorgezogen.«

»Bist du mal fertig mit dem Jammern, Angantýr?«, sagt Valì. »Meine Füße schlafen ein.«

»Wir müssen Angantýr für seinen Verrat bestrafen«, sagt einer der Männer hinter Gunnar. Andere brummen zustimmend.

»Tötet ihn!«, ruft jemand.

Angantýr hebt sein Schwert. »Kämpft gegen mich.«

»Verstoßt ihn«, ruft ein anderer.

»Avidh soll gegen ihn kämpfen«, ruft ein dritter.

»Avidh ist verletzt«, sagt Signe.

»Ich kämpfe gegen ihn«, sagt Avidh. Seine Augen glänzen.

Yrsa schaut ihn an, schüttelt den Kopf. Sie versteht, dass Avidh gegen Angantýr kämpfen will, sie will auch gegen Angantýr kämpfen. Aber sie muss Signe recht geben. Avidh ist noch nicht der Alte, und Angantýr hat nichts zu verlieren, wird die ganze Wut der Verzweiflung in seinen Kampf legen.

»Nein«, sagt Gunnar schließlich. »Es gibt eine Strafe für Angantýr, die viel schlimmer ist, als im Kampf zu sterben. Er behauptet, ich hätte ihn immer wie den Sohn einer Sklavin behandelt. Soll er jetzt als Sklave auf dem Hof arbeiten. Dann wird er merken, wie unrecht er hatte, und sich sein altes Leben zurücksehnen. Doch das alte Leben ist vorüber. Nehmt ihm die Waffen ab.«

»Nein!«, sagt Angantýr. »Wer meine Waffen will, muss mich töten.«

Valì hebt die Hand, und bevor irgendjemand etwas sagen kann, bohrt sich ein Pfeil in Angantýrs rechte Schulter. Er brüllt auf, das Schwert fällt ihm aus der Hand. »Jetzt ist mal endlich Ruhe«, sagt Valì.

»Legt ihm Fesseln an«, sagt Gunnar und richtet sich an Signe: »Und jetzt zu dir.«

Signe schaut ihn herausfordernd an. Yrsa kann keine Furcht in ihren Augen entdecken. Beeindruckend, aber warum begibt sich Signe freiwillig in diese Gefahr?

»Du hast die Pferde bei uns gekauft«, sagt sie.

»Was für Pferde?«, sagt Gunnar.

»Ja, du weißt das natürlich nicht mehr. Ich schon.«

»Wir machen das kurz«, sagt Gunnar. »Avidh wird entscheiden, was mit Signe geschieht.«

»Ich sage es doch«, murmelt Angantýr. »Er baut Avidh als seinen Nachfolger auf.«

Kapitel 63

Avidh stützt sich auf sein Schwert. Ihre Blicke treffen sich kurz, und Yrsa spürt das Band zwischen ihnen, das niemand durchtrennen kann. Dann spricht er: »Ich wollte nach ihrem Verrat gegen Signe kämpfen. Auf den Tod. Und ich hätte es getan, wenn wir uns unter anderen Umständen wiedergesehen hätten.«

Signe senkt zum ersten Mal die Augen und scheint sich unwohl zu fühlen. Sie hat allen Grund dazu, denkt Yrsa.

»Ich weiß nicht, ob danach alles besser gewesen wäre«, sagt Avidh und lässt den Blick über die Gruppe schweifen.

»Sie hat dich wieder um den Finger gewickelt«, ruft einer der Männer.

»Ich bin noch nicht fertig«, sagt Avidh und schaut wieder kurz zu Yrsa. »Signe hat uns verraten. Diese Schuld wird immer bleiben. Und sie hat Angantýr geholfen, es noch einmal zu tun. Sie wollte unsere Gruppe zerstören. Das«, er schaut sich um, »ist ihr teilweise gelungen.«

Gunnar runzelt die Stirn. Aber Yrsa weiß, was Avidh meint. Gunnar ist geschwächt, nicht nur körperlich, und es gehen viele Risse durch die Gemeinschaft.

»Was Signe getan hat, ist unverzeihlich«, sagt Avidh. »Auch wenn ich inzwischen weiß, warum sie es gemacht hat. Sie wollte jemanden rächen, der ihr sehr nahestand. Sich rächen zu wollen, ist ein Gefühl, das wir vermutlich alle kennen.« Er schweigt kurz. »Nach allem Schrecklichen, das sie angerichtet hat, hat Signe mir dann das Leben gerettet. Hat dabei einige Gefahren für sich selbst in Kauf genommen. Und was am wichtigsten ist: Sie hat mir geholfen, Leifs Befreiung vorzubereiten.«

Signe wirft Avidh einen Blick zu, dann schaut sie wieder auf ihre Füße. Yrsa versteht, was Angantýr sich eingeredet hat. Avidh wäre tatsächlich ein guter Anführer. Auch wenn ihn diese Rolle nicht zu interessieren scheint.

»Was geschehen ist, ist nicht ausgestanden«, fährt er fort. »Leif sitzt nach wie vor im Verlies der Franken. Ihm droht morgen der Tod, während wir hier streiten. Es bleibt nicht mehr viel Zeit, um ihn zu retten.« Avidh holt tief Luft. »Gunnar, ich hätte nicht gedacht, dass es so leicht ist, dein Vertrauen in mich zu zerstören. Ich muss erst noch darüber nachdenken, was das bedeutet.«

Das geht mir genauso, denkt Yrsa.

Gunnar brummt: »Bitte verzeih mir, Avidh. Ich habe nicht klar gedacht.«

»Mein Angebot für Leif und dich steht, Avidh«, sagt Valì. »Auch Yrsa ist bei mir sehr willkommen.«

»Reden wir später darüber«, sagt Avidh. »Jetzt schlage ich vor, dass Signe gegen einen unserer Männer kämpft. Auf den Tod. Gelingt es ihr zu siegen, kann sie gehen, wohin sie will. Auch wenn sie in dieser Gruppe nicht mehr willkommen sein wird.«

Signe kaut auf ihrer Unterlippe, und Avidh fährt fort: »Ich schlage vor, dass Sven gegen sie kämpft. Er mag es nicht, wenn sich Frauen unserer Gruppe anschließen. Also kann er jetzt beweisen, dass er viel besser ist.«

Sven kratzt sich im Bart und mustert Signe von Kopf bis Fuß. Warum tut Avidh das?, denkt Yrsa. Wenn Signe verliert, wird er nie erfahren, ob sie wirklich etwas über seine Mutter herausgefunden hat.

»Wenn Sven möchte, soll er«, sagt Gunnar. »Wenn nicht, finden wir eine andere Lösung.«

»Du bist Sven?«, sagt Signe und tritt einen Schritt nach vorne. »Ich habe viel von dir gehört.«

»Ach ja? Wir hatten das Vergnügen noch nicht. Ich war letzten Sommer nicht mit auf Reisen.«

»Ich habe viel gehört von einem mächtigen Wikinger, den viele fürchten. Er trägt eine besondere Zeichnung auf der Haut gleich neben der Leiste. Nun weiß ich aber nicht, ob du das wirklich bist.«

»Ich habe eine solche Zeichnung.«

»Was ist es für ein Bild?«

»Eine Frau, die von einem Schwert durchbohrt wird. Für dich also ein Blick in deine Zukunft. Möchtest du es sehen?«, sagt er.

»Ja, bitte«, sagt Signe. Ihre Lippen zittern leicht.

Sven zieht seine Hose über die rechte Leiste, und das Bild, das er Yrsa auf der Reise am Lagerfeuer gezeigt hat, kommt zum Vorschein.

Signe kneift die Augen zusammen. »Du bist also tatsächlich dieser Wikinger«, sagt sie dann. »Hast du den Mut, gegen mich zu kämpfen?«

»Den Mut?« Sven lacht höhnisch. »Natürlich, mein Ruf eilt mir voraus. Ich nehme die Herausforderung an. Du wirst es bereuen.«

»Dann machen wir das so«, sagt Gunnar.

»Ich möchte zuvor kurz allein mit Avidh sprechen«, sagt Signe.

»Wenn Avidh einverstanden ist«, sagt Gunnar.

»In Ordnung«, sagt Avidh.

Yrsa folgt den beiden mit den Blicken. Sie stehen etwas abseits. Signe redet, Avidh hört zu. Yrsa hofft, dass sie ihm erzählt, was sie ihm bisher über seine Mutter verschwiegen hat. Und sie hofft sehr, dass die Informationen für Avidh wertvoll sind. Schuldig wäre Signe es ihm. Signe tut ihr jetzt beinahe leid. Falls sie Avidh noch liebt, muss sich das alles schrecklich anfühlen.

»Schöne Frau«, sagt Sven und fährt sich mit der Zunge über seine gefeilten Zähne. »Was für ein Jammer. He, Avidh«, ruft er hinüber. »Mach mal vorwärts.«

Avidh beachtet ihn nicht, bleibt stehen, hört weiter zu. Nach einer Weile nimmt Signe seine Hand und hält sie einen Moment fest. Auch das lässt er geschehen. Dann gibt er mit dem Kopf ein Zeichen, und sie kehren zurück.

Signe geht auf Yrsa zu, bleibt vor ihr stehen und sagt: »Es tut mir leid, was ich in der Gasse zu dir gesagt habe. Ich … ich hatte kein Recht dazu. Kannst du mir verzeihen?«

»Ja«, sagt Yrsa. Sie achtet Signe für diese Entschuldigung. »Freyja möge dich im Kampf beschützen.«

Signe nickt. »Bist du bereit?«, sagt sie dann mit lauter Stimme zu Sven. Sie sieht niemandem mehr ins Gesicht.

Avidh stellt sich neben Yrsa. Sie streichelt ihm über den Unterarm. »Hat sie dir erzählt, was sie behauptet hat zu wissen?«

Er nickt und schaut wieder zum Sonnenstand. »Ich muss nachher sofort in den Palast zurück.«

»Wie willst du es allein schaffen, Leif zu retten?«

»Das weiß ich noch nicht.«

»Lass mich dir helfen, irgendwie«, sagt Yrsa.

Er schüttelt den Kopf. »Es ist keine Zeit, um etwas zu planen.«

»Wäre es nicht besser, Signe könnte dir wenigstens helfen?«

»Einerseits schon. Andererseits will ich mich nicht auf sie verlassen.«

Es fühlt sich schrecklich an, dass Avidh unter Lebensgefahr in den Palast zurückkehrt und Leif ganz allein befreien will. Wie soll er das schaffen? Sie braucht schnell einen Einfall.

Die Männer bilden einen großen Kreis. In der Mitte stehen Sven und Signe.

»Gekämpft wird mit Schwert und Schild, sonst nichts«, sagt Gunnar. Einer von Valìs Männern hat Signe seine Waffen gegeben.

Was für ein seltsames Gefühl, denkt Yrsa. Sven darf nicht gewinnen. Er hat alles getan, um ihr das Leben schwer zu machen. Hat sie angegriffen, belästigt, beleidigt, wollte sie töten. Sie wünscht sich, dass Signe siegt. Auch wenn sie diesen Gedanken noch vor Kurzem für unmöglich gehalten hätte. Avidhs Gesicht ist unbeweglich. Sie fragt ihn nicht, was er denkt. Er hat seine Finger mit ihren verflochten.

»Schade eigentlich«, sagt Sven. »Ich hätte dich zuerst in mein Zelt schleifen sollen, bevor wir kämpfen.«

Signe antwortet nicht. Ihr Blick ist konzentriert, sie atmet tief, bringt sich in Position. Als Gunnar das Zeichen gibt, stürmt Sven sofort los, schlägt mit voller Wucht. Signe pariert den Schlag mit ihrem Schild, tänzelt zur Seite. Sven lacht.

»Kleiner Test«, sagt er und spuckt auf den Boden.

Die beiden umkreisen sich, Signe leichtfüßiger als Sven.

»Na los, hast du Angst?«, sagt er.

Sie reagiert nicht, tänzelt weiter im Kreis. Einen Moment kommt sie ihm dabei zu nahe. Er schlägt nach ihrem Kopf, sie reißt die Klinge hoch, pariert, gerät in Rücklage. Sven stößt mit dem Schild, sie verliert kurz das Gleichgewicht. Die Männer raunen, aber Signe fängt sich wieder.

»Bereust du es schon?«, sagt Sven und macht ein schnalzendes Geräusch mit der Zunge. »Soll ich dir die Kleider vom Leib schneiden? Oder vielleicht nachher, wenn du am Boden liegst?«

Ulf und einige andere lachen. Yrsa möchte ihnen am liebsten die Faust ins Gesicht rammen. Signe gibt keine Antwort, ihre Augen sind nur auf Svens Waffe geheftet.

»Du schaffst das, Signe«, murmelt eine Männerstimme hinter Yrsa. Sie dreht kurz den Kopf. Valì steht hinter ihr.

Sven schlägt schnell, oben rechts, oben links, unten. Signe verteidigt sich mit Schwert und Schild, gerät wieder leicht in Rücklage, taumelt beinahe, macht einen Ausfallschritt, fängt sich. Sie geht nicht in den Angriff, scheint auf den richtigen Moment zu lauern.

Avidh beobachtet das Ganze noch immer mit regloser Miene.

»Warum so schüchtern?«, sagt Sven. »Ich glaube, sie hat Angst.«

Er schlägt erneut heftig, Signe dreht ihren Schild leicht seitlich ab. Svens Klinge bleibt kurz an Signes Schildbuckel hängen. Sie zieht, stößt, blitzschnell, bringt Sven dadurch aus dem Gleichgewicht und schlägt in Richtung seines Oberschenkels.

Er zischt durch die Zähne. Signes Schwert hinterlässt einen Riss in seinen Hosen. Sofort tänzelt Signe zurück. Blut tropft aus dem Riss. Gut so, denkt Yrsa.

Mit einem wütenden Schrei geht Sven auf Signe los, zielt auf ihren Kopf. Sie wehrt den Schlag ab, etwas zu heftig, Sven kann ihren Schild nach unten drücken. Einen Moment ist Signes Kopf schutzlos. Yrsa zuckt zusammen. Aber Signe weicht Svens Schlag knapp aus, Sven trifft sie nur seitlich am Ohr. Sie zieht scharf die Luft ein, Blut läuft an ihrem Hals hinunter.

Die beiden umkreisen sich weiter. Alle schweigen, nur der Wind streift durch die Blätter. Sven keucht, auch Signes Atem geht schnell. Dann schlägt Signe blitzschnell nach Svens Bein, dorthin, wo er blutet. Er zieht den Schild nach unten, wehrt ab. Doch Signes Schwert ist bereits wieder über ihrem Kopf, Svens Schild noch nicht in Position, sie schlägt und trifft ihn am Schlüsselbein.

Sven stößt einen Schrei aus, der Schild fällt ihm aus der Hand. Er will sich rasch bücken, doch Signe rammt seinen Kopf mit ihrem Schild. Sven verliert das Gleichgewicht, taumelt, Signe zieht ihm die Klinge über den Bauch. Wieder schreit Sven und stürzt auf den Boden, flach auf den Rücken.

Er versucht sich aufzurichten, aber Signe schlägt ihm das Schwert aus der Hand und zwingt ihn mit der Kante ihres Schilds zurück auf die Erde. Dort liegt er auf dem Rücken, ächzt, Blut läuft aus seinem Bauch. Signe stößt sein Schwert mit dem Fuß weg, hält Sven die Klinge an den Hals.

»Du hast meiner Schwester Gewalt angetan und sie umgebracht. Tove war ihr Name«, sagt Signe. »Tove, das ist für dich.« Dann bohrt sie Sven das Schwert tief ins Herz.

Alle sind einen Moment ganz still. Dann zischt Ulf: »Verfluchte Verräterin, das wirst du büßen.«

»Halt«, ruft Gunnar laut. »Der Kampf ist vorüber. Verschwinde und lass dich nie mehr hier blicken, Signe!«

Signe steht noch immer neben Sven und atmet schwer. Ihr Schwert hat sie herausgezogen, sonst regt sie sich nicht.

Kapitel 64

Die Sonne steht im Westen, als Avidh tief unter dem Palast aus dem Wasser auftaucht. Er keucht, die Zeit rennt ihm davon, und er hasst es, dass sein Vorhaben viele Unsicherheiten hat. Wenn es nur um sein eigenes Leben geht, ist das weniger schlimm. Aber jetzt geht es um Leif.

Avidh umklammert den Stein, fleht Frida an, ihn aus der Ferne zu unterstützen. Schnell klettert er die enge Treppe hinauf, bemüht sich, das Ziehen in seiner Seite nicht zu beachten, und wechselt im Raum mit den Pergamentrollen die Kleider. Dann steckt er Himiltruds Schlafmittel und den Schlüssel zur Verlies-Türe in die Tasche.

Er hastet durch die Gänge, in Richtung des Südflügels. Wenn er nur nicht zu spät ist. Als er den Südflügel fast erreicht hat, sieht er Signe. Sie geht in dem breiten Gang auf und ab. Er staunt, dass sie schon im Palast zurück ist. Doch sie hatte einen einfacheren Weg als er. Was macht sie hier? Will sie ihm wirklich helfen? Er hat jetzt keine Zeit, sich mit ihr auseinanderzusetzen. Doch sie hat ihn bereits gesehen und eilt auf ihn zu.

»Avidh, du musst dich verstecken! Hartbert lässt nach dir suchen.«

»Jetzt? Ich kann nicht«, sagt er und läuft weiter.

Sie packt ihn am Ärmel, zischt ihm zu: »Deine Tarnung ist aufgeflogen.«

»Was? Warum?«

»Schnell.« Sie zieht ihn in eine Nische. »Schwester Odelgilde, die dich am Anfang behandelt hat. Sie hat dem Marschall jetzt doch von der Schwertwunde erzählt. Ich hatte kein Silber mehr, um ihr Schweigen zu erkaufen. Sie hat immer mehr gefordert.«

»Sehr fromme Schwester, der Troll soll sie fressen«, sagt Avidh. »Damit bringt sie auch Himiltrud in Schwierigkeiten.«

Signe winkt ab. »Himiltruds Position hier im Palast ist nicht so leicht zu erschüttern. Sie hat schon die halbe Palastgarde gepflegt.«

»Bist du auch in Gefahr?«

»Nein, ich habe ihnen dieselbe Geschichte erzählt wie Louis: dass ich meinen kleinen Bruder auf den rechten Weg zurückbringen müsse. Sie waren nicht begeistert, aber sie haben es verstanden. Aber für dich ist es gefährlich. Sie wissen, dass die Schwertwunde von einem Überfall stammt. Dafür wollen sie dich bestrafen. Hartberts Männer suchen dich. Wir müssen dich irgendwo verstecken.«

»Auf keinen Fall. Ich hole jetzt Leif aus dem Verlies. Und wenn es das Letzte ist, was ich tue.« Und nichts und niemand wird ihn aufhalten.

»Verdammt, Avidh, ich habe schon einmal gesagt, deine Loyalität kostet dich noch das Leben!«

»Hilfst du mir mit der Türe zum Verlies, oder nicht?«

»Ja, ich helfe dir. Das habe ich auch schon mehrmals gesagt.«

»Dann los.«

»Wir können dort vorne unter der Treppe warten.«

Am Ende des Gangs trennt eine massive Türe den Südflügel vom Verlies und der Waffenkammer ab. Hier sind nicht viele Menschen unterwegs. Sie hocken sich unter die Treppe, die ins Obergeschoss führt, und warten auf die Dienerin, die das Essen für die Wachen bringt.

»Nachher ist vermutlich keine Zeit mehr für das, was ich noch sagen möchte, Avidh«, sagt Signe und legt ihm kurz die Hand an die Wange. »Ich weiß, du kannst mir nicht verzeihen. Aber ich hoffe, du wirst glücklich und hast ein gutes Leben. Glaub mir das.«

Er nickt, schaut sie kurz an, er hat jetzt keine Zeit für Gefühle und starrt wieder zu der Türe. »Du hast gut gekämpft gegen Sven. Und danke für deine Hilfe mit Leif«, sagt er. »Ich hoffe, dein Rachefeldzug ist jetzt abgeschlossen.«

»Ja.« Sie holt tief Luft. »Im Moment fühle ich nur Leere. Ich weiß nicht, was ich jetzt machen werde. Vielleicht bleibe ich noch etwas hier bei Louis.«

»Keine schlechte Idee«, sagt Avidh. »Er scheint ein Mann mit Ehre.«

Signe umarmt ihn kurz. Er spürt, dass sie ein Schluchzen unterdrückt. Es fühlt sich seltsam an, sich so von ihr zu verabschieden. So lange hat er sich vorgestellt, sie zu töten. Aber diesen Wunsch hat er nicht mehr. Er ist froh, dass Signe ihn nicht fragt, ob er ihr irgendwann verzeihen wird. Das muss er sich noch überlegen. Im Moment sind all seine Gedanken sowieso bei Leif.

»Dort vorne ist die Dienerin«, sagt er, »sie stellt die Verpflegung für die Wachen hinter die Türe.«

Avidh wartet, bis sie wieder verschwunden und niemand mehr in Sicht ist. Dann schickt er Signe zur Verbindungstüre und stellt sich selbst so neben sie, dass von Weitem nicht sichtbar ist, wie sie aufschließt. Sachte öffnet er die Türe, versucht sie leicht anzuheben, um jedes Quietschen zu vermeiden. Zu seiner großen Erleichterung steht ein Tablett mit zwei Mahlzeiten und Bechern oben an der Treppe, die hinab in den Kerker führt. Er zieht Himiltruds Fläschchen aus dem kleinen Beutel am Gürtel und träufelt je die

Hälfte der Tropfen in einen der Becher. Dann späht er durch die Türe hinaus und hastet zurück unter die Treppe.

Es bleibt nicht viel Zeit, bis die Sonne über dem Tor steht. Sie werden kommen. Sie müssen kommen.

Signe hockt wieder neben ihm. »Wer ist der Mann, auf den wir warten?«, flüstert sie.

»Ein Waffenhändler. Er macht Geschäfte mit dem Palast.« Dass der Waffenhändler Yrsas Vater ist, braucht Signe nicht zu wissen.

»Aber die Waffenkammer ist eine Türe weiter.«

»Eben.«

»Du musst mir schon alles erzählen, Avidh, damit ich helfen kann. Vertraust du mir nicht?«

»Das überlege ich mir noch.«

Signe rollt die Augen.

Endlich hält ein Wagen bei der vorderen Türe am Ende des Südflügels. Avidh atmet tief aus. »Danke«, murmelt er kaum hörbar, »vielen Dank.« Der erste Schritt ist geschafft. Yrsas Vater macht manchmal Waffenlieferungen hier, niemand wird ihn verdächtigen.

Yrsas Vater wendet den Wagen, die Ladefläche zeigt jetzt vom Tor weg. Thorstein steigt ab und bringt den Ochsen dazu, noch ein paar Schritte rückwärts in ihre Richtung zu gehen. Die Ladefläche ist fast bei der Türe zum Verlies. Dann zieht Thorstein eine hölzerne Kiste vom Wagen, schultert sie und macht sich auf den Weg zur vorderen Türe, wo die Waffenkammer ist. Yrsa und Roar springen auch von der Ladefläche und ziehen eine zweite lange Holzkiste auf den Boden. Sie setzen sie zwischen dem Wagen und der Mauer ab. Yrsa stellt sich hinter den Wagen, gegen die Ladefläche gelehnt, Roar sitzt auf der Ladefläche und breitet eine Decke aus. Das ist Avidhs Zeichen.

»Und wenn die Wachen das Wasser nicht getrunken haben?«, flüstert Signe.

»Dann müssen wir etwas tun, das Himiltrud nicht freuen wird: die Wachen töten. Ich geh jetzt nachschauen.«

»Ich komme mit.«

»Nein, warte hier oben. Die ganze Zeit. Und falls eine Wache kommt oder Hartbert auftaucht, warnst du mich. Einverstanden?«

Sie nickt.

In wenigen Schritten ist er wieder bei der Verbindungstüre, öffnet sie leise und schleicht zur Treppe, die nach unten führt. Himiltrud hat ihm versichert, es seien im Moment keine anderen Gefangenen im Verlies. Er hofft, dass sich daran in den letzten Stunden nichts geändert hat.

Avidh folgt den steinernen Stufen. Als er einen Absatz erreicht, bleibt er kurz stehen und lauscht. Unten bewegt sich jemand.

»Hey, warum schläfst du?«, sagt eine tiefe Stimme.

Vorsichtig schaut Avidh um die Ecke. Eine Öllampe erleuchtet unten den Bereich vor den Räumen des Kerkers. Sie steht auf einem kleinen Tisch mit zwei Stühlen. Ein Soldat schüttelt seinen schlafenden Kumpanen. Der sitzt zusammengesackt auf der letzten Treppenstufe. Es hat wohl nur einer der beiden sein Wasser getrunken.

Avidh zückt das Messer. Alles muss schnell gehen. Tut mir leid, Himiltrud, denkt er und schleicht die Treppe hinunter. Die zweite Wache schüttelt noch immer den Schlafenden. Avidh packt ihn von hinten, legt ihm die Hand über den Mund und versetzt ihm einen heftigen Hieb gegen die Schläfe. Der Mann sackt zusammen, Avidh tastet an seinem Körper nach dem Schlüsselbund und öffnet die Türe des ersten Verlieses.

Modriger Geruch schlägt ihm aus dem düsteren Raum entgegen. Die Erinnerungen rauben ihm beinahe die Luft. Leif ist nicht hier. Avidh hastet zur zweiten Türe. Leif muss hier irgendwo sein. Mit einem Seitenblick zu den beiden Wachen öffnet Avidh die zweite Türe. Sein Herz schlägt schnell. Dann sieht er ihn: Leif! Er liegt in einer Ecke.

In drei Schritten ist Avidh bei ihm, packt ihn am Arm und zieht ihn hoch. Leif öffnet die Augen und murmelt: »Ich wusste, dass du kommst.«

Einen Moment zieht Avidh seinen Bruder an die Brust. Er ist erleichtert, so unendlich erleichtert, dass er Leif gefunden hat. »Rasch«, sagt er dann, »kannst du laufen?«

Leif nickt, Avidh stützt ihn, und sie verlassen den verdreckten Raum. Die Soldaten sind noch außer Gefecht.

»Warte kurz hier«, sagt Avidh und huscht die Treppe hinauf. Er späht zur Türe, die auf den Hof führt, hinaus und sieht Yrsas Vater im Gespräch mit einem Soldaten. Dort vorne muss die Waffenkammer sein. Sie dürfen nicht länger warten. Sie werden Leif auf der Ladefläche des Wagens verstecken und so durchs Tor bringen.

Avidh eilt nach unten, legt sich Leifs Arm über die Schultern, packt ihn an den Hosen und zieht ihn die Treppe hinauf. Auf dem obersten Absatz lehnt sich Leif erschöpft gegen die Wand. Avidh öffnet die Türe in den Innenhof einen kleinen Spalt und gibt Yrsa das verabredete Zeichen. Roar und sie heben die lange Kiste vom Boden auf und tragen sie umständlich zur Ladefläche. Thorstein setzt sich wieder vorne auf den Wagen.

»Jetzt«, sagt Avidh. Er hilft Leif, und sie schleichen gebückt zur Türe. Leif sackt beinahe zusammen. Dann hört Avidh von unten ein Geräusch. Er gibt Yrsa ein Zeichen. »Schau kurz dort unten nach«, flüstert er.

Roar übernimmt die lange Kiste, als wollte er sie auf die Ladefläche schieben. Yrsa eilt an ihnen vorbei und die Treppe ins Verlies hinunter. Avidh hilft Leif dabei, hinten auf den Wagen zu klettern, während sich Roar vor ihm mit der Kiste abmüht, um ihnen Deckung zu geben. Leif kriecht unter die Decke, bis nichts mehr von ihm zu sehen ist.

Avidh will gerade nach unten gehen, um Yrsa zu unterstützen, als er Hartbert entdeckt. Er kommt in Begleitung von zwei Soldaten über den Innenhof. Avidh flucht innerlich. Ausgerechnet jetzt.

»Schaut dort drüben nach«, ruft Hartbert einem der beiden Soldaten zu. Sie suchen ihn. Er muss schnell aus ihrem Blickfeld verschwinden. Avidh winkt Roar zu sich.

»Ihr müsst dringend losfahren. Sag Thorstein, ich bringe Yrsa nach draußen.«

»Das wird ihn nicht freuen«, zischt Roar.

»Spielt keine Rolle. Er soll mir vertrauen«, sagt Avidh, »ich werde Yrsa rausbringen. Los. Wir haben keine andere Wahl. Der Mann dort drüben sucht nach mir. Sonst war alles umsonst.«

Roar steigt auf die Ladefläche, sagt etwas zu Yrsas Vater. Hartbert nähert sich. Hat er ihn gesehen? Avidh duckt sich. Hartbert steuert auf den Wagen zu.

»Was macht ihr da?«, ruft er Thorstein zu.

»Ich habe Waffen geliefert«, antwortet Yrsas Vater.

»Was habt ihr jetzt noch geladen?«, fragt Hartbert.

Avidh umklammert sein Messer. Er wird sie alle töten.

»Hartbert«, ruft es von weiter drüben.

Avidh schließt kurz die Augen. Es ist Signes Stimme.

»Hartbert«, ruft sie noch einmal, schon näher, »ich habe meinen Bruder dort im Nordflügel gesehen. Komm schnell!« Dann steht sie neben Hartbert, beachtet die anderen nicht, nimmt seinen Arm und flüstert ihm etwas ins Ohr. Sie lacht laut, führt Hartbert über den Innenhof, redet noch immer auf ihn ein. Thorstein treibt den Ochsen an.

»Danke, Signe«, flüstert Avidh, dann rennt er nach unten.

Yrsa kommt ihm auf der Treppe entgegen. »Alles in Ordnung«, sagt sie, »schlafen alle wieder.«

»Sie mussten schon losfahren«, sagt er. »Ich bringe dich nach draußen.«

Einen Moment schaut sie ihn verwirrt an, dann nickt sie, drückt seine Hand, flüstert: »Wohin?«

Kapitel 65

Avidh zieht sie durch eine Türe. Sie sind gerannt, Treppen hoch, runter, um Ecken gehastet, haben sich in Nischen geduckt. Jetzt stehen sie in einer kleinen Kammer. In diesem Teil des Gebäudes war Yrsa noch nicht. Teure Kleider hängen an einer Stange. Ein süßlicher Geruch liegt in der Luft.

»Hier sind wir vorerst sicher«, sagt er. »Ich bin viel im Palast herumgewandert und habe nach Räumen gesucht, die kaum jemand nutzt. Ich wusste, dass ich das irgendwann brauchen würde.«

»Was machen wir hier?«

»Warten, bis sich alles etwas beruhigt hat. Ich bin dir so dankbar, dass ihr gekommen seid! Das vergesse ich nie.« Er drückt sie an sich.

»Danke, dass du ins Lager gekommen bist«, sagt sie in seine Brust. Sie fühlt ein leichtes Zittern in seinem Bauch. »Leif ist draußen«, sagt sie, »in Sicherheit. Alles wird gut.« Avidh holt tief Luft, sie spürt, wie seine Brust sich dabei bewegt, das Zittern ist noch da.

»Ja«, sagt er. Sie schlüpft mit ihren Händen unter sein Hemd, streichelt seine warme Haut. »Es war höchste Zeit«, sagt er, »und sogar Signe hat noch geholfen.«

»Mein Vater bringt ihn auf seinen Hof.«

»Das ist gut. Lange können wir dort nicht bleiben. Spätestens morgen früh werden sie nach ihm suchen.«

Yrsa nickt. »Ich bin froh, dass Signe Sven besiegt hat.«

»Ich auch. Es war seltsam, den Kampf zu beobachten. Ich habe mir so lange gewünscht, selbst gegen sie zu kämpfen.«

»Jetzt nicht mehr?«

Er zögert einen Moment mit der Antwort. »Nein. Ich weiß nicht genau, warum. Ich war hier im Palast zweimal nahe daran, sie zu verletzen. Obwohl das gegen meine Ehre ist.«

»Und … seid ihr euch sonst nahegekommen? Sind alte Gefühle zurückgekehrt?« Yrsas Herz pocht schnell, sie tritt einen Schritt zurück. Es erschien ihr nicht so, aber es ist besser nachzufragen. Avidh zieht sie wieder an sich.

»Nein. Mein Körper hat sich an sie erinnert.«

»Was heißt das?« Sie legt ihm die Hände auf die Brust, beobachtet ihn.

»Schau mich nicht so besorgt an. Ich könnte sie nicht mehr lieben.«

»Und was ist mit deinem Körper?«

»Nichts. Es ist nichts passiert.«

Sie schaut in seine dunklen Augen, sucht nach Spuren, dass er sie belügt, findet sie nicht. Sein Bart ist länger, als er ihn sonst trägt, was ihm einen noch wilderen, unnahbareren Ausdruck gibt. Sie weiß, dass er seine Gefühle gut verstecken kann. Doch im Moment kommt es ihr nicht so vor. Sie glaubt ihm. Er wirkt sogar entspannter als vor dem Überfall, als hätten sich die Geister aus der Vergangenheit zurückgezogen. Hoffentlich endgültig. Er legt ihr eine Hand an den Hals, streichelt die Haut unter ihrem Ohr. »Hat Signe dir erzählt, was der Grund ihres Verrats war?«

»Ja, nach einem langen Hin und Her. Als sie selbst Angst bekam um ihr Leben. Sie hat so lange gewartet, weil sie noch nicht fertig war und fürchtete, ich könnte sie aufhalten. Aber ich glaube, sie wollte auch, dass ich verstehe, warum sie es getan hat.«

»Und verstehst du es?«

»Es ging um Rache. Seeräuber aus Haithabu haben ihre Schwester vergewaltigt und umgebracht. Ich verstehe, dass man sich rächen will, wenn ein geliebter Mensch auf so furchtbare Art stirbt. Ich hätte jeden Mann im Lager getötet, der dir etwas angetan hätte, und ich hätte den Palast niedergebrannt, falls die Franken Leif hingerichtet hätten. Und ich habe mir immer ausgemalt, mich an Signe zu rächen. Aber ich hätte es im direkten Kampf getan. So wie sie es geplant hat, haben viele Unschuldige darunter gelitten.« Er schüttelt den Kopf. »Ich weiß nicht, was ich davon halten soll. Ich kann ihr den Verrat nicht verzeihen, zumindest jetzt noch nicht, aber trotzdem bin ich nicht mehr so wütend auf sie. Und den Wunsch, sie zu töten, habe ich nicht mehr.« Er kratzt sich im Bart. »Ich glaube ihr inzwischen, dass sie mich nicht treffen wollte.«

»Und warum Sven?«

»Ihre Schwester wurde von zwei Männern angegriffen. Den einen hat sie letzten Sommer erwischt. Vom zweiten wusste sie keinen Namen. Aber die Beschreibung passte, einschließlich des Bildes auf der Haut, perfekt auf Sven.«

»Das glaube ich sofort, dass er so etwas tun würde.« Und ich bin ihr dankbar, dass sie ihn besiegt hat, denkt sie.

»Ich weiß.«

Yrsa schlüpft noch einmal mit den Händen unter sein Hemd. »Wie geht es der Verletzung?« Sie streichelt vorsichtig über die Naht.

Er nickt. »Viel besser.«

»Wie hast du es geschafft, meinen Vater einzuspannen?«

Avidh lächelt. »Ich war mit Roar auf seinem Hof.«

»Du bist da einfach so reinspaziert?«

»Ja, wenn es dringend ist, fackle ich nicht lange. Dein Vater war sehr misstrauisch, was ich ihm nicht verüble. Aber Roar war dabei. Und Edda war großartig, wie immer. Es war nicht zu übersehen, dass sie uns kennt. Sie hat Roar keinen Moment aus den Augen gelassen. Das hat geholfen, damit dein Vater mir geglaubt hat, obwohl Eddas Verhalten ihn irritiert hat. Seine Blicke sind hin- und hergerast zwischen Roar, Edda und mir. Aber er hat dann schnell begriffen. Ich habe den Krieger in ihm gespürt und er vielleicht in uns.«

»Und er war bereit, dieses Risiko für mich in Kauf zu nehmen?« Nach allem, was ihr Vater in letzter Zeit gesagt hat, hätte sie das nicht gedacht.

»Als er verstanden hat, was auf dem Spiel steht, war er sofort bereit. Es war deutlich, wie besorgt er um dich war.«

»Hm.« Sie weiß, dass Avidh so etwas nicht erfindet. Und es berührt sie seltsam. »Aber du wusstest zu diesem Zeitpunkt noch nicht einmal sicher, ob ich wirklich im Lager bin. Das hast du vor meinem Vater einfach behauptet?«

»Ja. Ich habe es natürlich gehofft. Manchmal muss man kämpfen, ohne alles zu wissen.«

Dass er das meisterhaft beherrscht, weiß sie. »Und jetzt? Wie sollen wir allein aus dem Palast rausgelangen? Meinst du, mein Vater kommt nochmals zurück?«

»Nein, das wäre viel zu auffällig, zwei Waffenlieferungen an einem Tag. Wir finden allein einen Weg. Ich glaube, wir können es jetzt wagen.«

Avidh öffnet die Türe, späht hinaus, nimmt ihre Hand, und sie eilen wieder durch die Gänge. Eine schreckliche Ahnung wächst in Yrsa, je bekannter ihr der Weg vorkommt. Sie kann nicht stehen bleiben, obwohl sie das am liebsten würde. Dann zieht Avidh sie genau in jenen Raum, vor dem Yrsa sich gefürchtet hat. Gleich hinter der Türe lehnt sie sich an die Wand, schüttelt den Kopf. Sie stehen inmitten von Regalen voller Pergamentrollen.

»Avidh, ich kann das nicht!« Panik steigt in ihr auf. »Du musst allein gehen.«

»Nein«, sagt er in einem Ton, den sie von ihm kennt, wenn sich ein Kampf anbahnt und er keinen Widerspruch duldet. Er will sie weiterziehen. Dort hinten in der Ecke ist die Falltür.

»Avidh, warte.« Sie lässt seine Hand los.

»Denk nicht nach, Yrsa«, sagt er. »Ich helfe dir.«

»Nein, ich habe diese Verbindung zu den Wassergeistern nicht, die du hast. Ich kann nicht so lang tauchen. Ich werde ertrinken.«

»Wirst du nicht. Lass uns nach unten gehen, wo uns niemand mehr erwischen kann.«

Er bückt sich, zieht ein Seil unter einem Regal hervor, legt es sich über die Schulter und öffnet die Falltür. Ihre Brust wird eng vor Angst, sie bekommt nur schwer Luft. Wie soll sie so lange unter Wasser durchhalten?

Vorsichtig folgt sie ihm die düstere, enge Treppe hinab. Es ist dunkel, feucht, die Öllampe in Avidhs Hand wirft lange Schatten an die Wände. Weiter vorne plätschert das Wasser. Yrsa bleibt stehen.

»Geh allein, vielleicht kommt mein Vater doch noch mal zurück.« Eigentlich will sie sich nicht von Avidh trennen, aber ihre Angst vor dem dunklen Wasser ist überwältigend.

»Nein, Yrsa.« Er nimmt ihr Gesicht zwischen seine Hände, streichelt ihre Wangen, küsst sie sanft auf die Lippen. »Ich gehe nicht ohne dich. Auf keinen Fall.«

»Doch, du musst. Ich möchte, dass du dich rettest.«

»Nein, ich habe Edda versprochen, dass dir nichts geschieht. Mit ihr will ich es mir nicht verscherzen.« Er lächelt. »Aber ich würde dich auch ohne dieses Versprechen niemals hier zurückgelassen. Du und ich, Seite an Seite, das haben wir uns vor ein paar Monden versprochen. Und das gilt.«

Sie schüttelt den Kopf. »Ich werde dich nur aufhalten, und dann ertrinken wir beide.«

»Nein.«

»Vor einigen Monden bin ich fast ertrunken im Fluss in der Nähe unseres Dorfes. Als ich schnell nach Hause musste, weil ich mich um meinen kleinen Bruder sorgte. Seither fürchte ich mich noch mehr.«

»Du wirst heute nicht ertrinken.«

Kalter Schweiß bricht ihr aus. »Ich fürchte mich. Das dunkle Wasser. Die Enge. Was, wenn ich in Panik gerate?« Ihr ist, als hörte sie böse Geister murmeln. Vielleicht sind sie in eine Falle gelaufen. Vielleicht geschieht erst jetzt das, wovor Frida sie gewarnt hat. Die bösen Geister aus der Vergangenheit. Sie hat sich zu früh entspannt. Avidh ist noch nicht sicher. Und sie auch nicht. Sie atmet hektisch und oberflächlich. So kann sie niemals tauchen.

»Vertrau mir, Yrsa. Ich bring dich raus.« Sie hört Avidhs Stimme aus der Ferne, sie hallt durch den feuchten Tunnel.

»Du bist selbst noch angeschlagen.« Sie weicht einige Schritte zurück. »Ich … Es tut mir leid. Ich gehe wieder nach oben.«

Er hält sie fest, legt die Arme um sie, so eng, dass sie sich nicht bewegen kann. »Hör mir zuerst zu«, murmelt er. Seine Stimme klingt ruhig. »Ich habe den Tunnel bei jedem Tauchgang ein bisschen erweitert. Es ist jetzt einfacher als beim ersten Mal. Wir werden nicht stecken bleiben, und die Wassergeister werden dich aufnehmen. Hier im Palast sind wir nicht sicher. Wir müssen heute noch verschwinden, es gibt keinen anderen Weg. Wir können uns nicht ins Freie kämpfen. Sie sind viel zu viele.«

Yrsa legt ihren Kopf an Avidhs Brust, zieht seinen Geruch ein, lauscht seinem ruhigen Herzschlag. Er streicht ihr über den Hinterkopf, den Nacken.

»Wir schaffen das. Ich sage dir, wie. Du musst den Geistern nur zuhören. Das kennst du doch, es ist unter Wasser nicht anders. Deine Mutter hilft dir. Leg die Hand auf das Amulett. Fühlt es sich warm an?«

Sie nickt.

»Schließ die Augen. Atme ganz ruhig«. Er legt seine Hand auf ihren Bauch, und sie versucht seinen Anweisungen zu folgen. »Du musst nicht schwimmen, keine Luft dafür verbrauchen. Ich ziehe dich.«

»Nein, du musst auf dich selbst achten.«

»Das tue ich.« Er bindet ihr das Seil um den Bauch. »Du streckst dich, hältst dich mit den Händen über dem Kopf am Seil fest, und sonst machst du nichts.« Er schlingt das Seil mehrmals um seinen Körper, befestigt damit auch sein langes Schwert. »Ich zeige dir, wie ich die Luft zuerst in den Bauch, dann die Rippen und die Brust pumpe. Dort hältst du sie, bis wir im Fluss sind.«

Er küsst sie. Sie öffnet ihre zitternden Lippen. Ihn zu schmecken, tröstet sie, die Bewegungen ihrer Zunge sind nicht leidenschaftlich, sie sind zaghaft, sorgenvoll, sie legt ihre Angst, das Zittern in den Kuss, aber er weicht nicht zurück, hält sie fest und erwidert ihr Zittern mit ruhigen, liebevollen Bewegungen. »Ich vertraue dir«, flüstert sie irgendwann nahe an seinen Lippen, »bring uns nach draußen.«

Er zieht sie am Seil in Richtung des Wassers. Sie will stehen bleiben, die Angst will sie lähmen, aber sie geht weiter. Ich schaffe das, Avidh hilft mir. Diese Worte wiederholt sie in ihrem Kopf, selbst als sie das kalte Nass an ihren Beinen spürt. Sie füllt ihren Körper mit Luft, so wie Avidh es tut. Dann tauchen sie unter.

Yrsa schließt die Augen, lässt sich ziehen, lauscht, ob sie die

Wassergeister flüstern hört. Zuerst ist da nur Stille. Sie gleitet durch das Wasser, klammert sich an das Seil, als ein tiefes Brummen, dann ein Zirpen, leises Kichern an ihre Ohren dringt.

Kurz öffnet sie die Augen, es ist düster, vorne scheint kein Licht, sie schließt die Augen wieder, ihre Lungen beginnen zu brennen, das Kichern wird lauter, Laute, die sie nicht versteht, rauschen durch das Wasser, ihre Ohren sausen, sie will nach Luft schnappen, reißt sich zusammen, denkt nur an Avidh, der Nebel steigt auf in ihrem Kopf, verdichtet sich. Ihre Lungen brennen noch stärker.

Dann spürt sie Avidhs Hand an ihrem Arm, er zerrt sie nach oben, und sie schnappt nach Luft, keucht, hustet, will lachen, zieht den Atem gierig in die Lunge.

Sie schwimmen im Fluss.

Es ist ein warmer Sommerabend.

Und sie sind draußen.

Kapitel 66

Sie machen sich auf den Weg zum Hof ihres Vaters, meiden die Stadt, laufen Umwege. Graublaues Licht erhellt den Abendhimmel. Je näher sie dem Hof kommen, umso stärker spürt Yrsa die Anspannung in Avidh. Noch wissen sie nicht, ob Leif wirklich hier ist und ob es ihm gut geht. Sie haben ihn zuletzt auf der Ladefläche unter der Decke gesehen. Yrsa hofft, dass ihr Vater problemlos aus dem Palast gekommen ist.

Als die Umrisse des Langhauses in der Ferne auftauchen, sagt Avidh: »Wir können nicht über Nacht bleiben. Schon bald werden sie nach uns suchen. Dein Vater ist vielleicht sowieso wütend auf mich, weil er dich zurücklassen musste.«

»Es war die richtige Entscheidung. Er beruhigt sich wieder«, sagt Yrsa.

Vor dem Hof stehen Roar und ein Knecht Wache.

»Auch hinten auf dem Grundstück sind ein paar Männer«, sagt Roar, als er Avidh begrüßt. Avidh umarmt ihn, klopft ihm auf den Rücken.

»Danke. Auf dich ist Verlass«, sagt Avidh, und Roar nickt zufrieden. »Ist Leif hier?«

Roar nickt wieder, und Avidhs Miene entspannt sich deutlich. Er atmet tief aus, und Yrsa sieht ihn zum ersten Mal seit Langem richtig lächeln. »Dann hören wir uns jetzt den Wutausbruch an«, sagt er.

Sie haben das Eingangstor des Langhauses noch nicht erreicht, als Edda auf sie zurennt und Yrsa umarmt. »Du hast deine Rolle sehr gut gespielt bei der Entführung der Äbtissin«, sagt Yrsa ihr ins Ohr. »Ich bin so stolz auf dich.«

»Das hat Roar auch gesagt«, sagt Edda und lächelt ihn an.

Ihr Vater tritt aus dem Haus. Seine Miene ist düster. Er geht direkt auf Avidh zu. »Was war das?«, sagt er mit dröhnender Stimme und bohrt Avidh einen Finger auf die Brust. »Ich sollte euren Freund retten, und dann gerät meine Tochter in Gefahr!«

Avidh hebt die Hände. Seine Miene ist nicht so kalt wie sonst in derartigen Situationen. »Es war anders geplant. Tut mir leid«, sagt er. »Ich bin Euch sehr dankbar. Aber Ihr wisst, Unerwartetes kann immer geschehen.«

»Danke, dass du gekommen bist«, sagt Yrsa. Sie macht einen Schritt auf ihren Vater zu und legt die Arme um ihn. Sie ist überrascht, wie fest er sie hält. Als hätte er sich wirklich Sorgen um sie gemacht.

»Ich riskiere viel, fahre mit einem fremden Gefangenen aus dem Palast und lasse meine Tochter zurück«, brummt ihr Vater. Yrsa umarmt ihn noch einmal, seine Stimme klingt schon etwas weniger zornig.

»Es ist plötzlich jemand aufgetaucht, der alles in Gefahr gebracht hätte«, sagt Avidh. »Wir mussten sehr schnell handeln.«

»Ich habe das selbst so entschieden«, sagt Yrsa. »Und Avidh hat mich aus dem Palast gebracht.«

»Ich mag das nicht, wenn man mich hinters Licht führt«, sagt ihr Vater, noch immer an Avidh gewandt.

»Versteh ich«, sagt Avidh. »Ich auch nicht. Ich werde Euch nie vergessen, dass Ihr meinen Bruder gerettet habt.«

Yrsas Vater brummt etwas Unverständliches, dann sagt er: »Meine Frau hat ein halbes Buffet für Leif zubereiten lassen. Für euch ist bestimmt auch noch etwas da. Aber dann müsst ihr verschwinden.«

»Haben wir vor«, sagt Avidh.

»Wen höre ich da?«, sagt eine Stimme vom Eingang.

Leif steht in der Türe. Er ist abgemagert, bleich, aber sein charmantes Lächeln scheint fast zurück. Avidh ist in wenigen Schritten bei ihm, umarmt ihn, drückt ihn an seine Brust, will ihn fast nicht mehr loslassen.

»Danke, Bruder«, murmelt Leif immer wieder.

Yrsa schließt sich den beiden an, umarmt Leif von hinten. »Ich bin so froh, dass du frei bist«, sagt sie.

»Das fühlt sich gut an, daran könnte ich mich gewöhnen«, sagt Leif und lacht. Dann ziehen sich Avidh und Leif in eine Ecke zurück und besprechen, was geschehen ist.

Yrsa betritt zum ersten Mal das Langhaus ihres Vaters. Es ist ein prächtiger Bau, eine lange Halle, in der Mitte prasselt ein Feuer, links ist eine geräumige Kochecke, wo zwei Mägde arbeiten. Neben dem Feuer steht ein langer Tisch. Eine füllige Frau mit strahlenden blauen Augen kommt auf sie zu, nimmt ihre Hände und sagt: »Du musst Yrsa sein. Edda hat mir von dir erzählt. Und mein Mann dann schließlich auch.« Sie rollt die Augen. »Das hätte er schon früher tun sollen, ich hätte dich sehr gern als Gast in unserem Haus gehabt. Ich sehe sofort, dass du seine Tochter bist. Mein Name ist Ingund.«

Ein kleiner Junge rennt an ihnen vorbei und verschwindet unter dem Tisch. Ein zweiter folgt ihm. Yrsa hört sie kichern.

»Ich danke Euch«, sagt sie. Es ist ein seltsames Gefühl, jene Frau zu sehen, wegen der ihr Vater so oft nicht bei ihnen war. Aber es ist schön, wie warmherzig Ingund sie begrüßt. Nichts an Ingund erinnert Yrsa an ihre Mutter. Obwohl, ganz stimmt das nicht, fällt ihr ein, ihre offene, herzliche Art ist ähnlich. Das Amulett auf Yrsas Brust fühlt sich warm an.

Etwas später sitzen sie um den langen Tisch. Yrsa spürt immer wieder, wie Ingund sie anschaut. Jedes Mal, wenn sie den Blick erwidert, lächelt Ingund sie freundlich an. Ingund hat auch Leif bereits ins Herz geschlossen, was Yrsa nicht erstaunt. Leif trägt nicht mehr seine zerrissenen, schmutzigen Kleider, sondern ein langes Hemd aus gutem Wollstoff und passende Hosen.

»Das hat mal meinem Vater gehört«, sagt Edda. Roar sitzt neben ihr, ab und zu flüstert Edda ihm etwas ins Ohr, und er lacht.

»Dann riechst du endlich mal wieder besser«, sagt Avidh zu Leif.

Leif nickt und lächelt, seine Augenlider scheinen schwer. Er wirkt erschöpft.

»Und jetzt?«, fragt ihr Vater.

»Das wissen wir noch nicht genau«, sagt Yrsa.

Nach dem Essen steht Avidh auf und sagt: »Wir müssen leider aufbrechen. Es ist zu gefährlich für euch, wenn wir auf dem Hof sind.«

»Ich glaube nicht, dass sie hier so schnell nach euch suchen. Niemand kennt die Verbindung zwischen uns«, sagt Thorstein.

»Signe weiß es«, sagt Avidh. »Aber sie hätte uns nicht geholfen, um uns jetzt die Soldaten hinterherzuschicken. Trotzdem sollten wir nichts riskieren. Sie werden Leif suchen.«

»Ja«, sagt Thorstein, »aber einen allzu großen Aufwand werden sie nicht betreiben. Sie verlassen sich darauf, schon bald jemand anderen stattdessen hinrichten zu können. Wie auch immer: Ich fahre euch mit dem Wagen noch ein Stück. Leif wird euch sonst zu sehr aufhalten.«

»Ist nicht nötig«, sagt Avidh.

»Wir bestehen darauf«, sagt Ingund.

»Vielen Dank«, sagt Yrsa und schaut zu ihrem Vater.

»Valì segelt morgen los. Er hat mir versichert, dass er euch gern mit nach Hause nimmt«, sagt Thorstein.

»Wir müssten uns das Gejammer des gefesselten Angantýr nicht anhören«, sagt Leif.

Avidh lacht. »Das wäre ein großer Vorteil. Aber Gunnar schuldet uns noch Beute.«

»Die ist nicht hier, sondern bei Harald in der Nähe von Dorestad«, sagt Yrsa.

»Gunnar wird uns unseren Anteil auch zu Hause geben«, sagt Leif. »Er ist kein Dieb, auch wenn es mies war, wie er sich verhalten hat.«

Avidh nickt. »Er wollte gleich nach Signes Kampf mit mir sprechen und sich entschuldigen. Aber ich muss mir das alles erst mal durch den Kopf gehen lassen. Ich kann nicht so leicht vergessen, dass er sein Vertrauen in uns so schnell verloren hat.«

»Ja, das ist übel«, sagt Leif. »Das muss ich mir auch zuerst überlegen.«

»Das geht mir ebenso«, sagt Yrsa.

Sie bedankt sich bei Ingund. Jederzeit seien sie willkommen, sagt die Frau ihres Vaters zum Abschied.

Dann steigen sie auf den Wagen. Edda besteht darauf, mitzufahren. Yrsa wirft noch einen letzten Blick zu dem Grubenhaus, in dem sie übernachtet haben.

»Ich bringe euch in die Nähe von Valìs Lager«, sagt Thorstein. »Dort könnt ihr euch irgendwo ein Nachtlager einrichten und ihm am Morgen Bescheid geben.«

Sie fahren schweigend durch den düsteren Abend. Edda und Roar sitzen vorne bei ihrem Vater. Yrsa lehnt sich auf der Wagenfläche an die eine Schulter Avidhs und Leif an die andere. Ingund hat darauf bestanden, ihnen warme Decken und Proviant mitzugeben. Yrsa hat sich am Nachmittag, bevor sie Gunnars Lager verlassen hat, ihre Kampfaxt und den Bogen zurückgeholt. Nur Leifs Waffen sind verloren, aber ihr Vater hat ihm eine seiner alten Kampfäxte geschenkt, und mit der Beute wird es nicht schwierig sein, neue Waffen zu kaufen.

In einem kleinen Waldstück nicht weit von Valì und dem Fluss entfernt hält ihr Vater den Wagen an. »Dort vorne könnt ihr euch ein geschütztes Lager einrichten, hier werden die Franken nicht suchen«, sagt Thorstein.

»Nochmals vielen Dank für Eure Unterstützung«, sagt Avidh zum Abschied.

Thorstein klopft ihm auf die Schulter und sagt: »Ihr seid ein Krieger mit Ehre. Passt gut auf meine Tochter auf.«

Avidh lächelt. »Das mache ich. Aber sie passt sowieso auf sich selbst auf.«

Thorstein nickt. »Ja, das ist mir auch schon aufgefallen.«

Dann umarmt er Yrsa lange und sagt dabei leise in ihr Ohr: »Sei vorsichtig. Das Leben als Kämpferin ist gefährlich. Ich bin sehr froh, dass wir uns wiedergetroffen haben. Es tut mir leid, dass es so lange gedauert hat. Und bitte komm mich wieder besuchen.«

Sie nickt und drückt ihn. Sie spürt kein Ziehen im Bauch, so wie früher beim Abschied. Aber sie ist erleichtert, dass die Spannungen zwischen ihnen verschwunden sind. »Ich danke dir sehr, dass du uns geholfen hast«, sagt sie. »Magst du eigentlich noch immer geräuchertes Fleisch?«

Ihr Vater lacht. »Ja, warum fragst du?«

»Früher hast du immer danach gerochen.«

»Ich räuchere es nicht mehr selbst und esse es vermutlich auch seltener.«

Edda steht ein bisschen abseits und sieht sehr unglücklich aus. »Ich will nicht, dass ihr geht«, sagt sie, als Yrsa sie umarmt. Edda presst die Lippen aufeinander.

»Wir kommen zurück, wenn sich alles beruhigt hat«, sagt Yrsa. »Du bist die beste Schwester, die ich mir wünschen könnte. Wir hätten es ohne dich nicht geschafft.« Sie streichelt Edda über den Arm und denkt: Ich wünschte, ich könnte dich mitnehmen.

Edda drückt Yrsa fest, sagt dann: »Das ist so blöd, dass ihr jetzt geht.«

Roar steht auch ein bisschen abseits. Edda geht zu ihm und umklammert ihn, sie reicht ihm bis zur Brust. Er legt die Arme um sie, stützt das Kinn auf ihren Kopf. So stehen sie eine ganze Weile. Dann flüstert Edda ihm etwas ins Ohr. Roar nickt, und sie lässt ihn los. Ihre Miene ist starr. Kurz wischt sie sich über die Augen. Sie steigt auf den Wagen, ihr Vater fährt los, und Edda winkt, bis sie außer Sichtweite sind.

»Was hat Edda gesagt, Roar?«, fragt Yrsa.

»Sie schließt sich uns bald an. Und ich soll bei deinem nächsten Besuch unbedingt mitkommen«, sagt er.

»Wirst du das?«, fragt Yrsa.

»Auf jeden Fall.«

An einer trockenen Stelle zwischen zwei Bäumen richten sie ein Nachtlager ein. Roar verschwindet kurz darauf, er wolle noch jagen, sagt er. Vermutlich will er allein sein. Auch ihm scheint die Trennung von Edda nicht leichtgefallen zu sein. Yrsa hofft, dass die beiden sich wiedersehen. Und sie hat das Gefühl, dass das geschehen wird. Leif liegt unter den warmen Decken und hat die Augen geschlossen. Avidh hat ihm für sein Nachtlager eine besonders dicke Schicht Laub und Moos zusammengerafft.

Jetzt sitzt Avidh gegen einen Stamm gelehnt, Yrsa auf seinen

Beinen. Avidhs Miene ist entspannt, so entspannt wie noch nie auf dieser Reise. Sie streichelt seinen Wangenknochen, folgt der Linie seines Barts, küsst ihn. Er öffnet die Lippen, brummt zufrieden, ihre Zungen umspielen einander. »Du hast mir so gefehlt«, sagt sie leise an seinem Mund. Und dann fällt ihr auf, dass die düsteren Schatten aus seinem Gesicht verschwunden sind. Sie ist so erleichtert, das zu sehen, streicht ihm die Haare aus dem Gesicht und sagt: »Ich glaube, jetzt darf ich es dir erzählen.«

»Noch mehr geheime Vorschriften von Gunnar?«, fragt er und lächelt.

»Nein. Kurz vor der Abreise ist Frida ganz aufgelöst erschienen und meinte, ich müsse wachsam sein, die bösen Geister würden an dir zerren und Dämonen dich bedrängen. Aber ich durfte es dir nicht sagen. Es war so schwierig. Ich …«, sie schluckt, muss sich einen Moment daran erinnern, dass sie in Sicherheit sind, »ich hatte so große Angst um dich, vor allem als dann …« Sie streicht vorsichtig über seine linke Seite. »Deshalb hat Frida mir den Stein gegeben.«

»Ihr Stein hat mir im Palast sehr geholfen. Es wäre sonst alles noch schwieriger gewesen.« Avidh legt die Arme um Yrsa und hält sie fest. »Ich weiß, dass es für dich nicht einfach war, Signe und ich zusammen im Palast.«

Das war es tatsächlich nicht, denkt Yrsa. Es war ein ungewohntes Gefühl, dieses Brennen im Magen, Eifersucht muss es wohl gewesen sein. »Am schlimmsten war es, nachdem sie in der Gasse in Nijmegen behauptet hat, nichts könne euch auseinanderbringen.«

»Eigentlich hätte ich gern gesehen, wie ihr zwei miteinander streitet«, sagt Avidh und grinst.

»Das kann ich mir vorstellen. Es war ein etwas einseitiges Gespräch, weil ich schweigen musste. Aber ich habe sie dafür heftig geboxt.«

»Das hätte ich auch gern gesehen«, murmelt Leif zwischen den Decken.

Avidh lacht. »Schlaf weiter.«

Yrsa kuschelt ihr Gesicht an seinen Hals, und lauscht eine Weile Avidhs Atem. Dann fragt sie: »Was hat Signe dir über deine Mutter erzählt?«

Avidhs Blick geht in die Ferne, er scheint nach Worten zu suchen. »Es war seltsam, ihr zuzuhören. Mein Kopf war eigentlich ganz woanders. Und dann kommt sie mit dieser Geschichte.«

»Aber es war gut, dass sie es dir erzählen wollte, bevor sie möglicherweise im Kampf gegen Sven gestorben wäre. Von wem hat sie die Informationen?«

»Sie hat ziemlich weit herumgefragt. Das hat mich überrascht. Aber nur so war es möglich, nach dieser langen Zeit überhaupt etwas herauszufinden. Sie hat einen Kämpfer aufgetrieben, Ifár der Gewiefte, der anscheinend ein Freund meines Vaters war. Er lebt an der nordfriesischen Küste, wir sind auf dem Hinweg wohl an seinem Hof vorbeigesegelt.«

Avidh schüttelt kurz den Kopf. »Ich wollte das zuerst nicht glauben, aber mein Vater war anscheinend ein wichtiger Mensch für Ifár, hat ihm viel beigebracht. Ifár war rund zehn Winter jünger als mein Vater. Die beiden kämpften zusammen im Frankenland, nahmen an der friesischen Küste an Raubzügen teil.«

»So wie wir«, sagt Yrsa und verschränkt ihre Finger mit Avidhs.

»Ja. Einmal kehrten mein Vater und Ifár im Herbst nicht nach Hause zurück, sondern folgten dem Rhein weit in Richtung Süden und überwinterten dann irgendwo, wo man in der Ferne schneebedeckte Berge sah. So weit südlich war ich noch nie«, sagt Avidh. Er überlegt einen Moment. »Oder ich kann mich nicht erinnern. Dort lernte mein Vater jedenfalls meine Mutter kennen.«

Avidh holt tief Luft. Yrsa spürt, wie sich seine Schultern, sein

Bauch anspannen. Auch sie spürt einen Klumpen im Hals. Sie kann sich vorstellen, was es für ihn bedeuten muss.

Avidhs Stimme ist rau, als er weiterspricht: »Ich weiß nicht, was ich davon halten soll. Es fühlt sich seltsam an, überhaupt etwas über sie zu erfahren. So lange habe ich mich danach gesehnt. Und jetzt … ich weiß nicht.« Avidhs Blick geht wieder irgendwo in die Dunkelheit. »Sie sei sehr jung und sehr schön gewesen, Aldana war ihr Name.«

Yrsa lächelt. »Ein schöner Name.«

Avidh nickt und fährt fort: »Mein Vater und sie verbrachten den Winter zusammen, im Frühling ist er aufgebrochen. Ifár kämpfte den darauffolgenden Sommer erneut mit ihm. Dann trennten sich ihre Wege eine Zeit lang. Einige Winter später sah Ifár meinen Vater in Haithabu wieder. Er war gerade aus dem Süden angekommen und hatte einen knapp dreijährigen, dunkelhaarigen Jungen bei sich.«

»Das warst du?«

»Anscheinend.«

Yrsa spürt, wie Avidh schluckt, wie sein Adamsapfel sich bewegt. »Es muss ein eigenartiges Gefühl sein, das nach so langer Zeit zu erfahren.«

»Ja, und ich kann mich nicht entscheiden, ob es wie die Geschichte eines Fremden oder wie meine Geschichte klingt.«

»Und Ifár ist sicher, dass Aldana deine Mutter ist?«

»Das habe mein Vater ihm erzählt. Und der kleine Junge, also ich, habe Aldana sehr ähnlich gesehen, meinte Ifár. Aber mein Vater sagte Ifár nicht, warum er allein mit mir unterwegs war. Signe meinte, ich solle Ifár besuchen. Er könne mir noch mehr Einzelheiten erzählen, vor allem auch, wo mein Vater meine Mutter ursprünglich getroffen habe. Aber er wusste nicht, was mit Aldana geschehen war. Es war das erste Mal, dass er meinen Vater mit mir sah.«

Avidh zuckt mit den Schultern und seufzt. »Ich weiß nicht … So oft habe ich sie vermisst. Dass sie jetzt plötzlich einen Namen hat, habe ich noch nicht so richtig begriffen. Aldana …« Er spricht das Wort langsam aus, als müsse er es ausprobieren. »Irgendwie passt der Name zu dem Bild, das ich als Kind in meinem Kopf zu zeichnen versucht habe. Signe sagte, wenn es mich nicht loslässt, soll ich zuerst zu Ifár und dann in den Süden des Frankenreichs reisen.«

»Wenn du das möchtest, wäre ich sofort dabei«, sagt Yrsa. »Leif bestimmt auch.« Was für eine schöne Vorstellung es wäre, Avidhs Mutter kennenzulernen.

»He, Leif, willst du im Herbst eine Reise in den Süden des Frankenreichs mit uns machen?«, fragt Avidh.

Leif öffnet ein Auge. »Mit euch beiden?«, murmelt er und gähnt. »Auf jeden Fall.«

»Und nächsten Sommer reisen wir mit Valì?«, sagt Yrsa.

»Ja, warum nicht? Bis dahin bleibt noch viel Zeit, um darüber nachzudenken«, sagt Leif. Kurze Zeit später ist er wieder eingeschlafen.

»Ich bin mir noch nicht sicher, ob ich meine Mutter suchen will«, sagt Avidh. »Vielleicht ist sie schon längst tot.«

»Vielleicht erfährst du trotzdem etwas über ihre Geschichte.«

Avidh nickt. Und Yrsa lauscht wieder eine Zeit lang seinem Herzschlag. Er scheint in Gedanken versunken. Dann sagt er: »Hast du dir deine erste Reise so vorgestellt?«

Yrsa überlegt einen Moment, streichelt seinen Bauch. »Die Reise mit dem Schiff, der Wind, die Gischt, das Salz auf der Haut, das habe ich geliebt. Unbekannte Welten zu entdecken, danach habe ich mich immer gesehnt. Und es hat sich bis zum Überfall gut angefühlt, Teil einer Gemeinschaft zu sein, auch wenn Sven und Ulf mir das nicht immer leicht gemacht haben.«

»Naja, Sven bist du los«, sagt Avidh.

Sie nickt. »Nach dem Überfall war es dann sehr schwierig.« Sie seufzt. »Idun hat mir vorgeworfen, ich wäre zu rebellisch. Vielleicht stimmt das. Ich folge nicht blind Befehlen, wenn ich sie für falsch halte.«

Avidh brummt zustimmend. »Es kommt auch darauf an, wer diese Befehle gibt. Wenn du jemandem vollständig vertraust, ist es einfacher etwas zu tun, das im ersten Moment nicht richtig erscheint.«

»Das stimmt. Ich wusste immer, dass Angantýr dich nicht mag und sich auch deshalb nicht für dich einsetzt. Ich habe nicht geahnt, dass er sowieso ein anderes Ziel verfolgt. Dann dachte ich zuerst, ich müsste wieder allein kämpfen. Aber dann waren da Roar und Edda, und das war sehr schön.«

»Ja, die beiden Jüngsten waren die Mutigsten«, sagt Avidh.

Sie nickt. »Aber … ich hätte mich auch Gunnar widersetzt, wenn es um dein Leben geht.«

Avidh zieht sie noch näher an seine Brust. »Das hätte ich auch getan«, sagt er.

Yrsa lauscht dem Wind und dem Rauschen der Blätter, dann sagt sie: »Ich habe viel darüber nachgedacht, ob der Kampf während des Überfalls das war, was ich mir immer vorgestellt habe.«

»Und?«

»Ich weiß es noch nicht genau. Ich habe das Prickeln geliebt, den Bogen am Anschlag zu spüren, sich anschleichen, die Aufregung, Anspannung, gemeinsam für unser Ziel zu kämpfen. Aber ich habe auch gemerkt, es ist schwieriger, wenn jemand dabei ist, dessen Leben du um jeden Preis beschützen willst.«

Avidh nickt. »Das verstehe ich nur zu gut. Irgendwie wird es normal, und doch nicht. Es ist besser, nicht zu viel darüber nachzudenken.«

Sie schlingt ihre Arme um ihn. »Und du hast im Kampf mein Leben gerettet, und dein eigenes aufs Spiel gesetzt. Das werde ich nie vergessen«, flüstert sie.

»Ich würde es jederzeit wieder tun. Und du hast mir geholfen, einen Weg für mich und Leif aus dem Palast zu finden.«

»Auch Valì hat geholfen.«

»Es ist gut, dass wir mit ihm zurückreisen«, sagt Avidh.

Yrsa nickt. »Was sind es für Dämonen, von denen Frida gesprochen hat? Sind sie gebannt?«

Avidh schließt einen Moment die Augen, fährt sich mit der Hand über das Gesicht. »Wie soll ich das sagen … Diese Dämonen bedrängen mich manchmal. Sie schlummern tief in mir, schon sehr lange. Ich muss dafür sorgen, dass sie dort bleiben. Wenn sie an die Oberfläche drängen, dröhnen sie in meiner Brust, in meinem Kopf, rauschen in meinen Ohren und schicken mir Gefühle, die ich fast nicht aushalte. Wenn sie ganz die Überhand gewinnen, schlagen sie ihre Krallen in mein Herz, und ich bin verloren.«

»Ich werde alles dafür tun, dass das niemals geschieht.«

»Du hast schon sehr viel getan, um ihnen das Leben zu erschweren.« Avidh lächelt, fährt mit den Fingerspitzen sachte über ihre Lippen. »Ich vertraue dir. Und das bedeutet mir mehr, als du dir vorstellen kannst. Noch nie hat eine Frau so für mich gekämpft. Das hat mich tief im Innern berührt. Und ich spüre diese Verbindung zu dir. Ganz gleich, ob du auf meinen Beinen sitzt oder weit weg bist.« Er lächelt. »Aber es ist mir lieber, du bist ganz nah.«

»Mir auch. Ich hatte dieses Gefühl noch nie, dass ein Mann zu mir gehört. Egal, was geschieht. Es fühlt sich unglaublich schön an, und ich möchte, dass dieses Gefühl nie aufhört.« Sie hält ihn einen Moment ganz fest, sucht seine Lippen. »Willst du diese Reisen noch viele Sommer machen?«, fragt sie dann.

»Ich wollte es so lange machen, bis ich genügend Silber für ein Stück Land hätte, um Pferde zu züchten. Und du?«

»Ich weiß nicht. Das finde ich eine schöne Idee. Ich würde gern noch einige Male in die Ferne ziehen. Vielleicht als Kämpferin, vielleicht auch nicht. Oder um deine Mutter zu suchen. Aber was auch immer ich mache, ich möchte es mit dir zusammen tun.«

»Und ich es mit dir«, sagt Avidh.

Sie küssen sich lange. Dann lehnt Yrsa den Kopf wieder an Avidhs Brust und lauscht seinem Herzschlag. Eines weiß sie sicher: Wo sie ist, ob auf Reisen oder in Haithabu, spielt keine so große Rolle. Zu Hause fühlt sie sich an Avidhs Seite.

Nachwort zum historischen Hintergrund

Yrsa und Avidh habe ich mir ausgedacht, ihre Geschichte auch. Doch sie spielt vor einem realen historischen Hintergrund: Dorestad war im Frühmittelalter eine blühende Handelsstadt und wurde im Jahr 834 tatsächlich von Wikingern überfallen. Davon erzählt eine zeitgenössische karolingische Quelle, die »Annalen von St. Bertin«. Die Autoren der Annalen schildern in wenigen Sätzen Dramatisches: »Unterdessen reiste eine Flotte von Dänen nach Friesland und verwüstete einen Teil davon. Über Utrecht kamen sie bis in das Emporium Dorestad und zerstörten alles. Sie schlachteten einige Menschen ab, nahmen andere gefangen und brannten die Umgebung nieder.«

Weil die Wikinger selbst kaum Schriftliches hinterließen, haben Schilderungen wie diese lange Zeit unsere Vorstellungen von ihnen geprägt. Doch neue Forschungen haben dieses Bild in den letzten Jahrzehnten ergänzt und oftmals korrigiert. Der Überfall auf Dorestad ist ein gutes Beispiel dafür. Jeder Überfall war für die Opfer schrecklich. Die karolingischen Autoren der Annalen hatten jedoch ein Interesse daran, alles möglichst dramatisch zu schildern. So konnte man sich etwa vom Vorwurf freisprechen, sich schlecht verteidigt zu haben. Das fränkische Reich machte in den 830er Jahren unruhige Zeiten durch, die Söhne von Kaiser Ludwig dem Frommen kämpften gegen ihren Vater um den Thron. Das band viele Kräfte, die für die Verteidigung gebraucht worden wären. Zudem verfassten nicht immer Augenzeugen die Berichte von den Überfällen, bisweilen erzählte ein Chronist nur vom Hörensagen.

Dass vieles anders gewesen sein muss, als man lange glaubte, wissen wir heute dank der Archäologie. In Dorestad beispielsweise fanden in den letzten Jahrzehnten weitreichende Ausgrabungen statt, um die Blütezeit der frühmittelalterlichen Handelsstadt im achten und neunten Jahrhundert zu erforschen. Und obwohl in der karolingischen Quelle steht, die Angreifer hätten die Stadt niedergebrannt, haben die Archäologen in den entsprechenden Erdschichten keine Brandspuren gefunden. Einen großflächigen Brand gab es also nicht.

Als »Zeitalter der Wikinger« gelten die Jahrhunderte von rund 750 bis 1050. Mit ihren Reisen prägten die Wikinger die Geschichte Europas im Frühmittelalter entscheidend mit. Die Überfälle auf Ziele im heutigen West- und Mitteleuropa begannen gegen Ende des achten Jahrhunderts. Heute weiß man, dass hinter den Überfällen in den ersten Jahrzehnten meist kleinere, unabhängig voneinander agierende Gruppen mit wenigen Schiffen steckten. Auch bei den größeren Angriffen ab rund 850 widersprechen sich die Angaben verschiedener Chronisten zur Anzahl der Schiffe bei ein und demselben Angriff teilweise massiv. Aus zwei Schiffen machten manche Chronisten zwanzig oder gar zweihundert.

Die Reisen der Wikinger ins fränkische Reich sind noch nicht so ausführlich erforscht wie beispielsweise jene auf die Britischen Inseln. Wichtig sind die Untersuchungen des Historikers Christian Cooijmans in seinem Buch »Monarchs and Hydrarchs« und weiteren Studien. Cooijmans schreibt, dass die historischen Ereignisse selbst den Annalen widersprechen. Denn die Wikinger kehrten im Jahr 835, 836 und 837 für weitere Überfälle zurück. Hätten sie die

Stadt 834 vollständig zerstört, wäre sie nicht so rasch wieder ein interessantes Ziel gewesen. Dorestad war kaum zu verteidigen, die Stadt war ein riesengroßer Markt, der sich über mehrere Kilometer das Flussufer entlangzog.

Interessant ist auch die Wortwahl der Chronisten. Sie schreiben von »Dänen«, nicht von Wikingern, wie wir diese Menschen heute nennen. Doch auch über das Wort »Dänen« wissen wir nur, dass es eine zeitgenössische Fremdbezeichnung war. Ob sich die Menschen damals selbst so bezeichneten, ist leider nicht bekannt. Die Menschen im Norden Europas lebten damals in einer Kultur der mündlichen Überlieferungen. Abends am Feuer erzählten sie Geschichten, in den Methallen und Gasthäusern gab es Wettstreite, wer die besten Verse dichtete.

Doch wir wissen, dass sie sich nicht alle Wikinger nannten. Denn »Wikinger« war im Altnordischen eine Berufsbezeichnung und hieß so viel wie Seeräuber. Für Yrsa, Avidh und Gunnars Kämpfergemeinschaft passt dieser Begriff. Die große Mehrheit der Bevölkerung lebte damals jedoch von Landwirtschaft, Fischerei und Handwerk und wäre irritiert gewesen, hätte man sie als Wikinger bezeichnet. Ihre Reisen unternahmen die Männer und Frauen aus dem Norden zudem nicht nur, um zu rauben, sondern sie betrieben auch regen Handel. Sie bauten ein weitverzweigtes Handelsnetz auf, das von Grönland bis Istanbul reichte. Den amerikanischen Kontinent erreichten sie fünfhundert Jahre vor Kolumbus.

Obwohl sie in einer Kultur der mündlichen Überlieferungen lebten, hatten die Wikinger eine Schrift: die Runen. Der Ursprung dieser Zeichen geht weit zurück, bis mindestens ins zweite Jahrhundert unserer Zeitrechnung. Überlebt haben die Runen vor allem als Inschriften auf Steinen. Die Wikinger schrieben im Alltag aber vermutlich auch Botschaften, die sie zum Beispiel ins Holz ritzten, so wie Avidhs Liebesbotschaft, die er mit Hilfe von Edda verfasst. Einige wenige Exemplare haben die Jahrhunderte überdauert. In Norwegen fand man ein kleines Holzstück, auf dem im elften Jahrhundert jemand die Botschaft »Küss mich« einritzte.

In den letzten Jahren gab es hitzige Diskussionen um die Frage, ob bei den Wikingern auch Frauen wie Yrsa kämpften. Im schwedischen Birka stießen Forschende vor 145 Jahren auf das Grab eines Wikingerkriegers. Begraben war der Tote mit einem Waffenarsenal. Lange nahm man an, dass es sich um die letzte Ruhestätte eines mächtigen Mannes handle. Vor einigen Jahren kam die große Überraschung. Eine DNA-Analyse der Knochen zeigte zweifelsfrei: Der Krieger im Grab Bj.581 war eine Frau. Und es gibt noch weitere Gräber, in denen Frauen mit Waffen lagen.

Zudem sind längst nicht bei allen Funden noch Knochen vorhanden. Früher deutete man ein Grab ohne Knochen, aber mit Waffen als Männergrab, ein Grab mit Webutensilien als Frauengrab, selbst wenn man nicht wusste, wer wirklich darin beerdigt wurde. Die aktuellen Methoden der Archäologie erlauben genauere Analysen und neue Erkenntnisse.

Heute nehmen die meisten Forschenden an, dass es Kriegerinnen wie Yrsa gab, sie aber nicht allzu zahlreich waren. Auch in der nordischen Mythologie und Sagenwelt ist die Vorstellung, dass Frauen kämpfen, vorhanden. Die Frauen mussten sich dazu nicht als Männer ausgeben. Trotzdem trugen sie kaum lange Kleider, beim Kämpfen ist das nicht sehr praktisch. Auch war es wohl nicht immer einfach, sich als Frau in einer Welt der Waffen und Männer zu behaupten.

Ihren Ehemann konnten Frauen meist nicht selbst aussuchen. Das Heiratsalter lag bei vierzehn, fünfzehn Jahren. Einflussreiche Männer lebten oftmals mit mehreren Ehefrauen. Trotzdem hatten die Wikingerinnen mehr Rechte als Frauen in anderen mittelalterlichen Gesellschaften. Sie konnten erben, Land besitzen, sich scheiden lassen und ihren Aufenthaltsort bestimmen. Wohlhabende Frauen leiteten oftmals die Höfe, vor allem wenn ihre Männer zur See fuhren. Studien zeigen, dass Frauen ähnlich gut genährt waren wie Männer. Das war in anderen zeitgenössischen Kulturen nicht immer so. All das galt jedoch nur für freie Frauen und nicht für Sklavinnen.

Obwohl die Wikinger heute in der Populärkultur sehr präsent sind, wissen wir nur wenig darüber, wie sie lebten und dachten. Und was wir über sie wissen, zeigt, wie stark sich ihre Welt von der unseren unterschied. Ihre spirituelle und magische Welt war lebendig und vielfältig. Lange hat man versucht, diese Welt nach den Grundsätzen des Christentums zu erklären. Anstatt eines habe es einfach viele Götter und Göttinnen gegeben. Doch die Unterschiede gehen viel tiefer. Es war für die Menschen damals, anders als heute, keine Frage, ob man glaubte oder nicht. Das Spirituelle gehörte selbstverständlich zur Sicht auf die Welt, und die Menschen teilten sich ihre Umgebung mit Wesen wie Elfen, Geistern, Zwergen oder Trollen. Oder wie es der Wikinger-Experte Neil Price einst formulierte: »Unsere heutige Welt fänden die Wikinger sehr langweilig.« Die spirituellen Wesen spielten im Alltag der Menschen vermutlich sogar eine wichtigere Rolle als die Götter und Göttinnen. Wer eine Bitte hatte oder Schutz suchte, der legte der Elfe etwas auf den Opferstein.

Die Verbindung zur spirituellen Welt lief im Alltag über die Magie, und Magie war Frauensache. Das verlieh den Frauen Macht. So gab es einflussreiche Seherinnen, wie es Idun oder Frida sind. Mit der Christianisierung verloren die Frauen diese Macht und wurden von allen religiösen Ämtern ausgeschlossen. Wer sich für

Magie, für Seherinnen, für Yrsas Mutter Katla und ihren kleinen Bruder Sjalfi interessiert, dem empfehle ich den ersten Band »Yrsa. Journey of Fate« zur Lektüre. Diese Themen spielen dort ein wichtige Rolle, und man erfährt im ersten Band auch, wie Yrsa und Avidh sich kennengelernt haben.

Thor, Odin, Freyja oder Loki haben heute auch dank den Marvel-Filmen einen prominenten Platz in der Populärkultur. Doch wir wissen viel weniger über diese Gottheiten, als es oftmals den Anschein hat. Die schriftlichen Quellen, die von ihnen erzählen, stammen nicht aus der Wikingerzeit, sondern wurden erst Jahrhunderte später von christlichen Autoren aufgeschrieben. Diese Texte sind eine späte Momentaufnahme eines ursprünglich dynamischen Weltbildes.

Die »Prosa-Edda« beispielsweise hat der Isländer Snorri Sturluson zwischen 1220 und 1230 verfasst, also fast vierhundert Jahre nach jener Zeit, in der Yrsas Geschichte spielt. Deshalb gibt es viele Diskussionen darum, als wie authentisch die Schilderungen gelten können, gerade weil sie von Autoren stammen, die einen anderen Glauben hatten. Das Gleiche gilt für die Isländersagas, die für uns heute eine faszinierende Lektüre sind, aber ebenfalls erst Jahrhunderte später niedergeschrieben wurden.

Auch die Versdichtungen der »Poetischen Edda« wurden erst nach Ende der Wikingerzeit von christlichen Autoren festgehalten, obwohl sie unsere wichtigste Quelle für die nordische Mythologie und Götterwelt sind. Aus welcher Zeit die Originale stammen, wissen wir nicht, und auch nicht, wer die Autoren oder Autorinnen waren. Ursprünglich verfasst haben sie vielleicht tatsächlich Menschen in der Wikingerzeit, aber wie sie sich danach verändert haben, ist unklar. Die Gedichte sind für uns heute nicht leicht zu interpretieren.

Wer sich heute mit den Wikingern beschäftigt, der ist auch mit der Rassenideologie des 19. und 20. Jahrhunderts konfrontiert. Die Nationalsozialisten schufen ein Bild von den Wikingern, das nichts mit den historischen Realitäten zu tun hat, sondern ihr eigenes rassistisches Weltbild spiegelt. Trotzdem beziehen sich Rechtsextreme noch heute auf diese Konstrukte. Den Begriff »Rasse« gab es im Mittelalter nicht, auch keine Nationalstaaten im heutigen Sinn.

Das Bild, das mit den neusten Forschungen von den Wikingern entsteht, ist ein ganz anderes: Ihre Welt war bunt und vielfältig, sie erscheinen als weltoffene Menschen, in ihren Handelszentren wie Haithabu oder Ribe lebten Personen verschiedenster Herkunft miteinander. Schließlich reisten die Wikinger in die Gebiete von rund vierzig heutigen Ländern.

Im Sommer 2024 habe ich für meine Recherchen die Niederlande besucht. Dorestad heißt heute Wijk bij Duurstede. Leider ist von der frühmittelalterlichen Handelsstadt überhaupt nichts mehr zu sehen. Ich habe genau an der Stelle gestanden, wo einst der Uferweg von Norden nach Süden verlief, den Yrsa in Kapitel 18 entlangläuft. Nichts dort erinnert an das Stadtbild des neunten Jahrhunderts. Sogar der Flussverlauf hat sich verändert. Wo einst der Markt am Ufer war, verläuft nun eine asphaltierte Straße, genannt Hoogstraat, mit Parkplätzen und Wohnhäusern. Die Stelle, wo einst das römische Castrum stand, aus dem die Gruppe den Procurator zu entführen versucht, liegt heute südlich des Flusses unzugänglich in einem Waldstück. Vom Castrum selbst ist nichts geblieben. Eine Rekonstruktion, wie es möglicherweise ausgesehen hat, konnte ich mir am Stadtrand von Utrecht anschauen.

Besucht habe ich auch Nijmegen und den Valkhof, heute ein Park, wo einst die Kaiserpfalz stand, in der Avidh gefangen gehalten wurde. Auch von der karolingischen Kaiserpfalz gibt es keinerlei Überreste. Eine kleine Ruine, die auf dem Valkhof noch zu sehen ist, stammt von einem Nachfolgebau aus dem 12. Jahrhundert. Trotzdem war die Reise wertvoll, und im »Rijksmuseum van Oudheden« in der Stadt Leiden gibt es noch faszinierende Fundstücke aus dem frühmittelalterlichen Dorestad.

Ich bin Historikerin und habe viel wissenschaftliche Literatur über die Zeit der Wikinger gelesen. Trotzdem ist es heute mit einem Abstand von 1200 Jahren schwierig, sich vorzustellen, wie die Menschen im neunten Jahrhundert gedacht und gefühlt haben. Ich habe versucht, aktuelle Forschungen wo immer möglich in Yrsas und Avidhs Geschichte einfließen zu lassen. Bei den zahlreichen Dingen, die man nicht genau weiß, habe ich im Sinne der Geschichte und der Spannung entschieden. Trotzdem ist vieles an der Geschichte auch modern. Denn ein historischer Roman soll zwar die fiktive Reise in eine ferne Zeit ermöglichen, aber er soll auch gut unterhalten.

Wer mehr über die Lebenswelt der Wikinger erfahren möchte, dem empfehle ich das sehr gelungene Buch des Archäologen und Wikingerexperten Neil Price. Es heißt im Original »The Children of Ash and Elm« und ist auf Deutsch als »Die wahre Geschichte der Wikinger« erhältlich.

Auch auf meiner Website www.alexandrabroehm.de gibt es weitere Informationen.

Dank der Autorin

Viele wichtige Menschen haben mich dabei unterstützt, dieses Buch zu schreiben. Ihnen allen möchte ich von ganzem Herzen danken:

Mein Sohn Thierry hat immer, und lange vor mir, an Yrsa und Avidh geglaubt, und das bedeutet mir unendlich viel. Thierry ist einer meiner ersten Testleser und gibt mir sehr wertvolles Feedback, obwohl er Bücher wie Yrsas Geschichte sonst nicht liest.

Meine liebe Freundin Flavia hat sich durch mühsame erste Entwürfe dieses Textes gearbeitet und mich mit ihrer langjährigen Leseerfahrung auf Schwachstellen hingewiesen. Das war mir eine große Hilfe.

Meine beste Freundin Nadja hat mich immer unterstützt, auch wenn ich gedanklich wieder mal im neunten Jahrhundert feststeckte. Und sie hat mir noch aus ihren Ferien per Videocall wichtige Leseeindrücke zur fertigen Rohversion und Yrsas Entwicklung übermittelt.

Die Dramaturgieexpertin Katrin Opatz hat mir mit ihrem untrüglichen Gespür für Widersprüche in der Handlung entscheidende Hinweise zur Struktur meines ersten Entwurfs gegeben. Das war für mich sehr wertvoll, und es hat großen Spaß gemacht, mich mit ihr über Yrsas Geschichte auszutauschen.

Unverzichtbar war für mich das Wissen des Historikers Christian Cooijmans. Er ist Experte für die Reisen der Wikinger ins Fränkische Reich, hat all meine Fragen geduldig beantwortet und mich mit großartigen Tipps für meine Rechercheriese in die Niederlande versorgt.

Von meiner Testleserin Leah stammen bedeutende Hinweise, um Band zwei für alle zugänglich zu machen. Sie hat den Text gelesen, ohne Band eins zu kennen, und ist in einem ähnlichen Alter wie die Hauptfiguren.

Eine bessere Chefin als Anke könnte ich mir nicht wünschen. Sie hat mir wie schon beim ersten Band im entscheidenden Moment unbezahlten Urlaub bewilligt. Und hat mir sogar bei der PR für den ersten Band geholfen.

Meine Schwester Patricia hat mir mit ihrem Talent für kurze Verkaufstexte gute Tipps gegeben, und meine Schwester Verena hat mich sehr unterstützt beim Marketing für den ersten Band. Auch ihr Partner Pat hat mir bei der Pressearbeit für Band eins entscheidend geholfen.

Wie schon bei Band eins haben mir der Dozent Martin Hielscher und die Jahresklasse der Textmanufaktur Leseeindrücke zu einzelnen Kapiteln geschildert. Das war für mich sehr wertvoll, und ich werde unsere Sitzungen vermissen.

Meine großartige Agentin Franka Zastrow von der Agentur Thomas Schlück hat es möglich gemacht, dass auch Band zwei von Yrsas Geschichte bei einem tollen Verlag erscheinen kann.

Sehr viel bedeutet es mir, dass sich die Programmleiterin Wiebke Bolliger vom Ullstein Verlag für Yrsas Geschichte begeistert hat und sich für das Buch eingesetzt hat. Auch dem ganzen Team des Ullstein Verlags bin ich sehr dankbar.

Gute Lektoren sind für jedes Buch entscheidend. Ich habe großes Glück mit meinem Lektor Carlos Westerkamp und seinem Talent, Texte zu verbessern. Er hat ein wunderbares Gespür dafür, genau jene Stellen zu finden, die noch Arbeit brauchen.

Ganz besonders danken möchte ich allen Leserinnen und Lesern. Denen, die schon Band eins gelesen haben, und denen, die Yrsas Geschichte noch nicht kannten und mit Band zwei eingestiegen sind. Es bedeutet mir unglaublich viel, wenn mein Text Sie für einige Stunden in eine andere Welt entführen und gut unterhalten konnte.

Eine junge Wikingerin auf der verzweifelten Suche nach ihrem Bruder

Yrsa ist eine junge Wikingerin, die sich seit vier Jahren allein um ihrem Bruder Sjalfi kümmert. Schmerzvoll haben die beiden ihre Mutter verloren. Als Yrsa eines Tages von der Jagd nach Hause kommt, ist Sjalfi verschwunden. Verzweifelt macht sie sich auf die Suche und den gefährlichen Weg nach Haithabu: durch dunkle Wälder, auf ihren Fersen ein Mann, der sie aufhalten will. Doch Yrsas Traum war immer schon, eine Kämpferin zu werden. Und dies hier wird ihr erster Kampf sein: gegen die unwirtliche Natur, gegen Männer, deren Geheimnisse sie nicht aufdecken soll, für den Glauben an das Gute. Und für die Liebe zu dem jungen Krieger Avidh.

Alexandra Bröhm

Yrsa. Journey of Fate

Roman

Klappenbroschur

Auch als E-Book erhältlich

www.ullstein.de

ullstein

Die Schicksale Tausender Waisenkinder liegen in ihren Händen

Hamburg 1955: Die schüchterne Annegret und die vornehme Charlotte arbeiten Seite an Seite beim Kindersuchdienst des Deutschen Roten Kreuzes. Doch als ein Geheimnis aus Charlottes Vergangenheit ans Licht kommt, droht ihre Freundschaft zu zerbrechen. Dabei braucht Charlotte gerade jetzt Annegrets Hilfe, um die Eltern der kleinen Monika zu finden, die als Säugling auf einem Bauernhof ausgesetzt wurde. Als dann auch noch der Kindersuchdienst vor dem Aus steht, liegt das Schicksal Tausender Waisen plötzlich in Annegrets und Charlottes Händen. Nicht nur ihr Chef steht ihnen dabei im Weg, sondern auch der gut aussehende Hauptkommissar Hartmann von der Kriminalpolizei. Dabei verbindet ihn und die beiden Frauen dasselbe Ziel: die verlorenen Kinder wieder zu ihren verzweifelten Familien zu bringen.

Antonia Blum

Der Kindersuchdienst

Für immer in deinem Herzen

Klappenbroschur
Auch als E-Book erhältlich
www.ullstein.de

ullstein